Massimo Battisti, Professor der Kunstgeschichte, wohnhaft in Venedig – was hat es mit diesem Menschen auf sich? Unversehens ist er in meiner letzten Geschichte aufgetaucht, und ich weiß bisher von seinem Vorleben nicht mehr, als er selbst preisgegeben hat, von seiner Kindheit im Haus des erfolgreichen, aber aus einfachen Verhältnissen emporgekommenen Vaters, nach dessen frühem Tod der damals sechzehnjährige Sohn die Verantwortung für Haus und Vermögen übernehmen mußte, weil die verwöhnte Mutter, die »Contessa«, dieser Aufgabe nicht gewachsen war, und wie diese vornehme Mutter den Sohn festhielt als ihren kostbarsten Besitz, den sie mit niemandem teilen wollte, schon gar nicht mit einer Frau.

Seither hat diese Figur begonnen, mich zu bedrängen. Offenbar will sie mich zwingen, ihr mehr Lebenshintergrund zu verschaffen, als ich ihr bislang zugestanden hatte. Also eine eigene Geschichte, nunmehr über diesen italienischen Gelehrten mit dem Mutterkomplex?

Außer den eben erwähnten mageren Andeutungen zu seiner Biographie, die er selbst geäußert hat, weiß ich vorderhand über ihn nur noch, daß die fiktive Erzählerin ihn in zunehmendem Maße in Zusammenhang gebracht hat mit dem sagenhaften Magier Merlin. Es sind ja auch ihre Geschichten, die Geschichten um ihr erzähltes zweites Ich, die Königstochter Herod, in denen er ihr näher und näher kommt, um dann unversehens weggerückt zu werden in eine kaum noch zu überbrückende Distanz.

Genau besehen ist dieses fiktionale Gewebe noch komplizierter: Die Geschichte, von der hier die Rede ist, und somit auch die Geschichten um Herod, habe ich ja vom ersten bis zum letzten Wort selbst geschrieben, die ersten Seiten übrigens an dem selben Schreibtisch im Haus meiner Freunde an der Donau, in Sichtweite des Benediktinerstifts Melk drüben am anderen Ufer, und nun sitze ich wieder hier und denke darüber nach, wie es sich eigentlich verhält mit dem Erzählen von Geschichten. Habe ich mir diese und auch andere vorausgegangene Geschichten einfach ausgedacht – was immer dieses Wort auch bedeuten mag? Woraus denn? So einfach ist dieser Vorgang nicht zu denken, jedenfalls nicht so autark, wie dieses Wort zu unterstellen scheint. Wie verhält es sich dann? Habe ich diese Geschichten nicht *er*funden, wie man so sagt, sondern *ge*funden? Sozusagen aufgelesen aus dem Strandgut der Lektüre vieler Jahrzehnte oder aus all dem, was mir während dieser Zeit zu Ohren gekommen ist? Auch diese Vorstellung will mir nicht recht behagen; denn ich bin nicht der Meinung, daß Geschichten vergleichbar wären mit einem Stück Treibholz, das man am Strand aus dem Sand klaubt, oder der Schale einer längst verfaulten Muschel, tote Materie all das. Aber so sind Geschichten nicht; sie können durch solches Fundgut allenfalls in Erinnerung gerufen werden.

Viel besser gefällt mir die Vorstellung, daß diese Geschichten mich gefunden haben. Geschichten wurden erzählt, seit es Menschen gibt auf dieser Welt, Menschen, die sich durch Wörter anderen mitteilen können, ganz zu Anfang vielleicht sogar durch Gesten und nachahmende Tanzbewegungen. Geschichten waren immer notwendig, weil sie die Wege eröffnen, auf denen die Welt begreifbar werden kann, diese Welt, die eigentlich nicht zu begreifen ist. Diese Geschichten begegnen mir, wie mir andere Menschen begegnen auf meinen Wegen, und sie fordern mich auf, ihnen hörbare, vorstellbare Gestalt zu verleihen, indem ich sie mir zu eigen mache, das soll heißen: ihre Bilder, ihre Figuren, ja eigentlich ihre Wörter mit meinen eigenen Erfahrungen fülle und damit neu zum Leben erwecke. Auf solche Weise beginne ich, in diesen Geschichten nicht nur die Welt neu zu entdecken, die in den Geschichten nachgezeichneten Wege der Menschen, sondern auch mich selbst.

Da sitze ich nun in Sichtweite des gewaltigen Stifts, das auf dem Felsen über der nach Osten strömenden Donau aufragt, des prunkvollen barocken Bauwerks, hinter dessen grünpatinierter Kuppel und der vielhundertfenstrigen, sonnengelben Fassade sich der ältere Bau verbirgt, jener klösterliche Bau, in dessen kühlem Zellengewölbe zur Zeit des späten Mittelalters ein greiser Mönch eine erregende und ihn selbst erschreckende Geschichte aufgeschrieben haben soll, die von der Gewalt und auch von der Fragwürdigkeit der Wörter handelt, vom Geheimnis der aufgeschriebenen Texte und Geschichten. Und so spielt es für mich überhaupt keine Rolle, daß auch dieser Mönch nur als die Figur einer sich selbst mehrfach in Frage stellenden fiktionalen Geschichte existiert, die ein anderer Autor aufgeschrieben hat, ein italienischer obendrein, was mir sehr gelegen kommt bei meiner Absicht, die Geschichte eines italienischen Professors aufzuschreiben.

I

Also: Massimo Battisti – wo kommt er her? Irgendwann einmal muß er ein Kind gewesen sein, ein Kind in einem weitläufigen Haus, sagen wir: in der Gegend von Treviso. Sein Vater war schon zu Reichtum gekommen, als er – sehr gegen den Willen ihrer Eltern – eine Tochter aus vornehmem venezianischem Geschlecht heiratete und ihr dieses Haus baute. Er selbst stammte aus dem Süden der Halbinsel, wo man noch dazu neigt, seine Frau von der Außenwelt abzuschirmen oder gar schlichtweg einzusperren, wie es bei den Mauren üblich gewesen war, die lange Zeit die Sitten des Südens bestimmt hatten. So hatte er mitten am Hang eines von Weinstöcken, Obstbäumen und Kastanien bewachsenen Hügels, den er in seinen Besitz gebracht hatte, einen Bau aufführen lassen, der trotz – oder vielleicht auch wegen – seiner modernistischen Beton-Architektur am ehesten an die staufischen Burgen in der Heimat des Bauherrn gemahnte. Fenster nach außen gab es nur im oberen Stockwerk, die unteren waren eher Luken zu nennen, geeignet, aus ihren schmalen Öffnungen einen angreifenden Feind zu beschießen, vorausgesetzt, daß dieser überhaupt bis zum Haus hatte vordringen können; denn Battisti hatte die gesamten Besitz mit einer hohen weißgekalkten Mauer einfrieden lassen, die von einem einzigen Tor durchbrochen war. Wer innerhalb dieser Einfriedung lebte, hatte tunlichst auch darin zu bleiben und sein Genüge zu finden an den Rebstöcken, den Pfirsich- und Feigenbäumen und dem Kastanienhain auf der Höhe des Hügels.

Dieses Gelände war einem Gärtner anvertraut, der mit seiner Frau und zwei Gehilfen weiter unten an der Auffahrt in einem kleineren Gebäude wohnte. Im Haus selbst waren nur Frauen beschäftigt, eine Wirtschafterin, die als einzige unter dem Dienstpersonal über einen Torschlüssel verfügte, den sie allmorgendlich benutzte, um im Dorf am Fuß des Hügels die notwendigen Einkäufe zu erledigen. Außer ihr gab es noch eine Köchin, zwei Dienstmädchen für die niederen Arbeiten und schließlich eine Kinderfrau für den kleinen Massimo.

Alles in diesem einer Wehrburg ähnlichen Haus öffnete sich nach innen zu einem offenen Patio, in dessen Mitte ein Springbrunnen plätscherte. Hier gab es einen Garten mit den Gewürzkräutern des Südens: Basilikum verströmte seinen herbscharfen Duft, Rosmarin, Thymian und Origano rundeten das Bouquet ab. Wenn man durch die Arkaden schlenderte, die im Geviert den Patio umgaben wie ein Kreuzgang, wehte einem dieser appetitanregende Geruch in die Nase, und ebendiesen Effekt hatte sich der Erbauer wohl gewünscht; denn er hatte es gern, wenn sein Appetit angeregt wurde, Appetit auf noch mehr Besitz, Appetit auf ein sorgfältig zubereitetes Mahl, Appetit auf eine schöne Frau.

Allerdings war er nicht oft in den Arkadengängen anzutreffen. Es konnte geschehen, daß er unangemeldet mitten in der Nacht in seinem Maserati vorfuhr, seinen Wagen über die den Hang emporschwingende Auffahrt zum Haus steuerte, die Einfahrt zur Garage öffnete, aus deren Hintertür man unmittelbar den Innenhof betreten konnte. Kann sein, daß er ein Bad nahm, ehe er seine Frau überraschte; manchmal brachte er die Geduld dazu nicht auf, sondern legte sich sogleich zu ihr, um sie in den schweißigen Dunst seiner Begierde einzuhüllen und mit der ihm eigenen Heftigkeit zu umarmen. Manchmal blieb er für ein oder zwei Tage, oft fuhr er schon im Morgengrauen wieder in seinem Wagen davon.

So kam es, daß der Knabe Massimo ihn nur selten zu Gesicht bekam. Sein Vater, das war ein unvertrauter, eher angsteinflößender Besucher mit befremdlichem Gebaren, der die Mutter »meine süße kleine Contessa« nannte und schon im nächsten

Augenblick Nana, die Kinderfrau, ohne ersichtlichen Grund dermaßen anschrie, daß sie in Tränen ausbrach und schluchzend aus dem Zimmer stolperte. Wenn der kleine Massimo angesichts einer solchen verbalen Züchtigung seiner geliebten Nana zu heulen anfing, riß ihn dieser Vater mit jähem Zugriff empor, hielt ihn mit ausgestreckten Armen in Augenhöhe vor sich hin und starrte ihm mit seinen obsidianschwarzen Augen so lange ins Gesicht, bis es dem Kind gelang, seine Tränen zurückzuhalten und sein Schluchzen zu unterdrücken.

»Siehst du!« sagte dann dieser Vater befriedigt. »Ein Mann weint nicht und schon gar nicht wegen einer Frau.«

Dann stellte er ihn wieder auf die Füße und schien gleich danach vergessen zu haben, daß es diesen Sohn gab.

In seinen ersten Lebensjahren war für Massimo die Welt durch Mauern eingegrenzt, zunächst durch die Mauern des Zimmers, in dem er bei seiner Kinderfrau schlief, sie in einem schmalen hölzernen Bett an der fensterlosen Innenwand, er in seinem Gitterbett neben dem Fenster, durch das er hinab in den Innenhof blicken konnte. Oft schaute er hinab zu dem kreuzförmig von Wegen unterteilten Kräutergarten, in dessen Mittelpunkt der Springbrunnen sein Wasser bis über die Höhe des Fensters heraufschleuderte. Wenn das Wetter es zuließ, nahm ihn die Kinderfrau mit hinunter in den Patio, setzte sich mit ihrem Strickzeug auf eine steinerne Bank unter den Arkaden und beobachtete ihn, wie er über die schmalen kiesbestreuten Wege zwischen den Kräuterbeeten lief.

Es war eine der frühen Erinnerungen Massimos, daß er auf der Stufe des steinernen Sockels saß, der das Becken des Springbrunnens trug, und emporschaute, dem in die Höhe schießenden Wasser nach, das weiter oben aus dem Schatten der Mauern sprang und von der Sonne zu lichtsprühenden Funken verwandelt wurde, ehe es wieder herabstürzte, in den Schatten zurücktauchte und ins Becken planschte. Und hoch über dem funkelnden Sprühen spannte sich blau der Himmel aus, durchpfeilt von Schwalben, die schreiend durch das Blau kurvten, und während sein Blick ihren schwirrenden Flügen folgte, wurde ihm zum ersten Mal bewußt, daß er eingeschlossen war in dieses helle Gemäuer, weit entfernt von der Freiheit der Vögel, die aus dem Nichts auftauchten und das ragende Geviert der Mauern wieder verließen, als gäbe es oben im Blauen keine Grenzen. Zu dieser Zeit stellte er sich die Welt außerhalb des Hauses vor als einen blauen, lichtdurchfluteten Raum, der allein den Vögeln gehörte; denn er konnte ihre Schreie noch hören, wenn sie das sichtbare Feld über dem Patio längst verlassen hatten.

An schönen Tagen kam auch die Mutter herunter in den Kräutergarten und setzte sich auf eine Bank unter den Arkaden, allerdings nie auf jene, die Nana gewählt hatte. Er wußte schon sehr früh, daß er ihre Lektüre nicht stören durfte, doch wenn sie ihn rief, löste er sich aus seinen Freiheitsträumen, ging zu ihr und forderte ihre Zärtlichkeit heraus, indem er sich, halb stehend, halb auf die Bank gekniet, an sie schmiegte. Es wurde schon gesagt, daß er seine Kinderfrau liebte, doch diese hielt sich mit körperlichen Berührungen zurück und wagte ihn nur mit Worten zu liebkosen, als scheue sie sich, in einen Bereich einzudringen, der einzig der leiblichen Mutter des Kindes zustand. Um so intensiver genoß Massimo die Berührungen der Mutter, die, während sie weiterlas, ihre Hand über seine Schulter hinab langsam über seinen Körper wandern ließ, ohne zu bemerken, daß er wieder hinauf zum Himmel blickte, den die Schwalben durchkreuzten.

»Die Vögel«, sagte er, »fliegen die auch in der Nacht?«

»Nein«, sagte die Mutter. »Nachts müssen sie schlafen wie du.«

»Wie ich?« Massimo war erstaunt. Er konnte sich nicht vorstellen, daß diese Vögel, die frei über den Himmel zogen wie geworfene Steine, ihm in irgend etwas ähnlich sein sollten. »Schlafen sie wie ich in einem Haus?« fragte er.

Die Mutter lachte. »Nein«, sagte sie, »in einem Nest unter freiem Himmel.«

»So möchte ich auch schlafen«, sagte Massimo. »In einem Nest unter freiem Himmel.«

Die Mutter schüttelte den Kopf, und er merkte an der Art, wie sie lächelte, daß sein Wunsch unter keinen Umständen erfüllt werden würde, und deshalb entschied er sich dafür, nicht mehr darüber zu sprechen.

Aber der Gedanke daran ließ sich nicht verdrängen, sondern zwang ihn zu überlegen, wie er zu einem Nest unter freiem Himmel kommen könne. Zunächst, dachte er, mußte er eine Nacht wählen, in der nicht die Gefahr bestand, daß sein Vater plötzlich wie ein Springteufel zu einem seiner Besuche auftauchte, also am besten eine Nacht kurz nach seiner Abreise. Vor allem aber mußte er sich einen Hausschlüssel besorgen. Am ehesten kam jener in Betracht, den seine Mutter in ihrer Handtasche verwahrte. Wenn er abends in ihr Zimmer kam, ehe er zu Bett gebracht wurde, lag diese Handtasche auf der kleinen Kommode vor dem drehbaren Spiegel, der darauf stand. Morgens saß seine Mutter davor und machte sich ihre Haare, ehe sie ihre Tasche nahm und hinunter ins Speisezimmer ging, um mit ihm zu frühstücken.

All das überlegte er sich, bedachte jeden einzelnen Schritt und wartete im übrigen auf den nächsten Besuch seines Vaters. Als darüber schon ein paar Wochen vergangen waren und er eines Vormittags wieder neben seiner Mutter unter einer Arkade des Patio saß und den über den porzellanblauen Himmel dahinschießenden Vögeln mit den Blicken folgte, fragte er seine Mutter, wann sein Vater wieder einmal komme.

Sie blickte ihn erstaunt an, weil er sonst nie nach ihm fragte, und sagte dann: »Wer kann das wissen?«

In der nachfolgenden Nacht sollte er in seinem Zimmer allein schlafen. Die Kinderfrau hatte sich erkältet oder einen Grippevirus aufgeschnappt; jedenfalls lag sie im Fieber und hustete dermaßen, daß ihr trockenes Bellen durchs ganze Haus zu hören war. Damit sie das Kind nicht ansteckte hatte man ihr ein Bett in einem anderen Zimmer gerichtet.

Massimo fand es zunächst ganz lustig, allein in seinem Zimmer zu sein. Niemand konnte ihm verbieten aufzustehen, barfuß und im Nachthemd zum Fenster zu gehen und hinaufzuschauen zu dem Geviert des Himmels, das sich über dem schon nachtdunklen Patio nur wenig heller abhob. Keine Vögel pfeilten mehr darüber hin, aber etwas anderes schwirrte, ständig jähe Haken schlagend, zwischen den Mauern hin und her. Oft huschte eins dieser Nachtwesen dicht an seinem Fenster vorbei, ohne daß er genauer erkennen konnte, wie es aussah. Damals wußte er noch nicht, daß dies Fledermäuse waren, aber ihr flattriger Flug gefiel ihm nicht, und er vermutete schon, daß dies keine Vögel waren, sondern unheimliches Nachtgetier, das die freie Höhe des Himmels scheute und hier im Gemäuer umherjagte, wer weiß nach welcher Beute. Er fuhr erschrocken zurück, als eines der Flatterwesen die Fensterscheibe dicht vor seinen Augen mit den Flügeln streifte. Das klang, als wische ein ledriger Lappen darüber. Er mochte nicht länger zuschauen, kroch zurück in sein Bett und schlief bald danach ein.

Irgendwann in der Nacht erwachte er von einem heftigen, lange zwischen den Mauern des Innenhofs nachhallenden Donnerschlag, der die Fensterscheiben zum Vibrieren brachte. Und damit brach Blitz um Blitz ein Gewitter los, unter dessen Getöse die Mauern des Hauses bebten. Windböen schlugen gegen die Fenster und brachten dem erschrockenen Kind die seltsamen Flattertiere in Erinnerung, von denen eines an den Scheiben entlanggestrichen war, wie er jetzt fürchtete als Vorbote kommenden Unheils. Nun meinte er, im ungewissen Licht der Blitze wahrzunehmen, wie sich diese zu hautgeflügelten monströsen Gestalten angeschwollenen Unwesen vor dem Fenster drängten und es aufzudrücken versuchten, um in sein Zimmer einzubrechen. Da sprang er schreiend vor Angst aus dem Bett, stürzte zum Zimmer hinaus und jagte über den langen dunklen Gang zu dem Zimmer, in dem seine Mutter schlief oder jetzt auch schon nicht mehr schlief; denn sie empfing den Eindringling, der jäh die Tür aufriß, mit zwei oder drei Schritten schon bei ihr war, in ihr Bett sprang und unter die Decke kroch, mit einem gellenden Schreckensschrei, ehe sie begriff, daß dies kein Nachtmahr, sondern ihr Sohn war, der sich bibbernd vor Angst an ihren Körper drückte.

»Die Flattertiere!« schrie er. »Die Flattertiere kommen durchs Fenster!«

Das verstand die Mutter nicht. Es dauerte eine Weile, bis es ihr gelang, das Kind zu beruhigen, während draußen in immer dichteren Abständen Blitz und Donner aufeinanderfolgten. Dann wanderte das Gewitter allmählich ab, nur noch schwache Blinklichter ferner Blitze und verebbendes Grollen. Da war Massimo schon an der Seite seiner Mutter eingeschlafen.

Viel Beruhigung und Ruhe war ihm allerdings nicht vergönnt; denn irgendwann später in dieser Nacht wachte er davon auf, daß jemand die Klinke niederdrückte und die Tür öffnete. Das Unwetter hatte sich verzogen, und der seit wenigen Tagen abnehmende Mond leuchtete noch hell genug, um die Gegenstände im Zimmer schattenhaft sichtbar werden zu lassen. Massimo sah, wie der Flügel der Tür langsam aufgedrückt wurde und eine dunkle Gestalt sich hereinschob, die Tür leise ins Schloß drückte und herüber zum Bett schlich. Als sie dabei den Lichtbalken durchquerte, den der Mond durch das Fenster auf das Parkett warf, war für einen Augenblick ein blasses Gesicht zu erkennen, das Helle der Augen spiegelte aufblitzend das Licht, und ein kräftiger Schnurrbart zerschnitt dieses Gesicht querdurch in zwei Hälften. Auch unterhalb dieses Gesichts ließ der Mond eine Reihe senkrecht übereinanderstehender Punkte aufblinken, dazu je einen rechts und links davon, so daß es aussah, als trüge dieser Eindringling ein Kreuz auf der Brust.

Massimo begriff wohl, daß dies sein Vater war, der sich hereingeschlichen hatte, um sich zur Mutter zu legen, aber zugleich erschien ihm diese nächtliche Gestalt erschreckend fremd, als trüge sie die grausige, quer zerhackte Maske eines Dämons oder wäre gar in Wirklichkeit ein unheimlicher Nachtgänger, mit dem das Unheil in die vermeintliche Sicherheit seiner Zuflucht hereinbrach; denn die Gestalt stand nun über ihm und blickte zornig auf ihn herab. Das Kind erkannte jetzt, daß der Vater eine Uniform trug.

»Wer liegt da bei meiner Frau?« knurrte er in jäh aufsteigender Wut über diesen heimlichen Liebhaber. Erst im Zupacken begriff er, daß dies ein Kind war, das sich voll stummer Angst an die erst allmählich erwachende Mutter klammerte. Sein Sohn.

Da lachte er laut auf und sagte: »Du bist noch zu klein, um bei Frauen zu liegen, aber schon zu groß, um im Bett deiner Mutter zu schlafen.« Er griff ihn sich, wie er einen Hamster aus dem aufgegrabenen Bau greifen würde, hob das sich zappelnd wehrende Kind mit einer Hand aus dem Bett und trug seine Beute hinaus in den finsteren Gang und hinüber ins Kinderzimmer, ließ es dort ins zerwühlte Bett fallen und war schon wieder draußen, ehe Massimo recht begriffen hatte, wie ihm geschah.

Damals, als das Kind dort allein im Zimmer lag, noch gestoßen vom Schluchzen seiner Angst und noch immer das Gesicht des Vaters vor Augen, die gespaltene Maske, die sich im Mondlicht ihm genähert hatte, damals wurde ihm zum ersten Mal bewußt, wie fremd ihm dieser Vater war, manchmal ein lachender Mann, der seine Späße mit ihm trieb, ihn auf seinen Knien reiten ließ, um ihn dann unversehens ins Bodenlose stürzen zu lassen; einer, der ihn unten im Innenhof des Hauses neben dem Wasserbecken in die Höhe warf, daß er vor Lust und zugleich vor Angst laut kreischte, und ihn dann in seinen sehnigen Armen sicher auffing und wieder auf die Beine stellte, aber auch einer, der ihn aufgriff wie ein erlegtes Stück Wild und davontrug, um ihn irgendwo fallen zu lassen, ohne weiter darauf zu achten, ob er in ein weiches Bett oder auf steinigen Boden stürzte. Dieser Vater war von anderer Art als die Mutter, bei der er stets wußte, ob sie für sich sein wollte oder bereit war, ihn zu berühren oder mit ihm zu sprechen; anders auch als Nana, die Kinderfrau, die ständig von der Sorge getrieben wurde, er könne sich durch irgendeine unbedachte Bewegung weh tun. Mit diesen beiden Frauen kannte er sich aus, aber der Vater war ihm fremder als fremd. Er war unheimlich. Weder wußte das Kind, woher er kam, wenn er unversehens auftauchte, noch konnte es ahnen, was der Vater im nächsten Augenblick tun würde, oder gar, was er von diesem Kind hielt, mit dem er auf solche Weise umging.

Er blieb auch diesmal nicht lange, nach dieser ersten Nacht nur noch einen Tag und eine weitere Nacht. Während des Tages trug er den olivfarbenen Uniformrock, als könne er jeden Augenblick zu einer dienstlichen Obliegenheit abgerufen werden. Als er so gekleidet am Vormittag den Innenhof betrat und das Kind, das am Rand des Wasserbeckens gespielt hatte, unversehens aufhob und auf dem Arm hielt, betastete es die blinkenden Knöpfe und fragte: »Bist du jetzt bei der Polizei?«

Der Vater stutzte einen Augenblick und lachte dann, als habe sein Sohn einen besonders absurden Witz gemacht. »Nein«, sagte er dann. »Bei der Polizei möchte ich unter keinen Umständen sein. Ich bin bei den Soldaten. Weißt du nicht, daß Krieg ist?«
Davon wußte das Kind noch nichts, ja es wußte nicht einmal, was dieses Wort bedeutete. Es lebte in dem großen, rings ummauerten Haus so abgeschlossen von der Welt, daß es noch nichts mit diesem Wort anfangen konnte. »Bekomme ich dann auch so eine Jacke mit goldenen Knöpfen?« fragte das Kind; denn es nahm an, daß Krieg irgend etwas mit der Kleidung zu tun hatte.

»Dafür bist du noch zu klein«, sagte der Vater. »Solche Jacken bekommen die Männer, wenn sie in den Krieg ziehen, um auf andere Männer zu schießen.«

»Wie auf der Jagd?« fragte das Kind. Davon hatte es eine Vorstellung. Im Herbst kam es vor, daß in den Weinbergen rings um das Haus die Büchsen knallten und später die Jäger im Innenhof ihre Beute auslegten, Hasen, Fasane und auch Rebhühner, von denen die Köchin einen Anteil auswählen durfte »für die Herrschaft«, wie sie sagte. Zuweilen war auch der Vater zu Hause gewesen und hatte an der Jagd teilgenommen. Das Kind entsann sich, wie er, das Gewehr mit dem Lauf nach unten über die Schulter gehängt, ins Haus gekommen war, in der einen Hand einen bluttropfenden Hasen, in der anderen ein Bündel Rebhühner mit schlaff herabhängenden Flügeln.

»Eine Art von Jagd ist das schon«, sagte der Vater. »Man weiß nur nie genau, wer der Jäger ist und wer der Gejagte.« Während er das sagte, setzte er das Kind schon wieder ab und ging ins Haus, um seine Sachen zu packen. Am nächsten Morgen fuhr er davon.

Am Abend dieses Tages wollte Massimo herausfinden, wie es war, unter freiem Himmel in einem Nest zu schlafen. Als er seiner Mutter gute Nacht sagte, saß sie in ihrem Zimmer am Schreibtisch und schrieb einen Brief.

»Soll ich meinen Vater von dir grüßen?« fragte sie.

Massimo kannte diesen Großvater kaum, der sich strikt weigerte, das – wie er sagte – »barbarische« Haus seines Schwiegersohnes zu betreten. Einmal, und das mußte schon etwa zwei Jahre her sein, war die Mutter mit ihm nach Venedig gefahren und hatte das Kind in das Haus ihres Vaters gebracht. Massimo entsann sich vage einer hohen, direkt aus dem modrig riechenden Wasser des Kanals aufsteigenden Fassade mit schmalen, spitzbogigen Fenstern. Über eine steile Treppe waren sie direkt aus dem Boot zu einer Tür hinaufgestiegen. Drinnen waren sie durch dunkle Gänge gekommen, an deren Wänden bis hinauf zum Plafond reichende Regale voller alter ledergebundener Bücher unterschiedlichen Formats standen. In einem Zimmer mit dunkler Ledertapete hatte sie zwischen altersbraunen verschnörkelten Möbeln ein zierlicher weißhaariger Mann erwartet, der das widerstrebende Kind aufgehoben und geküßt hatte. Massimo spürte noch den kratzigen Schnurrbart über seine Wange streifen. An mehr konnte er sich nicht erinnern. Auf die Frage seiner Mutter zuckte Massimo mit den Schultern und sagte: »Wenn du meinst ...«, während er schon Ausschau hielt nach Mutters Handtasche. Die stand wie immer auf der Frisierkommode vor dem Spiegel. Nachdem das geklärt war, gab er seiner Mutter den gewohnten Gutenachtkuß, verließ das Zimmer und ging über den schon dunklen Flur hinüber in sein Schlafzimmer. Als er eben hinter sich die Tür schloß, hörte er von nebenan Nana husten, und ihre krampfhaften Hustenstöße hielten ihn weiterhin wach, während er, ohne sich ausgezogen zu haben, auf dem Bett lag und wartete, daß es im Hause still wurde.

Um nicht einzuschlafen, beobachtete er, wie der Mond hinter der jenseits des Innenhofes aufragenden Mauer langsam auftauchte, bis er sich von der dunklen Dachkante löste und hell am fast schwarzen Himmel stand, eine auf der rechten Seite leicht eingedrückte, leuchtendgelbe Melone, die allmählich höher stieg, während das helle Geviert, das sein Licht auf den Boden des Zimmers warf, mit gleichem Fortschreiten auf die Fensterwand zuwanderte. Massimo nahm sich vor, erst dann aufzustehen, wenn der Mond nach oben aus seinem Gesichtsfeld verschwand, und er hielt das tatsächlich durch, ohne einzuschlafen.

Sobald der Mond die vorbestimmte Grenze erreicht hatte,

stand Massimo auf, nahm seine Schuhe in die Hand und schlich auf Socken zur Tür, die geräuschlos zu öffnen und zu schließen er während der vergangenen Tage so lange geübt hatte, bis er es selbst kaum noch hörte. Von da an lief alles genau nach Plan: Durch die Ritzen neben der Tür zum Zimmer seiner Mutter fiel kein Licht, und er hörte sie leise schnaufend regelmäßig atmen. Es war leichter, als er es sich vorgestellt hatte, in das Zimmer zu huschen, den Schlüsselbund aus der Handtasche zu nehmen und das Zimmer wieder zu verlassen. Seine Schuhe hatte er draußen vor der Tür abgestellt. Nachdem er den Schlüsselbund in die Tasche gesteckt hatte, nahm er die Schuhe wieder auf und tastete sich über die dunkle Treppe hinunter ins Parterre. Dort war gleich neben der Treppe die Tür, die er aufschließen mußte.

Die Schlüssel klirrten leise aneinander, als er den richtigen heraussuchte, dessen Form er sich eingeprägt hatte, und ihn ins Schloß steckte. Er ließ sich nur schwer drehen, zumal von der Hand eines Kindes, doch dann spürte Massimo, wie der Widerstand plötzlich nachgab. Das deutlich vernehmbare Klicken, mit dem der Riegel zurückgezogen wurde, ließ das Kind für wenige Augenblicke erstarren. Als es im Haus still blieb, zog er den Schlüssel aus dem Schloß, drückte die Klinke nieder, zog die schwere Tür auf, huschte hinaus und drückte sie hinter sich wieder ins Schloß. Dann setzte er sich auf die steinerne Stufe vor der Tür und zog seine Schuhe an. Während er die Schnürsenkel zuband, fiel ihm ein, wie Vater, als er eines Nachts gekommen war, fürchterlich herumgebrüllt hatte, weil man vergessen hatte, die Tür abzuschließen. Es fehlte nicht viel und er hätte die Wirtschafterin, der er die Schuld gab, geschlagen. Massimo war solches Geschrei zuwider, und so schob er den Schlüssel diesmal von außen ins Schloß und sperrte die Tür zu, so laut es auch klicken mochte. Er war nun draußen, und dieses Klicken klang in seinen Ohren wie das Signal einer neu gewonnenen Freiheit.

Sobald er dem Haus den Rücken gekehrt hatte, überfielen ihn die Gerüche und Geräusche der Frühsommernacht, der Duft von frisch geschnittenem Gras, der im kühlen Wind von der Höhe des Hügels herwehte, das Rauschen des Laubs in den Obstbäumen rings ums Haus und die heimlichen Laute von irgendwelchem Nachtgetier. Ohne zu zögern schlug er den schmalen Weg ein, der halbwegs um das Haus führte und sich dann weiter im Bogen zur Kuppe des Hügels hinaufschwang. Im Licht des nun hoch am Himmel stehenden Mondes war alles deutlich zu erkennen, die dunkel im Wind wogenden Kronen der Bäume, die rechts und links des Weges zu Pergolagängen gezogenen Rebstöcke und schließlich die knorrig emporgedrehten Stämme der alten Maronenbäume. Hier am Rand des Kastanienhains hatte der Gärtner das Gras noch nicht geschnitten, so daß Massimo sich Garben von Halmen zum Nestbau zusammendrehen konnte. Endlich lag er in seinem Nest, eingehüllt vom seltsam körperhaften Duft der noch blühenden Maronenbäume, und blickte hinauf in den Himmel, an dem, in einigem Abstand von der hellen Scheibe des Mondes, klar wie in den schwarzen Himmel gestanzt, auch viele Sterne zu sehen waren, die sich zu seltsamen Figuren zusammenfügen ließen. All das roch, hörte und sah er, als er dort oben beim Maronenhain in seinem Nest lag, und er dachte noch: So liegen also die Vögel nachts in ihrem Nest, ehe sie einschlafen. Und dann schlief auch er schon.

Die Empfindungen dieser Nacht blieben ihm für sein ganzes Leben gegenwärtig und wurden nicht im geringsten beeinträchtigt durch die Erfahrung, daß er am Morgen unsanft geweckt wurde durch die Kinderfrau, die zeternd und zwischendurch noch immer hustend vor seinem Nest stand, herbeigeholt von dem Gärtner, der den schlafenden Knaben entdeckt hatte. Es spricht für die Gesinnung dieses Mannes, daß er es nicht über sich gebracht hatte, den Schlaf des Kindes zu stören, das am Rande des Wäldchens ins Gras gekuschelt lag, offenbar völlig im Einklang mit der Natur. Er hatte der Kinderfrau eigentlich nur das idyllische Bild des schlafenden Kindes zeigen wollen und versuchte sogar, sie daran zu hindern, dieses Bild zu stören. Ein solcher Anblick widersprach jedoch Nanas Vorstellungen vom Hüten des Kindes auf derart krasse Weise, daß sie außer sich geriet, den Mann, der beschwichtigend seine Hand auf ihre Schulter gelegt hatte, beiseite stieß und das von all dieser Unruhe nun schon aufgeweckte Kind aus seinem Nest riß und fast im Laufschritt davontrug, nur fort von solcher Unordnung, von dieser Eskapade hinein ins Ungebundene, fort von dieser Umarmung durch die Natur, der sich allenfalls schlichte Landleute hingeben durften, nicht aber dieser Knabe, der ihr anvertraut war und der versucht hatte, sich ihrer Verantwortung zu entziehen. Nicht, daß sie ihn geschlagen hätte – so weit reichten ihre Befugnisse nicht –, aber nahe daran war sie schon gewesen, trug nun das Kind eilenden Schrittes in die Sicherheit des Gemäuers zurück und hoffte, die Mutter würde nichts von diesem nächtlichen Ausflug Massimos bemerken. Den Gärtner hatte sie vorsichtshalber zum Schweigen verpflichtet, was sie sich hätte sparen können, wenn sie diesen Mann besser gekannt hätte; denn der dachte nicht daran, dem Kind diese Begegnung mit der Natur noch mehr zu verderben, als es die besorgte Nana ohnehin schon getan hatte.

»Wie bist du nur aus dem Haus gekommen?« fragte die Kinderfrau, während sie mit dem Kind im Arm schon auf die Tür zuging. Da zog Massimo wortlos den Schlüsselbund aus der Tasche und ließ diebisch grinsend die Schlüssel aneinanderklingeln. Möglicherweise wurde der Kinderfrau beim Anblick des grinsenden Jungen bewußt, daß der ihr bislang anvertraute Schützling im Begriff war, sich nicht nur ihrer Erziehungsgewalt zu entziehen; denn auch der Gedanke daran, daß die Rückgabe der Schlüssel an die Mutter unweigerlich zur Entdeckung seiner nächtlichen Flucht führen mußte, schien ihn wenig zu bekümmern.

Es lohnt sich kaum, die recht belanglose Szene zu schildern, in der die Mutter ihren Sohn nach den Gründen seines Ausbruchs aus dem Haus befragte; denn mehr als den Wunsch, wie ein Vogel schlafen zu wollen, brachte sie aus ihm nicht heraus. Wichtiger sind die Konsequenzen, die sie nach einem längeren Telefongespräch mit dem Vater daraus zog: Massimos geliebte Nana wurde – mit einer entsprechenden Abfindung, versteht sich – zu Ende des Sommers entlassen, und statt ihrer sollte eine junge Lehrerin eingestellt werden, die nicht mehr im Zimmer des Jungen schlafen würde, aber beginnen sollte, ihn nach dem Lehrplan der Grundschule zu unterrichten. Der Vater hatte bestimmt, daß sein Sohn nicht wie die Kinder der Bauern und Kleinhäusler die

Dorfschule besuchen dürfe und mit dieser Weisung bei der vornehmen Mutter ein offenes Ohr gefunden.

Auch die Wahl der Lehrerin hatte der Vater eingegrenzt: Sie solle aus Südtirol stammen, damit ihr Schüler von Anfang an neben dem italienischen Unterricht auch mit der deutschen Sprache vertraut gemacht würde. Der Vater nannte dafür keine Gründe; erst später stellte sich heraus, was er dabei im Sinn gehabt haben könnte. Dies alles sollte jedoch erst im Spätsommer beginnen, wenn auch für die Schulkinder die Ferien zu Ende waren. Vorderhand hatte eben erst der Juli angefangen, und die Mutter beschloß, das Kind nicht länger im Haus zu halten wie einen Gefangenen, sondern mit ihm innerhalb der Umfassungsmauern spazieren zu gehen, dies wohl auch deshalb, um solche nächtlichen Eskapaden künftig zu verhindern.

An einem der nächsten Tage ging Massimo also an der Hand seiner Mutter durch jene nächtens unter Mühe und Erregung heimlich geöffnete Tür hinaus und spazierte mit ihr den Weg hinauf, den er auch im Dunkel eingeschlagen hatte. Jetzt im Licht der Sonne sah alles ganz anders aus, klarer, schärfer abgehoben, aber auch weniger geheimnisvoll. Jedes Blatt war zu erkennen an den Rebstöcken seitlich des Weges, die matt schimmernde Rundung der noch grünen Beeren an den Trauben. Die hoch am Himmel stehende Sonne ließ kaum Schattenbereiche zu, in denen sich Unerkennbares einnisten konnte.

Oben am Rand des Wäldchens setzte sich die Mutter auf eine Bank, die das Kind in der Nacht überhaupt nicht wahrgenommen hatte, und schlug ein Buch auf, das sie mitgenommen hatte, um hier oben zu lesen, während das Kind sich in Sichtweite frei bewegen durfte.

Das war schon sehr viel mehr an Freiheit, als ihm bislang zugestanden worden war. Massimo trottete am Rand des Gebüschs entlang, entdeckte einen Käfer, wie er ihn noch nie gesehen hatte, dunkelfarbig, groß und dick und mit einem Geweih vorn am Kopf wie ein winziger Hirsch. Er betrachtete blühende Pflanzen, die es im Patio nicht gab, weil der Gärtner ihn sorgfältig freihielt von Unkraut. Schließlich setzte er sich an den tiefgefurchten Stamm eines Maronenbaums in Blickweite der Mutter, aber doch weit genug entfernt, um das Gefühl nicht zu stören, allein für sich zu sein.

Die Schwalben flogen hoch am tiefblauen, von keiner Wolke getrübten Sommerhimmel. Massimo folgte ihrem Flug mit den Augen und bewunderte die freie Beweglichkeit, mit der sie über Haus und Weingärten durch die Bläue pfeilten. Schließlich konzentrierte er all seine Aufmerksamkeit auf eine einzelne Schwalbe und versuchte, sie unter all den anderen mit dem Blick festzuhalten und ihr Emporschwingen, Kreisen und Herabkurven mitzuempfinden. Zunächst verlor er sie ein paarmal im Getriebe der anderen aus den Augen, aber endlich behielt er sie fest im Blick und meinte nach einer Weile, die Eigenart ihres Flugs von jenem der anderen unterscheiden zu können, die Art etwa, wie sie aus einer kreisenden Bewegung plötzlich zur Seite ausbrach und eine andere Richtung einschlug. Er schwirrte mit ihr dicht über das Dach des Hauses, warf sich empor bis zu einer Höhe, daß all die anderen weit unter ihm kreisten, und mischte sich dann wieder unter sie, und mit einemmal war er selbst dieser Vogel, fühlte die Luft sausend durch die Schwungfedern seiner Flügel fegen und blickte hinab auf die steil verkürzte Perspektive des Patio, den eben der Gärtner durchquerte, von oben betrachtet nicht viel mehr als ein breiter, ausgefranster Strohhut und zu den Seiten die Ansätze der Schultern, unter denen die Gartengeräte hervorstachen, die er trug. Dann drehte sich dieser Einblick ins Haus unter ihm weg, glitt aus seinem Gesichtsfeld, Grün wogte vorüber, dazwischen braune Erdstreifen, und die wie mit dem Pinsel gezogene graue Linie des Wegs zerschnitt den Rebhang bis hinauf zu den dunkelgrünen Baumkronen.

Massimo wurde nicht satt, sich hinauf in den dunkelblauen Himmel zu stürzen, höher und höher, sein Blick reichte weit hinaus ins Umland, die Umfassungsmauer des Grundstücks erschien nicht größer als der Zaun eines Hausgartens, darin kuschelte das Kastanienwäldchen, und an dessen Rand, winzig wie ein zerbrechliches Insekt, saß die Mutter auf der Bank und etwas weiter am buschigen Saum des Gehölzes lag ein Kind auf dem Rücken und starrte herauf zu ihm. War das er selbst, diese bewegungslose Hülle, die dort lag wie eine verdorrte Schote?

Er stürzte sich kopfüber hinunter, um dieses wie leblos liegende Bündel zu betrachten, das er selbst war oder im Augenblick des Stürzens auch nicht oder noch nicht wieder war, und während das Bild des liegenden Kindes sich im Näherrücken rasch vergrößerte und dessen leerer Blick erkennbar wurde, sah er mit halbem Auge, wie die Mutter ihr Buch zur Seite legte, aufstand von ihrer Bank und zu dem Kind hinüberging. Sie machte rasche Schritte, hatte wohl schon vorher gerufen, keine Antwort erhalten und war jetzt, durch das Schweigen des Kindes alarmiert, aufgesprungen, um nach ihm zu sehen. Es gelang Massimo, seinen Sturz eben noch abzubremsen und dicht über dem wie erstorben Liegenden einen Augenblick lang flatternd in der Luft stehenzubleiben. Da hörte er auch schon die Mutter rufen, spürte wieder den Boden unter seinen Gliedern und sah die Mutter über sich stehen, während jene Schwalbe, die ihm ihre Gestalt geliehen haben mochte, dicht über dem Gebüsch davonschwirrte.

»Warst du eingeschlafen?« fragte die Mutter. »Du lagst da wie ein Toter.«

Massimo war dermaßen verwirrt, daß er zunächst kein Wort über die Lippen brachte. Die Mutter betrachtete ihn lächelnd. »Du hast wohl geträumt?« fragte sie.

Massimo fühlte noch immer das Sausen der Luft zwischen seinen Schwungfedern, aber das war vielleicht auch schon das feine Haargras, das ihn zwischen den Fingern kitzelte. »Kann sein«, sagte er und richtete sich auf, wußte aber genau, daß er nicht geträumt hatte und daß dieses Fliegen mit den Schwalben sein Geheimnis bleiben mußte. Er würde es wieder versuchen, aber nie, wenn jemand in der Nähe war, der auf ihn achtete. So kam es vorläufig zu keiner Wiederholung dieses Erlebnisses, obwohl seine Mutter ihn noch mehrmals mitnahm zu einem Gang durch die Weinberge und hinauf zu der Bank am Rand des Maronenwäldchens.

Zu dem Zeitpunkt, als auch in der Dorfschule der Unterricht begann, traf die Lehrerin ein. Der Gärtner hatte sie mit seinem kleinen Transporter am Bahnhof von Venedig abgeholt und brachte »das Mädchen«, wie er angesichts ihrer Jugend sagte, bis zur Tür des Hauses, wo Massimos Mutter sie erwartete.

Massimo mochte diese Lehrerin von allem Anfang an, wenn auch auf eine andere Art als seine Nana, die schon ein paar Tage zuvor unter Tränen und mannigfachen Beteuerungen ihrer Zuneigung sich von ihrem Pflegling verabschiedet hatte. Für das Kind war Nana seit je ein Bestandteil seines täglichen Lebens gewesen, eine Frau, die in sich ruhte wie ein unverrückbarer Felsen, solange er sich im Dunstkreis ihrer nach einem Hauch von Lavendel und ansonsten nach undefinierbaren matronenhaften Düften riechenden Aura bewegte. Die dunkelhaarige, noch fast mädchenhafte Sophie jedoch trat auf ihn zu als ein Abenteuer, das ihn aus dem bisherigen Gleichmaß seiner Tage im ummauerten Haus herauslockte in unbekannte Gefilde nicht nur des Wissens, sondern der Welt überhaupt; denn sie gab sich nicht damit zufrieden, ihre Zeit mit dem Kind stets nur innerhalb dieses festungsartig abgeschlossenen Gemäuers zu verbringen. »Das Kind muß erfahren, wie die Welt draußen vor der Tür beschaffen ist, wenn es etwas Sinnvolles lernen soll«, sagte sie zu ihrer Dienstherrin. »Wissen ohne Erfahrung taugt nicht viel«, setzte sie hinzu und legte alle Begeisterung in ihre Stimme, die ihr notwendig zu sein schien, um diesen Satz überzeugend klingen zu lassen.

Massimos Mutter blickte sie eine Zeitlang nachdenklich an. »Sie sind noch sehr jung«, sagte sie dann, »und die Welt ist böse.«

»Die Welt nicht«, sagte Sophie, »nur manche Leute, und die wissen's oft nicht besser. Lassen Sie mich dem Kind die Welt zeigen, wie sie wirklich ist!«

»Und wenn ich das nicht erlaube?« sagte die Mutter.

»Dann fahre ich wieder nach Hause«, sagte Sophie. Es war ihr anzusehen, daß sie es ernst meinte.

»Wissen Sie immer so genau, was Sie wollen?« fragte die Mutter.

»Zumindest, was ich nicht will«, sagte Sophie.

Ihre Bestimmtheit machte die Mutter unsicher. »Meinem Mann«, sagte sie, »wird es nicht recht sein, wenn Sie die Stelle nicht übernehmen. Er hat Sie unter den Bewerberinnen ausgesucht. Also gut. Aber eines müssen Sie mir versprechen: Sagen Sie mir stets, wohin Sie gehen, wenn Sie mit dem Kind das Haus verlassen.«

Dagegen hatte Sophie nichts einzuwenden, und Massimo überkam wieder das Gefühl, unversehens in ein Abenteuer geraten zu sein, als die Lehrerin zum ersten Mal mit ihm hinaus ins Freie ging.

»Bist du noch nie allein hier draußen gewesen?« fragte sie ihren Schüler, als sie seine offenkundige Erregung bemerkte und sah, wie er sich neugierig umschaute.

»Doch«, sagte Massimo und grinste verschwörerisch. »Ein einziges Mal, und da habe ich mich nachts heimlich rausgeschlichen, weil ich probieren wollte, wie die Vögel schlafen.«

Damit bot er Sophie ein Thema an, das sie sogleich aufgriff. »Warum interessierst du dich für Vögel?« fragte sie auf deutsch, wiederholte diesen Satz gleich danach in italienischer Sprache und erklärte ihm, daß sie immer dann, wenn der Unterricht außerhalb des Hauses stattfand, ihm zugleich im Gespräch die andere Sprache vertraut machen wolle, übersetzte auch gleich die einzelnen Wörter, die sie gebraucht hatte. Als er versucht hatte, sie nachzusprechen, wiederholte sie ihre Frage: »Warum interessierst du dich für Vögel?«

Massimo dachte darüber nach, während er neben ihr zwischen den Rebstöcken hügelaufwärts ging. Nach einem Stück Wegs sagte er: »Weil sie übers Haus fliegen und keiner sie aufhalten kann.«

An diesem Tag lernte er viele Vögel kennen, Stare und Drosseln in den Weinbergen, im Gebüsch ein paar Rebhühner und oben bei den Maronenbäumen den Eichelhäher und einen Buntspecht. Als sie oben im Schatten der Bäume saßen und auf das Haus hinabblickten, erfuhr er, warum die Schwalben den ganzen Tag lang durch den Himmel kurvten, einmal höher und an anderen Tagen niedriger, und was es mit dem rasselnden Hämmern des Spechts auf sich hatte.

»Woher weißt du das alles?« fragte er.

Sophie lachte. »Das ist doch nichts Besonderes«, sagte sie. »Mein Vater hat ein Weingut im Überetsch. Wenn du in einem solchen Dorf aufwächst zwischen Bauernhäusern, Rebhügeln,

Pfirsichgärten und Maronenbäumen, erfährst du solche Dinge fast von selbst. Natürlich mußte ich später auch studieren, um Lehrerin zu werden, aber all das andere, das ich schon vorher wußte, erschien mir immer wichtiger.«

Ein paar Tage später, als sie wieder einmal oben am Rand des Wäldchens saßen und den Flug der Schwalben beobachteten, kam unversehens ein fernes Brummen auf, das an Lautstärke zunahm und den weiten Himmel mit seinem Dröhnen erzittern ließ. Da waren auch schon die Kondensstreifen zu sehen, die von Südwesten her als parallele weiße, sich bald wolkig verbreiternde Linien in den Himmel wuchsen, immer dem winzigen, in der Sonne blinkenden Punkten nach, die ihnen vorauswanderten.

»Flieger!« rief Massimo. Er hatte solche Geschwader schon über dem Innenhof des Hauses auftauchen sehen, während die Mutter ihn bei der Hand gepackt hatte und in unbegreiflicher Hast mit ihm in den Keller hinabgestiegen war. »Müssen wir nach Hause gehen?« fragte er.

»Lieber nicht«, sagte Sophie. »Wenn wir hier unter den Bäumen ruhig sitzen bleiben, sieht uns keiner. Sie entdecken uns nur dann, wenn wir uns bewegen und über den Hang hinunterlaufen.«

Während sie noch hinaufblickten zu den jetzt schon deutlich erkennbaren Flugzeugen, die bald von den Baumkronen verdeckt werden würden, mischte sich in das tiefe orgelnde Brummen ein etwas helleres Summen, und sie sahen von der Seite her andere, kleinere Flugzeuge in weit ausschwingenden Kurven rasch herangleiten und die gleichmäßig über den Himmel gezogenen weißen Streifen durchkreuzen.

»Wie die Schwalben über dem Haus«, sagte Massimo.

»Nur nicht so friedlich«, sagte Sophie, während schon ein fernes Knattern zu hören war. Eine der größeren Maschinen scherte aus dem Pulk heraus und trudelte, eine schwarze Rauchfahne nach sich ziehend, rasch tiefer, sackte schließlich ab und verschwand hinter einer Hügelkuppe. Gleich darauf sahen sie an dieser Stelle eine dunkle Rauchwolke aufsteigen und hörten Sekunden später den dumpfen Knall einer Explosion.

»Was war das?« fragte Massimo erschrocken.
»Krieg«, sagte Sophie.
Massimo erinnerte sich daran, was sein Vater zu diesem Wort gesagt hatte. »Waren Soldaten in dem Flugzeug, das dort heruntergefallen ist?« fragte er.
»Ja«, sagte Sophie. »Und die sind jetzt vermutlich tot.«
Massimo wollte fragen, warum Menschen so etwas taten, aber er behielt diese Frage für sich, denn er konnte Sophie ansehen, daß sie keine Antwort darauf wußte.

Während der nächsten Tage blieben sie im Haus, saßen unten im Innenhof, und Sophie erzählte Massimo, wozu Buchstaben gut waren, und zeigte ihm, wie sie aussahen und wie man sie in Klänge verwandeln konnte. »Das ist eine Art von Zauberei«, sagte sie. »Schau her! Wenn ich jetzt auf ein Stück Papier den Satz schreibe: *Auch hier fliegen Schwalben um das Haus,* und diesen Zettel in einen Umschlag stecke und mit der Post meinem Vater schicke, dann kann er, wenn er den Satz liest, sich vorstellen, wie hier die Schwalben fliegen, obwohl er noch nie hiergewesen ist. Schwalben kennt er, die gibt es auch bei uns. Willst du zaubern lernen?«
Natürlich wollte Massimo zaubern lernen und machte rasch Fortschritte in dieser Kunst.

Dann zogen die Schwalben nach Süden davon, und zu dieser Zeit kam ein Puppenspieler mit seinen Leuten ins Dorf. Die Wirtschafterin erzählte davon, als sie von ihren Einkäufen zurück ins Haus kam. Sobald Sophie davon hörte, fragte sie Signora Battisti, ob sie mit dem Buben hinunter ins Dorf gehen dürfe, um das Spiel anzuschauen, das am Sonntag nachmittag für die Dorfleute und die Kinder aufgeführt werden solle.
Die Signora machte einige Einwände im Hinblick auf freche Dorfrüpel oder auch auf die gefahrvollen Kriegszeiten, doch nachdem Sophie mehrfach versprochen hatte, Massimo nicht von ihrer Seite zu lassen, gab sie ihre Erlaubnis zu dieser Exkursion. Und ein solches Hinauslaufen in fremde, unvertraute Bereiche war es für Massimo tatsächlich, als er an der Seite seiner jun-

gen Lehrerin zum ersten Mal den ummauerten Besitz seines Vaters durch das Tor verließ, zu dem Sophie ein Schlüssel anvertraut worden war, den sie nicht mehr aus der Hand zu geben gedachte.

Ein Abenteuer war es, in das Massimo an der Seite Sophies hineinlief und das auf ihn wartete bei den roten Ziegeldächern der Dorfhäuser, die aus dem wolkigen Grün der Obstbäume hervorleuchteten. Schon liefen andere Menschen neben ihnen her auf dasselbe Ziel zu, Kinder in bäurischer Kleidung, auch halbwüchsige Mädchen und Burschen (ob das die Dorfrüpel waren, fragte sich Massimo, als er beobachtete, wie zwei von ihnen einander anrempelten, aber sie lachten dazu, und so war ihre Rempelei wohl nichts weiter als ein Ausdruck der Vorfreude auf das Theater).

Massimo merkte, daß manche der Kinder ihn neugierig begafften, als sei er sonstwas für einer. Womöglich, dachte er, hielten sie ihn für einen der Puppenspieler. Jedenfalls fühlte er sich auf unangenehme Weise berührt von diesen Blicken, die ihm bewußt machten, daß er nicht zu diesem Publikum gehörte, das hier zusammenlief, ein Fremder, den keiner kannte und der auch seinerseits keinen von ihnen je gesehen hatte. Auch seine Kleidung unterschied ihn von den anderen Kindern, und er begann sich unwohl zu fühlen in seinem dunkelblauen Sonntagsanzug mit dem ausgeschlagenen schneeweißen Hemdkragen.

Sie trafen früh genug auf dem Dorfplatz ein, um noch einen guten Platz vor der aus Brettern, Latten und dunklen Stoffbahnen rasch zusammengezimmerten Bühne zu bekommen. Die Zuschauer mußten ohnehin stehen, wenn sie sich nicht selbst eine Sitzgelegenheit mitgebracht hatten wie ein paar ältere Leute, die seitwärts auf ihren Schemeln den Beginn des Spiels erwarteten.

Die Erwachsenen standen beieinander und schwätzten, während die Kinder durcheinanderschrien, herumliefen und um die besten Plätze drängelten. Massimo fürchtete schon, dabei ins Hintertreffen zu geraten, doch bald merkte er, daß um ihn und seine Lehrerin stets ein wenig freier Raum offenblieb, als wage es niemand, sie zu berühren oder als wolle keiner etwas mit ihnen zu tun haben. Höflichkeit, wenn nicht gar Ehrfurcht – oder Abscheu. Eines von beiden mußte wohl die Ursache solchen Verhaltens sein, aber Massimo war sich darüber nicht im klaren, und das machte ihn noch unsicherer, als er ohnehin schon war. Während er die Leute beobachtete und sich vorzustellen versuchte, wie es wäre, mit all diesen Kindern als Gleicher unter Gleichen herumzutoben, angefaßt oder gestoßen zu werden und andere anzufassen und zu stoßen, trat ein Mann, der in einen dunklen Kittel gekleidet war, vor die Bühne und hob die Hand, um das Stimmengewirr und das Lärmen der Kinder zu dämpfen. Das gelang ihm fast unmittelbar, und in die Stille hinein sagte er: »Wir bringen euch heute das Spiel von Arlecchino und seinem Kater.«

Während die Leute klatschten, ging der Mann zur Seite und verschwand zwischen den herabhängenden dunklen Tüchern. Gleich darauf wurde die in halber Höhe des Aufbaus befindliche Bühne von unsichtbaren Lampen beleuchtet, und eine Person trat auf oder, besser gesagt: hüpfte von der Seite herein. An der langen roten Nase und dem breiten, lachenden Mund war sie als lustige Figur zu erkennen und wirkte durchaus wie ein erwachsener Mensch, obgleich sie etwas kleiner war als ein Kind. Massimo konnte von seinem Platz dicht vor der Bühne aus erkennen, daß ihre Glieder durch Fäden bewegt wurden, allerdings auf eine Weise, die der Figur den Anschein erstaunlicher Lebendigkeit verlieh. Sie stellte sich selbst als Arlecchino vor, und während sie anfing, ihre Späße zu treiben, hatte Massimo die Fäden, an denen die Figur bewegt wurde, bereits aus den Augen verloren und hörte ihr zu wie einem lebendigen Menschen.

Während ich das schreibe, sitze ich wieder einmal im Haus meiner Freunde oberhalb der Donau und versuche mir vorzustellen, wie ein solches Kasperl-Theater sich im Umfeld von Venedig zur Zeit des Krieges abgespielt haben könnte. Mit Marionetten-Puppen also, das habe ich ohne zu zögern hingeschrieben, und das paßt in seiner reizvollen Stilisierung gut zu meiner Geschichte. Außerdem verstärkt es die Identifikationsmöglichkeit für den kleinen Massimo, wie sich schon erwiesen hat. Auch habe ich ohne weitere Bedenken damit begonnen, das Spiel mit den landesüblichen Figuren der Commedia dell'arte zu besetzen. Ich weiß zwar nicht, ob es dergleichen damals gegeben haben mag, aber es macht sich gut in seiner Mischung von Künstlichkeit und Lebensnähe.

Arlecchino ist also schon aufgetreten, und nach ihm sein Kater, den er anspricht und Pietrino nennt. Daß dieser lustige Bursche mit einem Kater spricht und von ihm sogar Antworten bekommt, akzeptiert Massimo ohne weiteres, auch wenn er nicht alles versteht, wovon dabei die Rede ist. Ein Mädchen namens Colombine wird erwähnt, und Arlecchino scheint mit diesem Mädchen etwas im Sinn zu haben, soviel hat Massimo begriffen. Auch das Wort *Liebe* ist dabei gefallen, und das kennt er und hat dabei bestimmte Vorstellungen, die nicht zuletzt davon geprägt sind, was er aus den Gesprächen des Hauspersonals aufgeschnappt hat.

Der Kater Pietrino warnt seinen Herrn vor einem Mann, der Olobadi heißt und es ebenfalls auf diese Colombine abgesehen hat. Massimo hat schon von ähnlichen Geschichten gehört, wenn seine Kinderfrau sich mit der Köchin oder dem Dienstmädchen über die Leute im Dorf unterhalten hat, und er hegt die Hoffnung, daß Arlecchino diesen Olobadi zum Teufel jagen wird, denn Arlecchino ist sein Mann.

Jetzt tritt Colombine auf, und sie ist so schön mit ihren großen dunklen Augen und dem knallroten Mund, daß sie schon beim ersten Anblick Massimos Herz für sich gewonnen hat. Um so mehr wünscht er sich, daß sein Arlecchino diese liebenswerte Schönheit für sich gewinnt. Es sieht zunächst auch so aus, als könne alles nach Wunsch verlaufen, auch wenn Colombine ziemlich schnippisch mit Arlecchino umgeht. Als dieser sie zum Beispiel »seine Colombine« nennt, lacht sie spöttisch und sagt: »Ich gehöre nur mir selbst.« Aber diese Antwort gefällt Massimo, und er beschließt, sich diesen Satz zu merken. Irgendwann einmal könnte er ihn brauchen, denkt er.

Während er noch darüber nachsinnt, taucht von unten her, als wüchse er stracks wie ein Pilz aus dem Boden, dieser andere Mann mit dem merkwürdigen Namen auf. Mit seinen zusammengezogenen Brauen und den scharf geschnittenen Falten im

Gesicht sieht er aus, als sei er ununterbrochen zornig. Der schwarze Anzug, den er trägt, wirkt mit den glänzenden Metallknöpfen wie eine Uniform, und dazu paßt auch die schwarze Mütze mit dem silbernen Knopf an der Vorderseite, die er sich weit in die Stirn gezogen hat. Er rempelt mit der Aktentasche, die er in der linken Hand trägt, Arlecchino dermaßen an, daß dieser für wenige Augenblicke an seinen Fäden pendelt, bis er wieder Boden unter die Füße bekommt. Obwohl Arlecchino vor Schreck laut aufschreit, nimmt Olobadi überhaupt keine Notiz von ihm und stellt sich Colombine mit einer knappen Verbeugung vor als Obersekretär der Verwaltungsbehörde. Als die Zuschauer das hören, stoßen sie einander an und grinsen. Massimo weiß zwar nicht, was es da zu grinsen geben soll angesichts eines schwarzuniformierten Obersekretärs, aber es scheint ihm, daß auch die anderen Leute diesen Olobadi nicht leiden können. Er selbst hat durchaus Gründe dafür; denn er hat in diesem Obersekretär seinen Konkurrenten erkannt.

Inzwischen hat Arlecchino versucht, sich einzumischen und seinen Anspruch auf Colombine geltend zu machen, doch statt einer Antwort fragt ihn Olobadi nach seinen Papieren. Als Arlecchino zugeben muß, daß er keine solchen Papiere vorweisen kann, lacht Olobadi höhnisch und sagt: »Also gibt es dich gar nicht. Scher dich weg!«

Da wird Massimo die Sache zu dumm. »Du siehst ihn doch!« schreit er mit krähend sich überschlagender Stimme hinauf zu dem Schwarzen. »Also gibt es ihn!«

Die Leute ringsum lachen, aber Olobadi geht auf den Einwurf ein und sagt: »Du siehst das falsch, mein Kind. Hierzulande gibt es nur das, was sich amtlich nachweisen läßt. Diese Figur hier, die sich Arlecchino nennt, ist wahrscheinlich nur eine Art Fata Morgana, falls du weißt, was dieses Wort bedeutet. Etwas, das man vielleicht zu sehen meint, und das doch nicht da ist. Jedenfalls für die Behörde, die ich hier als Obersekretär vertrete, gibt es diesen Arlecchino überhaupt nicht. Und du«, wendet er sich nun an Colombine, »hast dich daran zu halten, was die Behörde vorschreibt.«

Arlecchino kann sich jetzt nicht mehr zurückhalten. »Hör nicht auf diesen Schwachkopf!« schreit er, stößt den Schwarzen zurück und greift schon nach Colombines Hand, um mit dem Mädchen davonzulaufen. Doch da pfeift Olobadi schrill auf einer Trillerpfeife und ruft: »Capitano! Eine Verhaftung!« Als sogleich ein prächtig Uniformierter mit gezogenem Säbel erscheint, brüllt Olobadi: »Widerstand gegen die Staatsgewalt! Abführen, das Subjekt!«, woraufhin der Capitano Arlecchino packt und ihn hinter ein Gitter sperrt, das in diesem Augenblick rechts auf der Bühne durch einen Lichtkegel aus dem samtdunklen Hintergrund hervorgezaubert wird, während Olobadi die zeternde Colombine bei der Hand packt und mit ihr nach links abgeht.

Massimo ärgert sich über diesen Verlauf des Spiels, und es kommen ihm die Tränen angesichts dieses eben noch so lustigen Burschen, der jetzt hinter dem Gitter hockt, anscheinend von allen verlassen. Nach einer Weile beginnt der Gefangene halblaut vor sich hin zu singen, ein Lied, von dem Massimo nicht recht weiß, ob er es traurig oder komisch finden soll; die Melodie klingt schwermütig und regt den Fluß seiner Tränen eher noch stärker an, aber der Text, von dem er nur einzelne Wörter versteht, bringt manche Leute zum Lachen, besonders unter den Erwachsenen.

Dann ist das Lied zu Ende, und eine Zeitlang hört man nur den Gefangenen seufzen. Sonst geschieht gar nichts, bis unversehens ein Mädchen aus dem Publikum »Pietrino!« schreit. »Pietrino, komm schnell! Dein Herr sitzt im Loch!«

Da schleicht auch schon aus den Falten des Kulissentuchs der Kater hervor, reibt seine Schulter an den Gitterstäben und maunzt.

»Du kannst mir jetzt auch nicht mehr helfen!« sagt Arlecchino betrübt.

»Soll ich denn?« fragt Pietrino scheinheilig.

»Gegen diesen schwarzen Federfuchser kannst du eh nichts ausrichten«, sagt Arlecchino.

»Kann ich wohl!« sagt der Kater.

»Wie denn?« fragt Arlecchino.

»Ganz einfach«, sagt der Kater. »Mit einem Zauberwort. Ich sag's dir ins Ohr.«

Arlecchino beugt sich zu ihm hinunter, und der Kater flüstert

ihm hörbar, wenn auch nicht verstehbar etwas zu. Dann sagt er laut: »Sollst mal sehen, was passiert, wenn du das zu ihm sagst.«
»Wahrscheinlich läßt er mich erschießen«, sagt Arlecchino. »Kannst du mir nicht das Gitter aufmachen? Das wär mir lieber als dein fauler Zauber.«
Während er das noch sagt, wird die Bühne von der linken Seite her beleuchtet. »Still und tu was ich sage!« flüstert Pietrino und ist mit einem Satz in den Kulissen verschwunden. Im gleichen Augenblick betritt Olobadi wieder die Bühne, gefolgt vom Capitano, der einen Tisch hinstellt, auf den er ein dickes Buch legt. Olobadi setzt sich an den Tisch und stülpt sich ein Richter-Barett über seine Mütze, das ihm bis zu den abstehenden Ohren hinunterrutscht.
»Den Angeklagten gefesselt hier vor meinen Tisch!« sagt er zu dem Capitano, der Arlecchino daraufhin aus dem Käfig holt und vor den Richter hinstellt.
»Noch einmal von vorn«, sagt Olobadi. »Wie heißt du?«
»Arlecchino«, sagt dieser.
»Eine Behauptung ohne Beweiskraft«, sagt Olobadi. »Wer kann sie bezeugen?«
»Jeder hier im Dorf«, sagt Arlecchino.
Olobadi schüttelt den Kopf. »Ich kann nicht alle befragen. Nenn mir einen Namen!«
»Colombine«, sagt Arlecchino. »Die vor allem.«
»Schon wieder diese Colombine«, sagt Olobadi ärgerlich, und zum Capitano: »Führ die Zeugin vor!«
Der Capitano geht zur Seite und kommt gleich danach mit Colombine zurück. Olobadi befragt sie umständlich nach Namen, Wohnort und sonstigen Umständen, macht sich dabei Notizen und fragt dann: »Kannst du bezeugen, wie dieser Mann heißt, der hier vor Gericht steht?«
»Den kennt doch jeder«, sagt Colombine. »Natürlich außer dir. Er heißt Arlecchino.«
»Und wovon bestreitet er seinen Lebensunterhalt?« fragt Olobadi.
»Von Streiten kann da keine Rede sein«, sagt Colombine. »Er tut, wozu er eben Lust hat, mal dies, mal das.«

»Mit anderen Worten: Er ist beschäftigungslos«, sagt Olobadi befriedigt.
»Das ist nicht wahr!« ruft Arlecchino. »Ich bin von früh morgens bis spät am Abend voll beschäftigt.«
»Mit einer einträglichen Arbeit?« fragt Olobadi und macht die Geste des Geldzählens.
»Ob man das Arbeit nennen kann, weiß ich nicht«, sagt Arlecchino, »aber es trägt mir viel Freundlichkeit ein, besonders seitens der Damen.«
»Davon kann man nicht leben«, sagt Olobadi. »Ich bleibe dabei: beschäftigungslos und ohne Papiere.« Dann wendet er sich wieder an Colombine und fragt: »Wo wohnt dieses Subjekt?«
Colombine zuckt mit den Schultern. »Mal hier, mal dort«, sagt sie. »Je nachdem.«
»Je nach was?« blafft Olobadi zurück.
»Wonach ihm gerade der Sinn steht. Mal ist er irgendwo zu Gast, mal schläft er im Heu.«
»Und das wohl nicht allein«, fällt ihr Olobadi ins Wort. »Also nicht existent, beschäftigungslos und ohne Obdach. Ein Herumtreiber.«
»Aber ein lieber«, sagt Colombine.
Das hört Olobadi nicht gern »Wer hier ein *Lieber* ist, entscheidet das Gericht!« schreit er. »Es läßt sich ja nicht einmal mit Sicherheit sagen, wer dieser Kerl überhaupt ist!«
Jetzt sieht Arlecchino seine Stunde gekommen. »So?« sagt er. »Hier wissen alle, wer ich bin, aber wer weiß denn schon, wer du bist? Du magst einen Haufen Papiere mit dir herumschleppen in deiner Aktentasche und behaupten, dieser oder jener zu sein. Doch bist du das wirklich? Wie, hast du gesagt, sei dein Name?«
»Hast du Dreck in den Ohren? Olobadi, Obersekretär der Verwaltungsbehörde!« schreit der wütend.
Doch Arlecchino bleibt ganz ruhig. »Glaub ich nicht«, sagt er. »Du bist einer, den man von hinten lesen muß und den man mit einem Zauberwort zum Teufel jagen kam.« Während er das sagt, beugt er sich schon über den Tisch, daß Olobadi erschrocken zurückweicht, und brüllt ihm ins Gesicht: »Berlocke, Berlacke, Berlúm!«

Im gleichen Augenblick dröhnt ein Donnerschlag, daß alle auf dem Dorfplatz zusammenschrecken, Funken sprühen, Blitze zucken, und in ihrem flackernden Licht sieht Massimo mit lustvollem Entsetzen, wie dem Obersekretär das Richterbarett samt der schwarzen Mütze darunter vom Kopf fliegt und zwei veritable Bockshörner freigibt, zugleich reißt die schwarze Uniform von unten bis oben auseinander und entblößt einen teuflisch rotfunkelnden Satansleib, der mit Geschrei und Gepolter in die Tiefe fährt.

Massimo saß wie versteinert und starrte auf diese Szene, während die zuschauenden Kinder vor Begeisterung in die Höhe sprangen und ihr Triumphgeschrei von den Häusermauern widerhallte. Er nahm kaum wahr, wie das Spiel, nachdem etwas Ruhe eingekehrt war, zu Ende geführt wurde, der befreite Arlecchino seine Colombine in die Arme schloß, die ihrerseits den Kater Pietrino vom Boden aufhob und auf die feucht glänzende Nase küßte. All das erschien ihm unwichtig gegenüber dem dröhnenden Paukenschlag, mit dem der vermeintlich allmächtige Obersekretär als Teufelsspuk zur Hölle gefahren war. »Berlocke, Berlacke, Berlúm«, wiederholte er halblaut vor sich hin, »Berlocke, Berlacke, Berlúm«, und konnte sich des Gefühls nicht erwehren, daß diese Szene ihn selbst auf eine Weise betraf, über die er noch Klarheit gewinnen mußte. Nach einer Weile blickte er zu Sophie auf und sagte: »Ob es noch mehr solche Zaubersprüche gibt?«

In diesem Sommer kamen während der Schulferien seine Vettern zu Besuch, drei lebhafte Buben aus dem Süden, deren wilde Spiele ihn zunächst eher erschreckten als unterhielten, obwohl er sich andererseits wünschte, es ihnen gleichtun zu können. Aldo war der älteste und der Anführer ihrer Spiele. Er war langbeinig und schlank und hatte ein dunkles, fast maurisch wirkendes Gesicht. Über seinem kühnen Profil mit der scharf vorspringenden Nase krauste sich kurzgehaltenes, schwarzes Haar. So wie Aldo wollte er einmal werden, dachte Massimo damals zunächst, wenn er beobachtete, wie dieser sich mit seinen jüngeren Brüdern balgte und sich beide spielerisch vom Leibe zu halten verstand. Bruno, der zweitälteste, war eher breit gebaut, erschien ein bißchen behäbig in seinen Bewegungen, ehe man bemerkt hatte, wie ungeheuer rasch und zugleich fest er zupacken konnte, wenn es darauf ankam. Massimo nannte ihn bald insgeheim Aldos Hund; denn Bruno hatte in der Art, wie er dem älteren Bruder zumeist auf dem Fuße folgte und dessen Anweisungen widerspruchslos nachkam, etwas von einem bulligen Kampfhund an sich.

Der jüngste wurde Ciccù genannt; auch er war noch etwa zwei Jahre älter als Massimo, fand sich aber stets bereit, sich um den Kleineren zu kümmern, wenn zu befürchten war, daß die Vorhaben der beiden älteren Brüder die Kräfte Massimos überfordern würden. Ciccù ging überhaupt lieber seiner eigenen Wege, ordnete sich aber, wenn dieser es verlangte, Aldo zumeist unter. Massimo gewann überhaupt im Verlauf dieser Ferien den Eindruck, daß das Verhalten der drei Brüder zueinander durch Regeln bestimmt wurde, die er nicht durchschaute, weil sie nie ausgesprochen, sondern fraglos befolgt wurden. Zumindest auf Aldo und Bruno traf dies ohne Einschränkung zu, während Ciccù sich zwar nie ausdrücklich widersetzte, aber durch kaum wahrnehmbare Signale – ein leichtes Schulterzucken etwa oder eine gehobene Augenbraue – den Anschein erweckte, als könne er ebensogut etwas anderes tun, halte die Situation jedoch nicht für belangvoll genug, um eine Auseinandersetzung zu provozieren.

Massimos Vater hatte die drei Vettern selbst mit einem militärischen Dienstwagen zu seinem Haus in den Weinbergen gebracht. Da Sophie über die Ferienzeit zu ihren Eltern nach Südtirol gefahren war, wollte er wohl seinem Sohn auf diese Weise Unterhaltung verschaffen und meinte, daß der Umgang mit anderen Kindern für Massimo nützlich sein könne, allerdings mit solchen, die nicht aus irgendeinem Dorf kamen, sondern aus der eigenen Familie. Der Vater trug wieder die olivgrüne Uniform und am breiten Ledergürtel eine Pistole. Auch für die Kinder hatte er etwas zum Schießen mitgebracht, ein handliches Luftgewehr, das mit kleinen, diaboloförmigen Bleigeschossen geladen wurde. »Paßt auf, daß keiner von euch dort steht, wohin ihr schießt!« sagte er. Massimo hatte genau hingehört. *Keiner von euch*, hatte der Vater gesagt, als habe diese Anweisung keine Geltung, wenn irgend jemand anderes in dieser Richtung getroffen werden könnte. Für Tiere galt sein Gebot ohnehin nicht. Im Gegenteil: Der Vater forderte die Kinder ausdrücklich auf, oben im Weinberg und beim Maronen-Wäldchen auf die Jagd zu gehen. Für Spatzen und Eichhörnchen gäbe es keine Schonzeit, meinte er lachend, und es sei überhaupt an der Zeit, daß sie mit einer Waffe umzugehen lernten.

»Wir können das schon lange«, sagte Aldo.

Das war bald zu bemerken, als sie am nächsten Morgen gemeinsam durch die Rebgärten zur Kuppe des Hügels hinaufstiegen.

»Ihr habt zu viele Stare hier«, sagte Aldo. »Die werden euch im Herbst alle Trauben wegfressen.« Während er das sagte, hatte er das Gewehr schon an die Wange gelegt und drückte ab, als habe er es nicht nötig, lange zu zielen. Fast zugleich mit dem trockenen *paff* des Schusses gab es ein Dutzend Schritte seitwärts vom Weg im Weinlaub ein schwarzes Geflatter, und ein Star fiel wie eine reife Frucht auf den steinigen Boden zwischen den Rebstöcken. Er zuckte noch ein bißchen und lag dann mit halb ausgebreiteten Flügeln still.

»Jetzt du!« sagte Aldo zu Bruno und warf ihm das Gewehr zu, daß es aufrecht stehend zu ihm hinüberflog. Bruno fing es mit der Rechten auf und machte es schußbereit. Massimo erschien dieser Vorgang wie ein seit langem eingeübtes Spiel, bei dem es darauf ankam, daß der Fänger die Waffe sofort wieder gebrauchen konnte. Bruno blickte sich auch schon um, legte das Gewehr an und schoß im gleichen Augenblick. Auch er hatte getroffen, wenn auch sein Star etwas länger zappelte, ehe seine Flügel erstarrten.

»Nun Ciccù«, sagte Aldo.

Auch dieser fing das Gewehr, das Bruno ihm zuwarf, mit lässiger Selbstverständlichkeit auf, hielt es jedoch, nachdem er es geladen hatte, weiter in der Hand wie irgendeinen beliebigen Prügel und schaute sich nach einem Ziel um. Dann zuckte wie ein jähes Wetterleuchten ein spöttisches Lächeln über sein Gesicht.

Er hob das Gewehr, zielte kurz und drückte ab. Von einem Maronenbaum, der ein Stück hügelaufwärts am Rand des Wäldchens stand, war ein helles Klacken zu hören, etwas fiel raschelnd durch das Blattwerk herab und rollte über den Weg auf den Schützen zu. Es war ein unreifer Maronenigel.
»Daneben!« sagte Aldo verächtlich.
»Wieso?« sagte Ciccù. »Ich habe mein Ziel getroffen, und es war schwerer auszumachen als eure Stare.«
»Wollten wir nicht Stare schießen?« sagte Aldo ärgerlich.
Ciccù zuckte mit den Schultern. »Das hast *du* gesagt. Die Marone erschien mir als das geringere Übel.«
Massimo verstand nicht, was er damit sagen wollte. Welchen Sinn sollte es haben, eine unreife Marone vom Baum zu schießen, die man nicht einmal essen konnte? Oder hatte Ciccù überhaupt nur deshalb geschossen, weil Aldo ihn dazu aufgefordert hatte? Schießen – ja. Aber das Ziel ist meine Sache – so etwa mochte Ciccùs Überlegung gewesen sein. Ehe er ihn danach fragen konnte, nahm Aldo seinem Bruder das Gewehr aus der Hand und fragte Massimo, ob er schon einmal mit einer solchen Waffe geschossen habe.
Massimo schüttelte den Kopf. Bisher hatte er nur an Jagdtagen Männer mit Gewehren gesehen, und man hatte ihn allenfalls davor gewarnt, so ein Ding zu berühren oder gar in die Hand zu nehmen.
»Dann wird es Zeit, daß du's lernst«, sagte Aldo. »Dein Vater wird sich wohl gedacht haben, daß wir es dir beibringen.«
Auf diese Weise erhielt Massimo seinen ersten Schießunterricht. Aldo zeigte ihm, wie man das Gewehr in die Hand nahm und wie man es hielt, ohne andere zu gefährden. Er wies ihn an, den Kolben an die Schulter zu legen und über Kimme und Korn ein Ziel anzuvisieren, zunächst einen altersgrauen Pfosten, der am Wegrand in den Boden gerammt war und seine Bestimmung längst verloren hatte. Beim dritten Versuch traf Massimo das obere Ende und sah, wie ein Stück morsches Holz wegflog. Nachdem er diese Übung bis dahin eher pflichtgemäß absolviert hatte wie eine Art Schulaufgabe, packte ihn jetzt plötzlich der Ehrgeiz, und er ruhte nicht eher, als bis er bei jedem Versuch sein

Ziel sicher traf, auch als Aldo die Distanz vergrößerte. Aldos Lob erfüllte ihn mit einem Stolz, der ihm neu war. Erst jetzt fühlte er sich aufgenommen in den Kreis der drei Brüder, war kein Zuschauer mehr, sondern drauf und dran, es ihnen gleichzutun.

»Nun die Amsel, die dort drüben auf dem Rebzweig sitzt!« sagte Aldo.

Für Massimo klang das wie eine Bestätigung dessen, was er eben empfand. Er hob das Gewehr, zielte, sah über Kimme und Korn, wie der schwarze Vogel in die Schußbahn rückte, und drückte ab. Er sah auch das Geflatter, mit dem die Amsel zu Boden trudelte, wo sie bewegungslos liegenblieb.

»Bravo!« sagte Aldo. »Das reicht für heute.« Er nahm Massimo das Gewehr ab und stieg den Weg weiter hinan auf das Kastanienwäldchen zu. Bruno folgte ihm, Ciccù jedoch blieb stehen und schaute hinüber zu der erlegten Amsel.

»Du lernst schnell«, sagte er zu Massimo. »Willst du deine Beute nicht aus der Nähe anschauen?«

Ohne eine Antwort abzuwarten, ging er auf das stille schwarze Federknäuel zu und zwang dadurch den Schützen, ihm zu folgen. Er blieb erst dann stehen, als die tote Amsel unmittelbar vor seinen Füßen lag. »Schau sie dir an!« sagte er, griff den Vogel an den dünnen Beinen und hielt ihn Massimo vors Gesicht. »Es gehört sich, daß der Jäger dem erlegten Wild ins Auge blickt.«

Massimo versuchte das zu tun, aber der Blick des Vogels war erloschen und verborgen hinter der bleichen Nickhaut.

»Nimm ihn!« sagte Ciccù und drängte dem bestürzten Kind den Vogel mit einer solch heftigen Armbewegung auf, daß diesem nichts anderes übrigblieb, als ihn zu ergreifen. Am meisten erschrak Massimo darüber, daß der kleine Körper unter dem weichen Gefieder noch warm war. Eben war das noch Leben gewesen, und nun begann das Fleisch schon auszukühlen. Er sah auch den Einschuß seitlich auf der Brust, aus dem ein Tropfen rubinrotes Blut langsam hervorquoll und sich zwischen dem Gefieder verlief.

»Ich habe ihn umgebracht«, sagte Massimo. Er begriff es eben erst in diesem Augenblick, daß dieses faszinierende Spiel, dieser

Blick über Kimme und Korn auf ein Ziel in der Sekunde des Abdrückens umgeschlagen war in unabänderlichen Tod. Er spürte, wie Trauer in ihm aufstieg, Trauer darüber, daß diese Amsel nie mehr abends auf dem Dachfirst ihr Lied singen würde.

»Sollen wir sie begraben?« fragte er, als wolle er irgend etwas gegen diese Unwiederbringlichkeit unternehmen. Ein Grab war etwas, das Bestand hatte, wenigstens für einige Zeit.

»Nein«, sagte Ciccù. »Laß den toten Vogel hier liegen. Irgendeine Katze wird ihn sich holen oder ein streunender Fuchs«, und als er das Erschrecken in Massimos Augen erkannte, fügte er hinzu: »So ist der Lauf der Natur. Du mußt ja nicht schießen, wenn du das nicht willst, auch wenn es ein anderer von dir verlangt.«

»Vorhin hast auch du nicht so geschossen, wie Aldo es wollte«, sagte Massimo.

»Ein andermal schon«, sagte Ciccù, »aber da hatte ich Appetit auf ein Rebhuhn zum Abendessen oder einen Hasen für den nächsten Sonntag.«

Massimo nahm während dieser Ferien das Gewehr nur noch in die Hand, um auf tote Ziele zu schießen, Blechdosen, alte Flaschen, Holzstöcke und dergleichen Dinge, die nicht mehr sterben konnten, weil sie ohnehin leblos waren. Und wenn er abends eine Amsel singen hörte, sah er die bleich überzogenen Augen des toten Vogels und ängstigte sich vor dem Geheimnis des Todes. Anfangs fürchtete er, die älteren Brüder könnten ihn verachten, weil er es nicht über sich bringen wollte, Lebendiges zu töten. Aldo jedoch akzeptierte seinen Entschluß und sparte nicht mit anerkennenden Worten, als Massimo sich im Verlauf der Wochen zu einem passablen Schützen heranbildete, der rasch und genau sein Ziel zu treffen verstand. »Es kommt allein darauf an, daß du es kannst, wenn es einmal nötig sein sollte«, sagte er, was immer das auch bedeuten mochte.

Mit der Zeit gelang es Massimo immer besser, bei den *wilden Jagden* mitzuhalten, wenn die Brüder oben im Maronenwäldchen auf einen Baum kletterten und dann versuchten, oben im Geäst zur Krone eines Nachbarbaumes hinüberzuwechseln oder gar zu

springen. Drüben an der Nordseite des Hügels zog sich das Gehölz bis hinunter zur Umfassungsmauer des Grundstücks, und dort wurde es eines ihrer Lieblingsspiele, von einem herabhängenden Ast sich auf die Mauerkrone fallen zu lassen und auf diesem schmalen Grat entlangzulaufen, rechts und links gähnende Abgründe, bis es gelang, einen anderen Ast zu packen und wieder in das knorrige Astwerk hinaufzuklettern.
Unbestrittener Anführer blieben dabei stets Aldo und sein Gefolgsmann Bruno. Massimo machte in diesen Tagen eine Entdeckung, die sich auch in späteren Jahren immer wieder einmal zu bestätigen schien. Es war ja kein Zufall, daß er die beiden älteren Brüder zumeist von hinten beobachten konnte, und dabei stellte er besonders bei Aldo eine charakteristische Steilheit des Hinterhauptes fest, die bei Bruno eher zu einer gewissen Steifnackigkeit tendierte. Bei Ciccù und auch bei sich selbst konnte davon nicht die Rede sein (er hatte versucht, mit Hilfe von zwei Spiegeln die Form seines Hinterkopfes zu betrachten und fand ihn eher abgerundet und ein wenig ausladend). Der Schritt war nicht weit, von diesem Körpermerkmal auf bestimmte Charaktereigenschaften zu schließen, wie sie zwischen ihm und den Brüdern zutage traten, ja er kam dazu, daß er dieser Feststellung eine gewisse Allgemeingültigkeit zumaß. Leute mit steilem, von keiner Rundung gesänftigten Hinterhaupt, das ohne irgendeine Abweichung gerade aus dem Nacken aufstieg, waren typische Führernaturen, diese Meinung bildete sich bei ihm heraus. Sie waren Leute, die vorangingen, Befehle erteilten und deren Befolgung erwarteten oder auch erzwangen, und sie taten dies mit jener Unbedingtheit, die keinen Selbstzweifel zuließ (wie er selbst ihn nur allzugut kannte!), nicht einmal die Frage nach Sinn oder Unsinn solcher Unternehmungen, die sie einmal in Angriff genommen hatten. Leute mit rundlichem Hinterkopf, der sich ein wenig über den Hemdkragen hinauswölbte, kannten eine solche Sicherheit nicht. Entweder liefen sie den Steilnackigen nach und befolgten deren Anweisungen, weil sie sich selber nichts zutrauten, oder sie kümmerten sich nicht darum und folgten ihren eigenen Nachdenklichkeiten.
Wenn er zurückdachte an das Puppentheaterspiel im Dorf, so

meinte er sich zu entsinnen, daß auch dort, ohne daß er damals darauf geachtet hätte, eine solche Unterscheidung festzustellen gewesen war, wenn er sich den Anblick jener Burschen ins Gedächtnis zurückrief, die Rüpeleien provoziert hatten, und andrerseits jene, die beiseite geblieben waren. All diese Überlegungen brachten Massimo dazu, zum ersten Mal sich selbst Fragen zu stellen nach dem eigenen Wesen, nach seiner Eigenart im Vergleich zu anderen Kindern. All das hinderte ihn jedoch nicht daran, Aldo zu bewundern, doch ihm war dabei ständig bewußt, daß er selbst nie so sein würde, vielleicht auch nie so sein wollte.

Wie den meisten Kindern, die nicht in bäuerlichem Milieu aufwachsen, war Massimo die Art fremd, wie seine drei Vettern sich Tiere ohne viel Nachdenkens nutzbar machten. Selbst Ciccù hatte zugegeben, daß er, wenn er Appetit darauf hatte, sich ein Rebhuhn schoß oder einen Hasen. Natürlich aß auch Massimo zu Mittag den Schenkel eines rosmaringespickten Hähnchens oder ein zartes, mit einem Salbeiblatt gewürztes Kalbsschnitzel, doch diese kamen ihm nur in Form einer fertig angerichteten Mahlzeit zu Gesicht, die nicht einmal mehr die ursprüngliche Gestalt des jeweiligen Tieres erahnen ließ (anfangs hatte er den Knochen in der Hühnerkeule für eine Art Griff gehalten, der ihm beim Abnagen des Fleisches dienlich sein sollte, zumal die Köchin den herausragenden Gelenkkopf mit einer hübsch gezähnten Papiermanschette versehen hatte).

Nun erst, nachdem er diese Amsel erlegt hatte (keinen Bissen hätte er nach dieser peinlichen Konfrontation mit dem noch warmen Leichnam davon essen können!), wurde ihm der Zusammenhang völlig klar zwischen seinen Fleischspeisen oder den sorgfältig entgräteten Fischfilets und den Tieren, nach denen sie benannt waren. Allerdings faßte er nicht den Entschluß, solchen Genüssen künftig zu entsagen; denn dazu hatte er schon allzu reizvollen Geschmack an solchen Gerichten gefunden. Aber ein Tier zu töten, einzig und allein um die eigene Fertigkeit im Schießen unter Beweis zu stellen – dazu fühlte er sich nicht mehr fähig, und es ärgerte ihn, daß Aldo und Bruno in den nachfolgenden Tagen auch weiterhin auf die Jagd nach solchem Kleinwild gingen, ohne danach ihre Strecke einzusammeln.

Seit er mit den Schwalben geflogen war, fühlte er sich zudem den Vögeln auf eine besondere Weise verbunden, und wenn er sich seinen ersten und bislang einzigen Flug ins Gedächtnis zurückrief, so meinte er sich zu erinnern, daß ihm während dieser wenigen Minuten in den Stimmen der anderen Schwalben, aber auch unabhängig von diesen, Mitteilungen erreicht hatten, die er zwar nicht verstanden, ja kaum wahrgenommen hatte, die er aber im nachhinein für Bemühungen der zeitweiligen Artgenossen halten wollte, mit ihm, dem ihnen unbekannten Individuum, Verbindung aufzunehmen. Es gab also offensichtlich eine Art von Verständigung zwischen diesen Tieren, die nicht wahl- und regellos durch den Himmel kurvten, sondern sich aufeinander abstimmten, vielleicht schon deshalb, um nicht unversehens in der Luft zusammenzustoßen.

Als er über diese Zusammenhänge nachdachte, saß er am Rand des Wäldchens, während Aldo und Bruno hinter ihm Ausschau hielten nach lebenden Zielen, die ihrer Schießlust würdig waren. Vor ihm im Laub der Weinstöcke turnten Stare an den Reben entlang, pickten allerlei Ungeziefer auf und versuchten auch schon hie und da, eine der sich rötlich färbenden, aber wohl noch sauren Beeren zu probieren. Als er sich umschaute, sah er, wie die beiden Brüder gleich ihm hinunterspähten und Aldo schon das Gewehr lud. Die Vorstellung, daß einer der ahnungslosen Vögel, die sich im Weinlaub vergnügten, als zuckendes Bündel zu Boden flattern würde, war Massimo unerträglich. Beschwörend starrte er zu ihnen hinunter und versuchte ihnen eine lautlose Warnung zuzuschicken. »Haut ab!« dachte er. »Gefahr!«, und das mehrfach hintereinander.

Schon nach wenigen Augenblicken sah er, wie die Vögel ihre Tätigkeit einstellten, und hörte, wie sie aufgeregt durcheinanderschrien, und dann hob sich schwirrend der ganze Schwarm von den Weinstöcken, sammelte sich zu einer geschlossenen, gemeinsam agierenden Wolke von Vögeln, die, jetzt schon hoch über dem Wäldchen, eine weite Runde drehte und hinter den Kronen der Kastanienbäume untertauchte.

Ciccù, der neben ihm saß, hatte diesen Vorgang aufmerksam verfolgt. »Kein Jagdglück heute?« sagte er zu seinen Brüdern, und als die beiden murrend zwischen den Stämmen abzogen, wendete er sich Massimo zu und fragte: »Wie hast du das gemacht?«

»Was gemacht?« sagte Massimo in spontaner Abwehr. Es war ihm nicht recht, daß seine Warnung nicht unbemerkt geblieben sein sollte; zudem fragte er sich, ob die Stare seine Botschaft tatsächlich empfangen hatten oder durch etwas anderes aufgestört worden waren, die Bewegung Aldos etwa, mit der er den Lauf der Büchse zum Laden abgeknickt hatte, oder das Klicken des wieder einrastenden Laufs. Dennoch fühlte er sich ein wenig als Retter eines der Vögel, aber er war sich seiner Sache nicht sicher. Jedenfalls würde er diese Art der Verständigung noch öfter probieren müssen, um zuverlässig zu wissen, daß seine Nachricht wirklich verstanden wurde.

Ciccù betrachtete ihn nachdenklich. »Du willst nicht darüber reden«, sagte er nach einer Weile. »Ist ja auch deine Sache.«

Massimo fand im Verlauf des Sommers noch mehrfach Gelegenheit zu Versuchen, den Vögeln heimlich Botschaften zuzusenden, meist in Form von Warnungen, die stets zum Erfolg führten, so daß Aldo eines Mittags zu seiner Tante sagte: »Ihr habt ganz besonders aufmerksame Vögel hier im Weinberg. Man schafft es kaum, einen von ihnen vor die Flinte zu kriegen, ehe der ganze Schwarm sich schon auf und davon gemacht hat.«

»Von Anfang an?« fragte die Mutter.

Aldo bedachte sich eine Zeitlang. »Nein«, sagte er dann. »Anfangs haben wir schon ein paar erwischt, aber dann war's plötzlich vorbei damit.«

»Wundert dich das?« fragte die Mutter.

Aldo zuckte mit den Schultern. »Bei uns im Süden«, sagte er, »haben sie offenbar ein schlechteres Gedächtnis.«

War es nur das? fragte sich Massimo. Wenn er es dabei beließe, würde er nie mit Sicherheit erfahren, ob er mit den Vögeln sprechen konnte. Dann, an einem der letzten Ferientage, bot sich endlich eine Gelegenheit, sich darüber Gewißheit zu verschaffen. Massimo war bei klarem Spätsommerwetter wieder einmal mit den drei Brüdern hügelaufwärts zum Wäldchen gegangen. Aldo hatte das Luftgewehr über die Schulter gehängt, wollte also sein Glück noch einmal versuchen.

»Wir setzen uns eine Zeitlang dort oben an den Waldrand«, sagte Aldo, »und halten uns ganz ruhig, bis die Vögel in den Rebstöcken uns überhaupt nicht mehr beachten. Dann soll's doch mit dem Teufel zugehen, wenn ich zum Abschied nicht noch einmal zum Schuß komme.«

Aus seinem Tonfall war Erbitterung herauszuhören, als müsse er diesen Ort als Besiegter verlassen, wenn ihm das nicht gelänge. Massimo hatte den Eindruck, als recke Aldo seinen Nacken besonders steil, wie er neben ihm im Gras hockte, einem Indianerhäuptling gleich, und hinab auf das abfallende Gelände spähte, wo die Stare wieder in Scharen eingefallen waren.

Diesmal waren es so viele Vögel, daß Massimo Zweifel kamen, ob es ihm gelingen könnte, sie mit seiner stillen Warnung alle gleichzeitig hochzuscheuchen. Natürlich hätte er einfach in die Hände klatschen können oder jäh aufspringen und einen hektischen Tanz aufführen. Aber er wollte es vermeiden, daß Aldo ihn als den Störer seiner Jagd erkannte; denn nach wie vor war ihm die Anerkennung durch den ältesten Vetter wichtig, so sehr er auch dessen sinnlose Schießerei verabscheute.

Während die Vettern still dasaßen und abwarteten, bis Aldo die Zeit für gekommen hielt, bildete sich in Massimos Vorstellung ein Plan heraus, den er unverzüglich ins Werk zu setzen begann. Diesmal schreckte er die Vögel nicht mit einer jähen Warnung auf, sondern versuchte in seinen Gedanken ruhig und eindringlich auf sie einzureden. »Hört mir zu!« dachte er und konzentrierte sich dabei ganz auf seine Worte. »Hört alle zu! Macht Schluß mit dieser Schießerei! Gebt genau acht! Wenn ich diese Hand hier hebe«, und dabei zeigte er den Vögeln die offene helle Innenfläche seiner linken Hand, »dann steigt alle zusammen auf und umkreist die Köpfe dieser Schießer, bis sie davonlaufen!« Und das wiederholte er so lange immer aufs neue und mit – wenn möglich – noch gesteigerter Eindringlichkeit, bis er sah, wie Aldo, ohne seinen Körper sonst zu bewegen, mit der Hand nach dem Gewehr tastete, das neben ihm im Gras lag.

In diesem Augenblick hob Massimo, dem vor Anspannung und Erregung das Herz bis zum Hals klopfte, langsam die Hand, und schon stiegen ringsum die dunklen Vögel flatternd aus dem

Weinlaub. Massimo sah, wie sie sich zu einem ungeheuren Schwarm vereinigten, der diesmal nicht über die Baumkronen davonzog, sondern sich als sirrende, den Himmel verdunkelnde Wolke auf ihn und die Brüder herabsenkte, die verblüfft ihnen entgegenblickten und sich noch immer nicht rührten. Dann hatte die Wolke sie schon verschluckt, und auch Massimo nahm nichts mehr wahr als das dichte Gewoge der Vogelleiber, deren Flügel ihm Gesicht und Haar streiften und ihn in einen kreisenden Strudel zogen, der ihm fast den Atem raubte. Er hörte jetzt das Schreien der Brüder dicht neben sich, ohne sie sehen zu können, nahm das dumpfe Trampeln ihrer Schritte wahr, das sich rasch hangabwärts entfernte. Da versuchte er ihnen blindlings nachzulaufen, strauchelte über Wurzeln und herabhängendes Rebengezweig, schlug der Länge nach auf den steinigen Boden zwischen den Weinstöcken und hielt beide Hände schützend über den Kopf, den noch immer schreiende Stare umschwirrten.

Nach einiger Zeit wurde es stiller. Als er den Kopf hob, sah er die Vettern weiter unten noch immer gejagt von den wirbelnden Staren rennen. Bei ihm jedoch saßen nur noch einzelne in den Zweigen und glätteten ihr Gefieder. Als er sich aufrichtete, setzte sich einer der Stare auf seine Schulter und blickte ihn mit seinen schwarzglänzenden Augen von der Seite an mit einem geradezu ironisch wirkenden Ausdruck, als wolle er sagen: »Na, wie haben wir das hingekriegt?«

Jetzt war Massimo nicht mehr im Zweifel über seine Fähigkeit, sich mit Vögeln zu verständigen. Als er langsam hangabwärts trottete, hatten die Stare auch von seinen Vettern abgelassen und zogen im Schwarm hinüber zu den Gärten jenseits der Umfassungsmauer. Aldo und Bruno wirkten noch immer verschreckt und ratlos, als Massimo bei ihnen stehenblieb.

»Gibt's das hier öfter?« fragte Aldo. »Da vergeht einem jede Lust auf die Jagd.«

»Muß ja auch nicht sein«, sagte Massimo so beiläufig wie möglich. Er merkte, daß Ciccù ihn fragend anblickte, doch er hatte nicht die Absicht, diese unausgesprochene Frage zu beantworten. Ehe der jüngste seiner Vettern etwas sagen konnte, wandte sich Massimo ab und ging den anderen voran hinunter zum

Haus, dessen kaum von Öffnungen durchbrochenes Gemäuer ihm seine abweisende Schroffheit entgegensetzte, als sei er nicht willkommen in diesem wehrhaften Gebäude.

Am darauffolgenden Tag kam der Vater mit seinem Dienstwagen und holte die Vettern ab. Als er im Flur das Gewehr hängen sah, fragte er Aldo, wie sie damit zurechtgekommen wären.

Aldo hörte offenbar mehr aus dieser Frage heraus, als sie besagte, oder er schien im voraus gewußt zu haben, was der Vater wissen wollte. »Ganz gut«, sagte er. »Massimo ist schon ein sicherer Schütze geworden, auf den man sich verlassen kann, wenn es darauf ankommt.«

Massimo, der dabeistand, freute sich über diese Anerkennung seiner Leistung, aber zugleich fragte er sich, was dieser Nachsatz bedeuten mochte, den er nicht zum ersten Mal zu hören bekam. Worauf mochte es ankommen, wenn auf ihn Verlaß sein sollte? Auf das Schießen von Vögeln offenbar nicht.

Ein paar Tage später kam Sophie zurück und nahm ihren Unterricht wieder auf. Als sie das Gewehr sah, das noch immer an dem Kleiderhaken im Flur hing, fragte sie ihren Schüler, ob das ihm gehöre.

»Ja«, sagte Massimo. »Mein Vater hat es mir geschenkt, als er zu Anfang der Ferien meine drei Vettern hierherbrachte.« Und nach einer Pause fügte er hinzu: »Die schießen gern.«

»Worauf?« fragte Sophie.

»Auf alles mögliche«, sagte Massimo. »Auch auf Vögel.«

»Und du?« fragte sie.

»Ich hab's während der Ferien gelernt«, sagte er wie ein braver Schüler, der eine schwierige Aufgabe zur Zufriedenheit des Lehrers bewältigt hat. »Treffen kann ich schon ganz gut, sagt Aldo.«

»Auch Vögel?« fragte Sophie.

Massimo wich ihrem Blick aus, als er bestätigend nickte. »Aber nur ein Mal. Und es macht mir keine Freude.«

Sophie schien erleichtert zu sein, als sie das hörte. »Wirst du das Ding mitnehmen, wenn wir zusammen hinaus in die Weinberge oder zum Wäldchen gehen?« fragte sie noch.

»Nein«, sagte Massimo. »Mir genügt's, daß ich's kann.«

»Sei froh, daß du's nicht mußt«, sagte sie. »Es wird ohnehin genug geschossen in dieser Zeit.«

Als im Herbst sein Vater für zwei Tage nach Hause gekommen war und ein paar Freunde zur Jagd mitgebracht hatte, fragte er am Morgen, als die Jäger mit ihren Flinten schon draußen warteten, ob Massimo mit zur Jagd kommen wolle. Schießen habe er ja inzwischen gelernt.

Massimo wagte es zunächst kaum, dieses Angebot abzulehnen, das der Vater sicher als einen ersten Schritt ins Erwachsenenleben verstand. Doch dann kam ihm wieder die tote Amsel in den Sinn und Ciccùs Satz, daß der Jäger dem erlegten Wild ins Auge blicken müsse, und er rang sich dazu durch, eine Erkältung vorzuschützen, an der er tatsächlich in den Tagen zuvor gelitten hatte, die aber eigentlich schon abgeklungen war. Der Vater äußerte sich nicht dazu, drehte sich wortlos um, ging zu seinen Jagdkumpanen und zog mit ihnen hügelaufwärts.

Den ganzen Tag lang hörte Massimo droben im Weinberg die Büchsen knallen, während er mit Sophie in der Stube saß. Sie hatte Unterricht in Naturkunde angesetzt und erklärte ihm die Nützlichkeit heimischer Vögel. Am Nachmittag kamen dann die Jäger mit ihrer schlaffen Beute zurück und legten sie stolz im Patio aus. Auf den Steinfliesen trockneten Blutstropfen.

Erst Ende Januar hörte Massimo wieder einmal den Wagen seines Vaters vorfahren, nachts wie zumeist. Türen wurden geschlagen, Schritte trappelten treppauf und treppab, dazwischen die Stimme des Vaters, der irgendwelche Anweisungen gab. Als es langsam hell zu werden begann und Massimo zum Frühstück hinunterging, standen im Flur fertig gepackte Koffer, Mäntel und Decken waren achtlos darüber geworfen. Auch Sophie hatte ihre Sachen gepackt und kam mit ihrem Gepäck die Treppe herunter.

»Fahren wir weg?« fragte Massimo.

Sophie zuckte mit den Schultern. »Ich weiß nicht«, sagte sie. »Kann sein. Dein Vater hat nur gesagt, daß ich packen soll. Das Notwendigste.«

Im Eßzimmer saßen dann alle um den Tisch, schlürften hastig

ihre Milch oder den Milchkaffee, und Massimo spürte die Unruhe all der Erwachsenen. Der Vater schien immer wieder hinauszuhorchen, stand auf und spähte durch die schmale Fensterluke zu dem verhangenen, sich allmählich erhellenden Morgenhimmel, setzte sich wieder, wirkte aber auch dann, als sei er ständig auf dem Sprung, während die Mutter mit nervös zuckenden Fingern ihr Brot zerkrümelte.

Dann bebte plötzlich ein rasch anschwellendes Brummen in der Luft, das sich jäh zu lärmendem Heulen steigerte. Knatternde Salven von Schüssen hämmerten dazwischen, dröhnende Maschinen donnerten über das Haus und brachten die Fensterscheiben zum Klirren.

»In den Keller!« rief der Vater. »Rasch, rasch!«

Alle sprangen vom Tisch auf, stießen die Stühle zurück und drängten zur Tür, während draußen das Schießen nicht aufhören wollte, dazwischen wieder die Stimme des Vaters: »Jeder nimmt, was er schleppen kann!«

Massimo wurde von der Mutter am Arm gepackt; sie hielt in der anderen Hand schon einen Koffer und zerrte das Kind zur Kellertreppe. Jeder versuchte, so rasch wie möglich hinunter in das vermeintlich schützende Dunkel zu tauchen – Massimo mußte an Kaninchen denken, die, sobald sie seine Schritte wahrnahmen, mit wenigen Sätzen hinab in ihren Fluchtgang tauchten. Er hatte, um der Anweisung des Vaters zu folgen, mit der freien Hand irgendeine Decke gepackt, schleifte sie hinter sich her und brachte damit den Gärtner, der von draußen hereingekommen war und hinter ihm die Treppe hinablief, zum Stolpern. »Paß doch auf!« rief der und half Massimo, die Decke zusammenzuraffen und unter den Arm zu klemmen.

Schließlich hockten alle auf Kisten und knarrenden Obstkörben unten in einem kahlen Kellerraum im schwachen Licht einer an der Decke baumelnden Glühbirne. An der Seitenwand war ein Holzfaß aufgebockt, unter dessen Spundhahn ein Krug stand. Es roch nach verschüttetem Wein. All das nahm das Kind wahr, während von draußen, gedämpft durch die geschlossene Tür, wieder dieses sägende Knattern hereindrang, gleich darauf ein jäh anschwellendes Jaulen von Flugzeugmotoren. Massimo klammerte sich mit beiden Armen an seine Mutter. »Mama!« rief er wimmernd. »Mama!«

Dann geschah alles so rasch hintereinander, daß das Kind es als gleichzeitig empfand, einen Alptraum von einer nicht enden wollenden Sekunde. Der Vater stand plötzlich vor ihm; im schwachen Licht blinkten die metallenen Knöpfe an seiner Uniform. Er packte das Kind an beiden Schultern und riß es aus der Umarmung der Mutter. »Sei endlich ein Mann!« brüllte er. »Mein Sohn verkriecht sich nicht, wenn draußen geschossen wird!«

Massimo starrte seinen Vater an, als habe er dieses Bild schon einmal vor Augen gehabt, diese sich dunkel auftürmende Gestalt mit dem Geglitzer von Knöpfen auf dem Leib. Seine Angst war plötzlich verflogen, und ein unmäßiger Zorn packte ihn. Er stieß den Vater mit beiden Fäusten zurück und schrie ihm ins Gesicht: »Berlocke, Berlacke, Berlúm!«, und noch im selben Augenblick kam ein eben begonnenes schrilles Pfeifen zu seinem Höhepunkt in einer betäubenden Explosion, mit der das Licht verlöschte.

Massimo konnte sich später nicht mehr erinnern, was unmittelbar danach geschehen war. Er war wohl eine Zeitlang bewußtlos gewesen, und als er wieder zu sich kam, hatte jemand schon die Tür aufgestoßen. Im nur spärlich hereinfallenden Tageslicht wälzte sich eine Wolke von rauchigem Staub herein, Menschen bewegten sich langsam wie im dichten Nebel, und stechender Gestank breitete sich aus. Erkennbar war nur die Mutter, die sich über ihn beugte und seine Glieder betastete.

»Deine Nase blutet!« sagte sie und versuchte ihm das klebrige warme Blut vom Gesicht zu wischen. »Bist du verletzt? Hast du Schmerzen?« Ihre Stimme zitterte.

Massimo schüttelte den Kopf und versuchte sich aufzurichten. Sie half ihm aufzustehen, und ihn überkam ein sonderbares Gefühl, so als habe er eine Schlacht geschlagen, dabei zwar Wunden davongetragen, stehe aber nun als Sieger da. Er faßte die Mutter bei der Hand, schaute ihr ins Gesicht und sagte: »Siehst du! Mein Zauberspruch hat gewirkt!«

II

Das Haus war nicht mehr bewohnbar. Der Vater hatte zusammen mit dem Gärtner und dessen Gehilfen die Kellertreppe von Bautrümmern freigeräumt, und dann standen alle im kalten Licht des Morgens vor der Ruine der einstigen Wohnburg. Eine Fliegerbombe war mitten im Wohntrakt explodiert und hatte eine Bresche in die Vorderfront gerissen bis hinab auf die Schwelle des Eingangs. Von den übrigen Gebäudeteilen hatte die Explosion sämtliche Dächer weggeblasen, auch gab es keine heilen Fensterscheiben mehr, und die Mauern waren durchlöchert von Geschoßgarben.

Der Vater betrachtete den Schaden mit der Nüchternheit des Geschäftsmannes. »Das läßt sich einstweilen nicht reparieren«, sagte er zu seiner *Contessa*, und das klang so, als sei es nur eine Frage der Zeit, bis sie wieder einziehen könne. »Wo willst du inzwischen bleiben? In den Süden zu meinen Leuten ist der Weg versperrt. Da ist die Front dazwischen und ein einziges Chaos, das jetzt auch uns hier erreicht.«

»Ich ziehe zu meinem Vater nach Venedig«, sagte die Mutter. »Vor dieser Stadt werden selbst die Bomber Respekt haben, zu welcher Seite in diesem Krieg sie auch gehören mögen. Dort werden wir sicher sein, Massimo und ich.« Und nach einer Weile fügte sie mit einem Blick auf das zerstörte Haus hinzu: »Dein Haus haben sie wohl für einen kriegswichtigen Bunker gehalten, so wie du es gebaut hast.«

Der Vater wandte sich ab und sagte schon im Gehen: »Ich besorge einen Wagen für dich, das Kind und die Lehrerin.«

Massimo beobachtete erstaunt alle diese Aktivitäten seines Vaters, und es kamen ihm Zweifel hinsichtlich einer auf Dauer angelegten Wirksamkeit seines Zauberspruchs; er tröstete sich jedoch damit, daß nicht alles gleich beim ersten Versuch perfekt glücken könne. Für den Anfang waren die im wahren Sinne durchschlagenden Folgen ja erstaunlich genug, fand er.

Wenig später waren alle drei schon in einem mißfarbenen, mit Tarnnetzen überspannten Lastwagen unterwegs, den ein Soldat steuerte, der zuvor all das herumstehende Gepäck und die Decken aufgeladen hatte. Die beiden Frauen saßen neben ihm im Führerhaus, die Mutter mit dem Kind auf dem Schoß. Der Soldat fuhr wie der Satan (der Vater hatte ihn ja besorgt, dachte Massimo) ohne Rücksicht auf Schlaglöcher oder Kurven. »Je schneller in Venedig, um so weniger kann passieren«, sagte er, als die Mutter sich beschweren wollte.

Obwohl auch er samt der Mutter ständig von einer Seite auf die andere geworfen oder bis unters Dach der Kabine geschleudert wurde, genoß Massimo diese Fahrt als aufregendes Abenteuer, untermalt durch das Prasseln von lockerem Kies auf dem Unterboden und vom Kreischen flüchtender Hühner, die kopflos vor dem heranrasenden Wagen dahinrannten, um erst im letzten Augenblick seitwärts davonzuflattern.

Einmal wurden sie von Soldaten angehalten, die eine Straßensperre bewachten. Der Fahrer wies ihnen ein Papier vor, das Massimos Vater ausgestellt hatte, stritt sich wegen eines fehlenden Stempels lautstark und heftig gestikulierend mit den Soldaten herum, die diesem *Wisch* nicht trauen wollten, aber endlich doch eine Lücke in ihrer Sperre öffneten und den Wagen durchließen. Von da an fuhr der Soldat wenn möglich noch schneller.

Wie gelangt dieses militärische Lastauto mit zwei Frauen und einem Kind nun in die alte Lagunenstadt, an der auch dieser Krieg, fast ohne Spuren zu hinterlassen, vorübergezogen ist wie an einer uralten mythischen Stätte, die keiner zu beschädigen wagt, selbst wenn ihm ihr kultureller oder gar ihr religiöser Wert nichts bedeuten mag? Ob es der heilige Apostel Markus selbst ist, der seine Hand über die einstige Handelsmetropole hält, obwohl man seine Gebeine seinerzeit in Konstantinopel gestohlen hat, um den eigenen Dom damit auszustatten und das Prestige der Serenissima aufzuwerten? Wer weiß denn, nach welchem Maß solcher Schutz gewährt wird? Vielleicht dankt es der Heilige dieser Stadt, daß man auf solche Weise – wenn auch etwas verfrüht – seine sterblichen Überbleibsel davor bewahrt hat, im Jahre 1453 nach der Eroberung durch die Truppen des Sultans in alle Winde zerstreut zu werden.

Wie dem auch immer sein mag: Die Stadt galt im weiten Umkreis als ein Ort, der aller Wahrscheinlichkeit nach von kriegerischen Aktionen verschont bleiben würde. Ich stelle mir nun vor, daß der Zugang vom Land her, jener Damm, über den man mit der Bahn oder auf der Straße die Stadt erreicht, bewacht wurde von Posten, die nur jene passieren ließen, die nachweislich ihren Wohnsitz dort hatten, und das galt möglicherweise nicht einmal für Massimos Mutter, geschweige denn für Sophie. Ohne eine solche Maßnahme wäre die ohnehin auf ihre von Kanälen durchzogene Inseln zusammengedrängte Stadt hoffnungslos übervölkert worden und im Chaos versunken.

Ich nehme also einen Plan der Umgebung Venedigs zur Hand und überlege, was da zu tun sei. Der Soldat, der den Lastwagen chauffiert, wird einen Weg suchen müssen, auf dem er seine Passagiere gleichsam durch die Hintertür in die Stadt schmuggeln kann. Der hat sich das natürlich schon längst überlegt; denn die Posten von der Straßensperre, die er eben unter Schwierigkeiten passiert hat, haben ihm nicht ohne spöttisches Grinsen mitgeteilt, daß seine Fahrt spätestens in Mestre, wo der Damm beginnt, ihr Ende finden wird.

Ohne sein Tempo zu mäßigen, teilt er jetzt seinen Passagieren mit, daß er einen Umweg nehmen muß und zwar über Quarto d'Altino und weiter am Rand der Lagune entlang über Caposile und Jesolo auf dem Lido bis zum Ende der Straße in Punto Sabbioni. Dort gebe es eine Trattoria mit Telefon und eine Anlegestelle; die Signora werde ihren Vater anrufen können, um ihn zu bitten, nach Einbruch der Dunkelheit ein Motorboot zu schicken.

So geschah es dann auch. Bald nachdem sie Quarto d'Altino durchrast hatten, sah Massimo das spiegelglatte, von zahlreichen Inseln durchbrochene Wasser der Lagune unter der Mittagssonne aufblitzen, an dem sie von da an entlangfuhren, und er hatte hinreichend Zeit und Gelegenheit, die Schwärme der Möwen zu beobachten, die über der Lagune kreisten, gemeinsam ins aufschäumende Wasser einfielen, daß es wie von weißen Flocken getupft erschien, und dann wieder unvermutet aufflogen. Er bewunderte die Eleganz ihres Fluges und fragte sich, ob es ihm, wenn er künftig hier wohnte, gelingen könne, sich auch mit diesen Vögeln in die Luft zu schwingen.

Während er sich das vorzustellen versuchte, hatten sie auch schon Jesolo hinter sich, und der Fahrer bog auf die Straße ein, die über den Lido führte. Nun kam nach beiden Seiten hin ab und zu Wasser ins Blickfeld, rechts das eher einem von Wasserläufen und Seen durchsetzten Sumpf gleichende Gebiet der nördlichen Lagune, aus dessen Schilfbeständen Enten aufflogen, hochgescheucht vom dröhnenden Fahrgeräusch des Lastwagens, links die heranrollende Brandung des offenen Meeres. All das war neu und aufregend für Massimo, und er befreundete sich mehr und mehr mit diesem Ortswechsel.

Schließlich ist die Straße zu Ende, und neben der angekündigten Anlegestelle befindet sich in meiner Vorstellung eine Trattoria einfacher Art, die sogar einen kleinen, durch Blumenkästen abgegrenzten Vorgarten aufweist, an dessen runden Blechtischen man Platz nehmen kann. Es ist zwar erst Ende Januar, aber ich nehme an, daß zu dieser Zeit sich die Kälte nach Norden über die Alpen zurückgezogen hat und außerordentlich mildes Wetter herrscht, bei dem man in einigermaßen wärmender Kleidung im Freien sitzen kann.

Nachdem der Soldat sich verabschiedet hat und in seinem Lastwagen davongebraust ist, bestellt die Mutter bei dem Wirt, der inzwischen vor die Tür getreten ist, einen halben Liter Weißwein und für jeden einen Teller Pasta mit Fischsoße. Etwas anderes hat der Wirt ohnehin nicht anzubieten, denn bei diesen Zeitläuften hat er kaum mit Gästen gerechnet. Selbst Massimo bekommt einen Schluck Weißwein in sein Glas, das die Mutter dann mit Mineralwasser auffüllt. Er kostet zum ersten Mal dieses Erwachsenengetränk und empfindet es als eine ihn selbst aufwertende Komponente in dieser außergewöhnlichen Situation, obwohl der gewasserte Wein ihm eigentlich nicht schmeckt. Ehe das Essen gebracht wird, geht die Mutter in die Wirtsstube, um zu telefonieren. Als sie zurückkommt, sagt sie, daß sie bis zum Abend hier warten müßten. Dann käme ihr Vater mit einem Motorboot, um sie abzuholen.

Nach dem Essen bleiben sie im Vorgarten sitzen. Sie sind die einzigen Gäste, niemand geht vorüber, nur der Wirt schaut von Zeit zu Zeit aus der Tür und fragt, ob etwas gewünscht wird. Im übrigen bleibt er schweigsam. Vielleicht ahnt er, denkt Massimo, was diese Gäste vorhaben, oder hat sogar gehört, was die Mutter mit ihrem Vater abgesprochen hat, und will damit nichts zu tun haben.

Nun sieht Massimo die Möwen aus der Nähe. Einzelne landen dicht beim Tisch auf dem sandigen Boden und äugen herüber, ob etwas für sie abfallen könnte. Massimo findet auf seinem Teller noch ein kleines Stück Fisch und wirft es einer Möwe hin, die es geschickt aus der Luft fängt und verschluckt. Massimo überkommt das Gefühl, eine Freundschaft geschlossen zu haben. Dann kommt der Wirt an den Tisch und räumt Teller und Bestecke ab. Da fliegen die Möwen auf und gesellen sich wieder zu jenen, die weiter draußen auf dem Wasser schwimmen. »Dort drüben«, sagt die Mutter und zeigt übers Wasser auf eine ferne Silhouette, die wie eine geklöppelte Spitzenkante den Horizont der Lagune verziert, »dort liegt Venedig.«

Ich weiß nicht, ob all das überhaupt möglich gewesen wäre, aber ich stell es mir so vor, um die Figur des Massimo Battisti nach und nach mit Lebensstoff anzureichern. Mittagszeit ist inzwischen schon vorüber, und für die beiden Damen ist es Zeit, sich – je nach Belieben – einen Espresso oder einen Cappuccino zu bestellen, während das Kind eine Aranciata bekommt, jene auf der Grundlage sizilianischer Blutorangen hergestellte rötliche Limonade, die ihm ebenso neu und fremd ist wie alles andere, was an diesem Tag geschieht. Als ihm Sophie die Herkunft dieses Getränks erklärt, ist die Erinnerung an seine drei Vettern nicht weit, und Massimo malt sich aus, daß Aldo, Bruno und Ciccù jetzt dort unten, wo sie zu Hause sind, am Meer sitzen und die gleiche Aranciata trinken. Vielleicht stellen sich sogar Assoziationen ein, die von dem Wort *Blutorangen* weiter führen zu vergossenem Blut, jenem von Vögeln etwa, denen es rubinrot aus dem Gefieder tropft. Auch der Krieg, der irgendwo in diesem Lande im Gange ist, fordert Blut; das hat Massimo gesprächsweise gehört, doch es entzieht sich noch weitgehend seiner Vorstellung, wie das gemeint sein könnte. Er fragt sich jedoch, ob der Krieg, den er sich wie ein langsam über das Land hinwegrollendes Unwetter vorstellt mit Blitz, Donner und Hagelschlag, über den Landstrich schon hinweggezogen ist, in dem die Vettern wohnen, und was er hinterlassen haben mag.

Nach einer Weile fragt er die Mutter, ob er sich auf den Landungssteg setzen darf, »wenigstens dort, wo er noch über den Sandstrand führt«, setzt er hinzu, als er sieht, wie die Mutter zu einem besorgten Einwand ansetzt. Mit dieser Einschränkung will sie es erlauben. Massimo nimmt sich ein Stück Weißbrot aus dem Körbchen, das der Wirt auf den Tisch gestellt hat, schlendert hinüber und setzt sich auf die verwitterten Bretter des Stegs, die unter seinem Gewicht leise knarren.

Nun widmet er seine Aufmerksamkeit wieder den Möwen. Er bricht kleine Stücke von dem Brot ab und wirft sie, wenn einer der Vögel in seiner Nähe schwebt, in die Luft. Er ist fasziniert davon, mit welcher Geschicklichkeit eine Möwe etwas Zugeworfenes mit dem Schnabel aufzufangen vermag, ehe es auch nur beginnt, wieder herabzufallen. Eine Lektion in Überwindung der Schwerkraft, könnte man sagen, aber so weit reichen die Überlegungen des Kindes noch nicht; zudem hat Massimo anderes, Konkreteres im Sinn: Er möchte Verbindung mit diesen Vögeln aufnehmen, denen er – wie er vermutet – künftig in dieser am Horizont hingebreiteten Stadt nahe sein wird. Unter den Augen von Mutter und Lehrerin wagt er allerdings keinen Versuch, mit diesen Vögeln zu fliegen, doch er lockt sie nahe zu sich heran, beobachtet ihr Verhalten und bemerkt dabei, wie aufmerksam sie ihn beäugen. Vielleicht geht es ihnen dabei nur um das Stück Brot, das er noch in der Hand hält, denkt er, doch die Vögel bleiben auch dann noch in seiner Nähe, als er ihnen nichts mehr zu bieten hat.

So vergeht der Nachmittag. Gegen Abend bestellt die Mutter noch eine Kleinigkeit zu essen. Der Wirt bringt ein Körbchen mit Weißbrotscheiben, etwas Käse auf einem Brett, noch eine halbe Flasche Weißwein und für Massimo eine Aranciata. Während die Dämmerung über dem offenen Meer aufsteigt und den von Wolken überzogenen Himmel nach und nach verdunkelt, essen sie langsam die einfachen Speisen, kauen, trinken einen Schluck und reden dazwischen, ohne eigentlich ein Gespräch zu führen. »Das Haus ...«, sagt die Mutter und schüttelt ein wenig den Kopf. »Wie lange das wohl noch dauert?« sagt Sophie, und Massimo weiß nicht, ob sich das auf das Boot bezieht, das kommen soll, oder auf den Krieg, der mit schweren Schritten über das Land schreitet und Häuser zertritt. Als der Wirt noch einmal an ihren Tisch kommt und fragt, ob noch etwas verlangt wird, bezahlt die Mutter, was verzehrt wurde; denn nun werden sie nicht mehr lange warten müssen.

Bald danach ist das Pochen eines Motors zu hören, alle drei stehen auf von ihren Stühlen, gehen zum Bootssteg und schauen hinaus auf das grau verschwimmende Wasser der Lagune. Da sehen sie schon das Boot langsam über das ruhige Wasser heranfahren, mit halber Kraft, um nicht allzuviel Lärm zu machen. Als es näher herantreibt, schon mit abgestelltem Motor, sieht Massimo, daß außer dem Mann, der im Heck sitzt und das Steuer hält, vorn im Bug noch ein Mann hockt, eben noch zusammengekauert, als läge dort nur ein dunkles Paket, aber dann doch ein Mann, der jetzt sich langsam aufrichtet und ihnen entgegenblickt, ein im Vergleich zu dem kräftigen Schiffer eher zierlicher Mann mit grauem, fast schon weißem Haar. Massimo erkennt ihn wieder, obwohl es Jahre her ist, daß er ihn gesehen hat. Es ist sein Großvater, der jetzt der Mutter ein Seil zuwirft, das sie geschickt auffängt und an einem Pfosten des Landestegs festmacht. An ihren ruhigen Bewegungen bei diesem Manöver erkennt Massimo, daß die Mutter nicht zum ersten Mal diese Handgriffe ausführt. Er wußte, daß sie hier in Venedig aufgewachsen ist, jetzt aber kann er es sehen.

Jetzt habe ich meine Vorstellung von der Ankunft meiner Figuren bei der Lagunenstadt so weit vorangetrieben, daß ich aus dem die Szenerie spontan herstellenden Präsens wieder in die eher gemächliche Erzählform des Präteritums verfallen kann, um meine Geschichte weiterzuspinnen. Also –

Sobald das Boot an den Pfosten schrammte und sich parallel zum Steg legte, stand der Großvater auf, sprang mit überraschender

Elastizität auf die Laufbretter des Stegs und umarmte ohne weitere Ankündigung seine Tochter. »Gott sei Dank, daß euch nichts passiert ist!« rief er und hielt sie lange fest in seinen Armen. Dann schob er sie von sich, schüttelte den Kopf, als sei es nicht zu begreifen, und sagte: »Was baut er auch so einen wehrhaften Bunker, um dich einzusperren, dieser Satan von einem Schwiegersohn!«

Satan hatte er gesagt, das hatte Massimo deutlich gehört, und er fügte dieses Detail sogleich ein in das Bild, das er sich von seinem Vater Stück für Stück hergestellt hatte. Als der Großvater ihn mit beiden Armen von den Planken des Bootsstegs aufhob, um ihn rechts und links auf die Wangen zu küssen und an sich zu drücken, flüsterte Massimo ihm ins Ohr: »Ist mein Vater wirklich ein Teufel?«

Der Großvater schaute ihm verblüfft ins Gesicht. Dann lachte er und raunte: »Das scheint dich gar nicht zu wundern?«

Massimo grinste und erwiderte: »Beinahe hätte ich ihn entlarvt mit meinem Zauberwort, aber ich habe nur sein Haus kaputtgemacht.«

»Du kannst zaubern?« fragte der Großvater leise. »Darüber müssen wir reden, wenn wir allein sind, ja?« Dann stellte er das Kind wieder auf die Beine und begrüßte Sophie. »Ich bin froh, daß Sie mitgekommen sind«, sagte er. »In den Schulen hier ist derzeit nicht viel Vernünftiges zu lernen.« Dann half er erst der Mutter und auch Sophie beim Einsteigen, reichte ihnen das Kind zu und stieg selbst wieder ins Boot. Dort machte er sie mit dem Schiffer bekannt. »Marco ist ein alter Freund«, sagte er. »Wir sind seinerzeit zusammen in die Schule gegangen. Heute ist er verantwortlich für den Bootshafen, aber als ich ihn um einen seiner Leute gebeten habe, kam er lieber selber.«

Marco war inzwischen wieder ins Heck des Bootes gestiegen, und während der Großvater die Leine losmachte, warf er schon den Motor an, drosselte ihn sofort zu halber Lautstärke und legte ab.

Diese Fahrt im Boot über das glatte Wasser der Lagune zur Stadt blieb Massimo lebenslang im Gedächtnis, dieses sanfte Gleiten beim gedämpften Tuckern des Motors über die nachtdunklen Fluten. Voraus lag noch ein violetter Streifen über dem

Horizont, als habe die dunkle Schale der Nacht dort noch einen Spalt offengelassen, der sich allmählich, während sie auf ihn zu glitten, zu schließen schien.

Nach längerer Zeit schob sich von rechts her der Umriß einer flachen Insel heran, zottig von Gesträuch und noch dunkler als das sich vor dem Bug ölig zerteilende Wasser, schien für Augenblicke zum Greifen nahe und blieb dann zurück, von der Nacht verschlungen. Bald danach war nach der linken Seite zu die Nähe eines Ufers eher zu spüren als zu erkennen. Massimo spähte angestrengt hinaus in die Schwärze der Nacht, ohne exakte Formen wahrnehmen zu können. »Dort beginnt die Stadt«, sagte der Großvater, der neben ihm saß. »Aber wir halten einstweilen noch Abstand, ehe wir uns hineinschleichen.« Als nach einiger Zeit auch nach rechts zu das leise Rauschen des auslaufenden Kielwassers einen Strand verriet, über dem vage so etwas wie schwarz aufragende Zypressen auszumachen war, deutete der Großvater mit dem Kopf hinüber. »Dort schlafen unsere Toten«, sagte er. »In der Stadt ist für sie kein Platz.«

»Gibt es auch dort Möwen?« fragte Massimo. Er stellte sich vor, daß ihm die Gesellschaft von Möwen lieb sein würde, wenn er auf dieser dunklen Insel liegen müßte.

»Natürlich gibt es auch dort viele Möwen«, sagte der Großvater. »Warum fragst du das?«

»Ich würde versuchen, mit den Möwen zu fliegen, wenn ich dort liegen müßte«, sagte Massimo.

Der Großvater blickte ihn erstaunt an. »Gehört auch das zu deiner Zauberei?« fragte er leise.

Massimo nickte. Er wunderte sich, daß er keine Hemmungen spürte, mit diesem alten Mann über seine Erfahrungen mit Vögeln zu sprechen, und konnte sich nicht erklären, woher er wußte, daß er ihm vertrauen konnte, aber er war sich dessen völlig sicher. Er war hellwach und nahm alles deutlich wahr, die Schwärze vorübergleitender Uferbänke, das plätschernde Schlagen des durch das Boot aufgestörten Wassers am Strand, den fischigen Geruch, der über allem lag, und die Stimme des Großvaters, die von Dingen sprach, die kaum zu sehen waren und auch nicht leicht zu verstehen.

Eine Weile saßen sie schweigend nebeneinander, dann wendete sich der Großvater unvermittelt zu Marco um und sagte: »Jetzt links ab zur Misericordia«. Massimo spürte, wie das Boot nach links abdrehte, dorthin, wo die Stadt liegen mußte. Die Wolkendecke riß jetzt an einzelnen Stellen auf, hier und dort blinkte ein Stern, und dann trat hinter ihnen, etwa in halber Höhe des Himmels, ein zu drei Vierteln voller Mond hervor und spiegelte sein Licht in abertausend Wellen des kabbeligen Wassers. Massimo konnte sehen, wie sie eben in ein weites Geviert einfuhren, einen fast quadratischen, an drei Seiten von Häusern und Mauern umgebenen Platz, gefüllt mit blinkendem Wasser. Vor ihnen überragte nahe der linken Ecke ein steil emporstrebender Kirchturm mit flachpyramidenförmigem Dach die Silhouette der Häuser. In diese Richtung steuerte Marco das Boot und ließ es schließlich links dieser Kirche in einen Kanal einlaufen. Zu beiden Seiten ragten düster die Mauern der Häuser in den Nachthimmel, dann unterquerte das Boot dicht nacheinander zwei Brücken und bog nach links in einen schmäleren Kanal ein.

Von da an verlor Massimo den Überblick, doch Marco kannte den Weg genau, den er fahren mußte, folgte immer wieder anderen, zur Seite abzweigenden Kanälen, so daß in Massimos Vorstellung sich ein Bild zusammensetzte von einem Labyrinth von Wasserwegen, das diese Stadt durchzog.

Schließlich drosselte der Schiffer den Motor und ließ das Boot an eine schmale steinerne Plattform herantreiben, von der ein paar Stufen zu einer Tür hinaufführten. Massimo erkannte diesen Landeplatz wieder; denn hier war er schon einmal mit der Mutter aus einem Boot gestiegen, um in diesem hochragenden Gemäuer mit den schmalen Fenstern den Großvater zu besuchen.

Massimo spürte, wie plötzlich Müdigkeit hinter seinen Augen aufstieg und seine Glieder zu lähmen begann. An der Hand Sophies schleppte er sich die Treppe hinauf, ließ die Begrüßung durch die Großmutter, die drinnen im Wohnzimmer auf sie gewartet hatte, über sich ergehen und schüttelte nur den Kopf, als sie ihn fragte, ob er etwas essen wolle.

»Bringt ihn ins Bett!« sagte der Großvater. »Morgen hat er

Zeit genug, sich hier umzusehen.« Die Mutter führte ihn zu einer Treppe und ein Stockwerk höher über einen langen, von Bücherregalen gesäumten Gang in ein Zimmer, das er, wie sie sagte, ganz allein bewohnen könne. Ihres sei gleich nebenan. Massimo sah nur noch das Bett, nach seinem Maßstab geräumig wie ein Haus und verziert mit hochgewölbten Kopf- und Fußteilen aus dunkel poliertem Holz. Er versank in Kissen und Federbetten, spürte noch, wie die Mutter ihn küßte und war schon eingeschlafen.

Dieses Haus war so völlig anders als jenes vom Vater erbaute, in dem er bisher gewohnt hatte, daß Massimo nicht müde wurde, es bis in den letzten Winkel zu erkunden. Niemand hinderte ihn daran. Natürlich nahm Sophie schon zwei Tage später ihren Unterricht wieder auf, aber es blieb ihm am Nachmittag Zeit genug, sich auf den Fluren und in den vielen Zimmern der drei Stockwerke herumzutreiben. Gelegentlich traf er dabei auf das Dienstmädchen, das einen Knicks vor ihm machte, als sei er sonstwas für eine hochgestellte Persönlichkeit, oder er landete in der Küche, wo die Köchin mit Kupferpfannen und blitzendem Küchengerät herumwirtschaftete und ihm, je nach Tageszeit, eine Kostprobe des Gerichts, das sie eben zubereitete, in den Mund steckte.

Viele der Zimmer waren unbenutzt, und die Möbel, die darin standen, hatte man mit weißen Tüchern abgedeckt, damit sie nicht verstaubten. Unten im Erdgeschoß waren außer der Küche noch einige Wohnräume, darunter jener, in dem die Großmutter sie empfangen hatte. In der Hauptsache aber wurde dieses Stockwerk von einem kleinen Festsaal eingenommen, aus dessen hohen spitzbogigen Fenstern man auf einen unregelmäßig durch andere Gebäude begrenzten Platz hinausblickte, der auf der Rückseite des Hauses lag. Erst später merkte Massimo, daß dies eigentlich die Vorderfront war, denn hier befand sich ein durch einen reich verzierten Bogen überwölbtes Eingangstor, und auch die Fassade war in den beiden Oberstockwerken geschmückt mit dem verschlungenem Maßwerk der vorkragenden Balkone, während die dem Kanal zugewandte Front fast schmucklos war.

Als Massimo zum ersten Mal diesen Saal betrat, blieb er noch in der Tür stehen und betrachtete staunend das farbige Deckengemälde, auf dem eine tafelnde Gesellschaft von Männern und Frauen in bunten Gewändern zu sehen war; sie lauschten einer Musik von Geigen, Flöten und anderen Instrumenten, deren Namen Massimo nicht kannte und deren Spieler der Maler direkt über den Eingang gesetzt hatte, in dem Massimo stand. Als er nach einer Weile in diesen Raum hineinging, entdeckte er, daß hier außer ein paar Tischen und Stühlen auch richtige Musikinstrumente standen, eine Art Flügel, der jedoch schmaler war als jener, auf dem seine Mutter manchmal im Haus des Vaters gespielt hatte; auch war dieser Flügel aus glänzend poliertem schwarzen Holz gewesen, während dieses Instrument hier von moosgrüner Farbe war. In der Ecke lehnte eine Art großer, bauchiger Geige, und in einem Wandschrank mit Glastüren sah Massimo neben Stößen von Noten ein paar Flöten und andere hölzerne Blasinstrumente liegen. Als er das alles betrachtet hatte, ging er noch einmal zu dem grünen Flügel zurück und öffnete den Deckel, der die Tasten des Instruments schützte, die hier allerdings nicht weiß und schwarz waren, sondern aus hellem und dunklen Holz. Als er eine von ihnen niederdrückte, erklang ein zirpender Ton, seltsam gläsern und schwirrend. Ob jemand auf diesem Instrument spielte? Er nahm sich vor, den Großvater danach zu fragen, und machte sich dann auf, um die anderen Stockwerke zu erforschen.

Im ersten, in dem auch das Zimmer lag, in dem er geschlafen hatte, fand er neben seinem das Zimmer seiner Mutter, und gegenüber hatte man Sophie einquartiert. Nach der anderen Seite zu war das Schlafzimmer der Großeltern, und als er die Tür auf der anderen Seite des Ganges öffnete, blickte er in einen von Bücherregalen umstellten Raum, in dem sein Großvater an einem Schreibtisch saß. Er blickte auf, als Massimo hereinschaute, und sagte: »Auf Entdeckungsreise?«

»Darf ich reinkommen?« fragte Massimo, und als der Großvater nickte und ihn mit einer ausfahrenden Handbewegung einlud, trat er über die Schwelle und schloß die Tür hinter sich. »Was machst du hier?« fragte er.

Der Großvater wies auf den Wust von aufgehäuften Briefen, Zeitungsausschnitten und ähnlichem Zettelwerk auf dem Schreibtisch und sagte: »Irgendwelchen Papierkram sortieren oder wegschmeißen oder, wenn's gar nicht anders geht, erledigen und beantworten. Dabei lasse ich mich nur zu gern stören. Setz dich zu mir!« Dabei deutete er auf einen geradwinkligen, etwas steif wirkenden Besucherstuhl neben dem Schreibtisch. Als Massimo sich auf dem für ihn etwas zu hohen Stuhl zurechtgerückt hatte und mit den Beinen baumelte, fragte ihn der Großvater, wie ihm dieses Haus gefalle.

»Viel besser als das, in dem wir bisher gewohnt haben«, sagte Massimo. »Es tut mir überhaupt nicht leid, daß ich es in die Luft gejagt habe.«

»Du allein?« fragte der Großvater. »Das mußt du mir genauer erzählen.«

Massimo dachte eine Weile nach und betrachtete währenddessen das Gesicht dieses nach seinem Maßstab alten Mannes im Hinblick darauf, ob er ihm die Wahrheit, so wie er selbst sie sah, zumuten könne. Es war, wie ihm schien, ein gutes Gesicht, offensichtlich zum Lachen geneigt, aber es zeigte auch, daß der Vater seiner Mutter nicht darauf aus war, seinen Spott mit ihm zu treiben, sondern bereit, ihn und seine Geschichte ernst zu nehmen. So erzählte er ihm also die Vorgänge dieses frühen Morgens, der mit dem noch nächtlichen Alarm begonnen und in einem alles zerschmetternden Donnerschlag seinen Höhepunkt erreicht hatte. »Ich hatte kaum meine Zauberworte gesagt, als auch schon alles in die Luft flog«, schloß er seinen Bericht.

»Erstaunlich!« sagte der Großvater. »Schade, daß ich nicht schon früher von dieser Methode erfahren habe. Andrerseits –«, hier zögerte er nachdenklich und fuhr dann fort, »andrerseits gäbe es dich dann gar nicht, und das wäre schade. Kannst du mir diese Zauberworte verraten?«

Massimo schaute seinem Großvater noch einmal forschend ins Gesicht und entdeckte dort nichts als ernsthaftes Interesse. »Ich glaube«, sagte er dann, »dir kann ich sie schon verraten. Sie heißen: Berlocke, Berlacke, Berlúm.«

»Woher weißt du von diesem Spruch?« fragte der Großvater.

»Ich hab mit Sophie bei uns im Dorf ein Puppentheater angeschaut, und da kam der Spruch vor«, sagte Massimo.

»Du merkst dir wohl alles, was du brauchen kannst?« sagte der Großvater. »Weißt du, daß man mit diesen Worten den Teufel bannt?«

»Natürlich«, sagte Massimo. »Das ist es ja gerade. Du selbst hast ja auch gesagt, daß mein Vater ein Satan ist.«

Damit verblüffte er den Großvater endgültig: Er schaute das Kind eine Weile kopfschüttelnd an und sagte dann: »Ich glaube, du kannst wirklich zaubern, wenn auch auf andere Weise, als du jetzt vielleicht meinst. Hat man dir nicht gesagt, daß eine Fliegerbombe auf das Haus deines Vaters gefallen ist und es zerstört hat?«

»Doch«, sagte Massimo, »das weiß ich schon. Aber warum fiel sie genau in dem Augenblick, als ich die Worte gesagt habe?«

Auf diese Frage wußte auch der Großvater keine Antwort. »Läßt du mich noch ein bißchen weitermachen mit diesem Haufen von Papieren?« fragte er. »Du kannst dich einstweilen in meinem Arbeitszimmer umschauen.«

Auch hier standen Bücherregale an der Wand, allerdings enthielten sie vor allem Aktenordner oder neuere Bücher, die der Großvater für seine Arbeit brauchte. An den freien Wandflächen dazwischen und über einer alten Kommode hingen gemalte Bilder, Porträts von Frauen und Männern in Kleidern, wie man sie vor langer Zeit getragen hatte. »Was sind das für Leute?« fragte Massimo.

»Alle aus der Familie«, sagte der Großvater. »Der dort drüben über der Truhe, der diese komische Mütze über den Kopf gezogen hat, war vor ein paar hundert Jahren Doge von Venedig, das heißt: Er hatte in der Stadt und der Republik zu entscheiden, was zu geschehen hatte. Und der Dürre mit dem Knebelbart, der auf der anderen Seite zwischen den Regalen hängt, war Kaufmann wie die meisten Männer aus unserer Familie. Die mit Juwelen behängte orientalische Schönheit neben ihm war seine Frau. Er hatte sie aus der Türkei mitgebracht, wo er mit einem Sultan höchstpersönlich befreundet gewesen sein soll. Zumindest hat er mit ihm Geschäfte abgewickelt. Es heißt, er soll diese Frau entführt haben, aber das weiß man nicht genau. Ich glaub's allein schon deshalb, weil es eine so abenteuerliche Geschichte ist.«

Massimo war zu den Bildern hingegangen und betrachtete diese Leute, mit denen er verwandt war. Bei der schönen Türkin meinte er, eine Ähnlichkeit mit seiner Mutter zu entdecken, und sagte das.

»Du bist nicht der erste, der das behauptet«, sagte der Großvater. »Ich finde das auch. Es kommt immer wieder vor, daß ein solches Erbe nach vielen Generationen durchbricht. Der Himmel mag wissen, was du alles von diesen Menschen geerbt hast.«

Vielleicht konnte sie auch zaubern, diese Türkin, dachte Massimo und forschte in ihren Zügen nach Anhaltspunkten. Solche waren natürlich nicht zu finden, denn Zauberer sehen zumeist so aus wie ganz normale Menschen und verschaffen sich durch allerlei Schminke und künstliche Bärte nur dann ein abenteuerliches Aussehen, wenn sie vor Publikum auftreten. Aber diese Frau des Kaufmanns hielt etwas in der Hand, das Massimo zunächst nicht genau erkennen konnte. Es sah aus wie ein gelbliches Stäbchen aus sehr glattem Material. Der Maler hatte einen schmalen Streifen Glanzlicht darauf gesetzt, um die spiegelnde Oberfläche anzudeuten. Dieses Stäbchen besaß am oberen Ende eine Verdickung, deren Form sich bei genauerem Hinsehen herausstellte als ein sitzender Vogel, der den schmalen Kopf mit dem langen, spitzen Schnabel nach oben gereckt und seinen leicht gefächerten Schwanz an den Stab gepreßt hatte. Ob das ein Zauberstab war? Massimo hielt das für möglich, zumal seine eigene Zauberei auch mit Vögeln zu tun hatte. Dann sah er, daß links vom Kopf der Frau, fast verschmelzend mit dem nachgedunkelten braunen Hintergrund, sich ein Vogel von ähnlicher Art abzeichnete, größer allerdings, der gleichfalls den Kopf gehoben hatte und seiner Herrin ins Gesicht schaute.

Jetzt war Massimo fast sicher, daß er es mit einer Zauberin zu tun hatte, aber er sagte nichts darüber, als er sich von dem Bild abwandte und den Großvater fragte, ob er auch die Zimmer im obersten Stockwerk anschauen dürfe.

»Warum nicht?« sagte der Großvater. »Die Kammern, in denen das Dienstmädchen, die Köchin und der Hausdiener schlafen, sind vermutlich abgeschlossen. Jedenfalls solltest du dort nicht hineingehen. Die anderen darfst du dir anschauen, da steht nur altes Zeug herum. Vergiß auch nicht, auf die Dachterrasse hinauszugehen! Die Tür dazu ist am Ende des Gangs.«

Während der Großvater sich wieder seinen Papieren zuwandte, verließ Massimo das Zimmer, schloß leise die Tür hinter sich und stieg hinauf zum nächsten Stockwerk. Die Treppe war hier erheblich schmaler als jene, die zur ersten Etage heraufführte. Dort oben hatten wohl immer nur Dienstboten geschlafen, dachte er. Der Gang, auf den er am Ende der Treppe traf, war viel kürzer als im Stockwerk darunter und endete vor jener Tür, die der Großvater erwähnt hatte.

Als erstes wollte Massimo die Terrasse sehen. Als er die Tür geöffnet hatte, blieb er überrascht noch vor der Schwelle stehen und schaute hinaus auf diesen künstlichen Garten, der sich vor ihm ausbreitete. Zum ersten Mal wurde er hier an das Haus seines Vaters erinnert, genauer gesagt an die offene Fläche im Inneren dieses Hauses; denn die Terrasse war in ähnlicher Weise aufgeteilt wie dort der Kräutergarten im Patio. Auch dieser Terrassengarten war kreuzförmig angelegt: Die sich in der Mitte in einem kleinen Rondell kreuzenden Wege wurden von Blumenkästen gesäumt, in denen vor allem die unterschiedlichen Küchenkräuter gezogen wurden. Soweit Massimo sie bestimmen konnte, waren es größtenteils die gleichen wie zu Hause: Thymian, Rosmarin, Basilikum, Petersilie, Ysop, Schnittlauch. In der Mitte der Kreuzung wuchs ein Lorbeerbaum aus einem hölzernen Kübel, und inmitten der vier durch die Wege abgeteilten Felder hatte man jeweils einen Oleanderbusch gestellt. Eingefaßt war die Terrasse von einer steinernen Balustrade, über die das Kind eben noch den Kopf heben konnte, denn es war inzwischen eingetreten in diesen offenen Bereich und ging über den Weg, der entlang der Balustrade um den künstlichen Garten herumführte. Massimo blickte hinaus über das vielgestaltige Mosaik zahlloser ziegelgedeckter Dächer und aufstrebender Häusermauern, zwischen denen hie und da das Wasser eines Kanals aufblitzte; dieses Muster wurde an vielen Stellen durchbrochen von Kirchtürmen unterschiedlicher Gestalt und von grünpatinierten

Kuppeln, und über die Grenze dieses weiten bebauten Bezirks hinaus breitete sich grau und irisierend unter dem verhangenen Himmel die von Inseln unterbrochene Fläche der Lagune aus.

Dort draußen sah Massimo einen Schwarm von Möwen auffliegen, der schwankend näher kurvte und sich über den Dächern zerstreute, dann nach einer Weile, in der die Vögel zwischen den Häusern untergetaucht waren, sich wieder sammelte und weiterzog. Ob sie einmal bis zu diesem Haus heranfliegen würden? Massimo beschloß, sie von der Terrasse aus zu beobachten und, wenn es sein mußte, sie anzulocken.

Nach einem Rundgang entlang der Balustrade kehrte Massimo zurück ins Haus und begann mit der Inspektion der Zimmer. Die ersten beiden rechts und links des Gangs waren sauber und aufgeräumt. An den Wänden standen breite alte Schränke aus dunklem Holz. Massimo öffnete sie der Reihe nach und fand auf den eingezogenen Regalbrettern hohe Stapel von gebügelter Bettwäsche, im nächsten Hand- und Badetücher, ein anderer enthielt Tischdecken aus schwerem Damast mit zugehörigen Servietten. Das alles schien frisch gewaschen, war ordentlich auf Kante gelegt und roch intensiv nach Quitten. Massimo fand in jedem Schrank eine oder zwei der goldgelben Früchte zwischen den Wäschestapeln. Er fragte sich, wer all dieses Leinenzeug brauchte angesichts der wenigen Leute, die im Haus wohnten. Wahrscheinlich war das meiste davon schon seit Jahren nicht mehr benutzt worden und wurde nur hie und da gewaschen, damit es nicht stockig wurde. Zwei weitere Zimmer zu beiden Seiten des Gangs enthielten aufgestapelte Stühle mit barock gerundeten Lehnen und gepolsterten, mit gestreiftem Stoff überzogenen Sitzflächen. Massimo stellte sich vor, daß sie in den großen Saal hinuntergetragen wurden, wenn dort ein Fest gefeiert werden sollte. Auf der Oberkante der Lehnen lag Staub, Massimo mußte ihn abstreifen, um Farbe und Art des Holzes zu erkennen. Feste wurden hier offenbar schon lange nicht mehr gefeiert.

Die nächste Tür, die Massimo öffnete, führte in einen Raum, der vollgestellt war mit Möbeln unterschiedlichster Form und Bestimmung. Da standen Kommoden mit breiten Schubladen, die man an goldenen Ringen herausziehen konnte, ganze Reihen von kleinen Tischen waren zusammengerückt, einer davon war ein runder Spieltisch, in dessen Platte mit anderen Hölzern ein Schachbrett eingelegt war; in einer der Rundung der Tischplatte angepaßten Lade, die Massimo aufzog, fand er Schachfiguren und Dame-Steine. Weiter konnte er in das Gewirr aufgetürmter Sessel, Kredenzen, Schreibkommoden und Wandschränkchen nicht vordringen, weil er sich nicht traute, über die Möbelstücke hinwegzuklettern. Aber er nahm sich vor, in dieses Zimmer zurückzukehren, denn hier gab es sicher mehr zu entdecken.

Die Türen der nächsten drei Zimmer waren verschlossen, also schliefen hier die Hausangestellten. Nach dem Ende des Gangs zu gab es nur noch leere Räume. Massimos Schritte hallten von den kahlen Wänden wider. Hier wurde wohl nicht einmal gelüftet, denn es roch muffig, und vor den Fenstern hatten Spinnen ihre Netze aufgezogen.

Als Massimo die Treppe hinabstieg, um seine Mutter zu suchen, traf er auf die Großmutter. Er wollte sich an ihr vorbeidrücken; denn die grauhaarige, sorgfältig gekleidete Frau mit dem strengen, leichtgeschminkten Gesicht war ihm noch fremd, jedenfalls erschien sie ihm sehr viel fremder als der Großvater, obwohl er auch diesem zuvor nur einmal begegnet war, und das für wenige Stunden. Doch die Großmutter ließ ihn nicht vorübergehen, faßte ihn am Arm und sagte: »Komm auf einen Plausch zu mir in meine Stube. Ich möchte dich ein bißchen kennenlernen.«

Sie führte ihn zurück in den ersten Stock und dort durch ihr Schlafzimmer in einen schmalen Raum, der offenbar keine Tür zum Gang hatte. Dort stand unter dem Fenster ein zierlicher Schreibtisch mit einem barocken Armsessel davor. Es gab in der Tiefe des Raums auch noch einen kleinen runden Tisch, an dem zwei dünnbeinige, mit goldfarbenen Streifen verzierte Stühle standen. An der Wand stand ein Regal voller alter und neuerer Bücher, daneben und auch an den anderen Wänden hingen Bilder, teils von Landschaften, teils auch gemalte Porträts vornehm gekleideter Frauen.

Ein kleines, in einen ovalen Rahmen eingepaßtes Porträt hing fast versteckt im Schatten auf der dem Fenster abgewandten Seite links des Bücherregals, und gerade deshalb weckte es Massimos Interesse. Unwillkürlich ging er auf das Bild zu und blieb davor stehen. Er erkannte sofort die Frau, die hier offensichtlich im Freien stand oder saß – dies war nicht zu erkennen, weil sie nur bis zur Mitte ihres Körpers abgebildet war – und zum grünlichblauen Himmel hinaufblickte, an dem unter dahinsegelnden, weiß emporwuchernden Wolken ein Schwarm von Vögeln sich gesammelt hatte, und zwar derart, daß er über ihrem Kopf schwebte als eine lebendige Bekrönung. Sie hatte die rechte Hand erhoben, als weise sie ausdrücklich auf die Vögel hin, und der weite Ärmel ihres blaßroten Kleides wehte in gestreckten Falten von ihrem Arm herab wie das Gefieder eines Flügels.

Massimo blickte zur Großmutter auf, die zögernd neben ihm stehengeblieben war, und sagte: »Das ist die Frau, die unser Urahne in der Türkei geraubt hat.« Während er sprach, sah er, wie sich auf dem Gesicht der Großmutter so etwas wie Abwehr abzuzeichnen begann. »Hat er dir schon von dieser Vagabundin aus seiner Familie erzählt!« sagte sie unwillig.

Massimo konnte nicht verstehen, was die Großmutter gegen diese geheimnisvolle Frau einzuwenden hatte. »Warum hast du ihr Bild in dein Zimmer gehängt, wenn du sie nicht magst?« fragte er.

Die Großmutter machte eine fahrige Handbewegung, als wolle sie das Bild wegwischen, nicht nur von der Wand, sondern auch aus ihrem Bewußtsein. »Ich weiß nicht«, sagte sie. »Schließlich gehört auch sie zu uns. Vielleicht hab ich sie zur Warnung hiergehängt.«

»Zur Warnung wovor?« fragte Massimo.

Die Großmutter hatte sich von dem Bild abgewandt und schaute aus dem Fenster in irgendeine endlos weite Entfernung. »Weißt du«, sagte sie nach einer Weile, »eines Tages kam sie nicht mehr zurück.«

Wovon? wollte Massimo fragen, aber die Großmutter war schon hinüber zum Tisch gegangen, als sei nichts weiter zu erklären, rückte sich einen der Stühle zurecht und forderte Massimo auf, sich zu ihr zu setzen. Als er es sich auf seinem Sitz bequem gemacht hatte, öffnete sie den Deckel einer mit bunten Blumen bemalten Porzellandose, die mitten auf dem Tisch stand, und ließ das Kind eine Praline daraus nehmen. Massimo, der so etwas noch nie gekostet hatte, wollte davon abbeißen, aber sie hob abwehrend die Hand und sagte, er solle die sattbraune Kugel gleich ganz in den Mund stecken, sonst bekäme er von der Fülle klebrige Finger, und der Himmel wisse, wo überall er dann in ihrem Stübchen Spuren hinterlasse.

All das machte Massimo noch unsicherer, als er sich der Großmutter gegenüber ohnehin schon fühlte. Folgsam steckte er zwar die Süßigkeit zur Gänze in den Mund, blickte dabei aber sein Gegenüber so düster und trotzig an, daß die Großmutter lachen mußte. »Nun mach doch nicht so ein finsteres Gesicht!« sagte sie. »Ich will nur ein bißchen mit dir reden. Ich weiß ja noch gar nicht, was für einer du bist.«

Das werde ich dir bestimmt nicht verraten, dachte Massimo und überließ es der Großmutter, ein Gespräch anzufangen. Auch diese schwieg eine Weile und sagte schließlich: »Gut, daß ihr eine Lehrerin für dich mitgebracht habt. Da brauchst du nicht außer Haus zu gehen. Sie ist allerdings noch ziemlich jung, finde ich.«

»Für mich ist sie alt genug«, sagte Massimo, »und sie weiß eine Menge über Pflanzen und Tiere. Ihr Vater hat ein Weingut im Überetsch, wo die Leute deutsch sprechen.«

»Du magst sie wohl sehr?« fragte die Großmutter mit einem Anflug von Eifersucht.

»Ja«, sagte Massimo und wurde ein bißchen rot. »Sie macht einem alles interessant, was man lernen soll. Ich kann auch schon ein bißchen Deutsch sprechen.«

»Mußt du das denn lernen?« fragte die Großmutter verwundert.

»Mein Vater will es so«, erklärte Massimo und schien in diesem Fall einverstanden zu sein mit dessen Anordnung. Eigentlich war er jedoch allein darauf aus, seine Lehrerin vor den in seinen Ohren eher abschätzig klingenden Bemerkungen der Großmutter zu verteidigen, hinter denen er deren Abneigung Sophie gegenüber herauszuhören meinte. Ohne daß es ihm voll bewußt wurde, war dies der Augenblick, in dem er in dieser ihm neuen Umgebung Partei ergriff: Sophie, das war der Mensch, der ihm den Blick öffnete in neue, noch unvertraute Bereiche des Wissens und der Sprache; der Großvater – das war sein Mann, weil er von Anfang an sich bereit gezeigt hatte, ihn zu akzeptieren samt allem, was Massimo für seine höchst privaten Geheimnisse hielt, zudem tat sich der alte Patrizier etwas darauf zugute, ein Nachfahre jener Türkin zu sein, an deren geheimen Künsten inzwischen kaum noch zu zweifeln war. Bei der Großmutter jedoch spürte er allzu deutlich deren Ablehnung solcher geheimnisvollen Bezüge. Sie wollte nichts zu tun haben mit diesem Erbe der Familie ihres Mannes, ja sie schien – so kam es ihm wenigstens vor – sich sogar zu fürchten vor einer ihr unbegreiflichen Fähigkeit, in der er selbst schon erste Erfahrungen gesammelt hatte. Als ihm dies bewußt wurde, fühlte er sich dieser alten Frau unversehens so überlegen, daß er ihr lächelnd ins Gesicht blickte und sagte: »Vielleicht lebt die schöne Türkin dort, wohin sie verschwunden ist, noch heute und lacht über alle, die sich fragen, wo sie geblieben sein mag.«

»Kind, Kind!« rief die Großmutter entsetzt. »Das sind doch nichts als Märchen!«

»Kann sein«, sagte Massimo ungerührt, »und trotzdem könnte es wahr sein.«

Die Großmutter knüpfte in der nachfolgenden Zeit kein Gespräch mehr mit ihrem Enkel an, in dem dieses unwägbare und für sie unannehmbare Thema berührt wurde. Sie schien allerdings mit Massimos Mutter darüber gesprochen zu haben; denn diese sagte gelegentlich und eher beiläufig zu ihm, er solle doch die Großmutter nicht mit solchem Unsinn aufregen, die nähme so etwas immer gleich für ernst gemeint.

Es lag Massimo auf der Zunge zu sagen, daß er es durchaus ernst gemeint habe, doch er schwieg, um die Mutter nicht gegen sich aufzubringen oder gar zu veranlassen, sein Treiben künftig aufmerksamer, als ihm lieb sein konnte, zu beobachten.

Für den Unterricht hatte der Großvater ein eigenes Zimmer einrichten lassen, in dem auf einem dreibeinigen Gestell sogar eine schwarze Schultafel stand, auf der Sophie mit weißer oder farbiger Kreide, die in fingerlangen Klötzen auf einem Ablagebrett bereitlag, neue Wörter aufschrieb, Rechnungen vorführte oder auch alles mögliche für den Naturkundeunterricht ins Bild setzte, darunter beispielsweise auch den Vorgang, wie das Ei in der Henne heranwächst, nachdem ein Hahn diese Angelegenheit in Gang gebracht hat, und wie dieses dann zutage tritt und durch wärmendes Brüten ein Küken darin reift, das eines Tages die kalkige Schale mit spitzem Schnabel durchstößt, um seinerseits selbst zu einem Huhn oder gegebenenfalls auch zu einem Hahn aufzuwachsen, das (oder der) später diesen interessanten Vorgang neuerlich in die Wege leitet.

Diese hübsch gezeichnete Bilderfolge hatte Sophie für die nächste Stunde noch stehengelassen, so daß die Großmutter, die am Nachmittag, während Massimo seine Hausaufgaben dort erledigte, das Schulzimmer betrat, wahrscheinlich um nachzusehen, ob er auch schön fleißig war – so daß sie also diesen farbig ausgemalten Fries Bild für Bild betrachten konnte, gegen Ende hin nicht ohne zu erröten begriff, worum es sich handelte, und Massimo fragte: »So etwas bringt dir also diese Lehrerin vom Lande schon bei?«

»Natürlich«, sagte Massimo, »und ich finde das sehr interessant. Weißt du, ich habe inzwischen darüber nachgedacht und vermute, daß es bei Menschen so ähnlich vor sich gehen könnte.«

Soviel Unbefangenheit verschlug der Großmutter die Sprache. Kopfschüttelnd betrachtete sie das Kind wie einen Wechselbalg, den man in ihre Familie eingeschmuggelt hatte, und rauschte dann mit fliegendem Seidenrock aus dem Zimmer.

Massimo beendete seine Schularbeiten – neben ein paar Rechenaufgaben hatte er einen kleinen Aufsatz in deutscher Sprache über die Möwen zu schreiben – und verließ dann das Schulzimmer. Als er zum Treppenhaus kam, hörte er von unten eine rauschende Musik heraufklingen. Er ging den Klängen nach die Treppe hinunter und kam so zur Tür des Festsaals, die halb offenstand. Als er sich durch den Spalt hineindrängte, bemerkte ihn der Großvater, der an dem schmalen grünen Flügel saß und seine Finger über die hölzernen Tasten laufen ließ. Er brach sein

Spiel ab und winkte Massimo zu sich heran. »Du willst doch zaubern«, sagte er. »Das hier ist auch eine Art von Zauberei. Hast du Lust, das zu lernen?«

Massimo, dem die nachhallenden Kaskaden noch wie Perlenschnüre in den Ohren hingen, konnte nur stumm nicken.

»Nimm dir einen Stuhl und setz dich zu mir!« sagte der Großvater.

Als er sich gesetzt hatte, tippte Massimo vorsichtig mit einem Finger auf eine Taste am linken Ende der Klaviatur und brachte damit einen tief summenden Ton hervor, der so lange nachklang, wie er die Taste festhielt. »Was ist das für ein Instrument?« fragte er. »Es sieht so ähnlich aus wie Mamas schwarzer Flügel, klingt aber ganz anders.«

»Das ist ein Cembalo«, sagte der Großvater. »Es ist schon über 300 Jahre alt, läßt sich aber noch immer gut spielen. Hast du das Bild innen im Deckel gesehen?«

Erst jetzt bemerkte Massimo, daß auf der Innenseite des an einem Stab schräg aufgestellten Deckels ein Bild gemalt war. Da saß ein schöner junger Mann, der nur mit einem in weiten Falten herabhängenden hellen Tuch bekleidet war, unter belaubten Bäumen auf einem Felsblock und spielte auf einem Instrument, auf dem zwischen zwei mit einem Stäbchen verbundenen geschwungenen Holmen senkrecht Saiten aufgespannt waren. Er schien zugleich auch zu singen, und überall um ihn herum waren Tiere herbeigekommen, um ihm zu lauschen, Hirsche und Rehe blickten mit ihren dunklen Augen aufmerksam auf seine Hände, auch ein Hase saß da und ein paar Eichhörnchen hockten im Geäst. Dort saßen auch viele große und kleine Vögel und lauschten seiner Musik, andere sah man von weit her heranfliegen, und ein paar von ihnen flatterten um seinen Kopf. »Orpheus«, sagte der Großvater. »Er soll so schön musiziert haben, daß sogar die Vögel verstummten, um ihm zuzuhören. Wenn das kein Zauber ist!«

Als Massimo sich das Instrument genau angeschaut hatte, erklärte ihm der Großvater, wie der Zupfmechanismus funktionierte, tauschte dann den Platz mit ihm, damit Massimo vor der Mitte der Klaviatur zu sitzen kam, und gab ihm seine erste

Stunde im Cembalospiel. Massimo war von Anfang an wie verzaubert von dem schwirrenden Klang der Saiten und lernte die Grundlagen dieser Kunst wie im Spiel.

Es wurde für sie beide zur Gewohnheit, mindestens eine Stunde am Tage gemeinsam an diesem Instrument zu verbringen, wobei der Großvater seinen Enkel nicht nur anleitete, die kleinen Stücke zu spielen, die er für ihn ausgesucht hatte – Massimo hatte die Erlaubnis, zu jeder Zeit des Nachmittags auf dem Instrument zu üben –, sondern ihm auch schwierigere Stücke, die noch jenseits seiner Fingerfertigkeit lagen, vorspielte, meist solche, die aus der Zeit stammten, in der dieses Cembalo gebaut worden war; denn er hatte eine Vorliebe für die Epoche des Frühbarock, in der die musikalischen Möglichkeiten dieses Instruments erst richtig entdeckt und entwickelt wurden. Da fielen Namen wie Giovanni Maria Trabaci, Claudio Merulo, Girolamo Frescobaldi oder Ascanio Maione, dessen Stücke der Großvater besonders liebte.

Schon diese Namen klangen in den Ohren des Kindes wie eine geheimnisvolle Musik, obwohl er noch kaum eine zutreffende Vorstellung von der Zeit haben konnte, in der sie gelebt hatten. Als Massimo bei Gelegenheit durch eine beiläufige Bemerkung des Großvaters erfuhr, daß diese Komponisten und Cembalovirtuosen zu jener Zeit gelebt hatten, in der die schöne Türkin nach Venedig gebracht worden war, steigerte die Vorstellung, mit Hilfe dieser Musik sich den Erfahrungen dieser zauberkundigen Frau nähern zu können, noch den Eifer Massimos, seine eben erst erlernte Spieltechnik so rasch wie möglich zu vervollkommnen, damit er endlich auch den Stücken dieser Meister gewachsen sein würde. Es leuchtete ihm ein, daß dies ein Zauber war, mit dem man zuhörende Menschen fesseln, entrücken und in Klänge einspinnen konnte, und er begriff, daß dies zu dem Metier gehörte, dem er sich verschreiben wollte.

Auf diese Weise erhielt das Leben Massimos im Patrizierhaus des Großvaters bald seinen festen Rhythmus: vormittags Unterricht im Schulzimmer, nach Tisch Schularbeiten, die Massimo rasch hinter sich brachte, um danach über die Treppe hinunter in den Saal zu laufen zum Großvater, der dort schon am Cembalo saß, den Deckel mit dem Bild des Orpheus aufgeschlagen, und auf ihn wartete. Zu Exkursionen in die noch längst nicht erschlossenen Kammern und Stuben des alten Hauses blieb da nicht viel Zeit, dafür war Massimo nach Jahresfrist schon ein ganz passabler Spieler, der einige von den Toccaten der frühbarocken Meister im Griff hatte.

Dazwischen, und zwar noch ins Frühjahr, fiel ein Ereignis, über das die Nachricht von außen her in das alte Haus getragen wurde und so auch Massimo zu Ohren kam: das Ende des Krieges. Als permanente Bedrohung, die ständig im Bewußtsein der Erwachsenen vorhanden gewesen sein mochte, hatte das Kind dieses Wort nicht empfunden; dennoch war es hie und da als Ereignis in seine engumgrenzte Welt eingebrochen. »Werden die Männer jetzt nicht mehr Bomben aus Flugzeugen werfen oder aufeinander schießen?« fragte Massimo den Großvater, als diese Nachricht bei Tisch aus dem Radio verkündet wurde.

»Wenigstens einstweilen nicht mehr bei uns«, sagte der, »wenn auch zu befürchten ist, daß dergleichen irgendwo auf dieser Welt ständig stattfinden wird.«

Später, als er mit dem Großvater unten im Saal am Cembalo saß, fragte ihn Massimo: »Warum tun die Leute das?« Diese Frage war kaum existentiell gemeint; denn Massimo hatte nie wirklich erlebt, wie ein Mensch unter solchen Umständen zu Tode gekommen war. Er hatte die wenigen kriegerischen Ereignisse, deren Zeuge er geworden war, eher als Störung seiner gewohnten Lebensordnung empfunden, nicht ohne aufregende Spannung, aber auch etwas beängstigend. Es hatte ihn erschreckt zu sehen, wie große erwachsene Menschen plötzlich von Furcht gepackt wurden. Andererseits mußte er auch daran denken, wie der dröhnende Schlag des Krieges zugleich seinen zauberischen Befehl ausgeführt hatte.

Es blieb ihm Zeit genug, das alles zu bedenken, denn der Großvater ließ sich Zeit mit seiner Antwort. »Weißt du«, sagte er schließlich und noch immer zögernd, »es wird wohl immer wieder Menschen geben, die darauf aus sind, Macht über andere Menschen zu gewinnen und ihnen ihren eigenen Willen aufzuzwingen. Daß es dabei in Wahrheit keine Gewinner geben kann, stellt sich zumeist erst dann heraus, wenn alles vorbei und kaum mehr zu ändern ist. Sonst würde ja keiner dabei mitmachen.«

»So wie ich Macht über meinen Vater gewinnen wollte?« fragte Massimo.

Der Großvater bedachte sich wieder eine Weile und sagte dann: »Das kann schon sein. Vielleicht solltest du künftig bei deiner Zauberei nicht nur bedenken, was sie dir nützt, sondern auch, was du anderen damit antust.«

»Auch bei dem Zauber, den du mir hier beizubringen versuchst?« fragte Massimo und klimperte ein bißchen auf der Tastatur des Cembalos.

»Das glaubst du wohl nicht?« sagte der Großvater, als er das spitzbübische Lächeln sah, mit dem Massimo diese Frage stellte. »Sei dir da nicht so sicher! Ich kenne die Geschichte von einem Flöter, der es ziemlich weit gebracht hat in der Kunst, sich andere mit seiner Musik zu unterwerfen. Aber du magst insoweit schon recht haben: In der Regel ist Musik ein guter Zauber. Weiße Magie. Laß uns also heute ein neues Stück anfangen«, und er legte ihm ein in altertümlichen Noten handgeschriebenes querformatiges Notenheft aufs Pult.

Am nächsten Tag gingen alle Mitglieder der Familie samt dem Dienstpersonal am Morgen in den Dom. Vorher gab es einen kurzen Disput zwischen dem Großvater und Massimos Mutter, bei dem das Kind, das eben die Treppe herunterkam und unwillkürlich beim Klang der erregten Stimmen stehenblieb, ungewollt zum Zeugen wurde. Der Großvater hatte offenbar diesen Kirchgang vorgeschlagen und fügte noch hinzu: »Wir sollten allesamt Gott danken, daß dieser furchtbare Krieg nun endlich vorbei ist.«

»Das will ich ja auch«, sagte daraufhin die Mutter, »aber du weißt ja, daß sein Vater strikt verboten hat, Massimo auf irgendeine Weise mit der Kirche und überhaupt mit dem Glauben in Berührung zu bringen.«

»Papperlapapp!« sagte der Großvater. »Ich weiß selbst, daß er ein gottloser Heide ist und an nichts glaubt als an sein Geld. Aber er hat nicht das Recht, deinen Sohn und meinen Enkel aufziehen zu lassen ohne eine Vorstellung davon, was für unsere Familie seit je ein Mittelpunkt unseres Lebens war. Vom Glauben einmal abgesehen, den ihm Gott allein schenken kann: Die Kenntnis dieser Dinge gehört doch zur Allgemeinbildung, ohne die er viel von unserer Kultur und auch vom täglichen Leben nicht verstehen kann. Ich nehme es auf meine Kappe, daß wir ihn mitnehmen. Außerdem wird er gute Musik zu hören bekommen, und allein schon das wird ihn interessieren.«

»Gute Musik höre ich gern«, sagte Massimo noch von der Treppe her und nahm die letzten Stufen in zwei Sprüngen. »Wo wird die gespielt?«

»Im Dom«, sagte der Großvater. »Und wir werden uns in die Mitte der Vierung stellen, wo man sie am besten hört.«

Auf solche Weise betrat Massimo zum ersten Mal eine Kirche und dazu eine so eindrucksvolle wie San Marco.

Für diesmal hatte der Großvater eine Gondel bestellt, in der alle Platz fanden. Von dem Fahrwasser hinter dem alten Haus trieb der Gondoliere das Fahrzeug mit dem Wedelschlag seines Ruders langsam an den altersgrauen Fassaden hoher Palazzi vorüber und erreichte über einen Verbindungsweg, den der Großvater Rio di Paradiso nannte, einen weiteren, schon von zahlreicheren Booten befahrenen Kanal, von dem sich im Vorübergleiten für wenige Augenblicke die Sicht auf einen ausgedehnteren Platz öffnete, die gleich darauf von einem massigen Kirchenbau mit barockem Campanile verdeckt wurde. Noch zweimal wechselte der Gondoliere die Richtung und erreichte schließlich, nachdem er die lange Rückfront eines öffentlichen Gebäudes passiert hatte, das offene Wasser und die Landungsstelle vor dem Markusplatz. Hier drängten sich die Boote und Gondeln schon so dicht, daß es dem Gondoliere nur mit Mühe gelang, einen Platz zum Anlegen zu finden. Als Massimo mit seiner Familie den weiten Platz mit dem gewaltigen Bleistift des Campanile vor dem Dom betrat, war er sicher, daß hier unter den fünf hochgewölbten grünpatinierten Panetone-Kuppeln ein ganz großer Zauber stattfinden würde, wie er ihn noch nie erlebt hatte. So war seine Erregung, mit der er das Portal von San Marco durchschritt, sicher weitaus höher als jene der meisten, die sich zugleich mit ihm im Dom versammelten. Die rituelle Geste, mit der die Großmutter ihre Hand in ein Wasserbecken neben dem Eingang tauchte, die so benetzten Finger kreuzförmig über Stirn und Schultern führte und danach auch noch ihm, dem Kind, auf gleiche Weise über Gesicht und Brust wischte, überraschte ihn kaum und vertiefte nur seine Erwartung unmittelbar bevorstehender Wunder.

Während er dem Großvater folgte, der sich durch die Menge der Meßbesucher zur Mitte des weiten Kirchenraums durchzudrängen versuchte, wurde im Halbdunkel plötzlich eine Gestalt erkennbar, ein Geflügelter stand dort am Pilaster und blies auf einem Horn eine unhörbare Musik. Ob er sich später hören lassen würde?

Dann hatte er endlich die Mitte des ungeheuren, vom Gemurmel der vielen Menschen summenden Raums erreicht und blickte für lange Zeit nur nach oben in den von farbig und golden schimmernden Mosaiken bedeckten, hochgewölbten und von den Strahlen der Morgensonne lichtdurchfluteten Kuppelhimmel, und auch dort waren riesige geflügelte Wesen zu erkennen, kraftvolle Vogelmenschen, wie ihm schien, ausgestattet mit den Insignien der Macht und geschmückt mit dem flirrenden Gold von Mosaiksteinen.

Dann schlug eine Glocke an, das raunende Gemurmel wurde leiser, und gleich darauf füllte ein dröhnender, vielstimmiger Akkord den Raum bis zum Bersten, löste sich auf in Figurenwerk, das auf- und abwogte, als solle der riesige Kessel der nachhallenden Kuppel ausgespült werden von den Tonkaskaden, ausgespült und gereinigt für eine Handlung, deren Träger eben erschienen, voraus ein Zug von Knaben in weißen Kitteln, von denen einige seltsame Gerätschaften trugen, ihnen folgend eine Gruppe von Männern in langen weißen Leinenröcken und schließlich drei Männer in langen seidenschimmernden Gewändern, der mittlere von ihnen gekrönt mit einem hohen rhombischen Hut und in der Hand einen am oberen Ende gekrümmten Stab, den er beim Gehen Schritt für Schritt vor sich auf den Boden setzte, als gelte es, einen Berg zu besteigen.

Währenddessen sänftigte sich die Musik, die von zwei der Mitte zu an Höhe ansteigenden Reihen von metallenen Röhren hervorgebracht zu werden schien, eine auf der linken, eine auf der rechten Empore. Als der Zug vorn am Ende des Raums angekommen war, setzte sie ganz aus, und ein einzelner sang eine kleine Melodie von wenigen Noten, die von einem Chor, der sich gleichfalls auf einer Empore befand, beantwortet wurde. Massimo bemerkte, daß auch einige der Umstehenden mitsangen. Dann setzte unvermittelt ein von vielen Instrumenten verstärkter Chor mit einem wie eine Bitte klingenden Motiv ein, das von Empore zu Empore hin- und hergeworfen wurde und langsam zu der goldschimmernden, von den vier Vogelmenschen bewachten Mittelkuppel aufstieg, als solle es das gewölbte Mauerwerk durchstoßen und in den hellen Himmel aufsteigen, dessen Licht durch die 16 im Kreis rings am die Kuppel angeordneten Fenster hereinschien.

Von da an wurde Massimo dermaßen vom Wogen dieser noch nie gehörten Musik davongerissen, daß er kaum noch wahrnahm, was um ihn her vorging. Nur zeitweise tauchte er auf aus diesem Strom von Harmonien, wenn dieser abgelöst wurde von der schon anfangs gehörten Einzelstimme. Einmal wurden hell klingende Schellen angeschlagen, und eine Bewegung setzte sich durch die umstehende Menge fort, aber das Kind nahm kaum wahr, daß viele Leute eine Zeitlang niederknieten; denn da brauste schon wieder die aufs neue heranbrandende Musik über ihn hinweg und spülte alles, was außer ihm geschah, in gischtenden Strudeln von Stimmen, Geigen und Flöten aus seinem Bewußtsein.

Eine ganze Weile mußte er noch mit geschlossenen Augen dagestanden sein und diesen Klängen nachgelauscht haben wie ein Entrückter, als der Großvater ihm schließlich die Hand auf die Schulter legte und sagte: »Komm! Es ist vorbei.«

»Für immer?« fragte Massimo in plötzlich aufkeimender Angst, daß er dergleichen nie mehr zu hören bekommen würde.

»Aber nein!« sagte der Großvater. »So etwas kannst du noch oft hören.«

»Das ist ein unglaublich starker Zauber!« sagte Massimo.

Der Großvater blickte ihn nachdenklich an und sagte nach einer Weile: »Mehr als das.«

In den Tagen danach reifte in der Familie der Entschluß heran, daß Massimo auch in der angestammten katholischen Religion unterrichtet werden müsse, obgleich sein Vater dies bisher nicht hatte erlauben wollen, wie er seinerzeit auch verboten hatte, das Kind zur Taufe zu bringen. Es stellte sich allerdings jetzt heraus, daß die Mutter die Taufe Massimos heimlich hatte vornehmen lassen. Jetzt, als niemand wußte, wo der Vater sich aufhalten mochte oder ob er überhaupt noch am Leben war, nahm der Großvater als Familienoberhaupt für sich das Recht in Anspruch, über diese Sache zu entscheiden, und bestellte den Kaplan des zuständigen Pfarrsprengels ins Haus, damit er sich des Knaben annehme.

Padre Antonio war ein frommer, jedoch in den weltlichen Verstrickungen der ihm anvertrauten Schäfchen durchaus erfahrener junger Mann, mager und hochgeschossen und deshalb ein wenig linkisch wirkend, als er sich zu dem eher zierlich geratenen Knaben herabbeugte und nicht gleich zu entscheiden wußte, ob er quasi segnend seinen Scheitel berühren oder ihm die Hand reichen sollte. Nach dieser etwas gestelzten Begrüßung – er hatte die zweite Möglichkeit gewählt, zumal ihm Massimo unbefangen seine Hand hingestreckt hatte – ließ man den in die lange schwarze Soutane gekleideten Kaplan mit seinem neuen Schüler allein. Sobald seine Anverwandten die Tür hinter sich geschlossen hatten, blickte Massimo dem Geistlichen aufmerksam ins Gesicht und sagte: »Sie waren doch neulich bei den Männern in den weißen Gewändern, die in den Dom einzogen, ehe der große Zauber anfing?«

»Der was?« fragte der Kaplan schockiert. Man hatte ihn zwar auf die mangelnde religiöse Vorbildung des Knaben vorbereitet, aber das erstaunte ihn nun doch. »Laß uns erst mal niedersetzen, damit du mir das mit dem Zauber genauer erklären kannst«, sagte er schließlich.

Als sie dann im Schulzimmer am Tisch einander gegenübersaßen, sagte Massimo: »Wissen Sie, ich interessiere mich für jede

Art von Zauber. Aber neulich in San Marco – das war der stärkste, den ich je erlebt habe!«

»Warst du noch nie in einer Kirche?« fragte der Kaplan.

»Nein«, sagte Massimo. »Aber es interessiert mich jetzt sehr, was dort eigentlich gemacht wird.«

»Das höre ich gerne«, sagte der Kaplan. »Zuvor aber würde es mich interessieren, was du unter *Zauber* verstehst.«

Massimo dachte eine Weile nach und sagte schließlich: »Das ist schwer zu beschreiben. Vielleicht so: Zauber ist etwas, das mich aus meinem gewöhnlichen Leben plötzlich herausholt. Als könnte ich auf einmal fliegen oder so ähnlich …«

Der Kaplan hatte aufmerksam angehört, was Massimo langsam und mit Unterbrechungen erklärt hatte. Er nickte ein paarmal und sagte dann: »Das ist eigentlich ein recht guter Anfang für unser erstes Gespräch.«

Wir brauchen diese geistliche Episode hier nicht weiter zu verfolgen und können es diesem Kaplan überlassen, wie er den eben gefundenen Aufhänger für seine religiöse Unterweisung weiter ausbaut. Eines hat sich wohl schon hinreichend abgezeichnet: daß er nicht zu jenen zu zählen ist, die meinen, religiösen Fragen allein mit der vermeintlichen Schärfe menschlichen Intellekts nähertreten zu müssen. Nein, das mit dem Zauber kam ihm gerade recht, auch wenn er Massimos Erklärung »als könne ich auf einmal fliegen« wohl eher metaphorisch verstanden haben wird. Wir wissen allerdings, daß Massimo diesen Hinweis durchaus konkret meinte, und es war kein Zufall, daß er nach der Unterrichtsstunde des Geistlichen, der versucht hatte, die Metaphorik des Fliegens weiterzuführen zum Emporschwingen der Seele und damit in seinem Schüler für diesen nachvollziehbare Vorstellungen geweckt hatte – daß Massimo also sich wieder einmal hinausbegab auf die hohe Terrasse, von der aus er so schön den Flug der Vögel beobachten konnte.

Tauben gab es viele in dieser Stadt, das hatte er schon feststellen können. Sie waren allgegenwärtig, nicht nur auf dem weiten Platz vor San Marco, wo die vielen Leute, die zum Gottesdienst geeilt waren, sie ständig aufgescheucht hatten; auch zwischen den Häusern konnte Massimo sie jetzt an vielen Stellen in Schwärmen aufsteigen sehen, die sich im Niedersinken plötzlich wieder zerstreuten und das Rot der Ziegeldächer mit ihrem blassen Gefieder hell betupften. Aber Massimo spähte vor allem nach Möwen aus, und er sah auch bald in der Ferne einen Schwarm in langgezogenen Bögen von der Lagune herübersegeln, deutlich unterscheidbar vom nervösen Flug der Tauben, die etwas von der Hektik der Städter an sich haben und nicht die Weite der See in ihrem Flug mitbringen.

Diesmal kamen sie schon recht nahe heran, obwohl er keine Bissen zur Verfügung hatte, mit denen er sie hätte locken können. Eine einzelne zweigte ab vom gemeinsamen Flug des Schwarms und flog dicht an ihm vorüber, neugierig, wie er meinte, auf ihn herabäugend. Er erkannte deutlich den schmalen, langgezogenen roten Schnabel und die gleichfalls roten Beine unter dem weißen Gefieder des Bauches. Solche Möwen hatte er auch schon draußen am Lido gesehen, ehe der Großvater sie abgeholt hatte.

Die einzelne Möwe war dicht an seinem Kopf vorübergeschossen und stieß nun wieder zu ihrem Schwarm, der in Richtung auf die Lagune davonstrich. Massimo verließ seinen Ausblick, ging wieder hinein in den Flur des oberen Stockwerks, und da noch Zeit blieb bis zum Abendessen, beschloß er, sich nach längerer Zeit wieder einmal in dem Raum umzusehen, wo die vielen Möbel zusammengerückt standen. Inzwischen hatte dort offenbar jemand aufgeräumt, vielleicht weil irgendein Tisch oder ein Regal benötigt worden war. Jedenfalls war nicht mehr alles wild übereinandergetürmt. Hinten, rechts vom Fenster stand ein zierlicher Schreibsekretär mit barockem Aufsatz, den er früher nur aus einigem Abstand gesehen hatte, weil er hinter anderen Kleinmöbeln verbarrikadiert gewesen war. Diesmal stand er frei zugänglich in der Zimmerecke, und Massimo machte sich daran, die Schubladen zu untersuchen. Die meisten waren leer und rochen nach altem Holz. In einer fand er drei vertrocknete Rosen, die mit einem brüchigen Band aus verblaßtem grünen Rips zusammengeknüpft waren. Er roch an dem staubigen Gebinde und meinte, noch eine Spur des Rosenduftes wahrzunehmen. Jedenfalls betrachtete er diesen Fund als ein günstiges Omen für weitere Forschungen und gab diese auch dann noch nicht auf, als er vergeblich alle weiteren herausziehbaren Laden geöffnet hatte. Um nichts außer acht zu lassen, untersuchte er schließlich noch die barocken Voluten, die den Aufsatz der Schreibkommode krönten, versuchte ohne sichtbaren Erfolg an ihnen zu ziehen, bis seine Finger an die geschnitzte rosenförmige Blüte gerieten, die in der Mitte zwischen den beiden nach innen emporgewölbten Muscheln wuchs. Herausziehen ließ sie sich nicht, doch als er – eher versehentlich – an ihr drehte, sprang eine schmale, wie ein Federkästchen geformte Lade nach hinten heraus. Er konnte sie nur deshalb sehen, weil er auf einen Tisch geklettert war, den er sich herangerückt hatte. Nach dem ersten Schreck, den ihm diese plötzliche Bewegung versetzt hatte, ertastete er in dem Kästchen eine knisternde Rolle und nahm sie vorsichtig heraus. Es war ein dünnes Pergament, das mit einer sonderbaren, aus fließend ineinandergehängten Wellen und Kringeln bestehenden Schrift beschrieben war, und als er das Blatt völlig entrollt hatte, fand er darin eingewickelt einen Gegenstand, dessen Anblick sein Herz für einen Schlag aussetzen ließ: Es war ein elfenbeinernes Stäbchen, an dessen Ende unverkennbar eine Möwe saß, deren emporgereckter Schnabel das Stäbchen verlängerte. Bei genauem Hinsehen waren auf dem Schnabel und an den um das Stäbchen gekrallten Füßen noch Reste von roter Farbe zu erkennen.

III

Lange blieb Massimo vor der Schreibkommode stehen, starrte auf seinen Fund und dachte darüber nach, was er damit anfangen sollte. Ohne daß er einen Grund dafür hätte nennen können, beherrschte ihn die Vorstellung, daß dieser Gegenstand einzig und allein für ihn an dieser Stelle versteckt worden war, ja er gewann im nachhinein den Eindruck, daß er bei seiner scheinbar ziellosen Suche Schritt für Schritt zu diesem Ziel geführt worden war. Das anfangs fast versteckte Möbel war auf einmal zugänglich geworden wie für ihn bereitgestellt, und er war ohne Zögern darauf zugegangen, als gäbe es sonst keine anderen Möbelstücke in diesem Raum. Er hatte sich nicht entmutigen lassen, und seinen ersten Fund, das Rosengebinde, hatte man (wer denn nur?) für ihn bereitgelegt, um ihn zu ermuntern, die Suche nicht aufzugeben, bis er das Eigentliche in der Hand hielt. Ihm war zumute, als schaue ihm jemand über die Schulter, jemand, der wünschte, daß er dieses elfenbeinerne Stäbchen fand. Fand und benutzte. Auch das war ihm klar. Es ging hier nicht darum, dieses Fundstück zu den Dingen zu legen, die Kinder als ihre Schätze erachten. Das konnte nicht der Sinn all dieser Bemühungen (wessen Bemühungen??) sein. Es wurde von ihm erwartet, daß er diesen magischen Gegenstand benutzte, und zwar allein nur er selbst.

Als seine Überlegungen soweit gediehen waren, begriff er, daß er das Stäbchen niemandem zeigen durfte. Doch wie verhielt es sich mit dem Pergament? Er selbst konnte es nicht lesen, wußte nicht einmal, was für eine Schrift das war. Natürlich dachte er schon von Anfang an bei alledem an die schöne Türkin. Ob dieser Text auf dem Pergament in türkischer Sprache abgefaßt war? Wie schrieben die Türken damals in jener Zeit, als sie in diesem Haus lebte? Er merkte, daß er an sie dachte, als habe sie dieses Haus nur verlassen, um jetzt anderswo zu leben. Wenigstens mußte er herauszubekommen versuchen, welche Schrift damals in der Türkei verwendet wurde, aber das Blatt selbst durfte er niemandem zeigen; denn es war zu vermuten, daß in diesem Text von dem Stäbchen die Rede sein würde. Vielleicht enthielt es eine Anleitung, wie es zu benutzen sei. Möglicherweise sogar eine Warnung, dies nur unter bestimmten Umständen zu versuchen.

Von diesem Zimmer, in dem er sich befand, war es nicht weit zur Dachterrasse. Er beschloß, Stäbchen und Pergament einstweilen wieder in ihrer geheimen Schublade zu verbergen. Wenn er es benutzen wollte, vielleicht um mit den Möwen zu fliegen – diese Verwendung leuchtete ihm am ehesten ein –, dann hatte er es hier rasch zur Hand.

Nachdem er seinen Fund auf solche Weise verwahrt und den Tisch, auf den er geklettert war, wieder an seinen Platz geschoben hatte, verließ Massimo das Zimmer und ging hinunter ins nächste Stockwerk, um nachzusehen, ob der Großvater in seinem Arbeitszimmer saß. Er fand ihn tatsächlich dort vor, und der Großvater winkte ihn, sobald er ihn erkannt hatte, zu sich auf den Besucherstuhl. »Na«, sagte er, »gefällt dir unser Kaplan?«

»Ganz gut«, sagte Massimo. »Er hat mich gleich nach meiner Zauberei gefragt.«

Der Großvater hob erstaunt den Kopf. »Hast du ihm alles darüber erzählt?« fragte er.

»Nur ein bißchen«, sagte Massimo und lachte. »Aber er scheint wirklich zu glauben, daß es Dinge in der Welt gibt, die man nicht ohne weiteres erklären kann.«

»Damit hat er wohl recht«, sagte der Großvater. »Wolltest du mir davon erzählen oder gibt es einen anderen Grund, aus dem du mich besuchen kommst?«

»Ja«, sagte Massimo, »den gibt es. Hast du irgendein Buch über die Türkei? Möglichst so eines, in dem man lesen kann, wie die Leute dort früher gelebt haben? Vielleicht sogar eines mit Bildern?«

»Über die Türkei zur Zeit deiner schönen Ahnfrau?« fragte der Großvater lächelnd. »Darüber habe ich sogar eine ganze Menge Bücher. Komm mit, ich zeige dir, wo sie stehen.« Er schob seinen Stuhl zurück, stand auf und führte Massimo hinaus auf den Gang, dessen Wände hier beidseitig in voller Länge mit Bücherregalen bestellt waren, zwischen denen nur für die Türen Lücken offenstanden. Fast schon am anderen Ende des Gangs blieb er vor einem Regal stehen und zeigte Massimo, daß hier, wie bei jedem Regal, ein Schalter an der Seitenwand angebracht war, mit dem man eine Lampe anknipsen konnte, die von der Decke her die Buchrücken hinreichend beleuchtete. »Hier vom mittleren Brett angefangen bis zum untersten findest du Bücher über die Türkei und ihre Geschichte. Bediene dich! Du darfst übrigens hier und überall im Hause ohne erst lange zu fragen jedes Buch herausnehmen, das dich interessiert, wenn du's nachher wieder an seinen Platz zurückstellst.« Damit überließ er Massimo seiner Neugier und kehrte in sein Arbeitszimmer zurück.

Massimo suchte zunächst nach einem Buch, in dem auch Bilder waren. In der untersten Reihe fand er ein paar großformatige Bildbände, die er durchblätterte, aber sie enthielten nur Fotos von Landschaften und Städten. Das war nicht das, was er vor allem suchte, aber er ließ sich dennoch Zeit zur Betrachtung, denn sie zeigten ja, wie es in der Heimat seiner Ahnfrau aussah: weitläufige Küstenstreifen, Ansiedlungen, in denen stets massige, mit Kuppeln überdachte Gebäude zu sehen waren, von denen manche ein wenig an San Marco erinnerten, nur waren sie hier flankiert von hohen, sehr dünnen Türmen, die oben von einer schmalen Galerie umkränzt waren. Dann gab es Gebirgslandschaften mit schroffen Felsen und Dörfern, deren kubische Steinhäuser wie herabgestürztes Geröll am Fuß von Steilwänden lagen. Immer wieder versuchte er sich vorzustellen, daß die schöne Türkin hier gelebt und diese Landschaften gesehen hatte. Aber dies alles war nicht, wonach er eigentlich suchte.

Bei den kleineren Büchern, die auf dem nächsthöheren Brett standen, entdeckte er beim Durchblättern endlich andere Abbildungen, auf denen einzelne Gegenstände gezeigt wurden, Kleidungsstücke etwa, Musikinstrumente und schließlich auch ein Blatt, das mit den gleichen Schriftzügen bedeckt war wie das Pergament, das er oben in der Rumpelkammer gefunden hatte. Dieses Buch, das den Titel hatte *Kulturgeschichte des Nahen Ostens*, nahm er mit in sein Zimmer. Dort zog er sich einen Stuhl ans Fenster, setzte sich und schlug das Buch wieder an der Stelle auf, wo diese Schrift abgebildet war. Als Erklärung stand darunter: Schreiben der Hohen Pforte aus dem Jahr 1623. Wer auch immer sich hinter dem Begriff *Hohe Pforte* verbergen mochte (Massimo stellte sich damals eine Art Pförtner vor, der ein hohes Tor zu bewachen hatte), er hatte jedenfalls die gleiche Schrift verwendet wie der Schreiber (oder die Schreiberin?) des Pergaments.

Damit wußte Massimo allerdings noch immer nicht, um was für eine Schrift es sich handelte, doch er war sicher, daß in diesem Buch auch darüber Genaueres zu finden sein mußte. Gleich nach dem Titelblatt gab es ein Inhaltsverzeichnis, und dort wurde er auf ein Kapitel verwiesen, das von der Schriftkultur des Osmanischen Reiches handelte. Als er zuvor versucht hatte, das Vorwort des Buches zu lesen, hatte er zwar nur wenig von dem verstanden, was da in allzu langen, verschachtelten und mit ihm unbekannten Wörtern angereicherten Sätzen gedruckt stand, aber so viel hatte er schon begriffen, daß das Osmanische Reich von Türken gegründet und bewohnt worden war. Dem Abschnitt über die Schriftkultur, den er danach aufschlug, entnahm er als eine der wenigen für ihn faßbaren Informationen, daß die Türken dieser Zeit und bis in den Beginn des gegenwärtigen Jahrhunderts die arabische Schrift verwendet hatten. Er würde also diese merkwürdig verschlungene Schrift lesen lernen müssen, um einen türkischen Text zu entziffern, den er mit Sicherheit nicht verstehen konnte.

Gelegentlich wollte er den Großvater fragen, ob er auch ein Buch besitze, aus dem man etwas über die arabische Schrift erfahren könne, doch angesichts all der Schwierigkeiten, die es ihm zum gegenwärtigen Zeitpunkt und auf längere Sicht unmöglich erscheinen ließen, das Pergament zu lesen (das er andererseits auch niemandem zeigen durfte!), entschloß er sich, bei der nächsten sich bietenden Gelegenheit die Kraft des Stäbchens zu erproben.

Diese kam, als ein paar Tage später die Großeltern mit der Mutter zur Beerdigung einer entfernten Verwandten nach Bologna fahren mußten. Sophie begleitete sie, allerdings um die Stadt anzuschauen, die sie noch nicht kannte. Auch Massimo war gefragt worden, ob er mitfahren wolle, doch der zeigte wenig Lust dazu und sagte, er wolle sich bei dem schönen Wetter lieber auf die Dachterrasse setzen und ein Buch lesen. Da das Personal im Haus war, erlaubte man ihm das.

Massimos Ausrede entsprach zunächst ziemlich genau dem, was er tat, sobald alle abgefahren waren. Er nahm das Buch über den Nahen Osten (er fragte sich, ob dieser türkische Osten wirklich so nah sei), holte das Möwenstäbchen aus dem Versteck und ging hinaus auf die sonnenwarme Terrasse, wo mittlerweile die ersten hell- und dunkelroten Blüten an den Dolden der Oleanderbüsche sich geöffnet hatten und der schwere Duft der Würzkräuter über den Pflanzkästen hing. Hier hockte er sich auf den Sockel der Balustrade, versuchte weiter in dem schwierig zu verstehenden Buch zu lesen und blickte von Zeit zu Zeit durch eine Lücke zwischen den bauchigen Steinsäulchen hinaus über die Dächer der Stadt hinweg zur Lagune, ob sich nicht ein paar Möwen sehen ließen.

Einstweilen blieben sie noch weit draußen, wo er gelegentlich einen weiß aufblitzenden Schleier aufsteigen sah, der dann eine Weile über dem Wasser der Lagune wehte, bis er ihn aus den Augen verlor. Er hielt das wenigstens für einen Möwenschwarm, ohne sich dessen sicher zu sein. Dann vertiefte er sich wieder in sein Buch. Er hatte das Kapitel aufgeschlagen, in dem die Zeit zu Beginn des 17. Jahrhunderts behandelt wurde, und las zu seinem Erstaunen, daß damals die Venezianer mit den Türken zeitweise im Krieg lagen. Wie hatte sein Vorfahre unter solchen Umständen Geschäftsreisen ins Feindesland unternehmen können? Es sah so aus, als sei dieser ein ziemlich waghalsiger Mann gewesen.

Während er sich vorstellte, wie dieser seefahrende Kaufmann mit seinem Schiff nächtens die feindlichen Linien durchbrach, um unter falscher Flagge irgendwo im Nahen Osten – wo immer das auch sein mochte – zu landen, blickte Massimo wieder hinaus zum Meer, als könne er diesen Segler am Horizont noch wahrnehmen. Was er sich eben noch als flatterndes Segel vorgestellt hatte, kam jedoch rasch näher, und da zog nun wirklich ein Möwenschwarm heran, der schon die Grenze des Stadtgebietes überflogen hatte und in weitem Bogen über die roten Dächer und grünen Kuppeln herüberstrich. Der Schwarm war unversehens schon ganz nah und senkte sich hinab zum Kanal hinter dem Haus, nur eine einzelne Möwe segelte herüber zur Terrasse, setzte sich nicht weit von Massimos Platz auf die Balustrade und blickte zu ihm herüber.

Diesmal hatte Massimo ein Stück Brot mitgebracht und lockte den Vogel damit näher, indem er einen Brocken auf Armeslänge entfernt auf die Brüstung der Balustrade legte. Die Möwe flog auf und hielt sich einen Augenblick lang schwankend über dem Bissen in der Luft, dann ließ sie sich nieder, schnappte ihn und blickte zu dem Knaben, der offensichtlich noch mehr anzubieten hatte.

Jetzt zog Massimo das Stäbchen aus der Tasche seiner Jacke, zeigte es dem Vogel und sagte laut und bestimmt: »Ich möchte mit euch fliegen, Möwe!«

»Wird aber auch höchste Zeit!« sagte die Möwe. »Ich dachte schon, du findest das Ding nie.«

Diese Antwort verblüffte selbst Massimo. »Habt ihr auf mich gewartet?« fragte er. »Die ganze Zeit schon?«

»Vor allem ich«, sagte die Möwe. »Ich heiße übrigens Pfeil wegen meiner hervorragenden Flugeigenschaften und habe den Auftrag von der Sultanin, dich zu ihr zu bringen.« Es war dieser Möwe anzusehen, daß sie sich ihrer Würde durchaus bewußt war und diesen Auftrag als eine hohe Ehre verstand.

Massimo fand diese Auskunft eher verwirrend. »Was für eine Sultanin?« fragte er. »Ich kenne keine solche Frau. Kennt sie mich?«

»Weiß ich nicht«, sagte Pfeil. »Jedenfalls sagt sie, du seist eine Art Enkel von ihr mit ich weiß nicht wie vielen Ur davor.«

Jetzt begriff Massimo, wer sich da in sein Leben einzumischen anschickte. »Die schöne Türkin«, sagte er halblaut und eher zu sich selber.

»Schön ist sie, da magst du recht haben«, sagte die Möwe. »Bist du bereit, mitzufliegen?«

»Fliegen?« fragte Massimo, und erst in diesem Augenblick merkte er, daß er schon längst als junge rotgeschnäbelte Möwe neben Pfeil auf der Balustrade hockte.

»Natürlich fliegen«, sagte Pfeil. »Wolltest du doch. Und mußt du jetzt auch.«

»Für wie lange?« fragte Massimo und dachte daran, was seine Mutter sagen würde, wenn sie ihn bei ihrer Rückkehr aus Bologna nicht mehr vorfand.

»Was ist Zeit?« sagte Pfeil. »Für ein Jahr? Für zehn Minuten? Das kommt darauf an, wen es betrifft. Du mußt dich jetzt entscheiden, ob du willst.«

»Natürlich will ich«, sagte Massimo. Die Vorstellung, der schönen, zaubermächtigen Türkin zu begegnen, fegte alle

Bedenken beiseite. »Ich nehme an, du kennst den Weg?« sagte er und merkte sofort, daß er so etwas nicht hätte sagen dürfen.

»Wofür hältst du mich?« sagte Pfeil beleidigt. »Wenn du nicht ein Kind und obendrein der Was-weiß-ich-Enkel der Sultanin wärst, würde ich dir anders antworten. Wir Dünnschnabelmöwen sind rings um das ganze Mittelmeer zu Hause. Komm jetzt!«

Schon bei diesen letzten Worten schwang sich Pfeil in die Höhe, und die Möwe Massimo folgte ihm, ohne zu zögern, sah die Dächer der Stadt unter sich hinweggleiten, Kuppeln und Kanäle blieben zurück, und schon flog er über das Wasser der Lagune, immer der anderen Möwe nach, die sich nicht viel darum zu kümmern schien, ob er ihr Tempo einhalten konnte. Bald überquerten sie die schmale Landzunge des Lido, und Massimo sah unten die Anlegestelle, an der sie auf den Großvater gewartet hatten. Er hatte sie allerdings etwas anders in Erinnerung, und nach der Trattoria hielt er vergeblich Ausschau. Pfeil hatte an dieser Stelle seinen Flug etwas verzögert, und als Massimo ihn einholte, fragte er den Vogel, ob er auch schon jene Möwe gewesen sei, die ihm dort unten soviel Aufmerksamkeit geschenkt habe.

»Du mußt wohl eine Zeitlang mit uns fliegen, um uns voneinander unterscheiden zu lernen«, sagte Pfeil. »Natürlich war ich das. Die Sultanin war der Meinung, daß du dort ankommen würdest, und so habe ich dort auf dich gewartet.«

»Auch auf der Dachterrasse bist du einmal dicht über mich hinweggeflogen«, sagte Massimo.

»Sieh da!« sagte Pfeil. »Du bist ja gar nicht so unaufmerksam. Ich habe schon damals gespürt, daß du Lust hattest, mit uns zu fliegen. Von hier an geht's jetzt lange Zeit nach Süden, immer der Küste entlang. Sag mir, wenn du müde wirst. Wir Möwen bevorzugen übrigens einsilbige Namen, und deshalb werde ich dich Sim nennen.«

Sim hätte später nicht sagen können, wie viele Tage sie am Saum der Küste nach Süden unterwegs gewesen waren. Er erinnerte sich nur, daß sie hie und da kleine, aus Steinhäusern zusammengewürfelte Ortschaften überflogen hatten, manchmal war auf der schmalen, staubigen Küstenstraße ein Reiter zu sehen oder ein von Ochsen gezogener Karren, manchmal trieb auch ein Bauer einen schwerbeladenen Esel vor sich her, aber die Eisenbahntrasse, die, wie er gehört hatte, an der Küste entlangführen sollte, war nicht zu entdecken. Auch fiel ihm auf, daß auf dem unwahrscheinlich blauen Wasser der Adria kein einziger Dampfer zu sehen war, auch kein Motorboot, nur einige unter Segel fahrende Fischerboote und einmal ein hochbordiger Dreimaster mit großen, quergestellten Rahsegeln. Irgendwann überquerten sie ein Stück Land, das als breiter, von einem Berg überhöhter Vorsprung weit ins Meer hinausragte, dann ging's wieder an der Küste entlang, bis das Land in einer Spitze auslief und voraus im Süden nichts weiter mehr zu sehen war als die offene See. Hier blieben sie noch einmal über Nacht und schliefen wie schon oft zuvor zwischen steinigen Klippen.

Eines lernte Sim auf dieser Reise sehr rasch: sich im flachen Küstengewässer oder auch in der Mündung eines Flusses Fische zu fangen, sobald ihn der Hunger dazu trieb. Er hatte Pfeil dabei genau beobachtet, wie er es anstellte, und hatte den Dreh bald heraus, von hinten dicht übers Wasser hinweg seine Beute zu überraschen und mit dem scharfen Schnabel zu packen. Anfangs geriet er zuweilen an einen allzu dicken Brocken, den er wieder freigeben mußte, wenn er nicht unters Wasser gezogen werden wollte, doch bald hatte er gelernt, die Größe seiner Beute richtig einzuschätzen.

Auch am nächsten Morgen flogen beide noch einmal auf Fischfang, denn Pfeil sagte, sie hätten einen langen und kräftezehrenden Flug über das offene Meer vor sich. Auch wenn dies die schmalste Stelle der Adria sei, die sie zu überqueren hatten, sie war immer noch breit genug, um eine Jungmöwe zu ermüden, und Pfeil erlaubte seinem Schützling mehrmals, auf dem sanft wogenden Wasser niederzugehen und sich eine Weile treiben zu lassen. Gegen Abend erreichten sie endlich einen Strand, der zu einer langgestreckten, dem Festland vorgelagerten Insel gehörte, die Pfeil Kerkyra nannte. Über eine seichte Wasserstraße gelangten sie am nächsten Morgen zur Küste des Festlandes und flogen dann weiter nach Süden.

Nach ein paar Tagen sagte Pfeil: »Ehe wir hier nach Osten abbiegen, will ich dir etwas zeigen.« Sim hatte sich schon gewundert, daß Pfeil an diesem Morgen ungewöhnlich hoch und obendrein weiter draußen über dem Meer flog. Schon waren ein paar kleinere Inseln hinter ihnen zurückgeblieben, als vor ihnen im Südwesten eine langgestreckte Insel auftauchte, die einer noch weitaus größeren vorgelagert war. Pfeil wies mit seinem dünnen Schnabel auf die nähere, ein schmales, etwa in der Mitte durch eine Bucht eingeschnürtes Gebilde. »Dort unten«, sagte er, »auf der vorderen Insel hauste einmal der größte Schlaumeier, den die alte Welt je gesehen hat. Sogar mit einer mächtigen Zauberin soll er fertiggeworden sein, die seine Schiffsmannschaft in Schweine verwandelt hatte, wobei ich nicht behaupten will, daß sie damit so ganz unrecht gehabt haben soll. Wie dem auch immer gewesen sein mag: Nimm dich also in acht vor solch abgefeimten Burschen!«

»Wie nennst du diese Insel?« fragte Sim.

»Ithaka«, sagte Pfeil. »Schon mal gehört?«

»Ja«, sagte Sim. »Meine Lehrerin hat mir die Geschichte über diesen Mann namens Odysseus erzählt, der dort gewohnt hat und nach dem Krieg vor Troja noch lange mit seinem Schiff unterwegs war, ehe er wieder nach Hause kam.«

»Dann weißt du ja, von wem ich rede«, sagte Pfeil. »Du bist gar nicht so unbedarft wie ich dachte.«

»Weiß man noch, wo sein Haus stand?« fragte Sim.

»Danach habe ich die Möwen von Ithaka nicht gefragt«, sagte Pfeil. »Sie gehören zu unserer rotgeschnäbelten Art. Es gibt übrigens noch einen Grund, warum du dir diese Insel merken solltest. Dieser Odysseus soll auf seiner Reise fast das ganze Mittelmeer befahren haben. Von daher mochte er die Möwen, besonders unser Volk. Als er dann wieder zu Hause war bei seiner Frau, die all die Jahre auf ihn gewartet und sich mit allen möglichen Freiern herumgestritten hatte, die ihr einreden wollten, ihr Mann sei längst ertrunken, da saß er gerne auf einem Felsen über dem Strand, blickte hinaus auf die See und fütterte die Möwen. Weiß der Himmel, woran er dabei dachte, aber die Möwen erinnerten ihn wohl daran. Und deshalb ließ er dort für die Möwen einen geschützten Platz herrichten, der für alle Zeiten den Möwen als Unterschlupf bei rauher See und Unwetter dienen sollte, und die Fischer auf dieser Insel haben diese Überlieferung bis heute nicht vergessen und legen sogar Futter bereit, wenn das Wetter danach ist. Merk dir das!«

Doch das Wetter war schön an diesem Tag, sonnig mit einer leichten Brise von Osten her, und so war, als Sim der alten Möwe zu einem schroffen Felsen über der Brandung folgte, von alledem nichts weiter zu sehen als eine Höhlung, in der sich Möwen vor einem Sturm in Sicherheit bringen konnten. Für eine Weile ließen sie sich dort nieder, und da spürte Sim den scharfen Geruch nach altem Fisch und unter seinen Füßen die fettigen Spuren von all den Meerestieren, die durch Jahrhunderte hier als Möwenfutter ausgelegt worden waren.

Bald machten sie sich wieder auf die Reise. Pfeil flog voraus auf eine breite Wasserstraße zu, die hier das Festland teilte und nach Osten führte. Nach und nach rückten die Ufer immer enger zusammen, und gegen Abend des nächsten Tages durchflogen sie eine Meerenge, hinter der sich eine weite Bucht öffnete, in der zahllose Fischerboote unter braunen, dreieckigen Segeln dahintrieben.

»Hier gibt es viele Fische«, sagte Pfeil und ließ sich auf einem felsigen Absatz des Steilufers nieder. Zwei Tage blieben sie an dieser Stelle und schlugen sich den Bauch voll mit frischem guten Fisch. Sie begegneten hier auch anderen Möwen, die nicht von ihrer Art waren. Sim merkte, wie Pfeil auch von ihnen respektiert wurde, ohne daß er sich besonders in Szene setzen mußte.

»Dich kennen hier wohl alle Möwen?« sagte Sim.

»Kann schon sein«, sagte Pfeil. »Ich fliege ja auch schon lange genug auf diesem Weg hin und her.«

»Warst du schon vorher in Venedig?« fragte Sim.

»Was bedeutet vorher oder nachher?« sagte Pfeil. »Weißt du denn genau, wo du dich in der Zeit gerade befindest? Aber die Strecke zwischen unserem Ziel und Venedig habe ich schon oft zurückgelegt.«

Während der folgenden Tage flogen sie etappenweise weiter nach Osten, bis sie zu einer Landbrücke kamen, die beide Ufer miteinander verband und hinter der das offene Meer unter der Sonne blinkte.

»In deiner Zeit gibt es hier einen Kanal, der die Landenge durchbricht«, sagte Pfeil, »aber davon ist heute noch nichts zu sehen. Wir werden von hier aus dem südlichen Rand der Küste folgen bis zu einer Stadt, von der du vielleicht schon gehört hast.«

Drei Tage später tauchte am Horizont ein Felsplateau auf, über dessen Abbruchkante die vielsäulige Seitenfront eines Tempels in den Himmel ragte. Sobald sie näher kamen, war auch zu erkennen, daß zu Füßen des Tempels sich eine umfangreiche Stadt ausbreitete mit zahllosen Steinhäusern und Kuppeln. Sim erinnerte sich, daß er diesen Tempelberg über der Stadt schon einmal auf einer Abbildung in einem Buch mit griechischen Sagen gesehen hatte. »Das kenne ich«, sagte er, »das muß die Stadt Athen sein mit der Akropolis darüber.«

»Auf deinem Bild war der Tempel vielleicht noch mehr zerstört, als du ihn jetzt siehst«, sagte Pfeil. »Aber du hast recht, das ist Athen. Morgen werden wir noch ein Stück nach Südosten bis zur Landspitze fliegen, und dann beginnt die letzte große Etappe unserer Reise, in der wir von Insel zu Insel über das Meer fliegen werden.«

Anfangs versuchte Sim, die Inseln zu zählen, die sie überflogen oder an deren Strand sie rasteten, aber bald gab er es auf, denn es waren allzu viele. Oft waren die beiden Möwen vom Morgen bis zum Abend unterwegs von einer zur nächsten, zuweilen rasteten sie auch nur eine Weile, fingen sich ein paar Fische und flogen dann weiter. Pfeil kannte sie alle mit Namen, und ich verfolge jetzt ihre Reise auf einer Karte der Ägäis, auf der all diese Inseln wie eine nach unten durchhängende Perlenkette vor dem blauen Hintergrund des Meeres aufgereiht sind, blicke von oben herab auf dieses Gewirr von bräunlichen Gebilden, ausgestreut wie Kieselsteine auf einer flachen Pfütze, sehe das alles von einem imaginären Punkt aus großer Höhe, um ein Vielfaches höher, als die beiden Möwen zu fliegen imstande wären, und höre dennoch, wie Pfeil die Namen dieser Inseln hersagt wie ein schon oft memoriertes Gedicht oder einen Zauberspruch, die Namen jener Inseln, die für ihn die Pfeiler einer Brücke zum gegenüberliegenden Festland Kleinasiens bilden, Pfeiler allerdings, zwischen denen nichts anderes zu finden ist als freie Luft und offenes Meer: Kea, Kythnos, Seriphos, Siphnos, Kimolos, Pholegandros, Sikinos, Ios, Herakleis, Karos, Amorgos, Kinaros, Lebitha, Leros, Lipsos und noch eine Menge kleinerer dazwischen. Sim war während dieser Wochen zumute, als sprängen sie in Riesensätzen von Insel zu Insel über das blaue, sanft gekräuselte Meer, über dem Tag für Tag die Sonne ihren hohen Bogen zog.

Es war Hochsommer, als sie endlich das Festland erreichten, dessen steinige Küste unter der Sonne glühte. »Jetzt ist es nicht mehr weit«, sagte Pfeil, »nur noch vier oder fünf Tage nach Norden.«

Zunächst hielt sich Pfeil an einen Fluß, der hier mündete und in dessen fruchtbarem Tal sie immer wieder schattige Plätze unter Bäumen und Buschwerk finden konnten. Sim betrachtete voll Neugier dieses ihm unbekannte Land, die aus kleinen kubischen Steinhäusern zusammengewürfelten Dörfer und auch die Trümmerstätten, die längs ihres Weges in Sicht kamen.

»Alles uraltes Gemäuer«, sagte Pfeil. »Das sollen vor bald zweitausend Jahren einmal bekannte Städte gewesen sein. Jetzt lassen die Bauern ihre Ziegen zwischen den Tempelsäulen und Theaterrängen grasen.«

Die umfangreichste dieser Stätten überflogen sie, als sie das Flußtal schon verlassen hatten, das kurz vorher nach Osten ins Inland abgebogen war. Als erstes fiel Sim das riesige Halbrund eines antiken Theaterbaus auf, danach erkannte er aus der Höhe seines Flugs unter sich Reihen von umgestürzten oder noch aufrecht stehenden Säulen, zusammengebrochene Quaderbauten und die regelmäßigen Gevierte einst umbauter Plätze. Pfeil spuckte eine Gräte von seiner letzten Mahlzeit hinunter auf all diese einstige Herrlichkeit und sagte: »Soll eine berühmte Stadt gewesen sein, erst bei den alten Heiden, später bei den Christen und sogar noch bei den Türken, bis dann der große Tamerlan mit seiner Horde heranfegte und alles dem Erdboden gleichmachte.«

Als Sim tiefer fliegen wollte, um sich die Ruinen anzuschauen, sagte Pfeil: »Komm weiter! Mir ist es hier zu trocken. In einer guten Stunde können wir an einem Fluß rasten und vielleicht ein paar Fische fangen.«

An diesem Fluß flogen sie am nächsten Tag abwärts bis zur Mündung ins Meer und dann wieder die Küste entlang, wo sie Futter genug fanden. Drei Tage später überquerten sie eine Landenge und gelangten in eine Bucht, an deren Ende sie zwei Tage danach die Stadt erreichten, zu der sie unterwegs waren. Pfeil nannte sie Smyrna. Sim hatte den Namen schon einmal gelesen, und zwar auf einem Päckchen getrockneter Feigen, die viel süßer schmeckten als die frischen, die in Venedig manchmal als Nachspeise auf den Tisch gekommen waren.

Pfeil flog ihm voraus über ein Hafenbecken hinweg, in dem große Schiffe mit hochgebautem Heck vor Anker lagen, und weiter über die dichtgedrängten Häuser bis zum jenseitigen Rand der Stadt, wo das Gelände zu Hügeln anstieg, deren Hänge getupft waren vom Grün der Obstbäume in den Gärten. Dort, zwischen Stadt und Grünland, stand ein einzelnes mehrstöckiges Haus, das einen weiten Innenhof hatte wie der Wohnbunker von Sims Vater, aber keineswegs von so abweisend kahler Art war wie dieser Betonbau, sondern reich verziert mit Simsen, Pilastern und freundlich gerundeten Fenstern. Pfeil kreiste einmal um dieses Gebäude, wartete dann flatternd, bis Sim neben ihm war, und sagte: »Wir sind am Ziel. Die Sultanin erwartet dich schon.«

Während dieser Worte glitt er bereits auf ein geöffnetes Fenster zu, auf dessen Sims er sich setzte. Sim folgte ihm, und als er neben ihm gelandet war und seine Flügel ordnete, sah er in dem Zimmer eine Frau stehen, die er kannte.

»Da seid ihr ja endlich!« sagte sie. »Danke, Pfeil, daß du meinen Enkel sicher zu mir gebracht hast. Flieg jetzt zu deinem Schwarm!« Dann wandte sie sich der zweiten Möwe zu, die noch auf dem Fensterbord saß, und sagte: »Komm herein, Massimo, und zieh dein Federkleid aus! Für die Reise mag es praktisch gewesen sein, aber jetzt will ich sehen, wie du in Wirklichkeit ausschaust.«

Sim flatterte hinab auf den teppichbelegten Boden und wußte zunächst nicht, wie er der Aufforderung seiner Urahnin nachkommen sollte. In der Hoffnung, daß dies genügen würde, wünschte er sich mit aller Kraft seines Willens in seine menschliche Gestalt zurück, und siehe da: Es funktionierte; denn im gleichen Augenblick stand er schon in seinen etwas abgetragenen Alltagskleidern in dem kostbar ausgestatteten Zimmer und blickte der Sultanin ins Gesicht. Sie sah tatsächlich so aus, wie der Maler sie auf dem Bild dargestellt hatte, vielleicht um ein paar Jahre älter, aber noch immer eine schöne, von Gestalt eher zierliche und dennoch kraftvoll wirkende Frau, die ihn aufmerksam, ja geradezu prüfend aus ihren dunklen Augen betrachtete. Sie trug weite, nach unten etwas aufgeplusterte Hosen aus grüner Seide, dazu eine enganliegende, reichbestickte Jacke und über dem schwarzen Haar ein fast durchsichtiges Schleiertuch.

»So siehst du also aus, mein Enkel in der zehnten Generation«, sagte sie. »Besonders ängstlich scheinst du nicht zu sein. Komm her und laß dich umarmen!«

Für wenige Augenblicke tauchte Massimo ein in die nach fremdartigen Gewürzen duftende Aura der Sultanin und spürte ihre Arme um seine Schultern und den Druck ihres festen Körpers auf seiner Brust. Erst dieses Gefühl versicherte ihm, daß diese Begegnung Wirklichkeit war und keine Traumvorstellung. Dann gab ihn die Sultanin schon wieder frei, schob ihn auf Armeslänge von sich und betrachtete ihn aufs neue, diesmal mit kritisch gerunzelten Brauen. »So kannst du hier nicht herumlaufen«, sagte sie, »sonst rennen dir alle Straßenkinder nach. Ich habe schon ein paar Sachen für dich vorbereiten lassen. Mal sehen, ob sie passen.«

Sie griff nach einem Klingelzug, zog daran, und gleich darauf trat ein Diener ins Zimmer, dem sie in einer Sprache, die Massimo nicht verstehen konnte, einen Auftrag gab, worauf dieser das Zimmer verließ. Während sie auf seine Rückkehr warteten, fragte Massimo seine Urahnin: »Warum nennen dich alle *Sultanin*? Hat das etwas mit Rosinen zu tun?«

Damit brachte er sie zum Lachen. »Nein«, sagte sie, »oder doch nur ganz am Rande. Mein Vater war nicht nur ein Handelsherr, und dabei mag er auch Geschäfte mit Rosinen gemacht haben, sondern zugleich der oberste Staatsbeamte in unserem Bezirk, und da er auch darin einige Verdienste vorweisen konnte, nannten ihn die Leute *Sultan*, obwohl damit eigentlich der Allermächtigste in unserem Land bezeichnet wird. Als er dann starb und ich sein Handelsgeschäft weiterführte, was für eine Frau bei uns ziemlich ungewöhnlich ist, blieb dieser Titel an mir hängen. Eigentlich heiße ich Gül, was in deiner Sprache Rose bedeutet.«

Bald danach kehrte der Diener zusammen mit einem zweiten Mann zurück, der offensichtlich zur Zunft der Schneider gehörte; denn er hatte ein Maßband um den Hals gehängt, das ihm beim Gehen nachflatterte, und am Gürtel hing ihm eine lange Schere. Beide trugen allerlei Kleidungsstücke, die sie auf einem Diwan ausbreiteten.

Die Sultanin warf einen Blick auf das kunterbunte Sammelsurium, fand es offenbar nach Wunsch und sagte etwas zu den beiden Männern – wieder in dieser etwas kehligen, für Massimo unverständlichen Sprache –, die daraufhin anfingen, ihn zu entkleiden. Der begriff zunächst nicht, was die beiden vorhatten, und versuchte sich zur Wehr zu setzen. Die Sultanin sah lachend zu und erklärte ihm dann, daß seine alten Sachen gewaschen und aufgehoben würden für seine Heimreise. Jetzt aber solle er sich ausziehen, damit man sehen könne, ob alles passe.

Daraufhin ließ Massimo die eifrigen Diener ihre Arbeit tun, bis er splitternackt im Zimmer stand. Dann erhielt er leichte baumwollene Unterwäsche und probierte all die fremden Kleidungsstücke aus, die da lagen: seidene Hosen, hemdartige Kittel für den Alltag aus Baumwolle oder Leinen, farbig bestickte Jacken und Kittel für feierliche Anlässe, Sandalen, weiche Lederschuhe mit aufgebogenen Spitzen und schließlich einen kirschroten Fez, den er sich etwas schräg über sein Haar stülpte, denn mittlerweile fing die Sache an, ihm Spaß zu machen.

Es war ein warmer Tag, und so suchte er sich nach der Anprobe den leichten Kittel aus weißem Leinen heraus, den er wie ein lockeres Hemd über den Kopf streifte. Dann hockte er sich gegenüber der Sultanin, die inzwischen auf dem Diwan Platz genommen hatte, auf ein trommelförmiges Kissen und begann sich allmählich bei seiner zeitlich so weit entfernten Verwandten heimisch zu fühlen.

»Wozu all diese vielen Kleider?« fragte er. »Wie lange soll ich denn hierbleiben?«

»So lange du magst«, sagte die Urahnin, »aber zumindest ein ganzes Jahr; denn du sollst erst einmal Türkisch und auch ein bißchen Arabisch sprechen und lesen lernen, damit du selbst mit den Leuten hier reden kannst und auch verstehst, was in der Moschee gesprochen wird.«

»Ein ganzes Jahr?« rief Massimo erschrocken. »Was wird meine Mutter denken, wenn ich so lange verschwunden bleibe? Pfeil und ich sind ja schon wochenlang unterwegs gewesen!«

»Mach dir keine Sorgen!« sagte die Sultanin lächelnd. »Zeit ist eine ziemlich relative Angelegenheit. Möglicherweise wird dich in Venedig keiner vermissen.«

Massimo konnte sich zwar auf keine Weise vorstellen, wie das möglich sein sollte, aber die Sicherheit, mit der die Sultanin das sagte, beruhigte ihn doch. Schließlich befand er sich mitten in einer unglaublichen Zaubergeschichte, und da war alles möglich.

Die Sultanin führte ihn danach ein Stockwerk höher in ein Zimmer, das wieder aufs bequemste mit Teppichen, Kissen und einem Schlafdiwan ausgestattet war, und sagte: »Hier wirst du einstweilen wohnen. Solange du die Sprache noch nicht beherrschst, mußt du mir sagen, was du brauchst. Später wird ein Diener deine Wünsche erfüllen, soweit das möglich ist.« Sie klatschte in die Hände, worauf ein Junge eintrat, der nicht viel älter war als Massimo. Auch er trug ein solches hemdartiges Gewand, wenn auch gröber gewebt und ohne jeden Zierat, kreuzte die Arme vor der Brust und verneigte sich vor der Sultanin, wobei er neugierig zu Massimo herüberschielte.

»Das ist Nizan«, sagte die Sultanin. »Er wird dir helfen, dich zurechtzufinden. Mach dich einstweilen mit ihm vertraut.« Damit verließ sie das Zimmer.

Leichter gesagt als getan, wenn einer die Sprache des anderen nicht versteht, dachte Massimo. Der Junge erwies sich angesichts dieses Problems als gewitzter, vielleicht hatte ihn die Sultanin auch auf diese Aufgabe vorbereitet. Jedenfalls zögerte er nicht lange, legte die Hand auf seine Brust und sagte: »Nizan.« Dann blickte er dem Fremdling in die Augen, wies mit einer – wohl aus Höflichkeit – zögernden Handbewegung auf ihn und sagte in eher fragendem Ton, als wolle er sich der Richtigkeit seiner Aussprache versichern: »Massim?«

Immerhin gönnt er mir eine Silbe mehr als die Möwe Pfeil, dachte Massimo und nickte grinsend. »Ganz richtig«, sagte er. »Massim.«

»Massim«, wiederholte Nizan, nahm ihn bei der Hand, führte ihn durchs Zimmer und benannte jeden einzelnen Gegenstand in seiner türkischen Sprache, wartete, um die Wiederholung des Wortes durch seinen eben gewonnenen Schüler zu korrigieren, und sprach ihm das Wort so oft vor, bis er mit Massims Aussprache zufrieden war. Auch demonstrierte Nizan bestimmte Handlungen und Vorgänge, öffnete etwa das Fenster, schloß es wieder und nannte dazu die entsprechenden Verben oder er nahm eine Bürste, die auf dem kleinen Tisch vor einem Wandspiegel bereitlag, in die Hand, hob sie hoch und ließ sie fallen, indem er jeweils die solche Vorgänge bezeichnenden Wörter nannte. So lernte Massim, die Dinge seiner neuen Umwelt oder auch vielerlei Vorgänge zu bezeichnen und war bald imstande, sich mit Nizan über solch einfache Alltäglichkeiten zu verständigen.

Massim merkte bald, daß eine neue Zeit des Lernens für ihn angebrochen war, anders allerdings als in den Unterrichtsstunden bei seiner Lehrerin Sophie, obgleich auch diese versucht hatte, das Gerüst des Lernstoffes mit Erfahrungen anzufüllen, soweit dies möglich war, wenn sie mit ihrem Schüler am Tisch saß oder auch schon einmal mit ihm durch die Stadt gegangen war, um ihm Bauwerke zu zeigen und deren stilistische Eigenart zu erläutern oder ihm die Bedeutung der Bilder über den Altären der vielen Kirchen zu erklären, indem sie ihm die Legenden der darauf abgebildeten Heiligen erzählte, oder auch wenn sie mit ihm am Ufer der Lagune entlangging, ihm die Namen der Pflanzen nannte, die dort wuchsen, und ihm verständlich zu machen versuchte, welche Bedeutung diesen im Zusammenhang der Küstenlandschaft zukam, auch mit ihm die zahlreichen Vögel beobachtete, die dort übers Wasser flogen und nach Fischen tauchten oder im Röhricht ihre Nester bauten – aber all dies trat jetzt weit zurück hinter die Streifzüge, die er mit Nizan durch die engen Gassen der Stadt unternahm. Er hatte nun nach anfänglicher Verwunderung und dem Erschrecken über den unglaublichen Zeitsprung, mit dem ihn diese Reise in die Fremde zugleich um Jahrhunderte zurückgerissen hatte, endgültig begriffen, daß er hier in einer Zeit lebte, in der von den technischen Errungenschaften seiner früheren Umwelt keine Spur zu finden war, doch dafür tauchten die beiden ein in ein turbulentes, lärmendes Treiben, wurden gestoßen, mußten sich ihren Weg zuweilen freiboxen im Gedränge der engen Gänge des Basars, den sie mit Vorliebe aufsuchten, wo die Händler ihre Waren ausschrieen und Messingschmiede ihr gellendes Metall hämmerten. Bei ihnen blieb Massim oft stehen, um zu beobachten, wie aus einem goldglänzenden Blech unter den rasch aufeinanderfolgenden Schlägen nach und nach ein Gefäß entstand. Vor allem aber umrauschte ihn im Halbdunkel der Gewölbe ständig das vielstimmige Konzert der fremden Sprache, eine verwirrende und zugleich verlockende Musik, und Nizan zwang ihn immer wieder, genau hinzuhören, was da gesagt, gerufen oder gekeift wurde. Erst hier stellte sich heraus, daß Nizan ihm seine Unkenntnis von Massims Sprache nur vorgespielt hatte, denn er konnte sich plötzlich, wenn auch etwas gebrochen, des Italienischen bedienen, aber er übersetzte immer nur ein einziges Mal, und dann erwartete er, daß sein Schüler künftig diese Wörter verstand, ja er ließ es darauf ankommen, daß Massim von irgendwelchen Leuten grob angefahren oder gar zur Seite gestoßen wurde, weil er ihre Rufe nicht beachtet hatte. Das war erst das richtige Lernen durch Erfahrung, bei dem es nicht ohne blaue Flecke abging, aber dieser Umstand erhöhte zugleich den Eifer und die Aufmerksamkeit des Schülers.

Eines Tages entdeckte Massim in einem dämmrigen Gewölbe des Basars einen Elfenbeinschnitzer, der auf seiner hölzernen, von zahllosen Handgriffen blankpolierten Werkbank ein hell schimmerndes Stück Bein eingespannt hatte und mit schmalen, im Licht einiger Öllampen blinkenden Schnitzmessern bearbeitete. Was da unter seinen Händen entstand, wurde nach und nach erkennbar als ein schlanker Vogel mit schmalem Schnabel, und dieser Anblick ließ Massim unwillkürlich nach seinem elfenbeinernen Vogel greifen, den er in einem Beutel aus weichem Leder unter seinem türkischen Kittel um den Hals gehängt trug. Die rasche Bewegung, mit der Massim den Beutel aus dem Halsschlitz seines Kittels hervorzog, hatte den Schnitzer aufblicken lassen, und als Massim seine elfenbeinerne Möwe herausnahm, um sie mit jener auf der Werkbank zu vergleichen, weiteten sich jäh die Augen des Handwerkers. Er stand mit einer mißglückten Verbeugung von seinem Schemel auf, starrte währenddessen weiter auf die rotgeschnäbelte Möwe, blickte dann Massim ins Gesicht und sagte: »Weißt du, was du da hast, Herr?«

Massim war inzwischen im Erlernen der Alltagssprache so weit fortgeschritten, daß er die Worte des Schnitzers verstehen konnte, und es erstaunte ihn, von dem alten, schon weißhaarigen Handwerker als *Herr* angesprochen zu werden. Er versuchte, freundlich zu lächeln, und sagte, langsam nach den richtigen Wörtern suchend: »Ich glaube schon, daß ich das weiß.«

»Woher hast du den Vogel?« fragte der Mann.

»Ich habe ihn gefunden«, sagte Massim, »aber eigentlich habe ich ihn von der Sultanin. Ich stamme aus ihrer Familie.«

Jetzt holte der Schnitzer die zuvor mißglückte Verbeugung in gebührender Form nach, schob den beiden Besuchern Sitzkissen zu und bat sie, ihm die Ehre zu erweisen, von ihm ein paar Schälchen Kaffee anzunehmen. Er legte sein Werkzeug auf die Schnitzbank, und gleich danach hörte ihn Massim weiter hinten im Dunkel des Gewölbes hantieren, ein Feuer wurde durch heftiges Blasen aus ein wenig Glut entfacht, Messinggeschirr klirrte, und bald zog der Duft des Kaffees zu ihnen herüber.

Das erste Schälchen tranken sie schweigend. Massim hatte in Venedig gelegentlich einen Frühstückskaffee mit viel Milch getrunken, aber was der Elfenbeinschnitzer ihnen anbot, war tiefschwarz, über dem bitteren Grundaroma sehr süß und so angereichert mit feingemahlenem Kaffeepulver, daß es die Konsistenz einer sämigen Suppe hatte. Sobald er ausgetrunken hatte, bot ihm der Handwerker einen weiteren Schluck an, und als Massim ablehnen wollte, sah er, wie Nizan ihn beschwörend anblickte und ihm durch kaum merkbares Nicken zu bedeuten gab, daß er den Gastgeber damit beleidigen würde. Der hatte wohl etwas von der Pantomime gemerkt und goß das Schälchen nur halbvoll, ohne zuvor den Bodensatz aufzurühren. Auch ein drittes Mal mußte noch nachgeschenkt werden, wenn Massim Nizans Gesten richtig deutete, und dann war der Zeremonie Genüge getan (Massim erfuhr später, daß er mit weniger als drei Schälchen den Gastgeber beleidigt hätte, während mehr als drei ihn selbst als Gierschlund entlarven würden).

So hatte alles seine Richtigkeit, als der Schnitzer sich an die teppichbehängte Wand zurücklehnte und auf Massims Elfenbeinmöwe zurückkam. »Darf ich sie einmal in die Hand nehmen?« fragte er.

Massim reichte ihm das Stäbchen hinüber, und der Schnitzer nahm es ihm so vorsichtig aus der Hand, als sei die Möwe ein lebendiges, äußerst zart gebautes Lebewesen. Er schaute sie von allen Seiten an, strich mit der Kuppe seines Zeigefingers über das Stäbchen und prüfte die Glätte von Körper und Hals des Vogels. Dann blickte er wieder auf und sagte: »Ja, den habe ich vor vielen Jahren aus einem uralten Stück Elfenbein für die Sultanin geschnitten, die damals noch sehr jung war.«

»Und hast ihm einen Zauber mitgegeben«, sagte Massim.

Der Schnitzer, der inzwischen wieder auf das Abbild der Möwe geblickt hatte, hob den Kopf und schaute Massim in die Augen. »Wie meinst du das?« fragte er. »Siehst du es als Zauberei an, einen Vogel in seiner natürlichen Gestalt in ein Stück Elfenbein zu bannen?«

»Vielleicht auch das«, sagte Massim, »aber so habe ich es nicht gemeint. Ich denke vielmehr daran, was dieses Vogelstäbchen bewirken kann.«

»Was denn?« fragte der Schnitzer.

»Daß jeder, der es besitzt, als Möwe fliegen kann«, sagte Massim.

»Jeder?« Der Schnitzer hob abwehrend die Hände. »So ist es eben nicht!« Er dachte eine Weile nach und fragte dann: »Bist du schon mit den Vögeln geflogen, ehe du das Stäbchen gefunden hast?«

»Ja«, sagte Massim. »Damals waren es Schwalben, die ständig über den Patio unseres Hauses flogen, und ich habe mir so sehr gewünscht, mit ihnen frei dahinzusegeln, daß ich es auf einmal konnte.«

»Siehst du!« sagte der Schnitzer. »Du hattest es auch so gekonnt.«

»Wozu dann das Stäbchen?« fragte Massim.

»Ja«, sagte der Schnitzer, »wozu dann das Stäbchen. Ich will dir eine Geschichte erzählen, denn anders kann ich's dir nicht erklären. Sie heißt:

Die Geschichte vom Zahn

Da war einmal, ich weiß nicht ob's wahr ist oder nicht, ein junger Mann namens Mehmet, ein Handwerker meines Gewerbes, ein Beinschnitzer also, damals wohl noch ein Lehrling oder allenfalls ein Geselle. Als die Vorräte seines Meisters an Elfenbein zu Ende gingen, gab er ihm einen Tragesel und einen Beutel mit Geld und schickte ihn, da er selbst schon zu alt war, um eine solche Reise zu unternehmen, auf den Weg, um Elfenbein zu kaufen. »Jenseits der Wüste Sunt«, sagte er, »gibt es einen Markt für Elfenbein, denn in diesem Land leben Elefanten.«

Der Meister hatte Mehmet wohl die Wegmarken genannt, aber der verlor dennoch, als ein Sandsturm über die Wüste wirbelte, den Pfad, verbrachte einen schlimmen Tag, nur geschützt vom Bauch seines Esels, verirrte sich danach, und als sein Wasserschlauch nach einem weiteren Tag leer war, stand der Esel am nächsten Morgen nicht mehr auf, blieb mit ausgestreckten Beinen im Sand liegen und starb. Der Junge häufte Steine über seinen Körper, damit die Geier ihn nicht fraßen, denn er hatte den Esel gern gehabt und trauerte um seinen Tod.

Dann zog er allein weiter unter der glühenden Sonne, bald flimmerte es ihm vor den Augen, er sah rote und schwarze Sonnen kreisen, selbst wenn er sich mit geschlossenen Augen dahinschleppte. Als er kaum noch die Füße aus dem Sand heben konnte, stolperte er über einen Stein, stürzte zu Boden und schlug sich an einem weiteren Stein, der dort lag, einen Vorderzahn aus.

Der Schmerz hielt ihn davon ab, auf dieser Stelle ohnmächtig liegenzubleiben, und so raffte er sich wieder auf und fand mit Allahs Hilfe zu einer Wasserstelle. Er legte sich bäuchlings auf den Boden, trank in langsamen Schlucken und benetzte sein brennendes Gesicht. Da die Sonne schon unterging und es rasch dunkel wurde, bereitete er sich neben der Wasserstelle ein Lager und schlief bald erschöpft ein.

Am nächsten Morgen füllte er seinen ziegenledernen Schlauch mit Wasser und machte sich wieder auf den Weg. Nach einiger Zeit sah er im Sand die Gebeine eines Kamels liegen, das hier vor Durst oder aus irgendeinem anderen Grund gestorben war. Auch der Kopf lag dort, starrte den einsamen Wanderer aus großen leeren Augenhöhlen an und bleckte ein vollständiges Gebiß mit gelblichen, durchweg gesunden Zähnen. Offenbar war es ein ziemlich junges Kamel gewesen.

»Da könnte ich einen davon brauchen«, sagte der Junge zu dem Kopf. »Du hast hier ohnehin nichts mehr zu beißen.« Er brach aus dem Gebiß einen schönen, geraden Vorderzahn aus, schnitzte ihn mit seinem Werkzeug, das er bei sich trug, ein bißchen zurecht und paßte ihn in die Lücke ein, die in seinem Oberkiefer klaffte. Von da an mußte er zwar etwas vorsichtiger zubeißen als bisher, aber der Zahn tat seinen Dienst.

Drei Tage später – der Junge hatte inzwischen die richtigen Wegmarken wiedergefunden – erreichte er eine Oase, in der er ein oder zwei Tage lang sich von den Strapazen seiner Wüstenwanderung erholen wollte. Zu gleicher Zeit rastete dort auch eine Karawane mit vielen Kamelen. Als Mehmet unter den Palmen dahinschlenderte und die Tragtiere und deren abgestellte Lasten betrachtete, hob eines der Kamele, das sich schon zum Schlafen hingelegt hatte, den Kopf, schaute dem Jungen ins Gesicht, bleckte sein Gebiß, als ob es lachen wolle, und sagte: »Einen schönen Zahn hast du da, Bruder. Suchst du ein Tragtier?«

Der Schnitzergeselle war noch jung genug, um nicht weiter

erstaunt zu sein, daß er die Sprache des Kamels verstehen konnte. Wozu ein solcher Zahn alles gut ist, dachte er und sagte: »Ein Tragtier könnte ich schon brauchen, zunächst einmal, damit es mich weiter durch die Wüste trägt, vor allem aber für den Rückweg, denn ich will Elfenbein einkaufen. Der Esel, den ich mitgenommen hatte, ist in der Wüste umgekommen.«

»Wer reitet auch mit einem Esel in die Wüste!« sagte das Kamel. »Aber insoweit trifft es sich gut, denn ich will hier nicht bleiben. Der Händler, dem diese Karawane gehört, ist ein böser Mensch und behandelt uns Kamele schlecht. Außerdem hat er meinen früheren Herrn, der eine Seele von Mensch war, erschlagen, um mich in seine Gewalt zu bekommen.«

Dem Jungen ging das alles ein bißchen zu schnell. »Das mag ja alles sein«, sagte er, »und ich hätte auch nichts dagegen, mit dir weiterzureiten. Aber du sagst ja selbst, daß dieser Händler ein unangenehmer Mensch sei. Er wird dich nicht so einfach weglaufen lassen, ganz davon abgesehen, wie er mit mir verfahren wird, wenn ich als Dieb dastehe.«

»Jetzt reg dich nicht gleich auf!« sagte das Kamel. »Ich denke nicht erst seit heute darüber nach, wie ich davonkommen könnte, und weiß schon, wie sich das machen ließe. Hör zu: Am Morgen, ehe die Karawane aufbricht, zählt dieser Schurke seine Kamele, aber da werde ich schon nicht mehr hiersein, sondern du wirst statt meiner dich beladen lassen.«

»Bin ich ein Kamel?« sagte der Junge.

»Noch nicht«, sagte das Kamel, »aber wenn du dir das wirklich wünschst, wirst du eines sein.«

»Wegen dieses Zahns, der dir so gefällt?« fragte der Junge.

»Nicht direkt«, sagte das Kamel und zeigte grinsend sein Gebiß. »Zunächst mußt du es einfach selber wollen. Aber der Zahn wird dir helfen, dich wie ein Kamel zu benehmen, so wie er dir hilft, die Sprache der Kamele zu verstehen. Verwandeln mußt du dich aus eigener Kraft. Entweder kann das einer oder er kann es nicht. Versuch's mal! Zuvor aber mach in diesen Riemen, den ich um den Hals trage, einen kleinen Schnitt, möglichst eng bei der Schnalle, damit man es nicht sieht, und häng dir den Riemen dann selbst um den Hals.«

Dem Jungen wurde sonderbar zumute, während das Kamel so auf ihn einredete. Was er eben noch für unmöglich gehalten hätte, erschien ihm plötzlich gar nicht so unwahrscheinlich, und er spürte die Lust, es zu versuchen. Und was einer mit Lust unternimmt, gelingt ihm auch. Wenigstens meistens.

So nahm Mehmet dem Kamel das Halfter vom Hals, schnitt es ein und hängte es sich selber um. Dann konzentrierte er sich mit aller Kraft auf den Wunsch, ein Kamel zu werden, und siehe da: Es war gar nicht so schwer; denn schon stand er neben seinem neuen Freund, blies den Atem durch seine weiten Nüstern und merkte, daß der neue Zahn so festsaß, als trüge er ihn schon seit jeher in seinem Kiefer.

»Na also!« sagte das andere Kamel. »Wie heißt du eigentlich?«

»Mehmet«, sagte der. »Und wie nennt man dich?«

»Suleika«, sagte das Kamel, und so stellte sich heraus, daß es ein Kamel-Mädchen war, und Mehmet merkte gleich, daß er jetzt noch mehr Gefallen an seiner Partnerin fand.

»Wie soll's nun weitergehen?« fragte er.

»Ich schleiche mich davon, sobald der Mond untergegangen ist«, sagte Suleika. »Die Strecke, die ihr morgen ziehen werdet, ist mir gut vertraut. Ich werde mich an der Stelle, wo der Weg durch einen engen Einschnitt zwischen Felsen führt, in einer Kluft verstecken und auf die Karawane warten. Dich wird man morgen früh statt meiner zählen und mit dem Halfter an dem Kamel, das vor dir geht, anhängen.«

»Wird dieser Kerl nicht merken, daß ich ein männliches Kamel bin?« fragte Mehmet besorgt.

»Ach der!« sagte Suleika. »Der kennt nur die Zahl und weiß unsereins kaum voneinander zu unterscheiden. Laß dich also zählen, beladen und am Ende der Karawane anleinen. Das war noch immer mein Platz, weil ich zuletzt dazugekommen bin. Wenn die Karawane zwischen den Felsen durchzieht, wird ein Freund, den ich unter den anderen Kamelen habe, weiter vorn für Unruhe sorgen. Ich sag ihm nachher noch Bescheid. Wenn die Treiber alle nach vorn laufen, dann reiß dich los und laufe nach links zwischen die Felstürme. Dort warte ich auf dich.«

Während Suleika ihm diese Anweisungen gab, als gelte es, ein harmloses Rendezvous zu vereinbaren, bekam Mehmet es mit der Angst zu tun. Was würde sein, wenn dieses Kamel-Mädchen, das er überhaupt nicht kannte, einfach weglief und sich nicht weiter um ihn kümmerte? Vielleicht mußte er dann sein Leben lang mit immer schwereren Lasten durch die Wüste trotten und wurde obendrein von diesem üblen Burschen geschlagen. All das ging ihm durch den Kopf, Suleika jedoch schaute ihn aus ihren großen dunklen, langbewimperten Augen so rührend an, daß ihm die Angst verging und er zustimmte, alles so zu machen, wie sie gesagt hatte. Da gab sie ihm einen feuchten Kuß auf sein schiefes Maul und trabte leise durch das Dunkel davon.

Nach einer unruhig verbrachten Nacht, während der er immer wieder aufgewacht war und voll Sorge an den kommenden Tag gedacht hatte, wurde Mehmet als Kamel am Morgen durch einen kräftigen Fußtritt geweckt. »Auf, auf, du Schlafmütze!« brüllte der Händler, dem er jetzt, wie Mehmet hoffte, nur zeitweilig gehörte, und zog ihm eins mit der Peitsche über den Rücken, weil er, ungeübt im kamelhaften Verhalten wie er war, nicht rasch genug auf die Beine kam. Dann lief alles so ab, wie Suleika vorausgesagt hatte: Mehmet wurde ohne weitere Beachtung seines Geschlechts gezählt und angeleint, bekam zwei volle Wasserschläuche aus Ziegenbälgen und einen Sack Datteln aufgepackt und trottete am Ende der Karawane in die Wüste hinaus. Am frühen Nachmittag sah er, nachdem sie eine Bodenwelle überquert hatten, weiter voraus die Felsformation auftauchen, von der Suleika gesprochen hatte. Als der größere Teil der Karawane den Durchgang zwischen den aufragenden Felstürmen schon durchschritten hatte, brach ein Stück weiter vorn ein älterer Kamelbulle plötzlich aus der langen Reihe aus und brachte die Ordnung des Zuges durcheinander. Alle Treiber liefen nach vorn, um das Tier festzuhalten, und so fand sich Mehmet schließlich unbeobachtet, zerriß den angeschnittenen Riemen, sprang in wenigen Sätzen zwischen den Felsen außer Sicht und fand hinter einer schroffen Barriere seine Freundin Suleika wieder.

»Gut, daß sie dir Wasserschläuche aufgebunden haben«, sagte sie. »Die werden wir brauchen. Zuvor aber solltest du dich wieder in den Elfenbeinschnitzer verwandeln. Zwei herrenlose Kamele würden rasch einen neuen Besitzer finden.«

Mehmet hatte nun schon etwas Übung, und so gelang ihm dieser Wechsel seiner Gestalt ohne Schwierigkeiten, nur daß ihn, sobald er auf nur zwei Beinen stehen wollte, die beiden gutgefüllten Wasserschläuche samt dem Dattelsack unversehens zu Boden rissen. Seine Freundin schaute grinsend zu, wie er in den Sand purzelte, und sagte: »Die kannst du jetzt auf meinen Rücken laden, denn derzeit bin ich von uns beiden die stärkere. Dich trage ich noch obendrein.«

Mehmet überprüfte, ob der Geldbeutel noch in seiner Tasche steckte, dann saß er auf und ließ seinem Kamel die Zügel frei, das sich in wiegendem Trab von der Karawane entfernte.

»Auf diese Weise kommen wir schneller voran als die Karawane«, sagte Suleika.

»Weißt du überhaupt, wohin du läufst?« fragte Mehmet.

»Ziemlich genau«, sagte sie. »In drei Tagen werden wir in dieser Richtung eine Ansiedlung erreichen, die bekannt ist wegen ihrer Lager von vorzüglichem Elfenbein. Dort bekommst du, was du suchst.«

»Für ein Kamel weißt du merkwürdig viel«, sagte Mehmet.

Suleika wendete ihren Kopf zurück, bleckte grinsend ihre langen Zähne und sagte: »Woher willst du wissen, welche Kenntnisse ein Wüstenkamel üblicherweise mitbringt? Besonders ausgezeichnet hast *du* dich mit deinen Kenntnissen auf dieser Reise bisher nicht.«

Mehmet fand das Benehmen seines Reittiers ziemlich vorlaut, sagte aber nichts, um es sich mit ihm (oder ihr) nicht zu verderben; denn er wußte, daß er ohne Suleika nicht weit kommen würde.

Da ein Wüstenritt in aller Regel eine langweilige Angelegenheit ist, es sei denn, man wird von räuberischen Arabern überfallen, was, Allah sei Dank, Mehmet und Suleika nicht widerfuhr, will ich es kurz machen: Sie erreichten auf die von Suleika geplante Weise tatsächlich nach drei Tagen den Rand der Wüste, Palmen tauchten hinter dem wabernden Horizont auf, der sandige

Boden zeigte zunächst spärlichen, bald aber saftigen Graswuchs und kündete damit ein Gewässer an, das nach kurzer Zeit quer zu ihrem Weg träge dahinströmte, ein Fluß, an dessen anderem Ufer die Lehmhäuser der Ansiedlung zu sehen waren. Suleika wußte von einer Furt, fand diese auch, und beide genossen es, bis zum Bauch im Wasser hinüber auf die andere Seite zu waten. Drüben kamen sie in einem Karawanserail unter, erhielten dort gegen Bezahlung etwas zu essen, und Mehmet schlief wie schon gewohnt bei seinem Reittier, den Kopf auf dessen samtig befellten Bauch gebettet.

Am anderen Morgen, als Mehmet eben aufgewacht war und noch halb im Schlaf das Fell seines Kamelmädchens kraulte, blies diese ihm ihren warmen Atem ins Gesicht und sagte: »Mach das weiter! Das fühlt sich gut an. Aber halte dabei deine Ohren offen und höre, was ich dir sage: An diesem Ort lebt ein reicher Händler, der besonders qualitätvolles Elfenbein auf Lager hält. Er heißt Achmet, und zu ihm wirst du heute gehen. Aber ehe du mit ihm handelst, mußt du ihm folgendes erzählen: Bei der Karawane, mit der wir anfangs gezogen sind, waren auch zwölf Kamele mit kostbarer Ladung, die eigentlich diesem Händler hier am Ort gehören. Der Gauner, der auch mich gestohlen hat, hat deren Treiber bestochen, damit sie den Bevollmächtigten ihres Herrn erschlagen, und sich auf diese Weise der Kamele bemächtigt. Er hat die Absicht, das habe ich mit eigenen Ohren gehört, mit seiner Karawane an einen Handelsplatz zu ziehen, der zwei Tagesreisen weiter östlich auch am Rand der Wüste liegt, und dort will er die gestohlenen Waren verkaufen. All das erzählst du diesem Händler, und er wird wissen, wie er wieder zu seinem Eigentum kommen kann. Dir aber wird er dankbar sein und einen günstigen Preis für das Elfenbein festlegen.«

Als er das gehört hatte, ließ Mehmet noch einmal die Fingerkuppen seiner linken Hand durch Suleikas samtenes Fell wandern, erhob sich dann und machte sich auf den Weg zu dem Händler Achmet, dessen Haus sie ihm genau beschrieben hatte. Der Händler empfing ihn wie einen guten Kunden, nachdem ihm Mehmet den Namen seines Meisters genannt und dessen Siegel vorgewiesen hatte. Nachdem sie die üblichen drei Tassen Kaffee miteinander getrunken hatten, ergriff Mehmet das Wort und sagte: »Ehe wir auf den Handel zu sprechen kommen, dessentwegen ich zu dir gekommen bin, will ich dir erzählen, was mir unterwegs widerfahren und was mir dabei zu Ohren gekommen ist«, und berichtete Achmet von seinem Unglücksfall und weiterhin auch davon, was ihm Suleika aufgetragen hatte, ohne dabei die mehr oder minder zauberischen Umstände all dessen zu erwähnen.

Sobald Achmet vernommen hatte, was mit seinem Eigentum geschehen war, sprang er auf, rief nach einem Bediensteten, schrieb ein paar Worte auf ein Blatt Papier, das er zusammenfaltete und siegelte, gab es dem Diener und befahl ihm, mit einem Dutzend Bewaffneter sogleich und ohne Rast nach jenem Ort zu reiten, dort dem Kadi dieses Papier zu übergeben und diesem, wenn nötig, die zwölf Bewaffneten zur Durchsetzung seines Rechts zur Verfügung zu stellen.

Als dieser eilig den Raum verlassen hatte, setzte sich Achmet wieder zu seinem Gast, dankte ihm für die Nachricht und sagte: »Ich bitte dich, die nächsten Tage als Gast in meinem Hause zu verbringen, damit du dann die Freude in meinen Augen lesen kannst, wenn ich mein Eigentum zurückgewonnen haben werde, das ich schon fast verloren gegeben hatte; denn die zwölf Kamele mit ihrer kostbaren Last sollten schon vor einer Woche hier eingetroffen sein.«

So brachte Mehmet sein Kamel noch vor Mittag zu den Stallungen des Händlers, wo es getränkt und mit dem besten Futter versorgt wurde. Mehmet wurde ein mit aller erdenklichen Bequemlichkeit ausgestatteter Wohnraum im Hause Achmets zugewiesen, und zu Mittag verspeiste er schon in Gesellschaft des Händlers die Gustostücke eines in Öl und Gewürzkräutern eingebeizten und knusprig gebratenen Lamms, von den üppigen Beilagen gar nicht zu reden.

Während dieser Mahlzeit merkte Mehmet, daß der Zahn, den er dem gebleichten Schädel eines Kamels ausgebrochen hatte, wieder ziemlich locker in seinem Kiefer saß, während dieser, so lange er selbst ein Kamel gewesen war, wie festgewachsen zwischen seinen anderen Zähnen gesessen hatte. Seinem Gastgeber fiel auf, daß Mehmet Schwierigkeiten beim Zubeißen hatte, und er fragte ihn nach der Ursache. Da erzählte ihm Mehmet, wie er sich in der Wüste seinen Zahn ausgeschlagen und sich statt dessen diesen Kamelzahn zurechtgeschnitzt hatte.

»Man kann sehen, daß du bei einem kunstreichen Meister lernst«, sagte Achmet. »Ich hätte diesen Zahn für deinen eigenen gehalten.«

»Zeitweise kam es mir so vor, als wäre es wirklich meiner«, sagte Mehmet. »Aber auch so ist mir dieser Zahn recht dienlich«, wobei sein Gastgeber an den – wenn auch etwas eingeschränkten – Nutzen des Kamelzahns beim Beißen und Kauen denken mochte, Mehmet hingegen daran, wie dieser Zahn in ihm die Bereitschaft geweckt hatte, sich mit einem Kamel zu verständigen und zeitweise selbst eines zu sein.

In den nachfolgenden Tagen ließ es sich Mehmet im Haus dieses freundlichen Händlers wohl sein, besuchte täglich mehrmals in den Stallungen seine Suleika und fand sie stets wohlversorgt vor. Einige Male traf er bei dieser Gelegenheit auf seinen Gastgeber, der sinnend vor dieser Kamelstute stand und ihr in die Augen blickte, als komme ihm dieses Tier bekannt vor und könne sich nur nicht entsinnen, wo und wann er ihm begegnet sein könnte.

Als nun die zwölf Kamele des Händlers in Begleitung seines Dieners und der bewaffneten Reiter glücklich heimgekehrt waren, ließ Achmet nach dem Mittagessen sich von diesem Mann berichten. Dieser sagte, der Kadi habe, nachdem er Achmets Papier gelesen hatte, den Räuber, der inzwischen mit seiner Karawane eingetroffen war, mit freundlicher Miene zu sich gebeten, und als dieser dann nichtsahnend in die Gerichtsstube gekommen sei, habe er ihn auf den Kopf zu seiner Untaten beschuldigt. Statt sich zu verteidigen, habe der Mann zu fliehen versucht, aber die bewaffneten Diener hätten dafür gesorgt, daß er nicht weiter habe kommen können als bis zur Tür. Schließlich habe er alles gestehen müssen und sei allein schon wegen der Ermordung jenes Mannes, der anfangs mit Mehmets Kamel unterwegs gewesen war, ohne viele Umstände hingerichtet worden.

Als Achmet sich all das angehört hatte, ließ er allen an dem

Ausritt Beteiligten eine Belohnung auszahlen, wandte sich dann wieder seinem Gast zu und sagte: »Jetzt ist der Zeitpunkt gekommen, an dem wir über unseren Handel reden können.« Er nannte Mehmet für das beste Elfenbein, das er auf Lager hatte, einen dermaßen günstigen Preis, daß Mehmet keinen Anlaß sah, diesen durch Feilschen noch weiter hinunterzutreiben. Als er sich schon zufrieden zurücklehnte, hob Achmet die Hand und sagte: »Da ist noch etwas, worüber wir reden müssen. Ich biete dir die zwölf Kamele, die ich zurückgewonnen habe, für diese eine Kamelstute, die du in meine Stallungen gebracht hast.«

Dieses Angebot erschien Mehmet so seltsam, daß er zunächst gar nicht darauf einging, sondern den Händler fragte, warum er diese Kamelstute offenbar um jeden Preis in seinen Besitz bringen wolle. »Ich muß gestehen«, setzte er hinzu, »daß mir diese Stute sehr lieb ist. Ich würde sie nur ungern aus der Hand geben.«

Da seufzte der Händler Achmet und sagte: »Ich muß dir wohl erzählen, was es damit auf sich hat. Du hast sicher gemerkt, daß ich mehrfach unten in den Ställen vor dieser Stute gestanden bin, weil sie mich auf sonderbare Weise an einen Menschen erinnert, den ich durch meinen Jähzorn verloren habe. Ich hatte eine einzige Tochter, die mir sehr ans Herz gewachsen war, zumal ihre Mutter bei ihrer Geburt gestorben ist. Als das Mädchen in das Alter gekommen war, in dem Töchter üblicherweise verheiratet werden, versprach ich ihre Hand einem Freund, dem ich nicht nur geschäftlich verpflichtet war, sondern dem ich auch zutraute, daß er meine Tochter glücklich machen könne. Am Abend dieses Tages teilte ich ihr mit, was ich für sie geplant hatte, doch sie sprang wütend von ihrem Diwan auf und sagte, daß sie noch nicht heiraten wolle und diesen Mann schon gar nicht. Ich versuchte zunächst, beruhigend auf sie einzureden, doch wir beide haben leider das gleiche aufbrausende Temperament. Wie das so geht: Ein Wort gab das andere, vor allem aber das noch lautstärkere. Zum Schluß schrie ich: Du undankbares Kind! Ich wollte, du wärst ein Kamel und liefst hinaus in die Wüste! Kaum hatten diese verfluchenden Worte meinen Mund verlassen, da war es auch schon geschehen: Vor mir stand eine leichtfüßige Kamelstute, den Kopf hoch erhoben, die Augen starr auf mich gerichtet und wütend die Zähne bleckend, so daß ich fürchtete, nun sei es um mich geschehen. Doch im nächsten Augenblick wendete sie sich jäh um und lief aus dem Haus. In meiner Wut schrie ich ihr nach: Du sollst erst dann wieder ein Mensch werden, wenn dir einer aus Liebe einen Zahn ausschlägt! Ich weiß nicht, ob sie das noch gehört hat. Ich sah die Kamelstute, die einmal meine Tochter gewesen war, so schnell davonlaufen, als würde sie von Löwen gehetzt. Ehe ich ein paar Diener zusammengerufen und ihnen befohlen hatte, ihr nachzureiten, war sie schon nicht mehr zu sehen. Sie wurde von ihnen auch nicht gefunden. Einer von den Dienern kehrte damals allerdings nicht mehr zurück, und es war mir leid um diesen Mann, der von allen am besten mit Kamelen umgehen konnte.«

Mehmet war diesem Bericht mit steigender Spannung gefolgt. Als Achmet endlich schwieg, fragte er sofort: »Sag mir bitte: Wie heißt deine Tochter?«
»Suleika«, antwortete der Händler.
»Suleika«, wiederholte Mehmet und dachte eine Weile nach. Dann sagte er: »Komm, laß uns zum Stall gehen und diese Kamelstute fragen, bei wem sie bleiben will.«
Achmet blickte ihn verwundert an. »Du redest mit Kamelen?« fragte er.
»Du nicht?« sagte Mehmet und war schon unterwegs zur Tür.
Die Kamelstute hatte sich zur Ruhe hingelegt, als sie den Stall betraten. Sie hob den Kopf und blickte den beiden aufmerksam entgegen. Mehmet blieb vor ihr stehen, legte beide Arme um ihren Hals und drückte ihren Kopf an seine Brust. Dabei sagte er: »Ich muß dir jetzt weh tun und kann nur hoffen, daß ich dir damit wohltue. Lach mal ein bißchen!«
Er gab ihren Kopf frei, und sobald die Stute ihre Zähne entblößte, griff er sich vom Boden ein hartes Stück Holz und schlug damit dem Tier mit aller Kraft ins Gebiß.
Was in diesem Augenblick geschah, hätte keiner der beiden Männer später genau beschreiben können. Sie hörten einen gellenden Schrei, allerdings nicht dieses wimmernde Heulen, wie es Kamele ausstoßen, sondern dem Klang nach wie der Schrei eines

erschrockenen Mädchens. Und dieses Mädchen stand auch schon statt des Kamels in der Streu auf dem Stallboden und hielt seine Hand vor den Mund. Zwischen den Fingern sahen sie etwas Blut hervortropfen, aber aus den Augen des Mädchens sprach nichts als Freude, die Freude, wieder ein Mensch zu sein.

Endlich begriff auch Achmet, was hier geschehen war und wer da vor ihm stand. »Suleika!« rief er und stand dort wie vom Donner gerührt. Stammelnd versuchte er, sie um Verzeihung zu bitten, doch sie legte ihm den Finger auf die Lippen und sagte: »Ich war ja auch nicht zimperlich bei dieser Streiterei. Laß gut sein!« und umarmte ihn.

Später, als sie alle drei wieder drüben im Haus saßen, erzählte Suleika, daß einer der Diener, nämlich jener, der sich so gut auf den Umgang mit Kamelen verstand, sie tatsächlich eingeholt habe und dann bei ihr geblieben sei, als sie sich geweigert habe, ihm zurück nach Hause zu folgen. Diese Treue habe ihm dann das Leben gekostet, denn dieser Schurke, den jetzt sein Schicksal ereilt habe, sei es gewesen, der ihn umgebracht habe.

Eine Weile schwiegen der Händler und seine Tochter und dachten wohl an diesen treuen Diener. Dann hob Achmet den Kopf und sagte: »Eigentlich hatten wir, als wir zu dir in den Stall gingen, die Absicht, dich etwas zu fragen. Jedenfalls hat Mehmet dies zu meiner Verwunderung vorgeschlagen.«

Als sie das hörte, blickte Suleika den Elfenbeinschnitzer an und fragte ihn, worum es gegangen sei.

Mehmet bedachte sich eine Weile, und während ihm vor Verlegenheit die Röte ins Gesicht stieg, sagte er dann doch: »Ich wollte dich fragen, bei wem du nun bleiben willst, bei deinem Vater oder bei einem armen Elfenbeinschnitzergesellen.«

»Am liebsten bei beiden«, sagte Suleika, ohne lange zu überlegen. »Aber wenn du erst deinen Auftrag zu Ende bringen und danach deine Meisterprüfung ablegen willst, werde ich hier auf dich warten und dann mit dir gehen, wohin du willst.«

»Und ich gebe dir nun doch die zwölf Kamele und dazu eine Mitgift in Elfenbein«, sagte Achmet.

Bei alledem war nicht zu überhören gewesen, daß Suleikas Rede durch die eben gebrochene Zahnlücke eher einem Lispeln glich. Sie hielt den blutigen Zahn noch immer in der Hand und fragte Mehmet, ob er daraus etwas machen könne.

Der schaute ihn sich an und sagte: »Nein. Ich habe vor lauter Angst, dir weh zu tun oder den richtigen Schlag zu verfehlen, wohl etwas zu heftig zugeschlagen. Der Zahn ist von oben bis unten gesprungen. Gib ihn mir zum Andenken. Ich schnitze dir einen neuen aus dem besten Elfenbein.«

»Das wirst du nicht tun!« sagte Suleika. »Ich will einen Zahn aus einem alten Kamelgebiß, keinen anderen!«

Den bekam sie dann auch, und beide hatten ihr Leben lang einige Schwierigkeiten beim Essen wegen ihres Wackelzahns, aber sie waren es zufrieden, auf solche Weise an die Zeit erinnert zu werden, in der sie beide Kamele gewesen waren.

✲✲✲

Auf solche Weise erfuhr Massim, was es mit solchen Gegenständen auf sich hat, die einen dazu bringen, das Unglaubliche zu wagen, das man dann doch aus sich selbst heraus tun muß. Er schaute noch einmal die an den Elfenbeinstab geklammerte Möwe an und verwahrte sie dann sorgfältig wieder in seinem Beutel.

»Ich sehe schon, daß du begriffen hast«, sagte der alte Schnitzer. »Solange du die Möwe bei dir trägst, wirst du nicht vergessen, was du selbst vermagst. Aber jetzt müßt ihr nach Hause gehen, sonst läßt die Sultanin euch suchen. Bringt ihr meine Grüße.«

Erst jetzt merkte Massim, daß es draußen dunkel zu werden begann. Sie bedankten sich beide für den Kaffee und die Geschichte vom Zahn und verließen rasch den Basar.

Als Massim am Abend der Sultanin die Grüße des alten Schnitzers ausrichtete, blickte sie überrascht auf. »Du hast ihm deine elfenbeinerne Möwe gezeigt«, sagte sie.

»Ja«, sagte Massim. »Als ich sah, wie er arbeitet, dachte ich mir gleich, daß er sie geschnitzt hat. Da mußte ich sie ihm zeigen.«

»Er wird sich gefreut haben, sein Werk wiederzusehen«, sagte sie. »Was habt ihr bei ihm getan?«

»Erst bei der Arbeit zugeschaut, dann Kaffee getrunken, und zuletzt hat er uns eine Geschichte erzählt, die Geschichte von einem Kamelzahn.«

Die Sultanin lachte. »Die kenne ich«, sagte sie, »und ich weiß auch schon, warum er sie dir erzählt hat. Er hat viele Geschichten in seinem Gedächtnis, aber er erzählt sie jedesmal ein bißchen anders, so, wie er meint, daß sein Zuhörer sie benötigt.«

»Das habe ich mir gedacht«, sagte Massim.

Die Sultanin schwieg eine Weile und sagte dann: »Wenn du dieser langen Geschichte folgen konntest, mußt du die Alltagssprache der Leute hier schon recht gut beherrschen. Es wird Zeit, daß du etwas Neues lernst. Morgen wird Nizan dich zur Hisar-Moschee bringen, und dort wird dich ein Derwisch namens Abdal in die arabische Schrift einführen, die wir benutzen, und auch in die Sprache unseres heiligen Buches, die von den Arabern gesprochen wird. Der Weg zur Moschee wird dir vertraut sein, denn sie befindet sich nahe beim Basar.«

»Werde ich dann, wenn ich wieder zu Hause in Venedig bin, den Zettel lesen können, der bei der Elfenbeinmöwe lag?« fragte Massim.

»Ach«, sagte die Sultanin, »lag der wirklich noch dabei? Ja, den wirst du dann lesen können. Hast du noch mehr gefunden in dem alten Schreibschrank?«

»Da lag noch ein vertrockneter Rosenstrauß, der mit einem grünen Band zusammengebunden war«, sagte Massim.

»Daß der so lange gehalten hat!« Die Sultanin war nicht nur erstaunt. Massim, der ihr Gesicht beobachtete, sah, wie plötzlich Trauer in ihren Augen zu lesen war. Sie schwieg lange, und dann sagte sie leise wie zu sich selbst: »Nach so langer Zeit gibt es noch immer seine Rosen.«

»Wessen Rosen?« fragte Massim. »Waren die für dich?«

»Ja«, sagte die Sultanin: »Und ehe du wieder nach Venedig zurückkehrst, werde ich dir auch diese Geschichte erzählen.«

Am nächsten Morgen liefen die beiden Buben wieder hinunter in die Stadt. Nizan führte Massim durch das Labyrinth enger Gassen; die Gewölbe der Handwerker und Kaufleute ließen sie diesmal links liegen, und als sie um eine Straßenecke bogen, sah Massim die schöngebaute, von einer hohen Kuppel gekrönte Moschee, deren Minarettürme oben schon in das Licht der Morgensonne tauchten. Nizan fragte einen Mann, der im Eingang stand, eine Art von Tempeldiener wohl oder wie immer so einer genannt werden mochte, fragte also diesen offenbar dort unbeschäftigt lehnenden Mann, wo der Derwisch Abdal zu finden sei. Der Mann stieß sich vom Türpfosten ab, schüttelte verwundert oder gar schon ein wenig aufgebracht den Kopf über das Ansinnen der beiden Buben und fragte, was sie ermutigt hätte, den frommen Derwisch in seiner Andacht zu stören.

»Die Sultanin schickt uns«, sagte Nizan knapp und offenkundig der Wirkung seiner Worte gewiß.

Darin hatte er sich nicht getäuscht, denn dieser Mann verlor sofort alle Arroganz aus Haltung und Miene, nahm eine devote Stellung ein und sagte, daß der Derwisch Abdal wahrscheinlich in dem Raum zu finden sei, den er bewohne, und beschrieb ihnen den Weg dahin.

Die Tür zu Abdals Zimmer war nur mit einem schweren, teppichartigen Tuch verhangen, das zur Hälfte zurückgezogen war. Massim blickte in den durch ein mit Maßwerk vergittertes Fenster nur schwach erhellten Raum und sah den Derwisch bewegungslos auf einem Gebetsteppich am Boden sitzen, die Hände auf die Knie gelegt. Vor ihm auf einem kleinen, niedrigen Tisch, eigentlich nur einer Art Schemel, lag ein Granatapfel, auf den sein Blick gerichtet war. Nachdem er dem Derwisch schon eine Weile zugeschaut hatte, flüsterte Massim seinem Begleiter zu, er solle nach Hause gehen, während er selbst hier warten wolle, bis Abdal sein Gebet oder was sonst ihn da beschäftige beendet habe. Den Heimweg werde er schon allein finden.

Als Nizan ihn verlassen hatte, hockte sich Massim unter die Tür, legte seine Hände auf die Knie und schaute wie der Derwisch auf den Granatapfel. Lange saß er so. Plötzlich sagte der Derwisch, ohne sich zu ihm umzudrehen: »Was siehst du da, mein Schüler Massim?«

Massim bedachte sich nicht lange und sagte: »Einen Granatapfel.«

»Was meinst du, warum ich ihn anschaue?« fragte der Derwisch.

»Vielleicht bist du durstig und willst seinen Saft trinken«, sagte Massim.

Jetzt lachte der Derwisch leise in sich hinein. »Bist du durstig?« fragte er dann.

»Nicht sehr«, sagte Massim. »Ich habe heute früh im Haus der Sultanin gut gefrühstückt.«

»Also bist du schon satt«, sagte der Derwisch. »Das ist schade. Du hättest dir sonst beim Anschauen des Granatapfels viel besser vorstellen können, wie der Saft einem Durstigen schmecken würde.«

Massim dachte eine Weile über diese Worte nach und fragte dann: »Schaust du deshalb den Granatapfel an?«

»Nein«, sagte der Derwisch, »darüber bin ich schon hinaus. Meinen Durst nach dem Saft habe ich vergessen. Jetzt versuche ich mir vorzustellen, was Allah empfinden mag, wenn er diesen Granatapfel betrachtet, sein eigenes geliebtes Geschöpf.«

»Ist es Allah, der ihn erschaffen hat?« fragte Massim und dachte dabei an die Geschichte von der Schöpfung der Welt, die ihm in Venedig der Kaplan erzählt hatte.

»Allah ist es, der alles erschaffen hat«, sagte der Derwisch. »Er mag diesen Granatapfel mit der gleichen Liebe betrachten wie die ganze Welt, die aus seiner Hand hervorgegangen ist. Man sagt ja, daß auch diese Erde, auf der wir leben, die Form eines Apfels hat, und so wird es in seinen Augen keinen großen Unterschied ausmachen, wenn er diesen Apfel für die ganze Welt nimmt. Wenn er seine schöne, purpurrote Rundung betrachtet, sieht er zugleich auch, was sich meinen und deinen Augen unter der festen Schale verbirgt: die roten, saftigsüßen Kerne, umgeben von zähen Häuten, die herb und bitter schmecken, und so weiß er um die Süße der von ihm geschaffenen Welt ebenso wie um das Bittere, dem keiner ausweichen kann, der durch diese Welt geht.«

Massim versuchte all das, was der Derwisch gesagt hatte, sich genau vorzustellen, und dies gelang ihm, während er weiterhin auf den Granatapfel blickte, in solchem Maße, daß er die Süße des Saftes auf der Zunge spürte und zugleich auch die Bitterkeit der zähen Umhüllung. Schließlich wandte er die Augen von der Frucht ab, schaute den Derwisch an, der sich ihm jetzt im Halbprofil zeigte, und sagte: »Der Kaplan von San Marco, der mich in Venedig unterrichtet, hat gesagt, Gott habe die Welt erschaffen. Wer ist dann Allah?«

Da stand der Derwisch auf von seinem Teppich, wandte sich völlig um zu Massim und sagte: »Was fragst du mich?« und als er das Unverständnis in Massims Miene erkannte, fügte er hinzu: »Laß mich dir zeigen, wie wenig wir von ihm erahnen können.« Er nahm den Granatapfel von dem kleinen, schemelartigen Tisch und legte ihn beiseite, löschte die Öllampe, die ihn beleuchtet und auch den Raum ein wenig erhellt hatte, blickte sich um in dem dämmrigen Dunkel, ergriff einen Gegenstand, der seitwärts in einem Winkel stand, und stellte ihn auf den Tisch. Er schob ihn noch ein wenig zurecht, hob dann den Kopf, blickte herüber zu Massim und fragte: »Welche Form hat dieses Ding?«

Nachdem der Derwisch die Lampe gelöscht hatte, konnte Massim in dem durch das schmale, vergitterte Fenster nur schwach erhellten Raum kaum erkennen, was der Derwisch auf diesen Tisch gestellt hatte. Nach einiger Zeit meinte er, den Umriß des Gegenstands vage auszumachen, und sagte: »Das Ding hat die Form eines Dreiecks, das auf der Grundlinie steht.«

»Aus deinem Blickwinkel mag das stimmen«, sagte der Derwisch, der inzwischen zur Seite getreten war und nun etwa gleich weit von dem Tisch entfernt stand wie Massim. »Nun komm herüber zu mir und schau dir dieses Ding von meinem Standpunkt aus an!«

Massim übertrat jetzt zum ersten Mal die Schwelle des Raums und ging schräg hinüber zu der Stelle, an der Abdal stand. Als er ihn erreicht hatte, legte ihm dieser die Hände auf die Schultern und drehte ihn so, daß er zu dem Gegenstand auf dem Tisch blicken konnte. »Nun sag mir noch einmal, welche Form dieses Ding hat«, sagte der Derwisch.

Massim war verwirrt. Was da eben noch als regelmäßiges Dreieck erkennbar gewesen war, zeichnete sich jetzt vor dem dunklen Hintergrund als ein noch dunkleres Rechteck ab, etwas länger als hoch, aber ebenso regelmäßig gebildet. »Jetzt ist das Ding viereckig«, sagte Massim verwundert. »Ist das eine Art von Zauberei?«

Damit brachte er den Derwisch neuerlich zum Lachen. »Daß du dich für Zauberei interessierst, habe ich schon erfahren«, sagte er, »aber hier handelt es sich um eine ganz einfache, mit Händen zu greifende Angelegenheit. Komm und schau dir an, welche Form das Ding hat«, legte ihm die Hand auf die Schulter und führte ihn in die Mitte des Raums, bis sie vor dem niedrigen Tisch standen.

Es war in der Tat ganz einfach; denn sobald er so nahe war, daß er das Ding hätte berühren können, erkannte Massim, worum es sich handelte: Es war ein Lesepult, offenbar bestimmt für ein großes Buch, vielleicht das heilige Buch dieser Menschen hier in Smyrna. Er hatte ein ähnliches, kostbar verziertes Lesepult in San Marco gesehen, das dort auf einem säulenförmigen Ständer ruhte. Dies hier entsprach nur dessen Oberteil, ein dachförmiger Gegenstand, an der unteren Kante jeweils mit einer hervorstehenden Leiste als Auflage für das Buch versehen.

»Du hast mich gefragt, wer Allah sei«, sagte der Derwisch, »und ich habe versucht, dir zu zeigen, daß diese Frage nicht zu beantworten ist oder wenigstens nur auf eine höchst unvollständige und je nach Standpunkt des Antwortenden sehr unterschiedliche Weise, zumal der Mensch, der sich solche Fragen stellt, einem gleicht, der in einem nahezu dunklen Raum von seinem Standpunkt aus etwas zu erkennen versucht. Du hast eben gesagt, dieses Ding sei dreieckig, und du hattest nicht unrecht mit dieser Feststellung; denn von deinem ersten Standpunkt aus trifft sie zu. Beim zweiten Mal hast du gesagt, es sei viereckig, und auch das trifft zu; denn die beiden Flächen, auf die das Buch gelegt werden kann, sind es. Und so ist es, wenn wir über Allah reden.«

»Ist Allah denn derselbe wie jener, den ich Gott nenne?« fragte Massim.

»Wenn auch er die Welt erschaffen hat, dann muß dies so sein, denn es gibt nur diese eine Welt. Nur siehst du deinen Gott aus deinem Blickwinkel und sagst: Er ist dreifaltig. Ich aber, aus meinem Blickwinkel, muß sagen: Er ist einer, der zugleich nach allen vier Windrichtungen zu blicken vermag. Und beide können wir nicht erkennen, wie unendlich viele Eigenschaften dieser Eine noch haben mag, auch wenn manche versucht haben, diese aufzuzählen. Eher schöpft einer mit seinem Trinkbecher das Meer aus.«

»Ich finde es spannend, wie du das erklärst«, sagte Massim, und damit brachte er Abdal ein drittes Mal zum Lachen. »So kann man es auch bezeichnen«, sagte er. »Komm jetzt, wir gehen hinaus in den Hof und setzen uns in den Schatten der Arkaden. Und dort, im hellen Licht des Tages, wollen wir versuchen zu tun, worum die Sultanin mich gebeten hat.«

»Wie soll ich dich nennen?« fragte Massim.

»Nenne mich Vater Abdal«, sagte der Derwisch. »So nennen mich alle hier in der Moschee.«

»Vater?« sagte Massim bestürzt, und alles war ihm sogleich gegenwärtig, was dieses Wort bisher für ihn bedeutet hatte. »Warum Vater? Was soll das heißen?«

»Das weißt du nicht?«, sagte Vater Abdal erstaunt. »Hast du keinen Vater?«

»Doch«, sagte Massim. »Ich habe ihn beinahe in die Luft gejagt, und manche behaupten, er sei ein Teufel.«

Vater Abdal blieb abrupt stehen, packte Massim am Arm und zwang ihn, ihm ins Gesicht zu schauen. »Was redest du da?« sagte er. »Damit soll man nicht spaßen.«

Massim blickte ihm unerschüttert in die Augen und sagte: »Das tue ich nicht. Es ist so, wie ich sage.«

»Was weißt du von deinem Vater?« fragte der Derwisch.

Massim zuckte mit den Schultern. »Er ist ein fremder Mann, der mich vom Boden hochreißt und dann beinahe fallen läßt; einer, der mich davonjagt, wenn ich Angst habe und zu meiner Mutter ins Bett krieche; einer, der will, daß ich das Schießen lerne, und das nicht nur auf Vögel, wie ich vermute.« All das zählte er auf, als sei er überhaupt nicht beteiligt an diesen Vorgängen, sondern berichte über das Verhalten von Fremden.

»Hör auf!« sagte der Derwisch, als mache gerade dieses Unbeteiligtsein ihn zornig. »Ich weiß nicht, wer dein Vater ist, aber offensichtlich bildet er kein gutes Beispiel für dieses Wort. Mich nennt man Vater, weil es meine Aufgabe ist, mich um Menschen zu kümmern wie um eigene Kinder, sie zu lehren, was gut ist, und sie zu lieben. Das ist es, was ich unter diesem Wort verstehe.«

»So ist mein Großvater«, sagte Massim. »Weißt du, das ist der aus der Familie der Sultanin.«

»Auch Großväter sind Väter«, sagte der Derwisch. »Dann nimm ihn zum Beispiel dafür, was ich in der nächsten Zeit für dich sein will.«

Er ging Massim voran durch eine Tür, die von dem fensterlosen dunklen Gang hinaus in den hellen Hof führte, in den die Sonne hereinschien und der umgeben war von eingewölbten Gängen, die sich zum Hof hin in säulengetragenen Bogen öffneten. Das sind also Arkaden, dachte Massim, als Vater Abdal ihm voran durch diese Gänge schritt bis zu einer Stelle, an der Sitzkissen ausgelegt waren und auch Papier und Schreibzeug auf einem niedrigen Tisch lagen. »Ist das euer Schulzimmer?« fragte Massim.

»Ja«, sagte Vater Abdal. »Hier werde ich dich von nun an jeden Morgen unterrichten.«

Und so geschah es von diesem Tage an. Massim lernte als erstes die fremde Schrift, und es machte ihm nicht wenige Schwierigkeiten, daß er sie von rechts nach links schreiben mußte. Als er sie dann so weit beherrschte, daß er türkische Sätze nicht nur niederschreiben, sondern solche auch lesen konnte, begann Vater Abdal, ihn in die arabische Sprache einzuführen, in der die heiligen Schriften seines Glaubens abgefaßt waren. »Ich will dich nicht von dem hinwegführen, was dieser Geistliche von San Marco dich gelehrt hat, sondern nur etwas hinzufügen«, sagte er.

Am Nachmittag blieb Massim Zeit genug, mit Nizan durch die Gassen der Stadt zu streifen oder Selim, den Elfenbeinschnitzer, zu besuchen und ihm bei der Arbeit zuzuschauen, wenn die obligaten drei Tassen Kaffee getrunken waren; denn ohne diese Bewirtung ließ Selim die beiden Burschen nicht gehen. Darüber wurde es Winter, es regnete häufig und wurde kühler, wenn auch nicht in dem Maße, wie es Massim von zu Hause gewohnt war. Die Sultanin ließ den Schneider kommen und ihn wärmere Kleider für Massim nähen, vor allem einen weiten Kapuzenumhang, in dem er bei Regenwetter zur Moschee lief. Auch überzeugte sich die

Sultanin regelmäßig von den Fortschritten, die Massim gemacht hatte, unterhielt sich mit ihm auf türkisch, später auch in arabischer Sprache oder gab ihm Texte, die er ihr vorlesen mußte.

Als er eines Tages wieder einmal in der Moschee bei Vater Abdal saß – in der kühlen Jahreszeit benutzten sie einen geschlossenen Raum, durch dessen halbrunde Fenster hinreichend Licht hereinfiel –, brach dieser etwas früher als gewohnt seinen Unterricht ab und sagte: »Ich muß dich etwas fragen, Massim, etwas, das dich selbst betrifft. Stört dich das?«

»Nein«, sagte Massim. »Warum sollte es mich stören, nachdem du mich gelehrt hast, wie ein Vater eigentlich sein sollte?«

»Das ist gut«, sagte Vater Abdal. »Seit dem ersten Tag, an dem du hierhergekommen bist, beschäftigt es meine Gedanken, was du über deinen Vater gesagt hast. Du hättest ihn beinahe in die Luft gejagt, hast du behauptet. Wie hast du das angestellt?«

»Es war Nacht, und draußen um das Haus war Krieg«, sagte Massim. »Wir hatten alle im Keller geschlafen oder auch nicht geschlafen; mitten in der Nacht mußten wir dann aufstehen, weil Gefahr drohte, und da stellte sich mein Vater wieder einmal zwischen meine Mutter und mich. Da habe ich ihm ein Zauberwort ins Gesicht geschrien, und im selben Augenblick warf uns alle ein dröhnendes Krachen zu Boden. Als wir ins Freie kamen, war das Haus zerstört, aber mein Vater war noch da und schickte uns, das waren meine Mutter, meine Lehrerin und ich, zu den Großeltern nach Venedig. Seitdem habe ich ihn nicht mehr gesehen.«

»Eine merkwürdige Geschichte«, sagte Vater Abdal. »Die Ursache des dröhnenden Krachens war aber doch wohl eine feindliche Kartaune oder Bombarde.«

»Das mag schon sein«, sagte Massim. »Mein Großvater hat später auch so etwas Ähnliches gesagt, als ich ihm das alles erzählt habe. Aber warum krachte es genau in dem Augenblick, als ich mein Zauberwort schrie? Damals konnte ich nur noch nicht richtig zaubern.«

»Und jetzt kannst du's?« fragte der Derwisch lächelnd.

»Ja«, sagte Massim. »Ich kann mit den Vögeln fliegen. Wie wäre ich sonst nach Smyrna gekommen?«

»Kein Schiff?« fragte Vater Abdal.
Massim schüttelte den Kopf. »Nein. Kein Schiff. Eine Möwe.«
Vater Abdal schien gar nicht besonders überrascht zu sein.
»Dann bist du wahrhaftig ein Enkelsohn der Sultanin«, sagte er.
»Auch sie kann mit den Möwen fliegen oder hat es wenigstens früher getan.«

»Ich weiß«, sagte Massim. »Ich habe ihr elfenbeinernes Möwenstäbchen gefunden.« Er holte das Schnitzwerk aus dem Beutel und zeigte es dem Derwisch.

Der nahm es in die Hand, betrachtete es aufmerksam und sagte dann: »Das stammt aus der Werkstatt von Meister Selim. In dem Stück Elfenbein ist alles enthalten, was man von Möwen wissen kann.« Als er das Stäbchen Massim zurückgab, sagte er noch: »Du willst also Zauberer werden.« Das war eine Feststellung, als habe Massim diese Absicht bereits bekannt.

Massim hatte darüber bisher überhaupt noch nicht nachgedacht, aber es leuchtete ihm durchaus ein, auch wenn er noch keine Vorstellung davon hatte, wie eine solche Laufbahn anzustreben sei. »Ja«, sagte er zögernd. »Ich kann solche Sachen wie von selber, so wie man läuft oder spricht: mit den Vögeln reden oder sogar wie ein Vogel fliegen und dabei selbst ein Vogel werden. Wahrscheinlich kann ich noch mehr, weiß es bloß noch nicht.«

»Das könnte schon sein«, sagte Vater Abdal. »Aber wenn du schon dergleichen Künste betreibst und vielleicht noch andere lernst, so mußt du doch von Anfang an wissen, was du damit erreichen willst, sonst könnte es sein, daß dir eines Tages leid tut, was du mit deiner Zauberei angestellt hast.«

»Darüber habe ich bisher noch nicht nachgedacht«, sagte Massim. »Kannst du mir sagen, wie ich das anfangen soll?«

Vater Abdal dachte eine Weile nach und sagte dann: »Eigentlich gibt es nur zwei Möglichkeiten, zwischen denen du dich entscheiden mußt. Frage dich jedesmal, wenn du so etwas Zauberisches treiben willst, was du dabei eigentlich im Sinn hast: etwas oder jemanden zu besitzen oder etwas oder jemanden zu bewegen.«

Massim dachte über diese zwei Wörter nach und darüber, was

sie in diesem oder jenem Fall bedeuten könnten. Schließlich sagte er: »Besitzen oder bewegen – was von beidem ist besser?«

»Das mußt du wohl selber herausfinden«, sagte Vater Abdal.

Massimo hat sich später, nachdem diese türkische Episode vorüber war, wiederholt gefragt, was alles er noch zusammen mit Nizan oder auch allein in Smyrna getrieben und erlebt haben mochte, aber da waren nur noch wenig Eindrücke oder Erinnerungen vorzufinden, obwohl er eine beträchtliche Zeit dort verbracht haben mußte, ein Jahr etwa, zumal er schließlich nicht nur perfekt Türkisch sprechen und schreiben, sondern auch die arabischen Texte des Koran ohne Schwierigkeiten lesen konnte.

Ein Tag war ihm jedoch deutlich im Gedächtnis geblieben, ein schöner, warmer Tag; denn inzwischen war die kühle Jahreszeit vergangen und auch der Frühling schon weit fortgeschritten. Die Sultanin hatte ihn am Morgen, ehe er wie gewohnt zum Unterricht in die Moschee ging, beim Frühstück abgepaßt und ihm gesagt, daß er heute etwas später zu Vater Abdal gehen solle, und auch das nur, um sich von ihm zu verabschieden. Jetzt aber solle er sich zu ihr setzen, denn sie müsse ihm, ehe er morgen den Rückweg nach Venedig antrete, noch die versprochene Geschichte erzählen, damit er erfahre, wie sie selbst in diese Stadt gekommen sei, in der es mehr Kanäle gebe als Straßen. Sie führte ihn in ihr Zimmer, in dessen Fenster er bei seiner Ankunft gelandet war, ließ ihn sich auf den Diwan setzen, stellte ihm eine Dose mit Zuckermandeln, Datteln und kandierten kleinen Orangen bereit und forderte ihn auf, sich davon zu nehmen, während sie versuchen wolle, ihm diese Geschichte zu erzählen. Sie gab ihr den Titel

Die Geschichte vom Möwenmädchen

Ich war damals ein kleines Mädchen, als ich anfing, in Gedanken mit den Möwen zu fliegen. Ihrem raschen, wendigen Flug hatte ich schon immer gern zugeschaut. Mein Vater hatte damals ein Haus unten am Hafen, um gleich bei der Hand zu sein, wenn seine Schiffe von Handelsreisen mit Waren aus anderen Ländern zurückkehrten, und dort flogen die Möwen zu jeder Tageszeit an den Fenstern vorüber oder hoch übers Dach und den Innenhof. Schon als Kind hatte ich sie gern gefüttert und die Sicherheit bewundert, mit der sie jeden Bissen in der Luft aufzufangen imstande sind. Später dann, als ich heranwuchs, wurde das mehr als ein Spiel. Je länger ich ihrem freien Flug zuschaute, um so mehr fühlte ich mich eingesperrt in diesem schönen Haus des Vaters, das zwar mit aller erdenklicher Bequemlichkeit ausgestattet war und wo jede Art von Zeitvertreib für mich bereitstand, Bücher vor allem, aber auch Spiele verschiedener Art, kostbare Materialien für Handarbeiten – aber es war mir nicht erlaubt, allein vor die Tür zu gehen, und es kam selten genug vor, daß ich meinen Vater oder die Mutter begleiten durfte, wenn er zum Hafen ging oder sie zum Basar.

Ich war etwa 14 Jahre alt, als ich wirklich anfing, mit den Möwen zu fliegen, zunächst immer noch in Gedanken, indem ich einer einzelnen Möwe mit den Blicken folgte und mir vorzustellen versuchte, was sie empfinden mochte, wenn sie pfeilschnell über das Wasser des Hafens kurvte, immer auf Beute aus, oder eine lange Spirale über unserem Haus in den Himmel zeichnete. Ich weiß nicht genau, zu welchem Zeitpunkt diese Flüge für mich Wirklichkeit wurden, freies Schweben jenseits meines schönen Gefängnisses, ruhiges Segeln über dem kabbeligen Hafenwasser und dann plötzlich Hinaufschwingen in den dunkelblauen Himmel, bis die Stadt unter mir lag wie ein zusammengewürfelter Haufen Kies. Ich kann dir ansehen, daß du dieses Gefühl kennst.

Zu dieser Zeit fühlte ich mich allerdings bei solchen Ausflügen nicht als Vogel unter gleichen Vögeln, wenn ich etwa in einen Möwenschwarm geriet. Ich merkte, daß sie mir auswichen wie einem fremden, ihnen unvertrauten Wesen, und es war mir unmöglich, mich auf irgendeine Art mit ihnen zu verständigen. Frei fühlte ich mich in diesen Minuten, aber ich blieb allein.

Eines Tages nahm mich dann meine Mutter, die eigentlich meine Stiefmutter war, mit in den Basar. Sie hatte vor, allerlei Stoffe zu kaufen, blieb dann aber zunächst bei der Werkstatt des Elfenbeinschnitzers Selim stehen und schaute sich die Schmuckstücke und Gegenstände an, die er zum Kauf ausgestellt hatte. Ich jedoch war neben Selim stehengeblieben, fasziniert von der Kunstfertigkeit, mit der er seine feinen Messer und Schaber benutzte, um eine Figur aus einem etwa spannenlangen Span herauszulösen, die mehr und mehr einem Vogel glich.

Schließlich hatte meine Mutter genug gesehen, kaufte sich ein Paar Ohrgehänge in Form aneinandergeknüpfter Perlen unterschiedlicher Größe und wollte mit mir weitergehen. Ich jedoch wollte noch länger zuschauen, bis dieser Vogel fertig war, und bat meine Mutter, noch eine Weile zu warten oder mich hierzulassen und später wieder abzuholen. Meine Mutter kannte den Schnitzer gut und fragte ihn, ob es ihn nicht bei seiner Arbeit störe, wenn ihre Tochter hierbliebe.

»Im Gegenteil!« sagte der. »Das Mädchen spornt mich an, mein Bestes zu geben! Noch nie bin ich dem innersten Wesen einer Möwe so nahe gekommen wie bei dieser Arbeit.«

Eine Möwe also, das konnte auch ich schon erkennen. Meine Mutter war inzwischen gegangen, und ich blickte weiterhin auf die schmalen, geschickten Finger des Schnitzers, unter denen die Möwe immer genauer Gestalt gewann, eine Möwe, die an einen dünnen Stab geklammert saß und ihren schmalen, spitzen Schnabel nach oben reckte in Verlängerung des Stabes.

Endlich legte der Schnitzer sein Werkzeug beiseite, wischte mit einem weichen Tuch die letzten zusammengekringelten Späne und Krümel ab, rieb sein Schnitzwerk blank und betrachtete es eine Zeitlang von allen Seiten. Dann holte er aus einer Schublade der Werkbank einen kleinen Tiegel mit roter Farbe und einen Pinsel, mit dem er Schnabel und Füße des Vogels leuchtend rot färbte. Nun glich er völlig den Möwen, die ich vom Hafen kannte, ja mir schien es, als hätte ich noch nie zuvor eine dieser Möwen so genau in allen Einzelheiten ihres Körperbaus und der Befiederung betrachtet wie dieses Stück Elfenbein, aus dem Selims Kunst diesen Vogel befreit hatte. Als die Farbe eingezogen und getrocknet war, hielt Selim mir das Möwenstäbchen hin und sagte: »Willst du es haben? Ich schenke es dir. Ich kann dir anmerken, daß du es brauchen wirst.«

Wozu? wollte ich fragen, doch da sah ich meine Mutter mit

einem Ballen Stoff zurückkommen. Auch Selim hatte sie gesehen und sagte: »Steck das Ding rasch ein! Das ist eine Sache zwischen dir und mir«, und so ruhte die kleine Möwe schon in meiner Tasche, als meine Mutter zu uns trat und mich aufforderte, mit ihr nach Hause zu gehen. »Hat sie dich nicht gestört?« fragte sie Selim. Der lachte und sagte: »Es gelingt mir nicht alle Tage, ein so vollkommenes Stück zu schnitzen.«

»Wo hast du es denn?« fragte meine Mutter und blickte sich suchend in der Werkstatt um.

»Hat schon einen Liebhaber gefunden«, sagte Selim.

Siehst du, auf diese Weise habe ich das Möwenstäbchen bekommen. Ich trug es seither stets bei mir, und als ich dann wieder einmal mit den Möwen fliegen wollte, machte ich eine neue Erfahrung. Es fing damit an, daß der Wunsch dazu mich erst in dem Augenblick überfiel, als ich das elfenbeinerne Ding nach längerer Zeit wieder einmal hervorholte, um es anzuschauen. Ich sah, wie sorgfältig Selim jede Feder mit seinen feinen Instrumenten aus dem Elfenbein herausgearbeitet hatte, das zarte Gefieder an Kopf, Brust und Rücken und die kräftig profilierten Schwungfedern an den halb gehobenen Flügeln, entdeckte den feinen Spalt zwischen Ober- und Unterschnabel, kaum geöffnet, aber die Bereitschaft des Vogels verratend, daß er im nächsten Augenblick einen Schrei ausstoßen könnte; jedes Glied der zierlichen Füße war zu erkennen bis zu den leicht gekrümmten Krallen. Und erst dann, als mir diese geschnitzte Möwe so lebendig erschien, als könne sie gleich ihre Flügel ausbreiten und sich in den Himmel schwingen, erst da stieg in mir dieser Wunsch auf, es ihr gleichzutun. Ich trat ans Fenster, und ohne einen spürbaren Übergang fühlte ich schon den Wind durch meine Schwungfedern streichen und segelte hinaus in die Freiheit über den Maulbeer- und Feigenbäumen, hinüber zum spiegelnden Wasser des Hafens, auf dem viele Segelschiffe am Pier lagen, die gleich danach unter mir zurückblieben, während ich in einer weiten Schleife hinaus aufs offene Meer zog.

Als ich dort unversehens in einen Schwarm von anderen Möwen geriet, alle von meiner rotgeschnäbelten Art, machte ich eine weitere Erfahrung: Diesmal wichen sie mir nicht aus, sondern streiften dicht an mir vorüber, und ihre Schreie waren zu verstehen. »Komm mit uns!« riefen sie. »Draußen bei den Inseln sortiert ein Fischer seinen Fang und wirft alles über Bord, was er nicht brauchen kann!«

Nun war ich zum ersten Mal wirklich eine von ihnen. Damals dachte ich wohl, daß mit dem Möwenstäbchen ein Zauber verbunden sein müsse, der mir zu dieser Vertrautheit verhalf, aber vielleicht lag es auch nur daran, daß Selim, der während vieler Jahre die Möwen am Hafen und über der Stadt hatte fliegen sehen, all sein Wissen über diese Vögel und, mehr noch, auch all seine Empfindungen, die sie bei ihm erregt hatten, in dieses Stück Elfenbein hineingelegt hatte, so daß jeder, der es trug und bereit war, diese Botschaft aufzunehmen, tatsächlich fähig wurde, sich wie eine Möwe zu verhalten, ja eigentlich selbst zur Möwe zu werden.

Ich war so satt von Fisch als ich – wieder in meiner menschlichen Gestalt – abends hinunterging, um gemeinsam mit meinen Eltern zu essen, daß meine Mutter mich für krank hielt. Später war ich dann vorsichtiger bei meinen Ausflügen; denn ich hatte zwar ein Gefühl für den Heißhunger der Möwen, war aber doch noch so weit ich selbst, daß ich mich davon zurückhalten konnte, mit der gleichen Gier wie sie nach Fischabfällen zu schnappen.

Auf solche Weise machte ich in den darauffolgenden Jahren meine heimlichen Ausflüge in die Freiheit der Möwen, ohne daß jemand etwas merkte. Allenfalls wurde ich hie und da gesucht und konnte nicht gefunden werden, doch ich hatte genug Ausreden bereit, um meine zeitweilige Unauffindbarkeit zu erklären.

Als ich dann siebzehn Jahre alt war, brachte mein Vater den Sohn eines venezianischen Geschäftsfreundes ins Haus. Er nannte ihn Messer Lorenzo und hielt offenbar große Stücke auf ihn, wobei ich heute nicht zu unterscheiden vermag, ob dabei nur persönliche Sympathie im Spiel war oder ob sein Verhalten von einer offenbar recht lukrativen Geschäftsverbindung bestimmt wurde. Er machte mich, als ich, verschleiert, wie es sich gehört, ins Zimmer kam, mit dem jungen Mann bekannt, und ich mochte Messer Lorenzo schon von seinem ersten Besuch an. Er war hoch gewachsen und schlank, bewegte sich wie ein geübter Fechter und wußte abenteuerliche Geschichten von seinen Seefahrten zu erzählen, nicht zuletzt von den waghalsigen Nachtfahrten, in denen er den Hafen von Smyrna erreicht hatte, während offiziell eine Art Kriegszustand zwischen Venedig und dem Osmanischen Reich herrschte. Dabei schaute er mich, wenn er zu einer besonders erregenden Szene gelangte, mit seinen bräunlichgrünen Augen auf eine Weise an, daß es mir nur schwer gelang, seinem Blick auszuweichen, wie es sich für ein wohlerzogenes Mädchen gehört.

Messer Lorenzo hielt sich für mehrere Wochen in Smyrna auf, teils um Handelsbeziehungen mit dem Hinterland anzuknüpfen, nicht zuletzt aber auch, um mir weiterhin seine Geschichten erzählen zu können, und ich wurde nicht müde, ihm zuzuhören, und unternahm schließlich nicht einmal mehr den Versuch, zur Seite zu blicken, wenn er mich anschaute, als käme es ihm einzig und allein darauf an, den Widerhall seiner Erzählungen in meinen Augen wahrzunehmen; denn mehr konnte er in meinem verschleierten Gesicht nicht sehen. So kam es dazu, daß er, als seine Abreise bevorstand, bei meinem Vater um meine Hand anhielt.

Mein Vater war ein stolzer Mann und dazu ein frommer Muslim. Bei aller Wertschätzung, die er diesem jungen Venezianer gegenüber empfand und auch angesichts der wichtigen Handelsbeziehung, die dieser repräsentierte, konnte er es nicht über sich bringen, seine Tochter einem Christen zur Frau zu geben, und wies ihn ab. Zugleich bat er ihn auch, sein Haus nicht mehr zu betreten und jedes Zusammentreffen mit mir zu vermeiden.

Das erfuhr ich allerdings erst später. Vorderhand bemerkte ich nur, daß Messer Lorenzo uns nicht mehr besuchte, und als ich meinen Vater fragte, ob er abgereist sei, ohne sich zu verabschieden, gab dieser mir zunächst eine ausweichende Antwort, mit der ich mich nicht zufriedengab, und ich hörte nicht auf, ihn zu bedrängen, bis ich den eigentlichen Grund erfahren hatte.

Als ich am Abend dieses Tages im Bett lag und mir ausmalte, wie es sein könnte, Lorenzos Frau zu werden und mit ihm nach Venedig zu segeln, erschien es mir unerträglich, daß dies nicht geschehen sollte, wobei die Sehnsucht nach dem Augenspiel zwischen ihm und mir keine geringe Rolle gespielt haben mag. Darüber hinaus stellte ich mir auch vor, daß dies der endgültige Ausbruch aus dem Gefängnis werden müsse; denn ich wußte sehr wohl, daß ich bei einer Heirat unter meinesgleichen hier in Smyrna nur von einem Gefängnis ins nächste wechseln würde.

Als meine Gedanken soweit gediehen waren, geriet mir – ob durch Zufall oder durch insgeheime, mir selbst nicht bewußte Absicht – mein Möwenstäbchen in die Hand, und in einem Augenblick wußte ich, was ich tun wollte; denn da stand ich schon am offenen Fenster, und gleich darauf glitt ich lautlos auf meinen ausgebreiteten Schwingen hinaus in die mondhelle Nacht. Ich kannte das Haus am anderen Ende des Hafens, in dem Lorenzo für die Zeit seines Aufenthaltes eine Wohnung gemietet hatte, und wußte aus einer gelegentlichen Bemerkung, daß er um der frischen, von den Bergen her wehenden Luft willen seine Zimmer im obersten Stockwerk genommen hatte. Bald hatte ich dieses Haus erreicht, fand, während ich an der Fassade des Oberstocks vorüberflog, eines der Fenster offen und ließ mich auf dem Fensterbord nieder. Da sah ich Lorenzo beim Licht einer Öllampe an einem Tisch sitzen und einen Brief schreiben. Sogleich flatterte ich hinunter auf die teppichbelegten Dielen, wünschte mir meine menschliche Gestalt zurück und sagte: »Guten Abend, Messer Lorenzo!«

So verdattert hatte ich diesen jungen Mann noch nie gesehen. Er glaubte seinen eigenen Augen nicht, zumal er mich zum ersten Mal ohne Schleier sah, versuchte von dem Tisch aufzustehen, stieß ihn dabei so heftig zurück, daß sein Tintenfaß umkippte und seinen Inhalt als schwarzen Sturzbach über das erst zur Hälfte beschriebene Blatt ergoß. Mit fahrigen Zugriffen versuchte er noch zu retten, was nicht mehr zu retten war, und starrte mich dann wieder an wie einen Geist, der plötzlich aus einer Flasche oder sonstwoher aufgestiegen ist. Das alles kam mir so komisch vor, daß ich mein Lachen nicht zurückhalten konnte, und so stand ich dort vor dem Fenster, schaute mir die Bescherung an und lachte, daß mir die Tränen in die Augen traten.

Weißt du, erst in diesem Augenblick habe ich mich richtig in

Lorenzo verliebt. Bisher war er für mich eine Art Seeheld gewesen, so wie Sindbad der Seefahrer, der fabelhafte Abenteuer bestanden hatte und den nichts mehr erschüttern konnte, ein Ritter ohne Furcht und Tadel; denn von Furcht und Tadel hinsichtlich seiner Person war in seinen Geschichten nicht die Rede gewesen. All das hatte mir imponiert und diesen jungen Mann für mich interessant gemacht, immerhin in solchem Maße, daß ich nicht gezögert hatte, zu ihm zu fliegen in dieser Nacht. Ich hielt ihn für einen, der mir die ersehnte Freiheit bringen würde, wenn ich mit ihm über die Meere davonfuhr. Aber jetzt, als ich ihn in seinem Schrecken und seiner komischen Hilflosigkeit vor mir stehen sah, alles andere als heroisch, erst jetzt begann ich ihn wirklich zu lieben. Ich trat ein paar Schritte auf ihn zu und sagte: »Entschuldige bitte, daß ich dich erschreckt habe. Ich bin es wirklich und leibhaftig, nicht eine flüchtige Geistererscheinung. Als ich erfahren habe, worum du meinen Vater gebeten hast, bin ich hergekommen, um dir zu sagen, daß ich mit dir fahren und deine Frau werden will.«

»Und dein Vater?« sagte er stammelnd. »Was wird der dazu sagen?«

Da stellte ich ihm die Frage, die mir schon die ganze Zeit über auf der Zunge gelegen hatte: »Was ist dir wichtiger, Lorenzo: deine geschäftlichen Verbindungen mit dem Handelshaus meines Vaters oder der Wunsch, mich zur Frau zu bekommen?«

Jetzt endlich raffte er seinen Verstand und seine Sinne wieder zusammen, kam die wenigen Schritte bis zu mir und nahm mich in die Arme. »Zum Teufel mit den Geschäften!« sagte er. »Ich will dich zur Frau!« Dann schob er mich wieder von sich, schaute mich von oben bis unten an und sagte: »Wie bist du überhaupt in mein Zimmer gekommen?«

Da mußte ich, ob ich nun wollte oder nicht (aber was wollte ich nicht alles bekennen in diesem Augenblick!), ihm erklären, wie es sich mit meinen Möwenflügen verhielt, und er konnte mir danach auch zusehen, wie ich mich als Möwe von seinem Fenster aus in die Nacht hinausschwang. Er nahm meine Verwandlungskünste mit Fassung zur Kenntnis, aber es war ihm dabei anzumerken, daß ihm diese Sache unheimlich war.

Eigentlich hätte mir das zu denken geben sollen, doch im Überschwang meiner Gefühle nahm ich es nur insoweit wahr, daß mir der Anblick seiner betretenen Miene erst viel später ins Gedächtnis zurückkehrte. Einzupacken für diese Reise hatte ich nichts, denn es gab nichts, das ich hätte mitnehmen können als die Kleider, die ich am Leibe hatte und das Möwenstäbchen. Über alles Weitere, das ich in der Hand oder sonstwie bei mir trug, hatte mein Zauber keine Gewalt, und es blieb einfach dort zurück, wo ich als Möwe entflogen war; das hatte ich schon bei meinen früheren Ausflügen festgestellt. Eine Mitgift würde ich Lorenzo also nicht einbringen, nicht einmal ein heimlich davongetragenes Mitbringsel. Auch das hatte ich ihm gesagt, aber dies schien ihm eher gleichgültig zu sein als die Art meiner Flucht. Jedenfalls fand ich mich am nächsten Abend nach Sonnenuntergang auf seinem Schiff ein; denn er wollte das Dunkel der Nacht nutzen, um ungesehen davonzusegeln.

Die Reise zu Schiff über das Mittelmeer und durch die Adria nach Venedig war die schönste Zeit, die ich mit Lorenzo verlebt habe, obwohl es in der Nähe der Küste Kleinasiens noch einige gefährliche Begegnungen mit türkischen Schiffen gab, denen wir mit einigem Glück davonsegeln konnten. Wir hausten in Lorenzos Kajüte wie ein junges Ehepaar auf Hochzeitsreise, und wir vergaßen über den Freuden dieses Zusammenseins den Schmerz, den ich zu Hause zurückgelassen hatte, und die Schwierigkeiten, denen wir beide entgegensegelten.

Schon bei unserer Ankunft bekam ich eine Vorstellung davon, wie ich im Hause von Lorenzos Eltern würde leben müssen. Sie hatten natürlich keine Ahnung, wen er da von seiner Reise mitgebracht hatte, hielten mich zunächst wohl für eine Art fremdländischer Konkubine, die sie ihrem Sohn eher zugebilligt hätten als eine türkische Braut. Als er ihnen dann zu Hause erklärte, wer ich in Wirklichkeit war, wurde sein Vater vor Zorn weiß im Gesicht bis in die zusammengepreßten Lippen, und das wohl in erster Linie im Gedanken an die solcherart verscherzte Handelsbeziehung. Das war für mich sogar noch zu verstehen, während das offenkundig zur Schau gestellte Mißfallen, das mir Lorenzos Mutter zeigte, eher emotionaler Natur war, etwa derart, daß sie ihren Sohn an eine hergelaufene Fremde fragwürdiger Herkunft verlieren solle, mit der sie unter keinen Umständen etwas zu tun haben wolle.

Lorenzo war in dieser Situation mein einziger Halt, denn er ließ keinen Zweifel daran, daß er die feste Absicht habe, mich so rasch wie möglich zu heiraten, und dies selbst dann, wenn seine Eltern ihn vor die Tür setzen würden. Das wollten die beiden nun doch nicht, denn sie liebten diesen offensichtlich auf Abwege geratenen Sohn auf ihre Weise, und dem Vater war er trotz dieser *grenzenlosen Dummheit*, wie er die beabsichtigte Ehe nannte, als Abgesandter seines Hauses zu wichtig, als daß er auf seine Mitarbeit hätte verzichten wollen.

Ich verstand inzwischen hinreichend genug von der italienischen Sprache und stand bei diesem zeitweise heftig geführten Streitgespräch daneben wie eine schlechte Ware, die Lorenzo törichterweise eingekauft hatte, wußte anfangs nicht, wohin ich meine Augen wenden sollte und wäre wohl weinend zusammengebrochen, wenn Lorenzo mich nicht unentwegt bei der Hand gehalten hätte. Das half mir, all meinen Stolz zusammenzuraffen und den Eltern Lorenzos unbeirrt in die Augen zu blicken, als berührten ihre Anwürfe mich überhaupt nicht.

Das Ergebnis all dessen war schließlich, daß ich schnellstens von einem christlichen Priester in den katholischen Glauben eingeführt und danach getauft werden sollte, damit wenigstens eine feierliche Hochzeit in San Marco stattfinden könne. Was meine Herkunft betreffe, so würde man sich schon etwas einfallen lassen, Tochter eines in weiter Ferne residierenden portugiesischen Vizekönigs von adligem Blut oder etwas dergleichen, dafür könne ich mit meiner olivdunklen Haut und den schwarzen Augen immerhin durchgehen.

All das war für mich sehr demütigend, aber ich hielt es aus und tröstete mich mit dem Gedanken an mein künftiges Zusammenleben mit Lorenzo, doch damit begannen erst eigentlich die Schwierigkeiten, nachdem ich in San Marco heimlich getauft und gleich danach mit meinem ersehnten Gatten verheiratet worden war. Daß zwischen mir und meinem Schwiegervater so bald keine herzliche Vertrautheit aufkommen würde, hatte ich nach einem solchen Empfang erwartet, und so überraschte es mich nicht, daß Lorenzos Vater, wenn in meiner Gegenwart von Geschäften gesprochen wurde, bei jeder sich bietenden Gelegenheit klagende Einwürfe ins Gespräch brachte etwa derart: »Ja, wenn wir in Smyrna noch die Hand im Spiel hätten!« oder »Das haben wir nun endgültig bei den Türken verscherzt!« und mich dabei mit einem Seitenblick streifte, um sich zu überzeugen, ob ich das auch wohl gehört und auf mich bezogen hätte. Das war unangenehm, aber zu verstehen und legte sich erstaunlicherweise (oder auch begreiflicherweise), als er erfuhr, daß ich schwanger sei. Zugleich nahmen allerdings zu diesem Zeitpunkt die Sticheleien der Schwiegermutter an Impertinenz zu, als könne sie es nicht ertragen, daß ich damit endgültig in die Generationsfolge der Familie eintrat.

Anfangs versuchte ich gelegentlich, wenn Lorenzo wie so oft in Geschäften unterwegs war und ich allein den Eltern ausgeliefert schien, mit Hilfe meines Elfenbeinstäbchens dieser peinigenden Situation für kurze Zeit als Möwe zu entfliehen, fand auch gleich Aufnahme in der Schar der auch hier ansässigen Rotschnabelmöwen und konnte mich frei fühlen von den Zwängen in diesem vornehmen venezianischen Haus. Zuweilen spielte ich mit dem Gedanken, alles hinter mir zu lassen und nach Hause zu fliegen, doch der Gedanke an Lorenzo ließ mich immer wieder zurückkehren.

Später, als meine Schwangerschaft beschwerlich zu werden begann, ließ ich solche Ausflüge bleiben, zumal mich die aberwitzige Vorstellung zu plagen begann, ich würde mein Kind irgendwo an einer Küste als Ei zur Welt bringen. Unvorstellbar, was daraus hätte hervorkriechen können, wenn es ausgebrütet war!

Als mein kleiner Sohn dann zur Welt gekommen war, war nicht nur Lorenzo darüber beglückt, was er da – nicht ohne mein Zutun – zustande gebracht hatte; auch sein Vater betrachtete nicht ohne Stolz dieses jüngste Glied in der Generationenkette seines alten Geschlechts und prophezeite, daß er den kühnen Seefahrergeist seiner Familie mit der Durchtriebenheit des Smyrnaer Handelsherrn vereinen würde. Ich nahm dieses zweifelhafte

Lob meines Vaters zur Kenntnis und dachte im stillen: Als ob ihr nicht ebenso durchtrieben wärt! Immerhin freute es mich, daß mein Kind bei der Taufe nicht nur den Namen Carlo, sondern zusätzlich den nicht auf der Liste christlicher Heiliger vorfindbaren Beinamen Sindbado erhielt. Carlo Sindbado, ein Seefahrer ohnegleichen sollte er werden!

Nur die Schwiegermutter betrachtete das Kind weiterhin als einen Eindringling, mit dem sie möglichst wenig zu tun haben wollte. Alles in allem wurde mein Leben in dieser Zeit erträglicher, da ich zumindest auch Lorenzos Vater auf meiner Seite wußte, der immer wieder heraufkam in unsere Wohnung, die wir im Oberstockwerk des Hauses eingerichtet hatten, um mit dem strampelnden Carlo Sindbado zu spielen und ihn zum Lachen zu bringen.

Natürlich wurde neben den anderen Bediensteten auch ein Kindermädchen eingestellt, eine rundliche Bauerntochter namens Anna aus einem Dorf an der Lagune, die mir bei der Pflege des Kleinen half, und als er nach einiger Zeit nicht mehr ständiger Wartung bedurfte, nahm ich meine Möwenflüge wieder auf, zumal ich Carlo in sicherer Hut wußte. Das Kindermädchen nahm wohl an, ich würde lesen oder Briefe schreiben in meinem verschlossenen Zimmer und wußte, daß es mich nicht stören durfte.

Als ich wieder einmal von einem solchen Ausflug zurückgekehrt war und hinüber in das Zimmer ging, in dem das Kindermädchen bei Carlo saß und strickte, sprang dieses sichtlich erregt auf und sagte, die Herrin (so bezeichnete sie meine Schwiegermutter) habe mich gesucht und lange Zeit hindurch an meine Tür geklopft, ohne eine Antwort zu bekommen. Während Anna noch sprach und mich dabei irritiert anstarrte, als hätte ich sonstwas verbrochen, kam Lorenzos Mutter schon ins Zimmer und fragte mich, warum ich meine Tür verschließe und nicht einmal antworte, wenn jemand nachdrücklich klopfe.

»Ich habe nichts gehört«, sagte ich durchaus wahrheitsgemäß.

»Dann mußt du geschlafen haben wie eine Tote«, sagte sie, aber ihr Blick verriet, daß sie mir nicht glaubte.

Seither war ich etwas vorsichtiger, wenn ich wieder einmal

einen Ausflug plante. Als ich das nächste Mal mit den Möwen flog, wußte ich, daß Lorenzo bei einem Geschäftsfreund in Padua über Nacht bleiben würde und meine Schwiegereltern zu Abend bei einer befreundeten Familie zu Gast waren und nicht so bald nach Hause kommen würden. Ich war weit hinaus über die Lagune geflogen bis zum offenen Meer jenseits des Lido und hatte dort eine Möwe getroffen, die viel zu erzählen wußte, weil sie im Bereich des Mittelmeeres weit herumgekommen war und auch meine Heimatstadt kannte. Sie heißt Pfeil, und du kennst diesen raschen Flieger. Über alledem wurde es etwas später, als ich mir zu bleiben vorgenommen hatte, und als ich durch das offene Fenster meines Zimmers flog und gleich auf dem Teppich landen wollte, sah ich meine Schwiegermutter in der offenen Tür stehen. Ehe ich überlegen konnte, was jetzt zu tun sei, hinausfliegen und so tun, als wäre nichts gewesen, oder bleiben, zurückverwandeln oder weiter Möwe spielen, sagte sie: »Du kannst ruhig deine menschliche Gestalt annehmen. Ich habe schon immer geahnt, daß du eine Zauberin bist, sonst hättest du mir meinen Sohn nicht abspenstig machen können.«

Mir blieb kaum etwas anderes übrig, als mich wieder in Lorenzos türkische Frau zu verwandeln (wie ich sie mich einmal habe nennen hören), ein Vorgang, der diese eifersüchtige Mutter nicht wenig erschreckte, obwohl sie darauf gefaßt gewesen sein mußte. Der tatsächliche Vorgang übertrifft wohl doch die Vorstellung einer solchen Möglichkeit bei weitem. Um überhaupt etwas zu sagen, fragte ich sie, wie sie in mein abgeschlossenes Zimmer gekommen sei. Vielleicht durch Zauber?

»Für diese Tür gibt es einen zweiten Schlüssel«, sagte sie, »und das hat sich jetzt als notwendig erwiesen.«

Seither versuchte sie, Lorenzo gegen mich aufzubringen, und das selbst in meiner Gegenwart. Nicht sehr überzeugend versuchte er, meine Verwandlungskünste als harmlose Kindereien erscheinen zu lassen, aber da er, wie sich schon anfangs gezeigt hatte, selbst nicht wußte, was er davon halten solle, fand er keine glaubhaften Argumente zu meiner Verteidigung und verbot mir, künftig von dieser fragwürdigen Kunst Gebrauch zu machen.

Dies war das erste Mal, daß wir tatsächlich uneins waren, und

Lorenzo kam mir in der Art, wie er mit mir zu sprechen versuchte, vor wie einer, der sich vor einem bisher vertrauten Menschen erschreckt hat und nun Distanz zu gewinnen versucht zu einem Verhalten, das ihn zutiefst befremdet. Dann sagte er noch etwas: »Wenn du noch einmal fliegst, will sie dich wegen Zauberei verklagen, und das kann dich dein Leben kosten.«

»Und wenn ich das Fliegen bleiben lasse, tut sie das nicht?« fragte ich.

»Sie hat es mir versprochen«, sagte er und fügte mit einem schiefen Lächeln hinzu: »Wider bessere Einsicht, wie sie sagt.«

Ein paar Wochen später mußte Lorenzo im Auftrag seines Vaters eine längere Reise unternehmen, die ihn zu Schiff ins westliche Mittelmeer führen würde. Ich hatte Angst davor, in dem düsteren alten Haus bei den Schwiegereltern leben zu müssen, und klammerte mich beim Abschied an ihn, als wolle ich ihn nie und nimmer gehen lassen. Schließlich schob er mich zurück, löste sich aus meinen Armen und sagte: »Es hilft nichts, ich muß fahren, und das weißt du. Hab keine Angst! Dir kann nichts Schlimmes geschehen.«

Ich nahm das als eine allgemeine Redensart zur Beruhigung meiner Befürchtungen bis zu dem Tag, an dem ich nachmittags hinüber ins Kinderzimmer ging und dort nur Anna vorfand. »Wo ist Carlo?« fragte ich sie.

»Die Herrin hat ihn nach Tisch abgeholt«, sagte sie und wirkte dabei auf eine merkwürdige Weise verstockt. »Sie will mit ihm über die Lagune fahren und hat dafür ein Boot gemietet, so viel ich weiß.«

Ich konnte ihr anmerken, daß sie mehr über diese Sache wußte, aber sie preßte die Lippen zusammen, und es war nichts weiter aus ihr herauszubringen. Meine Schwiegermutter hatte mir nichts von diesem Ausflug gesagt, und ich wurde von Stunde zu Stunde unruhiger bei dem Gedanken, was sie mit dieser Fahrt im Sinn haben mochte.

Als die Zeit herankam, zu der Carlo üblicherweise ins Bett gebracht wurde, ging ich zu meinem Schwiegervater, der in seinem Arbeitszimmer über Geschäftspapieren brütete, und fragte ihn, was zu tun sei. Offensichtlich wußte auch er nichts von dieser Bootsfahrt und von dem Vorhaben seiner Frau. Da rannte ich die Treppe hinauf zu meinem Zimmer, denn ich hatte vor, als Möwe nach meinem Kind zu suchen. Das Stäbchen bewahrte ich in einer Schublade meines Sekretärs auf, doch als ich sie öffnete, lag darin nichts weiter als ein schon fast vertrockneter Rosenstrauß mit einem grünen Band. Da begriff ich, daß Lorenzo das Stäbchen an sich genommen haben mußte, um mich daran zu hindern, als Möwe zu fliegen. Jetzt erst verstand ich, was er gemeint hatte, als er mir zum Abschied sagte, es könne mir nichts Schlimmes geschehen.

Diesmal flog ich schon fast, als ich die Treppe wieder hinuntersprang zu meinem Schwiegervater, der von seinen Papieren hochschreckte, als ich ohne anzuklopfen in sein Zimmer einbrach wie der Sturmwind. »Lorenzo hat mir etwas genommen, das ich jetzt um jeden Preis haben muß!« rief ich. »Es ist aus Elfenbein...«

»Ich weiß schon«, unterbrach er mich. »Wir haben darüber gesprochen. Er wollte nicht, daß du dich in Gefahr begibst.«

»Jetzt geht es um mein Kind!« schrie ich. »Wo ist das Stäbchen?«

Da stand er auf, ging mir voraus in Lorenzos Zimmer und öffnete an dessen Kommode ein Geheimfach, das von der Seite aus in einen Leerraum zwischen Rückwand und dem Ende der verkürzten Schublade führte. Er nahm das Stäbchen heraus und gab es mir. Da hielt ich mich nicht mehr lange auf, betrachtete für wenige Augenblicke das schöne Abbild des Vogels, stieß das Fenster auf, spreizte wie er meine Schwingen und schwang mich schon als Möwe hinauf in den Abendhimmel.

Es war noch hell genug, um auf der weiten Wasserfläche der Lagune jedes Schiff oder Boot auszumachen, das dort unterwegs war. Mir kam der Gedanke, daß die Schwiegermutter mit dem Kind zu dem Dorf fahren wolle, aus dem Anna stammte. Deren Eltern waren früher im Palazzo bedienstet gewesen, und nun fragte ich mich, warum sie das Kind zu ihnen bringen könnte, wenn mich meine Ahnung nicht trog.

Unterwegs traf ich meinen Freund Pfeil und fragte ihn, ob er ein Boot mit einer alten Frau und einem Kind gesehen habe. Der wußte schon, wen ich suchte, und flog mir voraus in Richtung auf das Dorf zu. Ich hatte mich also nicht getäuscht. Als wir schon auf den Strand zuflogen, sah ich das Boot vor uns, das ein Stück weit vor dem Landesteg durchs Wasser glitt. Ein einzelner Ruderer brachte es mit hastigen Schlägen voran, angetrieben von der Frau, die hinter ihm mit dem Kind im Arm auf der Bank hockte. Da stürzte ich mich herab, daß der Wind in meinen Flügeln sauste, landete vor der Bank bei der Frau und nahm, kaum daß meine Füße die hölzernen Bodenbretter berührt hatten, meine menschliche Gestalt an. »Was treibst du hier mit meinem Kind?« schrie ich.

Die alte Frau blickte zornig zu mir auf und preßte das Kind an ihre Brust, als müsse sie es vor mir schützen. »Ich werde es deinem Einfluß entziehen, du Zauberhexe!« sagte sie.

»So?« sagte ich kalt vor Zorn. »Für eine Zauberhexe hältst du mich? Hast du keine Angst vor mir, so allein mit meinem Kind hier auf dem Wasser?«

»Da ist ja noch immer dieser Ruderknecht bei mir, der wird's dir schon zeigen!« sagte die alte Frau und forderte den Mann mit einer Geste auf, nun die Sache in die Hand zu nehmen. Doch der ließ seine Riemen ins Wasser hängen und starrte mich an, als sei unversehens ein Ungeheuer vor ihm aus den Fluten getaucht oder von den schon ins Dunkel sinkenden Abendwolken herabgefahren, um ihn zu verschlingen. Der Angstschweiß stand ihm auf der Stirn, und er stammelte mit bebenden Lippen ein paar Worte, etwa in dem Sinn, daß sie ihm nichts verraten hätte von Hexen, und schlug unentwegt ein Kreuz nach dem anderen über Stirn, Herz und Schultern.

»Du brauchst keine Angst zu haben«, sagte ich. »Rudere uns jetzt wieder nach Hause!« und nahm der alten Frau, die keinerlei Gegenwehr leistete, das Kind aus den Armen.

Schweigend ließen wir uns unter dem wolkenverhangenen Nachthimmel zurück zur Stadt rudern. Erst als wir am Landeplatz ausstiegen und die Treppe hinauf ins Haus gingen, blieb meine Schwiegermutter noch einmal stehen und sagte heiser vor Wut: »Warte nur, jetzt habe ich einen Zeugen! Morgen werden dich die Sbirren holen, und das Feuer ist dir sicher, du Hexe!«

Zunächst ging ich mit dem Kind im Arm zu meinem Schwiegervater und berichtete ihm, was dort draußen auf der Lagune geschehen war. Es machte ihn traurig, was er zu hören bekam. Als ich schwieg, bedachte er sich eine Weile und sagte dann: »Du kannst hier nicht bleiben, mein Kind. Meine Frau wird nicht ruhen, bis sie dich brennen sieht. Sie gehört leider zu den Menschen, die Ungewöhnliches nicht ertragen.«

Daß er mich *mein Kind* nannte, ließ mich für *mein* Kind hoffen. »Wirst du dich um Carlo Sindbado kümmern, solange Lorenzo unterwegs ist?« fragte ich.

Das versprach er mir ohne Zögern. Dann nahm er mich in die Arme und sagte: »Paß gut auf dich auf! Ich werde dich vermissen.«

Das Kind ließ ich bei ihm, nachdem ich es mir, wie man so sagt, *vom Herzen gerissen* hatte. Mir fällt kein treffenderer Ausdruck für das ein, was ich dabei empfand. Wenig später stand ich oben vor meinem offenen Fenster und hielt mein Möwenstäbchen in der Hand. Ich wollte es nicht mitnehmen; denn ich dachte an meinen Sohn und weiter noch an meine Kindeskinder, von denen eines vielleicht einmal die Sehnsucht nach der Freiheit der Möwen überkommen könnte. Da schrieb ich ein paar Zeilen in arabischer Schrift, aber türkischer Sprache auf ein Blatt Pergament (allzu leicht sollten sie's nicht haben, sich des Stäbchens zu bedienen!), schaute noch einmal mit aller Kraft meiner Seele auf den rotgeschnäbelten Vogel und verbarg das Stäbchen dann samt dem Pergament in dem Geheimfach. Draußen, als ich schon gefiedert durch die Nacht segelte, rief ich nach meinem Freund Pfeil, und der brachte mich über Strände, Inseln und Meere bis nach Hause, so wie er dich später zu mir gebracht hat.

✲✲✲

Massim hatte sich diese lange Geschichte angehört, ohne alle Vorgänge im einzelnen zu verstehen. Wahrscheinlich war die Erzählerin derart in ihre Erinnerungen eingetaucht, daß sie bald völlig vergessen hatte, wer da vor ihr saß, sich kaum bewegte und ganz hingegeben dieser Geschichte lauschte; denn das tat Massim ohne Zweifel. Er nahm die Bilder dieses Berichts auf wie die Figuren und Verknüpfungen eines langen Märchens, das von Verwandlungen erzählte, von einem Mädchen, dem Gefieder wuchs und das dieses Federkleid wieder abwarf, ein ihm aus anderen Märchen vertrautes Motiv, das hier eine besondere, persönlich eingefärbte Form gefunden hatte und, wie ihm schien, noch lange nicht zu Ende war, als die Erzählerin schließlich schwieg; ja er selbst empfand sich als eine weitere Figur dieses Märchens, das nun weitergesponnen werden würde, wenn er zurück nach Venedig reiste.

Davon war dann noch die Rede, ehe die Sultanin ihn ins Bett schickte. Sie sagte ihm, daß Pfeil ihn wieder begleiten würde, allerdings nur bis an die Küste des Adriatischen Meeres; denn von dort aus sei es dann leicht, den Weg nach Venedig zu finden. Am Morgen brachte sie ihm seine alten Kleider, die inzwischen so sorgfältig gewaschen und ausgebessert worden waren, daß sie wie neu aussahen. Dann, als er sich umgezogen hatte, umarmte sie ihren Enkelsohn zehnten Grades noch einmal und wünschte ihm gute Reise. Pfeil wartete schon an der Fensterbrüstung auf ihn, und so nahm Massim sein Elfenbeinstäbchen zur Hand, betrachtete es mit liebevoller Aufmerksamkeit und schwang sich auf schmalen Schwingen hinaus in die frische Morgenluft.

Pfeil flog mit Sim, wie er jetzt wieder genannt wurde, zum Abschied noch eine Runde über Stadt und Hafen und folgte dann der Route, auf der beide – ob nun vor etwa einem Jahr oder einer anderen, jenseits des Meßbaren liegenden Zeit – nach Smyrna geflogen waren. Ich will niemanden damit langweilen, jetzt noch einmal die Kette all der Inseln, die sie überflogen oder auf denen sie rasteten, in umgekehrter Reihenfolge zu benennen, oder noch einmal den Blick auf die Akropolis oder den Flug entlang der Gestade des Golfs von Korinth zu beschreiben. Eines Tages erreichten sie jedenfalls jene Stelle, an der die Küste Griechenlands nach rechts zurückweicht, und hier flogen sie noch einmal auf Fischfang und rasteten die Nacht über, ehe Pfeil sich verabschiedete, um zurückzufliegen. »Von hier aus ist der Weg leicht zu finden«, sagte er. »Du brauchst dich nur an den Verlauf der

Küste zu halten bis zu der großen Insel Kerkyra, von der aus du nach Westen über das Meer den Absatz des italienischen Stiefels erreichen kannst. Dort wendest du dich wieder nach Norden und fliegst am Rande der Adria entlang, bis du Venedig vor Augen hast. Such dir immer eine ruhige, geschützte Stelle für die Nacht und achte auf die Wolken, die Sturm anzeigen, dann kann dir nichts passieren.« Damit breitete er seine Schwingen aus und war bald darauf nur noch als vage hingewischter Schatten über dem Horizont zu erkennen.

Erst als das auf- und abschwankende Flugbild seines Begleiters im fernen Dunst sich aufgelöst hatte, wurde Sim bewußt, daß er von nun an auf sich selbst gestellt sein würde. Es fiel ihm nicht leicht, in die entgegengesetzte Richtung zu fliegen und sich auf diese Weise noch rascher aus dem Umkreis dieser erfahrenen Möwe zu entfernen, aber es blieb ihm nichts anderes übrig; denn einholen konnte er die schnellste aller Möwen ohnehin nicht mehr. Also machte er sich auf die Reise und bestimmte von nun an sein Tempo selbst, wobei als sicher angenommen werden kann, daß er nicht schneller vorankam als bisher; denn Pfeil hatte ihn zumeist bis zur Grenze seiner Leistungsfähigkeit angetrieben.

Als er den Landzipfel, von dem aus er der Küste nach Norden folgen sollte, völlig umrundet hatte, sah er voraus noch weit entfernt über dem ölligglatten Wasser eine dunkle Wolkenbank liegen, die allmählich näher rückte, und zwar wesentlich rascher, als er selbst auf sie zuflog. War dies das Sturmgewölk, vor dem Pfeil ihn gewarnt hatte? Er brauchte sich das nicht mehr lange zu fragen; denn bald bekam er einen zunehmend heftigen Gegenwind zu spüren, der ihm eisig durchs Gefieder pfiff und ihn immer schwerer vorankommen ließ. Zu spät begann er Ausschau zu halten nach einem Unterschlupf, schneller als gedacht hatte die Wolke ihn verschluckt, Unwetter und Sturm wirbelten ihn wie einen Papierfetzen vor sich her, nichts war mehr zu erkennen, keine Küste, kein schützender Felsen, ringsum nur treibende Düsternis, heftige Böen und prasselnder, großtropfiger Regen. Sim verlor bei alledem jede Orientierung und ließ sich schließlich widerstandslos treiben, wohin der Sturm ihn treiben wollte, streifte zuweilen fast die spritzenden, hoch aufgetürmten Wogen der See und wurde dann wieder emporgerissen, daß er fast den hellen Himmel über den Wolken ahnen konnte, ehe der Sturm ihn wieder voran und in die Tiefe saugte.

Als er wieder einmal jäh unter der Wolkendecke hervortauchte, sah er voraus unter sich eine felsige Klippe, deren Umriß ihm bekannt erschien. Es gelang ihm, sich tiefer hinab treiben zu lassen, dann war der Fels schon dicht unter ihm, und dahinter im Windschatten erreichte er flatternd einen geschützten Platz unter überhängendem Gestein. Hier roch es nach Fisch, und der Boden der Höhlung war glatt von altem, stinkenden Tran. Da erkannte Sim den Ort, an dem er sich befand und schon einmal mit Pfeil geruht hatte: die Schutzhöhle auf Ithaka, die Odysseus einst für die Vögel des Meeres eingerichtet haben sollte.

Die Höhle führte an einer Seite tiefer in den Fels hinein, und dort war der Sturm kaum noch zu spüren, sondern nur als auf- und abschwellendes Heulen zu vernehmen. Überdies fand Sim hier eine Mahlzeit vor, drei mittelgroße Fische, von denen er jenen wählte, der sich seiner Erfahrung nach verschlingen ließ, ohne mit allzu spitzen Gräten im Hals steckenzubleiben.

Während er noch mit dem Fisch beschäftigt war, von dem er nicht einmal wußte, wie er genannt wurde, bemerkte er im Hintergrund der Höhle einen Mann in dunklem Kapuzenmantel, der dort am Boden hockte. Sim hatte ihn bisher für einen Felsblock gehalten und nicht weiter beachtet, aber jetzt streckte der Mann ächzend seine Glieder, als sei er eben aus dem Schlaf erwacht, und schaute herüber zu Sim.

»Sieh da!« sagte er, eher vor sich hin als zu Sim gewendet. »Endlich mal wieder ein Gast. Die alten Bräuche sind noch nicht vergessen.«

Sim fühlte sich angesprochen, schluckte den Rest seiner Mahlzeit hinunter und sagte dann: »Ich hätte nichts von diesem Platz gewußt, wenn mir nicht eine alte Möwe ihn gezeigt hätte. Wirklich ein gastlicher Ort bei diesem Wetter!«

»Das soll er sein«, sagte der Mann, »wenn es auch nicht mehr viele wissen. Endlich ist heute ein Gast eingekehrt, mit dem ich reden kann. Mir scheint, du warst nicht seit jeher eine Möwe. Das hab ich mir schon gedacht, als du nicht den größten, sondern den appetitlichsten Fisch gewählt hast, dessen grätenarmes Fleisch ein menschlicher Hals leichter schlucken kann. Mußt du immer in deinen Federn bleiben oder läßt sich das für eine Weile ändern? Von Mensch zu Mensch redet sich's besser.«

Statt eine Antwort darauf zu geben, bemühte Sim seinen Wandlungswillen und stand augenblicks dem Alten in seinem Alltagsanzug gegenüber, ein Junge von etwa neun Jahren.

»Für dein Alter kannst du schon eine ganze Menge«, sagte der Mann und schaute ihn von oben bis unten verwundert an. »Setz dich zu mir und laß uns eine Weile reden. Wie heißt du überhaupt?«

Massimo dachte eine Zeitlang nach, welcher Name ihm in dieser Situation zukomme, und da er es weder mit einer Möwe und auch nicht mit einem Türken zu tun hatte, nannte er seinen vollen Namen.

»Ein Italiker also«, sagte der Mann. »Einer mit einem vielversprechenden Namen. Hast du wirklich vor, der Größte zu werden?«

Massimo versuchte sich vorzustellen, wie das sein mußte, sich unter allen Leuten als der Größte zu fühlen, und er war sich schon im klaren darüber, daß es bei dieser Frage nicht nur um die Größe des Körpers ging. Als er sich ein paar Situationen ausgemalt hatte, in die man als verkörperter Superlativ geraten könnte, sagte er: »Nein. Davor hätte ich eher Angst.«

»Da tust du gut daran«, sagte der Alte. »Die Götter mögen solche Menschen nicht, die über die anderen hinauswachsen und sich noch etwas darauf zugute tun. Wie kommst du dazu, als Möwe übers Meer zu fliegen?«

»Mit den Vögeln fliegen – das konnte ich einfach eines Tages, weil ich es mir so sehr gewünscht hatte«, sagte Massimo.

»Ach«, sagte der Alte mit einem spöttischen Blick auf den Jungen, »du hast dir's gewünscht, und dann konntest du's einfach.«

»Ja«, sagte Massimo, »so war das wirklich. Wahrscheinlich liegt es daran, daß meine Urahnin, von der ich jetzt komme, eine Art Zauberin ist.«

Der Mann hob abwehrend die Hände. »Hör mir auf mit Zauberinnen! Von denen hab ich die Nase voll. Ich kann nur hoffen, daß du dir eines Tages nicht etwas wünschst, das du später lieber ungeschehen machen würdest, wenn das noch möglich wäre. Aber was du einmal getan hast, bleibt bestehen bis ans Ende der Welt, vergiß das nicht. Wenn du später in das Alter kommst, in dem du anfängst, dich für Mädchen zu interessieren, solltest du dich lieber mit solchen sich einfach erfüllenden Wünschen zurückhalten. Ich kenne einen, der auf diese Weise eine Frau wider alle Wahrscheinlichkeit für sich gewonnen hat, doch es ist ihm schlecht bekommen, ihm und ein paar tausend anderen.«

»Ich weiß schon, wen du meinst«, sagte Massimo. »Er hieß Paris und war schuld am Trojanischen Krieg. Und du bist der listenreiche Odysseus, auch wenn du jetzt hier in einem abgeschabten Mantel herumsitzt und die Möwen fütterst.«

Der Alte schüttelte den Kopf. »Du fängst an mir Angst einzujagen, du kleiner Klugscheißer«, sagte er. »Ich kann dir für dein künftiges Wohlergehen nur eines raten: Behalte deine Zauberkünste für dich und mach nur im äußersten Notfall Gebrauch davon. Und überhaupt: Versteck dich hinter einer stinknormalen Fassade! Werde Staatsbeamter oder Lehrer oder Briefträger oder irgend so was. Eine vernünftige Tätigkeit ist allemal mehr wert als solcher Hokuspokus. Und nimm dich in acht vor Verwandten und laß sie möglichst wenig hinter deine Schliche kommen!«

Inzwischen hatte sich der Sturm gelegt, nur noch ein gleichmäßiges, eher sanftes Sausen war in der Luft zu spüren, und vor dem Eingang der Höhle hellte die Sonne die düstere Färbung des Gesteins auf.

»Nun flieg weiter, du sonderbare Möwe!« sagte Odysseus. »Vermutlich hast du noch einen weiten Weg vor dir.«

Da bedankte sich Massimo für Unterschlupf, Mahlzeit und guten Rat, umflog als Möwe noch einmal das gastliche Felsenloch, in dessen Eingang er den alten Mann in seinem schäbigen Mantel stehen zu sehen meinte, doch das war vielleicht auch nur ein flüchtiger Schatten. Dann flog Sim weiter nach Norden, erreichte nach einigen Tagen die Insel Kerkyra, überquerte von hier aus in einer gewaltigen Kraftanstrengung bei gutem Wetter die Adria und bummelte danach die Küste Italiens hinauf, ließ sich Zeit, nicht zuletzt, um zu überdenken, was ihm der alte

Schlaukopf an Sprüchen mit auf den Weg gegeben hatte. Aber eines Tages sah er dann von weitem die Kuppeln von San Marco in der Sonne schimmern, segelte bald danach über die ersten Häuser der Stadt und fand ohne Schwierigkeiten den alten Palazzo seiner Großeltern.

Im Näherkommen war er überrascht, wie sauber und fast noch neu das Haus auf ihn wirkte. Der Terrassengarten war zwar in der kreuzförmigen Anlage ähnlich wie jener, den er in Erinnerung hatte, aber viel reicher ausgestattet mit Orangenbäumchen, Lorbeergebüsch und großblütigen Blumen in leuchtenden Farben. Er landete an jener Stelle, von der aus er – vor wie langer Zeit wohl? – zum Flug aufgestiegen war, ließ sich innerhalb der Balustrade auf dem kiesbestreuten Weg nieder und wollte nun wieder Massimo sein, das Kind seiner Mutter.

In diesem Augenblick war ihm zumute, als würde alles, was er eben noch vor Augen gehabt hatte, in einem rasenden Strudel durcheinandergewirbelt und ordnete sich dann sogleich zu jenem Bild, das er an dieser Stelle zu sehen gewohnt war. Und da kam auch schon die Köchin auf die Terrasse und fragte ihn, ob er nicht bei ihr unten in der Küche zu Mittag essen wolle. Seine Mutter, die Großeltern und seine Lehrerin würden sicher erst gegen Abend aus Bologna zurückkommen.

IV

Es fiel Massimo nicht leicht, seinen Tageslauf an dem Zeitpunkt wiederaufzunehmen, zu dem er kurz entschlossen nach Smyrna abgeflogen war, und sich so zu verhalten, als sei dazwischen gar nichts geschehen. Daß für die Mitbewohner des Hauses während seiner Reise überhaupt keine Zeit vergangen zu sein schien, erleichterte ihm einerseits seine Situation, komplizierte sie aber zugleich. Er spürte, daß er sich durch die Erfahrungen der Reise und den Aufenthalt bei der Sultanin verändert hatte, und es störte ihn, daß niemand dies zu bemerken schien. Jeder behandelte ihn wie bisher als das Kind Massimo, auf das man schon dann achtgeben mußte, wenn es allein über die Straße ging. Und als ihm seine Lehrerin eines Tages die Geographie des Balkan und der Ägäis in groben Zügen vorstellen wollte, konnte er sich kaum zurückhalten, ihr zu sagen, daß er dies alles aus eigener Anschauung kenne, aus der Vogelschau sozusagen. Aber da fiel ihm die Warnung des Alten in der Höhle auf Ithaka ein, er solle nicht mit seinen Kenntnissen und Fähigkeiten angeben, und so wiederholte er am nächsten Tag brav den von Sophie vorgetragenen Lehrstoff, mischte dabei allerdings versehentlich ein paar Inseln ein, die sie nicht erwähnt hatte, ja nicht einmal dem Namen nach kannte. Nachdem sie die Richtigkeit dieser Angaben nachgeprüft hatte, lobte sie ihn dafür, daß er sich selbständig genauere Informationen geholt hatte, vermutlich aus dem großen Weltatlas, der unten beim Großvater im Arbeitszimmer stand.

Daß nur er allein über die Informationen seiner Reise verfügte, hätte ihn mit der Zeit womöglich zu der Meinung gebracht, sein Flug über Meere und Inseln und die Erlebnisse bei der Sultanin seien nichts weiter als ein weit ausufernder Traum gewesen, wie man ihn zuweilen am Morgen beim Aufwachen noch in Erinnerung hat; doch daran hinderte ihn ein unbestreitbarer Umstand: Er war noch immer der türkischen Sprache mächtig und konnte die arabische Schrift lesen; denn dies erprobte er, sobald sich die Gelegenheit dazu ergab, an dem Pergament, das ihm wieder in die Hand fiel, als er sein Möwenstäbchen zurück in das Geheimfach des Schreibsekretärs legte.

Das war erst ein paar Tage nach seiner Rückkehr; denn er hatte zunächst gezögert, den alten Schreibschrank, der vor langer Zeit der Sultanin gehört hatte, in der Rumpelkammer aufzusuchen, weil er seiner eigenen Erinnerung nicht traute, von der niemand etwas wußte als nur er selbst. Was sollte er von alledem halten, wenn es das Geheimfach gar nicht gab oder wenn es, falls es sich finden ließ, leer war? Mußte er dann alles, was er in einem Jahr, das hier in Sekundenschnelle verstrichen war, unterwegs und in Smyrna erlebt hatte, als Tagtraum und Produkt seiner Phantasie abtun? Er hatte Angst davor, das Pergament (falls es sich überhaupt fand) in die Hand zu nehmen, nur um festzustellen, daß er unfähig war, es zu entziffern, hatte Angst, damit alles zu verlieren, was er in dieser unmeßbaren Zeit gewonnen zu haben meinte. Als er dann merkte, daß er an seinem eigenen Verstand zu zweifeln begann, wollte er, ehe er sich für verrückt erklären mußte, es dann doch wissen, und an diesem Nachmittag nach einer schlaflos unter solchen Ängsten verbrachten Nacht, und einem Vormittag, an dem ihn seine Lehrerin ständig hatte ermahnen müssen, bei der Sache zu bleiben, ging er nach dem Essen hinauf zu der Kammer, rückte den alten Tisch vor den Schreibschrank, stieg hinauf und tastete nach dem Geheimfach.

Das Pergament war vorhanden, stellte er aufatmend fest. Er nahm es mit sich hinunter ans Fenster, entrollte es und erkannte schon auf den ersten Blick, daß er es lesen konnte. Als eine Art Überschrift stand in der ersten Zeile:

Ein Märchen für Lorenzo
oder
für einen, der nach ihm kommt

Ein reicher Kaufmann, den man aus Ehrfurcht Sultan nannte, hatte das Glück (oder Unglück?), eine Fee zur Gemahlin zu gewinnen. Er hatte ihr auf die übliche Weise, die aus Märchen bekannt ist, an einem See aufgelauert, in dem sie mit ihren beiden älteren Schwestern zu baden pflegte. Er hatte schon vorher einmal beobachtet, wie sie als Schwäne über den Himmel gezogen kamen, um am Ufer niederzugehen, ihr Federkleid abzuwerfen und in ihrer schönen, unverhüllten Gestalt zu baden.

Diesmal hatte sich dieser Sultan beizeiten im Gebüsch versteckt, und als die drei Schwäne ihr silbernes Federkleid abgelegt hatten und weit hinaus in den See geschwommen waren, nahm er das Gefieder der Jüngsten, die ihm am besten gefiel, und versteckte es in der Satteltasche seines Pferdes. Als dann die drei Schwestern wieder ans Ufer zurückkehrten, suchte die jüngste vergeblich nach ihrem Federkleid und mußte zusehen, wie ihre Schwestern davonflogen.

Da trat, wie jedermann weiß, der solche Geschichten kennt, der sogenannte Sultan aus dem Gebüsch, nahm sich der Jüngsten an, die dort verzagt am Ufer stand, setzte sie vor sich auf sein Pferd und ritt mit ihr nach Hause. Und da die Fee in der Stadt, in die er sie gebracht hatte, keinen Menschen kannte außer eben diesen Sultan, willigte sie ein, seine Frau zu werden. Nach gebührender Zeit gebar sie ihm eine Tochter, die der Vater nicht ohne Freude, jedoch auch mit ein wenig Verstimmung zur Kenntnis nahm, und als dann die Jahre vergingen, ohne daß ein weiteres Kind, geschweige denn ein Knabe sich ankündigte, wurde der Sultan unwillig und sagte eines Tages.»Ich hätte wohl doch eine richtige Frau heiraten sollen und nicht so eine mit dem Wind dahergeflogene Fee, die nur ein Mädchen zustande bringt.«

Da wurde die Fee traurig, denn sie hatte diesen Mann lieben gelernt und ihr Kind von Anfang an geliebt. Sie ging am Abend zu ihrer Tochter, die inzwischen fünf Jahre alt war, nahm sie fest in die Arme, küßte sie und sagte ihr, daß sie eines Tages wie ein Vogel würde fliegen können, wenn die Zeit dazu gekommen sei. Sie selbst verstünde sich auch auf diese Kunst, und nun sei es Zeit für sie, auf ihren Flügeln davonzufliegen. Wo man sie nicht haben wolle, dort könne sie nicht bleiben, und Gül, so hieß das Mädchen, solle es auch so halten.

Dann ging sie zu dem Schrank, in dessen Schublade, wie sie schon lange wußte, ihr Mann das Federkleid weggeschlossen hatte, berührte das Schloß mit drei Fingern, worauf es sich öffnen ließ, nahm das silberne Gefieder heraus und flog davon.

Als sie nicht mehr bei ihm war, merkte der Sultan erst, was er an ihr verloren hatte, und wartete lange Zeit, ob sie zu ihm zurückkehren würde, aber sie kam nicht. Um sich auf die Suche nach ihr zu machen, hatte er wohl keine Zeit über seinen Geschäften. Schließlich versuchte er sich mit dem Anblick seiner Tochter zu trösten; denn sie wurde ihrer Mutter von Jahr zu Jahr ähnlicher. Dies war allerdings ein Trost, der den Schmerz über den Verlust in sich barg.

Als die Tochter herangewachsen war, begann sich diese Geschichte aufs neue anzuspinnen. Diesmal kam der tüchtige junge Sohn eines reichen Kaufmanns aus einer fernen Stadt zu dem Sul-

tan, um mit ihm Geschäfte abzuwickeln, machte aber statt dessen seiner Tochter so lange schöne Augen, bis sie ihr Federkleid anzog und freiwillig mit ihm in seine Heimat segelte, ohne zu ahnen, daß sie die Gefangenschaft in der Liebe ihres Vaters gegen die Kälte der Fremde eintauschen würde.

Auch dieser junge Mann heiratete die Feentochter, auch sie gebar ihm ein Kind, einen Sohn sogar, aber sie blieb eine Fremde unter Fremden, und selbst ihr Mann half ihr nur halbherzig, denn er wollte es allen zugleich recht machen. Schließlich versteckte er ihr Federkleid, damit sie ihre Eigenart vergaß und sich in nichts von den anderen unterschied. Da sagte sie sich: Wenn er meine Eigenart nicht liebt, dann liebt er in Wahrheit nicht mich selbst, sondern die Vorstellung, die er sich von mir gemacht hat, und sie dachte an die Worte, die ihr die Mutter gesagt hatte, als sie selbst fünf Jahre alt war. »Wo man mich nicht haben will, dort kann ich nicht bleiben«, sagte sie laut in das leere Zimmer hinein. Dann holte sie ihr Federkleid aus dem Versteck, denn solche Dinge lassen sich vor dem wahren Besitzer auf die Dauer nicht verbergen, und flog davon.

Hier ist das Märchen noch nicht zu Ende. Wenn der Vater ihres Sohnes sie wirklich lieben sollte, dann wird er sie suchen und endlich wohl auch finden, falls ihm seine Geschäfte das erlauben. Vielleicht wird es auch sein und ihr Sohn sein, der sich auf den Weg macht, oder der Sohn des Sohnes oder sonstwer, der Lust verspürt, mit den Vögeln zu fliegen.

Jetzt erst, als er diese Geschichte gelesen hatte, begann Massimo zu begreifen, welche zeitliche Distanz er auf seiner Reise überbrückt hatte. *Oder der Sohn des Sohnes* – zehn Generationen hatten kommen und vergehen müssen, bis sich einer gefunden hatte, der mit den Vögeln fliegen wollte. Er entdeckte sich selbst als eine Figur in diesem Märchen und lebte doch zugleich in der Realität dieses alten Hauses und seiner derzeitigen Bewohner, dieser Stadt am oder fast schon im Meer und einer Zeit, die eben aus den Wirren eines furchtbaren Krieges auftauchte.

Nun hatte er mit diesem Pergament einen Beweis dafür in der

Hand, daß dieses Märchen zugleich auf eine Wirklichkeit verwies, die über dreihundert Jahre zurücklag. Ich bin dort gewesen, sagte er sich immer wieder, ich bin wirklich dort gewesen – und konnte es noch immer nicht recht glauben.

Was wohl sein Großvater von alledem wußte, fragte er sich. Einiges hatte er ja schon preisgegeben. Aber woher wußte er das? Ob es alte Familienpapiere gab, Stammtafeln oder dergleichen, aus denen sich all das bestätigte, was die Sultanin ihm erzählt hatte? Während er noch darüber nachdachte, war er schon auf der Treppe, stieg langsam hinab und ging zu Großvaters Arbeitszimmer. Der saß wie zumeist um diese Tageszeit an seinem Schreibtisch und blickte auf, als Massimo, nachdem er angeklopft hatte und hereingerufen worden war, ins Zimmer trat.

»Stör ich dich?« fragte er.

»Von dir laß ich mich gern stören, wenn ich über diesem Papierkram brüte«, sagte der Großvater. »Kommst du nur so oder willst du etwas Bestimmtes?«

»Etwas Bestimmtes«, sagte Massimo und fragte, ohne lange herumzureden nach Stammtafeln der Familie oder etwas Ähnlichem.

»Immer noch auf der Spur der schönen Türkin?« fragte der Großvater lächelnd.

Massimo konnte nur nicken. Bei allem Vertrauen, das er zu diesem alten, freundlichen Mann hatte, wollte er doch auch ihm nichts von seinem Reiseabenteuer verraten, wenigstens jetzt noch nicht.

Der Großvater hatte inzwischen eine Schublade seines weitdimensionierten Schreibtischs aufgeschlossen (der Schlüssel dazu steckte nicht, sondern hing an einem Schlüsselbund, den er aus der Tasche hervorgeholt hatte), zog sie heraus und hob ein in hellbraunes Leder gebundenes, großformatiges Buch heraus, blätterte eine Zeitlang in den steifen, mit handschriftlichen Eintragungen bedeckten Seiten und schob es dann aufgeschlagen zu seinem Enkel hinüber. »Hier steht das geschrieben, was du wahrscheinlich suchst«, sagte er. »Aber sag der Großmutter lieber nicht, daß ich es für dich herausgesucht habe. Die Frauen in unserer Familie haben sich mit dieser Geschichte nie so recht anfreunden können. Setz dich dort drüben an den kleinen Tisch!«

Es dauerte einige Zeit, bis es Massimo gelang, die altertümliche Handschrift zu entziffern, mit der einer seiner Vorfahren wichtige Daten und Ereignisse der Familie festgehalten hatte. Massimo begann bei der Stelle zu lesen, auf die sein Großvater hingewiesen hatte:

1625, am 12. Mai Mein Sohn Lorenzo ist mit einem guten Schiff zu einer Handelsreise ins Mittelmeer aufgebrochen. Er will versuchen, an die Küste des Osmanischen Reiches zu segeln. Wir hoffen alle, daß ihm dies mit Gottes Hilfe gelingt; denn die dort vorzufindenden Waren sind wegen der Kriegsläufte weitgehend vom Markt verschwunden und würden hohe Gewinne bringen.

Danach folgten allerlei Eintragungen, die Massimo nicht weiter interessierten. Von Handelsgeschäften mit Partnern, die jenseits der Alpen wohnten, war da die Rede oder von Todesfällen und Geburten in der weiteren Familie. Erst ein paar Seiten später stieß er auf eine weitere Mitteilung zu seiner Geschichte:

1627, am 15. September Das Schiff, das Lorenzo anvertraut worden war, ist zurückgekommen, leicht beschädigt zwar durch Seescharmützel, aber beladen mit gut absetzbaren Einkäufen auch von der osmanischen Küste. Allerdings wird man dieses Gebiet in den nächsten Jahren nicht mehr ansteuern können wegen der Heidin, die leichtfertigerweise aus Smyrna entführt worden ist.

am 30. Oktober Die Türkin Gül, die Lorenzo zur Braut erwählt hat, wurde heute vormittag nach fleißiger Unterrichtung durch den hochw. Herrn Ka-

> *plan Alessandro auf den Namen Xenia getauft.*
>
> *am 5. November Feierliche Hochzeit im Dom von San Marco zwischen meinem Sohn Lorenzo und Xenia, Tochter des Sultans Ismael von Smyrna. Verhüte Gott, daß Böses daraus hervorgeht.*

Dann folgten wieder allerlei Eintragungen über Handelsreisen, abgeschlossene Geschäfte und Familienereignisse, darunter im Jahr darauf:

> *1628, am 16. Mai Lorenzo wird von Xenia ein Sohn geboren, der auf den Namen Carlo getauft worden ist und den Zunamen Sindbado erhalten hat.*

Bei der Taufe war der zweite Name offenbar nicht genannt worden, dachte Massimo. Er blätterte weiter und fand in den Aufzeichnungen dieses Jahres nichts weiter, das die Geschichte hätte belegen können, die er bestätigt sehen wollte, außer daß mehrfach von Reisen Lorenzos berichtet wurde, teils zu Lande nach Norden über die Alpen, teils zur See, wenn auch nicht mehr an die Küste Kleinasiens. Seine Frau Xenia wurde überhaupt nicht mehr erwähnt.

Auch im Jahr 1629 fanden sich keinerlei Hinweise, doch als er noch einmal zurückblätterte, um sich zu überzeugen, daß er nichts übersehen hatte, stieß er auf eine Stelle, an der zwei oder drei Zeilen mit dicken, wie im Zorn hingefetzten Federstrichen unlesbar gemacht worden waren. Das einzige, was allenfalls noch einen Anhaltspunkt liefern konnte, war ein eben noch erkennbares X am Anfang des ausgestrichenen Textes. War das nun nichts weiter als eine Auskreuzung des ersten Buchstaben oder war da tatsächlich ein X gestanden? Xenia? Wenn er diese Lücke der Aufzeichnungen, die zwischen Eintragungen vom 28. April und 30. Mai auf solche Weise geschaffen worden war, mit der Erzählung der Sultanin verglich, dann hätte es gut sein können, daß sie etwa zu diesem Zeitpunkt Venedig als Möwe verlassen hatte, um sich der angedrohten Verhaftung zu entziehen. Jedenfalls wurde sie, wie er bei raschem Weiterblättern feststellte, von da an nicht mehr erwähnt.

Dafür wechselte vier Jahre später die Schrift, in der diese Eintragungen vorgenommen worden waren. Als erste Notiz stand auf dieser Seite:

1633, am 18. Juni Heute ist mein Vater Niccolo gestorben, und ich kann nur hoffen, daß dies nicht aus Kummer über die Ereignisse in der Familie während der letzten Jahre geschehen ist. Gott sei seiner Seele gnädig, er war ein guter und gerechter Mann. Ab heute werde ich, sein Sohn Lorenzo, diese Aufzeichnungen weiterführen, bis mich, so Gott will, mein Sohn Carlo Sindbado in diesem Geschäft ablösen wird. Schon jetzt kann er es kaum erwarten, über die Meere in fremde Länder zu segeln. Auch wird er seiner Mutter immer ähnlicher.

Bisher war in den Aufzeichnungen immer nur von konkreten Tatsachen und Ereignissen in Geschäft und Familie die Rede gewesen, ohne daß der Schreiber irgendwelche Reflexionen oder persönliche Erwägungen daran geknüpft hätte. Lorenzo schien diesen nüchternen Stil ändern zu wollen, und dies machte Massimo neugierig darauf, was auf solche Weise noch weiterhin Eingang in seine Aufzeichnungen gefunden haben mochte, in dieses Buch, das sein Großvater so sorgsam in seinem Schreibtisch unter Verschluß hielt. Massimo achtete also beim Weiterblättern darauf, wo zwischen den zumeist nur wenige Zeilen umfassenden Notizen längere Texte auftauchten. Schon gegen Ende des Jahres stieß er auf eine solche Stelle:

1633, am 3. Dezember Heute ist meine Mutter zu ihrem Bruder gefahren, um in dessen Villa am Stadtrand von Piacenza zu bleiben. Sie hat mir diese Absicht ohne weitere Erklärungen mitgeteilt, hat ihre Sachen auf einen Mietwagen packen lassen und ist mit der Kutsche, die ihr Bruder geschickt hat, abgefahren, ohne sich noch einmal umzublicken.

»Seit dein Vater gestorben ist«, hat sie zum Abschied gesagt, »fühle ich mich hier überflüssig.« Dies allein kann jedoch nicht der Grund ihrer Abreise sein; denn mein Vater ging ihr schon seit mehr als vier Jahren nach Möglichkeit aus dem Weg, und ich weiß auch warum. Diesen Tag werde ich nie vergessen, an dem ich fern von Venedig auf einer Schiffsreise nachts plötzlich hochgeschreckt wurde von einem Möwenschrei vor dem Fenster meiner Kajüte. Dieser Schrei klang anders als die Schreie jener Möwen, die Tag für Tag dem Schiff folgten; er klang wie der Schrei einer Frau, die ihre Verzweiflung und ihren Zorn herausschreit, und ich wußte im Augenblick, welche Frau so schrie.

Als ich Wochen später nach Hause kam, erfuhr ich, wer mich aus dem Schlaf gerissen hatte mit diesem Schrei, und ich fand meine Eltern in einem Zustand vor, als habe sich zwischen ihnen eine Mauer aus Eis aufgetürmt, die ihre Seelen erfrieren ließ. Schon damals hätte meine Mutter abreisen wollen, doch sie scheute wohl die Nachrede der Leute. Jetzt wollte sie nicht weiter in einem Hause zusammen mit einem Kind wohnen, das sie ›Sohn der Zauberin‹ zu nennen pflegte und das schon jetzt damit begonnen hatte, ihr die Ablehnung, die es spürte, durch wohlüberlegte Streiche heimzuzahlen. Vielleicht hatte sie es auch satt, ständig meinem vorwurfsvollen Blick auszuweichen.

Massimo hätte gern erfahren, was für Streiche der kleine Carlo seiner Großmutter, die ihn nicht leiden konnte, gespielt haben mochte, doch darüber stand an dieser Stelle nichts zu lesen. Erst viele Seiten danach fand er eine Eintragung, die ihn vermuten ließ, was es mit den Streichen Carlos auf sich gehabt hatte. Er war zu dieser Zeit – die Eintragung stammte aus dem Jahr 1645 – 17 Jahre alt und hatte seinen Vater bereits auf einigen Handelsfahrten begleitet, wie aus vorangegangenen Aufzeichnungen hervorging. Der Vater hatte ihn wohl schon frühzeitig auf seine Reisen mitgenommen, um ihn dem Einflußbereich der Großmutter zu entziehen; überdies war ja keine Mutter mehr im Haus, die ihn daran hätte hindern können. An dieser Stelle fand Massimo wieder eine längere Eintragung:

1645, am 28. Juli *Heute bin ich von einer ausgedehnten Handelsreise ins östliche Mittelmeer zurückgekehrt. Mein Sohn Carlo Sindbado hat mich auf dieser Fahrt begleitet und sich während eines unvermutet heftigen Sturms nicht nur als außerordentlich seefest erwiesen, sondern darüber hinaus merkwürdige Fähigkeiten gezeigt, mit Hilfe derer er möglicherweise Schiff und Ladung vor dem Untergang bewahrt hat.*
Das Unwetter brach gegen Abend von Nordwesten herein und überraschte uns westlich der Insel Lesbos, so daß der Steuermann in der rasch zunehmenden Dunkelheit befürchten mußte, daß das Schiff an die Küste der Insel getrieben und dort stranden würde.
Carlo zeigte nicht die geringste Furcht, sondern hangelte sich an den ausgespannten Tauen zum Bug des Schiffes und schrie ein kurzes Wort in den tobenden Sturm hinaus, das ich nicht verstehen konnte. Als er es noch mehrmals wiederholte, klang es in meinen Ohren wie das türkische Wort für ›Pfeil‹, doch

dessen bin ich mir nicht sicher, zumal es keinen Sinn mit den nachfolgenden Geschehnissen bildet. Jedenfalls wurde unversehens eine kräftige Möwe von einer heftigen Böe aus der Nacht herausgeschleudert, die sich schwankend auf ihren ausgebreiteten Flügeln über dem Jungen in der Luft hielt, und es sah so aus, als sprächen beide miteinander, obwohl ich davon im Pfeifen des Sturms nichts hören konnte.

Gleich danach kam Carlo zurück ans Heck zum Steuermann und sagte ihm, er wolle ihm als Lotse dienen, um die schmale Einfahrt in eine Bucht zu finden, in der sie vor dem Sturm geschützt sein würden. Der Steuermann hielt das für Wahnwitz, aber da er selbst nichts besseres vorzuschlagen hatte, sagte ich ihm, er solle in Gottes Namen den Anweisungen des Jungen folgen, der schon wieder nach vorn zu der Möwe spähte, die sich weiterhin dicht über dem Bug im Sturm zu halten versuchte. Mit gerefften Segeln machte das Schiff noch so schnelle Fahrt, daß es beim Auflaufen auf der steinigen Küste hätte zerschellen müssen, wenn wir den Durchschlupf nicht gefunden hätten.

Die Möwe erwies sich jedoch als ein zuverlässiger Lotse, dessen Anweisungen Carlo durch Handzeichen an den Steuermann weitergab. Bald sah ich voraus im Dunkel die helle Linie der Brandung schäumen und hörte immer lauter ihr Tosen, doch dann glitten wir hindurch, ich sah, wie rechts und links des Schiffes Ufer vorüberzogen, und gleich danach lief das Schiff hinaus in das ruhigere Wasser der weiten Bucht, wo wir den Anker werfen konnten.

Als ich später mit Carlo allein in der Kajüte war, fragte ich ihn, was das für eine Möwe gewesen sei.
»Ach«, sagte der, als sei dies die selbstverständlichste Sache der Welt, »die kenne ich schon von früher.« Da fiel mir ein, daß meine Mutter, bevor sie zu ihrem Bruder gezogen war, sich mehrfach darüber beschwert hatte, daß Carlo ihr auf ›teuflische Weise‹ immer wieder Möwen zutreibe, die schreiend dicht um ihren Kopf kreisten, wenn sie oben auf der Dachterrasse sich in die Sonne setzen wolle oder mit dem Jungen unterwegs zur Kirche sei.
Manchmal glaube ich, daß seine Mutter ihm auf diese Weise noch immer zur Seite steht, und es schnürt mir das Herz ab, wenn ich mir vorstelle, daß einer ihrer Abgesandten oder gar sie selbst mir so nahe kommt, ohne sich mir zuzuwenden. Meine Schuld, meine große Schuld!

Das war die letzte auf die Sultanin beziehbare Notiz, die Massimo an diesem Tage fand. Von Carlo Sindbado war in den Aufzeichnungen der nachfolgenden Jahre um so mehr die Rede, und er war tatsächlich schon bald zu einem kühnen Seefahrer geworden, der auch die türkische Küste Kleinasiens wieder besuchte, ohne daß auch nur angedeutet wurde, er wäre dort seiner Mutter begegnet. Nachdem Massimo gelesen hatte, wie Carlo mit den Möwen zu reden verstand, traute er ihm alles zu, auch daß er die Sultanin besucht hatte, ohne dies seinem Vater gegenüber zu erwähnen.

Während er noch vor dem Buch saß und sich in die möglichen Abenteuer seines Helden hineinträumte, trat der Großvater hinter ihn und sagte: »Der gefällt dir wohl, dieser Carlo Sindbado? Jetzt müssen wir aber hinuntergehen zum Abendessen, sonst kommt deine Großmutter womöglich herauf, um uns zu holen, und sie sollte dich nicht über diesem Buch finden. Später kannst du weiterlesen, was über diesen Seefahrer noch aufgeschrieben steht.« Er nahm das Buch, klappte es zu und verschloß es wieder in seinem Schreibtisch.

Mit dem Weiterlesen wurde es allerdings nichts. Wenige Tage später war Massimo zufällig unten im Erdgeschoß, als die Türglocke läutete. Da er nahe bei der Tür stand, öffnete er, obwohl dies sonst die Aufgabe des Dienstpersonals war, und sah sich einem Mann gegenüber, den er nicht kannte.

Er war sorgfältig gekleidet, wirkte in der Art, wie er dastand, wie ein guttrainierter Sportler und trug nichts bei sich.

»Du bist sicher Massimo«, sagte er, und als dieser nickte, sagte er weiter: »Kannst du mich zu deinem Großvater führen? Es ist eilig.«

Da ließ Massimo ihn eintreten und ging ihm voraus über die Treppe zum ersten Stock; denn er wußte, daß der Großvater in seinem Arbeitszimmer am Schreibtisch saß. Er klopfte an, und als er das »Herein!« des Großvaters hörte, öffnete er die Tür so weit, daß dieser auch den Besucher sehen konnte, und sagte: »Da ist ein Mann, der dich sprechen will. Es ist eilig, hat er gesagt.«

Der Großvater stand auf und bat den Mann herein, der rasch auf ihn zutrat, ihm die Hand reichte und einen Namen murmelte, den Massimo nicht verstehen konnte, doch sah er, daß der Großvater erschrak. Er bat den Mann, sich auf den Stuhl beim Schreibtisch zu setzen, hob dann den Kopf und sagte zu Massimo: »Du läßt uns jetzt besser allein. Aber warte bitte draußen vor der Tür. Es könnte sein, daß ich dich brauche.«

Als Massimo hinter sich die Tür leise ins Schloß gezogen hatte, blieb er davor stehen und versuchte sich zusammenzureimen, was jetzt dort drinnen besprochen werden würde. Es mußte etwas Außergewöhnliches sein, denn die Mitarbeiter und Geschäftspartner des Großvaters kannte er allesamt zumindest vom Sehen. Aus der Reaktion des Großvaters schloß er, daß der Besucher etwas Unvorhergesehenes wenn nicht gar Unangenehmes mitzuteilen hatte. Wie ein Geschäftsmann hatte er nicht ausgesehen, eher wie jemand, der gewohnt war, sich auf gefährliche

Situationen einzulassen und sich nötigenfalls auch mit Gewalt zur Wehr zu setzen.

Während er noch damit beschäftigt war, sich mögliche Anlässe für diesen Besuch auszudenken, hörte er drinnen Schritte näher kommen. Gleich darauf öffnete sein Großvater die Tür und sagte: »Geh bitte zu deiner Mutter hinunter und sage ihr, daß dieser Herr ihr etwas mitzuteilen hat, das keinen Aufschub duldet.«

Massimo traf seine Mutter unten in der Küche an, wo sie mit der Köchin die Einkäufe für den nächsten Tag besprach. Erst wollte sie sich von ihm nicht stören lassen und sagte: »Komm später! Jetzt hab ich keine Zeit für dich.«

Aber Massimo war sich der Dringlichkeit seines Auftrags bewußt und sagte: »Es ist eilig! Das hat auch der Mann gesagt, der oben bei Großvater sitzt. Du sollst hinaufkommen, weil er dir etwas mitzuteilen hat.«

»Was für ein Mann?« fragte die Mutter, und Massimo konnte ihr anmerken, daß auch sie erschrocken war.

»Ich habe ihn vorhin hereingelassen und zu Großvater hinaufgebracht«, sagte er. »Er sieht aus, als könne er gut schießen.«

Er hatte das hinzugefügt, weil ihm eben bewußt geworden war, daß ihn dieser Mann in der Art, wie er sich bewegte und leise zwar, aber angespannt und sichernd in alle Winkel spähend wie ein Jäger die Treppe hinaufgestiegen war, an Aldo erinnerte. Er merkte zu spät, welchen Schrecken er mit dieser Bemerkung seiner Mutter eingejagt hatte. Sie bekreuzigte sich mit einer raschen, fahrigen Geste, murmelte ein Stoßgebet und stieg dann ihm voraus die Treppe hinauf. Ihre Hand zitterte, mit der sie nach dem Geländer griff, um sich zu stützen.

Nachdem die Mutter die Tür zu Großvaters Zimmer hinter sich geschlossen hatte, blieb Massimo wieder draußen stehen und wartete, ob noch mehr von ihm verlangt werden würde. Die Stimmen der drei Menschen drangen nur als leises Murmeln heraus, keiner sagte ein lautes Wort, das er hätte verstehen können. Heimlichkeiten wurden dort drinnen besprochen, daran gab es kaum einen Zweifel. Je länger er untätig in dem Dämmerlicht des Flurs stand, um so drängender überkam ihn die Vorstellung, daß hinter dieser Tür etwas Gefährliches beraten wurde, das auch ihn betraf. Vielleicht hatte der Mann eine Botschaft von seinem Vater überbracht, der seit Jahren nichts von sich hatte hören lassen. Wenigstens hatte die Mutter ihn nie erwähnt. Massimo wußte nur, daß sie über ein Bankkonto verfügte, auf das sein Vater regelmäßig größere Summen überwies.

Massimo hatte sich daran gewöhnt, daß der Vater seit Ende des Krieges nie mehr zu einem seiner kurzen Besuche erschienen war, um sein Recht auf die Mutter zu beanspruchen, und schließlich hatte er kaum mehr an ihn gedacht. Nun tauchte diese dunkle Figur unversehens wieder empor über den Horizont seiner Vorstellungswelt, um ihn zu beunruhigen. Er spürte, wie sein Herz rascher klopfte und daß etwas geschehen würde, das den gewohnten Tageslauf in diesem alten Haus störte. Vorderhand hatte er nicht die Absicht, mit seinem Zauberspruch dagegen anzugehen, denn zugleich erwachte seine Lust auf das Außerordentliche. Denn das Ordentliche begann ihn zu langweilen.

Er hatte sich seinen Vorstellungen davon, was der Gast alles in Bewegung setzen könnte, dermaßen hingegeben, daß er überhaupt nicht merkte, wie jemand die Tür von Großvaters Zimmer von innen öffnete. Als dann seine Mutter vor ihm stand und ihm ihre Hand auf die Schulter legte, blickte er zu ihr auf und sagte: »Dieser Mann kommt von Vater.«

Das verschlug der Mutter erst einmal die Rede. Sie schaute ihn eine Weile mit ihren großen, dunklen Augen an, den Augen der Sultanin, wie ihm schien, und sagte schließlich: »Hat er dir das gesagt?«

»Nein«, sagte Massimo. »Aber er sieht so aus.«

»Du hast recht«, sagte die Mutter. »Komm jetzt zu uns herein. Wir müssen mit dir reden.«

»Wird er uns zu ihm bringen?« fragte Massimo, und die Mutter konnte ihm wohl ansehen, daß dies das letzte war, was er sich wünschen würde. Sie schüttelte lächelnd den Kopf und sagte: »Nein, das wird er nicht. Aber abreisen müssen wir, und zwar so schnell wie möglich.«

Währenddessen hatte sie ihn schon bei der Hand genommen und führte ihn ins Zimmer, wo der Großvater inzwischen einen Stuhl für ihn bereitgestellt hatte. Er hatte ihn so plaziert, daß

Massimo dem fremden Mann gegenübersaß, neben dem der Großvater Platz genommen hatte, während die Mutter an Massimos Seite blieb.

Der Fremde blickte ihn mit seinen grauen Augen aufmerksam, ja fast zwingend an und sagte: »Massimo, was ich dir jetzt sage, wirst du vielleicht nicht verstehen, aber dein Vater bittet dich ebenso wie jetzt deine Mutter, alles zu tun, was er mir zu sagen aufgetragen hat. Es geht darum, daß dein Vater in Gefahr ist und daß die Leute, die Macht über ihn gewinnen wollen, die Absicht haben, deine Mutter und dich in ihre Gewalt zu bringen, um deinen Vater damit zu erpressen. Ihr müßt deshalb noch heute Nacht abreisen, und ich werde euch begleiten. Wir werden in meinem Auto fahren, und zwar nach Norden bis in eine Gegend, wo euch keiner kennt und niemand italienisch spricht.«

»Nach Südtirol?« fragte Massimo und dachte an das Weingut von Sophies Vater.

»Noch weiter«, sagte der Mann. »Bis nach Österreich. Ich weiß, daß du seit Jahren bei deiner Lehrerin Deutsch gelernt hast. Aber nun mußt du auch deinen Namen ändern, und das mußt du dir gut einprägen, damit du dich später nicht versprichst. Von heute an heißt du mit Vornamen Max und nicht mehr Battisti, sondern Teufer. Merk dir das gut! Max Teufer wirst du sein, und ich habe für euch neue Ausweise und alle nötigen Papiere, die ihr braucht, um dort zu leben, wohin wir fahren. Hilf jetzt deiner Mutter, alles einzupacken, was ihr mitnehmen wollt. Es darf allerdings nicht mehr sein, als ich im Kofferraum meines Autos unterbringen kann. In etwa zwei Stunden wird es dunkel, und da müssen wir uns auf den Weg machen.«

»Nehmen wir Sophie mit?« fragte Massimo.

»Nein«, sagte der Großvater. »Das ist unmöglich. Vom Herbst an hättest du ohnehin in eine richtige Schule gehen müssen; denn ihre Zeit bei uns geht zu Ende. Du mußt dich nachher von ihr verabschieden. Dort wo ihr hingebracht werdet, ist eine Klosterschule, die du besuchen kannst.«

Jetzt ging alles sehr schnell. Die Mutter war schon aufgestanden und überlegte wohl, was einzupacken sei. Massimo schlich rasch ins obere Stockwerk und holte das Möwenstäbchen samt dem Pergament aus dem Versteck. Das waren beides Dinge, die er zu sich stecken konnte, ohne daß jemand danach fragte. Alles übrige überließ er der Mutter. Es gab keine Kleidungsstücke oder sonstwelche Sachen, auf die er besonderen Wert gelegt hätte.

Dann suchte er Sophie. Er fand sie im Schulzimmer, wo sie an der Tafel eine Aufgabe für den nächsten Tag vorbereitete. Als Massimo das sah, schossen ihm die Tränen in die Augen. Er blieb neben ihr stehen und wußte nicht, was er sagen sollte.

Als Sophie ihm ins Gesicht schaute, legte sie die Kreide beiseite und fragte: »Was ist geschehen?«

»Wir fahren weg«, sagte Massimo. »Noch heute nacht.«

»So schnell?« sagte Sophie.

»Und du darfst nicht mitfahren«, stotterte Massimo hervor.

Sophie schüttelte den Kopf. »Das könnte ich auch gar nicht. Ab Herbst hab ich eine Stelle an der Schule.« Dann nahm sie ihn in die Arme und drückte ihn fest an sich. »Mach mir keine Schande«, sagte sie, »dort, wo ihr hinfahrt.«

Auch sie schniefte jetzt ein bißchen. Dann schob sie ihn von sich und sagte: »Jetzt fort mit dir!« und als er schon durch die Tür ging, rief sie ihm noch nach: »Besuch mich mal dort oben im Überetsch!«

Als sie schon unten an der Treppe standen und ihre Koffer aufnahmen, wollte Massimo zur Vordertür gehen, die hinaus auf den Platz führte, doch der Großvater sagte: »Nicht hier! Wir nehmen den gleichen Weg wie an dem Abend, an dem ihr damals gekommen seid. Das ist weniger auffällig. Ich habe schon ein Boot bestellt.«

Sie durchquerten also das Haus und traten über der Treppe, die hinab zum Kanal führte, hinaus in den milden Abend. Im sanft bewegten Wasser schaukelten die Spiegelungen der beleuchteten Fenster der gegenüberliegenden Häuser, verschwimmende Kaleidoskopbilder in verfließendem Gelb und Orange. Das Vaporetto lag schon bereit, und in ihm wartete eben jener Mann, der sie schon damals am Lido abgeholt hatte. Als der Großvater merkte, daß Massimo den Mann wiedererkannte, lächelte er und sagte: »Ein verläßlicher Freund. Er weiß Bescheid.«

Als sie schon halbwegs über die Lagune getuckert waren, vorüber an den Schatten der Toteninsel und immer tiefer hinein in das Dunkel der aufsteigenden Nacht, blickte Massimo zurück, um sich daran zu erinnern, wie er damals die Stadt zum ersten Mal über dem nachtschwarzen Wasser hatte liegen sehen in der lichtlosen Zeit des Krieges, hingelagert wie ein dunkles schlafendes Tier. Diesmal breitete sie sich aus mit tausend Lichtern, deren Spiegelungen in langen Bahnen über das Wasser heranliefen wie springende Kiesel.

Es war dann derselbe Landungssteg, an dem der Freund des Großvaters das Boot festmachte und ihnen hinauf auf die Laufbretter half. Er wuchtete auch noch die vollgepackten Koffer hinterher und wartete, bis sich alle von Großvater verabschiedet hatten. Massimo spürte dessen Schnurrbart auf seiner Wange wie eine weiche Bürste, als er ihn küßte. Dann legte das Boot ab, und sein Umriß löste sich rasch auf in der Schwärze des Wassers.

Der Wagen des Mannes stand auf dem Parkplatz, den man seither bei der Trattoria angelegt hatte, in deren Garten sie damals gesessen waren. Sie trugen ihr Gepäck hinüber, stiegen in das Auto des fremden Besuchers, während dieser schon den Motor anließ, und dann bog der Wagen in die schmale Straße ein, die nach Norden über den Rücken des Lido zwischen den Wassern dahinführte. Massimo bemühte sich, hinter der Fensterscheibe etwas von der Lagunenlandschaft zu erkennen, doch er nahm nur vorübergleitende Schatten wahr und die vagen Konturen seines eigenen Gesichts. Da kuschelte er sich in die Ecke und war gleich darauf eingeschlafen.

Stunden später wurde Massimo geweckt vom grellen Strahl einer Taschenlampe, die in sein Gesicht leuchtete. Er riß die Augen auf und sah draußen vor der geöffneten Wagentür einen Mann im Dunkel stehen, schimmernde Metallknöpfe an der Uniformjacke. Zunächst dachte er, es sei noch Krieg, und er befinde sich auf der Fahrt nach Venedig.

»Was ist mit dem Kind?« Massimo bemerkte den fremden

Akzent in der Aussprache der italienischen Wörter. »Wie heißt du?« fragte der Mann weiter und starrte ihn mißtrauisch an.

Ehe er antworten konnte (und er hatte schon den Namen Massimo Battisti auf der Zunge!) hielt der Fremde, der ausgestiegen war und neben dem Uniformierten stand, diesem ein fleckiges Papier unter die Nase und sagte: »Das ist Max Teufer, der Sohn der Signora.«

Während der Uniformierte ihm das Papier aus der Hand nahm und sorgfältig prüfte, hätte Massimo beinahe gefragt, wer dieser Max Teufer sei. Zum Glück fiel ihm ein, was ihm der Fremde eingeschärft hatte. Da schaute er dem Uniformierten ins Gesicht und sagte laut und deutlich auf deutsch: »Ja, ich heiße Max Teufer, und das hier neben mir ist meine Mutter.«

»Du brauchst nicht so zu schreien«, sagte der Mann. »Ich habe das schon verstanden.« Dann wendete er sich um zu einem zweiten Uniformierten, der hinter ihm gewartet hatte, und sagte auf deutsch: »Das stimmt mit den Papieren überein. Scheint alles in Ordnung zu sein, auch wenn die Stempel ein bißchen verwischt aussehen. Italienische Behörden! Mach den Schlagbaum auf!«

Da hob sich vor dem Auto ein Schlagbaum ins Licht der Scheinwerfer, den Massimo bisher noch gar nicht bemerkt hatte. Im grellen Licht sah er, daß die runde Stange abwechselnd rot und weiß gestrichen war. Inzwischen hatte der Uniformierte die Tür des Wagens von außen zugeschlagen, der Fremde saß wieder am Steuer, startete den Wagen, legte den Gang ein und fuhr langsam durch die Sperre. Erst als vom Grenzposten nur noch ein paar Lichter im Rückspiegel blinkten, drehte er sich um und sagte zur Mutter: »Sehen Sie! Mit diesen Papieren kommen wir überall durch.«

»Auch bei den Russen?« fragte sie.

»Bei denen weiß man nie. Aber die mögen viele Stempel, und davon sind genug drauf«, sagte der Fremde.

Währenddessen dachte Max darüber nach, wo hindurch sie noch würden kommen müssen. Ob es auf der Straße noch mehr solche Schlagbäume gab? Oder ging es darum, durch die fast undurchdringliche Dunkelheit zu fahren wie durch eine endlose, schlauchförmige Höhle und die Hoffnung nicht zu verlieren, daß es ein Ende gab, zu dem sie irgendwann gelangen würden, einen Ausgang, durch den man ins Licht hinausfuhr? Er versuchte sich das auszumalen und schlief darüber wieder ein.

Als er zum zweiten Mal geweckt wurde, ließ das erste blasse Licht des frühen Morgens alles schon Sichtbare fahl und flach erscheinen. Diesmal befahl ihm ein Uniformierter auszusteigen. Dieser war ein untersetzter Mann mit breitem Gesicht, der eine erdbraune Uniform trug und über der Schulter eine Maschinenpistole hängen hatte. Insbesondere fiel Max ein rotfunkelnder fünfzackiger Stern auf, der vorn an der Mütze des Soldaten befestigt war. Dieser Mann verstand offenbar nur wenige Brocken Deutsch zu benutzen, die er mühsam ausstieß wie Bissen von widerwärtigem Geschmack. »Aussteigen!« sagte er. »Da stehen!« und dann zu dem Lenker des Wagens, der schon neben ihm stand: »Papiere für Frau! Papiere für Kind!«

Dieser antwortete ihm in einer Sprache, von der Max kein Wort verstand (später erfuhr er, daß es Russisch war), deutete auf die Papiere, die er dem Soldaten vorwies, und schien, dem Wortklang nach zu schließen, seine Aussagen mehrmals zu wiederholen. Der Soldat gab die Papiere an einen anderen weiter, den einige Sterne und Streifen an seiner Uniform wohl als Offizier kenntlich machten, und auch dieser las aufmerksam, was alles auf dem Papier geschrieben stand, sogar die Buchstaben der aufgedruckten Stempel versuchte er zu entziffern, indem er das Papier drehte. Dann blickte er wieder auf, deutete auf Max und seine Mutter und stellte eine Frage.

Daraufhin redete dieser Reisebegleiter wieder heftig auf ihn ein. »Towaritsch«, dieses merkwürdige Wort blieb in Maxens Gedächtnis hängen, weil es mehrmals vorkam, und er nahm sich vor, den Fremden später nach der Bedeutung zu fragen, zumal die Miene des angesprochenen Offiziers sich unversehens aufhellte bei diesem Wort. »Alle gute Genossen«, sagte er dann auf deutsch, als er sich wieder der Mutter und Max zuwendete, der Frau kräftig die Hand schüttelte, den Jungen aber unter den Achseln packte, zu sich hochhob und ihn auf beide Wangen küßte, wobei Max einen süßlichen Tabakgeruch wahrnahm. Dann setzte der Offizier ihn wieder ab, drückte einen weiteren Stempel auf die Papiere, ließ alle einsteigen und befahl dem Soldaten, den Schlagbaum, zu öffnen.

So passierten sie die Grenze zur russischen Besatzungszone. Im zunehmenden Licht des Morgens hoben sich rechts und links der Straße hohe bewaldete Bergrücken ab, und wenn sich seitlich der Einschnitt eines Tales im Vorüberfahren für kurze Zeit öffnete, wurde der Blick frei gerückt auf schroffe Felsabstürze und beschneite Gipfel. Nach und nach traten mit der steigenden Morgensonne die Abhänge des Tales auseinander, die hohen Bergketten mäßigten sich zu einer Folge sanfter Hügel, die nur noch im oberen Bereich der Kuppe bewaldet waren, während an den Hängen mugelige Wiesen smaragden unter der Sonne leuchteten. Ortschaften wurden durchfahren, zusammengedrängte Häuser unter stumpfgiebeligen Dächern, barock aufbrandende Kirchtürme schauten darüber hinweg. Max erschienen sie wie gleichmütige, uralte Wächter oder Beschützer der zusammengegluckten Behausungen.

Neben der Straße, einmal ferner auf der anderen Talseite, dann wieder dicht an der Fahrspur entlang, strömte ein Fluß, grünlich schäumend angetrieben von herabstürzenden Gebirgsbächen, dann wieder eine nach Kriegszerstörung notdürftig zusammengeflickte Brücke, über die der Fahrer seinen Wagen vorsichtig im Schrittempo lenkte. Dann, unversehens weit voraus zwischen dem Laub von Bäumen auftauchend, über einem Felssporn die langgestreckte Seitenfront eines Stifts, überragt von zwei barocken Türmen und einer grünpatinierten Kuppel, das Mariatheresiengelb der vielfenstrigen Fassade noch erkennbar unter dem schleißigen Überwurf von Kriegsdreck, stellenweise auch zernarbt von aufgerissenen Schußwunden.

So gelangte Max zum ersten Mal nach Melk, schaute, während er durch die abschüssige Hauptstraße des Ortes hinab zur Donau gefahren wurde, nach rechts hinauf zu dem über nacktem Fels aufragenden Mauerwerk des Stifts und versuchte sich vorzustellen, wer hinter diesen Mauern hausen mochte. Soldaten der russischen Besatzungsarmee? Oder schon wieder Mönche, die in ihren dunklen Kutten durch kühle Gänge zum Gebet zogen?

»Bleiben wir hier?« fragte er.

»Nein«, sagte der Fremde. »Wir fahren noch etwa eine Stunde lang hinauf in die Wälder.«

Währenddessen waren sie schon unten am Donauufer angelangt. Der Fahrer ließ den Wagen langsam hinab zum Landeplatz einer Fähre ausrollen, die, an einem über den Strom gespannten Drahtseil mit einer beweglichen Rolle hängend, eben vom anderen Ufer herübertrieb. Sie warteten auf der abschüssigen Lände, bis die Fähre ihren breiten Vorderteil über die ins Wasser führende Schräge heraufschürfte. Ein Mann sprang ans Ufer, machte ein Seil an einem Pfosten fest und ließ ein russisches Militärauto und einen von einem kleinen, struppigen Pferd gezogenen Bauernkarren an Land fahren. Dann winkte er das Auto des Fremden herein, forderte sein Fährgeld und legte, nachdem noch ein paar Leute zugestiegen waren, wieder vom Ufer ab.

Max war erstaunt, daß die breite Fähre sich ohne irgendeinen Antrieb am Seil hinüber zum anderen Ufer bewegte, während der Fährmann hinter ihnen einen schweren Ruderholm zur Seite drückte. »Wie macht er es, daß wir hinüber zur anderen Seite fahren?« fragte er den Fremden.

»Das siehst du doch«, sagte der. »Es ist ganz einfach. Wenn er mit dem Steuerruder die Fähre mit der linken Bordwand schräg gegen die Strömung stellt, wird sie durch die Strömung hinübergedrückt. Zurück macht er's dann umgekehrt.«

Max war fasziniert von diesem Trick, ein Schiff allein durch die Kraft der Strömung hin und her zu bewegen. Dann sah er, wie ein paar Möwen heransegelten und im Wind über dem strudelnden Wasser hinter der Fähre balancierten, um nach Beute zu spähen. Manchmal ließ sich eine von ihnen herabfallen, bremste dicht über dem Wasser ab, tauchte spritzend ihre Füße ein und schwang sich dann, oft mit einem unscheinbaren Fang im Schnabel, wieder zu den anderen in die Höhe.

»Hier gibt's Möwen!« sagte Max zu seiner Mutter, und das klang, als habe er eben ein paar alte Freunde erkannt.

»Die gibt's überall, wo genug Wasser ist«, sagte die Mutter.

»Aber sie sehen anders aus als bei uns in Venedig«, sagte Max. »Ihre Schnäbel und Füße sind nicht rot.«

»Was du nicht alles siehst«, sagte die Mutter.

Da waren sie aber schon auf der anderen Seite. Der Fremde lenkte den Wagen von der Fähre, bog nach links zur Uferstraße ab und fuhr eine Weile stromaufwärts, bis sich bei einer kleinen Ortschaft nach rechts ein Taleinschnitt öffnete, bewacht von einer Burgruine, die hoch über einer Felswand hockte.

Was es hier einst zu bewachen gegeben hatte, war eine schmale Straße, die, den Windungen eines schäumend zwischen Rollsteinen dahinschießenden Baches folgend, in dieses Seitental hineinführte, ein schmales, von steilen Waldhängen eingeengtes Tal. Max ließ sich verzaubern von der rauhen Wildheit dieser Landschaft, denn dergleichen hatte er noch nie gesehen, düstere Fichtenbestände, die so dicht an die aufgeschotterte Fahrbahn heranreichten, daß herabhängende Zweige den Wagen streiften, dann auf schmalem, kärglichem Wiesengrund eine halbwegs zusammengestürzte Hütte. Einige Male weitete sich später das Tal für eine wie hingestreute Ortschaft, einmal zeichnete sich darüber auf bewaldetem Rücken die Silhouette einer weitläufigen Burgruine ab, dann traten die Talwände wieder zusammen und zwangen Bach und Straße zu den Windungen einer von unbekanntem Gelände herabgleitenden Schlange. Ständig stieg die Straße an, und je höher sie gelangten, um so dichter und verwachsener erschienen die Wälder, aus denen hier und da kreischend ein Häher abstrich.

Dann trat mit einemmal der Wald zurück, und sie erreichten einen größeren Marktflecken, in dessen Mitte, dort, wo die Straße sich gabelte, ein gewaltiges kreisrundes Gebäude sich breitmachte, Rest einer Zwingburg oder Denkmal der Angst eines Herrn, der sich nur hinter solchem Gemäuer sicher fühlte. Während sie langsam daran vorüberfuhren, spürte Max, wie seine Mutter die Hand auf seinen Arm legte. »Schau!« sagte sie. »Dort drüben über dem Rundbau steht ein Falke!«

Max blickte ihrem weisenden Finger nach und sah tatsächlich einen schmalen Vogel flatternd über dem Turm stehen. Dann ließ der Falke sich plötzlich fallen und geriet hinter den Zinnen der Mauerkrone außer Sicht.

»Dort, wohin wir fahren, wird es kaum Möwen geben«, sagte seine Mutter. »Vielleicht solltest du dich mit Falken anfreunden.«

Max brauchte eine Weile, um zu verstehen, was sie damit sagte. Dann erstarrte er; denn er begann zu ahnen, daß sie wohl schon von Anfang an um sein Geheimnis gewußt hatte, um seine heimlichen Flüge mit den Schwalben und mit den Möwen, womöglich sogar um seine Reise zur schönen Türkin, der sie so ähnlich sah. Als ihm zu Bewußtsein kam, daß es ja seine Mutter war, die von ihr abstammte, wich seine Beklemmung. Er spürte den unversehens beschleunigten Schlag seines Herzens, als er sich ihr zuwandte und sagte: »Seit wann weißt du … »

Weiter kam er nicht. Seine Mutter legte ihm den Finger auf die Lippen und sagte: »Frag mich nicht! Darüber wollen wir kein Wort verlieren.«

Das brachte Max zum Nachdenken. Waren Wörter verloren, mit denen ein solches Geheimnis ausgesprochen wurde? Oder verlor sich sogar das Geheimnis selbst mit solchen Wörtern? Mit Wörtern, die Laut geworden waren, Laut, der die Luft in Schwingungen versetzte, die sich fortpflanzten bis wer weiß wohin, wie Wellenringe im Wasser, das einen Stein verschluckt hat? Wer kann wissen, zu welchen Ohren dann ein Geheimnis getragen wird?

Währenddessen hatten sie den Ort mit der runden Zwingburg schon verlassen und fuhren nun wieder durch ein enges, den Windungen eines Baches folgendes Tal immer weiter aufwärts zwischen steilen Waldhängen. Das war wohl die Absicht, die der Fremde im Auftrag des Vaters verfolgte: seine Mutter und ihn selbst in diesem ungeheuren Dickicht düsterer Fichten zu verbergen, und es wurde Max immer überzeugender vorstellbar, daß sie unterwegs waren zu einem Versteck, wie er es sich in solch barbarischer Verwachsenheit zuvor kaum hätte vorstellen können.

Am oberen Ende dieses schmalen, im Ansteigen immer flacher werdenden Tales führte die Straße hinaus auf eine wellige Hochebene mit Wiesen und kargen, steinigen Äckern für Hafer oder Kartoffeln. Im Vorüberfahren sah Max ein schmales Feld, über dem unzählige blaßviolette Blüten schwebten. Auch der Fahrer blickte hinüber und sagte: »Mohn. Gut zum Schlafen und zum

Vergessen. Oder für verbotene Geschäfte. Aber hierzulande wird er nur für die Bäcker angebaut.« Er schien das zu bedauern und sah bei diesen Worten so aus, als würde er sich gern an solchen Geschäften beteiligen.

Auf der Höhe des welligen Geländes, das einen weiten Ausblick auf in blauer Ferne hingelagerte Waldberge bot, durchfuhren sie wieder eine Ortschaft, niedrige Häuser, über der Straße eine altersgraue Kirche mit spitzbogigen Fenstern. Hier oben pfiff ein scharfer Wind um den Wagen, und die Mutter drehte die Fensterscheibe neben ihrem Sitz hoch, weil es plötzlich merklich kühler wurde. Dann tauchte die Straße wieder hinab in andere, immer höherstämmigere Wälder, in deren Wipfeln sich der Wind brach.

»Jetzt sind wir bald am Ziel«, sagte der Fremde. »Wenn wir aus diesen Wäldern wieder ins Freie kommen.«

»Dort findet uns keiner«, sagte Max.

Als er das sagte, hatte sich, als links der Straße ein Schlag den Hochwald unterbrach, nach Norden zu der Ausblick geöffnet auf viele, in sanften Rundungen ineinandergeschobene, dunkel bewaldete Höhenzüge, die bis in blaue Ferne übereinandergelagert den Horizont begrenzten. Selbst wenn ein Verfolger ihnen bis zu diesem Ort auf den Fersen geblieben wäre, dachte Max, konnten sie sich immer noch tiefer in diesen grenzenlosen Wäldern verlieren, bis sie unauffindbar sein würden. Als sie schon längst wieder zwischen hochstämmigen Fichten dahinfuhren, hatte Max noch immer die schier endlose Weite dieser Wälder vor Augen, und der Wunsch wuchs in ihm, in diese blau verschwimmende Ferne hinauszuziehen und dort allein auf sich gestellt zu leben wie ein Waldtier, über das keiner zu bestimmen hat.

Vorderhand war jedoch sein Leben durch allerlei Regeln und Vereinbarungen vorbestimmt, das merkte er, sobald die Straße aus den Wäldern herausgeführt hatte und hinabtauchte in eine Talsenke, in der die kleine Stadt vor ihnen lag, eng um eine Kirche und einen Marktplatz zusammengedrängte Häuser, von denen nur wenige etwas höher herausschauten als zwei Stockwerke. Der Fremde – Max fiel auch jetzt noch keine zutreffendere Bezeichnung für den Mann ein, der sie wie in einem sorgfältig entworfenen Planspiel bis zu dieser Stadt gebracht hatte –, dieser Fremde also zeigte hinunter zu der Ortschaft. »Dort werdet ihr wohnen«, sagte er, »am rechten Rand der Stadt, wo nur noch ein paar einzelne Häuser an der Straße stehen, die hinüber zum Kloster führt. Das Kloster selbst kann man von hier aus nicht sehen; es verbirgt sich hinter den Weiden, Pappeln und Erlen am Fluß. Aber euer Haus sieht man, es ist das vorletzte an der Straße. Dort werdet ihr also wohnen, und im Keller steht schon ein Fahrrad bereit, mit dem du jeden Morgen hinüber zur Schule im Kloster fahren wirst. Allerdings wirst du, soviel ich weiß, erst einmal radfahren lernen müssen, ehe in vierzehn Tagen die Schule beginnt. Zu Fuß wäre der Weg zu lang.«

Alles war schon geregelt, dachte Max. Irgendwo im Süden Italiens hatte der verschollene Vater über ihn bestimmt und dafür gesorgt, daß alles nach seinem Willen geregelt wurde. Max starrte hinunter zu diesem fremden Ort hinter den Wäldern, als suche er schon jetzt nach Löchern in dem Netz, das man über ihn geworfen hatte.

Zunächst ist die Enge der Maschen zu spüren, Löcher lassen sich erst später finden. So jedenfalls ging es Max in den nachfolgenden Tagen. Das landschaftsüblich niedrige, aber mit Risaliten und klassischen Fensterbekrönungen der Gründerzeit versehene Haus stand bereit und war schon fertig eingerichtet mit allem, was für die Mutter und Max erforderlich war, schon mit Leinenzeug überzogene Betten, in den Schränken die zum Wechseln nötige Bettwäsche nebst Unterwäsche für Mutter und Sohn, Röcke und Hosen, Pullover und Hemden. Im Weitergehen fanden sie ein vollständig, wenn auch einfallslos möbliertes Wohnzimmer vor und eine nicht zu enge Kammer für Max mit Bett, Schreibtisch nebst Sesseln, Schrank und Kommode, alles äußerst ordentlich und kühl im Sinne von unpersönlich. Auch das schon angekündigte Fahrrad stand im Keller bereit und zwar neben einem aufgebockten Faß, aus dessen Zapfhahn heller Wein in einen Krug tropfte und mit seinem herben Duft die Atmosphäre des Kellers anheimelnder machte als jene der Wohnung darüber. Alles stand an seinem Ort wie von Geisterhand herbeigeschafft, fertig zum Gebrauch, aber deutlich unbewohnt.

Die Mutter füllte, als sie nach dem Rundgang zurück in die Küche kamen, die auf dem Elektroherd bereitstehende Espressokanne mit Kaffeepulver und Wasser, und der Duft, der gleich danach die dumpfe, abgestandene Luft aromatisierte, ließ die Vorstellung möglich erscheinen, daß man hier wohnen konnte.

Eine Zeitlang saßen sie um den resopalüberzogenen Küchentisch auf den derben Holzstühlen, tranken den Kaffee und ruhten sich ein wenig aus von der so hastig angetretenen Fahrt. Dann teilte der Fremde seinen Fahrgästen mit, daß er sie nun auch noch zum Kloster bringen würde, damit die bereits telefonisch vorbereitete Anmeldung zum Schulbesuch geregelt werden konnte.

Ja, es hatte alles seine Ordnung, sogar der Klosterpförtner wußte schon Bescheid und wies ihnen den Weg zum Schulpräfekten, der, als der Fremde angeklopft hatte und sie hereingerufen worden waren, sich hinter seinem Schreibtisch zu ihrem Empfang erhob und ihnen der Reihe nach die Hand reichte, erst der Mutter, dann dem Fremden und schließlich Max, den er beim Händeschütteln gleich ansprach. »Du wirst also als Externer in unser Institut eintreten«, sagte er etwas steif. »Kannst du singen?«

Max war überrascht von dieser Frage, die aus allem, was bisher so ordentlich und regelhaft abgelaufen war, unversehens auszubrechen schien. Er bedachte sich einen Augenblick und sagte dann: »Ich glaube schon. Sophie, ich meine: meine Lehrerin, hat mir alle möglichen Lieder beigebracht. Und mein Großvater hat mir gezeigt, wie man auf dem Cembalo spielt. Das war ganz alt und hatte ein schönes Bild im Deckel, das nur zu sehen war, wenn man es aufmachte.«

»Sieh da!« sagte der Präfekt sichtlich erfreut. »Ein Musikus also!« Er machte eine Pause, um die Wirkung seiner Anerkennung auf Maxens Gesicht zu beobachten. Dann sagte er: »Nun zeig mir, was du sonst noch alles gelernt hast.« Er nahm ihn bei der Hand, führte ihn hinaus auf den Flur und ein paar Türen weiter in ein Klassenzimmer, das mit Schulbänken eingerichtet war und vorn hinter dem Lehrerpult mit einer schwarzen Wandtafel. Er forderte Max auf, sich in eine der vordersten Bänke zu setzen, gab ihm ein paar Blatt Papier und sagte ihm einige Rechnungen an, die Max zu seiner Zufriedenheit löste. Dann sagte er: »Jetzt schreib mir einen kleinen Aufsatz!«

»Worüber?« fragte Max.

Der Präfekt schaute ihn an, senkte dann nachdenklich den Kopf und sagte nach einer Weile: »Ja, worüber denn? Ach ja, ihr seid doch auf eurer Reise über die Donau gefahren. Wo war das?«

»Bei Melk«, sagte Max.

»Sehr schön«, sagte der Präfekt. »Schreib etwas darüber, wie es war, über die Donau zu fahren. Nur ein oder zwei Seiten, das genügt.«

Max legte sich das Papier zurecht, dachte eine Weile nach und schrieb dann:

Als wir über die Donau fuhren
Erst fuhren wir abwärts zwischen den Häusern von Melk. Rechts über den Felsen sah ich die Klostermauern mit tausend Fenstern. Erst dachte ich, ich sollte dort zur Schule gehen. Ich stellte mir vor, aus einem dieser Fenster hinunterzuschauen auf die Donau. Vielleicht gab es auch hier Möwen, die ich beobachten konnte. Aber der Mann, der das Auto lenkte, sagte, daß wir noch weiter fahren müssen, hinauf in die tiefen Wälder.

Dann kamen wir an die Donau. Von der anderen Seite ließ der Fährmann sein Schiff durch Zauberkraft zu uns herübertreiben, machte es fest und ließ zwei Wagen herunterfahren. Dann fuhren wir auf das Schiff, und der Fährmann ließ es zum anderen Ufer hinübertreiben, wieder mit seiner Zauberkraft. Dann sah ich die Möwen. Ich hätte mich gern mit ihnen unterhalten, aber sie waren von einer anderen Art als bei uns zu Hause.

Max legte den Stift zur Seite, der Präfekt nahm das Blatt vom Pult und las halblaut, was darauf geschrieben stand. Max beobachtete sein Gesicht und sah, wie ein flüchtiges Lächeln über seine Lippen huschte, als von der Zauberkraft des Fährmanns die Rede war. »Gut«, sagte er, als er fertig gelesen hatte. »Keine Rechtschreibfehler und ziemlich gewandt im Ausdruck. Du mußt eine tüchtige Lehrerin gehabt haben.«

»Ja«, sagte Max nicht ohne Stolz. »Sophie hat mir eine Menge beigebracht.«

»Sophie?« wiederholte der Präfekt. »Sophia – die Weise. War sie schon recht alt?«

»Überhaupt nicht!« sagte Max. »Sie hatte gerade erst ihr Studium beendet.«

»Also jung!« sagte der Präfekt. »So jung und vielleicht doch schon weise? Das soll ja gelegentlich vorkommen. – Aber was soll das heißen zum Schluß mit den Möwen? Kannst du wirklich mit ihnen reden?«

Max merkte, daß er damit mehr verraten hatte, als er wollte. Er zuckte mit den Schultern und sagte: »Wie man halt mit Tieren redet ...« Das war wenigstens nicht gelogen.

»Nun gut. Das mag so sein«, sagte der Präfekt. »Aber ein Zauberer ist dieser Fährmann gewiß nicht. Ich kenne ihn nämlich. Hast du nicht begriffen, wie er es anstellt, daß die Strömung sein Schiff über den Fluß drückt?«

»Doch«, sagte Max. »Er macht das mit dem Ruder. Unser Fahrer hat es mir erklärt. Aber wie soll man es nennen, wenn einer sich von diesem gewaltigen Strom bedienen läßt?«

Der Präfekt hob die Augenbrauen und bedachte ziemlich lange diese Frage. Schließlich sagte er: »So unrecht magst du damit gar nicht haben. Fährleuten hat man ja von alters her allerlei an Fähigkeiten zugesprochen. Ich glaube, es wird nicht ohne Reiz sein, dich zum Schüler zu haben.«

Max begriff nicht so recht, was er damit hatte sagen wollen, aber da der Pater offenbar alles in allem mit seinen Leistungen zufrieden war, wollte auch er selbst es sein. Jedenfalls erfuhr er gleich danach, als sie zu seiner Mutter und dem Fremden zurückgekehrt waren, daß dieser Präfekt ihn unter seine Schüler aufnehmen wollte.

Die nächsten vierzehn Tage verbrachte Max mehr oder minder damit, sich mit dem Fahrrad vertraut zu machen, nachdem der Fremde ihm vor seiner Abreise am nächsten Tag noch geholfen hatte, auf zwei Rädern sein Gleichgewicht einigermaßen zu wahren. Zunächst übte er auf dem Gartenweg hinter dem Haus, weil er dort, wenn er stürzte, zumeist auf dem weichen Rasen landete, wenn es auch nicht immer ohne aufgeschürfte Knie abging. Später, als er sich schon einigermaßen sicher fühlte, wagte er sich auf die wenig befahrene Straße zum Kloster. Da begann ihm diese Fortbewegungsart schon Spaß zu machen; auch wenn er dabei nicht annähernd den schwerelosen Schwung des Flugs der Schwalben oder einer Möwe erreichte, so trugen ihn doch die sausenden Räder wie im Tiefflug über den unter ihm wölkend zurückbleibenden Straßenstaub, durch den er zu Fuß mühsam hätte dahintrotten müssen.

Zwei Wochen später, es war an einem Montag Mitte September, fuhr er dann bis zum Kloster zu seinem ersten Schultag.

V

»Willst du morgen bei der Zehnuhrmesse die Orgel spielen?« fragte Pater Stephan, als Max am Samstag nachmittag nach der Unterrichtsstunde die Registerknöpfe hineinschob, den Motor des Blasebalgs abstellte und seine Noten zusammenpackte. Das war etwa anderthalb Jahre nach seinem Schuleintritt, und Max war inzwischen so weit gewachsen, daß er von der Orgelbank aus mit seinen Füßen die hölzernen Trittleisten des Pedals erreichen konnte.

Max nickte und machte sich auf den Heimweg. Während er mit dem Rad über die holprige Straße nach Hause fuhr, erinnerte er sich an seine ersten Tage in der Klosterschule. Er war nicht der einzige gewesen, der keinen der neuen Mitschüler gekannt hatte in dieser untersten Klasse der Gymnasialstufe. Es gab wohl eine Gruppe von Schülern, die aus der nahen Stadt kamen und zusammen schon die Grundschule besucht hatten, aber die Internatsschüler stammten zumeist aus den Dörfern und Marktflecken des Umlandes und waren so wenig vertraut miteinander wie er mit ihnen, dies allerdings mit einer Einschränkung: Gemeinsam war ihnen der an seltsamen Zwischenvokalen reiche niederösterreichische Dialekt, den Max anfangs nur schwer verstehen konnte, obwohl dieses Idiom ebenso der großen bairischen Sprachfamilie zugehörte wie jenes seiner Lehrerin Sophie, wenn sie aus ihrem (gleichfalls leicht dialektgefärbten) Hochdeutsch unversehens in ihre heimische Mundart fiel, zumeist dann, wenn sie sich über irgend etwas aufregte oder wenn sie eine Geschichte erzählte, in der die Leute miteinander sprachen. Lästig wurden für Max im Klostergymnasium diese Unterschiede der Sprache vor allem dann, wenn während des Unterrichts ihm einer der Mitschüler eine Information zuzuflüstern versuchte, um ihm bei einer Frage des Lehrers auf die Sprünge zu helfen, und er nichts verstand. Daß solche Versuche überhaupt unternommen wurden, beweist immerhin, daß Max in dieser neu zusammengesetzten Schulklasse nicht von vornherein als Außenseiter betrachtet wurde. Schon aus dieser Erfahrung heraus versuchte Max, so rasch wie möglich den lokalen Dialekt zu beherrschen und dadurch unter den Mitschülern jene Unauffälligkeit zu erreichen, die es den anderen leichtmachte, ihn zu akzeptieren.

Noch nie war er bisher mit Buben seines Alters zusammengekommen, eine Erfahrung, die allen anderen längst zur Selbstverständlichkeit geworden war. Er merkte sehr rasch, daß die Rangeleien, zu denen es während der Pausen häufig kam, zumeist nicht böse gemeint waren, sondern auf spielerische Weise zur Überprüfung einer Art von Rangordnung dienten.

»Mach dich nicht auffällig!« hatte ihm seine Mutter am ersten Schultag als Verhaltensmuster mitgegeben, und daran wollte er sich halten. Mit Körperkräften hätte er ohnehin nicht auftrumpfen können, denn er war kleiner und zierlicher gebaut als sämtliche der eher grobschlächtigen Mitschüler und hob sich von diesen zumeist rotwangigen Burschen zudem durch den bräunlichen Grundton seiner eher blassen Gesichtsfarbe und das dichtgelockte schwarze Haar ab. Irgendeiner aus der Klasse nannte ihn einmal Türkenmax, und dieser Name blieb an ihm hängen, obwohl niemand etwas von seiner so weit entfernten türkischen Abstammung ahnen konnte. Aber die Erinnerung an jene Türken, die vor bald dreihundert Jahren auf ihren Pferden an Wien vorüber ins weite Land galoppiert waren und in den Dörfern Niederösterreichs wüst gehaust hatten, war selbst unter den Kindern durch die Erzählungen ihrer Eltern und Großeltern und wohl auch durch den Heimatkunde-Unterricht in der Grundschule noch wach genug, um eine solche Verbindung herzustellen. Max hatte allerdings völlig andere Konnotationen und fühlte sich geradezu geehrt durch diese Namensgebung, ohne jedoch darauf hinzuweisen, wie exakt sie zutraf.

Noch etwas war geeignet, ihn aus der Zahl der Mitschüler herauszuheben: seine musikalischen Fertigkeiten. Die Ausbildung zum Chorknaben bildete einen wesentlichen Teil des Unterrichts in dieser Klosterschule, ja der eigentliche Anlaß, ein Gymnasium einzurichten, war womöglich auf den Wunsch zurückzuführen, ständig genug Sänger für die Liturgie in der Kirche zur Verfügung zu haben. Max erwies sich im Gesangunterricht als ein passabler Sopranist, ragte aber mit seiner etwas dünnen Stimme beileibe nicht über das Niveau der Mitschüler hinaus. Dies erreichte er schon eher mit Hilfe seiner durch häufiges Vom-Blatt-Spielen erworbenen Fähigkeit, die Zeichen der Notenschrift ohne weiteres in musikalische Vorstellungen umzusetzen. Pater Stephan, der nicht nur Organist der Klosterkirche war, sondern auch zuständig für die musikalische Ausbildung aller Schüler, war vom Prior über Maxens musikalische Vorkenntnisse informiert worden und fragte ihn gleich nach der ersten Chorstunde, ob er Lust habe, seine Tastenübungen auf der Orgel fortzusetzen. Anschlag und Artikulation, sagte er, seien bei Cembalo und Orgel sehr ähnlich, während sich Klavierspieler mit der Orgel zunächst schwertäten.

Seither also traktierte Max regelmäßig unter Anleitung des Paters die zierliche Chororgel am Ende des barocken Chorgestühls. »Die große Orgel nehmen wir uns später vor«, sagte er. Durch Krieg und Besatzung war das kleine Werk zwar etwas in Mitleidenschaft gezogen, aber die Mehrzahl der Register war noch einigermaßen spielbar. Das genüge für den Anfang, meinte der Pater. Einstweilen mußte Max ohnehin manualiter spielen, bis seine Beine lang genug geworden waren für das Pedal.

Max überraschte seinen Lehrer schon in der zweiten Stunde mit einer Toccata von Frescobaldi, die er noch Note für Note in

Erinnerung hatte von den Übungsstunden beim Großvater. Pater Stephan knurrte anerkennend nachdem der Nachhall des letzten Akkords sich in der Höhe zwischen den Rippen des gotischen Chorgewölbes verloren hatte. »Frescobaldi also«, sagte er. »Hast du noch mehr davon auf Lager?« worauf Max noch eine Canzone des römischen Meisters spielte.

»Du magst wohl das italienische Frühbarock?« fragte der Pater, und als Max nickte, sagte er: »Das ist gut. Die kamen ja damals noch ohne Pedal aus. In der Bibliothek gibt es einen ganzen Konvolut von solchen Stücken. Die suche ich für deine Stunden heraus.«

Irgendwann wurde einer seiner Mitschüler durch Zufall zum Zeugen, wie Max eines seiner Stücke auf der Orgel einübte. Eigentlich hatte dieser Bauernbub aus dem hintersten Waldviertel, Leonhard hieß er, dem Pater Organisten etwas ausrichten wollen und hatte, als er die expressiven Läufe und Akkordfolgen aus der Kirche hörte, angenommen, der Pater spiele zu seinem eigenen Vergnügen oder zur Ehre Gottes auf der Chororgel. So ging er nach vorn durch das hohe, von nachhallenden Klängen erfüllte Kirchenschiff und blieb erst stehen, als er am Spieltisch zur Seite des pokalförmig aufgetürmten Instruments seinen Klassenkameraden sitzen sah. Er rührte sich nicht, bis Max seine Hände von den Tasten nahm und erst jetzt bemerkte, daß er nicht mehr allein war.

»Hast du das so schnell gelernt?« fragte Leo.

Max schüttelte lachend der Kopf. »Das konnte ich schon, als ich hierherkam. Nur hab ich's auf einem anderen Instrument gespielt, einem Cembalo.«

»Läßt du mich zuhören, wenn du wieder spielst?« fragte Leo.

»Von mir aus –« Max sagte das eher beiläufig, als habe es damit nichts Besonderes auf sich. Mach dich nicht auffällig, hatte die Mutter gesagt.

Natürlich sprach es sich in der Klasse herum, welche Künste dieser Türkenmax zu treiben wußte, aber da Max selbst kein Wesens draus machte, nahmen es die anderen auch nicht für etwas

Bemerkenswertes. Natürlich: Singen gehörte zu ihren Pflichten, aber darüber hinaus zählte das Musikmachen nicht eben zu ihren bevorzugten Beschäftigungen, und da gab es Bereiche, in denen Max den meisten der Mitschüler nicht das Wasser reichen konnte. Wenn Sport angesetzt war, erwies er sich allemal als der Schwächste von allen, was sich bei Ballspielen dahingehend auswirkte, daß er, wenn die Spielführer ihre Mannschaft auswählten, immer als letzter in Kauf genommen wurde. Auf solche Weise gewöhnte sich Max mit der Zeit daran, als einer zu gelten, der keine besondere Rolle spielte in jenen Dingen, die anderen wichtig waren.

Nur Leo bildete da eine Ausnahme. Er bewunderte neidlos Maxens Orgelkünste, hockte, während dieser spielte, irgendwo stumm im Chorgestühl und hörte zu. Auch hinterher, wenn sie zusammen die Kirche verließen, sagte er nicht viel, und wenn überhaupt, dann in Bildern, die eher seinen persönlichen Empfindungen als einem analytischen Musikverständnis entsprangen. »Das war«, sagte er einmal nach dem Anhören einer sehr chromatischen Toccata *alla levatione* von Froberger, »das war, als ob ich mich im dichten Wald verlaufen hätte, bis ich nicht mehr ein noch aus wüßte. Erst ganz zum Schluß begriff ich plötzlich, daß ich den einzig richtigen Weg gegangen war, und da öffnete sich zugleich der Ausblick, ganz weit über die Grenze hinweg.«

Was immer er mit *Grenze* meinen mochte, vielleicht ganz konkret die Grenze hinüber ins Böhmische, wo das Land weiter und überschaubarer wird, vielleicht aber auch eine imaginäre Grenze, die eine solche Musik überschreitet hinaus in eine ungeahnte Freiheit von eingefahrenen Vorstellungen und gewohnten Klängen (so etwa empfand Max dieses Stück), er konnte jedenfalls auf seine Weise etwas anfangen mit dieser Musik. Max konnte dem Freund (denn dies war Leo schon nach wenigen Wochen) anmerken, daß er keine Antwort auf solche Äußerungen erwartete, und so nickte er nur, holte sein Rad und fuhr nach Hause. Es zeigte sich auch, daß Leo mit den anderen nicht mehr über das Orgelspiel des Freundes sprach. Ohne daß sie es ausdrücklich vereinbart hätten, war dies zwischen ihnen eine Sache, die nur sie beide anging.

»Da bist du ja endlich«, sagte seine Mutter, als er nach Hause kam. Diesen Satz sollte er noch oft hören, nicht nur dort in dem Hause der kleinen Stadt, in dem sie einige Jahre zusammen wohnten, sondern auch später noch.

Damals erkannte er ihn allerdings noch nicht als ein Signal, das ihn vor dem Besitzanspruch der Mutter hätte warnen können; es war ja nicht zu verwundern, daß sie sich einsam fühlte. Außer der Zugehfrau, die zweimal die Woche kam, um die groben Arbeiten zu erledigen, war Max der einzige Gesprächspartner der Mutter, die zwar während der Zeit, in der Sophie ihren Sohn unterrichtete, ein paar Brocken Deutsch aufgeschnappt hatte, aber den Dialekt der Wäldler nördlich der Donau überhaupt nicht verstand und sich ihnen allenfalls durch Gesten mitzuteilen versuchte. Max begriff, daß dies sich ändern mußte, wenn er nicht ständig den Dolmetscher spielen wollte. Er überzeugte sie mit ihrem eigenen Argument, daß sie nämlich sich selbst am wenigsten auffällig machen würde, wenn sie die Landessprache gebrauchen lernte. So sprach er von da an nur noch deutsch mit ihr und bemühte sich überdies, ihr auch die eigenartige lokale Variante des Deutschen verständlich zu machen.

Damals war es ihm wohl noch nicht bewußt, daß er sich dieser Mühe nicht zuletzt deshalb unterzog, weil er sich dadurch auf die Dauer einen größeren Freiraum verschaffen konnte. Jedenfalls hatte er nicht das ungute Gefühl, seine Mutter sprachlos in einer ihr fremden Umgebung allein zu lassen, als Leo ihn vor einem Wochenende Mitte April fragte, ob er Lust habe mit ihm auf den Bauernhof seiner Eltern zu fahren und er spontan zusagte, ohne erst lange nachzudenken. Beim Mittagessen teilte er seiner Mutter diesen Entschluß mit und war eher verwundert, wie erschreckt sie ihr Besteck auf den Tellerrand legte und sagte: »Das kannst du doch nicht machen!«

»Warum nicht?« sagte er. »Leo ist mein Freund, und ich habe ihm schon versprochen mitzukommen.«

»Wo ist das denn überhaupt?« fragte die Mutter und gab damit unausgesprochen zu, daß sie bereit war, die Angelegenheit zu diskutieren.

»Genau weiß ich das nicht«, sagte Max. »Seine Eltern haben ihren Hof in einem Dorf irgendwo in der Nähe der böhmischen Grenze, Gernotzschlag heißt das, glaube ich. Wir nehmen den Autobus, der um zwei beim Bahnhof abfährt.« Er blickte auf seine Armbanduhr. »In einer halben Stunde holt Leo mich ab. Ich brauch nur meinen Schlafanzug und das Waschzeug in den Rucksack zu packen.«

Vor so viel Bestimmtheit streckte die Mutter die Waffen. »Ist das nicht gefährlich, die Fahrt durch die Wälder dort hinauf?« fragte sie noch, aber wohl nur, um sich nicht völlig widerspruchslos zu ergeben.

»Wieso denn?« sagte Max. »Das ist ein ganz normaler Linienbus, der nach Fahrplan fährt, und ich komme in ein ganz gewöhnliches Dorf mit Bauernhöfen, Kühen, Kartoffelfeldern und einer kleinen Kirche. Vielleicht kann ich dort Orgel spielen. Leo will seinen ehemaligen Lehrer fragen, der dort Organist ist.«

Max hatte kaum seinen Rucksack gepackt, da läutete Leo schon an der Haustür. Die Mutter stand bereit, um diesen Knaben zu besichtigen, den ihr Sohn als seinen Freund bezeichnete. Wie sie später nach Maxens Rückkehr sagte, hatte sie ihn bei dieser ersten Begegnung als *kräftig, wenn auch etwas grobgliedrig* befunden. »Aber er hat einen ehrlichen Blick«, hatte sie hinzugefügt. Jedenfalls ließ sie die beiden ohne weitere Einwände ziehen.

Der Autobus klapperte alle in erreichbarer Nähe der Strecke liegenden Dörfer ab und brauchte über eine Stunde bis zum Ziel. Auf rumpeligen, manchmal nur geschotterten Nebenstraßen ging es durch düstere Fichtenwälder, bis dann wieder zwischen den Stämmen eine Rodung sichtbar wurde, deren steiniger Boden einem Dorf Nahrung gab. Oft bestand dieses nur aus rechts und links aufgereihten ebenerdigen Gebäuden mit Toreinfahrten, bis sich die Straße etwa in der Mitte der Ortschaft etwas weitete, um Platz zu schaffen für eine schmale Kapelle, mit andeutungsweise barocken Türmchen. Meist stiegen nur ein paar Leute aus, Frauen, die in der Stadt eingekauft hatten oder dort im Dienst waren, und ein paar Männer, die in der Stadt arbeiteten, aber noch bei ihren Leuten im Dorf wohnten.

Auch der Ort, in dem Leo zu Hause war, sah nicht viel anders aus, war nur ein wenig umfangreicher, mit Häusern auch an abzweigenden Seitenstraßen und einer Kirche, die etwas größere Dimensionen hatte als die Dorfkapellen.

Leos Eltern begrüßten Max freundlich, hatten aber beide so viel auf dem Hof zu tun, daß sie sich nicht weiter um den Gast kümmern konnten. »Zeig Max deine Kammer«, sagte die Mutter noch. »Ich hab dort das zweite Bett überzogen.« Da war sie schon halbwegs im Stall verschwunden. Leo führte ihn hinauf in die schrägwandige Dachkammer, wo Max seinen Rucksack ließ, um gleich wieder hinter dem Freund die Stiege hinunterzuspringen. »Komm!« rief Leo. »Wir gehen zur alten Burg.«

Im Vorübergehen erzählte Leo allerlei über die Leute, die in den Häusern wohnten, dann folgten sie, nachdem sie die letzten Häuser hinter sich gelassen hatten, einem Feldweg, der zwischen Äckern und Wiesen einem zum Teil bewaldeten Hügel zustrebte, über dessen rundköpfiger Höhe ein Stück Mauerwerk aus den Baumwipfeln herausragte.

»Ist das die Burg?« fragte Max.

Leo nickte. »Das, was davon übriggeblieben ist.«

Je näher sie dem Hügel kamen, um so verwachsener wurde der Weg, bald nur noch zwei lehmige Karrenspuren zwischen aufschießenden Grasbüscheln. Vom Fuß des Burghügels führte eine schmale Trampelspur schräg hangaufwärts und verlor sich weiter oben zwischen blütenüberschäumtem Schlehdorngebüsch. Etwas langsamer als bisher folgten sie dem Pfad, der sich, sobald vor ihnen die zerfallenen Mauern aus den Büschen hervortraten, auf kargem Trockenrasen verlor.

»Weiter rechts hinter dem Turmstumpf war früher der Eingang«, sagte Leo und ging an der Bruchsteinmauer entlang in diese Richtung. Als sie um die noch festgefügte Ecke des Turms bogen, sah Max ein paar Schritte weiter eine neben dem klobigen Mauerwerk fast winzig wirkende alte Frau gebückt auf dem Rasen hocken und mit einer kleinen Schaufel etwas ausgraben. Sobald sie die beiden Buben bemerkte, begann sie sich mühsam aufzurichten und sagte: »Bist du wieder einmal zu Hause, Leo? Und hast dir einen feinen Buben mitgebracht!«

Max merkte, daß Leo seinen Schritt verzögerte, als scheue er sich, der Alten allzu nahe zu kommen. Er blieb ein paar Schritte entfernt von ihr stehen und sagte: »Ja, ich bin wieder einmal da. Und das ist mein Freund Max, den sie den Türkenmax nennen.« Als er sah, daß Max ihn fragend anblickte, sagte er zu ihm. »Und das ist die Trudl. Die Leute nennen sie das Waldweibl. Sie haust hier in der Nähe in einer alten Hütte.«

»Was tut sie da?« fragte Max.

»Kräuter und Wurzeln sammeln«, sagte Leo. »Sie kennt sich aus damit. Manche holen sich bei ihr etwas gegen Krankheiten.«

Die Trudl hatte sich inzwischen aufgerichtet, so weit dies ihr möglich war. Selbst jetzt reichte sie Leo allenfalls bis zur Schulter, und doch schien es Max, als verkörpere sie, wie sie dort auf dem schütteren Rasen stand und ihn mit ihren dunklen Augen anblickte, eine Größe, die sich nicht in Zentimetern ausdrücken ließ. Sie lachte leise vor sich hin. »Der Türkenmax also«, sagte sie, und Max fand, daß ihre Stimme jünger klang, als ihr offenkundiges Alter vermuten ließ. »Der Türkenmax«, wiederholte sie. »Aber nicht von den Türken, die das Gemäuer hier verwüstet haben. Das muß später gewesen sein. Und doch habt ihr Buben dort unten im Kloster aus Versehen einen richtigen Namen für ihn gefunden.« Sie blickte Max jetzt unmittelbar ins Gesicht, und er sah nichts als diese dunkelbraunen Augenbälle, die sein Blickfeld fast auszufüllen schienen und zu beben begannen, als wollten sie gleich anfangen zu tanzen. »Gell, Max«, sagte sie jetzt mit einer Stimme, die innen in seinem Kopf zu klingen schien, »da gibt's doch eine Türkin unter den vielen Müttern vor deiner?«

Max nickte, und zugleich rempelte Leo ihn an und sagte leise: »Komm weiter! Ich mag es nicht, wenn sie dich so anschaut und dabei vor sich hin murmelt.« Offensichtlich hatte er die letzten Worte der Alten nicht verstanden oder überhaupt nicht hören können. Er ging jetzt an der Trudl vorbei auf das verfallene Tor der Burg zu, und Max folgte ihm langsam. Als er nahe an der Alten vorüberging, hörte er sie noch sagen: »Schau! Dort über dem Turm steht ein Falke und rüttelt.«

Er blieb stehen, blickte hinauf und sah dicht über den obersten Bruchsteinen der einzigen Mauer, die noch bis zur Höhe der Zinnen stand, den Falken mit bebenden Flügeln wie angenagelt in der Luft stehen und hatte fast den Eindruck, als spähe der Vogel zu ihm herab. Für einen Augenblick wünschte er sich, dieser Falke zu sein, der mit seinen scharfen Augen von dort oben jede Bewegung in den Grashalmen beobachten konnte. Da hörte er noch einmal die junge Stimme der Alten: »Hab Geduld!« sagte sie. »Du hast alle Zeit der Welt.«

Als er sich zu ihr umschaute, war sie nicht mehr zu sehen.

Inzwischen war auch Leo stehengeblieben und sagte: »Laß dich nicht mit der Trudl ein. Manche behaupten, sie könne zaubern oder gar hexen.«

In diesem Augenblick beschloß Max, sobald sich eine Möglichkeit dazu bot, allein zu dieser Ruine zu gehen, um dort dieses Waldweibl wiederzutreffen.

Vorderhand wurde es damit nichts. Sie trieben sich den Rest des Nachmittags in der Ruine herum, kletterten im Geviert der Turmmauern die Reste der Treppe hinauf, bis statt der Stufen nur noch Löcher im Mauerwerk offenstanden. Dann versuchten sie anhand der grasüberwachsenen Mauerreste sich eine Vorstellung von den übrigen Gebäuden der Burg zu machen. Darüber senkte sich allmählich die Dämmerung herab. Max hatte in dem an dieser Stelle noch etwa mannshohen Gemäuer eine Nische entdeckt, über der früher offenbar eine Art Rauchfang nach oben geführt hatte, von dem nur noch die schwärzlich angeräucherte Rückwand zu sehen war. »Hier war früher ein Kamin!« rief er Leo zu, der an der gegenüberliegenden Wand dieses ehemaligen Wohnraums zwischen den Bruchsteinen herumkratzte.

»Ich weiß«, rief Leo zurück. »Unser Lehrer sagt, das sei die Kemenate gewesen, das Zimmer, in dem die Frauen wohnten.«

Max sah im schwindenden Licht unten am Boden zwischen Moos und grusig aufgebrochener Erde etwas schimmern, rötlich und teilweise grün angelaufen. Er schob seine Finger unter die dünne, von Gras und pelzigem Moos überwachsene Bodenschicht, vergrößerte die Öffnung und ertastete einen schmalen, kantigen Gegenstand, den er vorsichtig herauszog. Es war eine

Art von Anstecknadel, auf deren Vorderseite ein sorgsam ziselierter Falke aus dunkelbraunem, grünpatiniertem Metall aufgelötet war, wohl aus Bronze, wie ihm schien. Eine Fibel, vielleicht um einen Mantel zusammenzuhalten, ihrem Zustand nach ziemlich alt. Er setzte schon an, Leo zuzurufen, was er da gefunden hatte, aber ein zweiter Blick auf diesen dunkel schimmernden Vogel hinderte ihn daran. Leo hatte nicht hören können, was die Trudl zuletzt gesagt hatte. Vielleicht sogar nicht hören sollen. Also ging ihn auch der Falke nichts an, der ihn nicht nur an den Rüttelfalken erinnerte, den die Alte ihm gezeigt hatte, sondern auch an sein Möwenstäbchen. Er steckte die Fibel ein, ging hinüber zu Leo und sagte: »Es wird rasch dunkel. Ich glaube, wir sollten jetzt zu dir nach Hause gehen. Wahrscheinlich wartet deine Mutter schon mit dem Essen auf uns.«

Beim Abendessen saß dann auch Leos etwas jüngere Schwester mit am Tisch. »Das ist Lena«, sagte Leo. Sie glich ihrem Bruder auf keine Weise, war schmal und eher zierlich, hatte dunkles, fast schwarzes Haar und Augen, die von dunkelgrün ins Bräunliche spielten. Sie blickte Max während des Essens von Zeit zu Zeit auf eine Weise an, als wolle sie ihn mit den Vorstellungen vergleichen, die sie sich von ihm nach Leos Erzählungen gemacht hatte; denn erzählt hatte der von ihm, dessen war er sicher. Er mochte die Art, wie sie ihn anschaute, durchaus neugierig, aber nicht zudringlich. Als sich ihre Augen einmal trafen, versuchte er den Ansatz zu einem Lächeln, das sogleich beantwortet wurde, wenn auch nur für Sekunden.

An diesem Wochenende geschah nichts Außergewöhnliches mehr, jedenfalls nichts, das Max mit der geheimnisvollen alten Trudl hätte in Verbindung bringen können. Sie aßen zusammen mit den Eltern Leos und einer Magd am Küchentisch zu Abend, während draußen nur wenige Lichter von den Nachbarhäusern die Dunkelheit noch vertieften. Danach stiegen die beiden Buben über die schmale Treppe hinauf in die Schlafkammer, zogen sich aus und krochen in die Betten.

Als Leo schon die Petroleumlampe ausgelöscht hatte, die sie mit heraufgebracht hatten, sagte er: »Komisch, daß die Trudl ausgerechnet heute bei der alten Burg war. Ich hab sie seit Monaten nicht gesehen.«

Max dachte eine Weile nach und sagte dann: »Vielleicht war heute der richtige Tag, um irgendwelche Wurzeln auszugraben. Dabei haben wir sie doch angetroffen.«

Auch Leo schwieg eine Zeitlang, ehe er antwortete: »Kann schon sein. Aber als sie sich aufgerichtet und dich angeschaut hat, ist es mir so vorgekommen, als hätte sie auf dich gewartet.«

»Du spinnst ja!« sagte Max. »Woher soll sie von mir gewußt haben? Sie hat Wurzeln gesucht, das konnte man doch sehen.«

»Sie ist immer mit solchen Sachen beschäftigt, wenn man sie irgendwo zu sehen bekommt«, sagte Leo. »Aber was sie eigentlich im Sinn hat, kann man nie wissen. Sie ist mir unheimlich.«

»Das fand ich gar nicht«, sagte Max und war sich dabei halbwegs bewußt, daß er Leo damit von einer Spur ablenken wollte, die dieser eher unbewußt gewittert zu haben schien. »Ich würde mich selbst gern mit Kräutern auskennen. Vielleicht träume ich heute nacht von der Trudl.«

Leo lachte. »Da wüßte ich mir bessere Träume!« sagte er. »Gute Nacht!«

»Gute Nacht«, sagte auch Max und dachte: Sie hat vielleicht wirklich auf mich gewartet. Er war sich dessen fast sicher.

Als er früh am Morgen vom lieblichen Gelärme der Vögel aufwachte, die draußen vor dem offenen Dachfenster in den Obstbäumen sangen, hatte Max noch ein Traumbild vor Augen, aus dem er eben herauszustürzen drohte, und versuchte es festzuhalten. Flügelschlagend schwebte er rüttelnd über dem Turm der Burg und schaute herab auf die Dächer der zugehörigen Gebäude, die innerhalb der Umfassungsmauer zusammengedrängt standen. Er sah innerhalb der Mauer einige Bewaffnete im Harnisch hastig umherlaufen, ältere Männer mit grauen Bärten; ein paar andere standen im Wehrgang auf der Mauer und spähten den Hügel hinab, an dessen Fuß eben eine Reiterhorde zwischen den Stämmen des dichten Waldes hinter der Burg hervorbrach, Reiter in blitzenden Panzern und mit spitzen Helmen, die bei manchen mit einem farbigen Turbantuch umwickelt waren. Sie hielten ihre Pferde zurück, als sie die Burg sahen, rissen ihre Krummsäbel aus den Scheiden und schrieen laut aufeinander ein. Er hatte verstehen können, was sie riefen, das begriff er erst jetzt im nachhinein. Sie hatten türkische Wörter gebraucht, und in diesem Augenblick war ihr Geschrei, indem er aufwachte, weitergeklungen als das Lärmen der Vögel, das er noch immer hörte.

Aus dem Orgelspielen wurde nichts an diesem Sonntag. Schon beim Vorspiel des Organisten war deutlich zu hören, daß viele Pfeifen verstimmt waren. Nach der Messe schleppte Leo seinen Freund dennoch hinauf zum Chor, um ihn seinem ehemaligen Lehrer vorzustellen. Sobald er die beiden Buben die knarrende Treppe heraufsteigen sah, führte er sein Nachspiel mit ein paar nicht eben wohlklingenden Akkorden zu Ende und sagte: »Guten Morgen, Leo! Wen bringst du mir da?«

»Das ist mein Freund Max«, sagte Leo. »Er hat unten im Kloster Orgelunterricht bei Pater Stephan.«

»Hoffentlich auf einem besser gestimmten Instrument«, sagte der Lehrer. »Die Winterkälte hat meiner Orgel nicht gutgetan. Ich habe schon jemanden bestellt, der das in Ordnung bringen kann. Wenn ihr das nächste Mal kommt, kann dein Max dann zeigen, was er gelernt hat.«

Er fragte noch nach ihren Erfolgen oder Mißerfolgen in der Schule, worauf die beiden Freunde eher einsilbig antworteten und sich bald verabschiedeten. Während sie danach beim Mittagessen saßen – es gab, möglicherweise zu Ehren des Gastes, Schweinsbraten mit Kraut und Kartoffeln –, trübte sich draußen der Himmel ein, und es fing an zu regnen, erst leise aber dann zunehmend heftiger. Max hatte eigentlich vorgehabt, noch einmal zur alten Burg zu gehen, aber bei diesem Wetter mußten sie wohl oder übel im Haus bleiben. Hab Geduld, hatte die Trudl gesagt. Er versuchte es, aber es fiel ihm schwer.

Es vergingen drei Wochen, bis Max mit Leo wieder in die Wälder fuhr. Die Landschaft wirkte diesmal merklich heller, ja heiterer, als er sie in Erinnerung hatte: Die Wiesen waren nicht mehr grau, sondern leuchteten vom frisch aufsprießenden Gras smaragden unter der Sonne, auch die erdbraunen Äcker waren von keimendem Grün überzogen, selbst die Düsternis der Fichtenwälder war aufgehellt von den austreibenden Maisprossen. Der sonst eher wortkarge Freund wirkte schon während der Busfahrt aufgeregt, ja fast ausgelassen und schmiedete Pläne, was sie an diesem Wochenende alles unternehmen könnten. Er erzählte von den gewaltigen, zum Teil haushohen Granitbrocken, die in den Wäldern und auf den Lichtungen jenseits der alten Burg verstreut lagen, als hätte ein Volk von Riesen sie vor Urzeiten dorthin gerollt. Zu diesen großen Steinen wollte er mit Max diesmal gehen.

Darüber erreichten sie Gernotzschlag, und Leo, der es kaum erwarten konnte, mit dem Freund loszuziehen, stand, ehe der Bus anhielt, schon ungeduldig an der Tür und sprang, sobald sie geöffnet war, mit einem Satz hinaus auf den Straßenrand, landete unsicher, schrie auf und blieb seitwärts hingehockt am Boden sitzen. Max war ihm unmittelbar gefolgt, reichte ihm die Hand und versuchte, ihn wieder auf die Beine zu bringen. Sobald Leo jedoch den rechten Fuß belastete, zog er scharf die Luft ein und ließ sich wieder zurücksinken. »Ich glaube, ich hab mir den Knöchel gebrochen oder wenigstens verstaucht«, sagte er. Offensichtlich hatte er erhebliche Schmerzen.

Max blickte sich nach Hilfe um, doch außer ihnen war niemand hier ausgestiegen, und der Bus war sofort weitergefahren. Niemand war auf der Straße zu sehen außer einer kleinen, zusammengehutzelten Frau, die eben von der Hauptstraße in den Feldweg einbog, der zur alten Burg führt, und nach wenigen Schritten hinter einem Haus verschwand. Max war fast sicher, die Trudl erkannt zu haben, und fragte sich, was sie im Dorf zu tun gehabt haben könnte. Leo hatte sie offenbar nicht bemerkt, und Max sagte nichts über seine Vermutung, da er Leos Aversion gegen die Alte kannte. Womöglich gab er ihr dann noch die Schuld an seinem Unfall.

Nachdem nirgends eine Hilfe zu sehen war, gelang es Max schließlich, den Freund aufzurichten. Leo legte ihm seinen rechten Arm um die Schultern und versuchte, auf ihn gestützt, ein paar Schritte zu gehen. Wenn er den Fuß nicht belastete, ließ sich der Schmerz anscheinend ertragen, und so erreichten sie, mühsam zwar und nach einigen Ruhepausen, den Hof von Leos Eltern.

Solche Mißgeschicke galten hier offenbar als nichts Besonderes. Jedenfalls machte Leos Mutter kein großes Tamtam, zog ihrem Sohn Schuh und Strumpf aus und betrachtete den langsam anschwellenden, sich bläulich verfärbenden Knöchel. Dann faßte sie den Fuß an den Zehen und versuchte ihn vorsichtig zu bewegen. Leo verriet seinen Schmerz zwar durch einen heftigen Zischlaut, aber seine Mutter beruhigte ihn sofort. »Gebrochen ist nichts«, sagte sie, »nur verzerrt und gestaucht. Da bin ich ziemlich sicher. Ich mach dir einen Umschlag mit essigsaurer Tonerde.«

Bald darauf saß Leo am Tisch, streckte seinen mit einem Handtuch umwickelten Fuß von sich und aß mit gutem Appetit ein Stück Streuselkuchen.

»Mit dem Ausflug zu den Granitblöcken wird's diesmal wohl nichts«, sagte er.

»Untersteh dich!« sagte seine Mutter. »Du bleibst schön zu Hause.«

»Und Max?« fragte Leo.

»Der kann sich ja allein ein bißchen umsehen, wo ihr das letzte Mal hingegangen seid. Dort wird er sich schon nicht verlaufen.« Und zu Max sagte sie: »Du hast doch Lust dazu?«

»Ja. Schon«, sagte Max stockend und bemüht, sein Verlangen danach, allein loszuziehen, nicht allzu deutlich zu zeigen. »Aber soll ich nicht bei Leo bleiben?« und dachte dabei: Hoffentlich merkt man mir diese Heuchelei nicht an.

»Ach was!« sagte Leos Mutter. »Du hast es nötig, an die frische Luft zu kommen.«

Als auch Leo ihm zuredete, das Gemäuer der alten Burg weiter zu erforschen, machte sich Max auf den Weg. Es kam ihm merkwürdig vor, daß genau eingetreten war, was er sich drei Wochen zuvor gewünscht hatte. Um so begieriger war er, rasch den Burghügel zu erreichen und sich dort oben umzuschauen, wie Leos Mutter es vorgeschlagen hatte. Fast rannte er den Pfad hangaufwärts und kam dermaßen außer Atem oben an, daß er sich vor der Turmmauer wie ein gefällter Baum auf den spärlichen Rasen fallen ließ, um zu warten, bis sein rasch pochendes Herz sich beruhigt hatte.

Während er so hingestreckt dalag und hinauf in den blauen Himmel schaute, an dem einzelne weiße Wolken sehr langsam dahintrieben, sah er wieder den Falken über dem Turm stehen und herabspähen. Nach ihm? Nach einer Beute? Oder sollte er selbst die Beute sein, um die es hier ging? Als er sich zur Seite drehte, um den Falken besser beobachten zu können, stach ihn etwas in den Oberschenkel. Er tastete mit der Hand in die Tasche, jeden Augenblick gewärtig, auf eine Wespe oder irgend ein anderes stechendes Tier zu stoßen, das er versehentlich mit dem Taschentuch eingesteckt haben könnte. Da berührten seine Finger den bronzenen Falken – Im nächsten Augenblick schon hatte sich seine Perspektive umgedreht: Er spähte hinab auf den völlig intakten Turm und die mit Schieferplatten gedeckten Dächer der Gebäude innerhalb der Mauer, auf deren Wehrgang sich eine offenbar nicht sehr große Zahl von Gewappneten befand, um die Angreifer zurückzuschlagen, die sich draußen bemühten, eine vorgefertigte, roh zusammengezimmerte Holzbrücke über den Burggraben zu schieben. Er sah das alles wie in einem Film, der mit überdrehtem Tempo ablief, hastig hineilende Gestalten, die plötzlich am Boden lagen, gespickt mit Pfeilen, die er gar nicht hatte heranfliegen sehen; Belagerer, die schon halb auf einer an die Mauer gelehnten Leiter hinaufgestiegen waren und nun, verbrüht von rauchend herabtropfendem Pech und von den Verteidigern zurückgestoßen samt der Leiter rückwärts auf das Vorfeld schlugen, sah wie die bärtigen Männer auf dem Wehrgang einer nach dem anderen von Geschossen getroffen zusammensanken und die Lücken zwischen den Verteidigern immer weiter klafften.

Dann schlugen plötzlich Flammen aus den Fenstern der Wohngebäude. Erst da bemerkte der Falke, wie die Bogenschützen der Türken mit brennenden Lappen umwickelte Pfeile nach den offenen Luken und Fenstern schossen. Bald standen alle Gebäude in Brand außer dem Turm, und in dem Durcheinander von Männern, die teils noch immer die Mauer verteidigten, teils auch versuchten, die Feuer zu löschen oder zu ersticken, gelang es den ersten Türken an mehreren Stellen, die Mauerkrone zu übersteigen und die wenigen Verteidiger von allen Seiten anzugreifen. Es dauerte nicht lange, bis die Burg in der Hand der türkischen Soldaten war, nur der Turm hielt noch stand. Während er herabblickte auf dieses Gemetzel, das Klirren der Waffen und das Schreien der Getroffenen hörte und beobachtete, wie die Angreifer versuchten, die Tür des Turms mit Äxten einzuschlagen, sah er, wie zwischen den eindringenden Türken eine gebückte alte Frau aus der Tür herausglitt. Sie hatte einen dunklen lodenen Umhang über den Kopf gezogen und huschte, scheinbar ziellos hin und her rennend, an den abgekämpften Soldaten vorüber, um irgendwohin zu entkommen. Eine Zeitlang gelang es ihr, allen auszuweichen, ja es hatte den Anschein, als nehme sie von den Männern keiner wahr, bis dann doch ein Türke, offensichtlich ein Anführer mit bunt verziertem Turban um den Spitzhelm, sie von hinten am Umhang packte und herumriß.

Die Alte, deren Gesicht unter der lodenen Verhüllung kaum zu sehen war, wehrte sich wütend wie ein in die Enge getriebenes Frettchen, schrie dem Bassa oder welchen Rang dieser Anführer auch immer einnehmen mochte, mit keifender Stimme Beleidigungen ins Gesicht und trommelte ihm mit blanken Fäusten auf den Brustharnisch, daß es nur so dröhnte. Da zog dieser ein blitzendes Stilett aus dem Seitengehänge und schickte sich an, die Waffe dem lästigen Weib in den Hals zu stoßen. Doch da war der Falke schon herabgeschossen; denn er hatte, als der Überwurf der Alten verrutschte, erkannt, daß dies unbegreiflicherweise die Trudl war. Er flatterte dem Türken geradewegs ins Gesicht, hieb ihm die Fänge in die Wangen und versuchte ihm den Schnabel ins Auge zu stoßen. Da ließ dieser die Alte los, die er noch immer mit der Linken gepackt gehalten hatte, und versuchte sich mit beiden Armen vor dem Vogel zu schützen. Um dem Zugriff des Bassa zu entkommen, blieb der Falke außerhalb von dessen Reichweite rüttelnd über ihm stehen und sah mit Verwunderung, daß dieser der Alten wie gebannt ins Gesicht starrte und zuhörte, was sie ihm zu sagen hatte. Dann wandte sie sich um, und rannte weiter und fand in dem Winkel unter der Wehrgangtreppe an der Mauer ein Versteck.

Der Falke sah und hörte noch, wie der Bassa seine Männer vom Turm zurückbefahl, dann flatterte er auf und schoß dicht über dem Boden der Alten nach, die er eben noch an dieser Stelle der Mauer hatte verschwinden sehen. Er fand sie in dem dunklen Winkel, fühlte, wie sie nach ihm griff, ließ sich von ihr einfangen und ruhte für einen Augenblick in der warmen Höhlung ihrer Hand.

»Das war knapp«, sagte sie. »Danke für die Hilfe!« Da stand Max aber schon vor ihr im Inneren der Burgruine dicht neben den Resten der Mauer. An den schräg aufsteigenden Ausbrüchen im Mauerwerk war noch zu erkennen, daß hier früher einmal die Treppe zum Wehrgang hinaufgeführt hatte. Max tastete über die brüchigen Spuren dessen, was der Trudl eben noch als Versteck gedient hatte. »Sind wir wirklich dort gewesen?« fragte er.

Die Trudl blickte ihn lächelnd an. Plötzlich erschien ihm ihr Gesicht trotz all der Falten erstaunlich jung. »Das war wohl nicht zum ersten Mal«, sagte sie.

»Was?« fragte Max, obwohl er schon verstanden hatte.

»Daß du als Vogel ein Stück zurückgeflogen bist. In der Zeit, meine ich.«

»Ja«, sagte er. »Aber Sie waren auch dort. Und heute, als ich mit Leo ankam, habe ich Sie auch schon gesehen.«

»So?« sagte sie. »Hast du das?«

»Ja«, sagte er. »Haben Sie das gemacht, das mit Leos Fuß?«

»Du traust mir ja allerlei zu«, sagte sie. »Du solltest lieber darüber nachdenken, warum *dir* nie etwas passiert. Dir glückt doch immer alles, was du dir vornimmst. Alles ist dir bisher in den Schoß gefallen, und du neigst inzwischen dazu, damit herumzuspielen.«

»Womit?« fragte Max.

»Du weißt schon«, sagte die Trudl. »Feenkindern geht's oft so. Aber irgendwann wird es geschehen, daß du mit deinen Künsten zwar deine Haut retten kannst, aber es wird trotzdem so schlimm sein, daß du nicht wissen wirst, wo du bleiben sollst.«

Er blickte ihr in die Augen und sah, daß dieses Wissen oder

diese Voraussicht sie traurig machte. Aber er wollte ihr nicht glauben, so sicher war er inzwischen, überall und in jeder Situation mit seinem Zauber durchzukommen. »Machen Sie sich keine Sorgen«, sagte er. »Ich komme damit ganz gut zurecht.«

»Ach du Kind!« sagte sie. »Du weißt nicht, wovon du redest. Ich will dir eine Geschichte erzählen, damit du dir merkst, was ich dir sagen will und was du jetzt noch nicht begreifen kannst:

Wie der Zauberer in den Wald floh

Es war einmal ein weit und breit berühmter Zauberer, der mit Königen umging wie mit seinesgleichen und von ihnen zu Rate gezogen wurde; denn er konnte zu ihrem Vorteil nicht nur erstaunliche Dinge zuwege bringen, sondern wußte auch Zukünftiges vorauszusagen, wenn auch auf eine Weise, die es dem Fragenden überließ, sich selbst einen Reim zu machen auf die schwer deutbaren Worte, mit denen er ihre Fragen nach künftigem Heil oder Unheil beantwortete. Wenn das alles dann eingetreten war, kam es den Leuten vor, als würde ihnen ein Schleier vor den Augen weggezogen, und jedermann sagte: Seht ihr, genau das hat er gemeint, und so ist es auch eingetreten.

Dieser Zauberer war überdies seiner Statur nach ein hochgewachsener wehrhafter Mann, der aus einem fürstlichen Geschlecht stammte. König Roderich hatte ihm seinerzeit die Erziehung seiner Söhne übertragen, und die drei Prinzen waren während der langen Zeit des Zusammenlebens dem Zauberer so ans Herz gewachsen, daß er sie liebte, als wären es seine eigenen Kinder. Wegen alledem genoß er so hohes Ansehen, daß es ihm selbst Könige nicht nachzutragen wagten, wenn er ihnen Übles ankündigte.

So geschah es auch, als der Zauberer sich zu König Roderich begab und ihm sagte, es sei ein Gesicht über ihn gekommen, von dem er ihm berichten müsse, obwohl es, wie er meine, nichts Gutes verheiße. Er sei zu Hause am Feuer gesessen und habe in die Flammen geschaut, als er hinter der jählings verblassenden wabernden Lohe zwei Männer habe sich herausheben sehen. Der eine sei mit eisstarrendem Bart von Norden herangestapft und habe einen von Rauhreif verkrusteten Knüttel geschwungen, um den anderen anzugreifen. Dieser andere jedoch habe das Aussehen von König Roderich gehabt und auch dessen Insignien getragen. Er habe, als der Eisige heranstürmte, sich einen Ast von einem in vollem Laub stehenden Ahorn gebrochen und sich damit zur Wehr gesetzt, und an seinem Kampfstock hätten noch drei handgroße Blätter an ihren Stengeln geflattert wie drei Königswimpel. Eine Zeitlang hätten die beiden gekämpft, wie zwei Männer mit Knüppeln zu fechten pflegen, und er habe Holz auf Holz knallen hören, so laut, als zerspränge ein Kloben in seinem Feuer. Dann habe der Eisige zu einem gewaltigen Schlag ausgeholt, den der König zwar habe mit seinem Knüttel abfangen können, doch seien dabei die drei Ahornblätter von dem Schlag des Angreifers heruntergefegt und am Boden unter dessen Stiefeln zertrampelt worden. Mit dem nächsten Schlag habe dann der König zwar die bereifte Waffe des Eisigen zerbrochen, so daß dieser sich umkehrte und fliehen mußte, doch danach habe er gesehen, wie der König am Boden kniete und weinend die zerfetzten Blätter aus dem zerstampften Boden aufzuheben versuchte und diese in seinen Händen zerfielen. Dann sei sein Feuer wieder aufgeflackert, und er habe nichts mehr gesehen.

Der König hatte sich diesen Bericht aufmerksam angehört, dachte eine Weile nach und sagte dann: »Zuletzt habe ich diesen eisigen Mann aus Norden doch noch vertrieben. Ich kann mir schon denken, wer das sein könnte.« Er schien ganz zufrieden, als er das sagte.

»Und die Blätter?« fragte der Zauberer.

Der König zuckte mit den Schultern. »Was bedeuten schon ein paar Blätter«, sagte er. »Ich habe schon mehr Knüttel im Stockgefecht zerschlissen.«

»Du hast geweint«, sagte der Zauberer.

Doch davon wollte der König nichts hören. »Wer weiß, was du da am Ende gesehen hast, als schon die Flammen in deinen Wachtraum züngelten. Ein König muß zu allererst sein Volk schützen, und das habe ich offenbar getan.«

Dieser Satz blieb dem König von alledem im Gedächtnis, und

er hielt sich an ihn, als wenig später vom Norden her König Wendel mit seinen grimmigen Männern über das Reich hereinbrach wie ein Wintergewitter und anfing, Dörfer zu verbrennen und Bauern totzuschlagen. Roderich hatte, gewarnt durch das Gesicht seines Zauberers, schon beizeiten seine Männer zusammengerufen und zog ihnen samt seinen drei Söhnen voran, zur Seite auch den Zauberer, der sein liebster Waffengefährte war.

Es kam zu einer furchtbaren Schlacht, in der beide Seiten mit Verbissenheit kämpften; manche nennen sie auch ein jammervolles Gemetzel, in dem viele Krieger erschlagen wurden. Um eine Entscheidung zu erzwingen, durchbrachen die drei Söhne König Roderichs die Reihen der Angreifer, doch sie wurden von diesen eingeschlossen, und König Roderich und auch der Zauberer mußten zuschauen, wie alle drei niedergehauen wurden. Der Tod der Brüder trieb König Roderich und seine Männer zur Raserei, und so gelang es ihnen endlich, Wendel und seine Berserker in die Flucht zu schlagen und aus dem Land zu vertreiben.

Der Zauberer aber stand, seit er die Brüder hatte fallen sehen, mitten im Gewühl der Schlacht, ohne daß eine Waffe ihn berührte, und er schrie seinen Schmerz laut heraus. Keiner wagte ihn anzugreifen, vielleicht hatte er auch einen unsichtbaren Schutzmantel um sich gelegt, wer weiß das. Und als nach dem Sieg Roderich und seine Männer sich zerstreut hatten, stand er noch immer auf dem von Toten übersäten Feld und schrie.

So stand er drei Tage lang und konnte den Schmerz um den Tod seiner Zöglinge nicht verwinden, und als der dritte Tag zur Neige ging und zum dritten Mal die Dunkelheit auf ihn niederbrach, schlug er sich ins dornige Schlehengebüsch am Waldrand und wanderte die ganze Nacht über fort vom Ort dieser Schlacht und immer tiefer hinein in die Wälder. Alles ließ er zurück, sein Haus und all seinen Besitz, auch die Frau, die er liebte, und für lange Zeit hörte man am Hof Roderichs nichts mehr von ihm.

Man sagt, er habe sich den Sommer über von Kräutern, Wurzeln und Beeren ernährt, später wohl auch von Pilzen, Nüssen und sauren Holzäpfeln, und ein einsamer Wolf sei ihm zum Gefährten geworden. Auch mit den anderen Tieren des Waldes habe er sich vertraut gemacht und sein früheres Leben vergessen. Aber der Wald mit all seinen Lebewesen, den Bäumen, Büschen und Blumen, den Käfern, den Vögeln und all den größeren Tieren nahm den Zauberer in sich auf und heilte allmählich seinen Schmerz, doch keiner weiß zu sagen, wie viele Jahre er dort zugebracht hat.

※※※

»Vergiß nicht, daß es der Wald war, der ihn geheilt hat«, sagte die Trudl noch, als sie ihre Geschichte beendet hatte.
»Warum hat er diesen Wendel nicht gleich zu Anfang mit der Kraft seines Zaubers vertrieben?« fragte Max. »Dann wären die Brüder am Leben geblieben.«
»Woher willst du wissen, daß ihr Leben besser gewesen wäre als ihr früher Tod?« Die Alte schüttelte den Kopf über soviel Unbelehrbarkeit. »Du glaubst wohl noch immer, daß du mit deinem bißchen Zauber alles aus dem Weg räumen kannst, was dich und dein Vorankommen stört? Irgendwann wirst du einsehen müssen, daß es nicht deine Aufgabe ist, den Gang der Welt zu lenken.« Sie legte ihm für einen Augenblick ihre faltige, aber spürbar feste Hand an die Wange und sagte dann: »Geh jetzt zu Leos Leuten, es ist Zeit zum Abendessen, und sie warten schon auf dich.« Über ihr Gesicht huschte ein Lächeln. »Auch Lena.«
Erst jetzt merkte Max, daß es schon anfing, dunkel zu werden. Er lief hinunter ins Dorf, und als er ins Haus kam, traf er zunächst auf Leos Vater, der ihn erleichtert in Empfang nahm und sagte, er sei schon drauf und dran gewesen, ihn suchen zu gehen. Gleich darauf setzten sie sich zu Tisch, Leos Eltern, Lena, und auch Leo kam humpelnd mit eingebundenem Fuß und setzte sich neben Max.
»Wo bist du gewesen?« fragte er.
»Oben bei der alten Burg«, sagte Max.
»So lange?«
»Ich hab gar nicht gemerkt, wie die Zeit vergeht«, sagte Max.

»Über dem Turm stand wieder ein Falke in der Luft, und ich habe versucht mir vorzustellen, was er alles erspäht von dort oben.«

Leos Mutter lächelte. »Du bist ein rechter Träumer«, sagte sie.

Am Sonntag morgen stellte sich heraus, daß Leos Knöchel über Nacht nahezu ausgeheilt war. Erstaunlicherweise war auch die Schwellung zurückgegangen und kaum noch wahrzunehmen. »Ich halte ja viel von meinen Umschlägen«, sagte Leos Mutter, »aber das grenzt an Zauberei!«

Max, der dabeistand, wie sie Leos Fuß untersuchte, hatte unversehens das Bild vor Augen, wie am Vortag die Trudl hinter der Hausecke verschwand, und war jetzt fast sicher, daß sie dabei ihre Hand im Spiel gehabt hatte, weil sie ihn allein hatte treffen wollen. Hexerei? Unheimlich war ihm das schon, was die Alte zuwege zu bringen schien, aber zugleich fühlte er sich von ihr ernst genommen, wenn solche Veranstaltungen allein wegen ihm in Gang gesetzt wurden. Über seine eigenen Zauberkünste und seine Reisen aus dem Gefüge der Zeit schien sie ja auch Bescheid zu wissen. Während er noch darüber nachdachte und dabei in Gedanken sein Brot zerbröselte statt es zu essen, sagte Leo zu ihm: »Die Orgel ist übrigens gestimmt worden. Heute nach der Messe kannst du, wenn du magst, drauf spielen.«

Max merkte, daß Lena ihn schon die ganze Zeit über angeschaut hatte. Eilig fegte er die Brösel zusammen, wischte sie in seine hohle Hand und schüttete sie sich in den Mund. Während er noch kaute, sagte Lena: »Darf auch ich zuhören, wenn du nach der Messe spielst?«

»Wenn du willst«, sagte Max. »Ich hab nichts dagegen.«

»Eigentlich«, sagte ihre Mutter, »hatte ich gedacht, du würdest mir beim Kochen helfen«, doch als sie sah, wie eine Art kindlicher Verzweiflung in Lenas Augen stieg, winkte sie ab und sagte: »Ich sehe schon, daß du gleich in Tränen ausbrechen wirst. Also bleib noch eine Weile bei den Buben. Ich werde auch allein fertig mit dem Mittagessen.«

Nach der Messe stiegen sie diesmal zu dritt die steile Treppe zum Chor hinauf und warteten oben, bis der Lehrer sein Nachspiel beendet hatte.

»Bist auch du mitgekommen, Lena, um diesen Wunderknaben anzuhören?« sagte er, während er die Registerknöpfe hineinschob. Dann rutschte er von der abgewetzten Orgelbank und forderte Max auf, das Instrument auszuprobieren. Er selbst setzte sich am Ende des Chors auf einen Stuhl, so daß Max ihn von der Orgelbank aus nicht sehen konnte. Die beiden Geschwister jedoch blieben nahe bei ihm und hockten sich seitwärts des Spieltischs auf den hölzernen Podest, der den Unterbau der Orgel bildete.

Max betrachtete eine Weile Anordnung und Bezeichnung der Register, orientierte sich auch nach unten mit einem Blick zum Pedal, dessen leistenförmige Tasten er eben zu erreichen begann. Dann zog er jene Register, die ihm geeignet schienen für die Frobergersche Toccata, die er eben eingeübt hatte, legte seine Finger auf die Tasten und begann mit einem lang angehaltenen Akkord.

Da er auswendig spielte, konnte er seine jungen Zuhörer im Auge behalten. Leo saß wie immer fast abgewandt und schien mit geschlossenen Augen in sich hineinzuhorchen oder genauer: in die Empfindungen, die das Orgelspiel in ihm auslöste, während Lena Max mit ihren dunklen Augen unverwandt anblickte.

Er war sich des musikalischen Ablaufs der Toccata so sicher, daß er nicht auf das Manual blickte, sondern sich auf Lenas Blick einließ, während seine Finger wie von selbst die Tasten fanden, vergaß, daß er fast noch ein Kind war mit seinen zwölf Jahren und einem noch jüngeren Kind in die Augen schaute, spielte oder ließ seine Finger spielen und wurde dabei so überwältigt vom regelhaften Fortschreiten der Musik, als habe er dieses Tongewebe selbst entworfen, und so geschah es, daß er diese frühbarocke Komposition weiter entwickelte, als sie Froberger vor über dreihundert Jahren niedergeschrieben hatte, wandelte vorgegebene Themen in neue Varianten ab, als der Text es vorsah, und spielte sich auf diese Weise hinein in die dunklen Augen, bahnte sich einen Weg in ihre Unergründlichkeit, der das vorgedachte Gitter der Noten verließ, und führte die Stimmen in ein Dickicht von Disharmonien, in dessen Düsternis die Augen des Mädchen als einzige Leitsterne leuchteten und ihm den Weg zeigten, endlich zur Lösung der eng miteinander verschränkten Stimmen im harmonischen Schlußakkord zu finden.

Als er die Hände von den Tasten genommen hatte, saß er eine Weile bewegungslos auf der Bank und schaute noch immer zu Lena, in deren Augen er jetzt Bewunderung, aber auch so etwas wie Angst zu lesen glaubte. Was war da geschehen? Es ist nicht zu erklären. Eine frühe Ausschüttung von Hormonen, die eine Art von erotischer Überwältigung hervorgerufen hatte? Woher dann die klare Sicherheit, mit der er aus dem bisher nur interpretatorisch nachvollzogenen Muster dieser Musik ausgebrochen war zu einer keineswegs chaotisch-eruptiven Unform, sondern in einem zu bisher ungeahnten Strukturen aufblühenden Weiterbau dieses Tongebäudes? Der Blick in die Augen des ahnungslosen (oder doch schon ahnungsvollen?) Mädchens als Katalysator zum Gewinn einer neuen Freiheit des Spielens? Oder ist das noch viel zu egozentrisch gedacht? Gab es einen eigenständigen Anteil des auf ihn blickenden Mädchens, eine Forderung dieser dunklen Augen, er solle aus dem Vertrauten ausbrechen und Neues finden?

So hätte er seine Empfindungen damals natürlich noch nicht formulieren können, und dennoch wurde ihm während der kurzen Zeit der Stille nach diesem letzten, noch nachhallenden Akkord allmählich bewußt, daß etwas Entscheidendes geschehen war, das nicht nur mit seinen Fortschritten in der Beherrschung des Orgelspiels zu tun hatte, sondern mit dem innersten Kern seines Bewußtseins, und ihm war zumute, als habe der Wirrwarr seiner Gefühle und Empfindungen sich unversehens zu einer bis dahin noch nicht erkannten Ordnung gefügt.

Dann brach der Lehrer den Zauber und sagte: »Donnerwetter! Da hast du bei Pater Stephan aber schon eine Menge gelernt! Erst dachte ich, ich kenne das Stück – von Froberger, schien mir –, aber dann ging's doch ganz anders weiter, als ich es in Erinnerung hatte.«

Max ging auf diese vage gestellte Frage nicht ein, schob die

Registerknöpfe zurück und kippte den Deckel über die Manuale. Er fühlte sich so ausgeleert, daß er weder weiterspielen noch sprechen mochte. Schweigend ließ er sich von der Orgelbank gleiten, gab dem Lehrer mit einem undeutlich gemurmelten Dank die Hand und stieg mit den beiden Freunden die Treppe hinunter zum Vorraum der Kirche, in dem noch immer die Kühle des zeitigen Frühjahrs hing. Erst als sie draußen im Freien unter der Sonne standen, fiel der Bann von ihm ab. »Was tun wir heute nach dem Essen?« fragte er.

Darüber sprachen sie auf dem Heimweg. An einen längeren Ausflug war nicht zu denken, da Leo seinen Fuß doch noch schonen mußte. So blieben sie schließlich auf dem Hof und halfen Leos Mutter, den Garten für den Sommer herzurichten. Sie hatte Geranien und Begonien im Haus überwintern lassen und andere Blumen aus Samen vorgezogen, auch allerlei Küchenkräuter. Lena zeigte Max, wie man die Pflänzchen vorsichtig aus der Saatschale lösen und in den vorbereiteten Boden einpflanzen muß. Sie verstand mehr von dieser Art Gärtnerei, als Max je erfahren hatte, und es schien ihr Spaß zu machen, ihm etwas zu zeigen, das er nicht konnte. »Du machst das schon ganz gut«, sagte sie, als er mit dem Beet fertig war, das sie ihm zugewiesen hatte. Leo war nicht so fügsam. Er beteiligte sich kaum an dieser Arbeit, als sei eine solche Beschäftigung unter seiner Würde, redete sich darauf hinaus, daß er seinen Fuß schonen müsse, hockte mißvergnügt an der sonnenwarmen Hauswand und sah den anderen zu.

Bei der Rückfahrt zum Kloster saß Leo die meiste Zeit schweigsam neben Max. Nur einmal sagte er. »So hast du noch nie gespielt, wenn ich dir in der Klosterkirche zugehört habe.« Es klang so etwas wie Eifersucht in seiner Stimme.

Es geschah wenige Wochen nach diesem Besuch auf dem Bauernhof, daß, wie Anfang dieses Kapitels schon erwähnt, Pater Stephan Max fragte, ob er bei der Sonntagsmesse die Orgel spielen wolle. Max erledigte diese Aufgabe zur Zufriedenheit des Zelebranten, was dieser ihm danach lobend bestätigte (es war der Abt selber, und Max ahnte wohl zu Recht, daß sein Lehrer ihn vor seinem Oberen hatte vorführen wollen), zur Zufriedenheit wohl auch der Gemeinde. Max hörte, als er eben die Treppe heruntergestiegen war und sich durch die vor der Kirche stehenden Meßbesucher drängte, wie einer, den er zuvor auf der Orgelempore hatte stehen sehen und der jetzt mit irgendwelchen Bekannten plauderte, halblaut zu diesen sagte: »Der Bub dort hat heute die Orgel gespielt!« und mit dem Kopf zu ihm hinwies. Mit roten Ohren machte Max sich davon, nicht ohne freudige Genugtuung über die bewundernden Blicke der Kirchgänger, aber auch peinlich berührt davon, daß sie von ihm sprachen und ihm neugierig nachschauten. Dabei hatte er sich heute streng an seine Noten gehalten. Es war ja auch niemand dagewesen, dem er hätte so selbstvergessen in die Augen schauen können. Doch was heißt hier *keiner*? Es hätten schon Lenas Augen sein müssen, dachte er und fragte sich zum ersten Mal mit vollem Bewußtsein, was ihm dieses Mädchen eigentlich bedeutete, das ihm beim Orgelspielen so hingegeben in die Augen geschaut hatte, um ihm wenig später mit sachlichem Ernst das Pikieren von Gartenpflanzen beizubringen.

Es ist jetzt ein Stadium dieser Geschichte erreicht, in dem der Zeitablauf etwas stärker gerafft werden muß, sonst bleibe ich allzu lange in der Kindheit dieses angehenden Zauberers hängen. Es geschieht ja auch nicht viel Neues in den folgenden vier Jahren. Max lebt bei seiner Mutter in der kleinen Stadt, durchläuft ohne nennenswerte Schwierigkeiten die Klassen des Klostergymnasiums, wenn er auch eher ein Außenseiter bleibt, der nur zu Leo eine nähere Freundschaft pflegt.

Irgendwann in dieser Zeit bricht seine ohnehin nicht allzu strahlende Sopranstimme, und nach einer halbjährigen Pause des Krächzens wechselt er in die baritonale Lage, die es ihm möglich macht, ja nach Bedarf im Baß oder auch einen nicht in allzu große Höhen strebenden Tenor mitzusingen. Auch in der Kunst des Orgelspiels macht er weitere Fortschritte, wobei er auch ohne Zuhilfenahme von Lenas Blicken zu improvisieren lernt, doch pflegt er sich dabei deren dunkle Tiefe vorzustellen, seit er gemerkt hat, daß ihm auf diese Weise bessere Einfälle kommen.

Zudem hat er auch hinreichend Gelegenheit, den Blick in diese Auge immer wieder aufzufrischen; denn seine Besuche auf dem Hof von Leos Eltern (oder denkt er jetzt schon an sie als Lenas Eltern?) finden so regelmäßig statt, daß er dort fast schon zur Familie gezählt wird. Die Trudl trifft er bei solchen Anlässen nur selten; es scheint ihm beinahe, daß sie ihm aus dem Weg geht, aber das liegt wohl vor allem daran, daß er fast stets mit den beiden Geschwistern unterwegs ist. Von einer Begegnung mit ihr muß allerdings noch erzählt werden, zumal er dabei noch einmal in die Türkenzeit gerät.

Sind Türken in den achtziger Jahren des siebzehnten Jahrhunderts überhaupt bis ins hintere Waldviertel vorgestoßen? Das frage ich mich inzwischen, wenn ich im vorangegangenen Text von Maxens Träumen oder Rückflügen in diese Zeit lese. Eine solche Behauptung wird sich ja wohl kaum historisch nachweisen lassen, aber ich stelle mir vor, daß ein türkischer Reitertrupp mit einem waghalsigen Anführer tatsächlich nördlich an Wien vorbei in diese Gegend gelangt sein könnte, um die Fahne Mohammeds so tief wie möglich in dieses Land hineinzutragen. Man wird ja sehen, wie das ausgegangen sein mag.

An jenem Frühsommertag, an dem die Geschichte sich abspielte, die ich in diesem Zusammenhang noch erzählen will, feierte Max seinen sechzehnten Geburtstag. Er hätte seine Mutter an diesem Tag nicht allein lassen wollen, deshalb hatten Leos Eltern sie zusammen mit Max übers Wochenende eingeladen. Zunächst hatte sie abwehrend die Hände gehoben, als Leo ihr die Einladung überbrachte. »Was soll ich dort hinter den vielen düsteren Wäldern?« hatte sie gesagt. Aber Max hatte ihr zugeredet und nicht zum ersten Mal von dem Dorf erzählt, das dort hinter den Wäldern zwischen grünen Wiesen und steinigen Äckern unter der Sonne lag, von der Freundlichkeit der Menschen auf dem Bauernhof und von der alten Burg auf dem Hügel über dem Dorf.

»Das klingt ja richtig romantisch, wie du das beschreibst«, hatte sie schließlich gesagt. »Also gut: Ich fahre mit.«

Während sie dann mit dem Bus auf schmalen Straßen durch

immer dunklere Wälder fuhren, konnte man ihr anmerken, wie bedrückt sie sich fühlte in solcher Düsternis. Erst als die Bäume endlich zurücktraten und der Blick sich öffnete auf das nur in angemessener Entfernung von Wäldern umgebene Bauernland mit dem Dorf inmitten, atmete sie auf und begann sich jetzt auf dieses Wochenende zu freuen.

Daß es nach dem herzlichen Empfang durch Leos Familie erst einmal Kaffee und Kuchen gab, versteht sich, doch von solchen Alltäglichkeiten soll nicht weiter die Rede sein. Leo mußte danach mit seinem Vater auf dem Traktor mit Anhänger hinausfahren, um von einer weiter entfernten Wiese das schon getrocknete Heu einzubringen. Leos Mutter wollte der fremden Dame den Hof zeigen und dabei ein bißchen mit ihr schwätzen, und so kam es, daß unversehens nur noch Max und Lena in der Stube saßen.

»Alle sind beschäftigt«, sagte sie. »Und was tun wir jetzt?«

Da fragte Max sie, ob sie Lust hätte, mit ihm hinauf zur alten Burg zu gehen. »Ich war lange nicht dort oben«, sagte er und dachte dabei nicht nur an das zerfallene Gemäuer, sondern auch an den Rüttelfalken über dem Turm und die alte Trudl.

Wenig später gingen sie schon jenseits der Dorfhäuser nebeneinander den Feldweg entlang, der zum Burghügel und dann weiter in die Wälder hinter dem offenen Land führte. Max empfand diese Situation als unvertraut. Bisher waren sie bei ihren Unternehmungen stets zu dritt gewesen, wenn Lena überhaupt dabei war, und ihr Vorhaben hatte jeweils bestimmt, worüber sie miteinander sprachen. Er merkte, daß Lena ihn hie und da von der Seite anblickte. Warum schaut sie mich so an, dachte er. Er war mittlerweile zu der Größe herangewachsen, in der er für sein weiteres Leben bleiben würde, schlank, eher feingliedrig und allenfalls mittelgroß. Zum ersten Mal wurde ihm voll bewußt, daß auch Lena zu ihrer eigenen Größe herangewachsen war. Da er sie oft genug gesehen hatte während der vergangenen Jahre, war ihm das bisher nicht weiter aufgefallen. Doch jetzt erschien sie ihm plötzlich nicht mehr als das Mädchen, das an vielen Wochenenden mit ihm und Leo mehr oder minder wilde Spiele getrieben hatte oder mit ihnen durch die Wälder gestreift war, um

Beeren oder Pilze zu suchen oder auf den gewaltigen Granitblöcken herumzuklettern, die an manchen Stellen wie vergessenes Riesenspielzeug in den Wäldern oder am Rand der Wiesen lagen. Oder nahe der Orgel gesessen war, wenn er spielte, und ihm in die Augen geschaut hatte. Auch das. Aber jetzt war es unversehens anders. Auch jetzt, als sie nahe, wie sie war, zu ihm herüberschaute, trafen sich ihre Blicke, doch er hatte keine Tastatur unter den Händen, um die Empfindungen auszudrücken, die sein Herz rascher schlagen ließen.

»Was schaust du so?« fragte sie.

Es dauerte eine Weile, bis er sagte: »Du bist schön.«

Da wandte sie die Augen ab, und er sah, wie ihr die Röte über den Hals in die Wangen stieg. »Warum sagst du das?« fragte sie, als sie ein Dutzend Schritte weitergegangen waren.

»Weil ich es eben erst entdeckt habe«, sagte er.

Da lachte sie und sagte: »Als ob du mich noch nie angeschaut hättest.«

»Bisher war das anders«, sagte er.

Jetzt schaute sie ihm wieder ins Gesicht. »Auch wenn du Orgel gespielt hast?« fragte sie. Das klang so bestimmt, als wolle sie genau wissen, was er dabei empfunden hatte.

Eine Zeitlang mußte er nachdenken, um Wörter dafür zu finden. Dann sagte er stockend und immer wieder neu ansetzend: »Das war wirklich anders. Damals habe ich immer nur deine Augen gesehen. Manchmal sogar dann, wenn du gar nicht dabei warst. Aber jetzt sehe ich dich ganz. Auch dein Gesicht, deinen Mund und deine Lippen. Deine ein wenig gebogene Nase. Dein dunkelbraunes Haar, das unter der Sonne golden flimmert. Und auch deinen Körper. Bisher bist du immer nur gerannt oder hast irgendwas getan. Aber jetzt sehe ich dich zum ersten Mal ruhig neben mir gehen.« Das alles kam nur langsam und in großen Abständen über seine Lippen, als würde es ihm während des Gehens erst Schritt für Schritt bewußt.

Inzwischen stiegen sie schon den Pfad hinauf, der schräg zur Burg führte. Hier konnten sie nicht mehr nebeneinander bleiben. Max war einen Schritt zurückgeblieben und ließ Lena vor sich den Wiesenhang hinaufsteigen, immer ihre Gestalt im Blick, ihre kräftig ausschreitenden Beine, deren Bewegung sich bis in ihre Hüften fortsetzte; trotz der Steigung ging sie rasch, als sei sie unterwegs zu einem Ziel, das sie bald erreichen wollte.

Oben dann, unterhalb der Mauer des Turms, blieb Lena stehen, wandte sich zu Max um und sagte: »Hier warst du schon oft, manchmal mit Leo, manchmal auch allein. Was habt ihr hier gemacht?«

»Ach«, sagte Max, »meistens nichts Besonderes. Ich hab versucht mir vorzustellen, wie die Burg ausgesehen haben mag, als sie noch nicht zerstört war. Wir haben in den Mauerresten herumgestöbert ...« Er hatte die Hand in die Tasche gesteckt und spürte an seinen Fingerspitzen die glatte Kante der Falkenfibel. Da zog er sie hervor, zeigte sie Lena und sagte: »Schau, das hab ich dabei gefunden.«

Sie blickte auf den bronzenen Vogel und sagte: »Das stellt einen Falken dar. Ob das alt ist?«

»Ich glaube schon«, sagte Max. »Hier über dem Turm steht übrigens oft ein Rüttelfalke.«

»Vielleicht gibt's hier Mäuse«, sagte Lena.

»Mäuse?« Das wäre Max nicht eingefallen. »Ich weiß nicht ...«, sagte er. »Ich finde, dieser Falke gehört irgendwie zu diesem Turm.« Er blickte hinauf zu den teils schon ausgebrochenen Zinnen. »Schau doch!« sagte er. »Da ist er schon wieder!«

Er sah den Falken rüttelnd stehen und unter ihm die verkohlten Dachsparren des Turms, wo eben noch die zerbröckelnden Zinnen der letzten aufrecht stehenden Mauer in den blaßblauen Himmel geragt hatten. Das Mauerwerk des Turms war jetzt intakt und nicht völlig ausgebrannt wie die anderen Gebäude, an denen sich über jeder Fensterluke rußige Streifen nach oben über die Bruchsteine zogen. Auch die Burgmauer stand noch in voller Höhe, doch waren auch hier die Dächer über dem Wehrgang teilweise eingestürzt oder verbrannt. Und er selbst stand allein am Fuß des Turms, noch immer die Falkenfibel in der Hand. Dann hörte er, wie sich von der abgewandten Seite des Turmes her Stimmen näherten, Männer, die in einer fremden und ihm doch vertraut klingenden Sprache miteinander redeten, und als sie näher kamen, konnte er die Wörter verstehen, denn sie sprachen Türkisch.

Im nächsten Augenblick kamen sie schon um die Ecke des Turms und blieben, als sie ihn sahen, sofort stehen. Den einen, etwas aufwendiger gekleideten, erkannte Max wieder als jenen Bassa, der die Trudl verfolgt hatte. Er musterte Max, den er wohl in den abgetragenen Jeans und dem karierten Hemd für einen Bauernburschen hielt, und sagte zu dem anderen: »Was macht der Kerl hier? Ich habe doch befohlen, die Bauern aus dem Dorf von der Burg fernzuhalten!«

Ehe der andere, der schon die Hand am Säbelgriff hatte, antworten konnte, besann Max sich seiner Kenntnisse dieser Sprache und sagte: »Ich bin kein Bauernbursche aus dem Dorf.«

Verblüfft starrten ihn die beiden an. Dann faßte sich der Bassa und sagte: »Wer bist du dann? Du sprichst wie einer aus der Gegend von Smyrna, und doch bist du keiner von uns.«

Da mischte sich der andere ein und sagte: »Wahrscheinlich ist er ein Spion« und wollte schon wieder seinen Säbel ziehen. Der Bassa jedoch packte ihn am Arm und sagte: »Laß das Ding stecken! Erst will ich genau wissen, wen wir hier aufgegabelt haben. Aber laß ihn nicht entwischen!« und zu Max sagte er: »Komm mit zu meinem Zelt! Dort will ich in Ruhe mit dir sprechen. Bleib neben mir und hüte dich vor Selims Säbel!«

Sie gingen zurück um die Ecke des Turms, Selim immer hinter ihnen, traten durch das Tor, dessen Flügel nach der Zerstörung notdürftig zusammengeflickt worden waren, in den Burghof, wo vor den geschwärzten Mauern der Wohngebäude ein großes Zelt aufgeschlagen worden war. Selim blieb draußen vor dem Zelt, als sie eintraten. Der Boden war mit einem abgetretenen Teppich bedeckt, auf dem ein paar Sitzkissen lagen; weiter hinten im Halbdunkel standen ein paar Säcke und Kisten, zwischen denen ein junger Bediensteter herumhantierte. Der Bassa wies Max ein Kissen an und setzte sich ihm gegenüber. »Ich weiß zwar nicht, wer du bist«, sagte er, »aber mein Gefühl zwingt mich, Vertrauen zu dir zu haben. Sei also mein Gast! Meine Name ist Hussam, und ich befehlige diesen Haufen von Soldaten dort draußen. Wie soll ich dich nennen?«

Max entsann sich seines Aufenthaltes bei der Sultanin und sagte: »Massim.«

»Friede sei mit dir, Massim«, sagte Bassa Hussam und befahl dem Jungen, Kaffee zuzubereiten.

Bis der Kaffee fertig war, saßen sie zumeist schweigend einander gegenüber, und Max konnte seinen Gastgeber in Ruhe betrachten, das schmale, von scharfen Falten durchzogene Gesicht des Mannes, das von Entbehrungen wie von Leidenschaftlichkeit gezeichnet war, die unruhigen, schmalgliedrigen Hände, die er nicht stillhalten konnte, sondern ständig beschäftigte, einmal auf den Dolch an seinem Gürtel legte und dann wieder mit den Fingern an den Quasten des Sitzkissens herumdröselte. Max kannte die Sitten der Türken und stellte keine Fragen, sprach auch sonst nichts von Belang, und auch Hussam schwieg, bis der Junge zwischen sie trat und aus der ziselierten Messingkanne den dampfenden Kaffee in schmale Schälchen goß und ihnen zureichte.

»Du kannst jetzt gehen«, sagte Hussam zu ihm. »Ich werde selbst nachgießen.« Dann tranken sie bedächtig in kleinen Schlucken das heiße, gewürzte Getränk und jeweils nach Hussams Aufforderung auch noch ein zweites und ein drittes Schälchen. Max lobte zwischendurch das Aroma des Kaffees, und Hussam sprach ein wenig über die verschiedenen Zubereitungsarten. Er selbst möge ihn am liebsten mit ein bißchen Kardamom gewürzt, sagte er. Als er auch noch ein viertes Schälchen anbot, hob Max dankend die Hand.

»Du weißt, was sich gehört«, sagte Hussam lächelnd. »Wo hast du unsere Sprache gelernt und, wie ich sehe, auch unsere Gebräuche? Warst du wirklich in Smyrna?«

»Ja«, sagte Max. »Ein ganzes Jahr. Ich habe bei einer Verwandten gewohnt. Man nennt sie dort die Sultanin.«

Als er diesen Namen hörte, wurde Hussam bleich bis in die Lippen hinein. »Die Sultanin«, sagte er leise nach einer Weile des Schweigens. »Du kennst die Sultanin. Bist sogar verwandt mit ihr. Weißt du, daß sie eine Zauberin ist?«

»Sie ist die Tochter einer Fee«, sagte Max. »Das hat sie mir selbst erzählt.«

»Zauberin oder Fee«, sagte Hussam. »Für mich ist eines so schlimm wie das andere. Ich war Aufseher der Diener in ihrem Haus und weiß, wie sie ist.«

Max überschlug in Gedanken, wie alt sie jetzt sein mochte, und kam zu dem Ergebnis, daß die Zeit des Türkenkriegs, in die er hier geraten war, etwa fünfzig Jahre nach seinem Besuch in Smyrna liegen mochte. »Also lebt sie wohl noch?« fragte er. »Sie muß jetzt schon sehr alt sein.«

»Niemand weiß, wie alt sie ist«, sagte Hussam. »Man sieht es ihr nicht an. Und ich fange jetzt an zu begreifen, daß sie es war, die meinen Weg zu dir gelenkt haben muß, obwohl sie mich verflucht hat.«

»Warum hat sie das getan?« fragte Max und konnte sich nicht vorstellen, wie seine Sultanin dergleichen hatte tun können.

»Das ist eine lange Geschichte«, sagte Hussam. »Wenn du Ohren dafür hast, will ich sie dir erzählen. Ich nenne sie

Der Fluch der Sultanin

Wie ich dir schon gesagt habe, war mir die Aufsicht über die Diener anvertraut, die das Haus der Sultanin sauber und in Ordnung zu halten hatten. Als frommer Muslim besuchte ich regelmäßig die Gebetsstunden in der Hisar-Moschee, die in der Nähe des Basars steht. Ich ging gern dorthin, denn es lehrte dort ein freundlicher Geistlicher, der die heiligen Texte auf eine Weise darbot, die jedem Zuhörer die Liebe Allahs zu seinen Geschöpfen ans Herz legte.

Als dann dieser Prediger starb – er war schon sehr alt gewesen –, übernahm ein junger Molla sein Amt, den bisher keiner der Gläubigen gekannt hatte. Seine Ansprachen waren von völlig anderer Art. Er hatte den Koran und auch die Schriften seiner Ausleger und der Gesetzeslehrer sehr gründlich studiert und stellte den Zuhörern in messerscharfen Gedankengängen vor, was Allah von den Menschen fordere. Zunächst war ich überrascht über die Andersartigkeit der Meinung dieses Molla, aber vieles leuchtete mir ein; denn dieser Mann, der so viel gelehrter war als ich selbst, schien sehr genau darüber Bescheid zu wissen, wie ich mir Allah vorzustellen hatte bis hinein in seine vielen Eigenschaften, die aufzuzählen er nicht müde wurde, und auch darüber, was ich im einzelnen zu tun hatte, um sein Wohlgefallen zu erlangen. Und das alles konnte er Buchstabe für Buchstabe belegen.

Wenn ich ihm zuhörte, hatte ich das Gefühl, endlich festen Boden unter meinen Füßen zu spüren auf meinem muslimischen Weg, und so ging es auch vielen anderen, mit denen ich nach der Gebetsstunde ins Gespräch kam.

Nun lebte in den Gewölben der Moschee ein uralter Derwisch, der Vater Abdal genannt wurde. Auch dieser Derwisch nahm trotz seiner Gebrechlichkeit an den Gebetsstunden teil. Er hörte sehr genau zu, wenn der Molla sprach, und mir und auch anderen fiel auf, daß er immer häufiger den Kopf schüttelte, als sei er nicht einverstanden mit der Predigt des Molla. Das ging so eine Zeitlang, bis eines Tages der Derwisch den Molla vor allen Leuten in der Moschee ansprach. Ich war damals dabei und wunderte mich, wie frisch die helle Stimme dieses alten Mannes klang. »Wieso«, sagte er unter anderem, »wieso kannst du mit solcher Sicherheit über Allah reden? Bist du ohne jede Ehrfurcht? Hast neben all deinen klugen Büchern nie den Spruch des Mystikers Husain ibn Mansur al-Halladsch gelesen, der gesagt hat: ›Wer Ihn kennt, beschreibt Ihn nicht, und wer Ihn beschreibt, kennt Ihn nicht‹?«

Der Molla blickte den Derwisch erbost an und sagte: »Willst du damit behaupten, ich wisse nicht, wovon ich rede?«

»Gewissermaßen schon«, sagte der Derwisch. »Woher willst du denn all das erfahren haben, was du hier über die Eigenschaften Allahs und seine Gesetze behauptest?«

»Von meinem Verstand«, sagte der Molla, »meinem Verstand, den mir Allah gegeben hat und mit dessen Hilfe ich seine Wirklichkeit erfassen kann.«

»Ach«, sagte der Derwisch verwundert, »kannst du das? Mit deinem armseligen menschlichen Hirn willst du die Wirklichkeit Allahs erfassen, die so unendlich viel größer ist als alles, was du dir vorzustellen imstande bist? Hat der eben schon genannte

Halladsch nicht recht, wenn er sagt: ›Hüte dein Herz davor, an Ihn zu denken, und deine Zunge, Seiner zu gedenken, doch benutze die beiden dazu, Ihm immer zu danken. Denn über Sein Wesen nachzudenken und sich Seine Attribute vorzustellen und Ihn mit Worten zu bestätigen, gehört zu den gewaltigsten Sünden und zum höchsten Hochmut.‹«

»Du meinst also, ich sei mit solch gewaltigen Sünden behaftet?« fragte der Molla.

»Das hast du gesagt«, erwiderte Vater Abdal.

»Aber du hast es so gemeint«, sagte der Molla. »Doch ich sage dir, daß es mich nicht stört, wenn ich von dir mit den Worten eines Ketzers beschuldigt werde, eines Ketzers, den man wegen solcher Sätze hingerichtet hat. Ich bin es, der sich an die Religionsgesetze hält.«

»Das mag schon sein«, antwortete ihm Vater Abdal, »aber wurden diese Gesetze nicht von Menschen formuliert, die Allah aus Angst vor seiner Unendlichkeit in den Käfig solcher Gesetze einsperren wollen? Derselbe Halladsch, auf dessen Worte du nicht hören willst, obwohl er sie mit seinem Blut beglaubigt hat, sagt auch noch: ›Das Äußere der Religionsgesetze ist verborgener Unglaube.‹« Viele murrten, als sie hörten, was der alte Derwisch dem jungen Molla vorwarf, und auch in mir wuchs der Zorn über diesen eigensinnigen alten Mann, der mit jedem Satz die faßbaren Vorstellungen zu zerstören versuchte, die ich mir nach den Auslegungen des Molla gemacht hatte. Der Molla jedoch, der dem Alten bisher aus dem Sitzen geantwortet hatte, sprang auf und schrie: »Du bist nicht besser als all diese Phantasten und sogenannten Mystiker, die man wegen ihrer Irrlehren geköpft, gehängt, erschlagen oder gesteinigt hat!«

Da ich nahe bei dem Derwisch stand, hörte ich noch, wie er leise sagte: »Damit hast du recht: Ich bin nicht besser als sie, sondern erst auf dem Weg …« Der Rest seiner Worte ging unter im Geschrei der Menge, und auch ich wurde fortgerissen von diesem Geschrei, auch ich fing an zu schreien: »Steinigt ihn! Werft ihn hinaus aus der Moschee und steinigt ihn!«

Der Alte wurde gepackt, und da er selbst kaum noch gehen konnte, trug man ihn hinaus ins Freie, und auch ich hatte sein mürbes Gewand an einem Zipfel gepackt und trug ihn mit hinaus zu seiner Hinrichtung, warf ihn zusammen mit den anderen, die ihn trugen, auf die Straße und suchte mir Steine, um den zu töten, der mir meine Sicherheit hatte rauben wollen, in der ich mein Leben eingerichtet hatte. Es bedurfte nur einiger weniger Steine, um sein Leben auszulöschen, doch auch von mir waren Steine dabei. Und während ich warf, sah ich sein lächelndes Gesicht, und keinem Stein gelang es, dieses Lächeln zu zerstören, obwohl ich mir reichlich Mühe gab; denn dieses Lächeln war die unerbittlichste Widerlegung der Worte des Molla.

Ich war aufgewühlt wie noch nie zuvor, als ich von der Moschee nach Hause ging, und ich fühlte mich im Recht, so als hätte ich einen der schlimmsten Teufel aus der Welt gejagt. Die Sultanin sah es mir sofort an, daß etwas Außergewöhnliches geschehen sein mußte, und fragte mich danach. Da erzählte ich ihr, was sich in der Moschee und zum Schluß auf ihrem Vorplatz zugetragen hatte, in aller Ausführlichkeit, und während ich sprach, sah ich, wie das aufsteigende Entsetzen ihr Gesicht auf furchtbare Weise veränderte. »Was habt ihr getan!« rief sie. »Ihr habt einem Schwätzer zuliebe einen Heiligen Allahs umgebracht! Ich habe immer geglaubt, du seist ein Mensch, der seine Taten bedenkt. Nun aber jage ich dich aus meinem Haus und schicke dir meinen Fluch mit auf den Weg: Du sollst keine Ruhe finden auf den Straßen der Welt, bis dir ein Fremder meinen wahren Namen sagt. Wenn das geschehen sollte, dann wirst du begriffen haben, was du heute getan hast.«

Da packte ich meine wenigen Sachen samt dem Wochenlohn, den sie mir noch zuwarf, verließ das Haus und war auch noch froh, einer solchen Herrin entlaufen zu sein. Ich war schon zu lange in ihrem Dienst gewesen, um nicht zu erfahren oder gar erlebt zu haben, daß sie mehr konnte als Zwiebelschneiden und gescheit daherreden. So hatte beispielsweise eine junge ziemlich törichte Magd beim Saubermachen der Zimmer eine Perlenkette mitgehen heißen, die sie auf der Frisierkommode der Sultanin gefunden hatte, und war auch noch leichtfertig genug, sie gleich anzuprobieren mit dem Erfolg, daß die Kette Perle für Perle wie festgeleimt auf ihrer Haut kleben blieb und sich auf keine Weise mehr entfernen ließ, obendrein juckte sie auch noch wie ein übler Hautausschlag, und das blieb so, bis diese Diebin die Herrin kniefällig bat, sie davon zu befreien. Eine uralte Dienerin, die im Haus das Gnadenbrot verzehrt, behauptete sogar, sie habe in jungen Jahren mit eigenen Augen gesehen, wie die Sultanin am offenen Fenster stand, sich unversehens in eine Möwe verwandelte und über das Meer davonflog.

Wie dem auch immer sein mag, ich sagte mir: Die Sultanin ist eine Fee, eine Zauberin, und bei solchen Künsten hat der Teufel immer seine Hand im Spiel. Soll ich mich von einer solchen Hexe in Glaubenssachen belehren lassen? Kein Wunder, daß sie einem Derwisch die Stange hält, der solch krause Gedanken öffentlich von sich gibt. Mit einem Wort: Mit mir selbst zufrieden zog ich davon und suchte mir eine neue Anstellung. Die fand ich auch bald bei einem Kaufmann, der mit Stoffen handelte. Ich half ihm, die Ballen vom Lager zum Basar zu schleppen, machte sein Gewölbe sauber, in dem er sie zum Verkauf auslegte, und hielt mich bereit, Kaffee zu kochen, wenn mein Herr danach verlangte oder wichtige Kunden kamen, um mit ihm zu handeln.

Nun ist es ja so, daß Käufer und Verkäufer, wenn sie sich zum Kaffee gesetzt haben, nach guter Sitte zunächst eine Zeitlang miteinander über Gott und die Welt reden, ehe sie schließlich – frühestens nach der dritten Tasse – zum Geschäft kommen, und in den Tagen nach der Steinigung das Derwischs war natürlich in allererster Linie von diesem Ereignis die Rede. Da ich mich stets für die Wünsche meines Herrn in der Nähe bereit halten mußte, wurde ich zum Zeugen all dieser Gespräche. Es gab viele, die der Meinung waren, dem alten Derwisch sei recht geschehen, und ich hörte mit Zufriedenheit, daß mein Herr ihnen mit voller Stimme beipflichtete. Aber es gab auch solche, die, sobald die Rede auf dieses Ereignis kam, bedenklich den Kopf wiegten, sich vorsichtig umschauten, ob wohl kein Unbekannter zuhörte, und dann nicht allzu laut die Frage stellten, ob man diesen harmlosen alten Mann wegen solcher Redereien gleich hätte erschlagen müssen. Auch mein Herr hob dann die Hände, wiegte gleichfalls bedenklich den Kopf und fragte den Kunden, ob das wirklich nötig gewesen sei. Auf solche Weise lernte ich zumindest, daß es offenbar für einen Verkäufer tunlich ist, mit den Fluchenden zu verfluchen und mit den Fragenden zu fragen.

Eines Tages jedoch kam ein der Kleidung nach zu schließen durchaus vermögender Mann, der es nicht bei solch allgemeinen Erörterungen beließ, sondern bis ins einzelne auf die Worte des Derwischs einging, die er selbst aus seinem Munde gehört hatte. »Offenbar hat damals, als das geschah«, sagte er, »niemand von den Zuhörern über diese Aussprüche genauer nachgedacht, und der Molla am allerwenigsten; denn der hielt sich allein an seine auswendig gelernten Gesetzestexte. Hat dieser vom Derwisch zitierte Mystiker Halladsch nicht recht, wenn er über Allah sagt: ›Wer Ihn kennt, beschreibt Ihn nicht, und wer Ihn beschreibt, kennt Ihn nicht?‹ Ist es nicht so, daß wir mit unserem beschränkten Verstand nicht fähig sind, die unendliche Größe und Vielfalt Allahs zu erfassen? Wer also behauptet, er sei imstande, Ihn zu beschreiben, der hat keine Ahnung von Ihm oder lügt mit Absicht.« Und so erklärte er alle Sätze, die der Derwisch dem Molla entgegengehalten hatte.

Mein Herr hörte sich das schweigend und noch immer den Kopf wiegend an, und als der Kunde zu Ende gesprochen hatte, fragte er ihn: »Wenn du das alles so gut weißt – und ich glaube, daß du recht hast mit deiner Meinung –, warum hast du dann nicht die Partei von Vater Abdal genommen, ihn verteidigt oder gar versucht, seine Steinigung zu verhindern?«

Da schwieg der Besucher lange Zeit und blickte zu Boden. Als er dann schließlich den Kopf hob, konnte ich sehen, daß ihm die Tränen in den Bart rannen. Und dann sagte er leise: »Ich hatte Angst. Sollte auch ich mich steinigen lassen?«

Bis zu diesem Tage waren in meiner Erinnerung die Bilder dieser Steinigung immer wieder aufgetaucht, zuletzt stets das lächelnde Gesicht des alten Mannes, als ihn der erste Stein traf und ihm das Blut von der Stirn herab in den Mundwinkel rann. Seit ich jedoch den Besucher meines Herrn hatte weinen sehen und gehört hatte, wie er die Aussprüche des Derwischs deutete, verließen mich die

Bilder dieser Tat überhaupt nicht mehr, und ich grübelte in meinen schlaflosen Nächten über den Sätzen des Mystikers Halladsch, die ich nicht verstehen wollte, weil sie mich ins Unrecht setzen würden; diese Sätze steckten mir wie Pfeile im Fleisch und zwangen mich, den Schmerzen nachzugehen, die sie mir verursachten. Allmählich begann ich den Fluch der Sultanin zu begreifen, ich solle keine Ruhe mehr finden nach meiner Teilnahme an der Steinigung. Bald hielt ich es nicht mehr aus bei meinem Herrn, dessen Kunden nicht müde wurden, dieses Ereignis zu diskutieren und, wie mir schien, auf eine Weise, die in zunehmendem Maße den Argumenten des Derwischs zuneigte, wenn es auch nach wie vor genug Leute gab, die seine Sätze verurteilten. Aber ich wollte von alledem nichts mehr hören und bat meinen Herrn, mich gehen zu lassen.

Da er mit meiner Arbeit zufrieden gewesen war, redete er mir zu, doch bei ihm zu bleiben, und als er merkte, daß alles nichts half, zahlte er mir um einiges mehr aus, als ich noch zu bekommen hatte, und wünschte mir Allahs Segen.

Davon bekam ich zunächst nicht viel zu spüren. Zwar hatte ich Zeit genug, mir eine neue Beschäftigung zu suchen, doch ich tat dies nur mit halbem Herzen, war unruhig und ziellos, für kein Angebot konnte ich mich entschließen. Ich trieb mich in Kaffeestuben und später in üblen Unterkünften herum, versuchte, meine Unrast in Hurenhäusern zu vergessen oder mit Haschisch zu betäuben, doch nichts half mir gegen den Fluch der Sultanin.

Als ich dann auf der Straße lag ohne einen Piaster in der Tasche, sah ich, wie ein Bevollmächtigter der Hohen Pforte Soldaten anwerben ließ. Allein schon, um die Sorge um mein tägliches Essen loszuwerden, nahm ich das Handgeld und war danach zufrieden mit der unsäglich harten Ausbildung die mich am Abend wie einen Toten ins Stroh fallen ließ, aus dem ich schon im Morgengrauen wieder aufgescheucht wurde. Ich wurde vertraut mit allen Arten des Kampfes mit Säbel oder Pistole, lernte ein Pferd beherrschen bis zur Akrobatik des perfekten Lanzenkämpfers, doch es verging dabei kein Tag, an dem nicht das Bild des gesteinigten Derwischs vor meinen Augen auftauchte, und ich versuchte es zu vertreiben, indem ich noch wütender trainierte und in den Scheingefechten oft nahe daran war, meinen Gegner ernsthaft zu verletzen.

Nachdem dann meine Ausbildung abgeschlossen war, setzten wir über den Bosporus und zogen immer weiter nach Westen. Bald stießen wir auf Widerstand, und ich war, wenn es zum Kampf kam, stets allen voraus; denn mein Leben galt mir nichts mehr. So kam es dazu, daß ich wegen meiner vermeintlichen Kühnheit bald befördert wurde und Auszeichnungen erhielt, bis man mich zum Kommandanten einer Reitertruppe ernannte, deren Aufgabe es war, möglichst weit ins Hinterland des Feindes vorzustoßen und die Bevölkerung in Angst und Schrecken zu versetzen. Mit jedem Gegner, den ich erschlug oder erstach, wollte ich den sterbenden Derwisch endgültig vernichten, doch gelang mir das nie.

Dann geschah etwas Merkwürdiges, als ich mit meinen Reitern eben diese Burg hier erobert hatte. Viel Mühe hatten wir dabei nicht aufwenden müssen; denn es waren nur wenige Männer zur Verteidigung auf den Mauern; die besten hatte man wohl zum Kampf gegen unser Hauptheer abgezogen. Als dann kein Widerstand mehr geleistet wurde und wir die Burg schon besetzt, aber noch nicht erkundet hatten, ob sich noch jemand im Turm befand, huschte, ohne daß ich gesehen hätte, woher er gekommen war, ein alter, zusammengekrümmter Mensch vor mir her, der einen wollenen Umhang, wie ihn die Derwische tragen, sich über den Kopf geworfen hatte. Dieser Anblick ließ mich alles vergessen, was um mich her geschah. Ich packte den Verhüllten von hinten, riß ihn zu mir herum und blickte in das uralte, zerfurchte Gesicht, das mich seit dem Fluch der Sultanin Tag für Tag verfolgt hatte. Da kam eine unbändige Wut über mich auf diesen Menschen, der, wie ich meinte, mein Leben von Grund auf zerstört hatte, ich riß meinen Dolch aus der Scheide und wollte den Alten nun endlich ein für allemal aus der Welt schaffen. Doch in diesem Augenblick flatterte mir ein Falke vor die Augen und schlug mir seine Fänge ins Gesicht. Hier kannst du die blutigen Kratzer noch sehen. Und als ich die Hände hob, um den Vogel zu vertreiben, glitt der Überwurf völlig vom Gesicht des Alten, und ich erkannte, daß es eine alte Frau war, die ich für den Derwisch gehalten hatte. Sie schaute mir mit ihren dunklen Augen ruhig ins Gesicht, und in diesem lautlos dröhnenden Augenblick war mir, als erwache ich aus einem endlosen, furchtbaren Traum von Mord, Blut, Qual und all den Toten, die ich auf diesem Feldzug erschlagen oder um mich hatte liegen sehen und jetzt im Aufwachen noch immer liegen sah, und mir graute vor meiner Hand, die sich an diesen Morden beteiligt hatte. Die alte Frau aber schien zu wissen, was in mir vorging, redete mich in meiner Sprache an und sagte: »Es ist Zeit, daß du aufhörst, so besinnungslos um dich zu schlagen. Du triffst dabei stets auch dich selbst.« Dann lächelte sie plötzlich und setzte hinzu: »Allah schickt dir eine Rose.« Dann wandte sie sich um und war gleich darauf im Schatten der Mauer nicht mehr zu erkennen.

Ich stand, ich weiß nicht wie lange bewegungslos in dem Getriebe der Soldaten und bedachte die Worte der Alten. Wenn bei uns zu einem gesagt wird, »Allah schickt dir eine Rose«, dann bedeutet das, Allah hat ihm eine große Schuld vergeben. Als ich das begriffen hatte, sah ich dann wieder die Erschlagenen im Hof liegen und hörte das Gebrüll meiner Männer, die sich eben anschickten, in den Turm einzudringen. Da wußte ich, daß ich hier und jetzt ein Ende machen mußte mit dem Morden und befahl den Soldaten, den Turm zu verlassen und auch sonst keinen Menschen mehr zu bedrängen, der noch am Leben geblieben war.

Als endlich Ruhe eingekehrt war, stieg ich allein in den Turm hinauf und traf oben die Herrin der Burg an, eine schon grauhaarige, aber noch rüstige Frau, die einen gezückten Degen in der Faust hielt, bereit, sich und ihre Tochter, die neben ihr stand, bis aufs Letzte zu verteidigen. Ich fand keine Worte, mit denen ich all diesen Mord und Totschlag hätte entschuldigen können, und solche Worte gab es wohl auch nicht. So teilte ich den beiden Frauen nur mit, daß sie um ihrer Sicherheit willen in diesem Turmzimmer bleiben sollten, bis unsere Verwundeten so weit versorgt waren, daß wir abreiten konnten.

***

Damit beendete der Bassa seine Geschichte. Er schwieg eine Zeitlang und blickte vor sich hin auf den zerschlissenen Teppich. Dann hob er den Kopf und sagte: »Eine Frage habe ich noch an dich: Kennst du den wahren Name der Sultanin?«

»Ja«, sagte Max. »Sie heißt Gül.«

Husam blickte ihn überrascht an, als könne er es nicht glauben. »Gül?« fragte er. »Ihr Name lautet wirklich Gül?« und als Max nickte, wandte er sich nach Südosten, in welcher ungefähren Richtung Mekka liegen mochte, warf sich auf die Knie und beugte sich herab, bis seine Stirn den Boden berührte. Dann stand er auf und sagte: »Allah hat mir eine Rose geschickt.«

»Ja«, sagte Max, »und die Sultanin hat mich bestimmt, daß ich sie dir überbringe. Sie hat es meiner Entscheidung überlassen; denn sie wußte, daß Vater Abdal mein Lehrer war und daß ich ihn sehr geliebt habe. Glaubst du noch immer, daß sie mit dem Teufel im Bunde ist?«

»Nein«, sagte er. »Ich habe endlich begriffen, daß Allah nicht zu begreifen ist und durch alle Wesen wirken kann.« Als Max sich dann wieder dem Kaffee zuwendete, mit dem Hussam ihn versorgt hatte – diesmal verweigerte er nicht eine vierte und auch noch eine fünfte Tasse –, sagte dieser zu ihm, er habe nur noch eine letzte Bitte: »Willst du bei den beiden Frauen bleiben, bis wir abgezogen sind? Sie werden sich in deiner Gesellschaft sicherer fühlen.« Als Max sich einverstanden erklärt hatte, stand Hussam auf und sagte: »Komm, ich bringe dich zu ihnen.«

Sie stiegen die steile Wendeltreppe über alle vier Windungen hinauf bis zum obersten Raum, und als Max nach dem Bassa durch die Tür trat, standen da zwei Frauen in abgebrauchter, eher bäuerlicher Kleidung, eine Ältere, die ihm bekannt vorkam, und eine jüngere, die er kannte. Es war Lena.

»Was ist mit dem Falken?« fragte sie und blickte auf seine Hand, in der er noch immer die bronzene Falkenfibel hielt. »Und was ist los mit dir? Du bist eine ganze Weile dagestanden, als wärst du sonstwo. Ich hab schon Angst bekommen, so abwesend hast du dreingeschaut, an mir vorbei oder durch mich hindurch. Manchmal bist du mir unheimlich.«

Sie stand vor ihm im Freien am Fuß der ruinösen Turmmauer, und als er nach oben blickte, sah er den Falken eben noch abstreichen. Dann schaute er Lena wieder in die Augen und sagte: »Gut, daß du da bist. Ich hatte eine Art Tagtraum, aber du hast mich zurückgeholt.« Eine Weile schwieg er und schaute sie nur an. Dann sagte er: »Magst du mich ein bißchen festhalten, damit ich spüren kann, daß ich wieder da bin? Halte mich fest, bitte!« Dann standen sie dort unter dem Turm eine Zeitlang und trauten sich kaum zu bewegen, der Schüler Max und seine Lena, standen bei der Ruine der Burg, die vor bald dreihundert Jahren zerstört worden war.

Als sie dann wieder dem Dorf zu gingen, behielten beide die Erfahrung dieser Umarmung bei sich und fanden keine Worte dafür. Um über etwas anderes mit Lena zu reden, fragte Max sie, ob ihre Familie schon lange auf diesem Hof lebe.

»Ja«, sagte sie. »So lange, wie sich das überhaupt zurückverfolgen läßt. Manche behaupten sogar, daß eine Frau von der Burg auf diesem Hof gelebt habe, aber das ist wohl nur so eine Geschichte, wie sie die Leute erzählen.«

Da waren sie schon fast zu Hause. Dort trafen sie Leos Mutter an, wie sie den Tisch fürs Abendessen deckte. Gleich darauf kamen auch Leo und sein Vater mit dem Heuwagen von den Wiesen zurück. Es geschah an diesem Abend nichts Erwähnenswertes mehr, außer daß Maxens Mutter zusammen mit Lena in ihrer Kammer schlafen mußte. Der Vater hatte eine zusammenklappbare Liege für Lena aufgestellt, damit die Besucherin in einem richtigen Bett liegen konnte.

Als Max bei Leo oben in der Dachkammer lag und sein Freund schon schlief, war er noch immer wach und dachte an Lena, wie er mit ihr zur alten Burg gegangen war, was sie auf diesem Gang miteinander gesprochen hatten und wie es gewesen war, als sie ihn in ihre Arme genommen hatte. Er fragte sich auch, ob seine Mutter jetzt mit ihr sprach, neben ihr im Bett, und worüber sie reden mochten. Das hätte er gern gewußt.

Über den nachfolgenden Sonntag ist nur zu berichten, daß der Lehrer Max fragte, ob er zur Messe die Orgel spielen wolle, was dieser gern tat Lena saß in der Nähe, was Max dazu verführte, sich in weitschweifigen Phantasien zu verlieren, doch der Lehrer war bei ihm stehengeblieben, ihm die Lieder anzusagen, und knuffte ihn, wenn es Zeit war, mit dem Spiel zu Ende zu kommen.

Danach gab's Mittagessen, noch einen gemeinsamen Gang durchs Dorf, und dann mußten sie schon zur Bushaltestelle gehen. Max war dieser Tag viel zu schnell vergangen, und er war unzufrieden, weil er keine Sekunde allein mit Lena hatte sein können. Als er sich von ihr verabschiedete, hielt er ihre Hand etwas länger als gewöhnlich, so lange jedenfalls, bis sie merkte, daß er eine Bedeutung damit verband. Da wurde sie rot und sagte leise: »Komm bald wieder!«

Als sie in die kleine Stadt zurückgekommen waren und auf ihr Haus zu gingen, stand dort ein Auto mit italienischem Kennzeichen. Während die Mutter die Tür aufsperrte, stieg jener Mann aus dem Wagen, der sie vor bald sechs Jahren hierhergebracht hatte. »Ich muß mit Ihnen reden, Signora«, sagte er. Da lud sie ihn ein, mit ihnen ins Haus zu gehen. Drinnen dann, als sie zu dritt um den Tisch saßen, sagte er: »Es tut mir leid, Signora, Ihnen mitteilen zu müssen, daß Ihr Mann nicht mehr am Leben ist. Sie können jederzeit ohne Gefahr nach Italien zurückkehren.«

VI

Vier Wochen blieben bis zur Abreise; denn Max sollte wenigstens das laufende Schuljahr abschließen. Am vorletzten Wochenende fuhr er noch einmal mit Leo in das Dorf hinter den tiefen Wäldern. Lena wußte schon, daß dies – einstweilen oder für immer? – sein letzter Besuch sein würde, das konnte er an ihrem

Gesicht ablesen, als er mit Leo aus dem Bus stieg. Sie hatte an der Haltestelle auf sie gewartet.

Es fiel Max schwer, die Vertrautheit wiederherzustellen, die sich beim letzten Besuch auf dem Weg zur alten Burg zwischen ihm und Lena eingestellt hatte. Er war sich ja noch nicht einmal der Gefühle sicher, die ihn auf diesem Weg dazu gebracht hatten, so mit diesem Mädchen zu reden, wie er es versucht hatte, so ungeschützt Schritt für Schritt seine Empfindungen hervorsuchend und diese vorsichtig abzutasten und in unzulängliche Wörter zu übersetzen. Nun wurde das alles überschattet von der Trauer des Abschiednehmens, und Max hatte noch nicht gelernt, mit einer solchen Situation umzugehen, insoweit sich das überhaupt lernen läßt. So trottete er schweigend neben Lena dem Gehöft zu und hatte keine Vorstellung davon, wie sie diese Situation empfinden mochte mit den Erfahrungen ihrer vierzehn Lebensjahre.

Es zeigte sich jedoch, daß sie dieser Situation durchaus nicht so hilflos gegenüberstand wie Max. Sie waren noch keine Dutzend Schritte gegangen, als sie seine Hand faßte, diese ohne Scheu festhielt und leise sagte: »Ich habe mit Leo vereinbart, daß er uns heute noch einmal allein zur Burg gehen läßt. Er wird irgendeine wichtige Arbeit vorschützen. Ist dir das recht?«

Max nickte und drückte dabei ein wenig ihre Hand, die sich fest und trocken anfühlte und doch zugleich zart und verletzlich. Er war erleichtert, daß sie schon weiter gedacht hatte, weiter als er selbst es sich hätte zurechtdenken können. Als Leo, der vorangegangen war, sich zu ihnen umblickte und mit einer Spur von Lächeln die Augenbrauen hob, ließ Lena seine Hand los, blieb aber weiter neben ihm.

Max wußte später nicht, wie er den Empfangskaffee hinter sich gebracht und auf all die Fragen geantwortet hatte, die Lenas Eltern ihm stellten. Von Venedig hatte er gesprochen, so weit konnte er sich noch entsinnen, vom Geruch der Kanäle, von Möwen und Tauben, vor allem aber daran, daß er wie auf Nadeln gesessen war, während die Minuten verrannen, die den mit Herzklopfen ersehnten Gang zur alten Burg dezimierten. Endlich schob der Hausherr seinen Stuhl zurück, um in den Stall zu gehen. Leo sagte sein Sprüchlein auf von dringend zu erledigender Arbeit, woraufhin seine Mutter ihn erstaunt anblickte, weil sie offenbar nicht gewohnt war, solchen Eifer an ihrem Sohn zu bemerken. Dann sagte Lena endlich, sie wolle gern zur alten Burg gehen. »Magst du mitkommen, Max?«

Schweigend schritten sie den Weg in sonderbarer Eile voran, wobei Lena durchaus das Tempo bestimmte, als wolle sie dem elterlichen Hof so rasch wie möglich entfliehen, wo sie vielleicht noch jemand mit einem lästigen Geschäft aufhalten könnte. Max paßte sich ihrem Schritt an, und nun, als sie die letzten Häuser des Dorfs hinter sich gelassen hatten, erschien es ihm eher, als wäre sie unterwegs zu einem Ziel, das sie möglichst rasch erreichen wollte. Sie waren schon am Fuß des Burghügels, als Max es gelang, endlich das Schweigen zu brechen. »Wann hast du mit Leo vereinbart, daß er uns allein gehen läßt?« fragte er.

Lena errötete ein bißchen unter seinem Seitenblick und sagte: »Vor ein paar Tagen hat Leo vom Kloster aus angerufen und erzählt, daß ihr zu Ferienbeginn wieder nach Italien zieht. Ich war allein zu Hause, und da habe ich ihn gebeten, daß er dich zum Wochenende noch einmal hierherbringt. Und auch darum.«

»Du bist schnell entschlossen, wenn's darauf ankommt«, sagte Max und fragte sich, ob auch er imstande gewesen wäre, so rasch auf diese Nachricht zu reagieren und auch schon einen Plan bereit zu haben.

»Ich mußte dich noch einmal sehen«, sagte sie. »Das wußte ich im selben Augenblick, als er von eurer Abreise sprach«, und nach einer Weile – da waren sie inzwischen oben bei der Ruine angelangt: »Ich frage mich seit damals, als Leo dich zum ersten Mal mitgebracht hatte, warum du mir gleich auf den ersten Blick so vertraut vorgekommen bist, so als sei ich dir früher schon einmal begegnet. Aber das kann ja gar nicht sein.«

Max schaute sie an und sah zugleich das Gesicht des Mädchens, das er neben der Burgherrin hatte stehen sehen, als er mit dem türkischen Bassa hinauf zu dem Turmzimmer gestiegen war. »Warum nicht?« sagte er.

»Ja, wer kann das schon wissen?« sagte jemand hinter ihnen. Als sie beide sich umwandten, stand da an der Turmecke die Trudl und lachte leise in sich hinein.

Lena begrüßte sie freundlich und schien keine Scheu vor ihr zu haben wie Leo. »Den Max kennst du ja«, sagte sie.

»Ja«, sagte die Alte. »Dem bin ich schon ein paarmal begegnet. Geht er neuerdings mit dir?«

Damit machte sie Lena verlegen. Als sei das eine ausreichende Begründung, sagte sie: »Er fährt nächste Woche mit seiner Mutter zurück nach Italien.« Es war ihr anzumerken, wie traurig sie das machte.

»Eines Tages wirst du ihm schon wieder begegnen«, sagte die Trudl. »Vielleicht weißt du dann auch, ob du ihn nicht doch schon früher einmal getroffen hast.«

Während Lena den Kopf schüttelte, zeigte die Alte plötzlich hinauf zur Höhe des Turms und sagte: »Dort ist er wieder, der Falke! Erkennst du ihn wieder, Max?«

Er hatte zugleich mit Lena den Kopf zurückgelegt und hinaufgeblickt in den von hohen Schleierwolken leicht überzogenen Himmel. Da stand der Vogel tatsächlich rüttelnd unter der blassen Sonne über dem unbebauten grasigen Hügel. Er selbst war ein Bub von etwa elf Jahren namens Falk und hielt ein etwas jüngeres Mädchen an der Hand, von dem er wußte, daß es Wendla hieß und seine Base war.

»Wer zuerst unten ist!« rief Wendla und rannte schon los, ohne Weg und Steg geradeaus den Hügel hinunter. Er rannte hinterher über Stock und Stein, sprang über Löcher und Felsbrocken und holte so weit auf, daß sie am Fuß des Hügels lachend übereinanderpurzelten.

Als sie sich beide aufgerappelt hatten, schaute Falk hinüber zum Waldrand, wo oberhalb des Gehöfts auf der Rodung offenbar ein größeres Gebäude aus Bruchsteinen errichtet werden sollte. Viele Männer waren dort mit dem Bau beschäftigt, aber sie schienen nicht ihrer Arbeit nachzugehen sondern standen beieinander, um aufgeregt und gestenreich miteinander zu streiten. Auch das Mädchen blickte hinüber und sagte: »Die Mauer ist schon wieder eingestürzt.«

»Wundert mich nicht«, sagte Falk. »Ich hab's ihnen vorausgesagt, aber auf mich hört ja keiner.«

»Die hören überhaupt nicht auf Kinder«, sagte Wendla, »schon gar nicht auf einen Buben, den sie den Bankert meiner Tante nennen.«

»Schimpfst du mich auch so, wenn ich nicht dabei bin?« fragte Falk beleidigt.

Da lachte das Mädchen hell auf, packte ihn bei den Händen und sagte: »Mach nicht so ein blödes Gesicht! Darüber lach ich nur. Ich weiß, wer du bist, und daß du die dort drüben alle in den Sack steckst, wenn du willst. Komm, wir schauen eine Weile zu, wie sie herumpalavern und nicht wissen, was sie tun sollen.«

Während sie auf dem steinigen Feldweg hinüber zu der Baustelle gingen, kam es Falk in den Sinn, was das alte Waldweibl ihm gesagt hatte, als ihr zu Ohren gekommen war, wo der junge Graf seine Burg errichten wollte.

›Auf Wasser die Mauer
hat keine Dauer‹

hatte sie geraunt und hinzugefügt, der Falke solle sich vor dem Wiesel hüten. Als Falk diesen merkwürdigen Spruch bedachte, meinte er zunächst, wer fliegen könne, brauche sich nicht vor dem zu fürchten, der am Boden schleicht, doch dann begriff er, was die Alte gemeint hatte. Der Falke war er selbst, und Wiesel wurde von manchen Leuten (wenn er nicht dabei war und es hören konnte) der Berater des Grafen genannt, der von sich behauptete, er verstünde sich auf zauberische Künste. Bisher hatte er allerdings nichts weiter zustande gebracht als hinterhältige Quertreibereien. Tatsächlich sah er wie ein Wiesel aus, wenn seine kleinen schwarzen Augen unruhig hin und her huschten über der dünnen, vorspringenden Nase und dem schütteren Schnurrbart darunter.

Als sie sich der Baustelle näherten, sah Falk diesen Wieselmann bei dem Grafen stehen. Auch dieser hatte ihn und das Mädchen schon erblickt, zeigte mit dem Finger auf ihn und sagte laut, daß alle es hören konnten: »Da kommt der richtige. Packt ihn und tut mit ihm, was ich euch gesagt habe!«

Ehe die Bauarbeiter, die untätig umherstanden, ihn ergreifen konnten, hatte sich Falk schon vor den Grafen gestellt und fragte ihn: »Was hat dieser Mann euch denn vorgeschlagen, verehrter

Herr Onkel?« Es war deutlich zu verstehen, daß Falk diese familiäre Anrede nicht ohne Hintergedanken gebrauchte.

Der Graf blickte denn auch etwas irritiert auf den Buben herab, der kühn genug war, ihn vor allen Leuten so zu nennen, und seine Anrede klang nicht weniger hintersinnig. »Das will ich dir sagen, du Sohn meiner Schwester«, begann er. »Nachdem mein Berater vergebens all seine Zauberkünste eingesetzt hat, um diese schon wieder geborstenen Mauern am Einstürzen zu hindern, hat er als letztes und stärkstes Mittel etwas vorgeschlagen, das er einen Blutzauber nennt. Man benötige dafür, behauptet er, einen Knaben, der keinen menschlichen Vater vorweisen kann, und da man nun von deiner Mutter sagt, es sei nächtens eine Art von Teufel über sie gekommen, der sich im übrigen so weit von ihr ferngehalten hat, daß ihn niemand zu sehen bekam, scheinst du dich gut zu diesem Zauber zu eignen. Er hat gesagt, man solle dich abschlachten wie ein Lamm, die Bausteine mit deinem Blut bestreichen und deinen Körper unter dem Fundament der Mauer begraben. Dann würde die Mauer beständig bleiben. Was sagst du dazu?«

Ehe Falk antworten konnte, sprang Wendla vor ihn, als wolle sie ihn mit ihrem Körper decken, und schrie ihrem Vater ins Gesicht: »Und das willst du tun? Weißt du nicht, daß dieser Zauberer den Sohn deiner Schwester auf diese Weise loszuwerden versucht, weil dieser ihn schon mehrfach vor den Leuten bloßgestellt hat?«

Der Graf blickte sich um zu den Bauarbeitern, die gespannt dem Disput folgten, und sagte: »Diese Leute hier scheinen anderer Meinung zu sein. Außerdem habe ich nicht dich, sondern deinen Spielfreund Falk gefragt, was er von diesem Vorschlag hält. Er soll sich auf seine Weise ja auch ein bißchen auf Zauberei verstehen.«

Falk lächelte dem Mädchen zu und berührte, während er an ihre Seite trat, für einen Augenblick ihre Hand. Dann schaute er dem Grafen ins Gesicht und sagte: »Was die Leute so reden. Was ihr hier Zauberei nennt, ist nicht viel mehr, als daß sich einer ein bißchen besser als die anderen auf die Zeichen der Natur versteht. Erlaubst du mir, daß ich diesem Mann, der meinen Körper zu seiner Zauberei benötigt, eine Frage stelle?«

»Gern«, sagte der Graf. »Das ist dein gutes Recht.«

»Dann sage diesem Mann, er soll hier bei mir und vor dir stehen, damit ich ihn befragen kann.«

Das tat der Graf sogleich, und so blieb diesem Mann nichts anderes übrig, als sich der Frage des Buben zu stellen. Falk sah, daß er schon wieder seine wieselhaften Blicke umherhuschen ließ, als suche er einen Fluchtweg. Da wartete er nicht lange und sagte: »Wenn du ein Mittel zu wissen behauptest, durch das dieses Einstürzen der Mauern verhindert werden kann, dann mußt du doch auch die Ursache kennen, die sie immer wieder zum Einstürzen bringt. Kannst du mir sagen, wie es sich damit verhält? Ich würde gern wissen, welchen Nutzen mein Blut in dieser Sache bringen kann.«

Der Wieselmann blickte spöttisch auf den Buben herab und sagte: »Was verstehst du denn schon von der wahren Magie, du Bankert! Du selbst bist überhaupt nicht wichtig, nur dein Blut wird nützlich sein als der magische Saft, der die Mauern festigt.«

»Du nennst ein Hilfsmittel und weißt doch nicht, wogegen es wirken soll«, sagte Falk. »Nenn mir die wahre Ursache!«

»Was denn schon«, sagte Wiesel ungeduldig. »Irgendein böser Zauber läßt die Mauern einstürzen, eine schwarze Macht, die mit deinem roten Blut außer Kraft gesetzt werden muß.«

Da lachte Falk laut auf und rief: »Was Besseres fällt dir wohl nicht ein? Ich will dir sagen, warum die Mauern nicht standhalten können, und dagegen wird auch mein Blut nichts ausrichten: Unter diesem Hang strömt in der Tiefe vom Wald her das Wasser herab und unterspült die Fundamente. Weißt du so wenig von Wald, Berg und Wasser, daß du deinem Herrn empfohlen hast, an diesem Platz eine Burg zu bauen? Oder ging's dir nur darum, mich mit Zustimmung meines Onkels umzubringen?«

»Ein Strom unter dieser Wiese?« sagte Wiesel. »Das glaubst du wohl selber nicht.« Aber seine Augen verrieten seine Unsicherheit, denn sie begannen schon wieder ihr wieselflinkes Spiel.

»Ich werde es dir und allen, die hier stehen, beweisen«, sagte Falk, und zum Grafen gewendet: »Laß hier, wo die Mauer verstürzt ist, graben und zwar tiefer hinunter als bisher. Dann werden deine Knechte auf Wasser stoßen.«

»Unnütze Arbeit!« zeterte Wiesel. »Der Kerl will damit nur seine Haut retten.«

Doch der Graf befahl ihm mit einer schroffen Handbewegung zu schweigen und sagte: »Das wird sich herausstellen, ob diese Arbeit unnütz ist. Ich will jetzt wissen, wer von euch beiden recht hat. Also wird jetzt tief gegraben, und wenn sich dort unten kein Wasser finden sollte, können wir ja noch einmal überlegen, was weiter zu tun ist. Halte dich bereit Falk, für deine Worte einzustehen. Grabt also, ihr Männer, grabt so tief hinab, wie ihr könnt!«

Während jetzt alle auf die Knechte achteten, die anfingen, die Trümmer der zusammengebrochenen Mauer wegzuräumen, um dann weiter in die Tiefe zu graben, faßte Wendla nach Falks Hand und fragte ihn leise: »Bist du wirklich sicher, daß sie dort unten auf Wasser stoßen werden?

»Es ist nur natürlich, daß dort unter dem Wald Wasser herabfließen muß«, sagte Falk. »Außerdem hat auch die Trudl so etwas geraunt, als sie gesehen hat, daß die Mauer schon wieder eingesunken war.«

»Dann glaub ich's auch«, sagte Wendla. »Die Trudl kennt sich hier aus wie sonst keiner.«

»Und mir traust du nicht?« fragte Falk. Er lachte, um dieser Frage die Spitze zu nehmen, und doch fühlte er sich, ohne es wahrhaben zu wollen, durch ihren Zweifel getroffen.

»Ach du«, sagte das Mädchen, »du redest viel, wenn der Tag lang ist.« Doch als sie sah, daß er nun wirklich anfing, seine schmalen Brauen zu runzeln, lachte auch sie und sagte: »In solchen Dingen traue ich dir schon, Falk.«

»Und in anderen?« fragte er sofort.

»Das muß sich erst erweisen«, sagte sie und wurde ein bißchen rot.

Sie hatten sich inzwischen auf die Bruchsteine gesetzt, die von den Knechten beiseite geräumt worden waren. Es war ja zu erwarten, daß die Arbeit einige Zeit dauern würde. Auch der Graf hatte sich zu ihnen gesetzt, nur Wiesel blieb dicht am Rand der Grube stehen, in der die Knechte sich mit Spitzhacke und Spaten weiter in die Tiefe arbeiteten. Gelegentlich prüfte er zwischen zwei Fingern die bröselige Krume, die sie herausschippten, und murmelte fast schon beschwörend: »Trocken ist der Aushub, knochentrocken!« gerade eben so laut, daß sein Dienstherr es hören mußte, dem er dann einen Blick zuwarf, in dem die Frage stand, ob er das wohl verstanden hatte, was er sagte. Der schaute jedoch weder zu dem Mann, der ihn bisher in dieser Sache beraten hatte, noch hinab in die Grube, die jetzt schon mehr als mannstief ausgeschachtet war, sondern hinauf zum Himmel, wo weiter drüben über der Kuppe des Hügels, der sich weiter westlich vor dem Wald aufbuckelte, ein Falke rüttelnd herabspähte auf dieses Getriebe.

Die Knechte des Grafen mußten noch eine Stunde lang graben, bis einer von ihnen aus der Grube heraufrief: »Der Grund wird hier feucht!«

Da stand der Graf auf, trat an den Rand der Grube und blickte hinab. Auch Falk und das Mädchen hielt es nicht mehr auf ihrem felsigen Sitz. Falk sah, wie sich der Boden am Grund in einzelnen Flecken dunkel zu färben begann. Als einer der Knechte seine Haue hob und sie dort ins Erdreich schlug, brach der Boden ein, Wasser sprudelte herauf und begann rasch zu steigen. Durch diesen Schlag war auch ein Teil der Grubenwand eingebrochen und hatte die Öffnung eines Wühlganges freigegeben, der zu einem Kaninchenbau führen mochte, und dort schlängelte sich im herabbröckelnden Lehm ein Wiesel, das vergeblich versuchte, mit rasch voranzuckenden Krallen über die steile Grubenwand davonzukommen. Während es immer wieder im nachrieselnden Erdreich zurückrutschte, schoß plötzlich der Falke herab und packte es mit seinen Fängen. Das Wiesel wand sich unter den scharfen Klauen und versuchte den Vogel zu beißen, Federn wirbelten auf, der Falke schrie kreischend, aber er ließ das Wiesel nicht aus seinen Fängen und schlug ihm seinen Hakenschnabel immer wieder ins Genick, bis es sich nicht mehr rührte. Dann flatterte er schwerfällig mit dem schlaffen Kadaver in den Klauen aus der Grube, kam knapp über die Kante und flog niedrig über den Wiesenhang davon auf den Hügel zu, auf dessen Kuppe er sich niederließ.

Der Graf war diesem Vorgang gespannt gefolgt. Als dann der

Falke den Gipfel des Hügels okkupiert hatte und sich seiner frisch geschlagenen Mahlzeit zuwandte, rief er: »Die Sache ist entschieden!« Und zu Wiesel, der noch immer am Grubenrand stand und das allmähliche Steigen des Wasserspiegels beobachtete, sagte er: »Deinen Rat werde ich künftig entbehren können. Vielleicht tust du gut daran, wenn du dich von meinem Hofe entfernst. Siehst du nicht, wie der Falke mit dem Wiesel verfährt?«

Daß dieser Vorgang von den umstehenden Knechten als ein bedeutsames Zeichen aufgefaßt wurde, konnte Falk ihnen ansehen; denn sie standen eine Zeitlang wie gebannt und blickten hinauf zu dem Hügel, auf dessen Kuppe der Falke sich auf seine Art mit dem Wiesel beschäftigte. Nach einer Weile sagte der Vorarbeiter zum Grafen: »Hier dürfen wir nicht mehr zu bauen versuchen. Wo sollen wir nun deine Burg aufrichten?«

Ohne seinen Blick von dem kröpfenden Falken zu wenden, sagte der Graf: »Was meinst du, Sohn meiner Schwester? Es könnte sein, daß ich mich künftig mit dir berate, so jung du auch bist.«

Falk sah ihm lachend ins Gesicht und sagte: »Für diese Frage benötigst du nicht meinen Rat, Onkel. Hat dir mein Vogel nicht schon gezeigt, wo der rechte Platz ist? Wo ein Falke sich zum Kröpfen niederläßt, dort fühlt er sich sicher, und dort oben auf der Kuppe des Hügels wird sich eine Burg besser verteidigen lassen als hier unter dem Wald. Dieser Mann, den die Leute Wiesel nennen, hätte keines Zaubers bedurft, um das zu erkennen.«

»Dann kommt allesamt mit mir dort hinüber, damit wir uns den neuen Platz besehen können«, sagte der Graf.

Falk blieb auf diesem Weg neben Wendla, stieg neben ihr den Hang des Hügels hinauf und konnte sich, als er oben stand, schon den Mauerring mit dem aufragenden Turm einer Burg gut vorstellen –

Er blickte auf das zusammengebrochene, von Flechten und Moos bewachsene Mauerwerk und den ruinösen Turm und sagte halblaut vor sich hin: »Da sind die Mauern doch wieder zusammengestürzt.«

Lena drückte seine Hand und sagte: »Damals haben sie wohl gehalten. Erst viel später muß das passiert sein.«

Erst jetzt fand Max wieder in seine Gegenwart zurück. »Entschuldige«, sagte er. »Ich war wohl wieder einmal in einem Wachtraum.«

Lena schaute ihn an mit einem schwer deutbaren Blick. Eine Spur von Bewunderung war darin zu erkennen, aber auch Erschrecken oder gar Angst vor etwas Unbegreiflichem. »Falk!« sagte sie.

Da begriff er, daß auch sie zusammen mit ihm in diese Geschichte geraten war, und er wußte nicht, ob ihn das freuen sollte oder ob er ihr damit etwas Schlimmes, kaum wieder Auszulöschendes angetan hatte. Während er noch versuchte, seine Gedanken zu ordnen, und ihr verstört in die Augen blickte, sagte sie: »Wer bist du? Ich habe gedacht, ich wüßte es, aber nun weiß ich nicht einmal mehr deinen richtigen Namen.«

»Ich weiß es selbst nicht genau«, sagte er. »Solange ich hier stehe und du mich bei der Hand hältst, meine ich zu wissen, wer ich bin und wo ich mich befinde. Aber schon mit meinem Namen ist das so eine Sache: Hier heiße ich Max Teufer, doch in Italien habe ich Massimo Battisti geheißen seit meiner Geburt. Ich bin aber schon früher in solche Entrückungen – oder wie immer man so einen Zustand nennen soll – geraten, in andere Zeiten, in denen ich noch andere Namen getragen habe. Ich werde wohl noch eine Weile brauchen, um begreifen zu lernen, wer ich in Wahrheit bin. Ob du's glaubst oder nicht: In der Familie meiner Mutter gibt es eine Überlieferung, nach der ich von einer Fee abstamme, und ich bin schon in Geschichten hineingeraten, die mir das glaubhaft erscheinen lassen. Deshalb kann ich dir auch nicht sagen, wohin es mich noch treiben wird, wenn ich wieder in Venedig lebe, wo im Haus meines Großvaters das Bild dieser Ahnfrau hängt und wo die Möwen ums Haus fliegen und mich verlocken, ihrem Flug zu folgen – ich weiß nicht wohin.«

Lena hatte, während er sprach, seine Hand losgelassen und schaute ihm ins Gesicht, als wolle sie hinter all den Möglichkeiten, die sich in ihm verbargen, jenen Menschen entdecken, der er eigentlich war. »Du bist keiner, der sich auf die Dauer festhalten läßt«, sagte sie. »Das habe ich schon gewußt, als ich dich zum ersten Mal gesehen und deinem Orgelspiel zugehört habe. Aber ich werde nie vergessen, wie das war, als ich Wendla hieß und mit Falk über die Wiesen gelaufen bin. Außerdem bin ich sicher, daß ich dir noch einmal begegne.« Sie umarmte ihn rasch, küßte den Überraschten für eine Sekunde auf den Mund und sagte dann: »Komm, wir wollen wieder hinuntergehen zu den anderen.«

An diesem Wochenende gelang es ihm nicht mehr, Lena allein anzutreffen, und sie hatte es wohl auch darauf angelegt, daß dies nicht geschah. Der Abschied war schon vollzogen. Am nächsten Vormittag ließ ihn der Lehrer noch einmal zur Messe die Orgel spielen. Beide Geschwister kamen mit hinauf auf die Orgelempore, doch Leo setzte sich wie gewohnt seitwärts auf das Orgelpodest, wo Max nur seinen Rücken sehen konnte, und horchte hinein in seine eigenen Empfindungen, während Lena auf einem Schemel nahe bei Max saß und ihm, wenn er spielte, in die Augen schaute, und der Lehrer mußte ihm gelegentlich wieder einen Rempler geben, wenn er sich allzulange in seine Improvisationen verstrickte. Laß mich hierher zurückkehren, dachte Max, als der Priester die Hostie hob.

Dann ging alles viel zu schnell: der nochmalige Abschied an der Bushaltestelle, die Fahrt durch die Wälder zu der kleinen Stadt, am nächsten Tag das Einpacken der wenigen Habseligkeiten, die sie mitnehmen wollten, und schließlich die langwierige Reise mit der Bahn unter mehrfachem Umsteigen und mühsamem Kofferschleppen und dann wieder das Pochen der Räder auf den Geleisen, das ihn unaufhaltsam davonführte durch Grenzkontrollen, die ihn noch endgültiger von der Klosterschule und dem Dorf hinter den Wäldern trennten.

Die Rückkehr nach Venedig geschah nicht so heimlich wie die Abreise. Diesmal fuhren sie abends auf dem Bahnhof ein und nahmen ein Vaporetto, mit dem sie zum Haus der Großeltern tuckerten. Die Mutter hatte den Großvater schon vom Bahnhof aus angerufen. Unterwegs überkamen Max die Gerüche der Stadt, insbesondere das fischig-modrige Aroma der ölig unter dem sich schon verdunkelnden Himmel schwappenden Kanäle, das von der Schraube des Bootes aufgewirbelt wurde, hier und da wehte auch der Duft scharf gebrannten Kaffees heran oder einer mit Knoblauch gekochten Soße.

Als der Bootsführer den Motor drosselte und das Boot zum Haus steuerte, stand der Großvater schon wartend auf der Treppe, die außerhalb des Hauses zur Anlegestelle herabführte. Sechs Jahre lang waren sie in der kleinen niederösterreichischen Stadt ohne Nachricht geblieben; denn es wäre viel zu gefährlich gewesen, Briefe zu schreiben oder zu telefonieren, weil man nie wissen konnte, wo überall *diese Leute* ihre Zuträger sitzen hatten.

Max erschien der Großvater kleiner und magerer als das Bild, das er von ihm im Gedächtnis hatte, zusammengeschnurrt wie gedörrtes Obst. Max ließ das Handgepäck liegen und sprang die Treppe hinauf, um den Großvater zu umarmen, und stellte dabei fest, daß er selbst nun fast gleich groß war wie dieser alte Mann, dem die Rührung das Wasser in die Augen trieb. Unverändert fand er den Blick dieser noch immer lebensvoll leuchtenden Augen in dem von unzähligen Falten zerknitterten Gesicht. »Massimo!« rief der Großvater und vertrieb damit den kurzen deutschen Vornamen, unter dem er in der Klosterschule und in Lenas und Leos Familie bekannt gewesen war. Der Großvater packte ihn bei den Schultern und küßte ihn auf beide Wangen. »Massimo!« sagte er noch einmal und hielt ihn zum Anschauen mit ausgestreckten Armen auf Abstand. »Groß bist du geworden! Fast wächst du mir schon über den Kopf. Schön, daß du wieder da bist.« Dann ließ er ihn los und stieg die letzten Stufen hinunter zur Mutter, die sich mit dem Gepäck abmühte. »Laß das alles liegen!« sagte er. »Das bringt der Bootsmann hinauf.«

Der war schon dabei, Koffer und Taschen auf dem Landeplatz abzustellen, und als der Großvater ihm ein paar Scheine in die Hand drückte, trug er das Gepäck auch noch die Treppe hinauf, während die beiden Reisenden mit dem Großvater ins Haus gingen.

Wenig hatte sich in dem alten Haus während der vergangenen Jahre geändert, bis auf eines: Die Großmutter war etwa ein Jahr zuvor gestorben. Der Großvater hatte – trotz ihrer gleich bei der Ankunft gestellten Frage nach ihr – diese Nachricht zurückgehalten, bis die Unruhe der ersten Begrüßung und des Wieder-Zurechtfindens in dem weitläufigen Haus sich gelegt hatte und sie im Wohnzimmer mit dem Großvater beieinandersaßen und ein Glas Weißwein tranken. Erst da sprach er von ihrem Tod, der ganz plötzlich und unerwartet ihr beim Abendessen die Gabel aus der Hand hatte fallen lassen. »Hier in diesem Zimmer«, sagte er. »Sie hat sich immer Sorgen um euch gemacht seit eurer überstürzten Abreise, und auch das hat wohl an ihren Kräften gezehrt, nicht nur das Alter.«

Massimos Mutter hatte ihr Weinglas weggestellt, saß stumm am Tisch, und er konnte beobachten, wie ihr die Tränen in die Augen traten und langsam über die Wangen herabrannen. Erst nach einiger Zeit zog sie ihr Taschentuch heraus und tupfte ihr Gesicht ab. »Und wir haben nichts davon gewußt in unserem Exil«, sagte sie eine Weile später. »Nicht einmal eine Ahnung hatte ich, nichts gespürt von ihrem Tod.«

Massimo saß dabei und hatte ein schlechtes Gewissen, weil er kaum Trauer verspürte. Die Großmutter hatte für ihn stets zu den Menschen gehört, die seine türkische Ahnfrau ablehnten und nichts mit Feen zu tun haben wollten, so wie damals Lorenzos Mutter, der sie ohne Bedauern hatte ziehen lassen. Die Trauer der Mutter erstaunte ihn eher. Was dieser Tod für den Großvater bedeutet haben mochte oder noch bedeutete, war aus dessen Miene und seinem Gehaben kaum zu entnehmen. Das Erleben dieses Verlustes lag ja auch schon ein Jahr zurück, dachte er, und war für den Großvater wohl längst zu einem Ereignis der Vergangenheit geworden, das ihn kaum noch beschäftigte.

Eine Zeitlang saßen sie schweigend beieinander. Massimos Gedanken schweiften vom Tod der Großmutter ab zu einem anderen Tod, der eben sein Leben so jäh verändert hatte. Er blickte den Großvater an und sagte: »Was weißt du über den Tod meines Vaters? Der Mann, der uns die Nachricht überbracht hat, wollte darüber nicht reden.«

»Das wundert mich nicht«, sagte der Großvater. »Er wird wohl einer von der großen Familie gewesen sein, der dein Vater vorstand, und die verstehen sich aufs Schweigen. Jetzt hat ein anderer dort das Sagen.«

»Was für eine Familie?« fragte Massimo. Ihm fielen die drei Vettern ein, mit denen er in seiner Kindheit ein paar Ferienwochen lang durch den Weinberg und den Kastanienhain beim Betonhaus des Vaters gezogen war, damals, als er lernen sollte, auf Amseln zu schießen, und er sagte etwas dergleichen.

»Nicht nur in diesem Sinn«, sagte der Großvater. »Dein Vater war so etwas wie ein Pate für viele Menschen dort unten im Süden; er sorgte für ihr Wohlergehen, und sie taten dafür, was er ihnen befahl.«

»Mafia?« fragte Massimo und spürte, wie ihm ein Kribbeln über den Rücken lief bei der Vorstellung, daß sein Vater so einer gewesen war.

»Etwas in der Art«, sagte der Großvater. »Es stand sogar etwas darüber in der Zeitung unter der Überschrift *Kampf um die Macht in Calabrien*. Darum ging's ja tatsächlich. Sein Leben lang hat er mit allen Mitteln nach der Macht gestrebt und sie eine Zeitlang auch besessen, dieser Teufel. Jetzt schmort er wohl in der Hölle.«

»Vater!« rief Massimos Mutter empört. »So kannst du über meinen Mann doch nicht reden! Und vor den Ohren des Kindes!«

Doch ihr Vater schüttelte den Kopf. »Massimo ist kein Kind mehr«, sagte er. »Hast du das nicht gemerkt? Es war an der Zeit, daß er erfährt, was seinen Vater umgetrieben hat. Viel hast ja auch du nicht von ihm gehabt.«

Massimo bezog wieder sein altes Zimmer und bekam das Schulzimmer dazu, in dem ihn früher Sophie unterrichtet hatte. Dort sollte er künftig in Ruhe allein für die Schule arbeiten können. Einstweilen waren jedoch Sommerferien, Zeit genug, sich wieder in dem alten Bau einzugewöhnen und sich obendrein in eine neue Pflicht einzuüben, mit der ihn der Großvater nach den ersten Tagen bekannt machte. Sie waren gerade eine Woche wieder in Venedig, als ihm der Großvater nach dem Frühstück sagte, er solle mit ihm in sein Arbeitszimmer kommen. Das erste, was Massimo dort wahrnahm, war das Porträt der schönen Türkin, das noch immer seitwärts der Tür an der Wand hing, im günstigsten Licht, wie Massimo schien.

Von der elfenhaften Ahnfrau sollte diesmal allerdings nicht die Rede sein, sondern von äußerst nüchternen Dingen. Der Großvater ließ ihn wieder auf dem Besucherstuhl neben dem Schreibtisch Platz nehmen, holte aus der Tiefe des Seitenfaches einen umfangreichen Aktenordner hervor und sagte: »Diese Papiere soll ich dir im Auftrag deines verstorbenen Vaters übergeben. Sie enthalten eine Übersicht über die finanziellen Mittel, die deine Mutter künftig zur Verfügung haben wird, und die nötigen Dokumente dazu.«

»Warum übergibst du nicht ihr diesen Papierkram?« fragte Massimo.

Damit brachte er den Großvater zum Lächeln. »Deine Mutter«, sagte er, »hielt dein Vater nicht für geeignet zu einer solchen Aufgabe, und das wohl nicht ganz zu unrecht. Ich muß mir selber den Vorwurf machen, daß sie mit solchen Dingen nicht behelligt wurde, solange sie in diesem Haus lebte, und er selbst dirigierte ihre Finanzen seit der Heirat zwar mit freigiebiger, aber eiserner Hand, wenn auch zumeist aus der Ferne. Er war jedenfalls der Meinung, daß dies ein Geschäft für den Mann in der Familie sei. Solange du noch minderjährig bist, wird es genügen, wenn deine Mutter die von dir bearbeiteten Überweisungen oder Bankaufträge unterschreibt, und wie ich sie kenne, wird sie froh sein, damit nichts weiter zu tun zu haben. Er hat mich ausdrücklich in einem nachgelassenen Schreiben aufgefordert, dich, falls das notwendig werden sollte, in die erforderlichen Kenntnisse zur Verwaltung eines Vermögens einzuführen.«

»Eines Vermögens?« sagte Massimo erstaunt. Er hatte angenommen, daß dieser Vater nunmehr so total aus seinem Leben verschwunden sein würde, daß nichts und schon gar nicht ein Vermögen von ihm zurückblieb.

»Ein beträchtliches Vermögen«, sagte der Großvater, »und der Himmel mag wissen, durch welche Teufeleien er es erworben hat. Aber nun sind diese Konten einmal verfügbar, und eines muß man ihm lassen: Er hat sein Geld so sorgfältig und sicher angelegt, daß ihr euch keine Sorgen um euer Wohlergehen zu machen braucht. Ich werde dich während der Ferien in die Gebräuche von Kontenführung, Geldanlage und dergleichen einweisen, all das gehört ja seit je zu meinen täglichen Geschäften. Ich denke, du wirst am Ende der Ferien imstande sein, dich selbständig um diese Dinge zu kümmern, wie dein Vater es gewünscht hat. Und einstweilen bin ja auch ich noch da, um etwelche Probleme mit dir zu besprechen. Ich schlage dir also vor, daß du täglich nach dem Frühstück mit mir hierherkommst, wo wir uns eine oder zwei Stunden mit dieser Materie befassen. Das wird genügen, meine ich.«

Auf solche Weise bekamen Massimos Ferientage eine Struktur; denn mit der einen Stunde am Morgen war's ja nicht getan. Der Großvater stellte ihm jedesmal Aufgaben zu dem jeweils behandelten Sachverhalt, die er bis zum nächsten Morgen lösen mußte, und auch das forderte einige Zeit.

Daneben ließ sich der Großvater auch vorführen, welche Fortschritte Massimo auf musikalischem Gebiet in der Klosterschule gemacht hatte. Am Nachmittag saßen sie also oft am Cembalo, und als Massimo von seinen Orgelübungen berichtet hatte, führte ihn der Großvater in eine benachbarte kleine, im frühbarocken Stil erbaute Kirche, deren Organisten er kannte. »Dort steht auf der Empore über dem Eingang ein Instrument aus der Bauzeit der Kirche in nahezu unverändertem Zustand. Glücklicherweise hatte die kleine Ordensgemeinschaft, der die Kirche gehört, nie genug Geld, um die Orgel zu modernisieren. Da kannst du deine frühbarocken Stücke, die du so liebst, so zum Klingen bringen, wie sie gedacht sind. Aber ich warne dich: Man wird dich, wenn man dein Spiel gehört hat, alsbald fragen, ob du auch bei der Messe spielen möchtest; denn der Ordensbruder, der dort die Orgel schlägt, ist zwar ein lieber Mensch und weiß interessante Geschichten zu erzählen, sein Spiel jedoch ist eine Plage für Leute von einigem musikalischen Verstand.«

Wie das so geht: Solche Warnungen nützen wenig, wenn sie einer Sache gelten, die der Gewarnte mit Lust betreibt. Massimo fand sich alsbald wieder als ein für Gotteslohn angestellter Organist, was zwar seine unverplante Ferienzeit noch um einiges minderte, aber er fühlte sich durchaus wohl in dieser Funktion und verliebte sich straks in den spröden, durchsichtigen Klang der ehrwürdigen Pfeifen dieses alten Instruments.

Auch dabei war ihm der tiefgründige Blick in Lenas Augen durchaus noch gegenwärtig und lockte ihn zu mehr oder minder kühnen Improvisationen. Da er hier keinen Dorfschulmeister neben sich hatte, der ihm nötigenfalls einen Rippenstoß versetzte, kam es dazu, daß der für den Kirchendienst zuständige Pater ihn sanft, aber bestimmt ermahnen mußte, sorgfältiger auf das jeweilige Stadium der heiligen Handlung zu achten und den Zelebranten nicht unnötig durch ausschweifende Phantasien aufzuhalten. Erst da wurde ihm bewußt, daß der Ablauf der Messe hier wesentlich hurtiger dahineilte, als er es vom Kloster in den nördlichen Wäldern gewohnt war. Nun, er richtete sich danach und hatte von da an stets kürzere Stücke parat, wie sie bei seinen geliebten frühbarocken Meistern in Fülle zu finden waren.

Aus alledem ist einzusehen: Er hatte eine Menge zu tun in diesen Sommerferien, und so kam es, daß er erst nach ein paar Wochen das oberste Stockwerk des Hauses wieder betrat. Er fand in der Rumpelkammer noch immer den alten Schreibsekretär und brauchte nun nicht mehr von einem Stuhl auf einen Tisch zu klettern, um das Geheimfach in dem oberen Gesims des Möbels zu erreichen. Er nahm die Gelegenheit wahr, sein Möwenstäbchen, das er noch immer bei sich trug, in dieses Versteck zurückzulegen zu allfälligem späteren Gebrauch, die bronzene Falkenfibel behielt er vorläufig bei sich. Dann ging er hinaus auf die Dachterrasse, deren Beete im vielfarbigen Schmuck der Sommerblumen prangten, zwischen denen unter der heißen Sonne die Düfte der Küchenkräuter aufstiegen. Unversehens fand er sich zurückversetzt in seine Kindertage, hockte sich auf den Sims der Balustrade und spähte über die Dächer der Stadt hinweg nach Möwen, aber für diesmal sah er nur einen Schwarm Tauben in der Gegend von San Marco aufsteigen, wie auf Kommando gemeinsam abschwenken und sich wieder zwischen den Gebäuden herabsenken, dorthin, wo eine Horde von Touristen, sie vermutlich aufgescheucht hatte und jetzt wohl Futter bereithielt.

Er verstand dies so, daß jetzt keine Zeit sei für zauberische Ausflüge sonstwohin, sondern eine Zeit zum Lernen, eine Zeit, um Kenntnisse zu erwerben, auf deren Grundlage sich eine berufliche Tätigkeit aufbauen ließ. Der Alte auf Ithaka fiel ihm ein, neben dem er im Gestank faulender Fischreste auf dem Höhlenboden gehockt hatte. Er solle sich nicht auf seine zauberischen Fähigkeiten verlassen, hatte der gesagt und ihm geraten, irgendeinen stinknormalen Beruf zu ergreifen und sich einer vernünftigen Tätigkeit zuzuwenden, mit der er nicht die Aufmerksamkeit der Leute erregte. Was hatte er doch gleich vorgeschlagen: Staatsbeamter, Lehrer, Briefträger. Das sollte wohl heißen: Nur kein Aufsehen erregen durch öffentlich an den Tag gelegte Unordnung oder gar Kreativität. Noch einmal ließ er seinen Blick über die Dächer, Kuppeln und Türme der Stadt schweifen bis hinaus zum Silberspiegel der Lagune. Keine Möwe schwebte über dem Horizont. Er nahm es für ein Zeichen, daß er sich zunächst einmal dem ihm vom Großvater aufgegebenen Lernstoff zuwenden müsse, ehe nach den Ferien jener der Schulfächer hinzuzunehmen war. Lernen also, um sich einen Tarnmantel zu stricken, das war sein Programm für die beiden letzten Schuljahre.

Das einzige, was er sich neben all diesen Ferienbeschäftigungen gönnte, war hie und da ein Erkundungsgang durch die Stadt, aber selbst dies gehörte im weitesten Sinne noch zu seinem Programm: Wenn er künftig allein zum Gymnasium gehen wollte, mußte er sich im Gewirr der Straßen und Kanäle auskennen, zunächst einmal, um den Weg zur Schule zu finden, darüber hinaus aber auch, um sich gegenüber seinen Mitschülern nicht lächerlich zu machen durch seine Unkenntnis, die sich im Gespräch bald herausstellen würde. Er wollte als Venezianer gelten, der er von der Mutterseite her auch war, und nicht als ein von irgendwoher Zugereister und schon gar nicht als der Sohn eines sizilianischen Vaters von fragwürdiger Lebensweise und mit einem nicht minder fragwürdigen Tod.

Er nahm sich also täglich, zumeist gegen Abend, etwa eine Stunde Zeit, um in den ersten Tagen anhand eines Stadtplans und später ohne eine solche Hilfe jeden Winkel dieser auf mehreren durch Brücken miteinander verbundenen Inseln errichteten Stadt zu erkunden, etwa so, wie ein angehender Taxichauffeur sich alle Straßen und vor allem die gängigen Wege durch dieses feingewebte Netz einzuprägen versucht, ehe er seine Tätigkeit aufnimmt. Zur Erinnerungsstütze nahm er dabei die zahlreichen Kirchen, deren Namen er schließlich von Nord nach Süd und von West nach Ost hersagen konnte – S. Giobbe, S. Alvise, Madonna dell'Orto, S. Geremia, S. Leonardo, S. Marcuola, S. Maddalena usw. bis S. Gregorio und S. Marco im Süden – samt dem sie jeweils umspinnenden Netz von Straßen, Gäßchen und Kanälen.

Er fand nach alledem, ohne sich auch nur ein einziges Mal zu verlaufen, selbst den Weg zu seiner neuen Schule, die, wenn er über Straßen und Brücken ging, in etwa zwanzig Minuten zu erreichen war. Er hatte sich verbeten, daß seine Mutter oder sein Großvater ihn bei diesem ersten Gang begleiteten. Allein wollte er den Weg finden und allein den Mitschülern und Lehrern entgegentreten. Das Abgangszeugnis der Klosterschule hatte der Großvater schon zu Anfang der Ferien an den Direktor des Gymnasiums geschickt und bald danach auf schriftlichem Wege die Mitteilung erhalten, daß Massimo zu Beginn des neuen Schuljahres in die vorletzte Klasse eintreten könne.

Sobald Massimo das Klassenzimmer betreten hatte, merkte er, daß hier andere Verhaltensweisen üblich waren als unter den Schülern aus den niederösterreichischen Wäldern. Auch dort war es nicht regellos zugegangen, etwa so wie unter dem Geflügel auf einem Hühnerhof nach der gewohnten Hackordnung, wobei der gesellschaftliche Status der Eltern kaum eine Rolle spielte, sondern vor allem die Position, die sich einer durch körperliche Kraft, sportliche Leistungen, sprachliche Gewandtheit oder Hilfsbereitschaft in prekären schulischen Situationen (etwa in dieser Rangfolge) erwarb. Hier jedoch ging es komplizierter zu. Massimo hatte seinen Namen kaum genannt, als ein für seinen Geschmack ziemlich geckenhaft gekleideter Mitschüler auf ihn zutrat und sagte: »Massimo Battisti? Da hat ja dein Vater viel mit dir vorgehabt, wenn er dich den *Größten* genannt hat. Wie man hört, kann er sich allerdings nicht mehr persönlich darum kümmern.« Dabei blickte er dem Neuen spöttisch ins Gesicht und zugleich auch mit spürbarer Neugier, wie dieser auf einen solchen Frontalangriff reagieren würde.

Massimo war überrascht von dieser für ihn ungewohnten Attacke, faßte sich aber rasch und sagte mit gespielter Beiläufigkeit: »Ja, da ist nun eingetroffen, was ich schon als Kind geplant hatte, als ich das Haus meines Vaters in die Luft gejagt habe.«

Das verschlug dem Jungen – er hieß übrigens Federico – erst einmal die Sprache. Dann tat er, als habe er nicht recht verstanden. »Was hast du als Kind?« fragte er.

»Sein Haus explodieren lassen wie eine Bombe«, sagte Massimo seelenruhig, obwohl ihm dabei durch die Gedanken schoß, daß er eigentlich vorgehabt hatte, überhaupt nicht aufzufallen. Aber nun mußte er bei dieser Behauptung bleiben und erklärte: »Das Haus war nicht mehr zu gebrauchen, als wir aus dem Keller gekrochen kamen, und liegt auch heute noch in Trümmern, soviel ich weiß. Aber der Alte ist damals noch mit dem Leben davongekommen.«

»Hast du bisher dort unten im Süden bei ihm gelebt?« fragte Federico. Sein provokantes Gehabe war unversehens in blanke Neugier umgeschlagen.

»Glücklicherweise nicht«, sagte Massimo. »Ich habe ihn seit diesem Tag überhaupt nicht mehr gesehen. Zuerst wohnte ich mit meiner Mutter bei den Großeltern hier in Venedig, später dann, als die Sache mit meinem Vater brenzlig wurde, in Österreich. Dort war ich auf einer Klosterschule.«

»Einer Klosterschule?« sagte Federico mit sichtlicher Abscheu. »Wie langweilig!«

Massimo zuckte mit den Schultern. »Wieso? Ich hab mich ganz wohl gefühlt. Natürlich war es dort nicht besonders aufregend, aber das war mir gerade recht. Ich wollte nicht auffallen.«

»Kann ich verstehen«, murmelte Federico, doch seine Miene verriet deutlich, daß er überhaupt nichts verstanden hatte.

Es blieb zunächst bei diesem einzigen persönlichen Annäherungsversuch. Daß dieser sichtlich mißglückt war, hatten die anderen Mitschüler wohl mitgekriegt; jedenfalls ließen sie Massimo in Ruhe, und er selbst suchte von sich aus keine Kontakte, weil er sich erst einmal an die für ihn ungewohnte Art des Unterrichts gewöhnen mußte. Die Lehrer in der Klosterschule hatten im Unterricht immer wieder das Gespräch mit den Schülern gesucht, von denen die Mehrzahl ihnen aus dem Internat auch persönlich vertraut war, während hier der Unterricht wesentlich straffer gehandhabt wurde. Die Lehrer trugen ihren Lehrstoff vorne vom Pult aus vor, ließen zwar Fragen zu, wenn sich einer durch Handzeichen meldete, überprüften aber ständig das Wissen jedes einzelnen durch scharf gestellte Fragen, auf die sie sorgfältig formulierte Antworten erwarteten. Massimo empfand die Art des Unterrichts sehr viel unpersönlicher, begriff aber bald, daß dabei, wenn er sich darauf einließ, viel zu lernen war.

Eine nähere Beziehung zu einem der Mitschüler entstand erst nach einiger Zeit und zudem außerhalb der Schule. Massimo hatte auch nach Schulbeginn seinen Orgeldienst in der kleinen Kirche weiter versehen, soweit sein Zeitplan dies zuließ. Er hatte sich inzwischen auf die Wünsche der Patres eingestellt und wußte, welcher von ihnen zu den Hurtigen gehörte, die rasch fertig werden wollten, und welche ihm gern Zeit ließen für etwas ausschweifendere Zwischenspiele und Improvisationen.

Nach einem solchen Gottesdienst der zweiten Art traf er, als er mit einem Notenheft unter dem Arm die Treppe von der Orgelempore hinabstieg, unten im Vorraum der Kirche auf einen seiner Mitschüler, den ich hier Giovanni nennen will. Dieser Gianni, wie alle in der Klasse zu ihm sagten, stand also am unteren Ende der Treppe und blickte Massimo entgegen, wobei ihm sein Erstaunen anzumerken war, als er erkannte, wer da zu ihm herabstieg. »Ciao Massi«, sagte er. »Warst du das, der da eben so irre gespielt hat?«

Massimo blieb bei ihm stehen und machte eine fast hilflose Handbewegung, als wolle er dieses Lob – falls es überhaupt ein solches sein sollte – sofort entwerten. »Wieso irre?« sagte er. »Das war eine Toccata von Mayone.«

»Mayone?« sagte Gianni, dem dieser Name offenbar nichts sagte. »Ist das so ein moderner?«

Massimo mußte lachen, als er das hörte. »Irrtum«, sagte er.

»Diese Musik ist ungefähr 350 Jahre alt«, und nach kurzem Zögern: »Zugegeben, ich hab ein bißchen was dazugemacht.«

»Tüchtig«, sagte Gianni. »Da komm ich jetzt öfter her, wenn du hier Orgel spielst. Heute war ich eigentlich nur wegen des Bildes da, das drüben über dem linken Seitenaltar hängt. Hast du das schon entdeckt?«

Massimo hatte keine Ahnung, wovon Gianni sprach, und als dieser das merkte, sagte er: »Komm mit, ich zeig's dir« und drängte sich durch die ihm entgegenkommenden Gottesdienstbesucher in das noch beleuchtete Kirchenschiff. Massimo folgte ihm, verlor ihn im Gedränge eine Zeitlang aus den Augen und sah ihn dann, während die letzten Besucher an ihm vorübergingen, nach links zu dem Seitenaltar gehen, der wie angeklebt an der Vorderwand des knapp bemessenen Seitenschiffs angebracht war. Massimo war bisher immer nur auf der Orgelempore gewesen und hatte beim Spielen allenfalls auf den Hauptaltar geachtet, um der heiligen Handlung zu folgen und die Zeitpunkte nicht zu versäumen, an denen er spielen mußte oder konnte.

Das Bild, das Gianni meinte, hatte er bisher überhaupt nicht wahrgenommen. Er trat neben den Mitschüler und blickte hinauf zu dem Gemälde, das sich dunkel von der vergoldeten frühbarocken Umrahmung abhob. Zunächst begriff er überhaupt nicht, was es darstellen sollte. Er nahm ein vielfach verschlungenes Gitter wahr, das schräg in die Bildfläche hineinragte und diese fast ausfüllte, ein Netzwerk in unterschiedlichen, ineinander übergehenden Rottönen schimmernder Bänder oder Stangen, die einander mehr oder minder rechtwinklig durchkreuzten, aber nicht in einem regelmäßig angeordneten Geflecht, sondern so, daß dem Betrachter, wenn er einem dieser Bänder zu folgen versuchte in der Richtung ihres Verlaufs teils oberhalb und dann wieder unterhalb der quer zu ihnen verlaufenden Bänder, bald das Gefühl überkam, in die Irre geführt zu werden; denn es war oft schwer zu entscheiden, ob das Auge noch auf der richtigen Spur geblieben war oder in die Irre lief, weil es ein falsches Band gewählt hatte, das in seinem verdeckten Verlauf dem ersten allzu nahe gekommen war. So lief Massimo, indem sein Blick in das Geflecht dieser Bänder gezogen wurde, zuweilen in die Irre und kehrte auf diese Weise unversehens zu einer Stelle zurück, die er eben schon einmal berührt hatte, als wäre er im Kreis gegangen, oder verrannte sich in eine Sackgasse, in der kein Weiterkommen war. Dieser letzte Umstand wurde auf besondere Weise verursacht von einem sich in etwas helleren, rötlich überhauchten Brauntönen von dem Untergrund abhebenden Körper, der auf diesem Gitter zu liegen schien wie auf einem viel zu großen Bett, leicht zu der dem Betrachter abgewandten Seite gedreht, wobei die eben verlassenen Bänder auf dem Rücken dieses Körpers ein dunkleres Muster eingedrückt zu haben schienen.

»Ein Labyrinth«, sagte Gianni leise wie zu sich selbst.

»Ja«, sagte Massimo, »ein wahrer Irrgarten, aber was stellt er eigentlich dar? Er schaute auf die oberhalb des Bildes in Voluten aufgewölbte mattgolden schimmernde Bekrönung des Rahmens, in der ein Schriftband eingelassen war. ST. LAURENTIUS entzifferte er und begriff augenblicklich, sich der Märtyrerlegende entsinnend, die im Religionsunterricht an der Klosterschule vorgelesen worden war, daß hier das Martyrium dieses Heiligen dargestellt war, der glühende, übergroße Rost, auf dem er wie ein kümmerlicher Fisch zu Tode geröstet wurde, was die eingebrannten Spuren auf seinem Rücken deutlich zeigten. Jetzt erkannte er auch das halb abgewandte Gesicht der Figur, das fast noch im Profil zu sehen war, aber nicht den Betrachter anblickte, sondern das noch über die Ränder des Bildes hinausreichende Gitter des glühenden Rostes, als sei dieser wichtiger als die schmächtige Gestalt des Sterbenden.

»Natürlich San Lorenzo«, sagte Gianni. »Aber dennoch ein Labyrinth, für den Maler war das vielleicht die Hauptsache.«

In diesem Augenblick löschte der Küster das elektrische Licht, sie standen im Dunkeln und konnten kaum noch den Umriß der aufwendig gerahmten Bildtafel vor der etwas helleren Wand erkennen. Und doch meinte Massimo das Gitter glimmen zu sehen. Selbst als beide draußen in der herabsinkenden Dämmerung vor der Kirche standen, hatte Massimo noch immer dieses rotglühende Muster vor Augen. »Was ist das für ein Bild?« fragte er. »Kennst du das schon länger? Und wer hat es gemalt?«

»Viele Fragen und kaum verläßliche Antworten«, sagte

Gianni. »Ich kenne das Bild schon länger und komme immer wieder einmal hierher, um es anzuschauen. Wer es gemalt hat, weiß man nicht, aber es gehört offenbar zur ersten Ausstattung dieser Kirche, stammt also spätestens aus dem ersten Viertel des siebzehnten Jahrhunderts, wahrscheinlich ist es sogar etwas älter. Es gibt in Venedig noch mehr Bildtafeln dieser Art, verstreut in wenig namhaften Kirchen und kaum beachtet von den einschlägigen Kunstführern. Ich interessiere mich dafür, weil mich ihr unkonventionelles Konzept anspricht. Das scheinbar Unwesentliche wird auf unerwartete Weise fast zur Hauptsache, das Gegenständliche wird zuweilen zum Ornament stilisiert und sagt gerade deshalb Neues über den eigentlichen Gegenstand. Ach, was soll dieses Gerede, solche Sätze fassen eigentlich noch lange nicht, was für diese Bilder charakteristisch ist. Es gibt auch solche, die in ihren extremen Verzerrungen auf den Betrachter wie eine Übung in der Darstellung von Perspektiven wirken und eben durch diesen Kunstgriff das eigentliche Subjekt des Bildes erst wahrhaft sichtbar machen, dessen konventionelle Darstellungen uns aus langer Gewohnheit nicht mehr berühren oder gar erschüttern. Weißt du, ich male selber ein bißchen und habe in diesen Bildern etwas entdeckt, das mich von der bloßen Abmalerei wegführt.«

Am nächsten Tag stand Massimo, wieder vor dem Bild, diesmal im hellen Licht des frühen Nachmittags, und verlor sich in der Verfolgung der durcheinandergeflochtenen glühenden Bänder, die selbst der Gemarterte zu betrachten schien, allerdings ruhigen Auges und ohne das geringste Anzeichen von Schmerz in den Zügen seines jugendlich wirkenden Gesichts.

»Gefällt dir das Bild?« fragte jemand hinter ihm. Massimo schreckte aus seinen Gedanken, wandte sich um und sah sich dem Pater gegenüber, an dessen Stelle er zumeist die Orgel spielte. Er gehörte überdies zu jenen, die sich und damit auch dem Organisten Zeit ließen.

»Ich weiß nicht, ob *gefallen* das richtige Wort für das ist, was ich empfinde«, sagte Massimo nach einer Weile des Nachdenkens. »Ich frage mich, ob dem Maler der glühende Rost oder gar nur dessen raffinierte Verflechtung wichtiger war als der Mann, der darauf zu Tode gebraten wird. Aber gerade dieser Umstand zwingt mich dazu, auch über den Mann nachzudenken, dem das geschieht.«

Der Pater nickte, als wolle er diese Erklärung bestätigen. »So ist es wirklich«, sagte er. »Hast du noch nicht gemerkt, daß alle diese Bänder, auch wenn sie zunächst von der Mitte des Bildes wegzuführen scheinen, letztlich immer am Körper des Heiligen enden? Aber der Weg, den dein Blick im Verfolgen der glühenden Bänder unternimmt, ist nicht weniger wichtig als ihr Enden in dem gemarterten Körper.«

Massimo dachte eine Weile über die in diesem Satz umschriebene Behauptung nach und fragte schließlich: »Wie ist das zu verstehen?«

»Schwer«, sagte der Pater. »Aber es gibt dazu eine besondere Legende, die nie aufgeschrieben wurde, sondern nur unter den Mitgliedern unseres Konvents, dem das Bild anvertraut wurde, von Mund zu Mund weitergegeben wird. Da du danach fragst – was übrigens nur selten vorkommt –, will ich sie dir erzählen. Sie heißt:

Die Legende von St. Laurentius und seinem Gang über den glühenden Rost

Sie beginnt mit den Angaben, die schon in der *Legenda Aurea* des Jacobus de Voragine überliefert sind. Er selbst weist darauf hin, daß es strittig sei, unter welchem römischen Kaiser Laurentius um seines Glaubens willen – und auch wegen eines reichen Schatzes, von dem noch zu reden sein wird – den Märtyrertod erlitten haben soll. In einer gewissen Ratlosigkeit angesichts der zeitlichen Diskrepanz der verschiedenen ihm damals im dreizehnten Jahrhundert zugänglichen Berichte über Leben und Tod des Heiligen teilt er redlicherweise alle ihm bekannten Varianten mit, doch nach heutiger Kenntnis der Quellen ist wohl anzunehmen, daß dies alles unter dem Kaiser Traianus Decius geschehen sein muß, der berüchtigt ist wegen seiner besonders grausamen Christenverfolgung, allenfalls auch auf Veranlassung von dessen Sohn Herennius Etruscus, der auch den Beinamen Decius führte und zugleich mit seinem Vater zu Tode kam.

All dieses Gerangel um den historischen Zeitpunkt soll im Grunde genommen nur der Absicht dienen, den Tod des Laurentius in den Rahmen der glaubhaft tradierten geschichtlichen Ereignisse einzufügen. Dies geschieht zudem auch im Zusammenhang mit dem schon zuvor erwähnten Schatz, der infolge historisch verbürgter Geschehnisse in die Hände des Laurentius geraten sein soll. Dieser Schatz stammt, heißt es bei Jacobus, von dem Vorgänger des Decius in der Kaiserwürde, dem Araber Philippus, der den Christen offenbar freundlicher gesonnen war, wenn er auch wohl selbst kein Christ gewesen ist, wie Jacobus behauptet. Dieser Decius, zunächst ein Feldherr des Philippus, wurde von meuternden Legionen zum Gegenkaiser ausgerufen und marschierte auf Rom. Jacobus berichtet nun, daß Philippus, ehe er selbst dem Heer des Decius entgegenzog, seinem trotz dessen Jugend schon zum Mitregenten ernannten Sohn, der gleichfalls Philippus hieß, seinen Schatz übergeben habe. Als nun der ältere Philippus von Decius ermordet worden war, soll auch der jüngere gegen Decius gezogen sein und zuvor den Schatz in die Obhut des Laurentius gegeben haben mit der Weisung, ihn der Kirche zu übergeben und den Armen austeilen zu lassen, falls auch er umkomme.

Dieser ziemlich komplizierte Vorgang, bei dem sozusagen staatliches Geld nach dem Willen des Kaisers in kirchliche Hände überging, wird nun von Decius, der diesen Schatz natürlich zurückbekommen und damit seinen Krieg gegen die Goten finanzieren möchte, als entscheidender Anklagepunkt benutzt. Und hier vor Gericht kommt es zu der entscheidenden Szene, in der Laurentius statt des längst an die Armen verteilten Schatzes alle Armen, Lahmen und Blinden vor den Kaiser Decius führt und spricht: »Siehe, dies sind die ewigen Schätze, die nimmer gemindert werden, sondern sie wachsen alle Zeit.«

Dieser Satz bildet den eigentlichen Kern der ursprünglichen Legende und fegt den vorangestellten Wirrwarr von historischen Anbindungsversuchen einfach beiseite. Es kommt jetzt gar nicht mehr darauf an, ob all dies unter Decius, Gallienus, Diocletian oder sonst einem Mächtigen bis auf unsere Tage geschehen ist, sondern darauf, daß hier ein Mensch einem Machthaber entgegentritt und ihm zu erweisen versucht, daß wahrer Reichtum nicht besteht im Habenwollen und Besitzen, und sei es auf Kosten des Lebens anderer, sondern im Herschenken, um Leben möglich zu machen. Diese Demonstration führt dazu, daß Laurentius nach mancherlei anderen Torturen auf den Rost gehoben wird.

Hier setzt nun die besondere Version der Legende an, die mit unserem Bild in Zusammenhang steht, wobei es gar nicht darauf ankommt, ob das Bild den Ausgangspunkt dieser Version bildet oder nur bestimmte Aussagen der ursprünglichen Legende in den Mittelpunkt der Betrachtung rückt. Es ist ja schon bei Jacobus überliefert, daß Laurentius zu seinem Richter gesagt haben soll: »Wisse, du armer Mensch, diese Kohlen sind mir eine Kühle«, und davon soll nun die Rede sein.

Zu Beginn der Marterung läßt Jacobus den Kaiser Decius sagen: »Bringt mir ein eisern Bett, daß der stolze Laurentius darauf ruhe diese Nacht.« Viele Leser mögen dies für Spott oder doch wenigstens für eine Metapher gehalten haben, doch es mag in der Tat so gewesen sein, daß der Kaiser einen nach seiner Größe für ein Beilager bestimmten, kunstreich geschmiedeten Betteinsatz hat herbeibringen lassen, dessen stählerne Bänder auf äußerst komplizierte Weise ineinander verschlungen waren und so eine für den Schlaf angenehm federnde Unterlage bildeten. Auf dieses Bett wurde Laurentius gelegt, und während die einen Folterknechte darunter ein Kohlenfeuer entfachten, drückten die anderen seinen Körper mit eisernen Gabeln auf den Rost.

Sie hatten Laurentius nicht auf den Rücken, sondern auf die Seite gelegt – man erkennt dies an seinen überlieferten Worten, die er kurz vor seinem Tod *mit fröhlichem Angesicht* zu Decius gesagt haben soll: »Siehe Elender, die eine Seite hast du gebraten, brate nun auch die andere!« –, und aus dieser Stellung konnte er das vielgestaltige Geflecht der Bänder betrachten, die sich über der Glut der brennenden Kohlen allmählich röteten. Und sein Blick wanderte über diese Bänder, wie er selbst früher die verschlungenen Straßen dieser Welt gewandert war, anfänglich in Spanien, wo er seine Kindheit verlebte, und er sah, während er über die purpurn überhauchten Bänder wanderte, den rötlichen Staub von den Wegen seiner Kindheit aufwölken, wenn er am Morgen durch die Weingärten streifte und der kühle Tau über die reifenden Beeren perlte, spürte den frischen Wind, der von den Bergen her ihm entgegenwehte. Wege waren das, die ihn hinausführten in das fruchtbare Land und wieder zurückgeleiteten zum Haus seiner Eltern. Und schon damals sah er Bettler am Wege hocken, beinlose oder blinde, zerschlissene Fetzen rafften sie über ihre ungewaschenen Leiber und hoben die Hände, wenn der junge Herr vorüberging, und er gab ihnen jedesmal alles, was er bei sich trug, ja er sorgte schon vor dem Aufbrechen dafür, daß er genug in der Tasche hatte, und wenn es doch nicht ausreichen wollte, forderte er die Leute auf, die ihm begegneten, den Hilflosen zu helfen. Und er entsann sich der Zeit, als er herangewachsen war und ihn die Ellipsen seiner Wege weiterführten, bis auf die Höhen der Hügel und zwischen die Felsschrofen des Gebirges oder hinab in die Stadt, wohin man ihn zu Lehrern geschickt hatte, die ihn lehrten, wie es sich verhält mit dieser Welt, in der es für recht gehalten wird, wenn achtbare Reiche ihr Geld zusammenraffen und verachtete Arme vergeblich die Hände ausstrecken, und diese Lehrer berichteten ihm von einem HERRN, der solche Gewohnheiten auf den Kopf gestellt hatte, der Arme selig pries und den Reichen und Mächtigen ein böses Ende androhte. Laurentius entsann sich, während er über die kühlen Straßen der Stadt wanderte, all der Geschichten über diesen HERRN, die man ihm erzählt oder zu lesen gegeben hatte und die er bedachte, während seine Füße über immer weitere Windungen und Schleifen seine Wege schritten. Er entsann sich auch seines Vetters Vicentius, der ihn oft dabei begleitete und mit ihm über diese Geschichten sprach.

Er erinnerte sich auch, indem er weiter über die kühl flammenden Wege ging, daß sie einem frommen Mann namens Sixtus begegneten, der sie mit sich nahm auf eine lange Reise, und nun schienen die Wege, die er beschritt, sich fast bis ins Unendliche hinauszuschlingen, Wege über die Pässe von Gebirgen, wo er durch eisigen Schnee zu waten hatte, und er spürte, wie die Jochwinde ihm kalt durch sein Gewand bis auf die Rippen bliesen. Und an all diesen Wegen sah er die Bettler sitzen, in den Weilern unter den Felsbergen und auch später, als sie wieder dem Tal und der Ebene zu wanderten, auch dort saßen sie an einer jener vielen Straßen, die alle nach Rom führen. Und auf dieser Reise gab er ihnen nach und nach seinen gesamten Besitz, den er mitgenommen hatte, Stück für Stück in die ausgestreckten Hände, und mit jeder Münze, die er herschenkte, überkam ihn im Schweiß der Wanderung eine köstliche Kühle.

In dem Augenblick, in dem sie nach dieser Wanderung über zahllose ineinandergewundene Wege endlich die Stadt Rom erreichten, fand er sich wieder auf der kühlen Glut des stählernen Bettes, und als er seinen Blick von den Bändern löste, über die er diesen langen Weg geschritten war, sah er den Kaiser Decius neben seinem Lager stehen. Da er seinen Tod nahen fühlte, sagte er zu dem Kaiser eben jenen Satz, der weiter oben schon einmal, wenn auch unvollständig, zitiert wurde: »Siehe, Elender, die eine Seite hast du gebraten, brate nun auch die andere und iß!«

Diese beiden letzten Wörter, die er noch hinzusetzte, lassen jeden erschrecken, der sie zum ersten Mal hört. Wollte der Heilige den Kaiser verspotten in seiner letzten Minute? Das ist schwer vorstellbar. Oder wollte er ihn hinstellen als einen Kannibalen, der sich vom Fleisch jener ernährt, die ihm in die Hand gegeben sind? Auch das wohl nicht. Was soll es dann bedeuten, daß er sich selbst dem Mächtigen als Speise anbietet? Soll dies eine Metapher dafür sein, daß der Elende, wie er den Kaiser nennt, aus diesem Elend herausgeführt werden könnte, wenn er sich das Beispiel des Gemarterten zu eigen machen würde wie eine Speise, die man zu sich nimmt, um zu leben? Das könnte schon eher sein. Bleibt er damit nicht in der Spur jenes HERRN, dem er nachfolgte, seit er von ihm gehört hatte, und der selbst seinen Leib allen zur Speise darbietet, die ihm folgen?

***

Mit solchen Fragen beendete der Pater seinen Bericht und fügte keine Antwort hinzu. Massimo gab sich damit zufrieden, denn ihm schien, daß eine solche Antwort nach menschlichem Ermessen nicht gegeben werden konnte. Er blickte jetzt wieder auf das Bild und sah es auf eine neue, verwandelte Weise. Das verschränkte Gitterwerk glühte auf unter dem Schein eines orangeroten Lichtbalkens, den die Abendsonne durch eines der halbrunden Fenster warf, und der Leib des Heiligen wirkte eher wie wohlig hingestreckt als gepeinigt unter einer solch schmerzhaften Tortur. Ein Labyrinth, hatte Gianni gesagt. Das war es wohl: Ein Labyrinth besteht ja aus Wegen, die den Gehenden ständig in die Irre zu leiten versuchen und ihn dann doch, wenn er sich nicht irremachen läßt, zum Zentrum dieses kunstreichen Geflechts führen, in dem sich jede Frage beantwortet.

In den folgenden Wochen machte sich Massimo auf die Suche nach Bildern dieser Art und bevorzugte dabei kleinere, weniger beachtete Kirchen. Gelegentlich traf er, nachdem er am Abend Orgel gespielt hatte, Gianni unten in der Kirche und erfuhr von ihm weitere lohnende Ziele. Zu diesem Zeitpunkt begann er sich Notizen zu machen zu diesen merkwürdigen Bildern, die sich stets durch eine formale Auffälligkeit von anderen, vielleicht sogar berühmteren Bildern abhoben.

Einmal stand er in einer kleinen, etwas verwahrlosten und stilistisch schwer zuzuordnenden Kirche im Osten der Stadt nahe der Lagune vor einem solchen Bild, das kaum bemerkbar an der Seitenwand des Altarraums neben der Tür zur Sakristei hing. Auch hier brauchte er eine Weile, um das Thema des Bildes herauszufinden. Zunächst war im Dämmerlicht des düsteren Raumes nur ein gewaltiges Pferd zu erkennen, ein Apfelschimmel mit reichverziertem Zaumzeug, der wie erschreckt auf den Betrachter zusprang und demnach in starker Verkürzung dargestellt war, aufgebäumt auf der Hinterhand, daß unter dem seitlich zurückgeworfenen Kopf mit den aufgerissenen Augen, geblähten Nüstern und gebleckten Zähnen vor allem Hals und Bauch in der Untersicht gezeigt waren mit dem überdeutlich hervorgehobenen Geschlecht des Hengstes. Erst später erkannte

Massimo den Mann, der halbwegs unter den aufgehobenen Vorderhufen am Boden lag, gleichfalls in fast extremer Verkürzung dargestellt, den Kopf wie in einem Anfall weit zurückgeworfen, daß seine Stirn den Boden berührte und der Betrachter das Gesicht umgekehrt erblickte, gekrönt von dem in die Höhe gereckten Kinn, das, wenn man mit dem Blick dieser Richtung folgte, nach oben wies, wo in einer dritten Ebene über Mann und Pferd eine strahlende Helle das sonst herrschende Dunkel durchbrach, die sich bei genauem Hinschauen in den weit geöffneten Augen des Liegenden widerspiegelte. Solcherart wurde Massimo über die Zusammenhänge der Darstellung geführt und begriff das Thema: St. Pauli Bekehrung.

Er stand noch immer davor und bewunderte, wie dieses Beziehungsgeflecht auf ihn den Eindruck einer ungeheuren Kraft vermittelte, als von der Tür des Seitenschiffes her eine Gruppe kunstinteressierter Touristen hereinkam. Ihr Führer machte keine Anstalten, vor diesem Bild stehenzubleiben, sondern wies im Vorübergehen schon auf den Hauptaltar und sagte: »Dort ist ein Guido Reni zu bewundern, sonst gibt's hier nichts Bedeutendes.« Einer der Gruppe jedoch, der durch Massimo auf das Bild aufmerksam geworden war, faßte den Uninterressierten am Arm und fragte ihn in nicht eben akzentfreiem Italienisch: »Was ist das für ein Bild?«

Der Führer kehrte sich mit einer wegwerfenden Handbewegung halb um zu ihm und sagte: »Ach, irgend so ein unbedeutendes Bild des Manierismus.« Er ging sofort weiter, und der andere mußte sich ihm notwendigerweise anschließen, wenn er seine Gruppe nicht verlieren wollte.

In dieser kurzen Begegnung wurde Massimo zum ersten Mal mit dem Begriff des Manierismus bekannt gemacht, der, wie aus der Bemerkung des Führers zu schließen war, zumindest von diesem als abwertende Bezeichnung gebraucht wurde. Massimo jedoch war viel zu bewegt von der Dynamik des Bildes, als daß ihn diese, wie ihm vorkam, blasierte Nichtachtung beeindruckt hätte. Er hatte vielmehr – und das befriedigte ihn durchaus – einen Begriff kennengelernt, unter dem sich solche Bilder, deren Zusammengehörigkeit er unwillkürlich erspürt hatte, zusammenfassen ließen. Manierismus: Er beschloß, diesem Begriff nachzugehen und hatte auch schon so eine Vorstellung, als sei dieser auch auf die Musik anwendbar, die aus dieser Zeit stammte und ihn auf besondere Weise bewegte.

VII

Es böte sich an, dieses Kapitel als Schulgeschichte zu konzipieren, aber ich habe dazu nicht die geringste Lust. Für meine Vorstellungen zu diesem Buch war ohnehin schon genug von Schule die Rede, und meine Unlust, dieses Thema weiter zu vertiefen, ist wohl vor allem darin begründet, daß ich meine eigene Schulzeit zumeist als eine unangemessene Art von Freiheitsberaubung empfunden habe und noch heute in gelegentlichen Alpträumen vor einem ernst blickenden Lehrerkollegium noch einmal meine Matura ablegen soll und von nichts eine Ahnung habe. Die vernünftigen Vorsätze Massimos, die er im vorangegangenen Kapitel im Hinblick auf seine beiden letzten Schuljahre faßt, haben jedenfalls nicht den geringsten autobiographischen Hintergrund wie so vieles in diesem Buch. Ich will also diese Thematik so weit wie möglich beiseite schieben und mich vorwiegend außerschulischen Erfahrungen zuwenden, wie sie sich in Massimos zu dieser Zeit erwachendem Interesse an Malerei oder Kunst überhaupt schon andeuten.

Zunächst ist von einem Besuch zu erzählen, der etwa zu Herbstbeginn stattfand und der Familie von Massimos Tante galt. Tante Nora, die Tochter einer verstorbenen Cousine des Großvaters, war verheiratet gewesen mit einem venezianischen Patriziersohn aus vermögender Familie, der im Krieg als Oberst der Alpini zu Tode gekommen war. Sie hatte eine Tochter etwa in Massimos Alter namens Catarina, ein, wie er aus Gesprächen entnehmen konnte, recht selbstbewußtes Mädchen, das sich eben zu einer etwas herben Schönheit herauswuchs. Mutter und Tochter verbrachten die Ferienzeit zusammen mit der notwendigen Dienerschaft stets in einem Landhaus am Brenta-Kanal, bis Catarina zu Schulbeginn wieder in die Stadt zog, während die Mutter noch bis Anfang Oktober auf dem Lande blieb.

Ehe sie zu Beginn der kühleren Jahreszeit auch wieder in die Stadtwohnung zurückkehrte, pflegte Tante Nora eine Art Abschiedsfest zu veranstalten, zu dem auch die weitere Familie eingeladen wurde, also auch Massimos Großvater samt Anhang. Um diesen Tag etwas reizvoller zu gestalten, hatte der Großvater seinen Freund Marco gebeten, ihn und seine Familie im Motorboot über den Brenta-Kanal zum Landhaus der Tante zu fahren, und dazu hatte er auch Catarina eingeladen, die ja schon wieder in der Stadt wohnte, betreut von einem Zimmermädchen und der Köchin.

Massimo war dieser Cousine noch nie begegnet. Als er als erster in das Boot stieg, sah er sie ganz vorn am Bug sitzen, so weit wie möglich entfernt von dem Bootsführer im Heck. Massimo macht sich sofort Gedanken darüber, ob sie bewußt diese Distanz gesucht hatte oder darauf aus war, im Rauschen der Bugwelle das Vorandrängen des Boots zu spüren. Als sie sich, während er noch unschlüssig zwischen den Sitzbänken stand, kurz umblickte und sofort wieder nach vorn schaute, erhielt er einen flüchtigen Eindruck von ihrem Gesicht: fast dreieckig wie die Larve einer Katze, stellte er fest, die Augen dunkel mit einer moorgrünen Nuance wie vom Laub der Bäume überschattetes Teichwasser. Mehr hatte er nicht wahrgenommen, und doch entschloß er sich, nach vorn zu gehen und sich neben sie zu setzen.

Sobald er Platz genommen hatte, ohne daß Catarina sich zunächst weiter um ihn gekümmert hätte, blickte er zurück zu den anderen, die jetzt gleichfalls das Boot bestiegen. Der Großvater stand noch auf der steinernen Platte des Anlegeplatzes und stützte die Mutter beim Einsteigen, und als sie sicher im Boot stand, kam auch er mit einem raschen Schritt an Bord. Massimo sah den Blick, den seine Mutter ihm zuwarf, während der Großvater sie zu einem Sitz in der Nähe des Bootsführers geleitete, den er gleich darauf, sobald die Mutter sicher Platz genommen hatte, herzlich begrüßte. Noch im Gehen hatte die Mutter das Gesicht

Massimo zugewendet und ihn – oder zugleich auch Catarina? – mit gerunzelten Brauen betrachtet, irgendwie mißmutig oder gar tadelnd, als habe er sich etwas zuschulden kommen lassen oder gegen ihren Willen getan. Gleich darauf zog sie der Großvater in ein gemeinsames Gespräch mit seinem Freund Marco, sobald dieser das Boot abgelegt und wieder in Fahrt gebracht hatte. Da mußte die Mutter endlich ihren Blick dem Bootsführer zuwenden, doch es schien Massimo, als tue sie das unwillig.

Er hatte das alles registriert, ohne es weiter für bedeutsam zu halten, und wendete sich nun dem Mädchen zu, das neben ihm saß und hinab zu der schäumenden Bugwelle blickte oder auch voraus auf das im Licht einer leicht verhangenen Sonne schillernde Wasser des Kanals, als könne sie es nicht erwarten, rasch vorwärts zu kommen zu dem Ziel dieser Fahrt.

»Du bist doch meine Cousine Catarina?« sagte er, um irgendein Gespräch zu beginnen.

Da zeigte sie ihm endlich ihr Gesicht aus der Nähe und sagte: »Und du bist vermutlich mein Vetter Massimo, der kürzlich aus den wilden Wäldern des Nordens angereist ist. Wie war es denn bei den Barbaren dort oben?«

Der pure Spott! dachte Massimo, aber er wollte sich nicht so schnell ins Bockshorn jagen lassen, sondern nahm diese Frage lachend zur Kenntnis und sagte: »Die Mädchen dort waren zumindest freundlicher.«

»Touché!« sagte sie. »Deine Riposte kommt augenblicklich.«

Es schien ihr Spaß zu machen, wie er reagiert hatte. »Kannst du fechten?« fragte er.

»Ein bißchen mit dem Florett«, sagte sie. »Ich lerne noch.«

»Das möchte ich auch können«, sagte er. »Machst du das im Sportunterricht?«

Sie schüttelte den Kopf. Für einen Augenblick blitzte über ihr Gesicht ein Lächeln. »Nein«, sagte sie. »Ich gehe in eine private Fechtschule.«

Massimo war jetzt ernsthaft interessiert. »Nehmen die auch Leute wie mich auf? Ich meine männliche Schüler?«

»Sicher«, sagte sie. »Wenn du so hart dranbleibst wie hier mit Worten, wirst du's zu was bringen.«

»Das will ich auch«, sagte er, »sonst würde ich das gar nicht erst anfangen.«

Sie schaute ihn einen Augenblick lang mit großen Augen an. »Du gehst wohl immer gleich aufs Ganze«, sagte sie dann.

Er blickte ihr gleichfalls ins Gesicht, dieses kätzische Dreieck mit den moorgrünen Augen. »Eigentlich bin ich eher ein Zögerer«, sagte er dann. »Ich glaube, das hast du provoziert.«

Da lachte sie laut auf, ein Lachen wie durcheinandergeschütteltes Silberzeug, und sagte: »So macht man das beim Fechten.«

»Ich werd's mit merken«, sagte er. Während er noch sprach, stellte er fest, daß sie plötzlich nicht mehr ihn ansah, sondern über seine Schulter hinwegblickte zum Heck des Bootes. Da wendete er den Kopf zurück und sah, wie seine Mutter herüberblickte, provoziert vielleicht von Catarinas lautem Lachen, und in ihren Augen war alles andere als Freundlichkeit zu lesen. Nicht eigentlich Zorn, schien ihm, aber so etwas wie Eifersucht.

»Was hat sie?« fragte Catarina.

Massimo zuckte mit den Schultern. »Ich weiß nicht«, sagte er. »Es sieht so aus, als könne sie dich nicht leiden.«

»Das glaub ich nicht«, sagte Catarina. »Sie kennt mich ja kaum. Ich vermute eher, sie mag nicht, daß du bei mir sitzt.«

»Sollte ich das nicht?« Massimo überkam das Gefühl, er habe gegen irgendwelche ihm unvertraute Sitten verstoßen.

Aber Catarina lachte nur. »Ich hab nichts dagegen«, sagte sie. »Wie lange warst du mit ihr dort oben in Österreich?«

»Ungefähr sechs Jahre«, sagte er.

»Nur ihr beide?«

»Ja. Nur wir beide in einem kleinen Haus.«

»Dann brauchst du dich nicht zu wundern. Sie ist eifersüchtig wie auf einen Mann, der mit einer anderen flirtet.«

Inzwischen hatte das Boot die Lagune überquert und fuhr nun bei Fusina in den Naviglio ein, der weiter westlich in die Brenta mündet. Langsam tuckerten sie dahin, und bald schob sich, aus den Kulissen von Ufergebüsch und Baumreihen hervortretend, eine palastartige Villa ins Blickfeld, ein gewaltiger Kubus zwischen niedrigen Nebengebäuden, von türmchenartigen Rauchfängen überragt und mit einem davorgesetzten antikischen Säulenportikus, als residiere hier ein olympischer Gott.

Trotz seines historischen Zierats erinnerte der klotzige Würfel Massimo an das Betonhaus seines Vaters, und er fühlte sich bedrückt von der Last dieser Ähnlichkeit, während sie langsam, weil der Bootsführer den Motor gedrosselt hatte, an dem nahe über dem Ufer aufragenden Gebäude vorübertrieben. Catarina, die ihn beobachtete und bemerkt hatte, wie beeindruckt er war, sagte leise: »Das ist ein Haus für deine Mutter.«

»Wieso?« fragte Massimo scharf. Er fühlte sich ertappt, als hätte sie seine Gedanken lesen und seine geheimen Ängste wahrnehmen können.

»Weißt du nicht, wie die Villa heißt, die sich die Brüder Foscari hier vor bald vierhundert Jahren haben bauen lassen?« und als Massimo den Kopf schüttelte: »Man nennt sie La Malcontenta, die Unzufriedene. Schau deine Mutter doch an, wie unzufrieden mit uns sie zu sein scheint!«

Massimo ging auf diese Begründung nicht ein, auch wenn er eher erstaunt als betroffen war über die Unverblümtheit, mit der seine Cousine das Verhalten seiner Mutter interpretierte. »Weißt du, warum die Villa so genannt wird?« fragte er und versuchte damit, sich auf sicheres, weil historisches Gelände zurückzuziehen.

Catarina quittierte diese Retirade mit einem spöttischen Lächeln, ging aber darauf ein. »Es gibt da eine unverbürgte Geschichte«, erzählte sie, »in der es um die Ehefrau von einem der Foscari geht, die es mit der Treue nicht so genau genommen haben soll, wie ihr Mann es für wünschenswert hielt. Er soll sie daraufhin für den Rest ihres Lebens hier eingesperrt haben.«

Massimo war überrascht von dieser Parallelität. »Mein verstorbener Vater«, sagte er, »hat meine Mutter und mich in einem vergleichbaren, wenn auch nicht so historisch verbrämten Betonkubus eingesperrt, ohne daß solche Ursachen zu befürchten gewesen wären. An dieses kahle Haus mußte ich denken und fühlte mich, als ich eben jetzt die Villa auftauchen sah, für einen Augenblick so eingeengt wie damals. Ich war als Kind der Meinung, ich hätte zu Ende des Krieges das Haus in die Luft gesprengt allein durch meinen Willen und einen Zauberspruch. Aber es war wohl doch eine Fliegerbombe, die im gleichen Augenblick, als ich meinen Fluch aussprach, durchs Dach schlug und explodierte.«

Er hatte, während er sprach, hinüber zu der Villa geblickt. Jetzt erst schaute er Catarina ins Gesicht und fürchtete, daß sie ihn auslachte. Aber sie blieb ernst, schien an dem geschilderten Vorgang durchaus interessiert zu sein und fragte. »Wie lautet dieser Zauberspruch?«

»Berlocke, Berlacke, Berlúm«, sagte Massimo. »Ich hab ihn von einem Puppenspieler gehört, der damit den Teufel bannte.«

»Stark!« sagte Catarina. Die Geschichte schien ihr zu gefallen.

Inzwischen war die Villa aus ihrem Gesichtskreis verschwunden. Das Boot hatte wieder Fahrt aufgenommen und glitt vorüber an Gärten, kleineren, mit roten Ziegeln gedeckten Sommerhäusern, am Rande einer kleinen Ortschaft vorüber und legte bald danach unterhalb eines weitläufigen Parkes an, zwischen dessen Baumbestand eine nicht so pompöse, aber in ihren klassischen Architekturformen um so reizvollere Villa zu sehen war, die in ihrem Entwurf der Malcontenta ähnelte, aber zierlicher wirkte und nicht so klotzig in die Landschaft gestellt war. Sie stand nicht unmittelbar am Ufer des Kanals, sondern etwas zurückgesetzt hinter dem weitläufigen Garten. Unterhalb des attischen Portikus, der auch hier den Eingang umrahmte, waren durch niedrige Buchsbaumhecken in regelmäßige ornamentale Figuren unterteilte Beete zu erkennen, die auf den Portikus hin orientiert waren; weiter nach rechts ging diese strenge Gestaltung über in locker verteiltes Buschwerk, vor dessen dunklem Grün sich hell einzelne Steinfiguren abhoben.

Der Bootsführer stellte den Motor ab, ließ das Fahrzeug auslaufen und machte es bei dem Anlegeplatz fest, der sich genau unterhalb der Mittelachse des ornamentalen Renaissancegartens befand. Schon während sie ausstiegen, hörte Massimo aus der offenen Tür der Villa die Rhythmen von Tanzmusik, und es war ihm, als zöge diese Musik ihn und vielleicht auch die anderen, die mit ihm angekommen waren, über den kiesbestreuten Weg durch den Garten und die breite Freitreppe hinauf zu den Säulen des Portikus und hinein in die geöffnete Tür des Hauses, unter deren hochgewölbtem Bogen ihnen Tante Nora entgegentrat und sie begrüßte. »Du bist doch zum ersten Mal hier?« sagte sie zu Massimo. »Laß dir von Catarina das Haus zeigen!«

Die kätzische Cousine war dicht neben ihm stehengeblieben. Jetzt sah er über ihr Gesicht wieder dieses spöttische Lächeln huschen, dann stellte sie sich in Positur und sagte im leiernden Tonfall einer allzu routinierten Fremdenführerin: »Hier treten Sie ein in die Sala, unter deren möglicherweise von Veronese gemaltem Deckenfresco zur Zeit der Spätrenaissance orgiastische Feste gefeiert wurden. Blicken Sie empor, mein Herr, und Sie schauen in die Augen sämtlicher Götter Griechenlands!«

Sobald er hinaufschaute zu diesem durch die weiten halbrunden Fenster hell beleuchteten Deckengemälde, vergaß er all die Leute, die hier herumstanden oder lässig miteinander tanzten, selbst die hämmernde Musik erreichte nur noch wie von ferne sein Bewußtsein; denn über ihm hatte sich in der Tat der antike Götterhimmel geöffnet, figurenreich unter den rötlich überhauchten Wolken aufgereiht. Er starrte in die Höhe, als ginge es dort wirklich bis in unendliche Weiten, erkannte Figur für Figur die Götter, die dort oben ihr Wesen trieben, als ginge sie die Welt unter ihren perspektivisch von unten gezeigten nackten Fußsohlen überhaupt nichts an. Dionysos trank aus rebenbekränztem Becher, Zeus reckte sein Blitzbündel in die Wolken, und es schien ihn nicht zu kümmern, wen die grell hervorzuckenden Strahlen zerschmettern würden, nur Venus, die am Rand der das Ganze umfassenden, reichbelaubten Landschaft stand und achtlos mit einem Zweig spielte, warf einen gleichmütigen Blick herab auf die tanzenden Paare weit unter ihren hübschen Zehen, hinab auf jene sich wie zuckende Automaten bewegende Gestalten, die ihr wie Versuchskarnickel erscheinen mochten unter der Knute ihrer Gewalt, sich aufeinander zu bewegten und dann wieder trennten, wie es ihre Willkür wollte. So wenigstens kam es Massimo vor. »Nur eine von ihnen schaut herab, und das ist Venus«, sagte er.

»Du siehst, was du sehen willst oder sehen mußt«, sagte Catarina und vergaß ihr Fremdenführerinnengehabe. »Von diesem

Fresco wird behauptet, daß jeder Betrachter sich von jener Gottheit angeblickt fühlt, die für ihn von besonderer Bedeutung ist. Demnach scheinst du eine besondere Beziehung zu Venus zu haben. «

»Was du nicht alles weißt«, sagte Massimo, und doch weckten Catarinas Worte in ihm die Erinnerung an Lena. Sie hatten sich aufeinander zu bewegt und waren wieder getrennt worden, und er fragte sich, inwieweit diese gleichmütig herabschauende Göttin dabei ihre Hand im Spiel gehabt haben mochte, jene Hand, die mit solcher Gleichgültigkeit einen eben abgerissenen, noch belaubten Zweig in der Hand hielt, an dem ein Apfel hing, reif und zum baldigen Verzehr bestimmt, offenbar eine von Veronese oder irgendeinem Maler seiner Werkstatt durchaus symbolisch gemeinte Geste, um die Vergänglichkeit solcher Gefühle ins Bild zu setzen. Unversehens wurde ihm bewußt, daß Lena schon seit Wochen seine Gedanken nicht mehr beschäftigt hatte. Würde das auch weiterhin immer so sein oder war das für ihn selber nur ein kindliches Voraus-Geplänkel gewesen? Auch für Lena? Er wußte darauf keine Antwort.

»He!« sagte Catarina. »Da habe ich dich aber gewaltig zum Nachdenken gebracht! Wie war das denn dort oben im kühlen Norden mit den Mädchen, die dir soviel freundlicher erschienen sind? Deine Schule scheint ja gar nicht so klösterlich abgeschlossen gewesen zu sein.«

»Ich hab nicht in der Klausur gewohnt, wenn du das meinst«, sagte er und spürte, wie ihm die Verlegenheitsröte ins Gesicht stieg.

»Sieh da!« Catarinas Interesse schien noch zuzunehmen. »Da gab's doch was? Erzähl!«

Doch Massimo wollte nichts von diesen Erinnerungen preisgeben. »Was soll denn schon gewesen sein«, sagte er abwehrend. »Ein bißchen Kinderkram, weiter nichts«, und er schämte sich schon, während er das sagte, dieser Abwertung einer Erfahrung, die er unter dem spöttischen Blick der Cousine nicht auf angemessene Weise hätte in Worte fassen können.

Catarina ließ das Thema fallen und sagte: »Komm, laß uns ein bißchen tanzen. Das kannst du doch?«

Massimo hob abwehrend die Hände und sagte: »Dazu gab's dort oben in den Wäldern keine Gelegenheit.«

»Ach was«, sagte sie. »Probier's einfach. Ich zeig's dir«, und schon hatte sie seine linke Hand auf ihre Hüfte gelegt, während sie mit der anderen nach seiner Rechten griff. Massimo drang jetzt der Rhythmus der Musik wieder stärker ins Bewußtsein, und Catarinas Körper teilte ihm mit, was er von ihm erwartete an Schritten, Drehungen und Berührungen. »Du lernst schnell«, sagte sie nach einer Weile. »Jedenfalls hast du ein Ohr für Musik.«

»Das hatte ich schon immer«, sagte Massimo. »Erst das Klavierspiel meiner Mutter, als ich noch klein war; später dann nach Kriegsende hat mich mein Großvater in die Schule genommen und mir gezeigt, wie man auf dem Cembalo spielt, und im Kloster hab ich dann auch noch Orgelspielen gelernt. Hat man dir nicht erzählt, daß ich, wenn ich Zeit dazu habe, in San Evergisio die Messen spiele?«

»Lauter höchst ernsthafte Musik also«, sagte Catarina. »Nein, davon wußte ich nichts. Außerdem ist das hier eine ganz andere Musik.«

»Wieso?« sagte Massimo. »Musik ist Musik. Ich hab Jazz erst kennengelernt, seit ich wieder hier in Venedig bin, aber ich mag die Art, wie diese Musiker frei über gegebene Melodien improvisieren. Da gibt's durchaus Parallelen zu barocker Musik, wenn man die richtig spielt.«

»Davon versteh ich nichts«, sagte Catarina. »Außerdem klingt mir das zu gescheit. Ich will einfach nur tanzen, ohne darüber nachzudenken, wie diese Musik zustande kommt. Fühlen will ich sie und mich dazu bewegen.«

»Das kann ich spüren«, sagte Massimo und folgte den Aufforderungen, die ihr katzenhaft beweglicher Körper an ihn weitergab. »Du bist eine gute Lehrmeisterin.«

»Und du ein gelehriger Schüler«, sagte sie lachend und streifte mit den Lippen sein Ohr.

In diesem Augenblick brach die Musik ab. Während er sich schon von seiner Tanzpartnerin löste, sah Massimo über deren Schulter hinweg am Rand der für den Tanz offengehaltenen Parkettfläche seine Mutter stehen. Wieder starrte sie herüber zu ihm oder zu Catarina oder zu dem, was da zwischen beiden ihrer Meinung nach vorgehen mochte, eine steile Falte teilte ihre sonst so glatte Stirn, und sie schien drauf und dran zu sein, zu ihm herüberzulaufen und ihn von seiner Tänzerin loszureißen. »Komm, Catarina! Du sollst mir doch das Haus zeigen. Bisher hab ich nur die Sala gesehen.« Während er das hastig sagte, zog er sie schon hinüber zu einer offenstehenden Seitentür. »Dort«, sagte er, »sollte die eigentliche Führung beginnen.« Lachend folgte sie ihm und drückte, als sie beide im Nebenzimmer standen, die Tür ins Schloß.

Eine Zeitlang standen sie einander gegenüber, und Massimo kam es so vor, als erwarte sie von ihm, daß er Weiteres in die Hand nehme, vielleicht sogar sie selbst. Aber das erschien ihm nun wieder allzu direkt und zu schnell; etwas Angst im Hinblick auf seine eigene Unerfahrenheit mag dabei mitgespielt haben. Jedenfalls suchte er unwillkürlich nach irgendeinem Anlaß für weiteres, und zwar ausweichendes Vorgehen und entdeckte auf diese Weise einen Schritt weit hinter ihrem linken Ohr an der Wand ein Bild, das ihn sogleich faszinierte. »Fangen wir damit an«, sagte er und drehte sie herum, damit sie das Bild sehen konnte.

Catarina blickte erst auf das Bild, dann zur Seite auf ihren Cousin und sagte: »Baust du immer solche Rubati in dein Tempo ein? Erst reißt du mich in dieses Zimmer, als hättest du sonstwas mit mir vor, und jetzt willst du auf einmal wirklich Kunstgeschichte hören.« Sie schien auf irgendeine Weise enttäuscht zu sein. Doch dann lachte sie unvermittelt und sagte: »Kann allerdings sein, daß dieses Hinauszögern auch seine Reize hat. Also erst einmal Kunstführung.« Sie wendete sich wieder dem Bild zu und betrachtete es eine Zeitlang. Währenddessen hatte auch Massimo Gelegenheit, es genauer anzuschauen. Es war ein relativ lang gestrecktes Querformat, also abweichend vom goldenen Schnitt. Rechts im Vordergrund lag ein junger Mann in auffällig schmuckloser, in gedeckten Grün- und Brauntönen gehaltener Kleidung hingestreckt auf einem nicht näher bestimmbaren, mit einem darüber geworfenen Orientteppich bedeckten Lager, den

Kopf über einem kunstvoll zerknautschten Samtkissen in den linken Ellenbogen geschmiegt, so daß er sein Gesicht, dessen Augen geschlossen waren, dem Beschauer zuwendete. Offensichtlich schlief er fest.

Sein Lager stand in einer aus tiefbraunen Balken gefügten niedrigen Schiffskammer oder auch wieder nicht; denn die stabilen Seitenwände rechts und links grenzten den Raum zwar eindeutig ab und waren mit allerlei Bildern behängt oder zeigten sonderbare Gegenstände auf Wandborden; die den Hintergrund bildende Außenwand jedoch legte sich wie ein durchscheinender Schleier vor die Welt draußen, die durch zwei scharf begrenzte Fenster deutlich zu erkennen war. Was sich rings um den Schlafenden und auch weiter draußen in der Landschaft abspielte, sollte wohl darstellen, was der Schlafende träumte.

Als erstes fiel Massimo das Bild auf, das über dem Kopfende des Lagers an der Wand hing, in schräger Perspektive verkürzt dargestellt zeigte es das Porträt einer Frau, das Massimo vertraut war und seinen Blick wohl deshalb als erster Bildgegenstand auf sich gezogen hatte. Offensichtlich war dies eine verzerrt wiedergegebene Kopie des Porträts der schönen Türkin, das im Zimmer seines Großvaters hing. Sogar das Möwenstäbchen war, wenn auch durch die schräge Aufsicht schmal zusammengedrückt, in der Hand der Dargestellten zu erkennen, und neben dem Bild war, um den Zusammenhang noch weiter zu verdeutlichen, auf einem kurzen Wandbrett eine Möwe zu sehen, die sich mit halbgeöffneten Flügeln eben anschickte, aufzuflattern, und zwar in Richtung auf das nahe Fenster, das über dem Kopf des Liegenden die schleierdünne Wand durchbrach. Durch dieses rechte Fenster blickte man hinaus auf ein sturmbewegtes Meer, auf dem mit gerefften Segeln eine Handelsgaleone dahintrieb, hinter der, den Horizont begrenzend, ein fernes Gestade erkennbar war, mit einem Hafen, über dem mit wenigen Pinselwischern die Kuppeln und Minarette von Moscheen angedeutet waren, eine Vedute, deren sich Massimo recht genau erinnern konnte.

Nach links dem Fußende des Lagers zu schien sich hinter der durchscheinenden Außenwand das Meer zu beruhigen. Der Blick durch das andere sich dort öffnende Fenster zeigte jedenfalls eine Wasserfläche, die sich ruhig und glatt ausbreitete und offensichtlich die Lagune von Venedig darstellen sollte; denn die vertrauten Türme und Palazzi der Stadt schoben sich von links her in den offenen Durchblick und waren auch noch jenseits des Rahmens wie durch einen dünnen Nebel erahnbar. Auf dem Wasser war nur ein kleines, für wenige Insassen bestimmtes Boot zu sehen, das von einem einzelnen Mann in Richtung von der Stadt her auf den Betrachter zu gerudert wurde. Im Bug stand hoch aufgerichtet eine grimmig blickende alte Frau, deren schwarzes Gewand im Wind zur Seite flatterte. Sie hielt ein nacktes Kleinkind umklammert, über dem wiederum eine Möwe sich flatternd gegen den Wind in der Luft hielt. All das umfaßte Massimo mit einem Blick und wußte auch schon, daß dieser ins Bild gesetzte Traum einen gut Teil dessen darstellte, was er vom tragischen Geschick der Sultanin wußte. Wer aber war der Träumer?

Ehe er diese Frage stellen konnte, nannte Catarina schon dessen Namen: »Das Bild wurde von unserem Ahnherrn Lorenzo in Auftrag gegeben und soll dessen verhängnisvolle Liebes- und Ehegeschichte darstellen. Er geriet während einer Handelsreise entlang der türkischen Küste, soviel man weiß wohl in Smyrna, in die Fänge einer Zauberin, die seine Sinne dermaßen verwirrte, daß er all seine geschäftlichen Aufträge und Vorhaben vergaß, diese verführerische Hexe entführte und hier in Venedig, nachdem sie zum Schein unseren christlichen Glauben angenommen hatte, auch noch heiratete. Seine Mutter jedoch entdeckte die Bosheit dieser heidnischen Zauberin, die Lorenzo inzwischen einen Sohn geboren hatte, und wollte das Kind dem üblen Einfluß der Mutter entziehen. Doch diese flog ihr in Gestalt einer Möwe nach und zwang sie, das Kind zurückzubringen. Erst als sie dann der Hexerei angeklagt wurde, floh sie schließlich bei Nacht und Nebel vor den Sbirren der Signora, und keiner hat mehr etwas von ihr erfahren.«

Mit steigendem Zorn hatte Massimo diese Verunglimpfung der Sultanin angehört und sagte schließlich: »Was ist das für eine Lügengeschichte! Du gebrauchst nicht einmal den Konjunktiv, als sei das alles erwiesen. Auf solche Weise hat wohl die Familie alle Schuld der schönen Türkin aufgehalst.«

»Woher willst du wissen, daß es anders war?« fragte Catarina.
»Ich weiß es eben!« sagte Massimo. Er dachte an seine Reise nach Smyrna und an die Erzählungen der Sultanin und setzte hinzu: »Aber ich kann's nicht beweisen.«
Catarina blickte ihm eine Zeitlang in die Augen, als könne sie darin ablesen, wie es sich in Wahrheit mit der schönen Türkin verhalten hatte. »Mir scheint, du magst diese Frau, obwohl du sie nur von dem Bild kennen kannst, das im Arbeitszimmer deines Großvaters hängt«, sagte sie. »Der scheint sie ja auch zu mögen. Also gut: Künftig werde ich mich des Konjunktivs bedienen, wenn ich diese Geschichte erzähle. Oder kennst du eine verläßlichere Version?«
Massimo schaute noch immer in ihre dunkelgrünen Augen. »Das könnte sein«, sagte er schließlich. »Vielleicht erzähle ich sie dir irgendwann.«

Er sah auf diesem Rundgang noch einige Bilder, die auf unterschiedliche Weise manieristische Züge trugen, und bewunderte die zweckmäßige Eleganz der Innengestaltung des Baus, während er mit Catarina von Zimmer zu Zimmer ging. »Jetzt zeig ich dir gleich noch, wo du heute nacht schlafen sollst«, sagte sie schließlich. Sie führte ihn im Oberstock durch einen Korridor, der bei einer Tür endete, die sie aufschloß und öffnete. In früherer Zeit war dies wohl einmal eine Dienstbotenkammer gewesen, eine Stube von der Breite des Korridors mit einem Fenster zur Landseite, durch das eine Pappelallee zu sehen war, die schräg vom Hause wegführte. An der rechten Wand stand ein einfaches Bett aus dunklem Holz mit frischem Bettzeug bezogen, gegenüber ein schmaler Schrank und unter dem Fenster ein kleiner Tisch mit zwei Stühlen.
Zum Schreiben war dieser Tisch offenbar nur in zweiter Linie gedacht. Was Massimo sofort anzog, war ein kleines Clavichord, das auf diesem Tisch abgestellt war, ein schmaler, etwa klafterlanger Kasten, aus dem vorn die Tastatur herausragte. Nach wenigen raschen Schritten stand Massimo davor, klappte den Deckel auf, der schräg nach hinten von zwei Bändern gehalten wurde, schlug ein paar sanft zirpende Töne an und stellte fest, daß das

Instrument sauber gestimmt war, also offenbar benutzt wurde.
»Wer spielt auf dem Ding?« fragte er.

»Ich«, sagte Catarina. »Ich such mir nur ein paar Akkorde zusammen, weil ich diesen silbrigen Klang mag. Eigentlich ist das mein Zimmer.«

Während sie noch sprach, hatte Massimo im Deckel des Clavichords das gemalte Bild einer fliegenden Möwe entdeckt, die merkwürdigerweise eine Rose im Schnabel hielt, und darunter stand in arabischer Schrift der Name Gül. Da wußte er, wem dieses Instrument einmal gehört hatte. Seine Finger glitten bereits über die bräunlichen Tasten und folgten dem Rhythmus einer Galliarde, die ihm eben in den Sinn gekommen war.

»Was war das?« fragte Catarina, als er zu Ende gespielt hatte. »Das klang wie Tanzmusik.«

»Das ist es auch«, sagte Massimo. »Nur ein bißchen älter als das, was von unten aus der Sala heraufklingt. Paßt aber besser in das Haus hier.«

»Spiel mir noch ein bißchen was vor!« sagte Catarina.

Was soll das heißen, *ein bißchen was?* fragte sich Massimo, aber da begannen seine Finger schon mit einem Canzon des Claudio Merulo mit dem Titel »La Zambeccara«, einem fast widerborstig klingenden Stück, das er sich aus den Noten des Großvaters hatte mühsam erobern müssen wie ein allzu schnippisches Mädchen, und während er die vertrackten Rhythmen so schwebend und leichthin wie möglich zum Klingen zu bringen versuchte, schwanden die aufdringlichen Klänge der Tanzkapelle so rasch hinweg, als würde ein Radio leiser gestellt und gleich darauf völlig zum Schweigen gebracht, und auch der Raum, in dem er saß, erschien ihm plötzlich verändert; jedenfalls hatte er die mit stilisierten Granatäpfeln verzierte Seidentapete an den Wänden bisher nicht bemerkt. Offenbar war dieser Raum doch keine Gesindekammer gewesen, sondern ein elegantes Boudoir.

Als er sich zu Catarina umblicken wollte, um zu beobachten, wie diese Musik auf sie wirkte, war sie nicht mehr im Zimmer. Statt ihrer strich eine schlanke Katze um seine Füße, ein hochbeiniges, fast schneeweißes Tier mit moorgrünen Augen, schmiegte sich, während er weiterspielte, an seine Knöchel, daß er die

Wärme ihres Körpers durch seine Socken hindurch spüren konnte.

Er hatte das Stück noch nicht beendet, als sie sich streckte und ihm unversehens auf den Schoß sprang, so daß er die letzten Takte nur noch mit Mühe zustande brachte. Kaum hatte er die Hände von den Tasten genommen, als die Katze ihre Pfoten in wildem Wirbel über die Klaviatur trommeln ließ zu einer wüsten atonalen Kakophonie, als wolle sie sagen: Genug der selbstverliebten Spielerei! Und als er seine Linke noch einmal auf die Tasten legte, fuhr sie ihm mit ausgestreckten Krallen über den Handrücken und zog vier parallele Kratzer darüber wie rote Notenlinien.

Der jähe Schmerz riß ihn unmittelbar zurück in die Gegenwart Catarinas, und er sah noch, wie ihr Armband, das bisher unter dem Ärmel ihres Kleides verborgen gewesen war, mit der krallenförmigen Einfassung des dunkelgrünen Steins hinwegzuckte von den Kratzspuren auf seinem Handrücken in deren Rillen schon winzige Blutperlen aufquollen.

»Entschuldige!« sagte sie ohne sonderliches Erbarmen. »Du schienst dich so weit von mir entfernt zu haben, daß ich dich in meine Welt zurückrufen wollte.« Dann erst sah sie das Blut, griff nach seiner Hand und preßte ihre Lippen auf die Kratzwunde, und als er ihr seine Hand entziehen wollte, hob sie rasch den Kopf, und er sah ihren Mund aus solcher Nähe, daß er die Spuren seines Blutes auf ihren Lippen erkennen konnte. Im nächsten Augenblick schmeckte er die Süße seines eigenen Blutes von ihren Lippen.

Zu weitergehenden Annäherungen kam es nicht an diesem Abend. Wieder war es seine Mutter, die ihn und die Cousine mit scharfer Stimme zum Essen rief. Danach wurde noch ein wenig getanzt, dahinplätscherndes Geplauder der Gäste und einige vergebliche Versuche Massimos, sich der nun vielbeschäftigten – oder Beschäftigung vorschützenden? – Catarina zu nähern. Später lag er noch lange wach, erregt von dem Bewußtsein, daß er in Catarinas Bett lag und ihren aus dem Leinenzeug aufsteigenden

Duft wahrzunehmen meinte, wenngleich anzunehmen war, daß man ihm frische Bettwäsche aufgezogen hatte.

Ein paar Tage danach bemerkte Massimo bei Tisch ganz beiläufig, daß er Fechtunterricht zu nehmen gedenke. Er brauche einen mit Körperbewegung verbundenen Ausgleich zu den geistigen Anstrengungen der Vorbereitung auf die Reifeprüfung und man habe ihm diese Sportart empfohlen, da sie geeignet sei, den ganzen Körper zu trainieren.

»Man?« fragte der Großvater und zog die Augenbrauen hoch.

»Jemand aus meiner Altersklasse«, sagte Massimo rasch und bekam rote Ohren, während er den Großvater beschwörend anblickte.

Der zeigte ihm ein flüchtiges Lächeln und sagte: »Eine ausgezeichnete Idee! Ich kenne eine vorzügliche Fechtschule, in der seinerzeit schon ich selbst gelernt habe, das Florett zu führen«, und er nannte den Namen eben jenes Instituts, den Massimo auch schon von Catarina erfahren hatte.

Als er später mit dem Großvater am Cembalo saß, um ein neues Stück zu erarbeiten, unterbrach Massimo unvermittelt sein Spiel und sagte: »Danke für heute mittag!«

Der Großvater grinste ihm verschwörerisch zu und sagte nur: »Laß dir von ihr nicht allzu sehr den Kopf verdrehen!« und erläuterte noch im gleichen Atemzug die Ausführung eines komplizierten Trillers, der Massimo noch nicht geläufig war.

So kam es dazu, daß Massimo in der Woche darauf sich zum ersten Mal in der Fechtschule einfand, neugierig darauf, wie es sich anfühlen mochte, eine dieser geschmeidigen stählernen Waffen zu führen, die in einem Gestell an der Wand aufgereiht hingen. Damit war's allerdings zunächst nichts. Der Fechtmeister, ein hünenhaft hochgewachsener Ungar mittleren Alters, dem eine Strähne seines schwarzen Haares über die leere linke Augenhöhle hing, hatte anderes mit den Anfängern im Sinn. »Keine Klinge zunächst!« sagte er lakonisch. »Erst mach ich euch elastisch«, und so war Massimo wie auch die drei anderen Anfänger in den ersten Wochen damit beschäftigt, im Trainingsanzug erst eine halbe Stunde lang mit dem Springseil zu trainieren und danach zu den wie irre Kampfschreie ausgestoßenen Befehlen des einäugigen Fechtmeisters mit leerer Faust Ausfälle zu üben. Catarina bekam er während dieser Wochen überhaupt nicht zu Gesicht. Als er den am Schwarzen Brett angeschlagenen Trainingsplan studierte, stellte er fest, daß die *fortgeschrittenen Damen*, unter denen er ihren Namen entdeckte, zu anderen Stunden übten.

Es war längst Winter geworden, als der düstere Ungar ihnen zum ersten Mal ein Florett in die Hand gab. Er zeigte ihnen, wie die Finger in Glocke und Parierstange eingelegt werden mußten, damit die Waffe mit der nötigen Präzision bewegt werden konnte. Dann wurden wieder Ausfälle geübt, diesmal in unterschiedlichen Faustlagen und wiederum begleitet von erschreckend laut hervorgestoßenen Anweisungen: »Prim! Second! Terz! Quart! Und nicht zu locker im Griff!« Schon haute er einem der Übenden mit seiner Waffe auf die Klinge, daß dessen Florett zu Boden klirrte.

Massimo erging es merkwürdig an diesem Tag. Seine Finger glitten schon bei der ersten Berührung nahezu wie von selbst hinter die Glocke, als sei dies eine seit langem eingeübte Bewegung, und er schien die Erläuterungen des Fechtmeisters kaum zu benötigen, um die geforderten Einladungen, Attacken und Paraden richtig auszuführen. Selbst dem Ungarn fiel das auf. »Haben Sie schon früher einmal ein Florett in der Hand gehabt?« fragte er.

»Nein – soweit ich weiß«, sagte Massimo. Er versuchte sich allen Ernstes zu erinnern, ob dies nicht doch schon einmal der Fall gewesen sein könnte. Jedenfalls war er – das war allerdings schon im Frühjahr – in seiner Gruppe der erste, dem Laszlo erlaubte, gegen ihn auf die Planche zu gehen. Nicht ohne Stolz zog er die wattierte Weste über, trat vor den Fechtmeister, hob die Waffe zum Gruß, wie er es gelernt hatte, und setzte die Maske auf. Dann berührten sich schon mit sirrendem Klang ihre Klingen, wobei Massimo erst recht bewußt wurde, um wieviel größer sein Gegner war. Ohne daß er einen Angriffsplan gefaßt hätte, glitt zugleich mit seinem Ausfall sein Florett unter Laszlos Waffe schräg nach oben und hätte ihn um ein Haar getroffen, wenn dieser die Klinge nicht im letzten Augenblick zur Seite gedrückt hätte.

»Zum Teufel! Wer hat dir diesen Trick beigebracht?«

»Weiß nicht«, sagte Massimo und senkte seine Waffe. »Das kam mir fast von selbst.«

»Du hast da scheint's was in den Genen geerbt«, sagte Laszlo. »Was waren denn deine Leute?«

»Kaufleute und Seefahrer«, sagte Massimo und setzte stumm hinzu: und Mafiosi.

»Werden schon auch gefochten haben«, sagte der Fechtmeister. »Avanti! Versuch's noch mal!«

Diesmal war der hünenhafte Ungar auf der Hut und ließ Massimo keine Chance, zumal er jede seiner eigenen Attacken mit dermaßen wilden Schreien begleitete, daß Massimo Mühe hatte, beizeiten zu parieren. Dabei merkte er nach und nach, daß es ihm jetzt gar nicht mehr auf einen Treffer ankam. Was ihn faszinierte, war das leise klirrende Spiel der Klingen, die in Angriff und Parade einander in minimalen Bögen umkreisten, aneinander abglitten und wieder aufs neue einen Weg zum Ziel auf dem Körper des anderen suchten, ein Spiel, so schien es Massimo, das sich völlig abgelöst hatte von dem ursprünglichen Zweck, irgendeinem Gegner den federnden Stahl in den Körper zu rammen, zumal dies mit der in einem angeschmiedeten Knopf endenden Spitze des Floretts ohnehin nicht möglich war, ein Spiel also, das sich zu einem komplizierten System ritualisierter Ausfälle und Paraden verselbständigt hatte, abgelöst vom Zweck des Tötens zur Manier geworden war, auf die allein es ankam. War es das, was ihn zu diesem Sport verlockt hatte, dieser Manierismus eines Gefechts, dieses Spiel des Als-ob, in dem eine Wunde oder gar der Tod nicht vorgesehen waren, auf die es früher einmal hinausgelaufen war? War es die Uneigentlichkeit einer solchen Körperübung, die sein Interesse geweckt hatte?

Vielleicht lag es an dieser Einstellung, daß es ihm schneller als den anderen gelang, beträchtliche Fortschritte in der Fechtkunst zu machen. Wer nicht von dem Ehrgeiz getrieben wird, um jeden Preis Treffer zu erzielen, lernt möglicherweise die Mühelosigkeit des Spiels mit den Klingen sehr viel schneller handhaben, so erklärte er sich das jedenfalls und übertrug diese Erfahrung auf seine Vorbereitungen zur Abschlußprüfung im Gymnasium, indem er versuchte, den Lernstoff als Spielmaterial zu benutzen, statt stur draufloszupauken.

Was das Florettfechten betrifft, so war Massimo in seiner Gruppe jedenfalls der erste, den der Fechtmeister wenige Wochen vor der Reifeprüfung in der Schule zu einem Turnier innerhalb des Instituts zuließ. Und da es bei dieser Waffengattung weniger auf körperliche Kraft als auf die Geschicklichkeit und Wendigkeit ankam, konnte es sein, daß bei den Paarungen, die Laszlo zusammenstellte, zuweilen auch ein Mädchen gegen einen Jungen anzutreten hatte. Auf solche Weise kam es endlich zu der von Massimo von Anfang an ersehnten Begegnung mit Catarina im Fechtsaal.

Natürlich hatte er sie in der Zwischenzeit hie und da getroffen, einmal im Haus des Großvaters, dem sie irgendeine Nachricht von ihrer Mutter zu überbringen hatte, ein andermal auf dem Heimweg von der Schule oder auch zufällig nach einem Kinobesuch, als Massimo mit noch heißen Wangen vor den Standfotos im Foyer stand und der eben erlebten Handlung nachdachte, in der es um eine tragische Liebesgeschichte unter jungen Leuten gegangen war. Plötzlich stand sie neben ihm und sagte: »Vielleicht wäre es nützlich, sich vor solch überhitzten Gefühlen zu hüten.«

Als er sie überrascht anblickte, kamen ihm ihre Augen noch dunkler vor, als er sie in Erinnerung hatte, doch das mochte an der schwachen Beleuchtung in dieser Vorhalle liegen. Er zuckte mit den Schultern und sagte: »Frag mich so was nicht. Ich komm ja aus einer Klosterschule.«

Da lachte sie und fragte ihn, ob er sie nach Hause begleiten wolle. Das tat er dann und versuchte das Gespräch auf den Abend zu lenken, an dem sie einander kennengelernt hatten, aber er merkte bald, daß sie diesem Thema auswich. »Wie geht's mit dem Fechten?« fragte sie statt dessen. »Ich habe deinen Namen auf dem Übungsplan entdeckt.«

»Laszlo meint, ich mache Fortschritte«, sagte Massimo, und es gelang ihm nicht, von diesem Thema loszukommen, bis sie vor der Tür des Hauses standen, in dem Catarina bei ihrer Mutter wohnte. Während sie dort stehenblieben und Catarina schon nach ihrem Schlüssel kramte, versuchte er es noch einmal. »Warum kommst du nicht aus deiner Deckung heraus?« fragte er. »Du warst doch sonst auch zu jeder Attacke bereit.«

Da schaute sie ihn an mit dem Grinsen einer hinterhältigen Katze und sagte: »Ich will erst herausbekommen, ob du über die Prim oder die Quart anzugreifen gedenkst.«

»Das kannst du haben«, sagte er, bekam sie zu fassen und küßte sie rasch auf den Mund, worauf sie ihn schmerzhaft in die Unterlippe biß.

»Immer rasch mit der Riposte«, sagte er und gab sie frei.

»Und du zu langsam im Parieren«, antwortete sie lachend, schloß die Tür auf und verschwand im Haus.

An diese Szene mußte er denken, als er, kurz nachdem er den Namen seiner Gegnerin erfahren hatte, ihr auf der Planche gegenüberstand. »Du?« sagte sie, als könne sie es nicht fassen. »Ich dachte schon, ich hätte mich verhört.«

Statt einer Antwort hob er das Florett zum Gruß, setzte die Maske auf und stellte sich in Position.

Da beide keine Vorstellung von den Fähigkeiten des anderen hatten, verharrten sie längere Zeit in der Bindung ihrer Klingen, umkreisten sie in minimalen Bögen von der Prim zur Terz und wieder zurück, ohne eine weitergehende Aktion zu wagen. Das dauerte eine Zeitlang, bis Massimo eine Unachtsamkeit seiner Gegnerin zu erkennen meinte. Er täuschte einen Gleitstoß nach unten vor, umging ihre Parade und setzte zum Ausfall an, als er merkte, wie seine Waffe zur Seite gedrückt wurde, und schon spürte er den Stoß ihrer Spitze auf den Rippen. Während beide die Waffen zurücknahmen, hörte er sie sagen: »Noch immer rasch mit der Riposte!«

»Und ich zu langsam im Parieren«, sagte er und lachte dumpf in seine Maske hinein.

Von da an war er noch aufmerksamer und setzte selbst einige Treffer. Als er dann mit seinen Angriffen nicht mehr durchkam und dreimal hintereinander touchiert wurde, packte ihn der Zorn, und er fegte ihre Klinge in einem reichlich regelwidrigen

Angriff beiseite, der ihn so dicht an sie herantrug, daß er sich an ihrer Schulter festhalten mußte, um nicht zu stürzen, und sie dabei von der Planche drängte. Für einen Augenblick spürte er ihren Körper unter dem Polster ihrer Weste, dann trennte sie der Fechtmeister und sagte scharf: »Noch einmal so was, und ich schmeiß dich aus meiner Schule!«

Notgedrungen nahm er sich jetzt zusammen, und zum Schluß lag er nur noch um einen Treffer zurück. Als sie die Masken abgesetzt hatten, entschuldigte er sich bei Catarina.

»Du bist besser als ich dachte«, sagte sie, »solange du dich nicht vom Zorn hinreißen läßt.«

»Bist du sicher, daß es nur Zorn war?« sagte er. »Vielleicht wollte ich dich umarmen.«

»Alles zu seiner Zeit«, sagte sie. Und gleich danach: »Bringst du mich nach dem Turnier nach Hause?«

Sie sprachen nicht viel auf dem Heimweg. Massimo spürte in seinen Muskeln oder auch nur noch in der abflauenden Erregung seiner Hirnzellen den Rhythmus des eben absolvierten Zweikampfs oder Als-ob-Zweikampfs, die Anspannung während des tastenden Kreisens der Waffen und dann den plötzlich hervorbrechenden Angriff oder das fast unvermeidbare Erschrecken beim Angegriffen-Werden. Noch einmal versuchte er seinen vom jäh aufflammenden Zorn getriebenen Ausfall nachzufühlen, das Aufprallen auf Catarinas Körper, dessen Kraft er so deutlich zu fühlen meinte, weil er ihn sich im Augenblick so greifbar vorgestellt hatte, gejagt von dem Trieb, diesen Körper seiner Gewalt zu unterwerfen. War es das, was ihn zu dieser Regelwidrigkeit veranlaßt hatte? Und das offenbar zur Unzeit? *Alles zu seiner Zeit*, hatte Catarina nach dem Gefecht gesagt. Er spürte sein Herz schlagen, erregt von der Hoffnung, daß er eben dem Heraufkommen der richtigen Zeit entgegengehen könnte.

Auch diesmal blieben sie wieder stehen vor ihrer Tür. Und als er Catarina in die Arme nahm und etwas ungeschickt ihre Lippen suchte, biß sie ihn diesmal nicht, wenigstens nicht bis aufs Blut. Sobald sie wieder sprechen konnte, sagte sie: »Komm mit rein! Ich bin heute allein zu Hause. Meine Mutter ist mit den

Dienstboten draußen in der Villa, um den Garten fürs Frühjahr herzurichten.«

Sie machte kein Licht, nahm ihn bei der Hand und führte ihn die Treppe hinauf, oben über einen Korridor und bis vor eine Tür, die sie öffnete und hinter ihm wieder schloß, ehe sie nach dem Schalter tastete und das Licht anknipste. Er blickte sich um in dem nicht allzu geräumigen Zimmer, sah neben dem hohen, oben in einem Spitzbogen auslaufenden Fenster den Schreibtisch, auf dem eine erstaunliche Ordnung herrschte, den Schrank, den Catarina eben öffnete, um ihren Mantel aufzuhängen, die beiden vor einem niedrigen Tisch stehenden Polstersessel und mitten auf dem Tisch die hölzerne Figur einer zum Schlaf zusammengerollten Katze, all das sah er sozusagen mit einem raschen Rundblick und dann auch das breite, mit einem marokkanischen Überwurf bedeckte Bett, das dem Schrank gegenüber an der anderen Wand stand.

»Jetzt steh nicht da und glotze wie ein Ölgötze!« sagte sie und half ihm aus seinem Mantel, den sie dann allerdings aus den Händen zu Boden gleiten ließ, als er seine Hände dazu benutzte, sie an sich zu ziehen, um dort anzuknüpfen, womit er unten vor der Tür aufgehört hatte. Das dauerte einige Zeit und war auch kaum noch abzubrechen, wenigstens nicht vollständig, als Catarina dazu überging, mit ihren Lippen über sein Gesicht zu wandern und mit den Händen ihm seine Jacke von den Schultern zu streifen. Als sie dann begann, seine Hemdknöpfe zu öffnen, begriff er allmählich dieses Spiel und fing an, vorsichtig an ihren Blusenknöpfen zu nesteln. »Laß dir Zeit«, sagte sie, »und, reiß mir keine Knöpfe ab. Es ist schöner, wenn wir uns Zeit lassen.«

Massimo hatte den Eindruck, daß sie offenbar ziemlich genau wußte, wobei sie sich Zeit lassen wollte, und wurde sich mit Erschrecken seiner Unerfahrenheit in derartigen Vorhaben bewußt. Auch das bemerkte sie offensichtlich, denn sie strich ihm leicht mit der glatten, festen Innenfläche ihrer Hand über die mittlerweile nackte Haut seiner Brust und sagte: »Laß mich nur machen« und griff nach seinem Gürtel.

In diesem Stadium will ich mich jetzt diskret zurückziehen; denn was dann weiter geschieht, mag sich jeder auf seine Weise ausmalen. Eines zeichnet sich allerdings bei alledem ab: Auch hierbei ist es Catarina, die seine Paraden durchbricht und ihm um einen Treffer voraus bleibt, auch wenn sie oder vielleicht sogar gerade weil sie sich seinem Angriff öffnet.

Erst einige Zeit später, als sie ruhig nebeneinander auf ihrem Bett lagen, sagte er: »Bisher habe ich geglaubt, ich könnte ein bißchen zaubern, aber darin bist du mir scheint's auch über.«

»Kannst du das wirklich?« fragte sie.

Während er seine Finger über ihren für ihn noch so unvertrauten Körper wandern ließ, dachte er darüber nach, ob er Catarina insoweit trauen könne, um ihr von seinen Vogel-Erlebnissen zu erzählen. »Vielleicht«, sagte er nach einer Weile, »waren das alles nur Kinderspiele. So kommt es mir jedenfalls vor, nachdem ich hier bei dir sozusagen im voraus eine Art von Reifeprüfung abgelegt habe, von der ich allerdings noch nicht weiß, ob sie bestanden wurde. Aber es ist schon wahr: Als Kind bin ich mit den Vögeln geflogen, nicht nur in meiner Einbildung, sondern tatsächlich, zuerst mit den Schwalben über das beengende Betonhaus meines Vaters hinweg ins Freie, später mit den Möwen weithin übers Meer jenseits der Zeiten und dann auch noch als Falke.«

»Erzähl!« sagte sie. »Weißt du deshalb so genau Bescheid über unsere türkische Ahnfrau?«

»Unsere?« fragte Massimo verblüfft.

»Natürlich unsere!« antwortete Catarina. »Ich stamme ebenso von ihr ab wie du.«

Da berichtete er ihr von seinem Flug über die Adria und die griechischen Inseln bis nach Smyrna in der Zeit des siebzehnten Jahrhunderts. Sie hörte sich das an, ohne ihn mit Fragen zu unterbrechen, wenn man absehen will von den Berührungen ihrer Hände, die ihn, während er sprach, in ein Netz von Zärtlichkeit einknüpften. Als er schließlich schwieg, sagte sie: »Wir haben beide Feenblut in uns, und auch ich kenne geheime Wege aus diesem Haus, auch wenn ich dabei nicht fliegen kann wie du.«

»Und wie?« fragte Massimo.

»Kannst du dir das nicht denken?« sagte sie lächelnd.

Er blickte in ihre grünen Augen und sah zugleich hinter ihr die Figur auf dem Tisch. Da fiel ihm ein, wer draußen in der Villa mit den Krallen über seinen Handrücken gefahren war. »Als Katze!« sagte er. Er fragte sie das nicht, sondern wußte es ohne Zweifel.

Da lachte sie und sagte: »Dein Treffer!«

»Wie ist das, als Katze über die Dächer zu schleichen?«

»Interessant!« sagte sie. Wie zuvor Massimo, bedachte sich auch Catarina eine Weile und sagte dann: »Ich will dir erzählen:

Wie ich zum ersten Mal die Katze in mir entdeckt habe

Das geschah im Frühling, als ich 12 Jahre alt und mit meiner Mutter zum Wochenende drüben am Brenta-Kanal in der Villa war. Aus der Nachbarschaft hatte meine Mutter einen Mann kommen lassen, der ihr bei den groben Arbeiten im Garten helfen sollte, und dieser, ein kräftiger Bauer um die vierzig Jahre, hatte einen Buben mitgebracht, seinen Sohn, der ungefähr so alt gewesen sein muß wie ich. Paolo hieß er.

Ich saß also an diesem Morgen auf der obersten Stufe der Freitreppe, die hinunter zum Garten führt, las in einem Buch und schaute von Zeit zu Zeit hinab, wo der Mann Büsche zurückschnitt oder Blumenrabatten zur Bepflanzung vorbereitete und seinen Sohn dabei zu allerlei Handlangerdiensten anstellte. Als ich wieder einmal aufblickte, sah ich, wie Paolo in einem Beet unterhalb der Freitreppe verdorrte Pflanzen und Unkraut ausriß und auf einen Haufen warf. Er kniete am Boden, stützte sich auch noch mit der linken Hand auf und wollte eben mit der rechten in das braun verwelkte Gewirr der Pflanzen greifen, als ich dort, kaum von den durcheinandergedrehten Stengeln zu unterscheiden, eine Viper entdeckte, die züngelnd ihren Kopf hob. Im gleichen Augenblick flog ich in einem riesigen Satz über die lange Treppe hinab und konnte eben noch, ehe sie zubiß, die Schlange hinter dem Kopf packen, mit den Zähnen, versteht sich, denn da war ich schon eine Katze. Sonst wäre ich wohl nicht mehr zurechtgekommen.

Paolo hatte sich im ersten Schreck rückwärts auf den Hintern gesetzt und starrte mich mit aufgerissenen Augen an, wie ich da vor ihm stand: eine schneeweiße Katze, der eine tote Hornviper aus dem Maul baumelte. Ehe er sich fassen konnte und nach seinem Vater rief, was er wenige Augenblicke später tat, legte ich ihm die Schlange vor die Füße und flitzte davon quer über den Rasen hinweg ins Gebüsch.

Es war merkwürdig, als Katze nur eine Handbreit über dem feuchten Boden durch das alte Laub zu huschen. Noch nie hatte ich den herben, etwas fauligen Geruch der im Vorjahr abgefallenen Blätter so intensiv empfunden. Ich hielt mich in der Deckung der Sträucher und schlich hinüber zum Labyrinth. Kennst du das schon? Nein? Das liegt rechts des Hauses jenseits der Blumenbeete und erstreckt sich weit hinüber bis zum Ende des Parks.

Ich hatte schon oft versucht, in den verschlungenen Gängen zwischen den übermannshohen Eibenhecken zur Mitte zu finden, aber das war mir noch nie gelungen. Jetzt, dachte ich, könnte ich es probieren und nötigenfalls am Boden zwischen den Zweigen hindurchschlüpfen, statt mich an die schmalen Wege zu halten.

Zunächst blieb ich auf den Wegen und versuchte mich an den Gabelungen oder Kreuzungen immer für jene Richtung zu entscheiden, von der ich annahm, sie führe näher zur Mitte, aber aus der niedrigen Perspektive einer Katze war das noch schwerer als aus der Augenhöhe eines zwölfjährigen Mädchens, das allerdings auch keinen Blick über die Hecken hätte werfen können. Schließlich kam ich zu einem ovalen Platz, an dem ich schon einmal die Hoffnung aufgegeben hatte, zur Mitte zu finden. Dort steht in der Ausweitung des Weges eine weiße Gartenbank, auf der ich damals eine Weile sitzen geblieben war, ehe ich mir einen Weg aus dem Irrgarten suchte.

Diesmal wollte ich doch noch weiterkommen und versuchte es nun auf irreguläre Weise, indem ich den Weg verließ und in einer Richtung, die mir zum Ziele zu führen schien, mich unten zwischen den dicken, von einem dichten Geflecht dürrer Zweige umstrickten Stämmen der Eiben hindurcharbeitete. Katzen kommen ja fast durch jede Öffnung, doch mich plagte für eine ganze Weile die Angst, ich müsse hier für alle Zeiten gefangen bleiben, ehe es mir dann doch gelang, mich auf die andere Seite hindurchzuquetschen. Dort erreichte ich einen runden Platz, den ich zunächst für die Mitte des Labyrinths hielt; denn dort stand auf einem hohen Podest eine dunkle Figur von fast übermenschlicher Größe, die mir den Rücken zuwandte.

Einen Moment lang zögerte ich weiterzugehen; denn mich überkam ein ungutes Gefühl, so als sollte ich mich lieber rasch aus dem Staub machen. Doch dann siegte meine Neugier. Ich umrundete vorsichtig schleichend auf dem vom Winter ausgebleichten Rasen die Figur, und als ich sie dann von vorn betrachten konnte, dieses von Bosheit entstellte Gesicht der riesigen alten Frau in dem dunklen Gewand, da war ich nicht mehr fähig, mich von der Stelle zu bewegen; denn sie starrte mich aus ihren durchaus lebendig funkelnden Augen an und war keineswegs aus Stein oder Holz, wie ich zunächst vermutet hatte.

Sie schaute mich an wie ein schädliches Ungeziefer und lachte auf eine ungute, hämische Weise, die mir einen kalten Schauer über mein Rückenfell jagte. »Mit Schwindelei kommt man hier nicht zur Mitte«, sagte sie, »und du schon gar nicht. Fürchtest du dich jetzt, du bleiches Kätzchen? Ja? Ich sehe schon, daß du dich fürchtest, und das freut mich sehr. Hast mein Schlänglein totgebissen, du blödes Vieh! Ich werde dir noch ganz andere Ängste einjagen, wenn du mir auf solche Weise in die Quere kommst! Schon im voraus sehe ich, daß du's nicht lassen kannst, dich in meine Angelegenheiten einzumischen, aber ich werd's dir dermaßen heimzahlen, daß du nie vergessen wirst, was es heißt, mir etwas wegnehmen zu wollen. Merk's dir und hau ab! Fort aus meinen Augen!«

Im gleichen Augenblick war der Bann von mir genommen, und ich tauchte mit einem Satz in der nächsten Hecke unter. Aber ich brauchte noch lange dazu, mich aus dem Gestrüpp zu befreien, da ich mich auf der Suche nach dem Ausgang immer wieder verhedderte, und wenn das dürre Geäst im Inneren der Eibenhecken mir in die Seiten stach, fürchtete ich jedesmal, diese widerliche Alte hätte mich doch noch mit ihren Krallen gepackt.

Als ich endlich ins Freie kam, gewann ich, sobald ich eine

Tatze auf den grasbewachsenen Boden setzte, meine menschliche Gestalt zurück. Nach dem Stand der Sonne mußte der Mittag schon längst vorüber sein. Ich rannte über die Kieswege und dann die Treppe hinauf zum Haus und traf unten im Speisezimmer meine Mutter eben noch dabei an, wie sie das letzte Löffelchen von der Nachspeise in den Mund schob. Sie schluckte den Rest von Zabaione hinunter und sagte vorwurfsvoll: »Kind! Wo bist du so lange gewesen? Ich hab inzwischen längst gegessen, wie du siehst.«

Ich sagte, ziemlich der Wahrheit entsprechend, daß ich mich im Labyrinth verlaufen und dann lange nicht mehr herausgefunden hätte. »Ich schaffe es nie, bis zur Mitte zu kommen!« sagte ich.

Da lachte meine Mutter und sagte: »Hast du noch nicht gemerkt, daß ein Zauber über dem Labyrinth ausgespannt ist? Man gelangt in diesem Irrgarten nicht dorthin, wohin man will, sondern nur so weit, wie er einem erlaubt zu gehen oder wohin er einen treiben will. Laß dir in der Küche was zu essen geben!«

Als ich schon zur Tür ging, sagte sie noch: »Kennst du hier in der Gegend eine weiße Katze, die manchmal in unseren Garten kommt? Paolo hat mir erzählt, daß ihn heute vormittag beinahe eine giftige Viper gebissen hätte, wenn diese weiße Katze nicht dazwischengesprungen wäre. Sie hat die Schlange totgebissen und Paolo vor die Füße gelegt, stell dir das mal vor!«

❊❊❊

»Später habe ich versucht, diese Verwandlung willentlich herbeizuführen«, sagte Catarina nach einer Weile, »aber das schaffte ich nicht, wenigstens nicht ohne einen bestimmten Anlaß. Es waren immer besondere Situationen, in denen ich fast ohne mein Zutun zur Katze wurde.«

»Auch damals, als du mir mit deinen Krallen über die Hand gefahren bist?« fragte Massimo.

Da lachte sie und sagte: »Das kam so überraschend und war ebenso schnell vorbei, daß ich die Verwandlung kaum wahrgenommen hätte, wenn mich nicht diese Kratzer auf deinem Handrücken davon überzeugt hätten, daß dies kein Wachtraum war. Vielleicht war das für mich wirklich eine besondere Situation, als du in meinem Bett geschlafen hast«, und nach einer Pause setzte sie hinzu: »Wer weiß, vielleicht sogar eine Warnung?«

»Wovor?« fragte Massimo. »Ich glaube übrigens nicht, daß es allein das war. Als du zugeschlagen hast, wollte ich eben wieder anfangen, auf deinem Clavichord zu spielen.«

»Eben«, sagte sie. »Du warst dermaßen mit deiner Musik beschäftigt, daß du mich auf einmal kaum noch wahrgenommen hast. Da wurde ich vor lauter Wut zur Katze und hab dich gekratzt, damit du nicht vergißt, daß ich auch noch da bin.«

Sie sagte das lachend, so daß Zweifel erlaubt waren, ob sie es ernst meinte, aber er glaubte in ihrer Stimme immer noch einen Rest des Zorns zu spüren, der sie damals dazu getrieben haben könnte. »Du duldest wohl keine Konkurrenz neben dir?« sagte er.

»Was fragst du noch?« sagte sie und fuhr ihm sanft mit den Fingerspitzen über die noch immer sichtbaren hellen Narbenlinien auf seinem Handrücken.

Das alles geschah wenige Wochen vor seiner schulischen Reifeprüfung. Er verbrachte die restliche Zeit bis dahin memorierend und büffelnd und ging nicht einmal mehr zum Fechten. Dann kamen die schriftlichen Arbeiten und bald danach die mündlichen Prüfungen. Er schnitt nicht schlecht ab, war zwar nicht der beste, konnte aber mit seinen Noten zufrieden sein.

Als er nach den unausweichlichen Nachfeiern wieder auftauchte, versuchte er Catarina zu erreichen, zuerst an den Orten, an denen sie zumeist anzutreffen war, aber sie blieb wie vom Erdboden weggefegt. Schließlich rief er bei ihr zu Hause an, obgleich sie ihn gebeten hatte, das nicht oder wenigstens nur im Notfall zu tun. Da war nur irgendein Dienstmädchen am Apparat und sagte, das Fräulein sei bald nach der bestandenen Matura mit ihrer Mutter verreist. Nein, sie wisse nicht, wo sie zu erreichen sei, und hing auf.

Zu allerletzt fragte Massimo seine Mutter, wo seine Fechtpartnerin – so drückte er sich bewußt aus – abgeblieben sein könne. Ihm kam es so vor, als versteinerten sich ihre Züge, als er das fragte. Doch dann machte sie ein gleichgültiges Gesicht und sagte, ihre Mutter habe seine Cousine – warum betont sie diesen Verwandtschaftsgrad, fragte er sich – in die Schweiz gebracht, wo sie wohl für längere Zeit bleiben würden. Und als er nach der Adresse fragte, sagte sie, sie hätte keine Ahnung. »Du wirst einstweilen ohne deine Fechtpartnerin auskommen müssen.«

Da gab er es auf. Katzen kann man nicht festhalten, sagte er sich und beschloß, sein Studium im nahen Padua aufzunehmen. Er belegte Kunstgeschichte und Literaturwissenschaft und fühlte sich schon während der ersten Tage endlich ganz in seinem Element. Nach ein paar Wochen nahm er sich ein billiges Zimmer in seiner Studienstadt, um sich die tägliche Fahrerei zu ersparen, aber seine Mutter legte großen Wert darauf, daß er mindestens am Wochenende zu Hause erschien, und das tat er auch, nachdem sie ihm angedroht hatte, ihn im kunsthistorischen Seminar aufzustöbern, als er einmal über Sonntag in Padua geblieben war.

Nach den ersten drei Semestern und einem erbitterten Streit mit seiner Mutter wechselte er nach Wien, weil er sich von einem dort lehrenden Kunstwissenschaftler tiefere Einblicke in den Manierismus versprach, der ihn immer stärker faszinierte. Dieser Wechsel gelang ihm allerdings nur, weil er sich einverstanden erklärt hatte, dort bei seiner Mutter zu wohnen, die sich in einer nördlichen Vorstadt eine kleine Wohnung mietete. Aus seinem Fenster blickte er hinüber zu den Grinzinger Weinbergen, über denen, breit hingelagert, sich der Kahlenberg erhob, gekrönt von dem Terrassenrestaurant.

Erst viel später erfuhr er, daß Catarina ein Dreivierteljahr nach ihrem Rencontre ein Mädchen zur Welt gebracht hatte.

VIII

Welche Ausdehnung die Stadt hatte, in der er nun wohnte und studierte, erfuhr er im Sinne des eigenen Ausschreitens, als er irgendwann während der ersten Wochen an einem Abend eher zufällig mit einer Kollegin ins Kino gegangen war und danach, da sich sehr rasch ein schwer abzubrechendes Gespräch über die Einengung der Phantasie durch die im Film bis ins Augenscheinliche des winzigsten Details festgelegten Abbilder von Personen und Geschehnissen zwischen ihm und der Kollegin entsponnen hatte, er mit ihr bis zur Haltestelle der Straßenbahn gegangen war und, weil noch immer kein Ende der Diskussion herbeigeführt werden konnte, auch noch die ganze Strecke mit ihr – sie wohnte, was er nicht geahnt hatte, weit draußen im Wiener Südwesten zwischen Hetzendorf und Mauer – in der fast leeren Tram gefahren war, zudem sie auch noch bis vor das Haus ihrer Eltern begleitet und vor der Tür, während sie schon ihren Schlüssel hervorkramte, seine letzten Argumente für die Rettung der Phantasie vor der Trivialität des Faktischen ausgebreitet hatte, bis schließlich die letzte Straßenbahn zurück zur Stadt ihm vor der Nase weggefahren war.

Da mußte er sich also zu Fuß auf den Weg machen; denn Taxis waren in dieser fast schon ländlichen Gegend kaum zu bekommen und überdies hatte er nicht mehr so viel Geld in der Tasche, daß er die Fahrt vom einen Ende der Stadt zum anderen hätte bezahlen können. So ging er dann, da er mangels eines Stadtplans und überhaupt noch sehr unkundig im Straßennetz der Millionenstadt einen direkten Weg nach Döbling zur Wohnung seiner Mutter zu finden sich nicht zutraute, entlang der seinem Gefühl nach gegen Norden führenden Hauptstraße, bis er nach endlosem Dahintrotten zwischen wie ausgestorben an ihm vorüberziehenden Häuserzeilen in der Gegend von Mariahilf – den Namen dieses Stadtteils hatte er bis dahin wie ein Stoßgebet vor sich hin gemurmelt – an den breiten, in der Mitte vom Viadukt der zu dieser Nachtzeit längst nicht mehr verkehrenden Stadtbahn geteilten Gürtel stieß. Von da an war er des richtigen Weges einigermaßen sicher, wenn er sich an diese Schneise im Häusermeer hielt, bis er nach schier endlosem, wenn auch ungestörtem Marsch aufatmend nach links in die Döblinger Hauptstraße abbiegen konnte, um über Billrothstraße und Silbergasse endlich zu seinem Domizil zu gelangen. Darüber wurde es allmählich hell, eine erste Straßenbahn fuhr ratternd vorüber, aber er verschmähte nun jede Abkürzung dieses nächtlichen Abenteuers, und so gelangte er etwa gegen sechs Uhr morgens ziemlich fußmüde nach Hause.

Zwar erklärte er seiner Mutter, die ihn, sobald sie das Aufschließen der Wohnungstür vernommen hatte, im Schlafrock und ziemlich übernächtigt entgegentrat, was ihm in dieser Nacht widerfahren war, aber er hatte den Eindruck, daß sie ihm nicht recht glauben wollte. Als er dann, müde wie er war von dem langen Marsch, gar anfing, sich auszuziehen, um ins Bett zu gehen, wurde sie ernstlich böse darüber, daß er sich einer weiteren Diskussion entziehen wolle, und sparte nicht mit bissigen Kommentaren im Hinblick auf das sittenlose Lotterleben, das er führe, und sie könne sich schon denken, wovon er so müde sei. Nachgerade begann es ihm leid zu tun, daß er die vergangene Nacht mit der Kollegin nicht auf angenehmere Weise verbracht hatte statt mit endloser Rederei und einem anschließenden kräftezehrenden Fußmarsch. »Du ahnst ja nicht«, sagte er schließlich, »wie müde man wird vom stundenlangen Pflastertreten«, zog die Tür seines Zimmers hinter sich ins Schloß, kroch in sein Bett und wachte erst gegen Abend wieder auf.

Diese Ermüdung war nicht nur körperlicher Natur, sondern hatte ihren tieferen Grund in einer beträchtlichen Überforderung seiner bisherigen Vorstellungen von möglichen Wohnorten. Man bedenke seine bislang gemachten Erfahrungen in diesem Bereich: der isoliert zwischen den Weinbergen des Veneto hingesetzte Betonklotz des väterlichen Hauses, danach die auf ein paar kanaldurchzogene Inseln zusammengedrängte Lagunenstadt, das Exil in Kleinstadt und Kloster hinter den Wäldern nördlich der Donau und dann noch einmal Venedig, vom Heranwachsenden begriffen als ein überschaubares, einprägsames Muster von Wasserstraßen, Gassen, Brücken und Kirchenbezirken. Dem allen gegenüber wurde die Erfahrung dieses nächtlichen Ganges durch die leeren, endlosen Straßen der Vorstädte für den Dahintrottenden zum Alptraum von einer gigantischen Stadt ohne Ende, in dem keine Menschen vorkamen, nur lange, bis zur Verwechselbarkeit gleichförmige vielstöckige Häuserfassaden, von deren Mauern der Hall seiner Schritte auf ihn zurückgeworfen wurde. Es war wohl so, daß die Müdigkeit seines Geistes jene seines Körpers bei weitem übertraf.

Dies geschah ihm allerdings nur im Schock der ersten Begegnung. Sobald er sich einen Stadtplan besorgt hatte, erkannte er mit seinem ausgeprägten Sinn für Strukturen schon auf den ersten Blick, wie sich die Stadt, ausgehend vom Zentrum des ersten Bezirks, nach allen Richtungen nahezu gleichmäßig ausgebreitet hatte in ringförmigen Wellen, als ob man einen Stein ins Meer der Häuser geworfen hätte, wobei den ersten Ring die eben deshalb so benannte Ringstraße bildet, umgeben vom Kranz der nahen Bezirke, die wiederum größtenteils umschlossen sind vom nächsten Ring, nämlich von Gürtel und Donauufer, jenseits dessen die Außenbezirke allmählich in bewaldete Mittelgebirge, Gärten und flache Felder sich verlieren. Wenn man ungefähr weiß, in welcher Richtung die Mitte liegen muß, kann man sich eigentlich überhaupt nicht verlaufen, dachte er angesichts dieser konzentrischen Figur und verlief sich von da an tatsächlich nicht mehr.

Dennoch blieb ihm von dieser ersten Erfahrung der so enorm ausgebreiteten Stadt ein unterschwelliger Horror vor den Außenbezirken zurück. In den Gassen der Innenstadt bewegte er sich bald mit der gleichen Sicherheit wie bisher auf den Gassen und Kanalbrücken Venedigs, kannte jedes verwinkelte Plätzchen und liebte die barock vor den strengen Fassaden aufgeblähten Einfahrten der alten Adelspaläste. Jenseits des Gürtels fühlte er sich lediglich auf der einzigen ihm vertrauten Route nach Norden sicher, auf den Straßen, die ihn in jene Richtung brachten, in der seine Wohnung lag (oder besser: jene seiner Mutter). Der Weg war kaum zu verfehlen, da stets, sobald sich ein freier Ausblick zwischen den Häuserzeilen öffnete, der bewaldete Höhenzug des Kahlenberges als Richtmarke zu sehen war. Soviel zu Massimos Orientierung in der großen Stadt.

Wie kam der Student Massimo Battisti nun mit seinen Kollegen und Professoren oder überhaupt mit den Wienern zurecht? Da ist zunächst von seiner Sprache zu reden. Als Venezianer, der von Kind an ein nördliches Italienisch und vielleicht ein wenig radebrechend auch Deutsch, wie er es in der Schule gelernt hat, reden kann, wäre er wahrscheinlich weniger aufgefallen als ein vom Erscheinungsbild her typischer Italiener – zur Hälfte stammte er ja aus dem fast schon maurischen Süden –, der völlig akzentfrei die Mundart des nördlichen Waldviertels spricht, verständlich zwar für jeden gleichfalls ein niederösterreichisches Idiom sprechenden Wiener, aber für diesen dennoch auf geradezu absurde Weise hinterwäldlerisch. Massimo merkte sofort, wie seine Sprache im Umfeld des kunsthistorischen Seminars wirkte, wo der Umgangston zudem noch eingefärbt war von der leicht nasalen, gelegentlich mit französischen Vokabeln angereicherten Redeweise nicht weniger Adelssprößlinge, die eine gewisse Vorliebe für dieses Studienfach hatten.

Gerade diese deutlich spürbare sprachliche Diskrepanz bereitete Massimo so viel Spaß, daß er seinerseits seine waldbäurische Redeweise noch prononcierter pflegte. Ihn faszinierte die Erfahrung, daß mit zwei in ihrem Charakter höchst unterschiedlichen Idiomen dennoch eine Art von Verständigung herbeigeführt werden konnte. Ich sage bewußt: *eine Art* von Verständigung; denn was bei dem jeweiligen Sprecher als Konnotationen einzelner Wörter oder Redeweisen mitschwang, blieb dem anders sprechenden Zuhörer mehr oder minder verborgen, so daß ein Einvernehmen nur insoweit zustande kam, als den verwendeten Wörtern bei beiden Partnern auch eine übereinstimmende Bedeutung zukam. Massimo meinte, daß bei Gesprächen, die auf diese Weise geführt wurden, ein Umstand ständig ins Bewußtsein gehoben wurde, der bei Gesprächen unter Partnern weitgehend gleicher Sprachgewohnheit zumeist verborgen blieb, aber dennoch vorhanden sein mußte: die aufgrund unterschiedlicher familiärer oder milieubedingter Erfahrungen notwendigerweise unterschiedlich eingefärbte Begrifflichkeit, die nicht selten zu Irrtümern, Mißverständnissen wenn nicht gar unbeabsichtigten

Beleidigungen führen kann, die dem Sprechenden völlig unbegreiflich bleiben. So suchte Massimo bewußt jene Gesprächspartner, die ihr Adelsidiom – obwohl in Österreich Adelsprädikate offiziell abgeschafft waren oder vielleicht gerade deshalb – auf eine besonders extreme Weise pflegten, und hatte seinen Spaß an mancherlei Ungereimtheiten, die sich daraus ergaben.

»Kurios, wie du redest«, sagte da einer, den die Kollegen Feri nannten, und erst später erfuhr Massimo, daß er Kamp hieß, genauer gesagt Ferdinand Graf Kamp (zumindest inoffiziell). Jedenfalls will ich ihn hier so nennen, weil es mir in den Kram paßt.

»Wieso kurios?« fragte Massimo. »Auf lateinisch heißt das aufmerksam oder wißbegierig. Kommt irgendwo bei Cicero vor. Warum wundert es dich, daß ich wißbegierig bin?«

»Das wundert mich gar nicht«, sagte Feri. »Kann doch jeder sehen. Ich meine das im Sinne von merkwürdig, wie es die Franzosen gebrauchen.«

»Merkwürdig?« fragte Massimo. »Soll das heißen, daß meine Worte es wert sind, daß man sie sich merkt?«

»Das könnte schon sein«, sagte Feri. »Aber auch so habe ich das nicht gemeint.«

»Also kannst du mich nicht richtig verstehen«, sagte Massimo.

»Doch, doch«, sagte Feri, »ich versteh dich schon. Ich kenne diese Redeweise von unseren Waldarbeitern. Aber ich hab mir bislang nicht vorstellen können, daß sich in dieser Sprache über stilistische Probleme der Malerei des Cinquecento disputieren läßt.«

Sie standen da nämlich im Kunsthistorischen Museum vor einem Porträt aus der Hand des Pontormo. Es stellte etwa in Halbfigur einen jungen Mann dar, der nicht sonderlich aufwendig gekleidet war. Das ein wenig aufgeblähte gelbseidene Wams mit den weiten, bis dicht an die Handgelenke reichenden Ärmeln schien dazu angetan, die Körperformen zu verbergen hinter einem Faltenwerk von kunstvoller Schlichtheit (Massimo gemahnte dieser Anblick an die vom Fahrtwind aufgeblasene Jacke eines Motorradfahrers). In der Rechten hielt der Dargestellte einen Stock, dessen oberes Ende von der Querleiste des

Rahmens abgeschnitten war, so daß sich nicht entscheiden ließ, ob dies die Waffe eines Soldaten war, eine Hellebarde etwa oder ein Spieß, oder ob es sich um den Holm eines langen Ruders handelte oder gar um einen derben Stecken, mit dem man reife Oliven vom Baum schlägt. Die Finger hielten das runde Holz so beiläufig umfaßt, als sei dies ohnehin nur ein zufälliges Requisit, das der Maler seinem Modell in die Hand gegeben hatte, weil auf diese Weise der Ärmel sich besonders dekorativ bauschte. Das jugendliche, völlig bartlose Gesicht war dem Betrachter direkt zugewendet, und zwar ohne die geringste Abweichung nach irgendeiner Seite, so daß die Fläche des Gesichts von der senkrechten Linie der geraden Nase über die angedeutete Mittelteilung von Lippen und Kinn in zwei gleich große Halbovale geteilt war. Das Merkwürdigste waren die Augen. Sie schienen den Betrachter (oder seinerzeit den Maler) anzublicken, aber bei genauerem längeren Anschauen gewann man den Eindruck, daß sie eigentlich durch den Betrachter hindurch in eine unendliche Ferne blickten. Der Dargestellte faßte überhaupt nichts ins Auge.

Über all diesen Feststellungen, die vor allem Massimo auf sehr direkte Weise in seine waldbäurischen Worte gefaßt hatte, waren sie ins Gespräch gekommen, und schließlich sagte Feri: »Akkurat! Genau das ist der Effekt solcher Malerei. Und das ist es zugleich, was mir diesen Knaben so nahebringt, als schaue ich mich selber an in einem Spiegel. Ich bin ja einer, den es eigentlich nicht mehr gibt, und so verberge ich meinen Körper in diesem mir vom Mund abgesparten maßgeschneiderten Anzug und lenke andere Leute obendrein noch durch meine feingemusterte Krawatte davon ab, das Nichtvorhandensein meiner Person zu bemerken. Zwar wohne ich in einem wenn auch vom Verfall bedrohten Adelspalais, das irgendeinem entfernten Onkel gehört, aber zur Untermiete in einem zugigen Zimmer wie auch zwei Dutzend andere Leute. Wenn ich mich darauf besinnen will, was meine Familie, die Kamps, einmal dargestellt hat, muß ich notgedrungen ins Jenseitige blicken so wie dieser da auf dem Porträt. Das ist einer wie ich, den Pontormo da gemalt hat. Und deshalb ist er für mich ein Moderner. Das einzige, was mir von meiner Herkunft geblieben ist, sind die Äußerlichkeiten, zum Beispiel gute Manieren.«

»Daher also deine Vorliebe für die Manieristen!« sagte Massimo.

»Exzellent!« sagte Feri. »Du hast's erfaßt.«

Während sie das Museum verließen, sagte Feri noch unter dem Portal: »Hast du ein bißchen Zeit? Ich will dir etwas zeigen.«

»Wo?« fragte Massimo.

»In meinem Palais«, sagte Feri grinsend. Er packte Massimo am Arm und dirigierte ihn über den ausgebreiteten Platz, der nach etwelchen Helden benannt ist, hinüber zur Hofburg, querte mit ihm deren rechteckige Höfe und verließ den weitläufigen Gebäudekomplex durch das Michaelertor, durch dessen zierlich vergitterte Wölbung die Kirche gleichen Namens mit Vorliebe photographiert wird. Dort wendete sich Feri nach links, trottete mit Massimo die Herrengasse entlang, führte ihn, nach rechts abbiegend, durch ein paar schräg verwinkelte Gäßchen und blieb schließlich vor einem altersgrauen, noch immer von Bombensplittern genarbten Gebäude von beträchtlichen Ausmaßen stehen. Aufblickend sah Massimo vier Stockwerke gleichförmig mit barocken Leibungen umrahmter Fenster, von denen bei manchen die zersprungenen Scheiben durch Pappendeckel ersetzt waren. In der riesigen, von überquellenden Fruchtvasen flankierten Toreinfahrt war provisorisch an der Wand ein Plastikbrett mit zahlreichen Klingelknöpfen befestigt, unter denen mit teils handgeschriebenen, teils getippten Zetteln die Namen der damit erreichbaren Bewohner angegeben waren. Feri schloß auf, stieß den schweren Torflügel zurück und betätigte innen an der linken Wand einen Lichtschalter, der eine am Draht hängende Birne zu rötlichem Glühen brachte, die ihr schwaches Licht auf breite, in der Mitte rinnig ausgetretene Stufen von rötlichem Marmor warf.

Während sie hinaufstiegen bis zur zweiten Etage, sagte Feri, er wolle erst seine Sachen ins Zimmer bringen und dann mit Massimo eine Art Exkursion unternehmen, hinab in die Tiefen des Orkus.

»Gräbst du dort unten nach eurer Vergangenheit?« fragte Massimo.

»Ich weiß nicht, ob ich die Courage für ein solches Unterfangen hätte«, sagte Feri. »Glücklicherweise hab ich keine Ahnung, worauf ich mich da einlasse.«

Inzwischen waren sie oben angelangt, gingen nach rechts über einen breiten, nur schwach beleuchteten Korridor, von dem zu beiden Seiten Türen in Räume führten, deren Bewohner ihre Visitenkarten oder, soweit sie solche nicht besaßen, irgendwelche Zettel mit ihrem Namen mit Reißnägeln an das Türblatt geheftet hatten. Schließlich blieb Feri vor einer Tür stehen, an der mit schwarzer Tinte auf ein Stück Zeichenkarton geschrieben stand: *F. Kamp.* Er schloß auf, trat vor Massimo ein, knipste das Licht an und warf die lederne Tasche, in der er seine Notizen verwahrte, und seinen Mantel auf das schmale Bett an der rechten Seitenwand. »Warte hier einen Moment!« sagte er. »Ich will nur schauen, ob mein Fräulein Schwester zu Hause ist. Sie hat ihr Appartement gleich schräg gegenüber.«

Damit ließ er Massimo allein, der sich erst einmal in dem Zimmer umschaute. An beiden Wänden waren fast bis zum hohen Plafond altersbraune Regale aufgerichtet, die mit Büchern vollgeräumt waren. Auf den unteren Brettern in greifbarer Nähe erkannte Massimo kunsthistorische Monographien und Bildbände, dem Aussehen nach wohl ererbt oder antiquarisch erworben. Weiter oben außerhalb der Reichweite gab es wohl von den ehemaligen Bewohnern zurückgelassene Reihen gleichförmig in Leder gebundener Bücher, deren Titel auf den goldgeprägten Rücken nicht zu entziffern waren. Dem Bett gegenüber war zwischen zwei Regalen ein breiter Schrank eingezwängt, eigentlich ein schönes Möbelstück aus dem Ende des 18. Jahrhunderts, aber ziemlich zerkratzt und auch ein wenig schief, so daß der Eindruck entstand, als sollten die Regale ihn aufrechthalten, damit er nicht völlig zusammenbrach. Rechts beim Fenster stand ein Tisch, an dem Feri offenbar zu arbeiten pflegte, wie die Stöße von beschriebenem und unbeschriebenem Papier, ein Stapel Bücher von der Universitätsbibliothek und allerlei Schreibzeug anzeigten.

Massimo war ein paar Schritte ins Zimmer hineingegangen, um anhand der Titel der Bücher auf dem Tisch herauszubekommen, womit Feri sich beschäftigte, als die Tür schon wieder geöffnet wurde. Feri kam herein und hinter ihm ein Mädchen, vielleicht zwei oder drei Jahre jünger als er, aber nach der Form ihrer Nase, die ein leicht verkleinertes Abbild von Feris kühnem Zinken war, und dem eher breiten Mund mit der betonten Unterlippe unverkennbar Feris Schwester. »Der dort, der bei meinem Schreibtisch mir nachspioniert, ist also Massimo, der Venezianer mit dem Waldviertler Idiom«, sagte Feri zu ihr, und zu diesem gewandt: »Und das hier ist die Theres.« Als sie dann vor Massimo stand und ihm ihre Hand hinreichte, sagte er noch: »Ich hoffe, du spannst ihn mir nicht aus. Er ist ein wahres Labsal im akademischen Kauderwelsch.«

»Darf ich ihn anfassen?« sagte die Theres und hatte auch schon den ironischen Zug um die Mundwinkel, den er von Feri kannte. Sie drückte Massimo kräftig die Hand, und er mochte ihre Hand, sobald er sie ergriffen hatte. Sie war trocken, warm und fest im Zugriff.

Feri blickte kopfschüttelnd auf die beiden, wie sie einander stumm bei der Hand hielten, und sagte: »Genug der Tändelei! Gehst du mit, Theres? Wir sind auf dem Sprung zu einem Ausflug in die Unterwelt.«

»Fein«, sagte sie. »Da bin ich dabei. Nimm deine Taschenlampe mit!«

»Die hab ich schon eingesteckt«, sagte Feri, zog die Schublade seines Schreibtischs heraus und entnahm ihr einen eisernen Ring, an dem ein paar schwere, alte Schlüssel mit kompliziert gefeilten Bärten hingen. »Die hat mir Onkel Hubert gegeben, damit ich unten gelegentlich nach dem Rechten sehen könne, aber er scheint auch nicht bei allen zu wissen, zu welchen Schlössern sie passen.«

Als sie die Treppe bis zum Parterre hinuntergestiegen waren, führte Feri den Freund und die Schwester zu einer unscheinbaren Tür seitlich unterhalb des Treppenaufgangs und wählte auf dem klirrenden Eisenring einen Schlüssel. »Für die obere Kellertür hab ich den passenden schon herausgefunden«, sagte er. Er steckte ihn in das Schloß und drehte ihn, wodurch er einen quietschenden Riegel zurückzog. »Das Schloß muß ich ölen«, sagte er, während er die Tür öffnete. Eine steinerne Treppe führte hinab ins Dunkel, das sich ein wenig aufhellte, sobald Feri einen Schalter links der Tür gedreht hatte.

Während Massimo hinter dem Freund die Stufen hinunterstieg, spürte er, wie es kühl von unten heraufwehte, zugleich wurde ein leichtes Aroma von verschüttetem Wein spürbar. »Liegt dort unten noch etwas zu trinken?« fragte er.

»Erst im zweiten Keller«, sagte Feri, »noch eine Treppe tiefer.«

»Zwei Keller untereinander?« fragte Massimo erstaunt.

»Nein«, sagte Feri, »mindestens drei, soweit ich das bisher konstatieren konnte.«

»Dort bist du also gewesen, als ich dich neulich gesucht habe«, sagte die Theres. »Ich wußte, daß du im Haus bist, aber ich konnte dich nirgends finden.«

»Das kann schon sein«, sagte Feri. »Das Haus ist in seinen Grundfesten so alt, daß es tief unter das heutige Niveau hinabreicht. Im Lauf der Jahrhunderte hat sich draußen immer wieder einmal eine Menge Schutt angehäuft, zuletzt vielleicht bei der Türkenbelagerung, aber wohl auch schon früher mehrfach, und so wurde das Gebäude immer wieder nach oben weitergebaut, das jetzige Palais kurz vor 1700, während die älteren Etagen nach und nach im Boden versanken. Onkel Hubert hat mir erzählt, daß während der Bombardierungen im letzten Krieg die Leute mit Vorliebe hier untergekrochen sind und zwar bis hinab zum dritten Keller, weil sie dort unten sich in Sicherheit wähnten. Allerdings ist es die Frage, ob sie wieder nach oben ins Freie hätten gelangen können, wenn das Haus wirklich einmal getroffen worden wäre.«

Inzwischen waren sie im ersten Kellergeschoß angelangt, und Feri schloß eine weitere Tür auf, hinter der sie auf einer offensichtlich noch älteren Treppe mit brüchigen, relativ hohen Steinstufen weiter hinabstiegen. Der Weingeruch war hier intensiver zu spüren.

»Gibt's hier wirklich noch Weinvorräte?« fragte die Theres.

»Die Fässer sind alle leer«, sagte Feri, »aber ziemlich weit hinten am Ende des Kellergangs gibt es einen Raum, in dem in Regalen noch Flaschen liegen. Wir können ja ein paar mitnehmen, wenn wir wieder nach oben steigen. Jetzt hab ich erst einmal anderes mit euch vor.«

Um die Treppe zum dritten Keller zu erreichen, mußten sie einen düsteren Gang entlanggehen, vorüber an einer beträchtlichen Reihe von weinduftenden Fässern, bis sie wieder zu einer Tür gelangten, deren steinerne Leibung oben in einen geduckten Spitzbogen auslief, wie er im späten Mittelalter üblich war. Auch diesen Schlüssel hatte Feri schon parat, und als er aufgeschlossen hatte, konnten sie sehen, daß sie am oberen Ende einer Wendeltreppe standen, die, überwölbt vom Netzwerk gotischer Rippen, sich hinab in die Tiefe drehte. Hintereinander stiegen sie mit vorsichtig tastenden Schuhspitzen die hier noch höheren Steinstufen hinab, Feri voran, dann Massimo und hinter ihm die Theres. Massimo kam die Folge der Stufen ziemlich lang vor, und als er unten aus dem Türbogen trat, sah er, daß dieser Kellerraum um einiges höher war als der darüberliegende Weinkeller. Soweit die Architektur dieses Raums zu erkennen war, wirkte er wie ein zweischiffiger Saalbau, dessen Doppelgewölbe der Länge nach von einer Reihe umfangreicher Säulen gestützt wurde. An den Seitenwänden waren vermauerte, paarweise zusammenstehende Rundbogenfenster zu erkennen, wie sie häufig an romanischen Bauten anzutreffen sind. Es war gut vorstellbar, daß hier eine größere Menge von Menschen hatte Zuflucht suchen können, als andere Häuser durch Fliegerbomben in Schutt und Asche gelegt worden waren. Massimo meinte für einen Augenblick, schattenhafte Gestalten, in dunkle Mäntel oder grobe Decken gehüllt, entlang der Wände und am Fuße der Säulen hingekauert hocken zu sehen, niedergebeugt unter dem Dröhnen der Explosionen, das bis in diese Tiefe hinab den Boden erschütterte.

»Was starrst du so?« fragte Feri. »Siehst du Gespenster?«

»Ja«, sagte Massimo. »Eben hab ich sie sitzen gesehen, die sich hier vor dem Krieg in Sicherheit bringen wollten. Die nackte Angst.«

»Hast du das selbst erlebt?« fragte Feri.

»Ja«, sagte Massimo. »Zwar nur einmal, aber da gründlich.«

Ihre Schritte hallten unter dem weiten Gewölbe, während sie

an der rechten Wand entlanggingen, in der die Wendeltreppe gemündet hatte. »Weiter bin ich bisher auch noch nicht gekommen«, sagte Feri. »Als ich vor ein paar Tagen hier war, hab ich dort vorn am Ende des Raums hinter allerlei Schutt und Gerümpel eine Öffnung entdeckt, durch die man vielleicht noch weiter hinab in die Tiefe kommt. An diesem Abenteuer wollte ich euch teilnehmen lassen.«

»Ach?« sagte die Theres. »Hast du Angst davor gehabt, allein hinunterzuklettern?«

»Ein bißchen schon«, gab Feri zu. »Aber ich hab mir auch gedacht, daß euch diese Exploration amüsieren würde.« Seine Stimme verriet eine Spur von Ärger über die Bemerkung seiner Schwester.

Um keine Mißstimmung aufkommen zu lassen, sagte Massimo, daß dies auf jeden Fall ein vernünftiger Gedanke gewesen sei. Auch er hätte wahrscheinlich wenig Lust, sich allein in einen halbwegs verschütteten Gang zu wagen.

»Exactement«, sagte Feri und setzte nicht ohne einen spöttischen Unterton hinzu: »Du weißt ja, wie vernünftig ich mich sonst zu verhalten pflege.«

Die Theres unterdrückte ein aufsteigendes Lachen. Da standen sie schon vor dem besagten Schutthaufen, den Feri mit seiner Taschenlampe ableuchtete. »Seht ihr!« sagte er. »Dort oben scheint hinter den Trümmern eine Öffnung zu sein. Ich hab neulich schon Schaufel und Spitzhacke hergebracht, falls wir dergleichen brauchen.«

Während der nächsten Stunde waren sie alle drei damit beschäftigt, Ziegelbrocken, Mörtelplatten und Steintrümmer wegzuschippen und größere, teils Spuren von Bearbeitung zeigende Quader aus Kalkgestein gemeinsam wegzurollen. Dabei wurde die Öffnung nach und nach in ihrer vollen Ausdehnung freigelegt und erwies sich tatsächlich als Zugang zu einer weiteren, sehr schmalen Treppe, die steil nach links in die Tiefe führte.

Diese Treppe schien lange Zeit nicht mehr betreten worden zu sein; denn auf den steinernen Stufen lag eine unberührte Schicht von grauem Staub, der bei jedem ihrer Schritte aufgewirbelt wurde. Hier gab es zudem keinen Schalter, den man hätte anknipsen können, um Licht zu machen; die Sicht reichte nicht weiter als der vom flirrenden Staub fast undurchsichtige Lichtkegel der Taschenlampe, in dessen Schein sie einzelne, irgendwann früher auf die Stufen herabgerollte Mauerbrocken erst gewahr wurden, wenn sie schon fast darüber gestolpert waren.

Als sie unten am Ende der Treppe angelangt waren, schien es zunächst, als ginge es hier nicht mehr weiter. Auf einem kleinen quadratischen Vorplatz standen sie vor einer aus glattbehauenen Quadern gefügten Mauer. Feri hob seine Lampe, um alle Seiten und Winkel auszuleuchten, und da zeichnete sich dicht unter der niedrigen Decke auf der Mauer das flache Relief eines Stierkopfes ab. »Unmöglich, daß es hier nicht weitergehen soll!« sagte er mit einem Blick zu diesem Relief und fing an, die linke Seitenwand abzutasten. »Hier ist ein Spalt!« rief er gleich danach. »Ein breites Stück der Seitenmauer steht hier schräg nach hinten, als ob eine Tür nicht ganz geschlossen worden wäre.« Er drückte gegen dieses Wandstück, doch nichts bewegte sich. Da bat er Massimo und auch die Theres, ihm zu helfen, und gemeinsam gelang es ihnen unter Anspannung all ihrer Kräfte, diesen steinernen Türflügel, der nun kreischend über den Steinboden scharrte, so weit nach innen zu drücken, daß sie durch den entstandenen Spalt schlüpfen konnten.

Keuchend von dieser Anstrengung standen sie eine Weile nebeneinander im Dunkeln; denn Feri hatte seine Lampe gelöscht, solange sie nicht weitergingen. Als sie wieder zu Atem gekommen waren, knipste er sie wieder an und ließ den Lichtstrahl entlang der Wände durch den Raum wandern. Dieser war bei weitem kleiner als die Halle des dritten Kellers, aber gut erhalten in seinem sorgsam aus behauenen Quadern gefügten Mauerwerk. Fenster waren nicht vorgesehen, so daß anzunehmen war, daß er zu allen Zeiten unter dem Niveau im Kellerbereich gelegen hatte. Zwei Reihen von Säulen teilten ihn in drei Schiffe in Richtung auf eine Art Apsis zu, die am anderen Ende den Raum abschloß. In den beiden Seitenschiffen liefen entlang der Außenwände etwa kniehohe Podeste nach der Art von Ruhebänken. Das Mittelschiff war leer, zeichnete sich jedoch durch einen ornamentalen Bodenbelag aus, der unter dem Staub noch erkennbar war, und endete in jener Apsis, in der ein plastisches Bildwerk in die abschließende Mauer eingelassen war, das sie aus der Entfernung und im schwachen Licht der Taschenlampe nicht erkennen konnten.

»Kommt!« sagte Feri. »Schauen wir uns das an!« Er schien so beeindruckt von der feierlichen Atmosphäre dieses Raums, daß er keine seiner gewohnt ironischen Bemerkungen anschloß, und auch den beiden anderen war unversehens zumute, als beträten sie einen geheiligten Ort. Schweigend gingen sie durch das Mittelschiff auf das Bildwerk zu, und als sie die Apsis betreten wollten, blieben sie unvermittelt wie auf einen plötzlichen Zuruf stehen; denn alle drei hatten im selben Augenblick erkannt, was dieses fast vollplastisch aus dem Gestein herausgemeißelte Relief darstellte: Da war ein gewaltiger Stier, der mit einknickenden Beinen unter dem Zugriff eines muskulösen Mannes zusammenbrach, der ihm ein Kurzschwert schräg seitlich auf das Herz zu in die Brust gestoßen hatte, und dieser Mann, mit einem kurzen Kittel und anliegenden Hosen bekleidet und einem kurzen Mantel, der vom Wind gebläht über ihm stand, trug eine phrygische Mütze.

»Mithras!« sagte Feri. »Der tiefste Kern unseres alten Hauses ist ein Mithraeum!«

Sobald Feri und Massimo die durch einen im hellen Steinboden eingelassenen schmalen dunklen Streifen markierte Grenze zwischen Schiff und Apsis überschritten hatten, gerieten sie in eine seltsame Verwirrung. Sie bemerkten eben noch, daß die Theres, die einen Schritt weit hinter ihnen gestanden war, bei dem Versuch, gleichfalls diese Grenze zu überschreiten, wie von einer unsichtbaren Glaswand zurückprallte. Dann schien der Raum hinter ihnen überhaupt nicht mehr vorhanden zu sein, und sie starrten auf das nun übergroß vor ihnen aufgerichtete Relief, den ungeheuren, eben unter dem Schwertstoß zusammenbrechenden Stier, aus dessen Wunde das Blut über die gewölbte Brust zu strömen begann, und den riesigen Mann darüber, der sie unmittelbar anblickte.

Massimo vernahm eine Stimme, von der er nicht wußte, ob sie von diesem mythischen Mithras kam oder nur in seinem eigenen

Kopf zu hören war, und diese Stimme sagte: »Warum bringt ihr eine Frau vor den Altar? Wißt ihr nicht, daß Frauen keinen Zutritt zu den Mysterien haben?«

Auch Feri schien diese Stimme gehört zu haben, denn er sagte, nun nicht ohne seinen ironischen Unterton: »In dieser Beziehung hat sich die Menschheit offenbar ein wenig weiterentwickelt. Sogar manche unserer Priester spielen schon mit dem Gedanken, sich vor dem Altar von Mädchen bedienen zu lassen, obgleich einige das irritieren mag.«

»Ich weiß nichts von euren Priestern und halte mich an die alte Regel«, sagte die Stimme. »Weil ihr es jedoch so herrlich weit gebracht zu haben scheint, mag diese Frau im Schiff vor der Apsis verharren. Wer ist sie überhaupt?«

»Meine Schwester«, sagte Feri, »und sie hat ein gutes Recht, hierzusein.«

»Warum?« ließ sich die Stimme hören. »Und wer bist du überhaupt, der du mit mir sprichst? Nimmst auch du dieses Recht in Anspruch?«

»Auf jeden Fall!« sagte Feri. »Weißt du nicht, daß dein Altar im vierten Keller unter dem Haus steht, das meiner Familie gehört, den Grafen Kamp?«

»Habt ihr das gewußt?« fragte die Stimme.

»Nescio«, sagte Feri. »Keine Ahnung. Ich wußte jedenfalls nichts davon. Aber ich bin neugierig und habe mich mit meiner Schwester Theresia und meinem Freund Maximus, der hier neben mir steht, auf die Suche gemacht, ob es unter dem dritten Keller noch weiter in die Tiefe geht.«

»Und jetzt habt ihr den Altar eines Mysterienkultes entdeckt und werdet eine Menge Geld damit zusammenraffen, daß ihr andere neugierige Menschen hierherführt und die heilige Ruhe dieses Ortes stört.« Der Zorn, der die Stimme erbeben ließ, war nicht zu überhören.

»Warum traust du uns ein solches Benehmen zu?« fragte Feri.

»Weil ihr nicht mehr daran glaubt, daß das Blut des Stiers die Welt erneuert«, sagte die Stimme. »So ist mein Heiligtum nur noch eine Attraktion, die man für Geld zeigt.«

Feri dachte eine Weile nach. »Was du da behauptest«, sagte er dann, mag für viele zutreffen, nicht jedoch für mich, meine Schwester und meinen Freund, auch wenn wir nicht mehr an die Kraft glauben, die du dem Blut deines Stiers zumißt. Haben deine Verehrer nicht ihr heiliges Mahl mit Wein und Brot gefeiert?«

»Ja«, sagte die Stimme, »mit Brot und Wein, die Fleisch und Blut meines Stiers bedeuteten. Woher weißt du das?«

»Es gibt Berichte aus deiner Zeit, in denen ich das gelesen habe«, sagte Feri. »Aber auch bei uns feiern manche ein heiliges Mahl mit Brot und Wein die Fleisch und Blut eines Mannes verkörpern, der etwa zu deiner Zeit gelebt hat und sich für das Heil der Menschen hat schlachten lassen wie dein Stier. Bei diesem Mahl schwöre ich dir, daß die Ruhe deines Altars nicht gestört werden soll, solange meine Familie lebt und dieses Haus besitzt. Mehr kann ich dir nicht zusagen.«

Da wagte es Massimo zum ersten Mal, sich an diesem Gespräch zu beteiligen, und sagte: »Diesem Schwur schließe ich mich an.«

Eine Zeitlang schwieg die Stimme. Dann sagte sie: »Gehört auch ihr zu diesen Leuten, die ein solches Mahl feiern?«

»Ja«, sagte Feri, »wir alle drei; denn bei uns sind auch die Frauen zu diesem Mahl zugelassen, weil dieser Mann nicht nur für die Männer gestorben ist.«

»Das erstaunt mich nun nicht mehr«, sagte die Stimme ohne jeden Anflug von Ironie. Und nach einer Pause: »Euch aber, denen das Haus über meinem Heiligtum gehört, sichere ich zu, daß eure Familie leben wird, solange der Frieden meines Altars ungestört bleibt.«

Feri dankte im Namen seiner Familie für dieses Versprechen und sagte danach: »Wir gehen jetzt und werden den Zugang zum vierten Keller so verschließen, daß nur noch wir drei wissen, wo er sich befindet.«

Das taten sie dann auch, nachdem sie die dunkle Linie, die sie vom Mittelschiff trennte, wieder überschritten und dort auch die Theres wiedergefunden hatten, die übrigens jedes Wort, das in der Apsis gesprochen worden war, mitgehört hatte. »Habt ihr gesehen, wer dort mit euch geredet hat?« fragte sie.

Nein, das hatten sie nicht, und Massimo wußte auch jetzt noch nicht, ob dieses Gespräch vielleicht nur in seinem Kopf stattgefunden hatte, eine Vorstellung, die allerdings dadurch ins Unwahrscheinliche verschoben wurde, daß Feri Wort für Wort dasselbe gehört hatte, wie er ihm bestätigte und wie auch seine Antworten hatten vermuten lassen, und auch die Theres hatte nichts anderes vernommen. Aber beide hatten, während die Stimme sprach, ebenfalls den Eindruck gehabt, daß sich dieses Gespräch ohne jede Beteiligung ihrer Ohren nur in ihren Gedanken abgespielt hatte.

»Wir werden dieses Problem nicht lösen«, sagte Feri. »Jedenfalls hat ein solches Gespräch stattgefunden, wie ihr beide bezeugen könnt, und so wollen wir als nächstes diesen eben entdeckten vierten Keller nach Möglichkeit unzugänglich machen.«

An diesem Abend häuften sie den Schutt, den sie anfangs weggeräumt hatten, wieder so vor den Zugang zur Treppe, daß überhaupt nichts mehr von einer Öffnung zu erkennen war. Während sie damit beschäftigt waren, sagte Feri, er hätte letzthin am anderen Ende dieses unterirdischen Saals einen Stapel von Ziegeln liegen sehen, die wohl noch aus der Kriegszeit hier unten lagerten. Die müßten ausreichen, um die Tür zum vierten Keller gründlich zu verschließen. »Das bin ich schon meinem Clan schuldig«, setzte er hinzu. Ein paar Tage später stiegen sie alle drei noch einmal hinunter, vermauerten die Tür und verputzten das Wandstück so, daß von einem Zugang nichts mehr zu erkennen war.

Für diesmal mochte der Schutt als Tarnung ausreichen. Im zweiten Keller nahm Feri aus einem Regal drei Flaschen Rotwein mit, gab zwei davon Massimo zum Tragen und klemmte sich die dritte unter den Arm. »Du bleibst doch noch ein bißchen?« sagte er, während er auch diese Tür verschloß, stieg mit ihnen aus der Unterwelt hinauf und dann noch zwei Stockwerke höher zu seinem Zimmer.

»Nehmt euch die beiden Sessel«, sagte er. »Ich setze mich auf mein Bett.«

»Hast du eine längere Sitzung geplant?« fragte die Theres.

»Das könnte schon sein«, sagte er. »Ich will euch etwas erzählen, eine recht kuriose Geschichte, nachdem wir dort unten mit einem Priester des Mithras oder gar mit dieser mythischen Gestalt selbst gesprochen haben.«

»Du machst mich neugierig«, sagte Massimo, zog sich einen Sessel heran und setzte sich. Die Theres nahm den Schreibtischsessel, drehte ihn herum und setzte sich mit dem Rücken zum Fenster, damit sie ihren Bruder im Auge behalten konnte. Feri hatte inzwischen mit geübtem Griff eine der Flaschen geöffnet und aus einer Schublade im Schrank drei Gläser hervorgezaubert, gab jedem eins in die Hand und schenkte ein, nachdem er selbst den ersten Schluck probiert hatte. »Ziemlich alt«, sagte er, »aber er lebt noch.« Er meinte wohl den Wein, aber Massimo schien es, daß dieser Satz ebenso gut auf den Besitzer der Stimme passen würde, mit dem sie sechs Stockwerke tiefer gesprochen hatten.

Dann ging Feri noch einmal zum Schrank und förderte aus der Schublade ein rundes, flach gebackenes Roggenbrot hervor, »als Zubiß«, sagte er, brach den dürren Fladen knackend in drei Stücke und gab jedem eins. Als auch er sich gesetzt hatte, hob er sein Glas und sagte: »Auf den Eid, den wir im vierten Keller geschworen haben«, und als sie getrunken hatten, fuhr er fort: »Ich glaube, er hat mir den Schlüssel zu der Geschichte geliefert, die in unserer Familie ich weiß nicht wie lange schon weitergegeben worden ist. Ich will sie euch erzählen, obwohl dies bisher stets nur zwischen dem Vater und den Söhnen üblich war. Nach unserer Begegnung heute abend finde ich jedoch, daß auch Töchter zuhören sollten, auch wenn der dort unten die Theres nicht unmittelbar hat dabeihaben wollen. Und du, Massi (er gebrauchte zum ersten Mal diese vertraute Anrede), hast dich ja meinem Schwur angeschlossen, also gehörst du dazu. Die Geschichte heißt

Der Stier

Da war ein Mann, der kam aus einem mörderischen Krieg, trug sein schartiges Schwert an der Seite und war in einen zerfetzten Mantel gehüllt. Auf der Flucht vor seinen Verfolgern gelangte er zu seinem Haus, doch als er dort ankam, war das Haus bis auf die Grundfesten niedergebrannt, und unter den Trümmern fand er die Leichen seiner Frau und der beiden unmündigen Kinder. Sein Herz war erstarrt, als er sie an Ort und Stelle begrub, und blieb auch so auf seinem weiteren Weg; denn er verließ den Ort, an dem sein Haus gestanden war, und ging ziellos weiter, immer nach Osten über brachliegende Felder, verrottete Gärten und durch Ortschaften, die in Trümmern lagen, ein verstepptes, menschenleeres Land, und ernährte sich von ausgewilderten Ackerfrüchten und schorfigem Obst von verkrüppelten Bäumen. Dann, als das Jahr immer kälter wurde, gelangte er in ein Gebirge und stieg immer höher hinauf durch verschneite Bergwälder. Nachts lag er frierend unter den hohen Bäumen, während der Schnee in Placken auf ihn herabfiel, und am Morgen meinte er schon wieder zwischen den Baumstämmen seine Verfolger zu erkennen, raffte sich auf und lief weiter. Wenn er Menschen traf, ging er ihnen aus dem Weg; es hätte ja sein können, daß jene unter ihnen waren, die seine Familie erschlagen hatten.

Je höher er ins Gebirge hinaufstieg, desto kälter wurde es, und wie er durch den immer lockerer und niedriger gewachsenen Wald bergauf einen Weg suchte, kam es ihm vor, als gehe er dem Ende der Welt entgegen, nicht nur dem Ende seines Lebens, sondern dem Ende allen Lebens, das bislang nur dazu geführt hatte, daß einer den anderen erschlug, nicht nur der Krieger den Krieger, sondern auch die wehrlose Frau und die unmündigen Kinder.

Als er zwischen den letzten Bäumen heraustrat auf die Hochwiesen, auf denen der Schnee schon so tief war, daß er bis über die Knie einsank, gelangte er nach mühevollem Stapfen zu einer Gruppe niedriger Hütten. Der Blick von dieser Höhe über die abfallenden Hänge reichte weit, und er schaute aus nach seinen Verfolgern, aber es war kein Mensch zu sehen, so weit das Auge reichte.

Da es hier keine Bäume mehr gab, unter denen er schlafen und sich mit Zweigen zudecken konnte, brach er in eine der Hütten ein, fand dort einen einfachen Herd, Feuerholz, in einem Gestell an der Wand eine Menge dürrer beinharter Flachbrote und in einem Schaff einen halben Laib vertrockneten Käse. Wenn er trinken wollte, schmolz er Eis aus dem gefrorenen Bach.

So brachte er sich mühselig über den Winter. Dann schmolz allmählich der Schnee, die Tage wurden länger, der Bach begann wieder zu rinnen, und auf den Wiesen brachen im noch fahl und streifig verwitterten Gras Blüten auf, zuerst weiße, dann gelbe, und eines Tages sah er, als er über die Wiesen hinabschaute, ein paar Hirten aus dem Tal heraufsteigen, die Vieh vor sich hertrieben.

Zuerst wollte er sich verbergen, da er meinte, seine Verfolger hätten ihn eingeholt und wollten ihn mit dem Viehtrieb nur täuschen, aber dann packte ihn der Trotz, und er stellte sich mitten auf den Almweg, den die Tiere herauftrotteten. Einer der Hirten führte an einer eisernen Kette, die am Nasenring befestigt war, einen gewaltigen Stier, der immer wieder auszubrechen versuchte und von dem Hirten nur mit Mühe gebändigt werden konnte. Als die Hirten dort ankamen, wo der Mann sich hingestellt hatte, ebendort, wo der Weg zwischen den Hütten hindurchführte, blieben sie stehen und schauten ihn an, wie er an dieser Stelle breitbeinig stand, ein Schwert in zerschlissener Scheide am Gürtel hängend und in zerfetzter, notdürftig geflickter Kleidung.

»Ich habe den Winter hier verbracht«, sagte der Mann, »und eure Vorräte vom Vorjahr aufgegessen, Fladenbrot und Käse. Wenn es euch recht ist, will ich den Verlust, den ich euch zugefügt habe, abarbeiten.«

»Taugst du überhaupt zum Hirten?« fragte jener, der ihr Anführer zu sein schien. »Da mußt du mehr können als Brot und Käse essen.«

»Ich will's versuchen«, sagte der Mann. »Vor Jahren gab es eine Zeit, da besaß ich selber Vieh.«

»Besitzen heißt noch nicht hüten«, sagte der Hirt. »Ich weiß nicht, welcher Aufgabe du gewachsen sein könntest.«

Da mischte sich jener ein, der noch immer den Stier an der Kette hielt, und sagte: »Laß ihn den Stier hüten, da wird sich schon zeigen, wozu er taugt.« Er lachte hämisch, so daß zu vermuten war, er warte nur darauf, daß der Fremde zu Schaden kam.

Der erste Hirt bedachte sich eine Weile und sagte dann: »Es wäre gut, wenn wir das unberechenbare Tier bei unserer Arbeit aus dem Weg hätten. Traust du dir das zu, Fremder? Der Stier ist böse und gefährlich.« Es war deutlich, daß er den Fremden nicht ungewarnt in Gefahr bringen wollte.

Der schaute den Stier an, ging dann nahe an ihn heran und legte ihm die rechte Hand auf die Nüstern, ebendort, wo der eiserne Ring hindurchgerammt und dann zusammengeschmiedet worden war. Der Stier rührte sich nicht von der Stelle und starrte den Fremden aus seinen großen, blutunterlaufenen Augen an. Der trat nun vor ihn hin, daß sie Stirn gegen Stirn standen und klopfte ihm mit der anderen Hand den Hals. So standen sie eine Weile, und der Stier blies dem Fremden seinen unruhigen Atem ins Gesicht. Aber er machte nicht die geringsten Anstalten, ihn anzugreifen, sondern beruhigte sich rasch, senkte den Kopf, rupfte ein paar frische Halme aus und kaute genüßlich darauf herum.

»Jetzt kannst du mir die Kette geben«, sagte der Mann zu dem Hirten.

So lebte der Mann einen Sommer über bei den Hirten und vergaß fast, daß er verfolgt wurde. Er hatte zunächst nicht viel mehr zu tun, als ihnen den Stier vom Leibe zu halten, der ihm zwar gehorchte, aber sonst auf jeden losging, der ihm zu nahe kam. Nach ein paar Wochen gaben sie ihm noch zwei Jungstiere zum Hüten. »Sieh zu«, sagte der Älteste, »welcher von ihnen mehr taugt. Irgendwann werden wir Ersatz brauchen für das alte Untier, das nur dir folgt.«

»Das ist kein Untier«, sagte der Mann. »Aber ich nehme die beiden anderen gern noch dazu.«

Den restlichen Sommer über beobachtete er die beiden Jungstiere in all ihrem Verhalten. Der eine, er hatte eine Blesse auf der Stirn, während der andere durchweg rehfarben war wie das übrige Almvieh, war ruhig und folgsam, ließ sich leiten und unternahm nie den Versuch, aus dem Gehege auszubrechen. Der andere hingegen war aufsässig, nahm jede Gelegenheit wahr, den Zaun mit der Gewalt seines Gewichts niederzutrampeln oder den anderen Jungstier herauszufordern. Als zu Ende des Sommers die Hirten fragten, welchen er für den besseren halte, nannte der Mann den Namen des zweiten, der Bruno hieß. Der Name des anderen braucht nicht genannt zu werden, denn er taugte wirklich nicht für seine Aufgabe und endete sein Leben als Zugochse.

Als die Hirten ihre Sachen gepackt hatten und sich anschickten, das Vieh zu Tale zu treiben, sagte der Älteste zu dem Mann: »Wir danken dir, daß du diesen Unruhestifter den Sommer über im Zaum gehalten hast, und auch für den Rat, was die beiden Jungtiere betrifft. Ich meine, du hast richtig gewählt. Zum Lohn kannst du den alten Stier behalten und mit dir nehmen; denn wir haben nun Ersatz für ihn, und es gibt niemanden, dem er so folgt wie dir. Auch kannst du dir noch so viel, wie du zu benötigen meinst, vom Brot und Käse in deinen Tragsack stecken.« Damit verabschiedete er sich und zog mit den anderen Hirten und den Tieren den Wiesenhang hinab dem Tale zu.

Der Mann blieb noch ein paar Tage oben bei den Hütten und wartete ein Unwetter ab, das sich schon beim Abtrieb des Viehs im Bild der Wolken angekündigt hatte. Dann entdeckte er eines Morgens, als er vor die Hütte trat und hinunter ins Tal blickte, weit unten am Waldrand eine Gruppe von Männern, die bewaffnet waren und sich anschickten, ohne Weg und Steg zu den Hütten heraufzusteigen. Da suchte auch er seine Sachen zusammen, nahm Brot und Käse, so viel er zu brauchen meinte, und holte den Stier von der Weide.

Solange die Hirten bei ihm gewesen waren, hatten sie ihm nicht erlaubt, die Kette vom Nasenring des Stiers zu lösen. Jetzt führte der Mann das gewaltige Tier zu einem kleinen Amboß, den die Hirten für irgendwelche Eisenarbeiten im Schuppen stehen hatten, suchte sich einen stählernen Keil und einen schweren Hammer und bat den Stier, seinen Kopf so weit herabzubeugen, daß er das oberste Glied der Kette auf den Amboß legen konnte. Dort setzte er den Keil an und schlug das Kettenglied mit einem einzigen Hammerschlag durch, bog es auf und löste es vom Nasenring. Der Stier hob sogleich schnaubend den Kopf, und dem Mann kam es so vor, als habe er das schöne Tier aus einer Sklaverei befreit, die ihm bisher den Hals gebeugt hatte.

Noch an diesem Morgen brach der Mann auf und ließ den Stier frei neben sich laufen. Er war sicher, daß das Tier auf sein Wort hören würde und daß er es notfalls am Nasenring packen könne, um es ruhig zu halten. Während sie auf dem Weg zwischen den ersten, noch vereinzelt zwischen Niederholz stehenden Bäumen talwärts gingen, weder eilig, als erwarte sie jemand, noch träge dahintrottend, als hätten sie kein Ziel, blieb der Stier unvermittelt stehen und fragte den Mann: »Weißt du schon, wohin du gehen willst?«

»Ins Tal hinunter«, sagte der Mann. »Hier in der Höhe wird es bald kalt werden.«

»Das genügt nicht«, sagte der Stier. »Hast du ein Ziel?«

»Bisher noch nicht«, sagte der Mann. »Ist es nicht gleichgültig, wohin ich mich wende in dieser Welt, in der die Lebenden erschlagen werden, den Raben zum Fraß?«

»Nein«, sagte der Stier, »das ist es nicht. Und wenn du dem Weg folgst, den die Hirten gegangen sind, werden deine Verfolger dich einholen und erschlagen oder du wirst dich damit zufrieden geben, am warmen Ofen dein Glieder auszustrecken, statt ein gutes Stück Wegs hinter dich zu bringen. Außerdem wirst du in ihrem Dorf hängenbleiben, wo man dich verlachen wird mit deinem alten Stier, den jedermann zu kennen meint und doch nicht kennt. Weißt du was? Du hast eben von Raben geredet, also sei einer!« Er blies ihm seinen warmen Atem ins Gesicht, und da saß auf dem Almzaun am Rande des Waldes ein Rabe, der eben noch ein Mann gewesen war, ein schöner, starker Rabe immerhin, mit kräftigem Schnabel und einem Gefieder das schimmerte wie blauschwarzer Stahl, und doch wußte der Vogel überhaupt nicht, was das bedeuten sollte.

»Nimm's für einen Anfang«, sagte der Stier. »Ich gehe jedenfalls nicht den Weg zum Dorf, sondern nehme die nächste Abzweigung nach links. Wenn du magst, kannst du ja mitkommen. Es könnte sein, daß du auf diesem Weg dem Leben begegnest.«

Da setzte sich der Rabe auf den Nacken des Stiers und ließ sich fürs erste tragen, während sein Reittier den Weg hinabschritt, der alsbald in den Schatten des Hochwaldes eintauchte. Als sie zu einer Weggabelung gelangten, folgte der Stier nicht mehr der von Kotfladen gezeichneten Spur der Herde, sondern bog nach links ab auf einen offensichtlich kaum benutzten Weg, der sie für die nächsten Stunden immer in etwa gleicher Höhe am Berghang entlangführte. Nach einiger Zeit fragte der Stier: »Hältst du nichts vom Leben, du Rabe auf meinem Nacken?«

»Alles, was ich im Leben geliebt habe, hat man mir erschlagen oder zerstört«, antwortete der Rabe. »Und jetzt bin ich nicht einmal mehr ein Mensch.«

»Ein Rabe lebt auch nicht schlecht«, sagte der Stier, »auch wenn er in der Hauptsache von der Ernte des Todes lebt. Er lebt jedenfalls.«

So wanderten sie diesen ersten Tag lang in der Höhe des Waldes am Berghang entlang. Auf dem Rücken des Stiers ging es dem Raben zu langsam, und so flatterte er immer wieder einmal auf und flog voraus, als sei es seine Aufgabe, den Weg zu erkunden, obwohl er keine Vorstellung davon hatte, wohin die Reise gehen sollte. Gegen Abend fand der Stier einen offenen Heustadel, fraß sich satt und legte sich unter Dach zum Schlafen. Der Rabe flog eine Runde um die Lichtung, fand ein Kaninchen, das sich in einer Schlinge zu Tode gezappelt hatte, und hielt dort seine Abendmahlzeit. Dann flog er zurück zu dem Heustadel, ließ sich in den Dachsparren nieder und steckte zum Schlafen den Kopf ins Gefieder.

Es war kühl, als der Rabe am nächsten Morgen aufwachte. Das schlaffe Herbstgras glänzte überperlt von Tau, und in den Kronen der Bäume hingen Nebelschwaden. Im Dunst sah er ein paar bewaffnete Männer durchs Unterholz brechen, von denen er meinte, daß sie der Spur des Stiers gefolgt waren. Er flatterte hinab zu seinem Begleiter, der im Schlaf leise vor sich hin schnaubte, und pickte ihm auf die Nase. »Aufwachen, du Stier!« sagte er. »Du behauptest ja zu wissen, wohin wir unterwegs sind.«

»Hast du's plötzlich so eilig?« sagte der Stier und schüttelte sein gehörntes Haupt.

»Natürlich!« sagte der Rabe. »Meine Verfolger sind schon

wieder hinter mir her. Überdies bin ich ein Vogel und komme auf meinen Flügeln rascher voran als du auf deinen dicken Beinen.«

»Dann muß ich dich etwas langsamer machen, damit du die Mühe des Weges begreifst«, sagte der Stier, schnaufte den Raben, der vor ihm im Heu hockte, kräftig an, und schon saß dort kein Rabe mehr, sondern eine Viper ringelte sich zusammen und hob züngelnd den Kopf. »Weißt du, daß mein Biß tödlich sein kann?« sagte sie zu dem Stier.

»Sicher«, sagte der. »Ich kenne deine Art. Du bist eine Schlange des Todes. Gefällt dir das nicht, wo du doch ständig vom Tod redest und vom Leben nichts mehr wissen willst?«

»Wundert dich das?« sagte die Schlange. »Du weißt doch ...«

»Ich weiß, ich weiß«, sagte der Stier. »Hör endlich damit auf, dich selbst zu bemitleiden. Versuch einstweilen, als Schlange zu leben, die den Hungertod stirbt, wenn sie nicht ein paar Mäusen oder Fröschen den Tod bringt. Komm jetzt! Wir müssen weiter wandern, schon wegen deines Gefasels über Verfolger, die dich als Schlange allerdings kaum wiedererkennen werden.«

Damit erhob sich der Stier von seinem Heulager und schritt an diesem zweiten Tag ihrer Reise weiter auf dem Weg, der sie jetzt wieder in den Wald hineinführte. Die Schlange versuchte ihm zu folgen, glitt so rasch sie vermochte zwischen überständigen Waldkräutern, Gras und Geröll ihm nach, doch es gelang ihr nicht. »Warte!« rief sie. »Du gehst mir zu schnell!«

Da mäßigte der Stier seinen Schritt, doch sobald er eine Weile neben der Schlange dahingetrottet war, fiel er wieder in sein gewohntes Tempo bis die klagende Stimme der Schlange eben noch hörbar zu ihm drang und seinen Schritt wieder bremste. So ging das, bis die Sonne im Mittag stand und der Stier wieder einmal auf die Schlange warten mußte. An der Stelle, wo er stehengeblieben war, kreuzte ein von links herabschießender Bergbach ihren Weg in einer mit dünnen Fichtenstämmen befestigten Rinne. Der Stier tat einen Schritt hangaufwärts, wo der Bach über eine Felsplatte in einem kleinen Wasserfall herabstürzte, und trank dort von dem klaren Wasser, das sich darunter in einem Kolk sammelte, und rupfte sich von dem noch saftigen Gras neben dem Bach ein paar Halme.

Die Schlange war inzwischen herangekommen, trank gleichfalls, nicht schlürfend, sondern eher leckend, hob dann den Kopf und spürte in der Nähe die Wärme eines kleinen Tiers. Sie kroch vorsichtig in diese Richtung und erspähte eine Waldmaus, die dermaßen mit dem Aufnagen einer Haselnuß beschäftigt war, daß sie von der nahen Schlange nichts bemerkte. So kam jeder zu seiner Mahlzeit, und ehe der Stier weiterwanderte, sagte er zur Schlange: »Nun hast du einer Maus den Tod gebracht, weil du trotz allem am Leben bleiben willst. Ist es nicht so?«

»Ja«, sagte die Schlange, »es ist so. Und ich bin traurig, daß es so sein muß. Ist dies das Leben, von dem du ständig sprichst?«

»Das ist es«, sagte der Stier. »Ich meine das Leben, das aus jedem Tod hervorgeht. Vielleicht werden wir diesem Leben dort begegnen, in dem Dorf das weiter unten an diesem Weg liegt.«

»Ist es noch weit bis dorthin?« fragte die Schlange.

»Gegen Abend werden wir dort sein«, sagte der Stier, »allerdings nicht in deinem Tempo. Komm, ringele dich um mein linkes Vorderbein. Es wird mir keine Mühe machen, dich mitzutragen.«

Bald darauf zweigte nach rechts ein schmaler Pfad ab, den der Stier einschlug. »Das ist der Weg, den wir gehen müssen«, sagte er. Gegen Abend gelangten sie aus dem Wald heraus und sahen unterhalb des Weges die Wiesenhänge des Talgrundes. Ein paar Dutzend Schritte vor ihnen lag ein Einzelhof, und als sie ihn erreicht hatten, sagte der Stier: »Hier bleiben wir über Nacht.«

Als sie zur Tür gingen, um anzuklopfen, sahen sie, daß daneben an der aus Balken gefügten Hauswand ein Stab lehnte, an dessen oberen Ende ein Büschel grüner Zweige mit vielen bunten Bändern durchflochten und befestigt war. »Was ist das für ein Ding?« fragte die Schlange.

»Ein Zeichen dafür«, sagte der Stier, »daß hier ein Bräutigam wohnt. Morgen wird er seine Braut abholen wollen. Und heute soll er uns einen Schlafplatz geben.«

Er klopfte mit einem seiner starken Hörner an die Tür, und alsbald öffnete sie ein junger Mann und blickte erstaunt auf den Stier und gleich danach auch auf die um dessen Bein geringelte Schlange. »Du kommst mir gerade recht, Stier«, sagte er. »Auf deinem Rücken werde ich morgen zu meiner Braut reiten. Aber die giftige Schlange läßt du besser hier im Stall; sie könnte meine Braut erschrecken.«

Eine Antwort erwartete er natürlich gar nicht, packte den Stier beim Nasenring und führte ihn ums Haus, hinter dem ein baufälliger Stall war, in dem nur eine magere Kuh stand und im Koben ein paar dürre Schweine grunzten. »Hier könnt ihr die Nacht verbringen«, sagte der Bräutigam. »Such dir ein Maulvoll Heu, Stier, und für die Schlange werden sich genug Mäuse finden.« Damit wandte er sich um, warf die Stalltür zu, und dann hörten sie nur noch seine wenigen Schritte über den Hof zum Haus.

»Kein besonders gastlicher Mensch«, brummte der Stier, als er das wenige Heu zusammengerafft hatte, das zwischen den Sprossen der Raufe hing.

»Du brauchst diesen Bräutigam ja morgen nicht zu tragen«, sagte die Schlange. »Du bist allemal der stärkere.«

»Das mag schon sein«, sagte der Stier, »aber ich werde ihn auf jeden Fall auf meinem Rücken reiten lassen. Ob er allerdings Freude an seiner Brautwerbung haben wird, das muß sich erst noch zeigen.«

Mäuse gab es genug in diesem Stall, so daß wenigstens die Schlange satt war, als sie sich zum Schlafen zusammenringelte.

Am nächsten Morgen wachte diesmal der Stier als erster auf und stieß die Schlange mit seiner feuchten Nase an. Die hob den Kopf zu ihm und sagte: »Der Bräutigam will mich nicht dabeihaben, aber ich würde doch gern sehen, wie es mit seiner Hochzeit gehen mag.«

»Das wirst du auch«, sagte der Stier. »Du mußt bei allem dabeisein, was auf dieser Reise geschieht. Heute ist der dritte Tag unserer Wanderschaft, da sollst du eine neue Gestalt bekommen.« Wieder blies er die Schlange mit seinem warmen Atem an, und da saß statt ihrer ein wehrhafter Skorpion auf dem Boden des Stalls.

»Ich weiß nicht«, sagte dieses Stacheltier, »ob die Braut mich in dieser Gestalt lieber sehen wird als eine Schlange. Der Bursche wird mich gar nicht erst mitnehmen wollen.«

»Und er wird es doch tun, ohne es zu wissen«, sagte der Stier. »Klammere dich an meine Schwanzquaste!«

Das tat der Skorpion, der Stier stieß mit seiner breiten Stirn die Stalltür auf, trottete ums Haus und hob bei der Tür seinen Schwanz, daß der Skorpion sich in dem Strauß von grünen Zweigen am Stab des Bräutigams verbergen konnte. Er hatte das kaum getan, als auch dieser vor die Tür trat. »Du bist ja schon reisefertig«, sagte er zu dem Stier. »Gut, daß du deine Schlange nicht mitgenommen hast.«

»Es könnte sein, daß sie dir am Ende noch fehlen wird«, brummte der Stier, aber das konnte nur die Schlange verstehen.

Der Bräutigam lachte jedenfalls nur, ergriff seinen Stab, schwang sich auf den breiten Rücken des Stiers, drückte ihm die Hacken in die Seiten und rief: »Holla! Auf geht's! Immer der Straße nach ins Tal hinunter!«

Eine Zeitlang hatte der Stier den Reiter schon getragen, mit ruhigem Schritt, weder zu träge noch zu eilig. Die Sonne stand schon hoch, als sie an einem Teich vorüberkamen. Da schlug sich der Bräutigam mit der flachen Hand an die Stirn und sagte: »Nun hab ich doch etwas vergessen!«

»Was denn?« fragte der Stier.

»Du kannst reden?« fragte der Bräutigam sichtlich erschrocken.

»Sollte ich nicht?« sagte der Stier. »Also sag schon: Was hast du vergessen?«

»Den Frosch!« sagte der Bräutigam.

»Was für einen Frosch?« fragte der Stier.

»Das weißt du nicht?« sagte der Bursche. »Bei uns ist es üblich, daß der Bräutigam seiner Braut vor der Hochzeit einen Frosch überreicht.«

»Wieso einen Frosch?« fragte der Stier.

Der Bräutigam zuckte mit den Schultern. »Was weiß ich?« sagte er. »Das hat wahrscheinlich irgendwie mit der Hochzeit zu tun oder mit Fruchtbarkeit.« Er grinste unvermittelt. »Kannst du dir doch denken.«

»Siehst du«, sagte der Stier. »Hätten wir jetzt die Schlange bei uns, könnte sie für dich einen Frosch fangen.«

»Könnte, aber kann sie jetzt nicht«, sagte der Hochzeiter. »Was soll's? Sie wird mich auch ohne Frosch nehmen. Dafür bring ich ihr einen Stier, der reden kann. Ist doch auch was.«

»Wenn du meinst«, sagte der Stier und trottete weiter auf dem schottrigen Weg.

Es war ein drückend schwüler Tag, und so machten sie auch diesmal bei einem Bach halt, um zu trinken. Der Bursche nahm Brot und Speck aus seinem Zwerchsack, säbelte fingerdicke Stücke ab und schob sie sich zwischen die Zähne. Für sein Reittier hatte er nicht vorgesorgt, und so mußte sich der Stier mit dem wenigen angestaubten Gras neben dem Weg behelfen.

Erst gegen Abend gelangten sie zu dem Dorf, in dem die Braut des Burschen wohnte, »gleich am Hauptplatz in einem steinernen Haus«, wie er sagte. Als sie auf diesem Platz ankamen, hieß der Bräutigam den Stier stehenzubleiben, damit er selbst in Ruhe und nicht ohne Selbstzufriedenheit das Elternhaus seiner Braut betrachten könne. »Da kannst du sehen, wie reich ihre Leute sind«, sagte er zu dem Stier, und das sah man in der Tat. Das Haus war bis unters Dach aus glattbearbeiteten Hausteinen aufgebaut, hatte über der reich mit Messing beschlagenen Tür einen hübschen Erker und war mit echtem Reet gedeckt statt mit einfachem Stroh wie die meisten anderen Häuser im Dorf.

Nachdem er sich an alldem satt gesehen hatte, stieg der Bräutigam ab, ergriff mit der Rechten den Stier beim Nasenring und hielt in der Linken seinen Bänderstab wie ein Siegeszeichen erhoben, während er, den Stier führend, auf das Haus zuging. Eben, als sie vor der Tür stehengeblieben waren, tat diese sich auf und heraus trat ein kräftig gebauter, hochgewachsener Krieger in voller Rüstung, das Schwert an der Seite. »Ach«, sagte der, »kommst du, mir zur Hochzeit zu gratulieren? Das ist aber sehr freundlich von dir, auch wenn du dich um einen Tag verspätet hast. Und diesen prächtigen Stier bringst du uns als Hochzeitsgabe? Das ist ein Geschenk, das sich sehen lassen kann! Ich will es mit Freuden annehmen und diesen schön geschmückten Stab der Braut überreichen.«

Nach diesen Worten ergriff der Krieger den Bänderstab mit der Linken, packte mit der Rechten den Stier beim Nasenring und führte ihn durch eine Toreinfahrt neben dem Haus in den Hof. Dort brachte er das gewaltige Tier in einen Stall und schüttete ihm gutes, kräftiges Futter vor, nahm dann den Stab mit sich und ging ins Haus.

Draußen vor der Tür stand noch eine Weile der vermeintliche Bräutigam und versuchte zu begreifen, was hier eben geschehen war. »Wieso hab ich mich im Tag geirrt?« fragte er sich. »Und auch den Frosch hab ich vergessen. Das war wirklich nicht mein Tag, der von Stunde zu Stunde immer schwüler wird. Und diese Braut ist ohnehin viel zu reich für mich.« Damit tröstete er sich selbst, wandte sich um und fing an, auf der Straße zurückzuwandern zu seinem Hof, woran er guttat, wie sich zeigen wird.

Inzwischen war der Krieger auf der Suche nach seiner jungen Frau ins Haus gegangen und traf sie in der guten Stube, wo sie ihre Hochzeitsgeschenke betrachtete. »Da war eben ein merkwürdiger Gratulant an der Tür«, sagte der Krieger. »Er brachte uns zur Hochzeit einen prachtvollen Stier, den ich eben in den Stall geführt habe, und diesen Bänderstab für dich.« Damit hielt er ihr den Stab mit dem Gebinde hin, und als sie ihn in die Hand genommen hatte, um ihn genau zu besehen, entdeckte sie zwischen den belaubten Zweigen den Skorpion. Sie schrie erschrocken auf und warf der Stab weit von sich. »Das hat der Kerl aus Rache getan, weil ich ihn nicht genommen habe!« rief sie. »Stampf das Ungeziefer zu Tode!«

Der Krieger trat heran, hob den Stab auf und betrachtete das stachelbewehrte Tier, das noch immer in dem Buschen saß. »Das werde ich nicht tun«, sagte er. »Siehst du nicht, daß dieses Tier ein gewappneter Krieger ist wie ich; in seinem Panzer und mit dem Dolch am Schwanz? Er ist mein Gefährte, aber wenn er dich stört, will ich ihn hinaus in den Stall zu dem Stier bringen, obwohl er eigentlich bei mir bleiben sollte.«

»Bring ihn fort, bring ihn fort! Nur hinaus mit ihm aus meinem Haus!« schrie die junge Frau noch immer in Angst vor dem giftigen Stachel des Skorpions, und so brachte der Krieger ihn hinaus in den Stall und setzte ihn in der Nähe des Stiers ins Stroh. »Hier wirst du schon etwas zu fressen finden«, sagte er. »Spinnen und Käfer gibt's hier reichlich.« Damit verließ er den Stall und ging zurück ins Haus.

»Er würde besser dastehen, wenn er mich bei sich behalten hätte«, sagte der Skorpion zu seinem Reisegefährten. »In der Stube hat er erkannt, daß ich ein Krieger bin wie er, aber weil mich seine Frau nicht mochte, hat er mich in den Stall verbannt.«

»Ja«, sagte der Stier, »von diesen Menschen weiß keiner so recht, was sich gehört. Aber das muß wohl so sein, damit wir beide, du und ich, vorankommen auf diesem Weg.«

Nachdem der Skorpion ein paar Spinnen und Mistkäfer zum Nachtmahl gefangen und verspeist hatte, bereiteten sich beide zum Schlafen, doch das war in dieser schwülen Nacht zwar leicht gesagt, aber schwer getan. Der Stier wälzte sich auf den krachenden Bodenbrettern hin und her, und selbst der Skorpion war unruhig und kratzte mit seinen acht Beinen im knisternden Stroh. Nach Mitternacht begann ein Wetterleuchten durch die Ritzen der Bretterwand zu flackern, später grollte leise dazu ferner Donner und kam allmählich näher. Immer enger verkürzte sich die Zeitspanne zwischen Blitz und Donner, und schließlich zog das Gewitter mit grellem Aufleuchten und dröhnendem Poltern über das Dorf. Da krachte in blendendem Licht ein berstender Schlag, der den Stall in den Grundmauern erbeben ließ, und schon im nächsten Augenblick brannte das Strohdach des Stalls lichterloh. Der Stier fuhr auf von seinem Lager, rannte krachend gegen die Bretterwände und fand die Stalltür erst, als schon brennende Strohbüschel vom Dach herabfielen, die das eingelagerte Heu und Stroh im Handumdrehen entzündeten. Als der Stier durch die geschlossene Tür brach, mischte sich in all den Lärm das Splittern von Holz.

Dem Skorpion gelang die Flucht nicht so rasch. Er rannte hin und her, versuchte den brennenden Strohgebinden auszuweichen, die Hitze im Stall nahm schnell zu, und er fand sich schließlich so von den Flammen eingeschlossen, daß er es aufgab, nach einem Ausweg zu suchen. Es schien ihm, als schwelle sein Körper in der jäh steigenden Glut an, werde größer und blähe sich auf zu einem schaurigen Ungeheuer mit riesigen Greifzangen und einem stachelbewehrten Schwanz von der Länge eines Heubaums, und je mehr er anschwoll, um so stärker wurde in ihm der Wille, am Leben zu bleiben. »Leben!« schrie er. »Ich will leben!« Und als er meinte, diese Glut nicht mehr länger ertragen zu können, war ihm, als platze sein horniger Panzer auf wie eine reife Schote, und er sprang heraus aus dieser verglimmenden Hülle und aus dem Kreis des Feuers und hervor unter dem zusammenbrechenden Dach des Stalls, heraus ins Freie als ein kraftvoller Löwe mit goldrotem Fell, zunächst kaum zu unterscheiden von den Flammen des Feuers, das nun auch das Dach des Wohnhauses erfaßt hatte und das Innere der steinernen Mauern mit Mann und Maus darin röstete wie ein gewaltiger Schlot, sprang hervor als Löwe hinaus auf den Dorfplatz und fand dort den Stier mit versengtem Fell, aber sonst heil, der dort auf ihn gewartet hatte; denn er begrüßte ihn mit den Worten: »Da bist du ja endlich!«

Inzwischen hatten sich die Dorfbewohner gesammelt, um den Brand zu löschen, aber zu retten war nichts mehr, auch nicht die Menschen, die sich in dem festen Haus befunden hatten. Den Stier, der am Rand des Dorfplatzes stand, beachtete niemand; den Löwen hielten die Leute im Halbdunkel des flackernden Brandes wohl für ein Kalb oder einen großen Hund, und so gelang es beiden Tieren, sich ohne weiteres Aufsehen zu entfernen.

Als sie das Dorf verließen, stieg im Osten allmählich der helle Schimmer des Morgens auf und damit der vierte Tag ihrer Wanderung. Hinter den letzten Häusern stießen sie auf drei bewaffnete Männer, die ihnen entgegenkamen. »Da ist ja dieser Stier!« rief einer von ihnen. »Da wird unser Mann nicht weit sein.«

Sie zogen ihre Waffen und rannten auf die beiden Tiere zu. Mit einem Stier, hatten sie wohl gemeint, würden sie schon fertig werden, aber mit einem ausgewachsenen Löwen hatten sie nicht gerechnet. Ehe sie sich versahen, hatte der Stier den ersten schon über den Haufen gerannt, und der Löwe sprang dem zweiten an den Hals, während der dritte voller Entsetzen kehrtmachte und davonzulaufen versuchte. Weit kam er nicht, denn da hatte der Stier ihn schon auf die Hörner genommen und ein paar Klafter weit in die Wiesen geworfen.

»Die werden uns künftig in Ruhe lassen«, sagte der Stier,

»auch wenn sie sich wieder aufrappeln.« Dann zogen sie weiter auf der Straße, die an der Flanke eines Höhenzugs schräg hinaufführte. Gegen Mittag hatten sie den Kamm erreicht, und als sie dort eine Weile gerastet hatten, blickte der Löwe zurück ins Tal und sah weit entfernt auf der Straße, die sie gekommen waren, einen Reitertrupp herantraben, Bewaffnete mit Lanzen. »Dort kommen schon wieder die Verfolger!« rief er.

Da verließen sie die Straße, schlugen sich durch ein Dickicht von Dornengebüsch und liefen danach so schnell sie konnten durch ein lockeres Pinienwäldchen und gelangten so zum Ufer eines breiten, reißenden Stroms.

»Da müssen wir hinüber«, sagte der Stier.

»Wie denn?« sagte der Löwe. »Ich kann nicht schwimmen und scheue überhaupt das Wasser wie alle Katzen.«

»Dann werden dich deine Verfolger umbringen«, sagte der Stier. »Es gibt keinen anderen Ausweg. Wir müssen hinüberschwimmen ans andere Ufer.«

Inzwischen dämmerte schon der Abend herauf, am Himmel hob sich im Osten ein riesiger, rötlich schimmernder Vollmond langsam über den Horizont. Während sie so dicht am Ufer standen, daß ihnen hie und da Wellen um die Beine spülten, hörten sie hinter sich Hufgetrappel, und als der Löwe sich umwandte, sah er seine Verfolger mit erhobener Lanze herangaloppieren und hörte ihre wilden Triumphschreie. Da stürzte er sich in die Fluten, dem Stier nach, der sich schon vor ihm in den Strom geworfen hatte.

Der Stier schwamm stetig voran, wenn er auch von der Strömung abgetrieben wurde. Der Löwe jedoch hielt sich nur durch wildes Paddeln und Strampeln über Wasser, trieb rasch stromabwärts, kam aber durch sein heftiges Umsichschlagen nach und nach zur Mitte des Stroms und auch allmählich darüber hinaus. Doch dann erlahmten seine Kräfte, immer öfter schlugen die Wellen über ihm zusammen, schließlich gab er sich auf, ließ sich treiben und verlor rasch das Bewußtsein; ihm war, als löse er sich auf im strömenden Wasser, über dem nun hoch der Mond stand, zerfließe in den Fluten und forme sich zu einer anderen, einer neuen Gestalt, die stromabwärts trieb und endlich auf einem flachen, grasigen Ufer anlandete wie ein zersplitterter Stamm und im Schatten niedriger Bäume liegenblieb.

Zuerst war da ein Duft, süß und fruchtig, der ihm allmählich ins Bewußtsein drang, dann das Gefühl von kurzem Gras unter seinem nackten Körper, den die Morgensonne des fünften Tages wärmte. Als er endlich die Augen aufschlug, sah er über sich runde, rotwangige Pfirsiche hängen, Frucht an Frucht, daß die Zweige sich niederbogen unter der Last. Lange blickte er hinauf in das Geflecht der Äste und fruchtenden Ruten, deren schmale lanzettliche Blätter ein sich ständig verschiebendes Mosaik von Schattenfiguren auf seinen Körper zeichneten, und als er diesem Schattenspiel mit den Augen folgte, entdeckte er nach und nach, daß er seine menschliche Gestalt wiedergewonnen hatte, seine alte vertraute Gestalt mit den Narben des Krieges, aber im übrigen heil und lebendig. Er hob den Arm und ergriff eine der Früchte, drehte sie vom Zweig und biß hinein, daß ihm der Saft aus den Mundwinkeln rann.

Während er noch aß, trottete auf der Uferböschung der Stier heran, blieb über ihm stehen und betrachtete ihn, wie er dalag und sich den Pfirsich schmecken ließ. »Da bist du ja wieder«, sagte er, »bist durch das Feuer gegangen und durchs Wasser geschwommen und siehst nun wieder aus wie ein Mensch. Zeit, daß wir uns wieder auf den Weg machen.«

»Langsam, langsam«, sagte der Mann, »ich muß erst wieder in meiner menschlichen Haut heimisch werden. So nackt, wie ich hier liege, gehe ich nicht unter die Leute.«

»Sollst du auch nicht«, sagte der Stier und blickte zu einem Weg, der zwischen den Pfirsichbäumen senkrecht zum Strom heranführte. »Dort kommt schon einer, der dir Kleider verschaffen kann.«

Als der Mann sich aufsetzte, sah er durch den Pfirsichgarten einen Bauern daherkommen, der einen Karren voller leerer Körbe vor sich herschob. Als er herangekommen war, blieb er stehen und sagte: »Was tust du denn da? Meine Pfirsiche essen? Wenigstens kannst du dir keine Flecken ins Hemd machen, nackt wie du bist. Wo kommst du her?«

»Von drüben«, sagte der Nackte und zeigte zum anderen Ufer hinüber. »Um ein Haar wäre ich ertrunken.«

»Und der Stier?« fragte der Bauer. »Gehört der zu dir?«

»Du drückst das richtig aus«, sagte der Nackte, »denn wir wissen beide nicht recht, wer wem gehört. Ja, er gehört zu mir und kann vor allem besser schwimmen als ich.«

»Nun gut«, sagte der Bauer. »Vielleicht kann er auch einen Karren ziehen; denn wenn die Körbe voll sind, kriege ich ihn nicht allein vom Fleck. Wie ich sehe, hast du keinen Heller in den Taschen, die du nicht hast. Ich mache dir einen Vorschlag: Pflück mir die reifen Pfirsiche in die Körbe, und zwar vorsichtig! Es sind die empfindlichen von der spätesten Sorte. Ich gehe inzwischen nach Hause und suche dir was zum Anziehen, und dann spannen wir den Stier, wenn er einverstanden ist, vor den Karren und bringen die Fuhre zum Markt. Wenn ich alles verkauft habe, kriegst du deinen Anteil.«

Der Nackte erklärte sich einverstanden, stand auf und begann zu pflücken, während der Bauer wieder wegging. Nach einer Weile – inzwischen war schon ein gut Teil der Körbe gefüllt – kehrte er zurück und gab ihm ein Kleiderbündel. »Das hat vor einiger Zeit ein Perser bei mir liegengelassen«, sagte er. »Ich hoffe, die Sachen passen dir.«

Der Nackte fand in dem Bündel eine Hose, die er über seine Beine zog, ein Paar Lederstiefel, die bis zur halben Wade reichten, einen knapp bis zum Knie reichenden Kittel, der gegürtet wurde, und eine Mütze, wie sie die Perser trugen, die er sich über den Kopf zog. Der Bauer betrachtete ihn und sagte: »Paßt alles, als wäre es für dich gemacht. So kannst du dich auf dem Markt zeigen.« Dann pflückten sie gemeinsam die übrigen Früchte und luden die vollen Körbe auf den Karren.

Inzwischen war es Mittag geworden, und so setzte sich der Bauer mit dem Perser ans Ufer des Stroms und teilte mit ihm sein Brot und eine Handvoll Oliven. Auch eine Flasche mit Landwein hatte er dabei, aus der beide tranken. Der Stier fand zwischen den Baumreihen genug frisches Gras und Kräuter und trank vom Wasser aus dem Strom. Danach machten sie sich auf den Weg, gelangten nach etwa einer Stunde in eine größere Ortschaft, auf deren Hauptplatz schon andere Marktfahrer ihre Waren feilhielten, zumeist Bauern aus dem Umland, die Pfirsiche, Feigen oder Äpfel anboten oder auch allerlei Gemüse. Dazwischen gab es auch Händler mit Kleidungsstücken und einen Schmied, der Ackergerät, Messer und auch kleinere Waffen ausgelegt hatte.

Gegen Abend trat ein merkwürdig düster aussehender Mann an ihren Stand, der ihnen zwar ein paar Pfirsiche abkaufte, aber die Augen nicht von dem Stier lassen konnte, der sich hinter ihrem Stand auf den Boden gelegt hatte. Als er die Früchte bezahlt hatte, schaute er dem Perser für einen Moment ins Gesicht, und dieser erschrak vor der Leere der Augen im Gesicht dieses Mannes, die auf ihn wirkten, als seien es Löcher, durch die man ins Nichts blickt. Dann ging der Mann merkwürdig schnell davon, nachdem er den Perser noch einmal forschend angeschaut hatte. Der blickte ihm nach und sagte dann zu dem Bauern: »Der Mann führt etwas im Schilde. Ich glaube ich sollte machen, daß ich weiterkomme.«

»Wirst du verfolgt?« fragte der Bauer.

»Kann sein«, sagte der Perser. »Aber da will ich dich nicht hineinziehen. Kannst du mir jetzt meinen Anteil auszahlen?«

Das tat der Bauer sogleich, und der Perser nahm das Geld, ging hinüber zu dem Schmied und kaufte sich an dessen Stand ein Kurzschwert. Als er zurückkam, sagte der Bauer zu ihm: »Hier im Ort habe ich einen reichen Verwandten. Ich will dich zu ihm bringen. Wenn ich ihn darum bitte, wird er dich und den Stier für diese Nacht beherbergen und dir für morgen ein Pferd oder einen raschen Wagen geben.«

»Warum sollte er das tun?« fragte der Perser.

»Weil er solche Leute wie den Mann, der vorhin an unseren Stand kam, nicht ausstehen kann«, sagte der Bauer. Danach packten sie ihre leeren Körbe auf den Karren, der Bauer spannte den Stier vor, ergriff ihn beim Halfter und führte ihn in eine schmale Gasse und dort durch eine Toreinfahrt auf einen Hof. Gleich darauf kam ein Mann aus der Tür des weitläufigen Wohnhauses, der seiner Kleidung nach zu den Patriziern des Ortes zählen mußte. Er begrüßte seinen Verwandten herzlich, ließ sich in alle Kürze berichten, was es mit dem Perser und seinem Stier auf sich hatte, und empfing dann auch diesen Gast wie einen alten Freund. »Ich habe schon von dir gehört und von dem Weg, den du hinter dich gebracht hast«, sagt er. »Ich werde dich aufnehmen wie meinen leiblichen Bruder.«

Der Perser war überrascht, daß sein Gastgeber schon von ihm wußte. Er folgte ihm ins Haus, nachdem der Stier in den Stall gebracht worden war. Diener eilten herbei, boten Waschwasser an, reinigten die Kleider der Besucher vom Staub des Marktes und führten dann beide in einen Speisesaal, wo der Hausherr bereits die Sitze so arrangiert hatte, daß er beim Mahl zwischen ihnen sitzen konnte. Dann wurde aufgetischt, zunächst Fisch aus dem Strom, dann Geflügel, danach einen gebratenen Lammrücken mit würzigen Kräutern und zum Abschluß eine breite Schale mit Trauben, Feigen und Pfirsichen.

Erst nach dem Essen nahm der Gastgeber das Gespräch über die Erlebnisse des Persers wieder auf, und es zeigte sich, daß er auch über den grausamen Krieg Bescheid wußte, aus dem dieser anfangs zurückgekehrt war zu seinem zerstörten Haus und den Leichen seiner Angehörigen. »Du hast Schlimmes erleben müssen«, sagte er schließlich, »und du hast wohl angenommen, daß dein Leben oder gar alles Leben in dieser Welt sein Ende gefunden habe. Ich hoffe, dein Weg bis hierher hat dich von solch trüben Gedanken schon um einiges abgebracht. Immerhin scheinst du ja bereit zu sein, das Leben, das du noch immer hast, zu verteidigen, sonst hättest du dir nicht dieses handliche Kurzschwert besorgt, das du so griffbereit neben deinen Sitz gelegt hast, als könnten jeden Augenblick deine Verfolger in diesen Saal hereinbrechen.«

»Ich wollte dich nicht beleidigen«, sagte der Perser. »In deinem Haus bin ich in Sicherheit, das weiß ich. Ich bin es nur gewohnt, meine Waffe bei der Hand zu haben.«

»Vielleicht wirst du sie bald noch einmal brauchen«, sagte der Gastgeber. »Ich werde dir einen leichten zweirädrigen Wagen und meine zwei besten Renner mitgeben. Ich glaube nicht, daß dich dann noch jemand einholen kann.«

Danach brachte er seine beiden Gäste in einen anderen Raum, wo Diener inzwischen ihr Nachtlager vorbereitet hatten, auf dem sie bald einschliefen.

Am Morgen des sechsten Tages seiner Reise weckte sie der Hausherr, nahm mit ihnen die Morgenmahlzeit ein und sagte dann, als sie aufstanden und hinaus in den Hof gehen wollten, zu dem Perser: »Ich muß dir leider sagen, daß dein Stier heute nacht entlaufen ist. Meine Diener sind davon aufgewacht, daß zwei Fremde in den Stall einbrachen und den Stier fortzuschleppen versuchten. Als sie dazu kamen, hatte das gewaltige Tier die beiden allerdings schon über den Haufen gestoßen und rannte durch das offene Hoftor davon. Ehe sie ihn verfolgen konnten, war er in der Dunkelheit nicht mehr zu finden.«

»Es tut mir leid um das Tier, das mich den ganzen Weg bis hierher begleitet hat«, sagte der Perser. Doch der Gastgeber versuchte ihn zu trösten. »Gräme dich nicht«, sagte er. »Ich bin sicher, daß du ihn wieder einholst. Er ist ja nur vor den beiden Gaunern davongelaufen, nicht vor dir.« Dann schirrte er zwei edle Pferde vor einen leichten zweirädrigen Wagen, dessen goldfarbene Beschläge auf den Seitenwänden im Morgenlicht aufstrahlten wie die helle Sonne, gab dem Gast die Zügel in die Hand und wünschte ihm eine glückliche Reise. »Nach Westen mußt du fahren!« sagte er. »Immer geradeaus nach Westen!«

Der Wagenlenker ließ die beiden Rosse durch die Gassen traben, doch als er den Ort durch ein breites Tor verlassen wollte, sah er, daß dahinter ein paar bewaffnete Reiter ihm auflauern wollten. Da peitschte er seine Pferde zum Galopp an und raste mit seinem Wagen so schnell durch das Tor, daß die Gäule der Bewaffneten sich erschrocken aufbäumten und ihre Reiter Mühe hatten, nicht abgeworfen zu werden. Wie geblendet wendeten sie sich ab, als der Wagen zwischen ihnen hinaus ins Licht der Sonne schnellte, und als der Lenker sich nach kurzer Zeit umblickte, sah er, daß sie noch immer damit beschäftigt waren, ihre Pferde zu bändigen. Da ließ er seine Renner laufen und merkte bald, daß die Verfolger ihn nicht einholen würden. Als er etwas später noch einmal nach ihnen schaute, war nichts weiter von ihnen zu erkennen als ein fernes Insektengekrabbel am Horizont.

Die Straße, die bisher strikt nach Westen geführt hatte, bog nach einem Obstgarten in scharfem Knick nach Süden ab. Da trieb der Wagenlenker seine Pferde von ihr weg und lenkte sie weiter geradeaus nach Westen, wie sein Gastgeber ihm empfohlen hatte, über eine ebene Grassteppe, die sich bis zum Horizont ausbreitete. Dann gab er seinen Pferden die Zügel frei, und von da an schien es ihm, als flöge der Wagen dahin über das weite Land und ziehe mit seinem hell glänzenden Sonnenbeschlag in einem ungeheuren Bogen über den Himmel. Tief unten sah er auf der dunklen Linie der Straße den Reitertrupp dahingaloppieren und bei der Biegung in die falsche Richtung nach Süden weiterreiten.

Später, als er schon den höchsten Punkt überflogen hatte und der Mittag vorüber war, entdeckte er weit voraus im Dunst der Steppe ein großes Tier, das wie er nach Westen lief. Als es einmal für einen Augenblick stehenblieb und sich umblickte, erkannte er seinen Stier. Es schien ihm, daß der Flüchtige zu ihm heraufschaute, wie er mit seinem schimmernden Wagen über den Himmel zog. Dann lief auch der Stier weiter und blieb ihm stets ein Stück voraus, als wolle er ihm den Weg zeigen.

Je weiter er vorankam, um so bekannter erschien ihm die Landschaft, die unter ihm dahinglitt, erst weit entfernt in der Tiefe wie eine ausgerollte Landkarte, gegen Abend dann immer näher. Die Sonne sank schon dem Horizont zu, als er, dicht über die Berggipfel gleitend, ein Gebirge überquerte, und dann, als nur noch hügeliges Gelände im voraus zu sehen war und die blutrote Sonne den Horizont berührte, rollten die Räder seines Wagens über festen Boden. Er erkannte, daß er nun wieder in dem selben von Grund auf zerstörten und verwilderten Land angekommen war, das er zu Anfang seiner Fahrt durchwandert hatte. Herbergen oder gar Gastgeber würden hier nicht zu finden sein, und so machte er, ehe es völlig dunkel wurde, vor einem zur Hälfte ausgebrannten Haus halt, um sich in einem der Zimmer, die noch ein Dach über sich hatten, ein Nachtlager zu bereiten. Die Pferde schirrte er ab und stellte sie in einem Nebenraum unter, wo er ihnen draußen vor der Ruine ausgerauftes Gras vorwarf.

Er hatte fest geschlafen in dem noch immer nach schwelendem Brand stinkenden Gemäuer. Als er am Morgen vor die Tür trat, wußte er, daß er an diesem siebenten Tag seiner Fahrt wieder ganz auf sich allein gestellt sein würde. Wie schon eine Woche zuvor, suchte er sich in den von Unkraut überwucherten Hausgärten ein paar verschrumpelte Äpfel und eine Handvoll reifer Brombeeren, löschte seinen Durst an einem Bach, in dem er auch die Pferde tränkte, und beschloß dann, den Wagen hier zurückzulassen, weil er sich für das hüglige, zum Teil bewaldete und durchweg unwegsame Gelände kaum eignete. Als er das eine Pferd bestieg – das andere wollte er als Handpferd mitführen –, sah er auf der übergrasten Kuppe eines Hügels den Stier stehen. Sobald dieser merkte, daß der Reiter ihn gesehen und erkannt hatte, drehte er sich um und lief davon. »Also muß ich dich heute jagen«, sagte der Reiter, der nun zum Jäger wurde, spornte sein Pferd an und lenkte es auf den Weg zu diesem Hügel.

Er war noch nicht halbwegs oben, als von Norden her eine Regenbö heranfegte und ihm die Sicht nahm. Für längere Zeit konnte er nichts weiter erkennen als das niedergewalzte strähnige Altgras, über das die Hufe seines Pferdes hangaufwärts tappten. Als er endlich oben angekommen war, riß das Gewölk für einen Augenblick auf, der Regen ließ für kurze Zeit nach, und da sah er etwa hundert Schritt weiter den Stier stehen, glänzend vor Nässe, und sich zu ihm umblicken, als habe er hier auf ihn gewartet.

»Nett, daß du manchmal stehenbleibst«, sagte der Jäger laut in das schon wieder losbrechende Unwetter hinein, doch die Worte – falls er sie überhaupt hörte – trieben den Stier weiter auf die Flucht, und so erging es dem Jäger den ganzen Tag über. Es war sinnlos, irgendwo zu rasten, denn es gab nirgends einen Unterschlupf, nur leergebrannte Hüttenwände und an den Waldrändern verfilztes, undurchdringliches Dickicht, so daß es unmöglich war, unter den Bäumen Schutz zu finden. Er ritt über verluderte Äcker voller überständiger Disteln, hie und da vorüber an ein paar halbverdorrten Obstbäumen, von denen er mit einem Stecken sich ein paar vergammelte Früchte herunterschlug. Aber den Stier bekam er immer wieder einmal zu sehen, flüchtend trabte er über einen Abhang, hinter dem er alsbald wieder außer Sicht kam, oder er stand wartend neben der Ruine eines Gebäudes, bis er sicher war, daß der Jäger ihn erblickt hatte, und dann schlug er sich sofort wieder ins Gebüsch oder trabte unter einem Graupelschauer davon.

Bis auf die Haut durchnäßt, zerschlagen von dem mühsamen Ritt, bei dem er immer wieder einmal gezwungen war, abzusteigen und seine beiden Pferde am Halfter über unwegsames Gelände hinter sich herzuzerren, gelangte er schließlich in eine Gegend, die ihm so bekannt war, daß er wußte, er befand sich ganz nahe bei seinem Haus, in dem er vor dem Krieg mit seiner Familie gewohnt hatte. Er spürte unter dem Wildwuchs die altvertrauten Wege, kam vorüber an einem knorrigen Apfelbaum, den er selbst Jahre zuvor beschnitten hatte, und erblickte dann die geborstenen Mauern seines Hauses wieder, bei dem seine Wanderung begonnen hatte.

Neben den Mauerresten wartete auf ihn der Stier, ließ ihn diesmal ganz nahe herankommen und sagte dann laut und deutlich: »Jetzt jage mich zum letzten Mal!« Dann hatte er auch schon kehrtgemacht und rannte in vollem Galopp auf die felsige Abbruchkante zu, die sich hier meilenweit wie eine Mauer durchs Gelände zieht. Er lief geradewegs auf die Schlucht zu, die ein Bach in diese die Ebene überlagernde hohe Felsplatte gesägt hatte, trabte, dem Bach folgend, hinein in diese Klamm, die sein Verfolger seit je kannte, lief bis zu jener Stelle, wo sie so schmal wurde, daß für zwei Pferde nebeneinander kaum noch Platz blieb. Dort gab es eine Höhle, aus der der Bach heraustrat, das wußte der Jäger, und der Stier wußte es offenbar auch; denn er lief hinein in den breiten Felsspalt, durch den man in die Höhle gelangt, lief tiefer hinein in das zunehmende Dunkel, dem Jäger immer voraus bis zu jener durch eine Engstelle abgetrennten Kammer, in der es vor einer wie eine Apsis gewölbten Felswand nicht mehr weitergeht. Dort blieb er stehen, wendete sich dem Jäger zu, der längst abgestiegen war und die beiden Pferde beim Höhleneingang zurückgelassen hatte, zeigte ihm seine Stirn mit den gedreht aufragenden Hörnern und sagte: »Jetzt sind wir an Ort und Stelle. Du mußt jetzt dein Kurzschwert ziehen und mich töten, damit wir diesen Weg nicht für nichts und wieder nichts hinter uns gebracht haben.«

Der Jäger erschrak, als er diese Worte vernahm. »Ich kann dich nicht töten«, sagte er. »Lange Zeit hindurch warst du mein treuer Begleiter, und selbst durch deine Flucht hast du mir noch jetzt den Weg gewiesen.«

»Ja, das habe ich«, sagte der Stier, »damit ich dich an diesen Ort bringe, wo du dein Kurzschwert für den einzigen Zweck gebrauchen sollst, für den es von Anfang an bestimmt war.«

»Als ich nur noch vom Tod wußte«, sagte der Jäger, »wurdest du für mich zum Bild des Lebens. Soll denn alles für mich dem Tod anheimfallen?«

»Nein«, sagte der Stier. »Erst mein Tod wird alles, was hier gestorben und verdorben ist, neu zum Leben wecken. Jetzt glaube mir endlich und stich zu!«

Da stellte der Jäger sich dicht zu dem Stier, legte ihm, als wolle er ihn liebkosen, den linken Arm über die Stirn und packte ihn zärtlich beim Nasenring. Dann hob er mit der Rechten sein Kurzschwert und stieß es dem Stier mit aller Kraft seitlich am Halsansatz tief ins Fleisch bis hinab zum Herz.

In diesem Augenblick hatte er nur noch das silbrige Fell vor Augen, und das schimmerte wie das dürre, abgestorbene Gras der Steppe im Spätherbst, und er sah, wie das Blut aus der Wunde hervorbrach und sich in diesem haarigen Grasland ausbreitete, als solle der dürre Boden gedüngt und gewässert werden für alle Zeiten. Dann wußte er für eine ungemessene Zeit nichts mehr, und als er wieder zu sich kam im Halbdunkel der Höhle, war kein Stier mehr vorhanden, und auch sein Kurzschwert nicht mehr zu finden.

Als er an der rauhen Felswand entlangtappend sich allmählich wieder zurechtfand und die Engstelle passiert hatte, durch die man aus der hintersten Kammer zurück in den Höhlengang gelangt, war dieser vordere Raum von Fackeln beleuchtet, und auf den Seitenbänken, die er beim Eindringen überhaupt nicht bemerkt hatte, saßen Männer, die ihn empfingen. Er kannte jeden von ihnen: Da war der Älteste der Hirten, der ihm den Stier übergeben hatte, der Bräutigam und der Krieger saßen einträchtig beieinander, auch den Pfirsichbauern traf er hier, den Schmied, der ihm das Kurzschwert verkauft hatte, und endlich auch den vornehmen Verwandten des Bauern, mit dessen Pferden und Wagen er bis zu diesem Ort gekommen war. Alle saßen Seite an Seite an den felsigen Wänden, tranken blutroten Wein aus flachen Schalen und brockten sich Stücke von den kleinen runden, mit Fenchel und Koriander gewürzten Brotlaiben, die vor ihnen auf flachen Tellern lagen.

Alle begrüßten ihn freudig und baten ihn, sich zu ihnen zu setzen, ja sie behandelten ihn, als sei er der Vornehmste unter den sieben Männern, schenkten ihm Wein ein, schoben ihm den Brotteller zu, tranken auf sein Wohl, gingen aber mit keinem Wort auf all das ein, was der Jäger, den wir jetzt vielleicht Stiertöter nennen sollten, in der hintersten Kammer der Höhle erlebt und vollbracht haben mochte. Vielleicht war dies auch ein Vorgang, über den nicht gesprochen werden durfte, ein Mysterium, das durch Worte nur profaniert werden würde. Jedenfalls fing jeder auf seine Weise an, von seinen alltäglichen Verrichtungen zu reden, nicht in wirrem Durcheinander, sondern so, daß zum Beispiel der Schmied von seinem Gewerbe berichtete, vom Anblasen der Glut oder vom Erhitzen des Eisens, bis es sich schmieden und formen ließ, und jene, die ihm zuhörten, ihm Fragen stellten und dann ihrerseits zu erzählen anfingen, etwa vom Veredeln der Pfirsichbäume oder von der Rinderzucht, vom Melken der Kühe und der Zubereitung von Käse. Das war dann wieder ein Thema, das alle interessierte; denn der eine lobte den harten, würzigen Almkäse, den der Senn in großen Kesseln kocht und im kühlen Keller reifen läßt, während ein anderer die Vorzüge der schimmelbefallenen Rohmilchkäse pries, die in unterschiedlichen Reifezuständen die merkwürdigsten Düfte verströmen, oder einer von seiner Vorliebe für die mit Kümmel bestreuten, im Endzustand gelblich-glasigen Magerkäse sprach, deren Geruch manchen Leuten allzu stark in die Nase sticht.

So verbrachten sie eine lange Zeit im gemeinsamen Gespräch, dessen Dauer dem Stiertöter später rätselhaft blieb; denn als sie endlich aufstanden, weil aller Wein getrunken und die Brotlaibe aufgegessen waren, schien nicht nur von draußen schon der helle Tag herein, und zwar mit strahlender Morgensonne, wie zu sehen war, als sie aus dem Höhlenspalt und der engen Klamm heraustraten ins flache Land. Es war vielmehr so, daß inzwischen der Frühling auf Feldern und Wiesen das leuchtende Grün saftigen, frisch aus dem vordem so verdorrten Boden herausgetrieben hatte, obgleich es Spätherbst gewesen war, als der Stiertöter die Höhle betreten hatte. Aber nicht nur das: So weit der Blick reichte, war das Land kultiviert, keinerlei verworrener Wildwuchs mehr, sondern bearbeitete Äcker, auf denen Saat hervorsproß, sorgfältig beschnittene Obstbäume, die überwölbt waren von der berstenden Fülle weißer und rosa Blüten, und dann sah der Stiertöter seinen Hof, der so endgültig zerstört gewesen war und nun wieder unbeschädigt mit blinkenden Fensterscheiben zwischen den Gartenbäumen stand.

Der Stiertöter vergaß, daß noch andere bei ihm gewesen waren, nahm nur noch dieses geliebte Haus wahr, lief darauf zu, und als er schon durch den Garten ging, tat sich die Tür auf und heraus trat seine Frau, die rechts und links seine beiden Kinder an den Händen hielt.

❊❊❊

So schloß Feri seine Geschichte und trank dann den letzten Schluck aus seinem Glas. Die drei Flaschen waren leer, und Brot war auch keins mehr da.

»Ein schönes Happy-End«, sagte Massimo, und er wußte selbst nicht, ob er das ironisch meinte oder ernsthaft.

Feri nahm wohl das erstere an; denn er grinste und sagte dann: »So hat mein Vater mir wenigstens nach Kriegsende diese Geschichte zum ersten Mal erzählt, und ich trau ihm durchaus zu, daß er in dieser Situation bewußt einen solchen Schluß gewählt hat. Wer weiß denn, ob nicht jeder, der sie weitergegeben hat, sie nicht auf seine Weise verändert hat, wie es seine Gemütslage gerade forderte.«

»Aber im Kern scheint sie sich nicht geändert zu haben«, sagte die Theres. »All die Tiere, von denen die Rede war, hab ich auf den Reliefs gesehen, die das Weihebild des Mithras mit dem Stier umrahmen: die Krähe, die Schlange, den Skorpion und den Löwen. Wer die Geschichte als erster erzählt hat, muß von dem vierten Keller gewußt haben.«

Sie redeten noch eine Weile hin und her, ehe sie merkten, wie müde sie alle drei waren. Mitternacht war längst vorüber, Straßenbahn keine mehr zu bekommen, und so bot Feri seinem Gast für diese Nacht sein Bett an. »Die Theres hat in ihrer Bude noch einen Diwan stehen, auf dem ich schlafen kann«, sagte er.

»Und ich gerate bei meiner Mutter wieder einmal in den Geruch eines Wüstlings«, sagte Massimo lachend, aber er nahm das Angebot an.

Am nächsten Morgen trafen sie sich in Feris Zimmer zum Frühstück. Massimo hatte bei einem Bäcker um die Ecke Semmeln und Kipferl besorgt, die Theres brachte Butter und eine Kanne Tee, und Tassen fanden sich in Feris unerschöpflichem Schrank.

»Was habt ihr heute vor?« fragte die Theres.

»Am Vormittag ein Seminar zur italienischen Tafelmalerei des 16. Jahrhunderts«, sagte Feri. »Ein wenig einseitig, weil der Braunhofer, schon um sich gegenüber seinem manierismusbesessenen Ordinarius zu profilieren, nur sogenannte Klassiker mag. Aber das wird sich ändern, denn heute ist Massi mit seinem Referat dran über Parmigianino, Pontormo und ähnliche ›abseitige Pinsler‹, wie der Braunhofer sich auszudrücken beliebt. Das wird vielleicht ganz spannend.«

»Das würde ich mir gern anhören«, sagte die Theres. »Ist eine unwissende Medizinerin zugelassen?«

»Von mir aus gern«, sagte Massimo, »und der Braunhofer merkt es eh nicht, wenn sich jemand Fremder hineinschmuggelt.«

Wenig später machten sie sich auf den Weg zum Institut. Massimo richtete dort seine Dias her und stand startbereit, als der Dozent hereinkam. »Nun wollen wir einmal hören«, sagte der Braunhofer, »was unser venezianischer Kollege über diese Querköpfe von Manieristen zu sagen hat.«

»Sie haben mir ein vorzügliches Stichwort gegeben«, begann

Massimo und befleißigte sich wieder einmal – soweit ihm die Fachtermini dazu Raum ließen – seiner waldbäurischen Redeweise. »Querköpfe waren die Manieristen ohne Zweifel, denn sie wollten anders malen, als es die Leute zu ihrer Zeit gewohnt waren. Ausbruch aus der Erstarrung, das war ihr Wahlspruch!« Und dann führte er im einzelnen anhand der gezeigten Dias aus, was er an zukunftsweisenden Zügen in dieser Malerei zu erkennen meinte und zog dabei Parallelen zu späteren Entwicklungen bis in die nahe Gegenwart, wenn er zum Vergleich Bilder von Dali, Max Ernst, Chagall oder Clerici heranzog. Sein Enthusiasmus riß ihn auch rhetorisch fort, und er fühlte sich, während er sprach, auf seltsame Weise erinnert an Stunden, in denen er Lena auf der kleinen Orgel der Dorfkirche vorgespielt hatte, hineingetragen in Improvisationen, die er zuvor gar nicht geplant hatte, auf den Tönen frei im Raum schwebend und als einzigen Festpunkt Lenas Augen, die ihn vor dem Absturz bewahrten. Erst als er fast zu Ende gesprochen hatte, wurde ihm bewußt, daß er wie gebannt in die blaugrünen, gewässerfarbenen Augen der Theres schaute, und er merkte, daß ihr Blick keineswegs bloße Bewunderung ausdrückte, sondern deutlich eher kritische Distanz. Doch da war er mit seinen Ausführungen ohnehin zu Ende gekommen, so daß für Irritationen keine Gelegenheit mehr blieb. Unter heftigem Klopfen der Zuhörer ging er an seinen Platz und setzte sich zwischen Feri und die Theres.

Erst als er nach vorn blickte, merkte er, daß der Braunhofer nicht wußte, was er sagen sollte. Offenbar hatte er sich als Seminarleiter vor der Veranstaltung ein Konzept gemacht und angenommen, daß die Referenten sich in seinem Sinne äußern würden, doch was er jetzt gehört hatte, stand in blankem Gegensatz dazu. Ein wenig bleich um die Nase stand er vorn und versuchte eine Art Querverbindung zu seiner Auffassung herzustellen, doch was er auch vorbrachte, Massimo hatte es, wie ihm schien, schon im vorhinein entkräftet wenn nicht gar widerlegt. So kam er ins Stottern, sagte schließlich: »Nun ja, so könnte man es vielleicht auch sehen«, blickte auf seine Armbanduhr, stellte aufatmend fest, daß die übliche Zeit fast verstrichen war und entließ die Teilnehmer.

»Ein geradezu exorbitant vernichtender Sieg!« sagte Feri, als sie den Raum verließen.

Während Feri draußen für kurze Zeit mit einem anderen Kollegen sprach, der ihn beiseite gezogen hatte, stand Massimo mit der Theres an einem Fenster des Flurs und schaute hinab auf die regenfeuchte Straße und die Kuppeln der Regenschirme, die dort unten dahinzogen wie Schildkröten. Er spürte den Blick des Mädchens und fragte sich: Warum schaut sie mich so an?

Gleich darauf sagte sie es ihm: »Weißt du eigentlich«, fragte sie, »daß du deinen Zuhörern kaum eine Chance läßt, sich gegen deine Meinung zu wehren?«

Massimo hielt das zunächst für ein Lob, ja, er fühlte sich geschmeichelt und sagte leichthin: »Ich bin eben ein Zauberer.«

Da trat nun zu dem kritischen Blick auch noch eine steile Falte auf die sonst so glatte Stirn der Theres. »Das kann schon sein«, sagte sie mit einer Spur von Ironie, »aber bist du dir deiner Sache nicht allzu sicher? Mir war's unheimlich, wie du diesen Braunhofer breitgewalzt hast. Er tat mir fast schon leid.«

»Meinst du, ich hätte unrecht mit meinen Thesen?« fragte Massimo.

Die Theres schüttelte leicht den Kopf. »Du verstehst nicht, was ich meine«, sagte sie. »Darauf kommt's mir jetzt gar nicht an. Ich weiß zu wenig von Kunstgeschichte, als daß ich mich da einmischen dürfte. Ich meine die Art, wie du die Zuhörer in deinen Bann schlägst, daß sie gar nichts anderes mehr denken können als das, was du willst, daß sie denken sollen. Ja, du bist ein Zauberer. Aber ein guter? Ich weiß nicht.«

Inzwischen war Feri wieder zu ihnen getreten, sah erst den Freund und dann seine Schwester an und sagte: »Habt ihr Streit miteinander?«

Da lachte die Theres und sagte: »Was denkst du denn? Nur einen kleinen Disput über Rhetorik.«

»Dann ist's ja gut«, sagte Feri. »Geht ihr mit in die Mensa?«

Nach dem recht kärglichen Mensa-Essen beschlossen sie, wieder ins Museum zu gehen, um ein paar Bilder im Original zu betrachten, von denen in Massimos Referat die Rede gewesen war. Als sie in den Saal kamen, wo die meisten Manieristen mit Bildern vertreten waren, trafen sie dort einen jungen Mann an, den sie nicht kannten und der ihnen sofort auffiel durch seine unkonventionelle Kleidung, das lang herabwallende Haar und den fuchsigen Bart. Vor einem allegorischen Bild des Bronzino stand er im Gespräch mit einem etwas älteren, im Gegensatz zu ihm eher distinguiert gekleideten Herrn, den man für einen Geschäftsmann oder Ministerialbeamten hätte halten können, wenn die beiden nicht in eine erstaunlich fundierte Diskussion über die Maltechnik dieses italienischen Meisters verstrickt gewesen wären. Als der ältere der beiden dem Bärtigen bis ins einzelne zu erklären versuchte, wie der Künstler die raffinierten Lasuren dieses Bildes angelegt haben mußte, konnte Massimo sein Interesse an diesem Problem nicht mehr zügeln und fragte den bürgerlich Gekleideten, woher er das so genau wisse.

Es hatte wohl ein gewisses Maß an akademischer Überheblichkeit im Ton seiner Frage mitgeklungen, doch der Gefragte quittierte das mit einem spöttischen, den ihm fremden Studenten distanzierenden Lächeln und sagte: »Ich hab's probiert.«

»Das kann jeder sagen«, fuhr es Massimo heraus.

»Aber nicht jeder machen«, bekam er zur Antwort. »Fragen Sie doch den Ernstl da, der aussieht wie ein junger Prophet. Der kann's auch.«

Im weiteren Gespräch, in das nun auch Feri hineingezogen wurde, stellte es sich heraus, daß die beiden Maler waren, Absolventen der Wiener Akademie, und offenbar eine besondere Vorliebe für die Manieristen und deren Malweise hatten.

»Ich bin nach Wien gekommen, um mich mit dem historischen Manierismus zu beschäftigen«, sagte Massimo. »Aber ich hab nicht gewußt, daß er hier noch als aktuelle Möglichkeit des Malens studiert wird. Was interessiert Sie so an diesen Manieristen?«

»Alles«, sagte dieser Ernstl genannte Langhaarige. »Zum Beispiel die Möglichkeit, die Oberfläche sogenannter natürlicher Formen aufzubrechen durch die Projektion innerer Bilder, die Ikonographie der Urbilder, die in jedem Menschen verborgen sind, wieder hervorzuholen und sichtbar zu machen.«

»Aber es war die Maltechnik, über die Sie vorhin diskutiert

haben«, sagte Massimo, »weniger die Thematik oder Ikonographie.«

»Verstehst du denn nicht«, sagte der junge Prophet und ereiferte sich so, daß er in das kollegiale *du* hinüberwechselte, »das eine ist vom anderen überhaupt nicht zu trennen. Gegenstand und Darstellung bedingen einander. Ich kann diese Innenbilder nicht sichtbar machen, wenn ich nicht die subtilsten Techniken der Malerei beherrsche; erst durch die dünnen, transparenten Lasuren, wie sie hier auf diesen Gemälden zu finden sind, bekommen die Gegenstände ihre Tiefe bis hinab ins Unterbewußte. Schau dir seine Bilder an«, und dabei wies er mit dem Kopf auf den älteren Kollegen, »oder meinetwegen auch meine Versuche, dann wirst du sehen, was ich meine.« Nach einer Pause setzte er noch hinzu: »Vielleicht wirklich erst meine, damit du nicht gleich erschrickst.«

»Wann darf ich kommen?« Massimo nahm diese rhetorische Aufforderung gleich als Einladung.

Der Maler lachte, wobei sich sein fuchsiger Bart seltsam sträubte. »Du packst wohl immer gleich zu, wenn man dir etwas hinhält?« sagte er. »Also von mir aus übermorgen nach Tisch, so etwa gegen 3 Uhr« und nannte die Adresse seines Ateliers.

»Darf ich meinen Freund Feri mitbringen?« fragte Massimo.

»Gern«, sagte der Maler. »Und wenn's euch nichts ausmacht, auch das hübsche Mädchen, das bei euch steht.« Er schaute prüfend hinüber. »Seine Schwester?«

»Ja«, sagte Massimo. »Also übermorgen.«

Der ältere Maler hatte sich nicht in das Gespräch eingemischt, sondern schien noch immer die malerischen Details des Bildes zu studieren, die er mit dem anderen besprochen hatte, aber es kam Massimo so vor, als ob er dabei dennoch das Gespräch aufmerksam verfolgt hätte. Er schien allerdings nicht bereit zu sein, seine distanzierte Haltung aufzugeben.

Als Massimo am Abend nach Hause kam, bebte seine Mutter vor Zorn und fragte ihn, wo er sich wieder einmal die ganze Nacht lang herumgetrieben habe.

»Überhaupt nicht herumgetrieben«, sagte Massimo. »Ich war mit meinem Freund und Studienkollegen Feri – oder, wenn du das lieber hörst, Ferdinand Graf Kamp – im Museum und anschließend bei ihm im Kampschen Palais. Dort hab ich ihm geholfen, die drei Keller unter dem Gebäude zu inspizieren und dort einiges in Ordnung zu bringen. Danach war's so spät, daß ich bei ihm übernachtet habe.«

»Aber warum hast du nicht wenigstens angerufen?« Das klang schon etwa gemäßigter.

»Im Palais gibt's kein Telephon«, sagte Massimo. »Weißt du, die Leute sind ein bißchen altmodisch. Und heute hatte ich dann am Vormittag im Seminar mein Referat zu halten. Anschließend sind wir wieder ins Museum gegangen. Nichts als Fleiß und intensives Studium, wie du siehst.«

»Wer's glaubt«, sagte sie, aber Massimos Umgang mit einem gräflichen Kollegen schien sie doch ziemlich beeindruckt zu haben. »Wie wohnen die denn, die Kamps?« fragte sie interessiert.

»Ganz einfach«, sagte Massimo. »Vornehme Leute, aber verarmt wie viele vom österreichischen Adel.«

»Hast du dich wohl anständig benommen?«

»Was denkst du denn?« Massimo spielte den Entrüsteten. »Kann ich doch gar nicht anders nach deiner Erziehung.«

Sie schüttelte den Kopf, als könne sie das nicht glauben. Aber der Abend war gerettet.

Zwei Tage später fuhr er dann mit Feri und der Theres in der Straßenbahn hinaus in eine südliche Vorstadt, wo der Ernstl, dessen Nachnamen er noch immer nicht wußte, sein Atelier hatte. Als er sie einließ, überkam Massimo die Vorstellung, ein fremdartig gekleideter Priester geleite ihn in seine Meditationsklause. Doch dann sah er an den Wänden lehnend und auf Staffeleien die Bilder und vergaß darüber völlig das Ambiente, in dem sie dargeboten wurden. Da gab es ikonenhafte Gemälde, die auf den ersten Blick der Darstellung frommer Rituale zu dienen schienen, aber bei genauerem Hinsehen unterwandert waren von einem seltsamen Getriebe im Untergrund, wo abstrus geformte Echsen schwerfällig dahinkrochen oder böse grinsende Putti einen

Schwan mit menschlichen Armen und einem dem Maler ähnelnden bärtigen Angesicht mit heimtückischem Vergnügen daran hinderten, sich aus einem aufgebrochenen blauen Ei zu erheben. Eine andere Tafel zeigte die apokalyptische Darstellung eines schauerlichen Todesengels, der seine dunklen Schwingen über das ganze Bild ausgebreitet hatte. Der kaum sichtbare Boden war übersät von menschlichem Gebein, während zur Seite vier helle, engelhafte Figuren musizierten. Ein deutliches Grünewald-Zitat, dachte Massimo. Was er aber vor allem bewunderte, war die akribische Malweise, in der das alles bis ins kleinste Detail mit kühlem, altmeisterlichen Pinsel in leuchtenden Lasuren als ästhetisches Ereignis festgehalten war.

An den Wänden und in einer großformatigen Mappe gab es dazu noch Bleistiftzeichnungen von unglaublicher Perfektion zu sehen, in deren Figuren sich die Elemente religiöser Ikonographie mit den Schrecknissen der gegenwärtigen Welt mischten, schießenden Soldaten mit Gasmaske und Stahlhelm, schaurigen Phantasiegestalten, die dennoch der Wirklichkeit entstammten.

All das beeindruckte Massimo sehr, und auch seine Freunde konnten sich nur schwer von der Betrachtung dieser Bilder lösen. Der Maler hielt sich zurück, stand zeitweise neben ihnen und studierte eher ihr Mienenspiel, als daß er auf die Bilder geschaut hätte. Schließlich sagte er zur Theres: »Sie haben ein Gesicht wie ein Erzengel, schön, aber so streng, daß einen das Zittern ankommt. Irgendwann wird sich Ihr Gesicht auf einem meiner Bilder wiederfinden.«

Die Theres lachte kurz auf und sagte dann: »Die Engel auf Ihren Bildern sind so ambivalent, daß ich nicht weiß, ob mich das freuen soll.«

»Zu den schwarzen Engeln gehören Sie nicht«, sagte der Maler in einem Ton, als nähme er tatsächlich eine ernsthaft gemeinte Einstufung vor, »auch nicht zu den lieblichen. Vielleicht sind Sie ein Engel des Gerichts.« Auf seinem Gesicht war nicht die Spur eines Lächelns wahrzunehmen, als er das sagte.

Die Theres hörte sich das mit unbewegter Miene an, schwieg eine Weile und sagte dann: »Diese Vorstellung macht mir angst.«

»Mir auch«, sagte der Maler und wendete sich abrupt einer

Ansammlung von Pinseln und Farbnäpfen zu, als müsse er sie ordnen, obwohl eine Notwendigkeit dazu kaum festzustellen war. Später, als sie gingen, sagte er noch: »Mein Freund Rudner – das ist der etwas ältere, so bürgerlich wirkende Mensch, mit dem Sie mich im Museum angetroffen haben – der also läßt Ihnen übrigens ausrichten, daß auch er Ihnen seine Bilder zeigen würde, falls Sie Interesse daran haben«, und nannte ihnen die Telephonnummer des Malers und die Adresse seines Ateliers.

Ein paar Tage danach waren alle drei zu Rudner unterwegs, nachdem Feri einen Termin mit ihm vereinbart hatte. Der Maler empfing sie in jenem graumelierten Beamtenanzug, den er auch im Museum getragen hatte, korrekt bis zu Krawatte und Schuhwerk. Es war danach nicht zu verwundern, daß sie schon nach wenigen Schritten in den Raum hinein abrupt stehenblieben, nicht nur verblüfft, sondern geradezu erschrocken, so extrem erschien ihnen die Diskrepanz zwischen Gehaben und Kleidung des Malers und seiner Produktion. Da hingen Bilder, von denen einige Verwandtschaft zeigten mit Gemälden der Surrealisten; allerdings fehlte ihnen der Anschein des Zufälligen oder Aleatorischen, denn alle Bildelemente wirkten in ihrer Konstellation wie ein wohlüberlegtes, sorgsam geplantes Arrangement in der Kombination von menschlichen Figuren und seltsam geformten Gegenständen, die allesamt in einem grell von links hereinfallenden Licht standen und scharf umrissene Schatten warfen, die durchaus nicht ihrer Gestalt entsprachen. Sogar Reste einer geometrisch exakten Entwurfsskizze waren ins Bild einbezogen und schufen Beziehungen zwischen den isoliert im Raum stehenden Dingen und Figuren. Dies alles mochte noch immer der korrekten Erscheinung des Malers entsprechen, den man sich gut am Reißbrett vorstellen konnte, wie er mit Winkelmesser, Lineal und Zirkel hantierte. Was aber ihren Schritt so plötzlich hatte stocken lassen, war ein großes, querformatiges Bild von leuchtender Farbigkeit, auf dessen rechter Hälfte das dunkle Loch eines vor Schmerz, vor Erschrecken, vor Verzweiflung oder auch vor Lust aufgerissener Mundes schrie, dessen wulstige Lippen nach oben hin eher Schamlippen ähnelten, eine Vorstellung, die zusätzlich genährt wurde von dem fiebrig fleischroten weiblichgenitalen Gekröse, das Auge und Stirn dieses Kopfes überwucherte, rechts und links flankiert von aufplatzenden Fruchtblasen, in denen sich kümmerliche Föten zusammenkauerten. Rings um dieses von sexuellen Alpträumen gepeinigte Haupt war ein Reigen weiterer Figuren versammelt, zwei nackte weibliche Gestalten die zwischeneinander einen kopflosen, an einem Kleiderbügel hängenden Mann aufrecht hielten, rechts davon wand sich eine scheußlich aufgeschwollene Gebärende und schrie ihre Qual hinaus, während ein winziges nacktes Kind sich über ihr an einem dünnen Seil nach oben hangelte. Sonderbare Eier hingen über alledem in der Luft, und ein Strang führte in der Mitte über drei Blasen nach oben zu einem riesigen gelben Dottersack, der über einem ins Dach geschnittenen Fenster im grünlichen Himmel schwebte. Nach rechts öffnete sich ein Ausblick auf die weite Fläche eines Meeres, auf dem in der Ferne eben ein Dampfer unterging, während ein anderer ruhig mit wehender Rauchfahne dahinfuhr. Die linke Hälfte dieses Bildes wurde beherrscht von der nackten Halbfigur eines Mannes, der dem Maler ähnelt und eine eher für Kinder bestimmte Matrosenmütze auf dem Kopf trug. Er blickte gelassen auf den Betrachter oder auch durch diesen hindurch hin in endlose Weiten wie ein erfahrener Seemann und hielt mit der linken Hand einen Würfel vor seine Halsgrube, und zwar so, daß drei Flächen zu sehen waren, deren oberste den Kopf eines Kindes mit Matrosenmütze zeigte, die beiden darunter die Brustbilder eines Mannes und einer Frau, in denen man die Eltern dieses Knaben vermuten konnte.

Dieses Bild hätte sich noch in vielen weiteren Einzelheiten beschreiben lassen, deren Beziehungen zueinander evident erschienen, ohne daß es möglich gewesen wäre, sie sofort in Worte zu fassen. Es wirkte in seiner Zweiteilung wie eine Gegenüberstellung von scheinbar ruhig gefaßter Außenwelt und chaotischer, unter der Diktatur der Triebe von unnennbaren Schrecken gehetzter Innenwelt, und diese bannende Wirkung auf den Betrachter wurde weitgehend erzeugt von der bis ins Detail überdeutlichen, geradezu altmeisterlichen Malweise, in der die Erfahrungen einer aus den Tiefen des Unterbewußten heraufdrängenden Überwältigung ins Bild gesetzt wurde mit einer ähnlichen Intensität von Farben und Lasuren wie auf den Bildern des Hieronymus Bosch.

Massimo hätte nicht sagen können, wie lange sie sprachlos vor diesem Bild gestanden waren, bis jemand etwas sagte. Es war die Theres, die bleich bis in die Lippen und mit bis aufs äußerste angespannter Miene diesen Anblick ertragen hatte und nun, fast tonlos, den Maler fragte: »Wer hat Ihnen so mitgespielt?«

Der schüttelte den Kopf, fast ärgerlich über die Zudringlichkeit der Frage, und sagte: »Wahrscheinlich ich selber.«

Mehr an Äußerungen über seine Bilder war von Rudner nicht zu erlangen. Aber den Nachhall seiner Malerei hatte Massimo noch vor Augen, als er schon wieder abends zu Hause im Bett lag. Historische Distanz war nicht mehr zu gewinnen angesichts einer solchen »neomanieristischen« Malerei, und es erschien ihm unabweisbar, daß er künftig beides im Auge behalten und als einen in Permanenz statthabenden Prozeß betrachten mußte: die historischen Phasen solcher Ausbrüche aus den jeweils geltenden »klassischen« Mustern und das aktuelle Experiment aus der Erfahrung des Künstlers der Gegenwart.

Nun ist meine Geschichte wieder einmal in ein Stadium gekommen, in dem die Zeit zusammengerafft werden kann bis zu jenem Punkt, an dem Neues, Entscheidendes zu geschehen beginnt. Für Massimos Studium in Wien war der weitere Fortgang nun festgelegt. Er absolvierte Semester für Semester, erwarb die für sein Fortkommen nötigen Seminarscheine und bekam bald einen Namen als geistreicher, seine Zuhörer zwingender Vortragender; denn die versteckte Warnung, die ihm die Theres durch ihre sanfte Kritik hatte zukommen lassen, schlug er einstweilen in den Wind, was allerdings der Benotung seiner Referate nur zugute kam. Feri blieb für ihn weiterhin der Freund und Kollege, mit dem er am liebsten Umgang pflegte, und ihr Verhältnis zueinander besaß fast den Charakter eines Geheimbundes; denn seit dem Besuch im vierten Keller gab es für sie ein gemeinsames Sprachfeld, auf dem sie sich mit Vokabeln verständigten, deren spezielle Bedeutung sonst keiner entschlüsseln konnte, die Theres ausgenommen, die auch zu diesem Bund gehörte. Denn auch sie stieß immer wieder einmal zu ihnen, auch wenn ihr Medizinstudium sie tagsüber in andere Bereiche führte. Aber es kam immer wieder einmal vor, daß Feri ein paar Flaschen Rotwein aus dem offenbar unerschöpflichen Vorrat im zweiten Keller besorgt hatte, die sie im gemeinsamen Gespräch leerten.

Massimo hätte nur schwer erklären können, wie er zu der Schwester seines Freundes stand. Er mochte sie, gerade weil sie sich im Gespräch kompromißlos an das zu halten versuchte, was sie für die Wahrheit hielt. Und er spürte auch, daß er ihr nicht gleichgültig war. Dennoch blieb zwischen ihnen stets eine nicht zu überbrückende Distanz; denn sie ließ nicht davon ab, ihm immer wieder einmal ins Bewußtsein zu rufen, daß er sich nachgerade daran zu gewöhnen schien, seine Zuhörer zu bezaubern statt sie mit nüchternen Sachargumenten zu überzeugen. »Du magst ja in vielem, was du inhaltlich behauptest, recht haben«, sagte sie einmal, »aber du sagst es auf eine Weise, die weniger den Verstand als die Emotion anspricht.« Manchmal schaute sie ihn bei solchen Disputen so eindringlich an, daß ihm die Erinnerung hochstieg an den bärtigen Maler, der sie einen Engel des Gerichts genannt hatte.

Diese zugleich enge und letztlich doch auch wieder distanzierte Verbindung zwischen Massimo und der Theres führte allerdings dazu, daß er während seines Wiener Studiums sich in keine wie auch immer geartete Beziehung zu anderen Mädchen oder Frauen einließ. Einmal träumte ihm, er befinde sich in einem schönen, weit ausgebreiteten Garten, wandere darin umher, betrachte die sorgfältig arrangierten Gruppen von Bäumen und Büschen, bleibe bei den Rabatten mit Gewürzpflanzen stehen und atme den erregenden Duft von Rosmarin, Basilikum und Thymian, bleibe aber immer allein, bis ihn sein Weg zu einem von blühenden Rosenranken überwölbten Tor führe, hinter dem, das konnte er deutlich erkennen, Menschen umhergingen. Manche von ihnen blieben stehen, um durch das Tor hereinzublicken, gingen dann aber weiter und kamen nicht herein zu ihm. Da näherte er sich selbst diesem Tor und sah, daß dort ein Engel stand, ein Engel mit einem Flammenschwert, der keinen dieser Menschen hereinließ, und als er selbst ganz nahe herantrat, wendete sich dieser Engel um und zeigte ihm in dem Augenblick des Aufwachens das Gesicht der Theres.

So war es wohl, dachte er am Morgen nach diesem Traum. Der Gedanke an die Theres und an ihre Art, mit ihm umzugehen, beschäftigte ihn dermaßen, daß für andere weibliche Personen – außer seiner Mutter – kein Raum blieb, und er hätte nicht sagen können, ob ihm das lieb war oder nicht. Kann sein, daß sie mich isoliert, dachte er, kann aber auch sein, daß sie mich beschützt. Er hatte nicht im Sinn, das zu ändern.

Das Zusammenleben mit seiner Mutter in der kleinen Döblinger Wohnung spielte sich in diesen Jahren auf eine Weise ein, daß Massimo zumeist seine Mutter darüber unterrichtete, wo er sich den Tag über aufhalten würde, und er tat dies schon deshalb, um lästige Diskussionen zu vermeiden, und die Mutter gewöhnte sich ihrerseits daran, daß er zuweilen – nachdem er sie zumindest telephonisch informiert hatte – über Nacht wegblieb, brachte es aber nur selten über sich, ihre abfälligen Bemerkungen darüber zu unterlassen. So lebten sie in einer sonderbaren Zweisamkeit, die fast dem Zusammenwohnen eines alten Ehepaares glich.

Mit den Malern, deren Ateliers sie besucht hatten, blieb er in Verbindung, traf sie, oft auch zusammen mit Feri und der Theres, im Art Club, wo er noch andere Maler dieser Gruppe kennenlernte, von denen zwar jeder seine eigene Konzeption verfolgte, die seine Bilder unverwechselbar machte, und dennoch waren alle auf ihre Weise Manieristen der Gegenwart.

Sobald es zulässig war, besprach Massimo mit dem Professor seiner Wahl das Thema für eine Dissertation und promovierte nach erstaunlich kurzer Zeit summa cum laude mit dem Thema »Die Manieristen des Cinquecento und ihre Wirkung auf die Malerei des Frühbarock«. Zur Feier seiner Promotion hätte eigentlich sein Großvater aus Venedig anreisen sollen, doch der telegraphierte kurz vorher, daß er erkrankt sei und ihm auf diesem Weg gratulieren müsse. Exakt an jenem Tag, an dem Massimo der Doktorhut aufgesetzt wurde und er den akademischen Eid leistete, starb in Venedig sein Großvater, so daß Massimo wenige Tage später mit seiner Mutter zum Begräbnis nach Venedig reiste und diesmal die Toteninsel San Michele, an der er mit dem Großvater kurz vor Kriegsende im Boot vorübergefahren war, in ihrer eigentlichen Funktion kennenlernte. Sie kehrten danach nur noch für eine Woche nach Wien zurück, um die Wohnung in Döbling aufzulösen.

Während dieser wenigen Tage verabredete sich Massimo noch einmal mit Feri und dessen Schwester. Sie saßen wieder in Feris Zimmer, sechs Stockwerke über dem geheimen Mithraeum, tranken Rotwein von den noch immer nicht erschöpften Vorräten im zweiten Keller, brachen Feris Brotfladen und versprachen einander, in Verbindung zu bleiben. Die Theres saß die meiste Zeit schweigend dabei. Als Massimo schließlich aufstand, um sich zu verabschieden, nahm sie ihn zum ersten Mal in die Arme und hielt ihn eine Weile fest, als wolle sie ihn vor allem Unheil der Welt bewahren. »Paß nicht nur auf dich auf«, sagte sie, »sondern auch auf deine Worte!«

In der nahe bei Venedig liegenden Universitätsstadt, in der er sein Studium begonnen hatte, wurde er mit seinem glänzenden Zeugnis vom Leiter des kunstwissenschaftlichen Instituts mit Freuden wieder aufgenommen, bekam eine Assistentenstelle und wurde bald danach von seinem Professor gefragt, ob er sich nicht habilitieren wolle und vielleicht sogar schon ein Thema nennen könne, das ihn zur Bearbeitung reize. Darüber hatte Massimo sich schon Gedanken gemacht, und so schloß er zwei Jahre später mit einer Arbeit des Titels »Der Manierismus als Widerspruch zu klassischen Konzepten vom Cinquecento bis zur Gegenwart« seine akademische Ausbildung ab.

Zu diesem Zeitpunkt nimmt nun die Geschichte dieses Zauberers eine Wendung, die ausführlicheres Erzählen erfordert.

IX

Es war kurz vor Beginn der Sommerferien, als Massimo noch rasch seine Antrittsvorlesung hielt, in der er eine auf die zentralen Thesen eingekochte Essenz seiner Habilitationsschrift vortrug und dabei seine Begegnung mit den Wiener Neomanieristen so enthusiastisch und auch anhand guter Farbfotos einbrachte, daß die Zuhörer, zumindest jene, die sich überhaupt für derartige Kunstprodukte begeistern ließen, sozusagen mit offenem Mund dasaßen und staunten.

Nach diesem spektakulären Auftritt hatte Massimo im Sinn, zum ersten Mal seit langer Zeit seine Ferien zu genießen, vielleicht ein bißchen herumzufahren und dabei möglicherweise ein paar Kunststätten zu besuchen, die er bisher nur aus Büchern kannte. Süditalien, dachte er, das wäre vielleicht ein geeigneter Boden für solche Prospektionen, jenes Land, aus dem er zur Hälfte stammte und das er überhaupt nicht kannte. Es mag schon sein, daß es neben dem vorgeschobenen Kunstinteresse durchaus auch die Neugier auf jene Welt seines ungeliebten Vaters war, die ihn zu einer solchen Reise drängte. Irgendwann treiben ja uns alle solche Atavismen durch die Gegend, bis wir unversehens vor einem unscheinbaren alten Haus stehen, von dem es heißt, daß unsere Urgroßeltern da einst gewohnt hätten, oder gar eine Kirche besuchen, in der irgendwelche entfernten Voreltern gebetet haben könnten, und dann womöglich sogar noch im Pfarramt nach den alten Kirchenbüchern fragen und darin tatsächlich eine Eintragung vorfinden, die wir den Namen und Daten nach mit einem Urahnen in Verbindung bringen können.

Massimo packte also die notwendigen Reiseutensilien ein, ein paar Kunstführer für Neapel, Calabrien und sicherheitshalber auch noch für Sizilien und hatte dann große Mühe, seine Mutter davon zu überzeugen, daß eine solche Reise von Kunststätte zu Kunststätte für sie viel zu strapaziös sein würde, für ihn selbst jedoch geradezu lebens-, ja sogar existenznotwendig wenn er seiner Rolle als frischgebackener Dozent für Kunstgeschichte gerecht werden wolle.

»Ach Junge«, sagte sie, »du weißt doch, daß man deinen Vater dort unten umgebracht hat.«

»Ja, ja«, sagte er, »und ich weiß auch warum. Ich bin jedoch kein Mafioso und habe damit nichts zu tun.«

»Denkst du«, sagte sie, aber er merkte, daß sie den Widerstand aufgab. »Aber du rufst mich jeden Tag an! Hast du gehört? Jeden Tag!«

Zunächst löste er eine Fahrkarte bis Neapel, bekam in Rom nach kurzer Pause einen Anschlußzug und erreichte sein Reiseziel gegen Abend. Da er schon telefonisch ein Hotelzimmer gebucht hatte, wollte er ein Taxi nehmen, aber das war gar nicht so einfach, wie er es sich vorgestellt hatte. Schon als er aus dem Zug stieg, hatte er den Eindruck, als sei er mitten in einen lärmenden Volksaufstand geraten; unglaublich viele Menschen rannten scheinbar ziellos durcheinander, schrien, gestikulierten, und je weiter er in der Bahnhofshalle sich dem Ausgang zu vorandrängte, um so hektischer schien dieses Getriebe zu werden, Händler bahnten sich ihren Weg durch die Menge und schrien aus, was sie an Eßwaren oder Reiseandenken zu verkaufen hatten, und sein Koffer wurde im Gedränge dermaßen herumgestoßen, daß er Angst bekam, er könne ihn verlieren oder irgendein Tagedieb würde ihn seiner verkrampften Hand entreißen. Was sind wir in Venedig doch für geruhsame Menschen, dachte er, von den Waldviertlern gar nicht zu reden.

Draußen auf dem Vorplatz war es auch nicht viel besser, nur gab es hier mehr Freiraum, so daß er besser vorankam. Er winkte ein Taxi herbei, warf seinen Koffer auf den Rücksitz, ließ sich neben dem Fahrer in die Polster fallen und nannte ihm sein Hotel. In der Hoffnung, von dort aus einen Blick auf den Golf zu haben, hatte er sich in einem kleinen Haus im Chiaia-Viertel eingemietet, zwar etwas abgelegen von den Kunstmonumenten der Altstadt, dafür aber wohl ruhiger. Es wurde schon dunkel, als er vor dem Hotel ausstieg. Nachdem er den Fahrer bezahlt hatte, blieb Massimo noch eine Zeitlang stehen und blickte hinüber, wo zwischen anderen Gebäuden der Golf zu sehen sein müßte, aber viel ließ sich von seinem Standpunkt aus nicht erkennen. Aus dem Fenster oben im Stockwerk würde mehr zu sehen sein, sagte er sich und ging hinein.

An der Rezeption, die eigentlich nur aus einer pultartigen Barriere und einem dahinter an der Wand hängenden Schlüsselbrett bestand, betätigte er eine Glocke, worauf nach angemessener Zeit eine Art von Portier auftauchte und ihn fragend anblickte. Da nannte Massimo seinen Namen und sagte, daß er ein Zimmer habe reservieren lassen, möglichst mit Blick auf den Golf.

Der Portier schlug ein Buch auf und fuhr mit dem Finger an Rubriken entlang. »Wie war doch gleich der Name?« fragte er.

»Battisti«, sagte Massimo. »Massimo Battisti aus Venedig.«

»Ach ja, Battisti«, wiederholte der Mann und blickte dem Gast merkwürdig prüfend ins Gesicht, als komme ihm bei diesem Namen etwas in den Sinn. Dann schob er ihm den Block mit den Anmeldeformularen zu und sagte: »Darf ich bitten ...«

Massimo füllte die Rubriken für Name und Wohnort aus, dann nahm der Mann den Block wieder an sich und las aufmerksam die Eintragung, als käme es ihm auf die genaue Schreibweise an. »Auf Geschäftsreisen?« fragte er und lächelte verbindlich.

»Nein, nein«, sagte Massimo. »Ich will hier eine Weile Ferien machen.

»Aha«, sagte der Mann, »also Ferien machen«, und das in einem Ton, als habe man ihm eben ein geheimes Codewort zugeflüstert.

»Kann ich jetzt meinen Schlüssel bekommen?« fragte Massimo mit einigem Nachdruck.

Da schrak der Portier zusammen, als hätte man ihn eben aus trüben Gedanken geweckt, griff nach dem Schlüsselbrett, nahm den Schlüssel vom Haken und legte ihn Massimo in die Hand. Dann rief er einen Bediensteten, den man mit seiner vorgebundenen Arbeitsschürze und den abgetragenen Kleidern beim besten Willen nicht als Pagen bezeichnen konnte, und wies ihn an, den Reisenden auf sein Zimmer zu begleiten. Der Mann nahm den Koffer, den Massimo neben sich abgestellt hatte, und ging ihm voran zu einem altmodischen, in ein kunstreiches Gitter eingesperrten Lift, der jedoch klaglos funktionierte, und führte ihn zu einem Zimmer im zweiten Stockwerk. Als er dem Kofferträger einen Schein in die Hand gedrückt und dieser das Zimmer verlassen hatte, trat Massimo ans Fenster und blickte hinaus. Das Ufer des Golfs war trotz der Dunkelheit auszumachen anhand der Lichterkette, die das Mosaik unterschiedlich beleuchteter Straßen und Fenster am sanft zum Hotel ansteigenden Hang gegen die dunkle Fläche des Wassers abgrenzte. Ein kleines Boot fuhr am Ufer entlang und ließ mit seinen Positionslichtern die Wellen des Kielwassers aufblitzen.

Am nächsten Morgen nahm er sich einen ersten Gang durch die Altstadt vor, fuhr mit der Metropolitana bis zur Piazza Cavour und spazierte dann in aller Ruhe über die Via Duomo zum Dom, hielt sich eine Weile in dem aus verschiedenen, höchst unterschiedlichen Teilen zusammengefügten Gebäude auf, zunehmend erstaunt oder gar befremdet über das in mehr als 1400 Jahren emporgewucherte Stilgemisch von frühchristlich-römischen Bauformen über Romanik und Gotik, deren architektonische Elemente unter barocken Inkrustierungen noch erkennbar waren, bis zu neogotischen Wimpergen des späten 19. Jahrhunderts. Schließlich gab er es auf, diesen stilistischen Wirrwarr aufzudröseln, verließ das Gebäude und ließ sich treiben durch die turbulente Hektik auf den Straßen und Gäßchen zwischen den Häusern, von denen manche ebenfalls alle Stilepochen zwischen Spätantike und jüngster Vergangenheit durchlebt haben mochten, hinter ihren immer wieder reparierten, teils auch verwitterten und von abbröckelndem Verputz verwundeten Fassaden. Zuweilen blieb er stehen vor einem reichverzierten und volutengeschmückten frühbarocken Portal, das noch den Einfluß der Manieristen verriet, oder vor einer noch ungestörten Kirchenfassade.

In einem schmalen Gäßchen, in das er nur deshalb hineingegangen war, weil es am gegenüberliegenden Ende auf eine architektonisch interessante Renaissancefassade stieß, entdeckte er einen Trödelladen, in dessen Fenster neben allerlei Kram auch alte Bücher ausgelegt waren. Kurz entschlossen drückte er die Tür auf und brachte damit eine Art Almkuh-Schelle zum Scheppern, ehe die Tür hinter ihm wieder ins Schloß fiel. Eine Zeitlang blieb er in dem halbdunklen Raum stehen, bis sich seine Augen an das trübe, von einer rötlich schimmernden Glühbirne ausgehende Licht gewöhnt hatten. Dann hörte er weiter hinten im Laden eine Tür klappen und das langsame Schlurfen von Schuhen über den rauhen, knarrenden Dielenboden und sah einen alten, in lumpige Sachen gekleideten Mann auf sich zu tappen. Seinen rundlichen Kopf bedeckte das kurzgeschnittene graue Haar wie eine knapp sitzende Wollmütze, und auf seinem Nasenrücken hing, halb herabgerutscht, eine Stahlbrille mit kleinen ovalen Gläsern.

»Sie wünschen?« fragte er und blieb vor Massimo stehen.

Das wußte Massimo nicht oder noch nicht zu sagen, und so fragte er den Alten, ob er sich ein bißchen umschauen dürfe in dem Laden.

»Schauen Sie, schauen Sie!« sagte der Trödler mit seiner hohen, etwas brüchigen Greisenstimme. »Hab viele schöne Sachen da, Bilder, echtes Neapolitaner Barock, Figürchen von Altären, die den Leuten zu altmodisch waren, echte römische Münzen, Ketten und Ringe mit edlen Steinen und all so was ... Schauen Sie nur!«

Massimo begann seinen Rundgang, nahm hie und da einen Gegenstand in die Hand, ein altersschwarz nachgedunkeltes Ölbild etwa oder eine alte Puppe im Spitzenkleid, und legte ihn wieder zur Seite, dann fand er einen schön gedrechselten Spazierstock, dessen elfenbeinerner Griff erstaunlich gut in der Hand lag. Während er spielerisch daran zog, glitt aus dem Stock ein blanker, gefährlich scharf geschliffener Degen und verführte Massimo sogleich zu einer Parade, als habe ihn jemand angegriffen.

»Sieh da!« sagte der Alte. »Sie verstehen mit dem Ding umzugehen. Könnten Sie vielleicht brauchen, wenn Sie länger hierbleiben in der Stadt und in solchen dunklen Gassen wie dieser hier herumstöbern. Ich mache Ihnen einen guten Preis!«

Massimo war noch unentschlossen, ob er sich auf solche Weise bewaffnen sollte. Er klemmte den Stock unter den Arm und ging erst einmal weiter in die Tiefe des Raums, wo auf den Brettern eines Regals eine Reihe alter, verstaubter Scharteken stand, Theologie zumeist, moralische Traktate von haarspalterischer Scharfsinnigkeit oder lateinische Rechtsabhandlungen über längst aus dem Gesichtskreis gegenwärtiger Juristen entschwundene Probleme.

Schließlich griff er nach einem großformatigen Band, dessen an den Kanten aufgescheuerte, mit abgeschabtem alten Kleisterpapier überzogene Deckel am Rücken eben noch zusammenhielten. Er schlug ihn an irgendeiner Stelle auf und sah im schwachen Licht auf den wasserfleckigen Seiten zunächst nur in waagerechten Kolonnen verteilte Punkte, Kringel und Striche, offenbar mit dem Federkiel aufs Papier geworfen. Dann nahm er bei genauerem Hinsehen die Parallelen Notenlinien wahr, von denen je zwei Systeme auf der linken Seite zusammengeklammert waren, und erkannte zugleich die flüchtig auf und zwischen die Linien gesetzten Noten. Musik war das, offenbar bestimmt für ein Tasteninstrument und in einer Notenschrift, wie sie um die Mitte des 17. Jahrhunderts üblich gewesen war. Ähnliche Handschriften hatte er in der Bibliothek seines Großvaters gesehen und sich seinerzeit einzelne Stücke daraus abgeschrieben.

Er fragte nach dem Preis. Der Trödler nahm ihm den Band aus den Händen. »Was wollen Sie damit anfangen? Kaufen Sie lieber den Stock!« sagte er, und als Massimo mit den Schultern zuckte, sagte er noch: »Das steht mir schon seit Jahren herum und niemand will's haben.« Er nannte einen Preis, der Massimo durchaus angemessen schien, doch da es in solchen Läden, wenn man nicht als Trottel angesehen werden wollte, üblich war, noch eine Weile zu handeln, nannte er eine beträchtlich niedrigere Summe und konnte schließlich nach einigem Hin und Her den Band zu einem Preis mitnehmen, der es ihm erlaubte, auch noch den Stockdegen zu erwerben. Der Trödler schien hochzufrieden zu sein mit dem Geschäft, wies auf die versteckte Waffe und sagte: »Ich bin sicher, das Ding wird Ihnen noch dienlich sein.«

Die Renaissancefassade, wegen der er in diese Gasse eingebogen war, erwies sich als stilistisches Blendwerk, das ein ambitionierter Hausherr einem reizlosen Bau der Jahrhundertwende wie eine Karnevalsmaske vorgebunden hatte. Da es inzwischen Mittag geworden war, setzte sich Massimo an einen kleinen runden

Blechtisch, der neben zwei weiteren vor dem Eingang zu einer Trattoria stand, und bestellte sich einen Tomatensalat, eine Portion Pasta Marinara und ein Glas Weißwein. Während er aß, schaute er sich die Leute an, die auch jetzt noch von beiden Seiten her vorübergetrieben wurden, und wunderte sich, daß diese gegenläufigen Ströme zu keiner unbeabsichtigten Rempelei führten.

Nachdem er gegessen hatte, blieb er bei einem Espresso noch eine Weile sitzen und schaute sich den Band an, den er in dem Trödlerladen erworben hatte. Jetzt, bei hellem Tageslicht, sah er, daß die Noten keineswegs so flüchtig hingeschmiert waren, wie es ihm anfangs im Laden erschienen war, sondern mit einiger Sorgfalt, wenn auch zügig mit schreibgewohnter Hand in die Liniensysteme gesetzt. Nun ließen sich auch die Überschriften entziffern: Da fanden sich Toccaten, Passagagli, Recercare und allerlei Tänze wie Passo e Mezze, Gagliarda oder Corrente mit Variationen dazu. Daneben standen zuweilen ein paar Kürzeln, die sich mehrfach wiederholten, BStor zum Beispiel oder GrStr und GSal. Eine Weile rätselte er an diesen Buchstabenkombinationen herum, und schließlich fiel ihm ein, daß er bei seinem Großvater aus einer ähnlichen Handschrift ein paar Stücke von neapolitanischen Komponisten des Frühbarock gespielt hatte, und die Kürzel brachten ihn schließlich auf die Namen, die er noch in seinem Gedächtnis vorfand: Bernardo Storace, Gregorio Strozzi und Giovanni Salvatore. Die Musik dieser Orgel- und Cembalomeister hatte ihm damals gut gefallen, und nun freute er sich um so mehr über diese Erwerbung.

Sobald er seinen Kaffee ausgetrunken und bezahlt hatte, ging er weiter, um einen Papierladen zu suchen, den er nach einiger Zeit und etwas Fragerei fand. Dort kaufte er ein paar Ries Notenpapier, denn er hatte bereits beschlossen, einige Zeit darauf zu verwenden, die in dem alten Band handschriftlich überlieferten Stücke in die heute gebräuchliche Notenschrift zu übertragen, um sie leichter spielbar zu machen. Natürlich dachte er auch schon daran, sich in irgendeiner der vielen Kirchen die Erlaubnis zum Orgelspielen geben zu lassen.

Diese Aufgabe reizte ihn dermaßen, daß er – zumal der Himmel sich einzutrüben begann – bald zurück zu seinem Hotel fuhr, um damit anzufangen. Selbst als das Wetter an den folgenden Tagen sich wieder besserte, blieb er doch lieber in seinem Zimmer, stellte sich den Tisch so, daß er zwischen dem Schreiben gelegentlich auf den Golf hinausschauen konnte, und beschäftigte sich im übrigen mit dieser Musik, studierte die Schreibgewohnheiten des ungenannten Kopisten und übertrug dann Stück für Stück auf das glatte Notenpapier. Natürlich schaute er sich zwischendurch noch dieses und jenes in den einschlägigen Führern genannte Kunst- oder Architekturobjekt in der Stadt an, besuchte die Museen, insbesondere das Capodimonte, in dem eine ansehnliche Sammlung manieristischer Gemälde gezeigt wird, aber das geschah eher nebenbei, sozusagen als Pflichtübung, um sein berufliches Wissen anzureichern, aber nicht mit diesem so unversehens erwachten Engagement und Interesse wie an dieser Musik, die ihm schon beim Abschreiben in den Ohren klang. Die gelegentlichen Stadtbesuche unternahm er schon allein deshalb, um seiner Mutter bei den abendlichen Telefongesprächen etwas Spezifisches erzählen zu können; denn von seiner musikalischen Beschäftigung berichtete er ihr nichts.

Sobald er eine Lage seines Notenpapiers vollgeschrieben hatte, trieb es ihn hinunter in die Stadt, doch nicht auf der Spur von architektonischen Sehenswürdigkeiten, sondern auf der Suche nach einer Orgel, auf der er diese Musik zum Klingen bringen könnte. So wanderte er ohne Plan durch die schmalen Gassen, betrat jede kleine Kirche oder Kapelle, ging hinein bis zur Mitte des Schiffs, wendete sich um und blickte hinauf zur Westempore, ob dort der Prospekt einer Orgel zu sehen war. Auf diese Weise entdeckte er zwar einige Instrumente, aber der Zugang über die Treppe zur Empore war stets verschlossen, und es erschien ihm zu umständlich, irgendeinen Küster – falls überhaupt ein solcher aufzufinden war – seinen ziemlich kompliziert zu formulierenden Wunsch vorzutragen.

Endlich, als er beim Einbiegen in ein Gäßchen an den hohen, altersgrauen Fassaden entlangblickte, entdeckte er zwischen zwei Häusern eingezwängt die frühbarocke Fassade einer kleinen Kirche, und als er näher kam, hörte er die Klänge einer Orgel, gedämpft zwar durch die geschlossene Tür, aber über dem chaotischen Fundament des Straßenlärms deutlich als geordnete, hoch darüberhinschwebende Klangfolge zu vernehmen.

Sobald er die schwere, von geschnitztem Zierat überladene Tür geöffnet hatte, tauchte er ein in die vibrierende Fülle der harmonischen Flut, fand gleich rechts hinter der Tür den Aufgang zur Empore, nahm die Stufen, als würde er hinaufgerissen in eine andere Welt jenseits des kreischenden Stadtgetriebes, und fand dort einen Klosterbruder in einem nicht näher bestimmbaren Habit, der an der Klaviatur saß und spielte, spielte so hingegeben, daß er den Eintretenden überhaupt nicht bemerkte. Dann vergriff er sich plötzlich, wiederholte die mißglückte Passage und scheiterte nochmals. Da gab er es auf, dieses Stück weiterzuspielen und fing ein anderes an.

Massimo hockte sich auf ein kleines, vielleicht für einen Dirigenten oder Sänger bestimmtes Podest und hörte zu. Der Spieler hatte keine Noten auf dem Pult vor sich, sondern spielte auswendig oder improvisierte im Stil des frühen siebzehnten Jahrhunderts etwa der Toccaten von Frescobaldi. Er war ein geübter Organist, der überraschende harmonische Wendungen auf eine Weise vorzutragen verstand, daß sie der Aufmerksamkeit eines Zuhörers nicht entgehen konnten, und er beherrschte perfekt die von Frescobaldi geforderte Weise, wie die Affekte der Musik durch Verzögerung oder Beschleunigung des Tempos verdeutlicht werden können, aber er brachte ein Stück nie zu Ende, sondern verlief sich jedesmal in einem Wirrwarr von Dissonanzen und gab schließlich auf. Dennoch wurde Massimo immer wieder gefesselt von den wie aus einer anderen Welt herüberschwingenden Akkordfolgen.

In dieser Schwebe blieb er selbstvergessen lauschend und hätte wohl nicht einmal gemerkt, daß die Musik geendet hatte, wenn er nicht angesprochen worden wäre. »Du hast ihn also gefunden«, sagte jemand zu ihm, und als er aufblickte, sah er den klösterlichen Kuttenträger vor sich stehen und auf das blicken, was er auf dem Schoß hielt. Und als er herabschaute auf – wie er meinte – seine Abschrift des alten Notenmanuskripts, sah er das Original aufgeschlagen auf seinen Knien liegen.

»Was hab ich gefunden?« fragte er, obgleich er schon wußte, was der Fragende gemeint hatte.

»Meinen Sammelband mit der Musik meiner Lieblinge«, sagte der Mönch. »Woher hast du ihn?«

»Gekauft von einem alten Mann in einem Trödelladen«, sagte Massimo. »Ist er dir gestohlen worden?«

»Nein«, sagte der Mönch, »er kam mir abhanden, ich kann dir kaum sagen, wie und warum. Das heißt: Vielleicht kann ich es doch, aber das ist eine lange Geschichte.«

»Willst du sie mir erzählen?« fragte Massimo. »Ich mag solche Geschichten.«

»Das muß sich erst herausstellen, ob du diese Geschichte magst«, sagte der Klosterbruder. »Aber du magst wohl Musik, sonst hättest du diesen Band nicht gekauft. Kannst du das Stück spielen, das du aufgeschlagen hast?«

Massimo wollte den Kopf schütteln, weil seine Abschrift nicht mehr zur Hand war, doch als er auf die mit bräunlicher Tinte beschriebenen Blätter blickte, merkte er, daß er es gewohnt war, solche Noten zu lesen. »Ich glaube schon«, sagte er.

»Dann spiel mir das Stück vor, ehe ich dir die Geschichte erzähle«, sagte der Bruder. »Aber spiel diese Variationen über ›La Follia‹ so, daß man die Verrückte tanzen hört!«

Da stand Massimo auf, ging hinüber zum Orgeltisch und legte das alte Notenbuch auf das Pult, schaute in Ruhe, welche Register auf dieser Orgel zur Verfügung standen und wählte, um einen durchsichtigen Klang zu erzeugen, zu einer Flöte im Grundton ein Superoktav-Prinzipal, das hoch darüber hinpfeifen würde. Nach all diesen Vorbereitungen legte er seine Finger auf die vor allem in der Mittellage vom Spielen schon ein wenig ausgehöhlten Holztasten und begann mit dieser Variationsreihe, deren Thema im Sechsachteltakt dahergehüpft kam, bei dessen Rhythmus alsbald vorstellbar wurde, wie die Verrückte in wilden Sprüngen ihre Glieder verrenkte, und er hielt das von Anfang an straffe Tempo durch, auch noch als die Melodie in immer raschere Läufe sich auflöste, steigerte es eher noch, bis der Schluß durch gegenläufig auseinanderstrebende Tonleitern herbeigeführt wurde.

Der Bruder hatte sich seitwärts halb von ihm abgewandt auf

das rechte Ende der Orgelbank gesetzt und zugehört, und Massimo glaubte während des Spielens eher zu spüren als zu sehen, daß die tollen Sprünge des Tanzes sich auf die Glieder unter der dunklen Kutte übertrugen zu fast unmerklichen Zuckungen. Als er geendet hatte, blieb es eine Weile still, keiner der beiden rührte sich, bis der Bruder schließlich sagte: »Ja, so tanzt sie, die Verrückte, hin und her, auf und ab, zuck und ruck, tanzt und springt, daß einen der Wahnsinn ankommt, wenn man zuschaut.«

»Gehört das schon zu deiner Geschichte?« fragte Massimo.

»Ja«, sagte der Bruder und begann mit der

Geschichte von der Närrin und dem Notenbuch

Du mußt wissen, daß ich nicht immer diese Kutte getragen habe. Als dies alles begann, war ich ein junger Mann, Sohn reicher Kaufleute, der tun und lassen konnte, wozu er Lust hatte, und das tat ich nach Kräften. Im Rahmen meiner standesgemäßen Erziehung war ich auch von einem Musikmeister im Spiel auf Tasteninstrumenten unterwiesen worden, und darin hatte ich, weil es mir ein besonderes Vergnügen verschaffte, eine solche Fertigkeit erlangt, daß ich mich ohne Scheu vor anderen hören lassen konnte.

Mein Lehrer war schon recht betagt gewesen und hatte mir jene Stücke beigebracht, die seinem Geschmack entsprachen, ebenmäßige, ruhig dahinfließende Ricercare und Canzonen aus der Schule des Palestrina oder Toccaten, wie sie in seiner eigenen Lehrzeit üblich gewesen waren, streng nach der Tradition der römischen Schule. Das war gute, solide Musik, aber zu der Zeit, von der ich jetzt erzählen will – ich war damals etwa Mitte Zwanzig – kam hier im Süden ein neuer Stil auf, der mich sofort faszinierte, voller leidenschaftlicher Rhythmen und mit unvermuteten chromatischen Eintrübungen, als zöge plötzlich eine düstere Wolke über den zuvor klaren Himmel. Das waren Kunstgriffe, wie sie schon die Madrigalisten erprobt hatten, um die aus den Texten sprechenden Empfindungen auszumalen, und die nun auch in der Instrumentalmusik aufgegriffen wurden.

Ich lief zu dieser Zeit von einem Adelshaus zum anderen, wo Konzerte gegeben wurden, oder auch von Kirche zu Kirche, nicht um zu beten, wie ich ohne weiteres zugebe, sondern um die Chöre singen und die Organisten spielen zu hören, insbesondere jene, die sich mit den Ausdrucksformen dieses neuen Stils vertraut gemacht hatten und in ihren Improvisationen sich in die kühnsten Modulationen hineinsteigerten. Gedruckt zu kaufen gab es solche Stücke damals noch kaum, und so begann ich mit Versuchen, das Gehörte auf dem Cembalo nachzuspielen und in Noten aufzuschreiben, doch dazu, das merkte ich bald, reichte mein Können nicht aus.

Wenn es mir gelang, während der Messe zur Orgelempore hinaufzusteigen und den Organisten beim Spielen zu beobachten – manchen war deutlich anzumerken, wie stark diese Art zu spielen ihre Leidenschaft erregte –, sah ich zuweilen, daß sie ihre Kompositionen niedergeschrieben hatten und von den handschriftlichen Blättern abspielten. Als einer von ihnen – das war hier in Neapel in der Kirche Sant'Annunziata – nach der Messe von einem Chormitglied ins Gespräch gezogen wurde, mit ihm die Empore verließ und darüber vergaß, sein Manuskript mitzunehmen, wartete ich fiebrig vor Ungeduld und voller Angst, der Organist könne zurückkommen, bis auch alle anderen gegangen waren, und nahm die Notenblätter an mich, faltete sie zusammen und versteckte sie unter meiner Jacke. Ich rannte wie gehetzt nach Hause, weil ich es kaum erwarten konnte, die Noten auf das Pult meines Cembalos zu legen und diese Musik zu spielen. Drei Stücke waren auf den Blättern festgehalten: eine Toccata mit leidenschaftlich aufbrausenden Passagen und chromatischen Gängen, eine Toccata de Passacagli, die in fünfzig Variationen an einem Thema von vier Takten alle möglichen Ausdrucksformen erprobte, und eine wild daherhüpfende Gagliarda, die sich von dem Tanz gleichen Namens bis zur Unkenntlichkeit entfernt hatte in die Bereiche des Dionysischen.

Seither versuchte ich von vornherein, solcher Manuskripte habhaft zu werden, genauer gesagt: Ich wurde zum Dieb, ließ mich, verborgen in einem Beichtstuhl, den ich besser zu seinem eigentlichen Zweck benutzt hätte, abends in Kirchen einschließen, schlich mich dann mit einem abgeschirmten Windlicht hinauf zur Orgelempore und kramte dort das Fach unter der Orgelbank und häufig auch noch dort oben angebrachte Wandschränke nach Noten durch. Oft fand ich nur altmodisches Zeug, von dem ich zu meiner Schülerzeit schon mehr als genug unter die Finger bekommen hatte, aber hie und da waren auch Kompositionen im neuen Stil dabei, voller gewagter harmonischer Fortschreitungen und affektgeladener, wild emporflackernder Tonketten.

Eines Tages hörte ich dann zufällig ein Stück von diesem Bernardo Storace, das heißt: Als ich es hörte, wußte ich noch gar nichts von dieser Urheberschaft, sondern war allein schon hingerissen von dem Einfallsreichtum, mit dem eine schier endlose Kette von Passacagli aneinandergereiht war. Ich hatte mich unten in der Kirche befunden, weil ich im Vorübergehen den Klang der Orgel gehört hatte und wie immer neugierig eingetreten war. Es war am frühen Nachmittag, die Kirche war fast leer, und der Organist studierte dieses Stück wohl deshalb, weil es ihm viele Möglichkeiten der Registrierung bot. Ich hörte eine Weile zu und stieg dann hinauf zur Empore, sah ihm aus einiger Entfernung zu und fragte ihn, sobald er zu Ende gespielt hatte, nach dem Komponisten dieses Stücks.

»Bernardo Storace«, sagte er. »Ich habe es von ihm selbst bekommen, als ich vor ein paar Tagen in Messina war.«

»Lebt Storace in Messina?« fragte ich, denn ich hatte diesen Namen noch nie gehört.

»Sicher«, sagte der Organist. »Seit kurzem ist er dort Maestro di Capella des Senats der Stadt und spielt oft im Dom.«

Schon am nächsten Tag ließ ich mich nach Reggio di Calabria fahren, schickte den Wagen wieder nach Hause und setzte zu Schiff nach Messina über.

Es war ein Samstagabend, als ich den normannischen Dom betrat, und noch während ich den alten, neuerdings von Altären und Figuren im Zeitgeschmack ausgestatteten Bau betrachtete, fing oben auf der Empore jemand an, die Orgel zu spielen. Dem Stil nach konnte das nur jener Storace sein, von dem mir berichtet worden war, und ich ließ mich bezaubern von seiner Musik, die bei aller Modernität die kunstreichste war, die ich in diesem Stil bisher gehört hatte.

Um so mehr weckte dieser Umstand in mir den Wunsch, Noten von der Hand dieses Mannes an mich zu bringen. Bald wagte ich mich hinauf zur Empore, wo während der Messe die Sänger sich um die Orgel versammelten. Es erstaunte mich, unter ihnen eine junge Frau zu entdecken; denn es war nicht üblich, daß Frauen in der Kirche sangen. Man beschäftigte statt ihrer zumeist Knaben, Falsettisten oder auch Kastraten.

Einstweilen hatte ich mir in Messina eine kleine Wohnung genommen; denn ich hatte beschlossen, nicht abzureisen, ehe ich nicht irgendwelche Noten von Storace ergattert hatte. Da ich fast täglich in der Kirche und zumeist auch oben auf der Empore anzutreffen war, wurde ich bald mit den Sängern bekannt und erfuhr, daß die Sängerin Chiara hieß und eine entfernte Verwandte des Kapellmeisters war, deren Beschäftigung als Sopranistin er sich bei seiner Anstellung ausbedungen hatte, und man hatte ihm dies nach einigen Schwierigkeiten, die das Domkapitel gemacht hatte, auch erlaubt, da sie wahrhaftig eine wunderbare Stimme hatte, die durch keinen anderen Sänger zu ersetzen war. Auch ich bewunderte ihren Gesang und konnte kaum die Augen von ihr lassen; denn sie war überdies ein Frau von elfenhafter Schönheit.

Bei meinen häufigen Besuchen auf der Empore hatte ich festgestellt, daß Storace, wenn er größere Stücke zu spielen hatte, häufig einen umfangreichen Band zu Hilfe nahm, aus dem er geeignete Toccaten und dergleichen aussuchte. Dieser Band schien nicht nur seine eigenen Kompositionen zu enthalten, sondern auch solche seiner Kollegen und Freunde; denn ich bekam zuweilen Stücke zu hören, die ich schon aus Neapel kannte. Diesen Band nahm der Kapellmeister sorgfältig in acht, ließ ihn nie aus den Augen und nahm ihn nach der Messe stets mit, wenn er die Empore verließ.

Aber so schnell gab ich meine Absicht nicht auf. Ich war verrückt nach dieser Musik und wollte sie besitzen, diesen ganzen dicken Band, in dem offenbar alle nennenswerten Komponisten meiner Zeit mit Werken für Orgel oder Cembalo vertreten waren. Ich wußte genau, welch einen Schatz dieser Mann hütete; denn ich hatte ihm oft genug beim Blättern über die Schulter geschaut. Dann ergab sich fast wie von selbst ein Weg dazu. Es war Storace nicht verborgen geblieben, wie oft ich in seiner Nähe auftauchte. Er hielt mich zurecht für einen Liebhaber seiner Musik und fragte mich eines Tages, ob auch ich die Orgel spielen könne.

»Ein bißchen«, sagte ich bescheiden.

»Dann zeig's mir, dieses Bißchen!« sagte er, rückte auf der Orgelbank zur Seite und schlug eine Toccata auf, die ich ihn schon hatte spielen hören.

Ich brachte das Stück ganz passabel zustande, jedenfalls zu seiner Zufriedenheit, und er fragte mich daraufhin, ob ich bereit wäre, mit der Sopranistin Chiara ein paar Canzonen und Arien einzustudieren, die sie bei einem Senatsfest vortragen solle. Er selber habe zu wenig Zeit und werde die Begleitung erst kurz vorher und bei der Aufführung übernehmen. Als er mich fragte, wer ich überhaupt sei, nannte ich ihm den erstbesten Namen, der mir auf die Zunge kam, denn der Maestro brauchte nicht zu wissen, nach wem er später vielleicht einmal zu suchen hatte.

(Bisher hatte der Kuttenträger diese Vorgänge und Erinnerungen gleichmütig vorgetragen, als seien die erwähnten Diebereien keine sonderlich ehrenrührige Taten, doch von hier an änderte sich sein Ton, in dem er erzählte, etwa derart, als bewege er sich mit aller Vorsicht auf einen unerträglichen Schmerz zu, dem auszuweichen unmöglich sein würde. Auf diese Weise fuhr er fort zu erzählen:)

Ich nahm dieses Angebot sofort an, noch ohne einen festen Plan zu haben, wie ich mir die Situation zunutze machen könne. Erst einmal das Vertrauen dieser hübschen Chiara gewinnen, dachte ich, dann kann ich weitersehen.

Dies alles fügte sich dermaßen glatt zu meinem Vorteil, daß ich fast den Eindruck gewann, es solle mir ein Geschenk gemacht werden – von wem und wozu auch immer. Die Zusammenarbeit mit der Sängerin gelang von der ersten Stunde an vorzüglich. Sie fand meine Art, sie auf dem Clavicembalo zu begleiten, sehr einfühlsam und phantasievoll und stellte anerkennend fest, daß offenbar auch ich dem neuen Stil zugeneigt sei wie ihr Verwandter. Ich selbst war begeistert von der Schönheit ihrer Stimme und der Perfektion ihres Vortrags. Es dauerte nicht lange, und wir fielen bei unseren Proben ins kollegiale *Du* und gingen miteinander um, als seien wir schon seit Jahren befreundet. Dem Maestro war dies nur recht, da auf solche Weise sein Auftritt vor dem Senat aufs beste vorbereitet wurde, wie dann der Erfolg tatsächlich zeigte. Ich saß während des Konzerts neben ihm, wendete die Seiten der Noten um und rechnete einen beträchtlichen Teil des Applauses auf mein Konto, obgleich ich mich nicht hätte neben den Maestro stellen und verbeugen dürfen. Aber ich war mir meines Verdienstes bewußt, und auch Storace erkannte das an und gab einen nicht geringen Teil seines Honorars an mich weiter.

In der nachfolgenden Zeit ließ er sich auch als Organist gelegentlich von mir vertreten und zahlte mir dafür ein Honorar, das ich ohne weiteres annahm, weil ich es für nützlich hielt, wenn er nicht erfuhr, daß ich nicht darauf angewiesen war. Als ich ihn einmal fragte, ob ich dabei das handschriftliche Orgelbuch benutzen dürfe, aus dem er selbst so oft spiele, wies er dieses Ansinnen allerdings fast zornig zurück und sagte, ich solle mich, wenn ich schon welche brauche, der Noten bedienen, die im Schrank auf der Empore zu finden seien, und überdies habe er ja schon gehört, daß ich auch ganz ordentlich improvisieren könne. Diesen Notenschrank hatte ich aber längst durchgesehen und dabei nichts gefunden, das meinen Wünschen entsprochen hätte. Das sagte ich ihm allerdings nicht.

Meine Musikstunden mit Chiara setzte ich mit seinem Einverständnis fort, auch wenn kein unmittelbarer Anlaß dazu bestand. Er war der Meinung, sie würde ihre Stimme kontrollierter üben, wenn sie einen Begleiter dabeihatte, der sie notfalls korrigierte. Mir war das recht, denn das Musizieren mit der Sopranistin hatte mir Spaß gemacht. Doch nicht nur das. Es ist ja fast schon ein Allgemeinplatz, wenn gesagt wird, man komme beim gemeinsamen

Musizieren sehr leicht einander näher, und so ging es uns tatsächlich. Daß Chiara von Aussehen schön war, habe ich ja schon gesagt, aber das war es nicht allein, was mich zu ihr hinzog. Hinzu trat, daß wir gut miteinander auskamen und einander trafen in der uns beiden gemeinsamen Begeisterung für die Musik des neuen Stils, deren Ausdrucksformen sie perfekt beherrschte. Immer wieder beteuerte sie mir, wie sehr es sie beglücke, einen Partner gefunden zu haben, der dies auf gleiche Weise empfinde wie sie selbst, und sie sagte dies in einem Ton und zugleich mit einem Blick ihrer schönen Augen, die mehr verrieten als ihre Worte.

Zu dieser Zeit hatte ich mir für meine Wohnung ein schönes Cembalo angeschafft, damit ich nicht immer nur auf die Orgel oder das Instrument im Hause Storaces angewiesen war. Es war mir eben geliefert worden und stand schon sauber gestimmt in meinem Wohnzimmer, als ich mit Chiara eine Musikstunde verabredet hatte. Da sich herausstellte, daß wir nicht im Haus des Maestros musizieren konnten, weil dort irgendein Besuch angesagt war, fragte ich Chiara, ob sie sich nicht mein neues Cembalo ansehen oder auch anhören wolle, wenn sie nichts dagegen einzuwenden hätte, meine Wohnung zu betreten. Unsere musikalischen Übungen könnten wir in diesem Falle künftig auch dort zelebrieren.

»Warum nicht?« sagte sie betont beiläufig, aber es war ihr anzumerken, daß die Vorstellung eines solchen Besuchs sie erregte. Wir hatten nicht weit zu gehen, denn auch ich wohnte wie Storace in der Nähe des Doms. In meinem Musikzimmer bat ich sie, auf der kissenbelegten Wandbank Platz nehmen, und spielte ihr auf dem geöffneten Instrument eine Canzone von Salvatore vor, die ich aus Neapel mitgebracht hatte. Es war ein Stück nach ihrem (und natürlich auch nach meinem) Gusto, und sie wies auch gleich, sobald ich den Schlußakkord hatte ausklingen lassen, auf die überraschenden harmonischen Rückungen in diesem Stück hin. Dann holte sie ihre Noten hervor, legte sie auf das Pult des Cembalos, und wir begannen wie gewohnt ihre Arien zu üben, wobei sie hinter mir stand und in die Noten blickte, so dicht hinter mir, daß ich die Wärme ihres Körpers im

Rücken spürte und der Hauch ihrer Stimme über mein Haar strich.

Irgendwann lehnte ich mich mitten in einer Arie, als sie eine Cantilene von besonderer Süße sang, unvermittelt zurück an ihren Körper, spürte gleich danach ihre Arme, die über meine Schultern glitten, sie verstummte mitten in einem gesungenen Wort, beugte ihren Kopf über meine Schulter suchte mit den Lippen meinen Mund, der ihr schon entgegenkam, während meine Finger blindlings eine grelle Dissonanz griffen. Auf solche Weise wurde Chiara meine Geliebte, und unsere gemeinsamen Musikstunden dauerten von da an wesentlich länger, auch wenn die Übungen am Cembalo nicht soviel Zeit in Anspruch nahmen.

Während all dieser Zeit hatte ich nie vergessen, wozu ich anfangs nach Messina gereist war. Die Gier nach dem Besitz von Storaces Orgelbuch mochte zwar durch meine Affäre mit Chiara etwas in der Hintergrund getreten sein, aber auch diese Noten blieben stets ein Objekt meiner Begierde, beides gehörte vielmehr auf eine mir selbst nicht voll bewußte Weise zusammen und es kam mir so vor, als füge sich alles wie von selbst, um mich auch diesem Ziel näher zu bringen, ja als wirke eine verborgene Macht, die mir alle Hindernisse nach und nach aus dem Weg räume. Nicht daß ich Chiara in bewußter Absicht nur zu diesem Zweck verführt hätte. Nein, ich war tatsächlich verliebt in diese schöne Sängerin, die mir obendrein so liebevoll entgegenkam. Als ich dann aber nicht zum ersten Mal, sondern schon einmal wieder neben ihr lag, die Hand auf ihrem warmen Körper, und unsere so erregten Atemzüge sich allmählich beruhigten, kam es mir dann doch in den Sinn, ob ich mich nicht ihrer Hilfe bedienen könne, diese ersehnten Musiknoten in die Hand zu bekommen. Schließlich lebte sie im Hause ihres Verwandten und würde schon wissen, wo er den Band aufbewahrte.

Zunächst machte ich gelegentlich einmal eine Bemerkung, wie gern ich die Noten in dem Buch des Maestros anschauen oder vielleicht einmal ein Stück daraus spielen würde. Nachdem sie sich das ein paarmal angehört hatte, sprach sie mit ihm darüber, wurde aber so heftig abgewiesen, daß sie nicht ohne Zorn davon berichtete. »Ich versteh den Onkel nicht«, sagte sie. »Was kann es dem Buch schaden, wenn du daraus spielst?«

Ich zuckte mit den Schultern und sagte: »Ich weiß. Mir ist es ja auch nicht anders ergangen. Da muß ich wohl die Hoffnung aufgeben und unverrichteter Dinge nach Neapel zurückkehren.«

»Nein!« rief sie erschrocken. »Wie kannst du nur daran denken!« Sie dachte eine Weile nach und sagte dann: »Ich weiß, wo er zu Hause den Band aufbewahrt. Ich werde ihn dir bringen, damit du wenigstens über Nacht daraus etwas spielen kannst.«

Ich redete ihr zwar zu, sich nicht in solche Gefahr zu begeben, aber heimlich hoffte ich, daß sie sich nicht von diesem Vorhaben abbringen lassen würde. Das tat sie auch nicht, sondern sagte: »Morgen nachmittag ist mein Onkel nicht zu Hause und bleibt wohl auch über Nacht weg, denn er muß irgendwo auf einem Adelssitz bei einem Konzert mitwirken. Sobald ich das Buch habe, bring ich es dir.«

So geschah es dann auch, und sie schaute mir über die Schulter, als ich zum ersten Mal darin blätterte. Wir entdeckten dabei eine Variationsreihe zu dem Lied »La Follia«. Chiara kannte dazu einen Text und sang die Melodie zeitweise mit, wenn die Art der Variierung es erlaubte. Beide waren wir entzückt von dem wild dahinspringenden Rhythmus dieser Komposition. Gegen Abend verließ mich Chiara, weil ihre Abwesenheit in Storaces Haus sofort aufgefallen wäre. Ich aber hatte die Noten, setzte mich ans Cembalo und spielte die halbe Nacht lang. Dabei wurde mir klar, daß ich den Band nie mehr hergeben würde. Ich packte in aller Eile meine notwendigen Sachen in meinen Reisesack, alles andere ließ ich samt dem Cembalo in der Wohnung zurück, lief zum Hafen und wartete im Morgengrauen, daß ein Schiff zum Auslaufen fertiggemacht wurde. Als erster kam ein Fischer mit seinem Jungen. Als er sein Fanggerät ins Boot warf, stand ich schon neben ihm und fragte, ob er mich hinüber zum Festland bringen könne, wobei ich ihm zwei Goldstücke zeigte, mit denen eine solche Fahrt zehnfach bezahlt war – was sage ich: wohl sogar hundertfach. Er sagte sofort zu, ließ mich einsteigen, legte eilig ab und brachte mich hinüber nach Palmi, wo ich einen Wagen mietete, der mich in zwei Tagen nach Neapel brachte.

Natürlich machte ich mir Gedanken darüber, was im Hause Maestro Storaces weiter geschehen würde. Er würde toben, wenn er den Verlust der Noten bemerkte, daran gab es keinen Zweifel. Es war auch zu befürchten, daß er den Diebstahl mit meiner überstürzten Abreise in Verbindung bringen würde, aber darüber machte ich mir kaum Sorgen, da er meinen wahren Namen nicht kannte und wohl auch nicht wußte, wo er mich suchen sollte. Meine Flucht in dem Fischerboot im Morgengrauen dürfte kaum bemerkt worden sein, und dem Fischer würde der goldene Lohn wohl den Mund verschließen. Daß Chiara der Verlust der Handschrift angelastet werden könnte, befürchtete ich damals nicht. Zudem war sie eine Verwandte des Maestros, so daß er gegen sie kaum etwas unternehmen würde, selbst wenn sie in Verdacht geraten sollte.

Ich machte mir also keine Kopfzerbrechen und freute mich an der Musik in diesem Band, der in der nachfolgenden Zeit zum Grundstock einer reichhaltigen Sammlung werden sollte, die ich mir allerdings zusammenkaufte, um nicht wieder in eine so peinliche Situation zu geraten. Mit den Jahren verschwand diese Episode nahezu vollständig aus meinem Gedächtnis, wohl nicht ohne meinen mir selbst kaum eingestandenen Wunsch, diese Diebereien zu vergessen.

Jahre später schlenderte ich an einem Frühlingsnachmittag durch die Gassen Neapels, um ein bißchen Orgel zu spielen. Storaces Notenbuch hatte ich unter den Arm geklemmt und war unterwegs zu dieser kleinen Kirche hier. Da bemerkte ich in der Nähe des Doms eine Ansammlung von Menschen. Neugierig geworden ging ich darauf zu, hörte im Näherkommen das klirrende Scheppern eines Tamburins und bald auch Gesang, eine hohe Frauenstimme, und dann blieb ich plötzlich wie gebannt stehen; denn ich erkannte diese Stimme, auch wenn sie nicht mehr diese klare Reinheit hatte wie vor Jahren, als ich sie zuerst gehört hatte, erkannte auch die Melodie, die sie sang. Rasch versuchte ich mich in die Menge zu drängen und fragte einen Bekannten, auf den ich dabei stieß, was für ein Spektakel das sei.

»Kennen Sie nicht diese Straßensängerin?« sagte der erstaunt.

»Man nennt sie ›La Follia‹, und verrückt genug schaut sie auch aus, trägt ein altes, einstmals wohl prächtig verbrämtes, aber inzwischen völlig verschlissenes Seidenkleid und singt nur ein einziges Lied, zu dem sie das Tamburin schlägt. Aber wie sie es singt, das muß man gehört haben! Ich kenne viele Versionen dieser Melodie, aber solche wilden Rhythmen und verwegenen Sprünge, wie sie zustande bringt, hab ich noch von keiner Sängerin gehört.«

So war es in der Tat. Inzwischen sah ich sie zwischen den Köpfen der Zuhörenden auftauchen, das hagere Gesicht mit den brennenden dunklen Augen, und versuchte mir einzureden, daß ich sie nicht kannte, obwohl ich bereits ahnte, wer sie war. Sie sang fast alle Variationen der eigentlich für Cembalo bestimmten Fassung Storaces mit einer Virtuosität, die ohne Beispiel war. Konnte das wirklich Chiara sein? Ich war mir noch immer nicht sicher und fragte meinen Bekannten, ob er mehr über sie wisse.

»Eine Verrückte!« sagte der lachend. »Es heißt, sie habe als Verwandte im Haus eines nicht unbedeutenden Musikers gelebt, unten in Sizilien, doch dieser habe sie vor die Tür gesetzt, weil sie ihn bestohlen habe. Ich weiß nicht, ob das zutrifft, die Leute reden halt so. Aber daß sie schon seit Jahren unterwegs ist und immer nur diese eine Melodie singt, wenn auch auf die kunstvollste Weise, das weiß ich; denn ich hab sie schon mehrfach gehört, einmal in Catania, als ich auf Sizilien zu tun hatte, und später auch in Salerno.«

Inzwischen hatte ich mich an ihm vorbeigedrängt und stand nun in der ersten Reihe der Leute, die der Sängerin zuhörten. Es war Chiara, daran gab es keinen Zweifel, obwohl ihr das Haar wirr und verzottelt um den Kopf stand und ihr Gesicht kaum noch Spuren einstiger Lieblichkeit zeigte. Aber ich erkannte sie dennoch an ihrer Art zu singen, auch wenn ihre mir so vertraute Hingebung an die Affekte der Musik sich nun bis zu grotesker Hektik gesteigert hatte. Ich muß ihr voll Entsetzen ins Gesicht gestarrt haben, so offenkundig und ohne die spöttische Attitüde der übrigen Zuhörer, daß sie auf mich aufmerksam wurde und mich schon im nächsten Augenblick erkannte. Ich sah, wie sich ihre ohnehin schon übergroßen Augen jäh weiteten, dann brach sie ihren Gesang mitten in einer wie eine Flamme auflodernden Phrase ab, und schien für eine Weile wie erstarrt. Dann trat sie mit sprunghaft zuckenden Schritten auf mich zu, blieb dicht vor mir stehen, sah nun auch das Buch unter meinem Arm und erkannte es wieder.

»Da ist es ja«, sagte sie mit ihrer nun so rauhen Sprechstimme, »das Buch, das ich dir gegeben habe. Hat's dir Freude gemacht? Kein schlechtes Gewissen? Oder gar Angst, ich könnte dich verraten? Ich hab dich nicht verraten, mein Liebster, kein Wort hab ich gesagt, als sie mich überführt haben und der Onkel mich aus seinem Haus warf. Nicht ein einziges Wort. Nur gewartet hab ich, daß du nach mir suchst, immer nur gewartet Jahr um Jahr, bis mir zu Ohren kam, daß du inzwischen ein bekannter Sammler von Noten geworden bist und dich freust an deinem Besitz, während die Leute mich ›la Follia‹ nennen, die Verrückte, die Närrin, wenn ich durch die Lande ziehe und mein Lied singe. Lange genug hast du dich gefreut!« und während sie das noch sagte, riß sie mir das Buch unter dem Arm hervor und warf es zur Seite in hohem Bogen über die Ansammlung der Leute hinweg, daß es in einen von den Regengüssen der letzten Tage aufgeschwollenen Abwasserkanal fiel und rasch davongeschwemmt wurde.

Ich stand die ganze Zeit, während sie sprach, wie festgebannt, keiner Bewegung fähig, und auch die Menschen ringsum waren verstummt, als wären sie Zuschauer eines Theaterstücks, das eben seinen dramatischen Höhepunkt erklommen hat. Der sollte jedoch erst noch kommen; denn sie rief: »Du sollst nicht leben und nicht sterben können, bis dir jemand aus diesem Buch, das dort in der Kloake davongetrieben wird, ›La Follia‹ vorspielt, wie es mein Onkel gesetzt hat!« und noch diesen Fluch herausschreiend riß sie aus ihrem herabzottelnden Gewand ein langes Messer hervor, wie es die Metzger gebrauchen zum Zerlegen von Schweinehälften, und stieß es mir mit aller Kraft in die Brust.

Was danach geschah, weiß ich nur aus Erzählungen, denn mir vergingen nach dem heißen Stich rasch die Sinne. Als ich allmählich wieder zu mir kam, dämmerte ich dahin auf einem Bett, hie und da kam ein Klosterbruder an mein Lager, gab mir zu trinken und später auch zu essen, half mir, meine Notdurft zu verrichten, wusch mich und überließ mich dann wieder dem Halbschlaf, in dem ich meine Umgebung kaum wahrnahm. Einmal kam ein Pater an mein Bett, der mir die Beichte abnahm und seufzend meine Selbstbezichtigungen anhörte. »Gott möge dir vergeben«, sagte er, als er ging. Dann war ich wieder allein mit meinen Gedanken. Wochen und Monate muß ich so verbracht haben, ehe allmählich eine gewisse Besserung eintrat. Die Wunde auf meiner Brust war zwar äußerlich verheilt, aber die Zerstörungen, die Chiaras Messer innen angerichtet hatte, wollten sich nicht endgültig bessern.

Anfangs wußte ich überhaupt nicht, was mich in diese Lage gebracht hatte. Erst als mein Verstand allmählich zurückkehrte, kamen die Erinnerungen peinigend über mich und das Bild Chiaras, der Verrückten, schwankte hektisch tanzend auf mich zu, bis ihr Messer aufblitzte. »Was ist mit ihr geschehen?« fragte ich den Klosterbruder, als er mir wieder einmal die Kissen aufschüttelte.

»Was schon«, sagte der. »Man hat sie festgenommen, verurteilt wegen eines fast gelungenen Mordversuchs und, wie es unter der Herrschaft des spanischen Vizekönigs üblich ist, mit der Garrotte erwürgt.«

Erwürgt also. Mit dem Würgeeisen der Spanier. Diese Wörter zwangen mich, mir das genau vorzustellen: Chiaras schlanker, nunmehr eher magerer Hals, aus dem noch immer diese unbeschreiblich biegsame Stimme geströmt war, dieser Hals mit einem Eisen abgewürgt. Stumm für alle Zeiten. Zuletzt noch dieser Fluch über mich, dieser Fluch, der nun endgültig war, nicht mehr zurückgenommen werden konnte.

Und er wirkte weiter, dieser Fluch. Irgendwann war ich zwar fähig, aus dem Bett aufzustehen und auf meinen abgemagerten Beinen dahinzuschlurfen, verkaufte dann all meine Habe, gab sie dem Kloster und trat selber als Laienbruder dort ein, wo man mich gepflegt hatte, aber richtig gesund wurde ich nie mehr, konnte nicht leben und nicht sterben, versuchte sogar auf dieser kleinen Orgel hier zu spielen, brachte aber nichts zustande, versuchte es immer wieder, hie und da gelang mir eine schöne Passage, brach aber sofort wieder ab wie erstickt, erwürgt.

Irgendwann überschritt ich in meinem Dasein eine für mich kaum merkbare Grenze, jenseits der ich von anderen Menschen kaum noch wahrgenommen wurde. Das Kloster, zu dem ich gehörte, wurde abgerissen, nur die kleine Kirche ließ man stehen, und seither habe ich hier gehaust, Tag und Nacht, nahm nichts mehr zu mir, weder Speise noch Trank, blieb aber voller Unrast, auch wenn ich dieses Gemäuer nie mehr verließ. Manchmal, wenn ich mich an der Orgel versucht hatte, kam irgendein Mensch die Stiege heraufgetappt und blickte sich um, erstaunt erst, dann bald geängstigt. »Da hat doch eben noch einer gespielt?« War aber keiner zu sehen, nicht für irgendeinen. Nur für den, der das Buch mitbringt. Du hast es gebracht, nach so vielen Jahren, und hast mir das Stück gespielt, das mir selbst auf der Seele gebrannt hat, ›La Follia‹, und dafür soll Gott dir deine Sünden vergeben.

※※※

Während dieser letzten Worte kam es Massimo so vor, als würde der in die Kutte gehüllte Körper des Bruders allmählich durchsichtig; er konnte die harte Linie der Emporenbrüstung, an der dieser während seiner Erzählung gelehnt hatte, durch ihn hindurch erkennen. Jetzt hob der langsam vergehende Bruder noch einmal die Hand und wies auf den Stockdegen, der seitwärts an der Orgelbank lehnte. »Gut, daß du das Ding da bei dir hast«, sagte er »Es ist schon Nacht, und du könntest ihn brauchen.« Dann wischte er mit einer letzten Handbewegung sich selbst aus.

Erst jetzt wurde Massimo bewußt, wie dunkel es mittlerweile in der Kirche geworden war. Als er nach dem alten Buch greifen wollte, aus dem er zuvor gespielt hatte, ertastete er nur noch seine Abschrift, die er mitgebracht hatte, rollte sie zusammen, um sie mit der linken Hand umfassen zu können, griff nach seinem Stockdegen und tappte die Stiege hinunter.

Als er aus der Tür hinaustrat auf das regennasse Pflaster – das Wetter hatte doch nicht gehalten –, konnte er auf den schmalen Gehsteigen unter den Häuserfassaden keinen Menschen entdecken. Noch immer kam es ihm vor, als habe er lange Zeit in einer anderen, längst vergangenen Welt verbracht, und er wunderte sich, über einem kleinen Laden das vertraute Schild *Sale e Tabacchi* zu entdecken. Langsam ging er an dem Geschäft vorüber, und dann war ihm, als tappten dicht hinter ihm Schritte, offenbar von Leuten, mindestens zweien, die eben aus einer Toreinfahrt herausgekommen zu sein schienen. Ehe er sich umdrehen konnte, hörte er hinter sich eine Stimme in fragendem Tonfall sagen: »Battisti, Massimo?«

»Ja?« sagte er automatisch und drehte sich rasch um. Da sah er sich zwei Männern gegenüber, die eben dabei waren, jeder ein langes Messer hervorzuziehen. »Grüße vom ehrenwerten Paten«, sagte einer von ihnen, ehe sie auf ihn losgingen.

Da hatte Massimo jedoch schon die Notenrolle fallen lassen und seinen Stockdegen gezogen. Es gelang ihm ohne weiteres, jenem, der als erster zustoßen wollte, seine scharfe Degenspitze so über die Messerhand zu ziehen, daß er aufschreiend seine Waffe fallen ließ und auf den klaffenden Schnitt starrte, der sich quer über seinem Handrücken öffnete. Da war der andere jedoch schon vorgesprungen, um mit seinem Messer von unten her zuzustechen. Massimo machte, während die Messerspitze schon durch seine Kleidung drang und ihn am Bauch ritzte, einen Satz nach rückwärts und fetzte dem Angreifer seinen Degen quer über die Stirn, daß er im nächsten Augenblick geblendet vom herabströmenden Blut zurücktaumelte. Da machten beide kehrt und rannten blindlings davon.

Eine Weile blieb Massimo stehen und schaute ihnen nach, bis sie in einer Seitengasse verschwanden. Dann hob er die auf dem nassen Pflaster zertretenen Notenblätter auf und machte sich auf den Heimweg. Noch ehe er sein Hotel erreichte, hatte er schon beschlossen, am nächsten Morgen abzureisen, er wußte nur noch nicht wohin.

In seinem Zimmer suchte er als erstes den Band mit Storaces Manuskripten. Er war nicht mehr vorhanden. Erst wollte er es nicht wahrhaben, aber zuinnerst wußte er, daß er ihn nicht mehr vorfinden würde. Der Band hatte seinen Dienst getan. Erst als er das begriffen hatte, legte er die zum Teil zerfetzten und während des kurzen Kampfes in den regennassen Straßendreck getretenen Seiten seiner Abschrift vor sich hin. Fast alles war rettungslos verschmiert, die Tinte von der Nässe ausgelaufen, fast alles bis auf das innerste Doppelblatt der Lage. Das war noch brauchbar und enthielt alles, was ihm von dem Manuskript Storaces geblieben war: die Variationen zu »La Follia«.

Am nächsten Morgen hörte er während des Frühstücks aus dem Radio den Wetterbericht. Für die kommenden Tage wurde schönes Spätsommerwetter angesagt, viel Sonne, allenfalls ein paar durchziehende Wolkenfelder. Da entschloß er sich, den Rest des italienischen Stiefels mit der Bahn hinunterzufahren bis zur Fußspitze und nach Messina überzusetzen, um dort den Spuren des Klosterbruders zu folgen, dem er die sonderbare Geschichte verdankte.

Als er gegen Abend mit der Fähre in Messina landete, suchte er sich zunächst ein Hotel. Er fand eines in der Nähe des Doms, das ihm schon von außen durch seine gut instand gehaltene historische Fassade auffiel und dieses Versprechen durch die altväterische Eleganz des Foyers zu halten schien. Der Empfangschef legte ihm das Anmeldeformular vor, und als Massimo es ihm ausgefüllt wieder zuschob, las er aufmerksam seine Eintragung. »Battisti, Massimo«, sagte er, offensichtlich interessiert an diesem Namen, und blickte von dem Formular auf. »Sind Sie ein Verwandter von Aldo Battisti?«

»Aldo Battisti?« Massimo stutzte. Dann tauchte in seiner Erinnerung das Dreigespann der Brüder auf: Aldo, Bruno und Ciccù. Aldo, der ihm das Jagen auf Vögel hatte beibringen wollen. Das Schießen überhaupt. »Ja«, sagte er. »Aldo ist mein Cousin.«

Von diesem Augenblick an wurde er bedient wie ein Ehrengast. Der Empfangschef winkte einen Pagen herbei, der sich sofort des wenigen Gepäcks annahm, das Massimo bei sich hatte; er selbst wurde vom Chef persönlich in ein äußerst komfortabel eingerichtetes Appartement geführt, und Massimos Erkundigung nach dem Preis all dieser Herrlichkeit wurde nur mit einer wegwerfenden Geste beantwortet. Auch das Abendessen, das man ihm bald danach im Speisesaal auftischte, war erlesen, begann mit einem Antipasto-Teller voller Köstlichkeiten und reichte über ein zartes Ragout von Rotbarbe und ein in Würzkräutern gebeiztes Filet vom jungen Lamm bis zu einem Obstteller mit Früchten, von denen er einige nicht einmal dem Namen nach kannte. Er schlief unruhig in dieser Nacht; denn dieses Wechselbad zwischen dem Vorabend, an dem er noch eben einem Mordanschlag entkommen war, und dieser auf andere Weise beunruhigend überzogenen Gastlichkeit beschäftigte seine Gedanken bis lange nach Mitternacht.

Am Morgen danach wollte er sich nun endlich auf die Spur von Bernardo Storace und dessen unglücklicher Nichte begeben. Um es gleich zu sagen: Messina war diesbezüglich eine Enttäuschung. Der Dom, den er zuerst besuchte, noch immer die Erzählung des Klosterbruders im Ohr und im Sinn die Vorstellungen, die er sich zu dessen Worten verfertigt hatte, all das, was er erwartete, war hier nicht mehr aufzufinden. Nicht nur, daß seit Storaces Tagen zwei schwere Erdbeben dieses Gemäuer hatten größtenteils einstürzen lassen, auch die versuchte Rekonstruktion des ursprünglich normannischen Baus war während des Krieges zum dritten Mal und diesmal durch Bomben schwer beschädigt worden, so daß kaum noch ein Stein existierte, den Storace im Vorbeigehen mit seinem Gewand gestreift haben könnte, geschweige denn die Orgel, auf der er gespielt hatte. Statt ihrer fand er ein erst in jüngster Zeit eingeweihtes fünfmanualiges Werk vor, in dessen an das Cockpit eines Düsenjets gemahnender Spielkoje Storace sich nur schwerlich zurechtgefunden hätte.

Nur in einem unweit vom Dom gelegenen Bau hielt er sich länger auf, der uralten Kirche SS. Annunziata dei Catalani, einem fast noch byzantinisch wirkenden Gebäude aus dem zwölften Jahrhundert, das durch die Erdbeben von allen späteren Zutaten befreit worden war. Unter den Gewölben dieser Kirche saß er eine Zeitlang und versuchte sich vorzustellen, daß die Figuren der Geschichte um La Follia hier aus und ein gegangen sein könnten, und schließlich meinte er fast, ein fernes Echo ihrer Stimmen zu vernehmen, auch wenn es nur das aufgeregte Zwitschern eines Spatzen war, der durch ein zerbrochenes Fenster in der Trommel unter der Kuppel sich hereinverirrt hatte und in kurzen schwirrenden Flügen einen Ausweg suchte.

Als er gegen Mittag von diesem Spaziergang zurückkehrte, traf er, als er seinen Zimmerschlüssel holen wollte, an der Rezeption auf einen hochgewachsenen dunkelhaarigen Mann, der hier offenbar auf ihn gewartet hatte. Irgendwie kam er ihm bekannt vor in der Art, wie er mit drei oder vier raschen Schritten auf ihn zutrat. »Massimo?« fragte er, noch ehe er ganz heran war. »Das bist du doch?«

Da erkannte Massimo ihn. »Aldo!« sagte er. »Mein Gott, bist du groß geworden!«

Aldo umarmte ihn wie einen altvertrauten Freund, und als er ihn wieder freigegeben hatte, sagte Massimo: »Was für ein Zufall, daß wir uns hier treffen!«

»Kein Zufall«, sagte Aldo. »Man hat mich schon gestern abend verständigt, daß du eingetroffen bist. Du kommst doch zu uns, hoffe ich. Oder hast du hier in Messina noch zu tun?«

Nein, das hatte er nicht.

»Komm gleich mit«, sagte Aldo. »Mein Wagen steht draußen.«

Massimo ging das alles ein bißchen zu schnell. »Aber mein Gepäck.« sagte er. »Und die Rechnung ...«

»Alles schon erledigt«, sagte Aldo. »Du wirst doch nicht im Hotel wohnen, wo deine Familie hier zu Hause ist.«

Aldo schleppte seinen Vetter zum Auto, als wolle er einen Raub in Sicherheit bringen, stopfte ihn auf den Beifahrersitz des schnittigen Alfa Romeo, warf sich dann hinter das Lenkrad und preschte mit quietschenden Reifen davon, hupte viel und heftig und fluchte halblaut, wenn der dichte Stadtverkehr ihn zwang, sein Tempo zu mäßigen oder gar völlig anzuhalten, und trat, sobald eine Lücke sich öffnete, so kräftig aufs Gas, daß Massimo in seinen Sitz zurückgeworfen wurde.

»Das waren schöne Ferien, damals bei euch dort oben im Haus deines Vaters«, sagte Aldo, als sie endlich auf der Küstenstraße am Meer entlang nach Süden fuhren. »Steht das Haus noch?«

»Nein«, sagte Massimo und hätte beinahe hinzugefügt, daß er es in die Luft gesprengt habe. Aber das erschien ihm dann doch zu kindisch. »Gegen Kriegsende bekam es einen Volltreffer«, sagte er.

»Artillerie?« fragte Aldo.

»Nein«, sagte Massimo. »Eine Fliegerbombe. Wir waren im Keller und kamen mit einigem Glück ins Freie. Damals hab ich meinen Vater zum letzten Mal gesehen.«

»Kann ich mir denken«, sagte Aldo. »Der hatte hier im Süden alle Hände voll zu tun, allerdings eher drüben zwischen Neapel und Calabrien.«

Aldo schien dessen Tätigkeit nicht besonders geschätzt zu haben; denn er zuckte mit den Achseln und verfiel für einige Zeit ins Schweigen. Es war offensichtlich, daß er darüber nicht weiter sprechen wollte.

Erst später, als sie Taormina schon hinter sich hatten, sagte er plötzlich: »Der Ätna!« Er bremste den Wagen ab, fuhr auf den Seitenstreifen und hielt an, um dem Gast für ein paar Minuten einen Blick auf die ungeheure über Wälder und erstarrte schwarze Lavaströme aufsteigende Kuppel des Vulkans zu erlauben. Ob es sich bei dem im Wind davontreibenden nebligen Streifen am beschneiten Gipfel um vulkanischen Rauch oder nur um eine Kondenswolke handelte, wagte Massimo nicht zu entscheiden, und er hatte Hemmungen, den Vetter danach zu fragen, weil er ihn womöglich für ängstlich halten könnte. Er starrte nur hinauf zu diesem geographischen Ungeheuer und verspürte eine kaum begründbare Bedrohung unter dem sonst tiefblauen südlichen Himmel. Nur weg von hier, aus dem Bereich dieses düsteren, unberechenbaren Riesen, dachte er und war froh, als Aldo den Motor wieder startete und den Gang einlegte.

Etwa zwanzig Minuten nach Catania, an jener Stelle, wo die Straße die von den Bergen herabströmenden Flüsse überquert, lenkte Aldo den Wagen auf eine Abzweigung, die von der Küste weg ins Inland bog. »Jetzt ist es nicht mehr weit«, sagte er. Die Straße führte von der Flußniederung allmählich aufwärts durch landwirtschaftlich genutztes Gebiet auf ein sanft ansteigendes Mittelgebirge zu, das die Silhouette des Horizontes bildete. Dann zeigte Aldo auf ein helles Gebäude, das weiter vorn über der Straße zwischen Bäumen auftauchte. »Dort sind wir zu

Hause!« sagte er und bog ein auf einen schmaleren Fahrweg, der zwischen Orangenhainen hangaufwärts führte.

»Lebt ihr vom Anbau von Orangen?« fragte Massimo, der sich die Brüder inzwischen als eine Art von Plantagenbesitzern vorstellte und sich erinnerte an die sizilianischen Sanguinelle, die im Frühjahr den Markt von Venedig überschwemmten.

Diese Frage brachte den Vetter zum Lachen. »Viel Verdienst kommt dabei nicht heraus«, sagte er, »aber es kann nicht schaden, wenn uns die Leute für Orangenbauern halten.«

Offenbar waren sie alles andere als das, aber Massimo fragte nicht weiter nach. Sie waren inzwischen nahe an das Gebäude herangekommen, das ihn in seinen einfachen kubischen Formen an das Haus seines Vaters erinnerte. Allerdings schien es beträchtlich ausgedehnter zu sein, soweit das über die Mauer hinweg zu erkennen war; denn auch dieses Gebäude war von einer weißgetünchten Mauer umgeben. Als sie sich der Einfahrt näherten, trat aus einem Torhäuschen ein Mann heraus, der, weil er vermutlich Aldos Wagen schon von weitem erkannt hatte, das Tor öffnete. Im Vorüberfahren bemerkte Massimo, daß dieser Torwächter nicht nur eine schwere Pistole im Holster trug, sondern in der Tür des Häuschens auch noch eine automatische Waffe hängen hatte.

»Gut bewacht seid ihr hier«, sagte er.

»Mag sein«, sagte Aldo. »Man weiß hier nie, was am nächsten Tag passiert.« Er beließ es bei dieser allgemeinen Erläuterung.

Innerhalb der Mauer führte der Weg in einer weiten Kurve hangaufwärts bis vor das Haus, das nun in seiner vollen Ausdehnung zu sehen war, kein solch brutal in den Hang gesetzter Würfel wie das Haus von Massimos Kindheit, sondern etwas niedriger, aber breit hingelagert zwischen Orangenbäumen, Lorbeerbüschen, Feigenbäumen und sogar ein paar palmenartigen Gewächsen.

Als sie vor dem Eingang gehalten hatten und sich anschickten auszusteigen, wurde die Tür aufgestoßen, und heraus traten die beiden anderen Brüder, Bruno, herangewachsen zu einer breiten, athletischen Gestalt, die geradezu bedrohlich wirkte, nicht zuletzt durch den mürrischen Zug um seinen Mund, und hinter ihm Ciccù, noch immer der kleinste und zierlichste der drei, dafür aber auch der freundlichste. Kaum, daß Massimo die Wagentür hinter sich zugeworfen hatte, als er ihn schon umarmte«. »Massi!« rief er. »Das ist eine Freude, dich zu sehen – obwohl …« hier brach er ab und sagte etwas leiser: »aber darüber können wir später reden«, so leise, als sollten es die beiden anderen Brüder nicht hören.

Bei Tisch präsidierte dann die Mutter der Brüder, eine bei ihrem Alter noch immer schöne Frau, die ihr weißes Haar trug wie einen exquisiten Schmuck. Sie zog Massimo alsbald in ein Gespräch über sein Spezialgebiet, teilte offenbar sein Interesse an der Kunst zwischen Spätrenaissance und Frühbarock (oder hatte man sie nur so genau über ihn informiert?) und wies ihn mit Bedauern darauf hin, daß die meisten Werke dieser Epoche im Osten Siziliens schon durch das Erdbeben von 1693 zerstört worden seien. »Die antiken Reste haben sich bei uns besser erhalten«, sagte sie, »sind wohl auch dauerhafter in ihrer Machart. Sie sollten sich, falls Sie nach Syrakus gehen wollen, lieber um die Denkmäler der Antike kümmern.«

Das alles mochte für ihn fachlich interessant sein, aber es fiel Massimo auf, daß sie jede Anspielung auf persönliche Umstände oder Familienereignisse konsequent vermied und sofort ablenkte, als er einmal – und auch da nur im Sinne eines Vergleichs – das Haus seines Vaters erwähnte.

Nach dem Essen zogen sich die beiden älteren Brüder »zu einer Besprechung«, wie sie sagten, in Aldos Arbeitszimmer zurück. »Immer nur Geschäfte«, sagte Ciccù achselzuckend zu Massimo und lud ihn ein zu einem Gang durch das Anwesen. Das gesamte Gelände war sorgfältig gepflegt – an mehreren Stellen waren Männer mit irgendwelchen Gartenarbeiten beschäftigt –, doch es wirkte in seiner Anlage kaum wie ein Park, sondern eher wie ein umfangreicher Nutzgarten, auch wenn zwischen den Rebhängen und den Salat- oder Kräuterbeeten immer wieder eine Baumkulisse eingeschoben war oder ein heckenumsäumter Platz mit hölzernen Bänken und Tischen, an denen eine größere Gartengesellschaft hätte Platz nehmen können.

Ciccù zeigte ihm das alles ohne viele Worte, sagte höchstens einmal bei einem hinter Gebüsch verborgenen Ausblick mit einer Bank: »Hier sitze ich manchmal, wenn mir die anderen mit ihren ewigen Geschäften auf die Nerven gehen, und schaue hinaus über die Abhänge. Bei schönem Wetter kann man sogar das Meer sehen.«

»Die anderen« nannte er seine Brüder, als habe er mit ihnen nichts weiter zu tun. Er war in der Tat anders als sie, war schon damals anders gewesen, als er mit den beiden noch als halbes Kind zu Besuch im Veneto gewesen war. Er hatte nicht viel übrig gehabt für die Jagd auf Vögel oder überhaupt für das Schießen.

»Was sind das eigentlich für Geschäfte?« fragte Massimo. »Daß ihr nicht von der Orangenernte lebt, hat mir Aldo schon verraten.«

Ciccù dachte eine Weile nach, den Blick weit hinaus nach Osten gerichtet, wo als blasser, unter dem milchig überzogenen Himmel matt blinkender Streifen das Meer zu erahnen war. »Das läßt sich nicht so leicht mit wenigen Worten umschreiben«, sagte er dann. »Hast du dich nicht gewundert, daß Aldo noch gestern abend von deiner Ankunft erfahren hat?«

»Ja, schon ein bißchen«, sagte Massimo. »Aber was hat das mit seinen Geschäften zu tun?«

»Nicht viel und doch alles«, sagte Ciccù. »Die Familie hat ihre Hand auf diesem Hotel, und so wird Aldo sofort informiert, wenn auf irgendeine Weise bemerkenswerte Leute dort eintreffen.«

»Also seid ihr im weiteren Sinne in der Hotelerie tätig?« sagte Massimo.

»Nein, nein, überhaupt nicht«, sagte Ciccù. »Verstehst du das denn nicht? Wir sind hier im Osten der Insel eine der ›Familien‹, wie man so sagt und haben auf unsere Weise mit allem zu tun, ob nun ein Hotel betrieben wird, eine Brücke oder ein Sportplatz gebaut, ein Spielsalon eingerichtet oder eine Autobuslinie installiert, immer hat die Familie ihre Hand im Spiel und natürlich auch ihren Gewinn dabei.« Er sagte die letzten Worte mit einem ironischen Schlenker, so als wolle er davon lieber nicht reden oder noch besser: gar nichts davon wissen.

»Also mit einem Wort: Mafia. Wie bei meinem Vater«, sagte Massimo.

»Ja«, sagte Ciccù, »und doch auch wieder nicht. Es gibt da einen Unterschied.«

»Das hab ich schon bemerkt, aber noch nicht begriffen«, sagte Massimo. »In Neapel hat man versucht, mich als einen aus der Familie der Battisti mit den besten Grüßen von einem Paten bei Nacht in einer engen Gasse zu erstechen, und in Messina hat man mich, sobald ich meinen Namen genannt hatte, im Hotel wie einen Staatsbesuch behandelt. Kannst du mir das erklären?«

»Sicher kann ich das, aber dazu muß ich ein bißchen ausholen«, sagte Ciccù. »So etwas wie die Familie hat es hier im Süden eigentlich schon immer gegeben. Das mag daran liegen, daß wir hier auf Sizilien und zumeist auch in Neapel und dessen Umland nie unsere eigenen Herren gewesen sind. Bei uns hat seit der Antike eine Herrschaft die andere abgelöst, Phöniker, Griechen, Römer, Araber, Normannen, Staufer, Spanier, nur wir selbst hatten nie etwas zu sagen. Das hat dazu geführt, daß die noch existierenden Adelsfamilien oder Grundherren sich aus eigenem Interesse der Probleme ihrer Leute angenommen haben und auf solche Weise ständig in Opposition zu den jeweils im Lande regierenden Fremden standen. Was sollte man denn von einer Herrschaft halten, die aus Landfremden besteht, die sich mit Gewalt hier eingenistet hatten und zumeist nur interessiert waren an dem Gewinn, den sie aus der Bevölkerung herauspressen konnten? Was versteht denn schon ein normannischer Seefahrer oder ein König in Madrid oder ein römischer Senator vom Leben eines sizilianischen Bauern? Hier hat seit Jahrhunderten sich niemand um eine Regierung gekümmert, es sei denn unter Zwang und Gewalt. Und so haben sich die Leute daran gewöhnt, daß der jeweilige Grundherr in seinem Bereich als quasi autarker Herrscher sein Regiment ausübt, seine Leute nach Möglichkeit vor dem Zugriff der legalen Regierung bewahrt und dafür natürlich auch seine privaten Steuern eintreibt, statt sie nach Rom oder sonstwohin abzuführen.«

Massimo konnte sich nach solcher Argumentation nicht mehr zurückhalten. »Also nichts als purer Edelmut, eure Mafia«, sagte er spöttisch.

»Natürlich nicht«, sagte Ciccù geduldig. »Auch Grundherren

sind Menschen, und da sie sich hier keiner Obrigkeit verantwortlich fühlen, betreiben sie alles, was sie für einträglich halten. Aber sie bringen ihre Leute, von deren Arbeit sie ihren Gewinn abschöpfen, wenigstens nicht um, solange diese ihr Spiel mitspielen. Ich weiß, das hat mit Demokratie nichts zu tun, aber hier funktioniert alles kaum auf andere Weise.«

»Und wem habe ich dann drüben in Neapel auf die Füße getreten, daß man mir gleich zwei Messerstecher auf den Hals geschickt hat?« fragte Massimo.

»Das kann ich mir schon denken, auch wenn es mit dir persönlich nur wenig zu tun hat«, sagte Ciccù. »Der Grund dazu liegt vermutlich bei deinem Vater. Er hatte sich schon vor dem Krieg von der Familie getrennt, weil er sonst nur ein Handlanger meines Vaters gewesen wäre, der sein älterer Bruder war. Zu Ende des Krieges kam er dann durch die amerikanischen Soldaten in Verbindung mit italo-amerikanischen Mafiosi, und denen geht es nicht mehr um eine – wenn auch fragwürdige – Ordnung in ihrem Bereich, sondern nur noch um größtmöglichen Gewinn um jeden Preis. Die haben sich in Neapel schon beizeiten eingenistet, und gegen deren international verankerte Organisation sind wir hier mit unserer Familie nichts weiter als harmlose Bocciaspieler. Dein Vater hat versucht, drüben auf dem Festland zusammen mit ihnen eine weitgehend verbrecherische Organisation aufzubauen, und das schien sich zunächst auch ganz gut einzuspielen. Doch als es richtig zu funktionieren begann, hat man ihn brutal abserviert und einen Mann aus Chicago mit italienischem Namen an seine Stelle gesetzt. Der hatte wohl gedacht, du wolltest eine Erbschaft antreten, als du in Neapel aufgetaucht bist und dich in einem Hotel niedergelassen hast, zu dem er Verbindung hat. Sicher ist sicher, und Tote können nicht mehr stören.«

»Und wie ist das mit euch hier?« fragte Massimo. »Lebt ihr noch immer in eurem feudalen Mittelalter und versucht die Regierung in Rom auszutricksen? Daß du dabei mitmachst, wundert mich am meisten.«

»Wieso wundert dich das«, fragte Ciccù. Er schien sich über diesen Vorwurf überhaupt nicht aufzuregen, geschweige denn zu ärgern, sondern blieb völlig gelassen. »Du hast gut reden aus deiner ästhetischen Fluchtburg des Kunsthistorikers heraus«, sagte er. »Wovon hast denn du dich bisher ernährt? Doch von dem Geld, das dein Vater beizeiten auf die Seite gebracht hatte. Du wirst mir doch nicht weismachen wollen, daß du nicht wenigstens geahnt hast, woher dieses Vermögen stammt, über das deine Mutter verfügt. Nur das gibt dir ja deine Freiheit, wenn du nicht zufällig dem Falschen in die Quere kommst. Aber für uns hier wird es immer enger. Wir leben schon fast wie in einer belagerten Festung, und irgendwann werden die von drüben ihre Aufräumer schicken und uns fertigmachen.«

Er sprach wie einer, der das blutige Ende schon deutlich vor Augen hat und weiß, daß er ihm nicht mehr ausweichen kann. Massimo mochte diesen jüngsten seiner Vettern besonders gern, bewunderte seine Gelassenheit, mit der er bei den Brüdern ausharrte, die in dieser Auseinandersetzung auch über sein Schicksal mit entschieden. Immer war es Aldo gewesen, der älteste, der nach dem Tod des Familienoberhauptes (Massimo wußte überhaupt nicht, wann und woran der älteste Bruder seines Vaters gestorben war und wollte auch nicht danach fragen) jeden Schritt bestimmt hatte. Bruno war wohl immer der Mann fürs Grobe gewesen, der nicht lange fragte, sondern Aufträge ausführte. Aber Ciccù?

»Was hast du eigentlich die ganze Zeit über hier getan?« fragte ihn Massimo.

Damit brachte er den Vetter tatsächlich zum Lachen. »Du willst damit wohl andeuten«, sagte er, »daß ich nicht in dein Klischee vom Mafioso passe, das du dir aus der Ferne zusammengebastelt hast. Damit hast du nicht einmal so unrecht. Ich habe mir eine Nische gesucht, die meinem friedlichen Gemüt einigermaßen entspricht. Während Aldo sich um die ›großen Geschäfte‹ kümmert – was auch immer sich hinter dieser Floskel verbergen mag –, und Bruno, wenn es erforderlich zu sein scheint, seinen Anordnungen den nötigen Nachdruck verleiht, habe ich mich tatsächlich um die Orangengärten gekümmert, die für Aldo nicht einmal einer Nachfrage wert sind, habe mich an Neuzüchtungen von kernlosen Blutorangen versucht, Bewässerungsgräben angelegt, die mehr kosten, als die halbe Ernte einbringt, werbewirksame Einwickelpapiere entwerfen lassen, die besonders die romantischen Gemüter der Käufer nördlich der Alpen ansprechen, und dabei ein bißchen Geld hereingebracht, das ich für all das gleich wieder ausgegeben habe. Eine Art Spielerei, könnte man sagen, und für Aldo und Bruno steht das wahrscheinlich außer Frage. Aber Aldo läßt mir für mein Steckenpferd freie Hand, denn er weiß, daß ich mich für seine Aktivitäten nicht eigne. Er tut dies übrigens ohne eine Spur von Verachtung, und manchmal scheint es mir fast, daß er mich beneidet.«

Massimo blieb die nächsten Wochen im Haus der Brüder und fing jetzt erst richtig an, seine Ferien zu genießen, saß lange mit Ciccù bei dem reichhaltigen Frühstück, während die beiden älteren Brüder schon ihren Geschäften nachgingen, ließ sich dann von Ciccù zu den Orangengärten führen und begutachtete den Fruchtansatz oder holte sich aus der reichbestückten Bibliothek mit Erlaubnis der Hausherrin etwas zu lesen, nicht nur Kunsthistorisches, sondern auch Erzählungen, etwa von Landolfi oder auch eine Sammlung sizilianischer Märchen, setzte sich in den Schatten eines Baumes auf eine der zahlreichen Bänke in den Gartenanlagen innerhalb der Mauer und gab sich genießerisch seiner Lektüre hin.

So saß er an einem brütend heißen Nachmittag an einem schattigen Platz von dem aus er den schönen Ausblick hinüber zu den von Schluchten zerschnittenen Hängen der Monti Iblei genießen konnte. Nach einer Weile kam Ciccù und setzte sich zu ihm. Massimo hob die Hand zu einer vagen, das Panorama umfassenden Geste und sagte: »Dort drüben in den Bergen würde ich gern einmal herumwandern, wenn es nicht so heiß wäre.«

»Das ließe sich machen«, sagte Ciccù. »Heute nacht sollen Gewitter aufziehen, sagt der Mann vom Wetterbericht, und danach wird der Morgen kühler sein als heute. Wir haben uns vorgenommen, morgen auf den Hängen ein paar Kaninchen oder gar einen Hasen aufzustöbern. Wenn du magst, kannst du ja mitkommen. Aldo wird dir natürlich eine Flinte aufdrängen, und ich möchte dir raten, sie anzunehmen, damit es keine langen Grundsatzdebatten gibt. Du brauchst ja nicht zu schießen mit dem Ding. Auch ich lasse das bißchen Niederwild, das es dort noch gibt, lieber laufen, aber meine Brüder halten es nun einmal für angemessen, das Stück Ödland, das wir dort besitzen, wenigstens zu bejagen, wenn es schon sonst nichts einbringt.«

So kam es, daß Massimo mit den drei Brüdern am nächsten Morgen nach dem Frühstück loszog. Jeder von ihnen hatte eine Büchse über die Schulter gehängt und eine Handvoll Schrotpatronen in der Jackentasche. Sie gingen in der tatsächlich ziemlich frischen, noch dunstigen Morgenluft hintereinander auf einem schmalen Feldweg, der allmählich anstieg, bis er sich in einer steil eingeschnittenen Schlucht verlor. Dort schlug Aldo vor, sie sollten von hier aus in größerem Abstand nebeneinander am Fuße des Abhangs weitergehen, da es hier unten noch ein paar grüne Kräuter und auch belaubtes Buschwerk gebe, während weiter oben am Hang schon alles braun und verdorrt sei, so daß die Tiere dort nichts zu fressen fänden. Nach etwa einer Viertelstunde scheuchte Bruno tatsächlich ein größeres Kaninchen auf und erlegte es mit einem raschen Schuß.

Inzwischen war die Sonne höher gestiegen und begann die von der Gewitternacht zurückgebliebene Feuchtigkeit aufzutrocknen. Massimo spürte die ansteigende Wärme und knöpfte seine Jacke auf. Er trug sein Gewehr scheinbar schußbereit in der rechten Hand, die Mündung schräg nach unten gerichtet, und streifte mit den Schuhen durch die Stauden und niedrigen Sträucher, von denen ihm bitterwürziger Geruch in die Nase stieg von Salbei, Rosmarin und noch andere, ihm fremde Düfte. Links von ihm gingen Aldo und Bruno, ein Stück weiter rechts Ciccù, der eben einen langbeinigen Hasen aufgescheucht hatte, der nun hakenschlagend schräg den hier noch wenig ansteigenden Hang hinaufrannte und dabei den älteren Brüdern ins Schußfeld geriet. Beide hoben ihre Büchsen, kurz nacheinander blafften zwei Schüsse, aber keiner von ihnen traf. Gleich danach verschwand der Hase hinter einer Bodenwelle. Für wenige Augenblicke war nur das Sirren von Insekten und das leise Rascheln und Knacken der Schritte durch den trockenen Bewuchs zu hören.

Dann zerriß ein kurzer Feuerstoß aus einer automatischen

Waffe die Stille. Die Brüder und Massimo blieben wie auf Kommando stehen und starrten hinüber zu der Bodenwelle, hinter der dieser Hase eben untergetaucht war und auf der nun in größerem Abstand vier Männer standen, breitbeinig und die Maschinenpistole schräg vor dem Körper.

»Zurück zur Schlucht!« rief Aldo und fing noch während dieser Worte an zu laufen. Auch Bruno setzte seinen behäbigen Körper erstaunlich rasch in Bewegung, nur Ciccù, der am weitesten entfernt von den Männern war, blieb noch stehen und wartete auf Massimo, der zugleich mit Bruno losgerannt war. Während sie durch dorniges Gestrüpp hasteten, das ihnen an den Kleidern riß, und mit weiten Sätzen auf den Rand der Schlucht zuliefen, hörten sie hinter sich wieder die Maschinenpistolen knattern und ein paar Querschläger schrill über den Hang pfeifen. Sie drehten sich nicht um und liefen stolpernd weiter, bis sie die Oberkante der Schlucht erreicht hatten und sich dahinter in Deckung warfen.

Bruno hatte sie fast eingeholt und landete mit einem wilden Sprung neben ihnen, Aldo jedoch, der den Männern am nächsten gestanden war, hatte offenbar einen Treffer abgekriegt, denn er lief humpelnd auf die Schlucht zu und preßte die Hand gegen den Oberschenkel. Hinter ihm kamen die Männer mit ihren schußbereiten Waffen langsam über den Hang auf sie zu, als hätten sie alle Zeit der Welt.

»Die machen wirklich Ernst«, sagte Bruno.

Erst jetzt wurde Massimo bewußt, daß es kein Spiel war, wie er es mit den Brüdern im Rebgarten seines Vaters gespielt hatte, sondern tödliche Gefahr, in die er hier geraten war, doch zugleich überkam ihn das Gefühl, Bruder unter Brüdern zu sein. Sein Leben lang war er bis zu diesem Tag für sich allein gewesen, hatte zwar hie und da Freunde gefunden und war als Kind auch mit den drei Vettern durch den Weinberg des Vaters gestreift, aber jetzt, angesichts des drohenden Todes, empfand er unversehens die fast heiter stimmende Gewißheit, endlich zu seinen Brüdern gefunden zu haben, zu Aldo, der als Ältester immer wußte, was zu tun war oder doch wenigstens diesen Anschein erweckte, Bruno, auf dessen Stärke er sich verlassen konnte, und Ciccù, den nachdenklichen Freund, den er liebte. »Wir müssen zusammenbleiben«, sagte er, eher leise für sich selbst.

In diesem Augenblick drehte Aldo, der schon dicht an die Schlucht herangekommen war, sich um, hob sein Schrotgewehr und schoß auf einen der Männer. Es war nicht festzustellen, ob er auf diese Entfernung getroffen hatte. Die vier Männer hoben jedenfalls zugleich ihre Maschinenpistolen und schossen sofort. Aldo wurde von den Kugeln durchsiebt und stürzte rückwärts über die Böschung der Schlucht, rutschte, eine breite blutige Spur hinterlassend, ein Stück abwärts, blieb dann an einem Dornbusch hängen und lag seltsam verdreht wie eine übergroße Spielpuppe zwischen Geröll und grau bestäubten Kräutern. Seine braunen Augen standen offen und starrten in den Himmel, sahen aber wohl nichts mehr.

»Jetzt bist du der Chef«, sagte Ciccù zu Bruno.

»Nicht für lange«, sagte der. »Oder glaubst du, daß wir hier davonkommen?«

»Nein«, sagte Ciccù. »Die schießen uns in aller Bequemlichkeit ab wie Spatzen. Sind wohl Profis.« Und zu Massimo: »Tut mir leid, daß du da hineingeraten bist. Ich hab dich, als du angekommen bist, schon warnen wollen …«

»Hört auf zu schwätzen!« sagte Bruno. »Vielleicht kommen wir durch die Schlucht davon.«

»Irgendwann erwischen sie uns ja doch, morgen oder nächste Woche«, sagte Ciccù. »Aber von mir aus. Wir können's ja versuchen.«

»Dann eil dich!« sagte Bruno. »Du zuerst.«

Ciccù ließ seinen Halt los und versuchte den steilen Hang hinunterzuklettern, kam aber im losen Geröll bald ins Rutschen und landete in einer stäubenden Lawine von Schotter unten im Gebüsch.

»Jetzt du!« sagte Bruno. »Ich gehe zuletzt.«

Da machte sich Massimo an die Abfahrt, versuchte gar nicht erst, irgendwo Halt zu suchen, sondern ließ sich bäuchlings mit den Füßen voran mit dem lockeren Gestein hinabgleiten, bis auch er das Buschwerk auf der Sohle der Schlucht erreichte, dicht bei Ciccù, der am Rande des Rinnsals hockte, das hier hinabfloß. Als er zurückblickte nach oben, sah er, daß Bruno schon halbwegs den Steilhang herabgeklettert war, und darüber, wo die Abbruchkante der Schlucht in den stahlblauen Himmel schnitt, tauchten die Silhouetten von zwei Männern mit Maschinenpistolen auf. Auch Bruno hatte sie bemerkt und rutschte nun rasch im prasselnden Geröll nach unten, aber es war zu spät. Die Männer hoben ihre Waffen und schossen beide eine kurze Salve. Rings um Bruno spritzten Steine auf, und er selbst verlor jeden Halt, rollte, nur noch ein Kleiderbündel, herab ins niedrige Gebüsch und blieb nahe bei ihnen liegen. Sein Gesicht lag ihnen zugewendet, aber es war kein Gesicht mehr, sondern eine unförmige blutige Masse.

»Jetzt schnell!« flüsterte Ciccù und lief Massimo gebeugt voran unter dem dichten Dach der Büsche wie ein flüchtender Hase zwischen den dünnen Stämmen Haken schlagend dahin. Offenbar waren sie von oben nicht zu erkennen; denn es folgten keine Schüsse mehr. Der Untergrund neben dem Bach wurde zusehends gangbarer, bald schon ein ausgetretener Pfad, so daß sie ungehindert abwärts laufen konnten. Dann wurde es vor ihnen heller, das Buschwerk lockerer, und nach wenigen Schritten gelangten sie am Ende der Schlucht ins Freie, und dort standen die beiden anderen Verfolger und warteten schon auf sie. Sie waren so nahe, daß Massimo jede Falte ihrer Gesichter sehen konnte. Den einen erkannte er sofort wieder, und das nicht nur an der noch frischen Narbe, die sich quer über seine Stirn zog. Es war der Messerstecher aus Neapel, dem er seinen Stockdegen über die Stirn gehauen hatte.

»Da seid ihr ja endlich«, sagte dieser Totmacher und grinste, als sei das Ganze ein lustiges Spiel. »Wir beide kennen uns ja schon. Und der neben dir ist wohl der kleine Orangenzüchter.«

Massimo gab ihm keine Antwort. Das Bewußtsein, daß es keinen Ausweg mehr gab, lag ihm wie ein Eisklumpen im Hirn. Unwillkürlich griff er mit der Rechten nach der Hand Ciccùs, als wolle er seine Freundschaft noch bis zuletzt beteuern.

»Ach ja«, sagte da der Totmacher. »Du liebst ihn wohl, diesen sanften Bauern-Mafioso? Dann soll es mir ein Vergnügen sein, ihn langsam vor deinen Augen umzubringen, damit wir beide etwas davon haben.«

Zuerst schoß er ihn in die Füße, so daß Massimo den Wankenden nur noch mit Mühe halten konnte. Als der Totmacher ihn dann in die Knie schoß, kippte Ciccù nach hinten weg und hätte Massimo beinahe umgerissen, ehe seine Hand aus der Umklammerung herausglitt. Der nächste Feuerstoß traf Ciccù in den Unterleib, dann nahm sich der Totmacher den linken Arm vor, der seitwärts ausgestreckt auf dem spärlich bewachsenen Schotterboden lag, und dann, nach einer längeren Pause, durchsiebte er ihm endlich die Brust.

Massimo stand während dieses wahnsinnigen Vorgangs völlig erstarrt, die linke Hand in der Tasche seiner Jacke zusammengekrampft, um dem Mörder seine Angst nicht zu zeigen, und in diesem Augenblick spürte er einen stechenden Schmerz in dieser Hand wie von einem scharfkantigen metallenen Gegenstand. Der Falke! schoß es ihm durch all sein Entsetzen, und da flatterte er auch schon empor, während unter ihm die Feuergarbe ins Leere ging.

Zugleich packte den Falken eine besinnungslose Wut auf diesen Totmacher, der sich mit seinem grausamen Geschäft auch noch ein makabres Vergnügen bereiten wollte. Er stieß aus der eben gewonnenen Höhe auf ihn hinab, krallte sich mit einer Klaue in die frische Stirnnarbe, schlug die andere in das linke Auge dieses grinsenden Unmenschen und riß ihm den Augapfel heraus, daß er wie eine scheußliche Frucht am Nerv aus der Höhlung hing. Schreiend schlug der Verletzte um sich, doch da hatte der Falke schon wieder an Höhe gewonnen und begann nach Nordosten zu fliegen.

Er flog ohne Plan und Überlegung, hielt sich, ohne sich dessen bewußt zu sein, an die Küstenlinie, die aus der Höhe schon zu erkennen war, zog vorüber an der gewaltigen Kuppe des Ätna, überquerte die Meerenge von Messina, ohne zu wissen, was da unter ihm an Städten und Ortschaften lag, folgte dem Bogen der Küste, der ihn allmählich nach Nordwesten lenkte, spürte zuweilen die Sonne über sich und später immer tiefer zur Seite, bis sie ins blutrot schimmernde Meer sank, flog so lange, bis seine Kräfte nachließen und er mit todmüden Schwingen langsam herabsank und auf dem Ast einer Pinie aufbäumte, hörte im Einschlafen das rhythmische Rauschen der Brandung, auch noch in seine Träume von Blut und Mord, bis es wieder heller wurde. Da griff er sich eine Wasserratte, die unter seinem Schlafplatz an einem sickernden Bach entlangrannte, fraß sich satt und schwang sich wieder in die Höhe, um weiter der Küstenlinie zu folgen. So flog er lange Zeit bei Tag und ruhte bei Nacht, erspähte irgendwann rechts der Küste eine große Stadt, die krakenhaft weit ins Land hinausgriff, und irgendeine Weisung trieb ihn, von hier aus seinen Weg strikt nach Norden einwärts ins gebirgige Land zu nehmen. Später ruhte der Falke am Ufer eines weit ausgebreiteten Sees und fing sich einen Fisch, weil er sich entsann, dies früher einmal getan zu haben, gelangte dann allmählich in flaches Land, sah nach einiger Zeit im Osten eine andere Küste heranrücken, jenseits der sich wieder ein blaues Meer erstreckte, und überflog eine Inselstadt deren Türme und Kuppeln ihm vertraut erschienen, aber wohl doch noch nicht die Sicherheit boten vor dem Grauen, das ihn verfolgte. Seine Unrast trieb ihn immer weiter fort von seinem Ausgangspunkt, an dem Schreckliches geschehen war, auf ein Gebirge zu, das sich unter seinen Schwingen immer höher auftürmte zu eisglänzenden Gipfeln und schroffen Zinnen, frierend hockte er nachts am Rand düsterer Wälder und nährte sich von froststarren Vögeln, die unbeweglich auf kahlen Ästen saßen, gewann unter entsetzlichen Mühen und Qualen die Höhe des Hauptkammes und ließ sich drüben abwärtstreiben über endlose Hügelländer, die unter einer kühlen, blassen Sonne unter ihm dahinzogen, bis er einen gewaltigen Strom erreichte, der das Land von Westen nach Osten teilte, und er wußte nichts weiter, als daß er ihn überqueren müsse und weiterfliegen, bis er die tiefen Wälder jenseits dieses Stromes erreichte, und eines Tages sah er sie unten heranbranden, die sanft blaugetönten Wellen bis zum Horizont, und hier ließ er sich dann endlich hinabgleiten, suchte sich einen Schlafplatz, nicht auf einem Ast, auf dem er sich nicht mehr würde halten können, sondern im Moos unter den herabhängenden Zweigen einer alten Fichte, fiel hier in todesähnlichen Schlaf, in dessen Träumen noch immer Länder unter ihm zurückblieben, ohne daß er von einem Ziel wußte, zu dem er unterwegs war.

X

Der Winter kam über das Land, als der Falke im Moos unter der Fichte lag. Über Nacht wurde es so kalt, daß er sich kaum hätte bewegen können, wenn er am Morgen aufgewacht wäre, weiß überstäubt vom Schnee, der durch die benadelten Zweige zu ihm hinabgerieselt war. Aber er wachte ohnehin nicht auf, träumte noch immer von einer leeren, immer kälter werdenden Welt, die unter seinen starren Schwingen dahinzog, und wäre auf diese Weise wohl zu Tode gekommen, wenn er nicht gefunden worden wäre.

Da war eine Hand, alt und knotig, die den Zweig hob und nach dem Vogel griff, der schon fast steif gefroren darunter lag. Die Hand gehörte einer alten Frau, die das eisige Federbündel aufhob und den stäubenden Schnee von dem Gefieder pustete. »Da bist du ja wieder, Falke«, sagte sie, hielt ihn in ihren Händen und blies ihren warmen Atem in die Höhlung zwischen den Fingern. Wenn sie nicht das kaum merkbare Zucken in seinen Flügeln gespürt hätte, würde sie ihn wohl für tot gehalten haben. Aber sie nahm den Rest von Leben in ihm wahr; denn sie war eine Frau, die einen erstarrten Vogel nicht achtlos liegengelassen hätte. Sie zerrte den grobgestrickten Wollschal von ihrem Hals, wickelte den Vogel hinein und trug ihn durch den Wald bis zu ihrer Hütte, die am Rand einer kleinen Lichtung so versteckt zwischen Gebüsch und Jungfichten hockte, daß die wenigen Leute, die gelegentlich vorbeikamen, Holzfäller, Jäger oder Pilzsammler, kaum vermutet hätten, daß hier jemand hauste.

Über all dem wachte der Falke noch lange nicht auf. Die Alte hatte ihn auf ein Lager duftender und knisternder Fichtenzweige gelegt, weit genug entfernt von ihrem aus groben Flußkieseln aufgemauerten Herd, daß die Zweige nicht Feuer fangen konnten, und nahe genug, daß die Wärme des Holzfeuers bis zu dem träumenden Vogel ausstrahlte, nicht zu reden vom Duft nach brennenden Kienäpfeln und dürren Fichtenästen.

Der Traum vom Herrn des Waldes

So lag der Falke sicher und warm, und sein Traum nahm allmählich Gestalt an oder wurde, genauer gesagt, von Gestalten belebt. Schon bis dahin hatte ihn der Geruch des Waldes dermaßen eingehüllt, daß es ein Traum vom Wald war, von dichtem, schützendem Gezweig, in dessen duftendes Dickicht ihm das Grauen kaum noch folgen konnte, das Grauen, vor dem er auf seinem langen, erschöpfenden Flug geflohen war. Dunkles, kaum vom Licht des Tages erhelltes Grün war da, das ihn umschloß, der würzige Geruch von brennendem Holz.

Erst allmählich wurde er im Traum sich seiner Glieder bewußt, nicht mehr der Schwingen und Krallen eines Falken, sondern menschlicher Arme und Beine, die er wohlig auf seinem Lager streckte. So lag er lange. Von Zeit zu Zeit reichte ihm eine altersverkrümmte vogelklauenartige Hand einen aus getrockneten Blättern abgesottenen Tee oder eine Scheibe von körnig-grobem Brot oder auch ein paar Haselnüsse, die er so lange im Mund hin und her schob, bis sie weich wurden und sich zerdrücken ließen.

Irgendwann sagte eine Stimme: »Jetzt steh auf und geh hinaus zu den guten Tieren!« Da raffte er sich auf, spürte in seinen Beinen einen Rest von Kraft, der ihm das Gehen, wenn auch nur mit Mühe, erlaubte, und trat durch eine niedrige Tür hinaus aus dem höhlenartigen Raum unter die hohen Bäume des Waldes. Dort stand er eine Weile und schaute sich um. Von oben schräg herab brach Licht durch die Kronen der alten Fichten und malte helle Flecken auf die Moospolster und ließ die haarfeinen Waldgräser flimmern. Es fiel ihm kaum auf, daß dies keine winterliche Landschaft war, kein Schnee rieselte von den Zweigen, frische Kräuter wucherten zwischen den Stämmen, die Sonne stand hoch und wärmte.

Dann sah er die Vögel. Zunächst hockten sie über ihm in den unteren abgestorbenen Ästen der Fichten und blickten mit ihren dunkelglänzenden Augen auf ihn herab, zuunterst ein paar Tannenmeisen, eine Schwanzmeise und daneben am Stamm ein Baumläufer. Der blickte zu ihm herüber und sagte: »Lebst du wieder, Falkenmann?«

Er blickte auf seine mageren Arme, die aus dem groben wollenen Umhang herausstachen wie dürre Äste und auf seine in Strickpatschen verborgenen Füße. »Fliegen kann ich nicht, so wie ich jetzt aussehe«, sagte er zu dem Vogel.

»Lern erst mal wieder gehen!« sagte der Baumläufer.

Da versuchte er, langsam Fuß vor Fuß zu setzen, und ihm war, als müsse er mit seinen plumpen Füßen knöcheltief durch zähen Morast waten, obgleich nichts dergleichen zu sehen war, nur glatter, von einer Schicht dünner, abgestorbener Fichtennadeln bedeckter Boden zwischen armstarken Wurzeln, die sich wie schlafende Schlangen unter seinen Füßen zusammengeknäult hatten. So schlurfte er träumend Schritt vor Schritt dahin im Dämmerlicht unter den hoch oben schwankenden Wipfeln, die von einem Wind gebeugt wurden, der unten am Boden nicht zu spüren war. Noch immer versuchte er davonzulaufen vor etwas, das als dumpfer Schmerz auf seinem Gemüt lastete, schob mühsam Fuß vor Fuß, nur immer tiefer hinein in die dunklen Wälder, wo ihn das Entsetzen nicht erreichen konnte, das hinter ihm herandrängte und ihn weitertrieb.

Als er aufblickte, sah er, daß der Wald sich mit Gestalten bevölkerte, ein Fuchs, der schnüffelnd den Kopf hob, starr im Unterholz stehenblieb und ihm mit zusammengekniffenen Augen entgegenblickte, und als er mit schleppenden Schritten an ihm vorüberging, schien ihm, als habe der Fuchs ihn begrüßt mit einer leichten Neigung seines Kopfes. Dann sprang ihm ein Eichhörnchen keckernd in den Weg, so daß er stehen bleiben mußte. Es blieb wenige Augenblicke lang vor ihm sitzen, beäugte ihn mit schwarzperligem Blick und legte eine Haselnuß vor seine Füße, die harte Schale schon leicht angenagt, damit sie sich leichter knacken ließ. Wie einen Tribut, schien ihm, oder wie ein Gastgeschenk. Er hob die Nuß auf, brach die Schale auseinander, fingerte den Kern heraus und aß ihn, und ihm war, als hätte dieser Kern ihn völlig gesättigt. Da sprang das Eichhörnchen ihm auf die Schulter. »Fühl dich wie zu Hause bei uns« – so wenigstens verstand er sein freundliches Keckern. »Geh so weit du magst!«

Von da an sah er, daß immer mehr Tiere seitwärts seines Weges zwischen den Bäumen auftauchten, und er war nun fast schon überzeugt, daß sie allesamt ihn willkommen hießen in ihrem Bereich, ein Dachs schloff hervor aus dem Gebüsch, hob sein dreieckiges Gesicht zu ihm und knurrte etwas, das wie eine Begrüßung klang, eine Waldtaube flog eine Zeitlang gurrend über ihm von Zweig zu Zweig, und schließlich teilte ein gewaltiger Hirsch das Unterholz mit seinem vielsprossigen Geweih und blieb so dicht vor ihm stehen, daß er keinen Fuß mehr voransetzen konnte. Es waren hirschmäßige Laute, die tief aus seiner Brust hervorkollerten, aber er verstand jedes Wort: »Bleib einstweilen hier bei uns, bis das Grauen, das dir auf den Fersen folgt, sich allmählich zurückzieht jenseits der Wälder hinab in den Süden, aus dem du kommst. Wir werden dir dienen als einem Herrn des Waldes.«

Das war eine lange Rede für einen Hirsch, dachte er und war sich dabei durchaus nicht sicher, ob dieser nicht nur vor sich hin geschnobert hatte. Aber das schöne Tier beugte immerhin, als wolle es diese Worte durch eine entsprechende Geste unterstreichen, seinen Nacken zu einer Art von dienstbereiten Haltung, wandte sich dann um, ging ein paar Schritte zwischen den hohen Fichtenstämmen, blieb wieder stehen und blickte zurück, als wolle er ihn auffordern, ihm zu folgen. »Komm schon!« meinte er aus dem rülpsenden Geräusch herauszuhören, das aus der Kehle des Hirschs herausgrollte, und das wirkte auf ihn so überzeugend, daß er sich in Bewegung setzte, langsam Fuß vor Fuß auf dem knisternden und knackenden Waldboden, und dem Hirsch folgte.

Das Gehen bereitete ihm noch immer rechte Mühe; er nahm sich jeweils den nächsten Fichtenstamm zum Ziel, das er erreichen mußte, legte für einen Augenblick die Hand auf die schorfige Rinde und suchte mit dem Blick den nächsten, an dem der Hirsch schon vorübergegangen war. So kam er allmählich voran, erster Baum, zweiter Baum, dritter Baum, vierter – bis er mit dem Zählen durcheinanderkam und den Fichten keine Zahl mehr zuteilen konnte. Auf solche Weise gelangten sie, der Hirsch immer voran und er selbst auf dessen Spur, nach einer ungemessenen Zeit zu einer kleinen Lichtung, die vor einer hoch aufgetürmten Barriere aus übereinandergestürzten riesigen Granitblöcken endete, und darin gähnte ein breiter, sich nach oben verengender Spalt, die Mündung einer Höhle, wie sich alsbald herausstellte, und aus diesem Spalt plätscherte ein Bach hervor, rann seitwärts über blanke Kiesel einer Senke zu, wo er zwischen hohem Gras und wuchernden Stauden hinabtauchte, einem Tal zu.

Vor dieser Höhle blieb der Hirsch stehen, neigte noch einmal sein vom Geweih gekröntes Haupt, als wolle er dem Träumenden die Höhle als Wohnung zuweisen. »Da bleib einstweilen«, meinte dieser zu verstehen, als der Hirsch seine aus der Tiefe der breiten Brust heraufkollernden Kehllaute ausstieß und dann mit einem Satz im Unterholz verschwand.

Als Massimo sich später dieses Traumes entsann, war ihm, als habe er lange Zeit in dieser Höhle zugebracht, möglicherweise den ganzen Sommer. Er hatte noch das Gluckern des Bachs im Ohr, der auf der rechten Seite an der Felswand entlang hinaus ins Freie rann, während er selbst auf einem Lager aus federnden Fichtenzweigen und Moos etwas höher an der gegenüberliegenden Seite lag und beobachtete, wie es draußen allmählich heller wurde. Er hörte den Gesang der Vögel und den raschelnden Tritt größerer Waldtiere, die zum Bach kamen, um zu trinken.

Wenn dann draußen vor dem Eingang plötzlich der Hirsch stand, eine dunkle, bizarre Silhouette vor dem sich aufhellenden Morgendunst, wußte er, daß er aufstehen mußte, um den Hirsch auf seinem Gang durch den Wald und das hohe Gras auf den Lichtungen zu begleiten. Dieses gewaltige Tier war ein strenger Lehrmeister, der ihm zeigte, was hier in diesem Bereich zum Leben wichtig war, und auf seine lakonische Weise hie und da ein paar aus seiner Kehle emporkollernde Worte von sich gab, die eigentlich kaum zu verstehen waren und die er dennoch eindeutig verstand. Der Hirsch zeigte ihm, wo ein dürrer Baum umgestürzt war, dessen Holz sich für ein Feuer eignete, das sich mit Stahl und Stein entfachen ließ, die er auf einem Felssims in der Höhle vorfand; er führte ihn zu Lichtungen, auf denen er mit seinen scharfen Paarhufen Wurzeln und Knollen freischarrte, die man essen konnte; viele davon mußten allerdings erst weichgekocht werden in dem Blechkessel, der gleichfalls zum Inventar der Höhle gehörte. Es war in diesem Traum überhaupt so, daß Dinge, die sich als notwendig erwiesen, im gleichen Augenblick schon zur Hand waren, sobald sich herausstellte, daß sie gebraucht wurden.

Im übrigen lebte er während dieser Traumzeit mit den Tieren des Waldes, ging mit ihnen um wie mit seinesgleichen und kam nicht einmal auf den Gedanken, eines von ihnen zu jagen, um seinen vegetarischen Speiseplan anzureichern, den der Hirsch ihm vorgeschlagen hatte. Auch flüchtige Erinnerungsfetzen an eine Hasenjagd ermutigten ihn nicht dazu; denn als er sich ihres Ausgangs entsinnen wollte, stieß er auf eine unüberschreitbare Barriere, hinter der blankes Entsetzen lauerte. Zuweilen überfielen ihn auch flüchtige Bilder aus der Zeit seines Falkenflugs und an hastig gekröpfte Kleintiere, von denen er sich genährt hatte, doch die Vorstellung von roh verzehrten Wasserratten oder steif gefrorenen, samt dem Gefieder heruntergeschlungenen Vögeln weckte in ihm solchen Ekel, daß er sich weiterhin an das Grünzeug, die Wurzeln und Knollen hielt, die der Hirsch ihm gezeigt hatte. Allenfalls reicherte er seine Mahlzeit an mit Pilzen, später auch mit den ersten reifen Haselnüssen und Bucheckern.

Seine Streifzüge durch die Wälder weitete er gegen Ende dieses Traumsommers immer weiter aus, und irgendwann trat er dann aus dem Saum des Waldes heraus und blickte hinweg über begraste Hügel. In der Ferne sah er braunfleckige Kühe weiden, und auf einem Hügel nahe vor ihm entdeckte er ein zusammengestürztes Gemäuer, Reste einer Ringmauer und darin einen teilweise bis zur Höhe des Zinnenkranzes erhaltenen Turm. Er wußte, daß er schon einmal hiergewesen war, und während er noch versuchte, sich der Einzelheiten dieses Anblicks zu vergewissern, sah er den Falken rüttelnd über der Ruine stehen. Doch den wollte er nicht sehen, diesen mörderischen Greifvogel, der unversehens aus seiner Lauerposition herabstürzen konnte, um seine Fänge in blutendes Fleisch zu schlagen. Es war ihm, als sei er selbst es, der seine Krallen in die Wange eines Menschen schlug, sah das Blut hervorquellen und einen Augapfel aus seiner Höhle herauspendeln. Nein! schrie er lautlos. Dergleichen wollte er nicht sehen. Er wandte sich ab von diesem grausigen Anblick, lief wie gehetzt zurück in den Wald, jetzt schon viel schneller, wenn auch noch nicht leichtfüßig, eher so wie ein flüchtender Gefangener, den seine Fußfesseln an weiten Sprüngen hindern und der sich mühsam abplagen muß, um möglichst rasch den rettenden Schatten des Waldes zu erreichen; er lief und lief, daß ihm das Gestrüpp um die Ohren schlug, und mäßigte seine Schritte erst, als er seine Höhle vor sich sah, drängte sich durch die Spalte des Eingangs wie in eine schützende Burg, eine Rückkehr in den bewahrenden Mutterschoß der Erde, so kam es ihm vor, und lag dann lange Zeit schwer atmend ausgestreckt auf seiner steinernen Schlafbank.

Während er dort vor sich hin dämmerte in diesem schier endlosen, von Schrecken durchsetzten Traum, stiegen wieder einzelne Bilder aus seiner dumpfen Erinnerung vor seine Augen, wieder die zerfallene Burg auf dem Hügel, zu der er hinaufstieg auf einem schmalen Wiesenpfad, doch diesmal war er nicht allein unter dem weiten, blaßblauen Himmel, an dem schon wieder über dem geborstenen Turm der Falke stand und zu ihm herabspähte. Neben ihm ging ein Mädchen, das lautlos zu ihm sprach. So sehr er sich bemühte, ihre Worte zu verstehen oder wenigstens von ihren Lippen abzulesen, Worte, die sie so dringlich an ihn richtete und die doch nicht zu ihm durchdrangen, auch nicht, als er schließlich stehenblieb und das Mädchen sich vor ihn stellte und verzweifelt mit den Fäusten auf seine Brust einschlug. Was sie ihm dabei ins Gesicht schrie, blieb unhörbar, als sei er taub geworden. Schließlich wandte sie sich um, ließ ihn stehen und lief mit wehendem Rock den Weg zurück, dem Dorf zu, dessen Häuser sich weiter unten, wo der Weg ins flache Gelände hinauslief, um eine kleine Kirche zusammenduckten. Er blickte ihr nach, keiner Bewegung fähig, sah sie den Weg hinablaufen, immer kleiner werden und schließlich in einem der Häuser verschwinden wie eine Ameise im Nest. Dann wurde das Bild unscharf, verließ ihn, und er starrte wieder auf die über ihm schräg zu einem Giebel zusammengestürzten Granitblöcke, auf deren grobkörniger Fläche sich der schwache Widerschein seines Feuers in winzigen Kristallen spiegelte, bis die Flammen allmählich zusammensanken und nur noch einzelne Glutpunkte wie kleine, leuchtende Käfer über die verkohlten Holzstücke huschten.

Lange konnte er nicht einschlafen in seinem Traum, weil er noch immer über das Mädchen nachgrübelte. Jetzt, als er sie nicht mehr sah, wuchs in ihm die Sicherheit, daß er sie von früher her kannte, und schließlich fiel ihm ein Name ein, der zu dem Mädchen paßte: Lena. Das war Lena gewesen, die Schwester seines Schulfreundes, Lena, die er auf eine besondere Weise gemocht hatte.

Danach verstrich wieder einige Zeit, Tage oder Wochen, in denen er seinem nun schon gewohnten Rhythmus nachging wie ein Tier, nach dem Erwachen durch den Wald trottete, sich an den vertrauten Stellen Wurzeln ausgrub, Beeren pflückte oder Nüsse aufklaubte, die er an Ort und Stelle verzehrte, und am Abend, wenn die Dunkelheit schon in den Baumwipfeln hing, in die Höhle kroch. Manchmal stiegen dann wieder Bilder auf, und er wußte nicht, ob dies Erinnerungen an ein früheres Leben waren oder Ängste, die sich zu Szenarien konkretisierten, in deren Handlungsablauf er selbst eine Rolle spielte.

Diesmal erschien der Hirsch. Er kam am Morgen, schob seinen Kopf – soweit sein ausladendes Geweih dies erlaubte – in den Höhleneingang und sagte mit seiner tiefen, kehligen Stimme: »Steh auf! Lena heiratet heute. Du mußt ihr ein Geschenk bringen.«

»Wieso ich?« fragte der träumende Falkenmann. Frierend stand er auf und sah, daß der Hirsch draußen in bereiftem Gras stand. Über Nacht war der Winter gekommen. Die Nachricht, die ihm der Hirsch überbracht hatte, bereitete ihm einen dumpfen Schmerz. Lena – das war doch das Mädchen, das neben ihm gegangen war auf dem Weg hinauf zur Burgruine, das Mädchen, dessen Worte er nicht hatte verstehen können und das schließlich weggelaufen war. Er wollte nicht, daß diese Lena irgend jemanden heiratete. »Wieso ich?« sagte er noch einmal, weil der Hirsch bisher geschwiegen hatte.

»Weil du derzeit der Herr des Waldes bist«, sagte dieser mit einem angedeuteten Neigen des Kopfes, wobei sein Geweih an den Granitfelsen hängenblieb und ihn daran hinderte, seine höfliche Verbeugung bis zur üblichen Tiefe auszuführen.

»Bin ich das wirklich?« fragte der Falkenmann. »Davon habe

ich bisher nichts gemerkt – von deinen mir anfangs geleisteten Diensten abgesehen.«

»Das war nötig, damit du dich hier zurechtfindest«, sagte der Hirsch. »Aber der Herr des Waldes warst du schon damals.«

»Das versteh ich nicht«, sagte der Falkenmann. »Ich habe hier gelebt wie einer von euch. Nie habe ich irgendeine Herrschaft ausgeübt.«

»Muß man das?« fragte der Hirsch. »Eine Herrschaft hat man, ohne daß man sie erst noch ausüben muß. Vielleicht ist das bei euresgleichen so, aber für uns hier im Wald genügt es, daß der Herr unter uns lebt, ohne unser gewohntes Verhalten zu stören.«

»Wozu nennt ihr mich dann den Herrn des Waldes?« sagte der Falkenmann. »Was hab ich davon?«

»Pflichten«, sagte der Hirsch. »Zum Beispiel, daß du Lena ein Hochzeitsgeschenk überbringst.«

»Das tue ich ungern«, sagte der Falkenmann.

»Warum?« fragte der Hirsch. »Magst du Lena nicht?«

»Im Gegenteil«, sagte der Falkenmann. »Ich mag sie zu sehr, als daß ich sie einem anderen gönnen könnte. Nun hat sich Lena von mir abgewandt, weil ich so lange in der Fremde gelebt habe, und sie gehört einem anderen Mann. Soll mich das nicht traurig machen?«

Der Hirsch versuchte seinen Kopf zu schütteln, was ihm wegen seines eingeklemmten Geweihs nur andeutungsweise gelang. »Könnte es nicht sein«, sagte er, »daß sie nun ihr Glück gefunden hat? Meine Hindin folgt mir deshalb, weil sie meinen Geruch mag. Ist das bei euch anders?«

»Komplizierter«, sagte der Falkenmann. »Unsere Wünsche gehen hinaus über das, was ist. Es könnte sein, daß ich den Mann, den sie jetzt gewählt hat, für den falschen halte.«

»Was soll an ihm falsch sein?« fragte der Hirsch. »Sie würde seine Falschheit riechen.«

»Vielleicht ist er falsch für sie«, sagte der Falkenmann. »Vielleicht hat sie noch nicht erkannt, daß er nicht gut sein wird für ihr Leben.«

»Und das weißt du natürlich ganz genau!« sagte der Hirsch ärgerlich. »Du kennst ihre Bedürfnisse wohl besser als sie selbst?«

Der Falkenmann bedachte sich eine Weile und sagte dann: »Mit dir kann ich nicht streiten. Du siehst all das so einfach, wie ich es nicht betrachten kann. Was soll ich ihr also als Geschenk bringen?«

»Bring ihr den Kristall, der tief hinten am Ende deiner Höhle aus dem Gestein gewachsen ist. Sie soll sich an seinem violetten Schimmer freuen und er soll sie vor Bösem bewahren.«

»Wann soll ich ihr den Stein bringen?« fragte der Falkenmann.

»Jetzt gleich«, sagte der Hirsch. »Sobald du den Kristall geholt hast. Die Hochzeit ist morgen, und das Geschenk bringt man am Abend zuvor.«

»Du weißt also schon länger, daß morgen geheiratet werden soll«, sagte der Falkenmann erbittert. »Warum hast du mir das nicht früher gesagt?«

»Damit du dir Ausreden überlegen kannst?« sagte der Hirsch. »Jetzt ist beizeiten. Warum hätte ich dich früher beunruhigen sollen?«

»Ha!« rief der Falkenmann. »Du hast also gewußt, daß mich diese Nachricht beunruhigen wird!«

»Sicher«, sagte der Hirsch. »Es heißt ja, ihr seid schon als Kinder miteinander gegangen. Jetzt hole endlich den Stein, damit wir uns auf den Weg machen können.«

Da wendete sich der Falkenmann endlich ab von seinem Gesprächspartner, fachte die über Nacht fast erstorbene Glut seines Feuers an, entzündete einen Span und leuchtete sich den Weg in die Tiefe der Höhle, zu der er bisher noch nie vorgedrungen war. Der Gang wurde immer enger und niedriger, schließlich mußte er sich auf die Knie hinunterlassen und vorankriechen, bis er sich kaum noch bewegen konnte. Da endlich sah er den fingerlangen, am oberen Ende zu einer sechsteiligen Pyramide zugespitzten Kristall im Licht des Spans aufblitzen. Er war aus einem Rasen kleinerer, grünlich von Chlorid überstäubter Kristalle emporgewachsen und schimmerte in dunklem Violett, das sich nach der Basis zu aufhellte. Als er ihn mit der freien Hand ergriff, merkte er, daß er locker auf dem Untergrund aufsaß und sich leicht abnehmen ließ. Er steckte ihn in die Tasche seines wollenen Kittels und kroch rückwärts zurück wie ein Krebs, der seine

Beute in Sicherheit bringt. Als der Raum wieder hoch genug war, daß er sich aufrichten konnte, trat er mit wenigen Schritten hinaus auf den Vorplatz und blieb erstaunt stehen: Dort wartete nicht nur der Hirsch, der ihn so beiläufig mit seinem Amt bekannt gemacht hatte, sondern ein ganzes Rudel von Hirschen und Hirschkühen, dazu auch eine Gruppe von Rehen sowie Hasen, Dachse, Füchse, Marder, Wiesel und sonstiges Getier, das im Wald lebt, und auch sehr viel mehr Vögel als gewöhnlich schienen an diesem Morgen im Geäst der Bäume zu sitzen. »Sollen die allesamt mit uns kommen?« fragt er.

»Warum nicht?« sagte der Hirsch. »Du wirst dich auf meinen Rücken setzen, damit du sichtbar als der Herr des Waldes vor Lenas Haus auftreten kannst, und alle Tiere werden uns dorthin folgen. Hast du den Stein? Ja? Dann steig auf, damit die Sache in Gang kommt.«

Da bestieg der Herr des Waldes sein Reittier, und alle Tiere folgten ihm wie eine Schafherde, während die Menge der Vögel den Himmel verdunkelte. So zogen sie durch den Wald, und als sie die letzten Bäume hinter sich gelassen hatten, ritt der Herr des Waldes auf seinem Hirsch die Feldwege hinab, während die Tiere zu beiden Seiten über die Wiesen trabten, bis sie zum Dorf kamen. Dort sammelten sie sich auf der Straße und folgten dem Herrn des Waldes ohne jede Scheu vorüber an den Häusern und Hofmauern, während die Bewohner sich aus den Fenstern beugten und bestürzt diesen seltsamen Zug verfolgten, bis er vor Lenas Haus angekommen war.

Dort hielt der Herr des Waldes seinen Hirsch an und rief laut: »Lena! Lena! Komm heraus! Dein Geschenk wartet auf dich!«

Gleich darauf tat sich das Tor auf, und Lena trat heraus. Sie lächelte als sie den Freund ihrer Kindheit als Herrn des Waldes auf dem Hirsch reiten sah, und wunderte sich, daß ihm alle Tiere auf solch einträchtige Weise gefolgt waren. Während er noch den sperrigen Kristall aus seiner Tasche hervorkramen wollte, blickte er an dem Haus hinauf und sah oben einen Mann, der aus dem offenen Fenster auf ihn herabschaute, und dieser Mann öffnete seinen Mund und lachte ihn aus, wie er dort unten auf dem Hirsch saß. Der Herr des Waldes begriff, daß dies der Bräutigam war, und wie eine Flammenlohe kam über ihn der Haß auf das Gesicht dieses Mannes, der dort oben am Fenster stand und ihn auslachte wie einen, der das Spiel verloren hat. Da packte der Herr des Waldes in seiner Wut mit der Rechten eine Geweihstange seines Hirschs, riß sie ab, holte zum Schwung aus, schleuderte sie hinauf zu dem grinsenden Mann und traf ihn mit solcher Gewalt mitten auf die Stirn, daß der Lacher hintenüber ins Dunkel des Zimmers kippte. Gleich danach holte er den Kristall aus der Tasche und warf ihn zwischen die vom Frost schon geschwärzten Blumen hinter dem Zaun des Vorgartens. Dann wendete er seinen Hirsch, spornte ihn mit den Fersen zur Flucht und blickte nicht mehr zurück.

Die Dorfbewohner, die inzwischen aus ihren Häusern gekommen waren, um das Spektakel zu beobachten, drückten sich verschreckt an die Mauern, als die wilde Jagd an ihnen vorübertobte.

Unter den Bäumen verliefen sich die vielen Tiere bald, und als der Herr des Waldes seinen Hirsch vor der Höhle anhielt, war er mit ihm allein. »Du hast vergessen, dein Geschenk zu überreichen«, sagte der Hirsch vorwurfsvoll.

»Es war nicht die richtige Stunde«, sagte der Herr des Waldes. »Außerdem hab ich es immerhin dort gelassen und noch etwas anderes dazu.«

»Ja«, sagte der Hirsch böse. »Meine Geweihstange. Jetzt brich mir wenigstens auch noch die andere ab, damit ich meinen Kopf wieder geradehalten kann. Dieser Tage hätte ich beide ohnehin abstoßen müssen.«

Das tat der Hirschreiter dann auch und warf die sprossenreiche Stange mit solcher Gewalt in die Büsche, als müsse er diesen Bräutigam noch einmal treffen.

❋❋❋

»Was bist du für ein unruhiger Schläfer, Max!« sagte die Alte. »Schlägst um dich, als wolltest du alles mögliche sonstwohin schmeißen.«

Als er die Augen öffnete, sah er sie vor seinem Lager stehen. *Max* hatte sie ihn genannt. Eine Zeitlang konnte er sich nicht zurechtfinden und meinte, noch in der Höhle zu liegen, von der er geträumt hatte. Aber das Bett, auf dem er jetzt lag, war doch – wenn auch nicht allzuviel – weicher, und es gab in dieser Stube einen aus groben Wackersteinen aufgerichteten Herd zum Kochen, auf dem über dem Feuer ein Kessel summte, und auch ein Tisch stand da mit zwei Hockern davor, deren Sitze aus Binsen geflochten waren.

»Wo bin ich hier?« fragte er, wie schon so viele gefragt hatten, die nach langer Ohnmacht in einem fremden Zimmer erwacht waren. *Zimmer* war eigentlich schon zu hoch gegriffen. Der Innenraum einer Holzfällerhütte mochte so aussehen. Aber da war auch noch die alte Frau, und als er sie genauer betrachtete, wurde ihm bewußt, daß er ihr schon früher begegnet war – nicht bei seiner Ankunft im Wald; denn die war dermaßen in seinen Traum verflochten, daß er auch die vage Erinnerung an seinen endlosen Vogelflug und an seine Auffindung im verschneiten Fichtengeäst dazuzählte –, sondern viel früher. Damals, als die Leute ihn Max genannt hatten. »Ich kenne dich doch«, sagte er langsam und suchte nach einem Namen. Nach eine Weile fand er ihn ganz zuunterst in einem Versteck seines Gedächtnisses.

»Du bist doch die Trudl«, sagte er, »das Waldweibl, wie die Leute hier sagen. Ich hab dich bei der Burgruine getroffen, vor vielen Jahren. Aber ich wußte damals nicht, wo du haust.«

»Jetzt weißt du's«, sagte die Alte. »Eh ein Wunder, daß du noch am Leben warst, als ich dich gefunden hab.«

»Bin ich schon lange hier?« fragte er.

»Als ich dich aufgeklaubt hab, gab's den ersten Schnee«, sagte die Alte, »und jetzt taut's im Wald, daß es von den Bäumen tropft. Bald werden die ersten Huflattichblüten aus dem Boden treiben. Was ist mit dir geschehen, daß du so elend dahergeflattert bist?«

»Das weißt du doch eh«, sagte er, »und ich mag nicht dran denken. Du hast mir früher einmal eine Geschichte erzählt von einem Zauberer, der die drei Söhne eines Königs erzog, die er wie seine eigenen Söhne liebte und sie dann in einer blutigen Schlacht verlor. Woher hast du gewußt, daß mir etwas Ähnliches widerfahren wird? Ich hasse diese Welt, in der so etwas geschehen kann.«

»Dann hör auf damit, dieses Spiel mitzuspielen!« sagte die Alte. »Ich muß dich wohl noch eine Weile durch die Wälder traben lassen, damit du begreifst.«

»Was denn?« sagte er aufsässig. »Daß im Wald der Fuchs den Hasen reißt, das Wiesel die Maus, und daß die Natter den Frosch verschlingt?«

»Nein«, sagte die Trudl, »das meine ich nicht; denn die tun das allesamt nicht im Zorn, sondern weil sie Hunger haben. Und wenn zwei Hirsche um die Herde kämpfen, läßt der Stärkere den Unterlegenen ziehen, ohne ihm noch etwas anzutun.«

»Du redest wie der Hirsch in meinem Traum«, sagte er. »Ich bin aber kein Hirsch, sondern ein Mensch.«

»Ja«, sagte die Trudl und lachte kurz auf, »das ist ja das Problem. Wenn du etwas nicht begreifst oder dir etwas gegen den Strich geht, unternimmst du keinen Versuch, es zu verstehen, sondern wirst zornig, eigentlich auf dich selber und dein Unvermögen, und schmeißt mit Sachen herum, die gerade zur Hand sind und jemanden treffen könnten.«

»Woher weißt du das?« fragte er und spürte schon wieder den Zorn in sich aufsteigen, weil er wußte, daß sie recht hatte.

»Schau mich nicht so bös an!« sagte sie kopfschüttelnd über soviel Unverstand. »Schließlich hab ich dir dein Leben gerettet. Außerdem solltest du seit damals wissen, daß ich ein bißchen mehr verstehe als andere Leute, so etwa Träume sehen, die einer neben mir träumt. Also mach kein großes Theater, du Herr des Waldes, sondern lauf noch eine Weile in deinem Reich umher und versuche in dieser kleinen Welt zurechtzukommen. Du selbst bist ja gar nicht so wichtig, wie du meinst. Bisher ist dir alles zugeflogen, was du haben wolltest, und wer dir dabei aus den Augen geriet, den hast du rasch vergessen.« Sie machte eine Pause und sagte dann noch. »Damals ist Lena noch oft heraufgekommen zur Burg, ist dort am Gemäuer gesessen und hat hinaufgeblickt zum Himmel, wo unter den ziehenden Wolken der Falke stand. Geschrieben hast du ihr wohl nie?«

Nein, das hatte er nicht. »Frag mich nicht Sachen, die du eh weißt«, sagte er ärgerlich. »Ich geh wieder in den Wald. Nachdem ich dort im Traum soviel herumgelaufen bin, weiß ich wenigstens unter den Bäumen ein bißchen Bescheid.«

Damit verließ er die Hütte und stapfte hinaus unter die hohen Fichten, wo ihm zur Begrüßung gleich von einem hochschwippenden Zweig ein handtuchgroßer Fetzen von nassem Altschnee ins Genick klatschte, den ein Eichhörnchen losgetreten hatte, das nun keckernd höher hinauf zum Wipfel turnte.

Der blanke Spott! dachte er, drohte dem eiligen Tier mit der Faust und versuchte sein schlechtes Gewissen im Zorn zu ersäufen, doch das wollte ihm nicht recht gelingen. Die Alte hat ja recht, dachte er, und als sollte das von der Natur bestätigt werden, entdeckte er am Rande des Pfades die ersten Blütenstengel des Huflattich, die wie schuppiger Spargel zwischen verrotteten Nadeln und Laub aufsprossen. Bei einigen öffnete sich schon am oberen Ende die zierliche gelbe Blütenkrone. Die Märzsonne, die zwischen den Bäumen aufstieg, wärmte ein wenig und ließ die letzten Schneehaufen zusammensacken.

Eine Woche später war der restliche Schnee dann schon geschmolzen und im Boden versickert. Aus den strähnigen, unter dem Frost erschlafften fahlgelben Grasbüscheln schossen erste hellgrüne Halme auf. Max schlenderte an dem Bach entlang, der zwischen Buschwerk und kleinen Rasenflächen in weiten Windungen dahinplätscherte, jetzt schon rascher und gefüllter als noch vor wenigen Tagen, an denen noch dünne Eisplatten in den Ufergräsern gehangen waren. Wo das Schmelzwasser in einem weiten Kolk sich sammelte, kniete Max an den grasigen Rand und schöpfte sich in der Schale beider Hände etwas zum Trinken. Als die Oberfläche sich wieder beruhigt hatte, sah er in der Strömung das wabernde Abbild eines Gesichts, das aus der Tiefe zu ihm heraufschaute, den zottligen dunklen Bart um Kinn und Lippen, das wirre, weit herabhängende Haar, die tiefliegenden dunklen Augen über den schmalen, abgemagerten Wangen. Er hielt diese Erscheinung zunächst für einen düsteren Wassernöck, der ihn zornig ob der Störung durch die eingetauchten Hände aus seinem Element anstarrte, bis ihm klar wurde, daß dies sein eigenes Gesicht war, das Gesicht des verwilderten Waldgängers, der er war. Er fragte sich, wie sein Gesicht früher ausgesehen haben mochte, aber er konnte sich nicht daran erinnern. Irgendwann hatte es wohl einen gegeben mit glattem Gesicht und frisiertem, kürzer geschnittenen Haar, der nicht diese grobe Wollkotze trug, sondern feinere Kleider. Aber wie der ausgesehen hatte, wußte er nicht mehr.

»Suchst du jemanden dort unten im Wasser?« fragte eine knödelige Stimme. Als Max sich im Knien aufrichtete und umdrehte, sah er den Hirsch hinter sich stehen.

»Nur mich selber«, sagte Max unwirsch und richtete sich auf. »Mich selber, wie ich einmal war.«

»Mach dich lieber mit dem vertraut, der du jetzt bist«, sagte der Hirsch. »Du lebst hier und jetzt. Die Sonne steigt täglich höher, und schon wächst frisches Gras.«

»Ich fresse kein Gras«, sagte Max. Dennoch spürte er etwas von der Ordnung dieser Wald-Welt, in der er sich bewegte, sah im Weitergehen, wie die hellgrüne Staude der Nieswurz aus einem abgeholzten Hang brach und sich anschickte, ihre grünlich-weißen Blüten zu öffnen, entsann sich sogar – ohne zu wissen woher –, daß dies ein giftiges Kraut war, ein Hexenkraut, von dem er sich besser fernhielt, unbrauchbar als Frühlingsgemüse.

Während der nachfolgenden Tage entdeckte er, daß er überhaupt eine Menge wußte über die Wälder, in denen er sich bewegte. Irgendwann früher einmal war er hiergewesen, daran erinnerte er sich immer deutlicher, und diese Lena gab es nicht nur in seinem Traum, sondern hatte es damals wirklich gegeben. Auch die Alte wußte ja von ihr. Es gab sogar manche Stellen, an denen er schon einmal gestanden war, allein oder mit dem Mädchen. Auch einen Bruder von Lena hatte es gegeben, der mit ihm durch diese Wälder gestreift war. All das stieg nach und nach aus dem Vergessen auf, Bilder einer vergangenen Wirklichkeit, Tag für Tag mehr, während im Wald schon die Buschwindröschen den dunklen Boden mit ihren weißen Blüten aufhellten und die anfangs roten Blüten des Lungenkrauts sich allmählich zu einem bräunlichen Violett verfärbten.

Es dauerte noch Wochen, bis er sich traute, die Grenze des Waldes zu überschreiten. Bei Tag wagte er das schon gar nicht, aber wenn es am Abend dunkel wurde, schob er sich an das Gebüsch heran, das den Hochwald von den Weidewiesen trennte, lugte hinaus in das weite, hügelige Land und spähte hinunter zum Dorf, wo hinter den Fenstern der Bauernhäuser die ersten Lichter aufgingen wie irdische Sterne. Irgendwann trat er dann heraus aus dem Schutz der Sträucher und ging vorsichtig ein Stück Wegs auf einem ausgetretenen Pfad am Waldrand entlang. Als er einen Schlehbusch umrundete, der im Schimmer seiner weißen Blüten etwas vorgerückt in der Wiese stand, traf er unversehens auf eine Frau, die in der aufsteigenden Nacht Gott weiß was hier oben gesucht oder sich beim Holzklauben verspätet hatte. Mit einem Aufschrei blieb sie auf der Stelle stehen und starrte ihn an, das Weiße ihrer Augen hob sich wie helles Porzellan auf ihrem dunklen Gesicht hervor. Dann warf sie ihm ihr Bündel dürrer Äste vor die Füße und rannte wie ein gehetzter Hase quer über die Wiese hinab auf das Dorf zu.

Max wollte ihr ein paar beruhigende Worte nachrufen, doch das ließ er dann lieber sein, um die Frau nicht noch mehr zu erschrecken. Das bin ich nun geworden, dachte er, ein Schreckgespenst, ein Wiedergänger im Nachtwald, vor dem die Weiber davonlaufen.

Dennoch wurde er, sobald die Abenddämmerung dunkel hinter den Stämmen der Fichten aufstieg, immer wieder zu dieser geradezu magischen Grenze zwischen dem schützenden Schatten des Waldes und dem offenen Feld hingezogen und wagte sich, sobald er meinte, daß die Nacht ihn hinreichend verbarg, allmählich weiter hinaus auf das Dorf zu und endlich sogar, wenn alle Lichter hinter den Fenstern der Häuser verlöscht waren, in die Gassen, durch die er als Heranwachsender oft gegangen war, manchmal allein, oft aber auch mit seinem Freund Leo, der ihn aus der Klosterschule mitgenommen hatte in das Haus seiner Eltern, wo er dann Lena begegnet war.

Als er eines Nachts wieder einmal zwischen den Zäunen sich hineinschlich auf das Haus zu, in dessen Dachstube er oft geschlafen hatte, hörte er von der Kirche her die Orgel. Offenbar probierte der Lehrer so spät am Abend ein Stück, das er am Sonntag spielen wollte. Ob heute Samstag war? Er hatte keine Ahnung vom Stand des Kalenders, allenfalls von der Jahreszeit, die sich am Heraustreiben, Sich-Öffnen und Verwelken von Blumen und Laub ablesen ließ. Er pirschte sich im Schatten der Häuser und Obstbäume in den Vorgärten an die kleine Kirche heran und hörte nun genauer, wie der Organist ein Stück spielte, das er kannte, eine Toccata, die er noch unter der Aufsicht des Paters im Kloster eingeübt hatte. Während er im Gebüsch neben der Kirche hockte und zuhörte, überkam ihn die Erinnerung an die Zeit seiner Jugend nun vollends, und er sah sich selbst wieder an der Orgel sitzen und während des Spielens hinüberschauen zu Lena, die ihn mit ihren dunklen Augen anblickte, und dieses Erinnerungsbild überwältigte ihn dermaßen, daß ihm die Tränen in die Augen traten und über die bärtigen Wangen liefen, Tränen der Trauer über die vergangene und verlorene Zeit jener bukolischen Tage im Dorf, und er nahm nun auch den schweren Geruch der Kühe wahr und den Duft des Heus, obgleich das Gras eben erst heranwuchs und die Wiesen überhaupt noch nicht blühten.

Erst als der Organist aufhörte zu spielen, wurde Max aus dieser elegischen Stimmung herausgerissen und wurde sich seiner konkreten Umgebung wieder bewußt: der im Dunkel hingehockten Häuser des Dorfs, der Bäume auf dem Obstanger, deren Blüten als helle Wolken über dem dunklen Untergrund schwebten. Dann hörte er in der Kirche drinnen die Schritte des Lehrers, der die Treppe von der Empore herunterstapfte, die Tür öffnete, hinter sich zudrückte und abschloß. Er steckte den schweren Schlüssel nicht in die Tasche, sondern verbarg ihn seitlich der Tür unter einem losen Mauerstein, richtete sich dann ächzend auf und ging hinüber zu seinem Wohnhaus neben der Schule. Er war noch nicht zu Hause, als Max schon den festen Entschluß gefaßt hatte, bei nächster Gelegenheit zu erproben, ob er noch fähig sei, auf der Orgel zu spielen. Wo der Kirchenschlüssel zu finden war, wußte er ja.

So gewann Max allmählich seine Erinnerung zurück, wanderte umher an dieser Stätte seiner Jugend wie ein unsteter Nachtmahr – fast schon ein Gespenst, dem es nicht gelingen will, sich von den Wegen seines irdischen Daseins zu lösen –, während er sich bei Tag ins Dunkel des Waldes zurückzog oder in der Wohnhöhle der Trudl hauste. Sie sprach nicht viel mit ihm zu dieser Zeit, beobachtete ihn nur und wußte wohl auch, wohin es ihn des Nachts zog. »Du treibst dich herum wie ein Schuldner, der nicht mehr weiß, was er zu bezahlen hat«, sagte sie einmal, ohne näher zu erklären, was sie damit meinte, und Max verspürte wenig Lust, dem nachzufragen.

Eines Nachts – es war nach den Schlägen der Kirchturmuhr schon längst zwölf vorüber – wagte er dann endlich, den schon lange gefaßten Entschluß in die Tat umzusetzen. Es war eine finstere, mondlose Nacht, als er sich hinschlich zur Kirchentür, den großen Schlüssel unter dem lockeren Stein hervorklaubte, leise aufschloß, den Schlüssel wieder abzog und dann mit sorgsam aufgesetzten Tritten die knarrende Stiege zur Orgelempore hinaufklomm. Oben war es so dunkel, daß er sich zurechttasten mußte, um den Weg zum Spieltisch zu finden, aber er entsann sich doch noch hinreichend der Gegebenheiten auf der Empore. Einmal stieß er einen Stuhl an, der polternd umfiel. Für Minuten blieb er reglos unter dem vom Gewölbe zurückgeworfen Nachhall stehen und lauschte, bis er sicher war, daß niemand kam, um die Ursache des Lärms zu ergründen.

Endlich berührten seine Hände den Spieltisch. Er schob sich auf die Orgelbank, öffnete den Deckel über der Tastatur und legte den Schalter für die elektrische Bedienung des Blasebalgs um, der sich sofort mit leisem Schnaufen zu bewegen begann, als fange das Instrument an zu atmen. Zugleich leuchtete damit ein pfenniggroßes rotes Licht auf, in dessen schwachen Schein die Registerknöpfe zu erahnen waren. Er zog nur die Flöte, denn die war das stillste Register. Dann saß er eine Weile und blickte auf die kaum wahrnehmbaren Tasten, doch seine Finger spürten schon die Glätte der von zahllosen Zugriffen abgewetzten Hölzer. F-Dur, die Hände lagen schon bereit für ein Stück im sanften Hirtenton der Flöten. Noten brauchte er nicht dazu, denn die Klänge waren schon vorhanden in seiner Vorstellung, ausgehend von irgendeiner italienischen Pastorale, deren Sechsachteltakt seine Finger bereits folgten, doch bald gingen sie schon ihrer eigenen Wege, die von dem einstmals eingelernten Stück hinwegführten in andere Bereiche und düstere Farben in die bukolische Lieblichkeit der Hirtenmusik mischten, als überziehe sich ein sanftblauer Himmel unversehens mit herantreibendem Gewölk, der Vorhut eines Gewitters, das, als die bis zum Übermaß übereinandergeschichteten Dissonanzen den Gipfel des Unerträglichen erreicht haben, mit aller Gewalt losbricht unter Zuhilfenahme sämtlicher Register, die der nächtliche Spieler nach und nach hinzugenommen hat. Erst als ihm diese gewaltige Klangfülle schmerzhaft in den Ohren dröhnt, wird ihm bewußt, daß er womöglich das ganze Dorf aufgeweckt hat mit dieser Musik. Da läßt er mitten in einer Phrase die Hände von den Tasten, sitzt wie gelähmt am Spieltisch und lauscht dem Nachhall, der unglaublich lange im Gewölbe des Schiffs hängt – oder auch nur in seinem Gehör oder den Windungen seines Gehirns nachschwingt, bis die Stille der Nacht hereindringt und schließlich alles zum Schweigen gebracht hat.

»Bist du das, Max?« sagte eine Stimme. Das war schon eine ganze Weile später. Max war die ganze Zeit über auf der Orgelbank gesessen und hatte bewegungslos vor sich hin auf die Tastatur geblickt, noch im nachhinein voller Verwunderung, daß seine Finger fähig gewesen waren, seinen Klangvorstellungen zu folgen. Erst jetzt drehte er den Kopf zur Seite und sah im Dunkeln jemanden auf der Empore stehen, dort, wo die Treppe heraufführte, eher ein vager Schatten als eine erkennbare Figur. Die Stimme klang tiefer als zu der Zeit, in der er sie zum letzten Mal gehört hatte und doch erkannte er sie sofort wieder. Offenbar gibt es Schwingungen, die unverwechselbar einer bestimmten Person zugehören.

»Leo?« sagte er.

Da kam der Freund zu ihm herüber, und erst jetzt im rötlichen Schimmer des knopfgroßen Gebläselichts erblickte Leo den wüst verzottelten bärtigen Kopf. »Max?« sagte er noch einmal. »Bist das wirklich du? Aber ein anderer kann nicht so spielen.«

»Ich wundere mich selber, daß ich's noch kann«, sagte Max.

Leo setzte sich zu ihm auf die Orgelbank und versuchte das

vertraute Gesicht unter der zotteligen Behaarung wiederzufinden. »Was ist mit dir passiert?« fragte er.

»Das läßt sich so schnell nicht erzählen«, sagte Max. »Ich bin eben dabei, mich selbst wiederzufinden.«

»Kommst du mit hinüber zu uns?« fragte Leo.

Max antwortete nicht sofort und schüttelte dann den Kopf. »Ich will niemanden erschrecken«, sagte er mit einem schiefen Grinsen. »Laß mir noch ein bißchen Zeit.« Eigentlich hatte er nach Lena fragen wollen, aber dann wagte er das doch nicht.

Leo schwieg eine Zeitlang und schaute ihn an. »Laß dir ruhig Zeit«, sagte er dann und etwas später: »Die Leute reden darüber, daß oben im Wald, wo die Trudl ihren Unterschlupf hat, eine Art Waldschrat nächtens sein Wesen treibt. Bist du das gewesen?«

»Mag schon sein«, sagte Max. »Sie hat mich im Winter aufgelesen, sonst wäre ich wohl erfroren.«

»Brauchst du etwas?« fragte Leo. »Ich meine zu Essen oder Kleider? Ich würde dir's hinaufbringen. Wo die Trudl haust, weiß ich.«

»Tust du dich nicht mehr fürchten vor der Alten?« fragte Max und versuchte zu lachen. »Ist aber nicht nötig, daß du dich hinaufbemühst. Ich glaube, die Trudl würde das eh nicht mögen. Irgendwann, wahrscheinlich schon bald, werde ich nachts bei euch anklopfen. Dann hab ich ein Bad nötig, brauch Rasierzeug, eine Schere zum Haarabschneiden und auch etwas zum Anziehen. Du wohnst doch noch in eurem Haus?«

»Ja«, sagte Leo. »Auch die Mutter ist noch da.« Mehr sagte er nicht, kein Wort über den Vater und nichts über Lena, aber das klang so, als wohne sie nicht mehr dort. Er hatte Angst, nach ihr zu fragen. »Dein Vater?« fragte er nur noch.

»Ist vor drei Jahren gestorben«, sagte Leo. »Ich mach jetzt die ganze Arbeit.«

Max hörte sich noch eine Weile an, wie Leo von seinen Plänen mit dem Hof berichtete. Er wußte darauf wenig zu antworten und sagte schließlich: »Ich mach mich jetzt wieder auf den Weg. Gute Nacht, Leo! Danke, daß du gekommen bist.« Er hielt ihm seine Hand hin und spürte die kräftigen, schwieligen Finger. Dann schob er sich von der Orgelbank und stieg vor dem Freund die Treppe hinunter. »Sperrst du die Tür ab?« sagte er noch und zeigte Leo den lockeren Mauerstein, unter dem der Schlüssel zu liegen kam.

Seit dieser Nacht wurde Max noch unruhiger als bisher. Die Alte merkte das und sagte eines Tages: »Mit dir ist es ja nicht mehr auszuhalten. Mach, daß du wieder unter die Leute kommst!«

Als hätte er nur auf diese Anweisung gewartet, verließ Max Trudls Wohnhöhle, sobald es draußen hinreichend dunkel geworden war, streifte noch einmal, um sich zu verabschieden, durch den Hochwald, traf aber kein Tier. Die Vögel waren verstummt, nicht einmal ein Häher meldete mit seinem Krächzen, daß jemand durchs Unterholz schlich, und auch der Hirsch ließ sich nicht sehen. Max überkam das Gefühl, daß er seit den Worten der Alten schon nicht mehr hierhergehörte. Als der letzte helle Schimmer im Westen vergangen war, trat er hinaus auf die Wiese, trottete langsam über die Feldwege hinunter zum Dorf, hielt sich zwischen den Häusern im Schatten, um kein Aufsehen zu erregen, und gelangte so zu Leos Hof, ohne daß ihm jemand begegnet war.

Es war gut, daß Leo seine Mutter hinreichend auf diesen Besuch vorbereitet hatte, sonst hätte sie, als sie auf sein Klopfen hin öffnete, ihm wohl die Tür vor der Nase zugeschlagen. Sie erschrak dennoch und brachte zunächst kein Begrüßungswort über die Lippen, während sie in dem schwachen, aus der Diele herausfallenden Licht vergeblich versuchte, diese in einen zerschlissenen Lodenumhang gehüllte Gestalt, das von strähnig verfilztem Haar umzottelte bärtige Gesicht mit dem glatthäutigen Jungen in Einklang zu bringen, an den sie sich gut erinnern konnte.

»Ich bin wirklich der Max«, sagte er, als er ihre Verwirrung bemerkte. »Darf ich hereinkommen?«

Da faßte sie sich endlich. »Natürlich«, sagte sie und zog den Türflügel weit auf. »Komm herein!« und als er eingetreten war und die Tür hinter sich ins Schloß gedrückt hatte, schaute sie ihn im Licht des Vorraums noch einmal aufmerksam an und sagte dann kopfschüttelnd: »Leo hat mich ja auf deinen Zustand vorbereitet. Aber daß du so ausschaust …«

Max grinste verlegen und sagte: »Ich komm ja in der Hoffnung, daß sich dem abhelfen läßt.«

»Willst du nicht erst einmal etwas zu essen oder zu trinken?« fragte sie. »Das wär doch das mindeste ...«

»Nein!« unterbrach er sie. »Wenn's dir recht ist, zuerst ein Bad. Ich stinke wie ein Iltis, und es graust mir nun schon vor mir selber. Außerdem eine gründliche Rasur, damit mir der Zottelbart nicht in die Suppe hängt.«

In dieser Reihenfolge geschah das alles dann auch, und Leos Mutter war keineswegs so prüde, daß sie den Waldschrat nicht persönlich mit der Wurzelbürste abgeschrubbt hätte, bis er von oben bis unten krebsrot aufgerieben war. Sie half ihm auch noch beim Abtrocknen und legte ihm Unterwäsche Hemd und Hose bereit. Die Sachen gehörten zwar Leo und waren für den eher schmächtigen Max um ein oder zwei Nummern zu groß, aber dafür trugen sie sich um so bequemer. Jedenfalls genoß er über die Maßen das Gefühl der frischen sauberen Wäsche auf seiner Haut. Dann stellte er sich vor den Spiegel, schnipselte mit der Schere den Wildwuchs seines Barts so weit zurück, daß er die stehengebliebenen Stoppeln einschäumen und abrasieren konnte. Leos Mutter schnitt ihm schließlich noch sein Haar zurecht, drehte ihn dann zu sich um, schaute ihn lange und gründlich an und sagte: »Jetzt kann ich endlich dein Bubengesicht wiederfinden, auch wenn du mager geworden bist wie eine hungrige Waldgeiß im Frühjahr.«

»Dem ließe sich abhelfen durch ein kräftiges Nachtessen«, sagte Leo.

Das stand schon bereit, und wenig später lagen Max und Leo oben unter dem Dach in ihren Betten wie damals als Schulbuben.

»Was ist eigentlich mit dir geschehen?« fragte Leo jetzt noch einmal.

Max schwieg so lange, daß Leo schon meinte, er sei eingeschlafen. Doch Max war noch wach. »Schlimmes«, sagte er. »Irgendwann später kann ich es dir vielleicht erzählen. Jetzt fürchte ich mich noch zu sehr vor meiner eigenen Erinnerung.« Nach einer längeren Pause fragte er dann: »Wo ist eigentlich Lena?« Er hatte die ganze Zeit über an nichts anderes gedacht

»Lena?« sagte Leo. »Ach ja, das kannst du ja nicht wissen. Sie hat diesen Winter geheiratet, einen fröhlichen Burschen aus dem Dorf, den Heinrich. Er hat den Hof übernommen, der früher der Forstverwaltung gehört hat, am Ende des Dorfes zum Wald hin. Wir sind früher oft daran vorbeigegangen, wenn wir hinaufsteigen wollten zur Burgruine. Sie wird sich freuen, dich zu sehen, zumal so, wie du jetzt nach dieser Säuberung aussiehst. Morgen müssen wir unbedingt bei ihr hineinschauen.«

Max sagte nichts mehr und stellte sich schlafend. Aber er lag noch lange wach und wanderte in seiner Vorstellung mit Lena Hand in Hand eben diesen Weg an ihrem jetzigen Wohnhaus vorbei über die Feldwege hinauf zur Burgruine. Aber er kam nie an bei diesem alten Gemäuer.

Als er am nächsten Morgen erwachte, war er allein. Die Sonne schien durch das Dachfenster und warf schräg in die Stube einen Lichtbalken, in dem winzige Staubfusseln flimmerten. Offenbar hatte man ihn schlafen lassen, während unten im Haus schon alle bei der Arbeit waren. Er zog sich an und ging hinunter in die Küche, wo er Leos Mutter antraf. Sie stand am Herd, auf dem in einem Topf etwas blubberte und einen appetitanregenden Duft verbreitete. Als er die Tür schloß, drehte sich die Mutter um, sagte ihm guten Morgen und fragte, ob er sich erst waschen oder erst frühstücken wolle.

Nachdem er sich nun einmal entschieden hatte, auf die etwas sauberere Seite des Daseins zurückzukehren, sagte er: »Ich wasch mich rasch, und du kannst inzwischen den Kaffee einschenken.«

Während er dann beim Frühstück saß, kam Leo herein und setzte sich zu ihm. »Gib mir auch noch eine Tasse voll«, sagte er zu seiner Mutter.

»Bist du fertig mit der Stallarbeit?« fragte sie.

»Ja«, sagte Leo. »Jetzt will ich mit Max hinübergehen zu Lena. Die wird Augen machen!«

Sie hatten nicht weit zu gehen. Max konnte sich an das Haus erinnern, als sie davor stehenblieben. Er entsann sich, daß früher oben am Giebel ein Hirschgeweih angebracht gewesen war, um das Haus als Forstbesitz zu kennzeichnen. Er sah noch die helle Stelle im nachgedunkelten Verputz. Wahrscheinlich war es abgenommen worden, als Lenas Mann den Hof übernommen hatte.

Leo hatte inzwischen die Tür aufgestoßen und sagte: »Komm, Max! Was stehst du hier herum? Lena wird in der Küche sein.« Er ging ihm voran durch die Diele, öffnete zur Rechten eine Tür und sagte: »Guten Morgen, Lena! Schau, wen ich dir hier bringe! Da wirst du Augen machen!«

Lena machte in der Tat Augen, als sie Max erkannte. Für einen Moment hatte sie zunächst gestutzt; denn der Fünfzehnjährige, an den sie sich erinnerte, war zu einem, obendrein durch Strapazen und auch durch schlimme Erfahrungen ziemlich abgehärmt wirkenden, Mann herangewachsen. Aber dann sah er an ihren Augen, daß sie ihn erkannte. »Max!« sagte sie. »Dir ist es nicht gutgegangen seither.«

Ihre Augen hatten sich nicht geändert. *Seither* – dachte er. Was alles umfaßt dieses Wort. Und jetzt hat sie einen Mann.

Der kam nun genau während dieses wahrhaftigen Augenblickes in die Küche. »Grüß dich, Leo!« sagte er. »Wen bringst du denn da ins Haus?«

»Einen alten Freund«, sagte Leo. »Er heißt Max und ist mit mir in die Klosterschule gegangen.« Erst jetzt bemerkte er, daß Max noch immer in den Anblick seiner Schwester versunken war. »Nun reiß dich endlich los von dieser jungen Ehefrau!« sagte er. »Ich will dich mit ihrem Mann bekannt machen.«

Als Max sich umwandte, um Heinrich zu begrüßen, und ihm ins Gesicht schaute, verschlug es ihm vor Schreck die Sprache. Bei diesem Mann zog sich quer über die Stirn eine offenbar noch ziemlich frische Narbe, die in ihrer verzweigten Form an ein Hirschgeweih erinnerte.

Heinrich bemerkte, welchen Eindruck dieser Anblick auf Max machte, und fing an lauthals zu lachen. »Ich weiß«, sagte er, »das sieht ziemlich fürchterlich aus, ist aber schon gar nicht mehr so schlimm. Stell dir vor – ich darf doch du sagen zu einem Freund meines Schwagers und meiner Frau, ja? – stell dir also vor, was mir da passiert ist: Das war an dem Tag, an dem Lena und ich das Haus, das ich eben dem Forst abgehandelt hatte, für uns einrichten wollten. Ich war oben im Giebelzimmer und schaute hinunter in den Vorgarten, wo Lena eben ein Blumenbeet für den Sommer anlegte. Sie hatte nach mir gerufen, und als ich zum Fenster trat und mich hinausbeugte, sah ich sie unten stehen und einen blitzenden Gegenstand in der Hand hochhalten, um ihn mir zu zeigen. ›Schau mal, was ich da eben am Zaun gefunden habe!‹ rief sie und drehte einen fingerlangen, violett schimmernden Kristall in der Sonne.

›Den hat dir sicher einer deiner früheren Verehrer hingelegt, der dich nun nicht mehr kriegen kann‹, sagte ich und lachte vor Vergnügen über mein Glück dermaßen laut, daß nicht nur das Fensterglas zitterte, sondern über mir am Giebel das Hirschgeweih, das sich im Lauf der Jahre wohl gelockert hatte, herunterfiel und zwar mir genau aufs Hirn. Das war ein ziemlich schweres Ding von einem Sechzehnender, und dieser Schlag raubte mir fast die Besinnung und warf mich rückwärts auf die Dielen. Als Lena wie gehetzt heraufgerannt kam und ins Zimmer stürzte, war ich allerdings schon wieder dabei, mich aufzurappeln. ›Kaum sind wir verheiratet, setzt du mir schon Hörner auf!‹ soll ich gesagt haben, aber daran kann ich mich nicht erinnern. Jedenfalls hat Lena mich sofort zur nächsten Ärztin gefahren, und die hat mir eine ziemlich lange Naht über die Stirn gestichelt.«

Er nahm das Ganze offenbar als einen herrlichen Spaß und lachte schon wieder so laut, daß seine Stirnnarbe puterrot anlief, als wolle sie aufplatzen.

Max hingegen fiel es außerordentlich schwer, diese Geschichte komisch zu finden, eine Geschichte, an deren Ablauf er selbst auf eine schwer zu fassende Weise beteiligt war, ohne daß dieser Lacher eine Ahnung davon hatte. Er konnte sich der Vorstellung nicht erwehren, daß Heinrich ihn auslachte, so wie der Mann in seinem Traum ihn ausgelacht hatte, und er fragte sich, ob Lena ihm von ihrer Jugendfreundschaft erzählt hatte. Wohl kaum, sonst hätte dieser Bursche in all seiner Unbekümmertheit darauf angespielt.

Lena riß ihn aus diesen Gedanken, kam zu ihm und fragte, was ihn hergeführt habe in dieses entlegene Dorf hinter den Wäldern.

»Ach«, sagte Max, »das ist eine allzu lange Geschichte, als daß ich sie hier und jetzt erzählen könnte. Eine traurige und schmerzliche obendrein, wie du ja schon gemerkt hast. Ich würde aber gern den Kristall sehen, den du am Zaun gefunden hast. Willst du ihn mir zeigen?«

»Gern«, sagte Lena. »Ich hab ihn noch immer in der Tasche.« Sie griff hinein und zog den Kristall hervor, einen fingerlangen, violett schimmernden Amethyst, der noch Spuren vom Chloritstaub der Basis zeigte, auf der er gewachsen war. Dies war genau der Stein aus seinem Traum, daran gab es für Max überhaupt keinen Zweifel, dieses mißgönnte Geschenk, das er aus der scheinbaren Innenwelt seines Traums geradewegs in die Wirklichkeit von Lenas Vorgarten geworfen hatte. »Also hast du dein Geschenk doch noch bekommen«, sagte er leise und eher für sich selbst.

Doch Lena hatte seine Worte verstanden. »Mein Geschenk?« fragte sie. »Ist das wirklich ein Geschenk?«

»So ein Stein ist immer ein Geschenk, wenn er einer in die Hand gerät, die ihn behalten möchte«, sagte er.

Lena blickte ihn verwirrt an, wieder einmal mit ihren großen Augen, deren Blick er nicht ausweichen konnte. »Von dir?« fragte sie ebenso leise wie er. Offenbar hielt sie alles für möglich.

»Du sollst den Stein behalten«, sagte Max, ohne die Frage unmittelbar zu beantworten. »Es heißt, er soll vor Bösem bewahren. Das wissen sogar die Hirsche im Wald.«

»Die Hirsche? Wieso die Hirsche?« fragte Lena und schien nun überhaupt nicht mehr zu wissen, was sie von alledem halten solle.

»Nur eine Redensart«, sagte Max. »Aber ich bin sicher, daß der Stein für dich bestimmt ist.«

Lena blickte Max noch immer an, als versuche sie zu begreifen, was er da sagte von dem Stein, von Geschenk und von Hirschen und könne es doch nicht. »Du warst schon immer ein bißchen sonderbar«, sagte sie, »und es geschahen zuweilen seltsame Dinge, wenn du dabei warst. Vielleicht bist du wirklich ein Zauberer.«

Damit brachte sie auch Max endlich zum Lachen, auch wenn sein Gelächter eher bitter klang. »Ein Zauberer?« sagte er.

»Allenfalls einer, der durch sein bißchen Zauberkunst mit Mühe seine Haut zu retten versteht. Mehr nicht.« Und als sie ihn weiterhin, diesmal schon ein wenig erschreckt, anblickte, sagte er noch: »Schau mich nicht so an. Du brichst mir das Herz.« Das sollte wohl ironisch klingen, klang es aber nicht, und er hatte es auch nur ausgesprochen, weil Leo und Heinrich inzwischen unter lautem Gelächter die Geschichte vom Hirschgeweih immer weiter ausschmückten und nicht darauf achteten, was zwischen Max und Lena vorging.

Max fühlte sich wie von allen Seiten bedrängt in dieser Situation, am meisten von seinen eigenen, ins Unmögliche zielenden Vorstellungen und Wünschen. Ich halt's hier nicht mehr aus, dachte er. Raus aus dieser Küche und aus diesem Haus, ehe irgendetwas geschieht, das nicht wiedergutzumachen ist. »Ich gehe noch eine Weile draußen spazieren«, sagte er laut und mit so fester Stimme, wie seine Empfindungen es ihm erlaubten. Mit drei Schritten war er bei der Tür, stieß sie auf, rannte schon fast durch die Diele und trat aufatmend, als sei er eben einer tödlichen Gefahr entronnen, ins Freie. Er schlug den Weg ein, der aus dem Dorf hinausführt, ging rasch voran, hörte hinter sich noch Lenas Stimme, die ihm nachrief, er solle achtgeben, es sei ein Gewitter im Anzug, hob, ohne sich umzudrehen winkend die Hand, um zu zeigen, daß er verstanden hatte, und stapfte bald danach aufwärts über den Trockenrasen unterhalb der bröckelnden Burgmauer.

Er wußte selbst nicht so recht, wohin und zu welchem Ziel er sich auf den Weg gemacht hatte, trieb sich eine Weile zwischen den zerfallenden Resten der Burgruine herum, stocherte sogar mit einem Zweig in den von Moos überwachsenen Spalten zwischen den Mauersteinen, fand aber keinen Ersatz für seine verlorene Falkenfibel. Die Sonne stach grell auf die alten Quader, und die zurückgeworfene Hitze verstärkte die Schwüle, die schon seit dem Morgen spürbar gewesen war. Er wußte nicht, was oder wen er hier suchte, und so fand er auch nichts und niemanden. Nicht einmal der Falke rüttelte in der Höhe über dem Turmstumpf. Im Wald wird es schattiger sein und kühler, dachte er, rannte auf der Rückseite des Hügels den Hang hinab zu den hohen Fichten, die hier schon am Saum des Waldes in den leicht überzogenen Himmel ragten und ihn unter ihrem Schutz empfingen.

Er spürte das Bedürfnis, mit jemandem zu reden, nicht mit Leo und schon gar nicht mit diesem Lachsack von Mann, den Lena geheiratet hatte, und noch weniger mit ihr selbst. Eher mit jemandem, der nichts zu tun hatte, mit diesem verworrenen Beziehungsgeflecht, aus dem er nicht mehr herausfand und eigentlich auch nicht herausfinden wollte, so unsinnig das war. Mit der Trudl könnte er reden, dachte er; sie würde zwar versuchen, ihm den Kopf zurechtzusetzen auf ihre eher bärbeißige Art, aber das könnte ihm vielleicht helfen, Distanz zu gewinnen, obgleich er im Augenblick einen solchen Abstand nicht als Gewinn betrachten konnte.

Unter ähnlich verwirrten Gedanken machte er sich auf den Weg, trabte aufs Geratewohl in den Wald hinein, ohne daran zu zweifeln, daß er die Alte schon aufstöbern würde. Sie hatte ja ohnehin eine eigentümliche Art, überraschend aufzutauchen, wo man sie gar nicht erwartet hatte. Doch diesmal wollte sie sich nicht finden lassen. Er war sicher, geradewegs zu ihrer Hütte gegangen zu sein, doch dort, wo er sie vermutet hatte – nein: dort wo sie hätte sein *müssen*, dort war sie nicht, soviel er auch herumstöberte. Er geriet nur in ein heimtückisches Brombeergestrüpp, dessen lange, stachelbesetzten Tentakel nach ihm angelten, sich in seinen Kleidern festhakten und ihm auf Gesicht und Händen schmerzhaft die nackte Haut aufrissen. Er hätte schwören können, daß an dieser Stelle die Hütte der Alten gestanden war, aber sie verbarg sich vor ihm, und sein Rufen verhallte ungehört.

Inzwischen hätte er sich auch damit zufriedengegeben, wenigstens den Hirsch zu treffen, auch wenn dieser ein ziemlich begriffsstutziger Zuhörer war, wie er meinte, und alles nur von seinem eigenen Standpunkt aus betrachtete. Aber auch der war nicht zu entdecken. Es war überhaupt seltsam still im Wald. Nicht einmal die Vögel ließen sich hören. Dann fegte unversehens ein eisiger Windstoß durch das Geäst der Bäume und zugleich stieg von Nordwesten her eine Finsternis auf, der Schatten einer Wolkenwand, die unheimlich rasch den Himmel überzog. Ehe er sich's versah und einen Unterschlupf suchen konnte, zuckten schon Blitze, und mit jedem grellen Aufleuchten grollten und dröhnten die Donner stärker. Dann prasselte ein Hagelschauer durch die Fichtenzweige herab, daß die Schloßen über die Moospolster tanzten und sich wie Murmeln in Nestern sammelten.

Max begann stolpernd zu laufen, um irgendwo ein Schutzdach zu finden, einen mit Rindenstücken gedeckten Unterschlupf der Holzknechte oder dergleichen, aber der jetzt mit dicken, eiskalten Regentropfen vermischte Hagel trieb ihn gnadenlos weiter vor sich her, bis Max jede Orientierung verloren hatte. Der Wald will mich nicht mehr haben, dieser Gedanke setzte sich in seinem Hirn fest, und Angst überschwemmte sein Bewußtsein, die Angst, daß der wilde Wald ihn verschlucken könne, einen beiläufig aufgeschnappten Bissen, um ihn in seinem moosigen Magen zu verdauen wie ein angeschossenes Wild, das der nachsuchende Jäger nicht mehr hatte aufspüren können.

Bald war er durchnäßt bis auf die Haut von den eisigen Schauern, kauerte sich zeitweise unter die dichten Zweige einer alten Fichte, bis ihn auch dort der Regen erreichte und er weiterlaufen mußte. So wurde er durch den ungastlichen Wald getrieben, hin und her, hinab und hinauf, bis er schließlich am späten Nachmittag aus dem Dickicht des Waldrandes heraustrat auf eine Weide, auf deren Hang nasse Kühe im Regen standen, der jetzt ruhig und gleichmäßig vom grauen Himmel fiel. Die Gegend war ihm fremd, doch weiter unten sah er eine schmale Straße, auf der eben ein Traktor nach rechts fuhr, viel zu weit entfernt, als daß er sich dem Fahrer hätte bemerkbar machen können. Dennoch lief er hinunter zu diesem Fahrweg, der sich schmal und unbefestigt durch den Talgrund zog, und folgte ihm, da er vermutlich zu einer Ortschaft führen mußte. Er hatte bei alledem noch Glück; denn er gelangte auf diesem Weg endlich gegen Abend, als es schon dunkel zu werden begann, nach Gernotzschlag, tappte todmüde, durchweicht und frierend durch die Dorfstraße und klopfte endlich an die Tür von Leos Haus.

In der Nacht begann er zu fiebern, am Morgen lag er glühend im Bett, hustete hart und war zeitweilig ohne Besinnung. Da telefonierte Lena, die am Morgen herübergekommen war, um nach ihm zu schauen, mit der Ärztin im Marktflecken und bat sie, sich den Kranken anzusehen oder einen Krankenwagen zu schicken.

Diese tat beides, nachdem Lena den Fall dramatisch genug geschildert hatte. Während ihre Helfer die Tragbahre aus dem Wagen holten, lief sie schon voraus, ließ sich von Lena, die vor der Tür gewartet hatte, die Treppe hinauf in das Dachzimmer bringen, in dem Max lag, und fragte zunächst, wer das überhaupt sei.

»Ein ehemaliger Schulfreund von Leo, der plötzlich hier aufgetaucht ist«, sagte sie. »Er heißt Max Teufer.«

Da standen sie schon vor dem Bett. Die Ärztin konstatierte bei dem fiebernden, hohläugigen Mann eine schwere Lungenentzündung. »Wissen Sie, wo er sich das zugezogen hat?« fragte sie und erfuhr so von dessen Umherirren bei Gewitter, Hagel und Regen. »Er muß sofort ins Spital gebracht werden«, sagte sie und ließ ihn von den Helfern für den Transport vorbereiten.

Max hatte von alledem kaum etwas wahrgenommen. Irgendeine Frau (war das Lena?) hatte seine Brust abgedeckt und einen kühlen metallischen Ring auf seinen Rippen hin- und hergeschoben (ein Stethoskop? Also doch nicht Lena?). Er hatte irgendwelche Anordnungen vernommen, die eine weibliche Stimme äußerte, aber Lena war das wirklich nicht, denn die pflegte nicht mit solcher Bestimmtheit und Autorität Fragen zu stellen und Befehle zu erteilen. Man hob ihn aus seinem Bett auf ein anderes, härteres Lager, das sich alsbald schwankend in Bewegung setzte, steil abwärts, daß er ins Rutschen gekommen wäre, wenn man ihn nicht festgeschnallt hätte, dann hinaus ins Freie und dort in den engen Laderaum eines Wagens, in dem es intensiv nach Medizin und Arzt roch. Dann begann eine schaukelnde Fahrt, schnell und gelegentlich vom Gellen eines Signalhorns begleitet. Eine aufsteigende Quarte, sagte er sich. So fangen viele Musikstücke an.

Aber diese Frau war noch immer da, saß neben seinem Lager, fühlte nach seinem Puls und legte ihm zuweilen ihre kühle Hand auf die Stirn. Über Sprechfunk redete sie mit einer Klinik, in der etwas vorbereitet werden sollte, das er nicht verstand. Sie hatte sich mit einem Namen gemeldet, der ihm vertraut erschien, aber im nächsten Augenblick schon wieder aus seinem Hirn davongeschwemmt wurde und sich nicht mehr finden ließ. Wer hatte so wie diese Frau gesprochen? fragte er sich. Diese Stimme hatte er schon einmal gehört. Seltsame Bilder tauchten in seiner Vorstellung auf, dunkle Gewölbe, in die es immer tiefer hinabging. Sie bringen mich in eine Gruft, so kam es ihm vor. Im schmalen Lichtstrahl, dessen handgroßer heller Schein vor ihm über steinerne, von Schimmel silbrig glänzende Mauern huschte, war kaum etwas zu erkennen. Immer weiter ging es Treppen hinab. Bis in den Orkus. Dieses sonderbare Wort kam ihm in den Sinn. Ein Ort für die Toten. Gehörte er schon zu ihnen? Oder doch nicht? Denn nun stand er plötzlich in einem matt erhellten Raum, kirchenartig, aber doch ohne das dort übliche Beiwerk an Geräten, Bildern und Zeichen. Reden gingen hin und her, von denen er nichts verstand. Und dann sah er den Stier unmittelbar vor sich, den Stier und den Mann mit der Mütze und dem flatternden Umhang, den Mann, der diesem Stier sein Kurzschwert in den Nacken rammte. Da tauchte auch der Name auf, der zu alledem gehörte: Mithras. Früher einmal war er selbst schon hiergewesen, nicht allein, sondern mit dieser Stimme. Sie und noch einer hatten zusammen Wein getrunken, er entsann sich der roten Spiegelungen in den Gläsern, wenn sie ins Licht gehoben wurden. Da saßen sie an einem Tisch, einer erzählte, und die Theres fragte hie und da etwas. »Die Theres«, murmelte er. Er hatte sie einmal als einen Engel gesehen, der ihn beschützte. »Hilf mir, Theres!« sagte er kaum hörbar, so wie man ein Stoßgebet spricht.

Da beugte sich die Ärztin über ihn. »Kennen Sie mich?« fragte sie.

Er hatte Mühe, seinen Blick auf ihr Gesicht zu richten. »Ja«, stammelte er. »Wir haben miteinander Wein getrunken. Damals, als wir Mithras gefunden hatten. Roten Wein. Und dazu Brot gegessen.«

Er hörte, wie die Ärztin ihren Helfer fragte, wie der Mann heiße, den sie transportierten. Sie habe den Namen zwar gehört, aber wieder vergessen. Der blätterte in Begleitpapieren und sagte: »Max Teufer. So hat man mir gesagt.«

»Max? Massimo? Bist du Massimo?« fragte sie und legte dem Kranken die Hand auf die Schulter.

»Ja«, sagte er. »Max war ich früher. Zeitweilig. Eigentlich Massimo. Nicht Teufer, sondern Battisti.«

Da legte sie ihm beide Hände auf die fiebrigen Wangen und sagte: »Ach Massi! Was machst du da für Sachen! Aber ich krieg dich schon gesund.« Und als er noch etwas sagen wollte: »Sei still jetzt! Reden können wir später, wenn es dir bessergeht.«

Er spürte, wie er zurücksank in einen Zustand, der fast einer Bewußtlosigkeit gleichkam, nur daß er noch immer die beruhigende Berührung ihrer kühlen Hände spürte. Darüber schlief er bald ein, nur die Schaukelbewegung des Krankenwagens drang in seine Träume. Er fuhr in einem Segelschiff uralter Takelung mitten hinein in ein gemaltes Bild, dessen Gegenstände nach und nach fast greifbare Realität gewannen, und hatte den Blick gerichtet auf eine angsterregende Fracht, die vor ihm im Kielraum sich ausbreitete wie eine erschreckend rasch auseinanderwuchernde Pflanze, deren bedrohliche Früchte rings um ein verzerrtes Spiegelbild seines eigenen Gesichts zusehends heranreiften zu Figuren, die ihn umdrängten, Lena, noch im kindlich kurzen Kleid, das ihr im Heranwachsen des fraulichen Körpers zerplatzte und ihre Nacktheit entblößte, die ein gräßlich lachender Mann gierig betatschte; die kätzische Cousine, die ihn lauernd umschlich und sich an seiner Wange räkelte; die Theres im flatternden weißen Arztkittel wischte seinem immer mehr zerfließenden Ebenbild den rinnenden Schweiß von der Stirn und löschte damit Teile seines gequälten Gesichts aus, und über alledem thronte als düsterer, spinnenartiger Dämon eine alte Frau, die sein Spiegelbild am Haar gepackt hielt und ihn zum Bug des Schiffes zu zerren versuchte als eine Beute, die sie dort ungestört von all den anderen Figuren zu verspeisen gedachte, zu fressen, auszusaugen, bis nur noch eine schlaffe Haut übrigblieb. Als ihm dieses grausige Bild jäh ganz dicht vor die geschlossenen Augen rückte, um ihn gierig in sich hineinzuschlürfen, schrie er laut auf und spürte endlich wieder die Hände, die ihm beruhigend über Kopf und Arme strichen. Danach fiel er in besinnungslosen Schlaf und wachte erst nach langer Zeit zwischen den weißen Laken des Klinikbettes auf, als eine Schwester ihm ein Thermometer in den Mund zu schieben versuchte.

Von da an begann es ihm besserzugehen, wenn auch nur langsam. Die Theres kam in unregelmäßigen Abständen an sein Bett – so, wie es ihre Landpraxis erlaubte –, um nach ihm zu sehen und eine Weile mit ihm zu reden. Sie war es offenbar gewohnt, mit dem zuständigen Abteilungsarzt zusammenzuarbeiten, der sie telefonisch auf dem laufenden hielt über Massimos Zustand. In ihren Gesprächen mit Massimo berührte sie zunächst nie die Vorgänge, die zu seiner Erkrankung geführt hatten. Erst als eine entscheidende Besserung eingetreten war, fragte sie ihn danach, und da begann er ihr von seiner Freundschaft mit Leo zu erzählen, von seinen Besuchen im Dorf und auch von Lena, die ihm soviel bedeutet hatte, gerade zu der Zeit, als sein Vater umgekommen war und er mit der Mutter zurück nach Venedig reisen mußte. »Und dann traf ich sie jetzt wieder und konnte es nicht ansehen, daß sie zu diesem lachenden Kerl gehörte, der nun ihr Mann ist. Die Vorstellung, daß er mit ihr schläft, machte mich so wütend, daß ich Hals über Kopf davongelaufen bin, fort aus dem Dorf und in den Wald, in dem ich den ganzen Winter über gehaust hatte. Aber dieses Bild verfolgte mich auch dort.«

»Massi«, sagte die Theres, »ich bitte dich! Ihr wart doch damals noch Kinder! Hast du denn seit damals bis zu diesem Wiedersehen immer nur an diese Lena gedacht?«

»Nein«, sagte er. »Überhaupt nicht. Das ist ja das Verrückte. Viel zuwenig hab ich nach meiner Abreise an sie gedacht. Nicht einmal geschrieben hab ich ihr. Aber als ich sie wieder vor mir stehen sah, kam es mir so vor, als sei ich erst gestern mit ihr zusammen über die Wiesen gegangen. Ihre Augen waren es vor allem. Ich glaube, sie hat überhaupt nicht gewußt, was in mir vorgeht und sich zuletzt sogar vor mir gefürchtet.«

»Das würde mich nicht wundern, du verrückter Kerl«, sagte sie. »Da muß aber auch noch irgendeine andere Katastrophe vorangegangen sein. Jetzt, wo's dir bessergeht, kann ich dir's ja sagen: Im Herbst haben wir – Feri und ich – beide von deiner Mutter eine Todesanzeige zugeschickt bekommen. Du seist in Sizilien mit deinen drei Cousins einem Mordanschlag zum Opfer gefallen, hieß es da. Sobald ich sicher war, daß du wirklich der Kranke aus dem Wald bist, der hier seine Lungenentzündung kuriert, habe ich deiner Mutter telegrafiert, daß du noch lebst. Sie hat inzwischen mit mir telefoniert und wird wahrscheinlich morgen hier eintreffen.«

Da hatte seine Mutter ihn also wieder eingeholt. Etwas in der Art, wenn auch nicht ganz so schroff, sagte er zur Theres, die ihn daraufhin eine Zeitlang kopfschüttelnd anschaute. Schließlich sagte sie: »Hast du etwas dagegen einzuwenden, daß sie herkommt? Schließlich bist du für sie von den Toten auferstanden.«

»Ich weiß«, sagte Massimo. »Natürlich hab ich nichts dagegen. Andrerseits bin ich jetzt schon ein bißchen zu alt, um noch immer an ihrem Rockzipfel zu hängen.«

»Das sollte man eigentlich meinen.« Die Theres sagte das nicht ohne Ironie. »Zumindest solltest du vernünftiger sein, als bei Hagel und Sturm durch den wilden Wald zu laufen, nur weil ein anderer deine Kindheitsliebe dir weggeheiratet hat.« Sie dachte eine Weile nach, und Massimo kam es so vor, als wolle sie sich zurechtlegen, wie sie die Sprache auf ein schwieriges Thema bringen könne. Dann hob sie den Kopf und sagte: »Du hast uns damals in Wien erzählt, daß du dir schon als Kind vorgenommen hast, ein Zauberer zu werden, und ich hatte damals den Eindruck, daß dies keineswegs ein Vorsatz war, den du mit den Kinderschuhen abgelegt hast.«

Massimo nickte. »Das hast du ganz richtig erkannt. In einem gewissen Sinn kann ich zaubern. Ich habe aber den Eindruck, daß du das nicht aus Neugier fragst. Das wäre nicht deine Art.«

Über das Gesicht der Theres huschte ein flüchtiges Lächeln. »Überschätz mich nicht«, sagte sie. »Natürlich bin ich auch ein bißchen neugierig. Aber das ist es nicht allein. Mir scheint allerdings, daß dir deine magischen Kräfte – oder wie immer man das nennen soll – durchaus nicht in jedem Fall zu Gebote stehen.«

»In welchem Fall?« sagte Massimo rasch. »Drück dich bitte genauer aus. Bei mir brauchst du doch keine Umschweife zu machen.«

Die Theres blickte zur Seite und schien ein bißchen verlegen zu sein. »Da ist zum Beispiel die Sache mit dem Mädchen. Mit

Lena, meine ich. Hätten deine Kräfte nicht ausgereicht, sie für dich zurückzugewinnen? Ein echter Zauberer müßte doch dazu imstande sein.« Das klang schon wieder ziemlich ironisch.

Massimo schwieg eine Weile und sagte dann zögernd: »Ich weiß nicht, ob ich so etwas überhaupt machen könnte. Jedenfalls hab ich versucht, es nicht zu tun und bin lieber davongelaufen. Aber es hat mich fast um den Verstand gebracht, daß sie für mich verloren sein soll.«

»Verloren?« sagte die Theres heftig. »Wieso verloren? War es nicht Lena, die mich voller Angst angerufen hat, als du sterbenskrank im Haus ihrer Mutter gelegen bist? Ist denn ein Mensch, zumal ein geliebter Mensch für dich schon verloren, wenn er eine Bindung mit einem anderen eingegangen ist?«

Massimo hob die Hand und sagte: »Aber ...«

Doch sie unterbrach ihn sofort: »Ich weiß schon, was du sagen willst. Du kannst nicht mit ihr schlafen, weil sie wahrscheinlich lieber bei ihrem angetrauten Ehemann im Bett liegt. Ist das wirklich so wichtig? Ich glaube, du mußt erst einmal begreifen, wie es sich in Wahrheit mit deiner Zauberei verhält. Bisher hat sie offenbar nur dir selber genützt. Aber wenn du sie immer nur dazu gebrauchst, etwas zu bekommen oder für dich zu gewinnen, wird sie dir eher schaden als nützen. Du benötigst keine Zauberei, um dich daran zu freuen, daß Lena dich nach wie vor als einen Freund betrachtet, der ihr viel bedeutet. Ich hab ja schon am Telefon gehört, welche Angst sie um dein Leben hatte. Willst du ihr mit solchen Eskapaden auch noch Kummer machen?«

»Ich muß schon wieder ziemlich gesund sein, daß du es wagst, mir eine solche Standpauke zu halten«, sagte Massimo. »Wird das nicht nachteilig sein für meine Therapie?«

Da lachte sie, vielleicht auch aus Erleichterung, daß er ihr diese Rede nicht übelgenommen hatte. »Das hältst du schon aus, du alter Zauberer«, sagte sie und etwas später: »Weißt du, ich hätte dir das mit deiner Zauberei nicht ohne weiteres abgenommen oder allenfalls für eine metaphorische Redeweise gehalten, wenn ich nicht erlebt hätte, daß zuweilen unglaubliche Dinge geschehen, wenn du dabei bist, etwa unser Mithras-Abenteuer im vierten Keller vom Kampschen Stadtpalais in Wien.«

»Das war doch Feris Idee«, sagte Massimo.

»Trotzdem«, sagte sie. »Natürlich war diese Expedition in den Orkus, wie er es genannt hat, seine Idee und er war auch allein schon ein paarmal hinuntergestiegen, aber ich bin sicher, daß wir ohne dich nie diese Entdeckung gemacht hätten.«

»Wieso denn?« sagte Massimo. »Wie willst du das erklären?«

»Gar nicht«, sagte sie. »Mit Verstehen hat das nichts zu tun. Allenfalls in dem Sinn, wie die Ausschüttung eines Ferments im Körper eine bestimmte, auf andere Weise nicht erreichbare Wirkung auslöst. Ohne dich hätte ich auch nie von der Geschichte erfahren, die Feri uns danach in seinem Zimmer erzählt hat. Und daß er dich daran hat teilnehmen lassen, obwohl du überhaupt nicht zu unserer Familie gehörst, zeigt doch auch, wieviel du mit alledem zu tun hast, ohne daß du es bewußt in Gang gebracht hättest. Hast du bisher noch nie gemerkt, wie ähnliche, scheinbar aus der Realität herausfallende Vorgänge sich ohne dein Zutun ereignen?«

Massimo versuchte sich an solche zu erinnern, und da fiel ihm durchaus einiges ein, das man dazuzählen könnte. »Ich habe bisher nicht viel darüber nachgedacht«, sagte er, »und gemeint, das Leben sei halt so, zumal mir seit meiner Kindheit dergleichen immer wieder einmal passiert. Jetzt erst, wo du fragst, kommt es mir sonderbar vor. Oder auch unheimlich.« Er schauerte zusammen, als liefe es, obwohl er im warmen Krankenhausbett lag, ihm kühl über den Rücken. »Was bin ich für ein Mensch?« Das sagte er leise, eher zu sich selbst.

Aber die Theres nahm es als Frage und antwortete mit freundlicher Bestimmtheit: »Du bist, wie du bist. Ich hatte nur gemeint, du könntest mit solchen Gaben etwas besser umgehen, wenn sie dir bewußter werden. Woher so etwas kommt, weiß ich nicht.«

»Ich schon«, sagte er. »Zumindest kann ich es vermuten. Es heißt, eine meiner Ahninnen zu Anfang des siebzehnten Jahrhunderts sei die Tochter einer Fee gewesen. Es gibt sogar Dokumente, die so etwas zu belegen scheinen.« Von seiner Reise in die Türkei wollte er ihr jetzt lieber noch nicht erzählen, damit sie nicht auf den Verdacht käme, er spräche im Fieberwahn, und eine entsprechende Therapie einleitete.

Doch die Theres schien gar nicht sonderlich erstaunt zu sein. »Sieh da!«, sagte sie. »Familien wie wir haben Vorfahren, die als Schloßgespenster nachts durch die Zimmer geistern, und du kannst dich einer veritablen Fee als Ahnfrau rühmen!«

»Schloßgespenster gibt's bei euch?« Massimo war sofort interessiert. »Wohnen deine Eltern in einem Schloß?«

Die Theres zuckte mit den Schultern. »Man könnte es so nennen«, sagte sie, »aber versprich dir nicht zu viel davon. Es ist ein reichlich desolates Gemäuer, eine Art Halle im Untergeschoß eines ehemaligen Bergfrieds stammt noch aus dem Mittelalter. Der Rest dieser Burg ist schon früh zerfallen, und im Frühbarock hat man wie einen Mohnstrudel um die Fülle ein schloßartiges Bauwerk herumgewickelt, das meine Eltern ständig vor dem Zerfall zu bewahren versuchen. Es liegt am Oberlauf des Kamp. Wenn du wieder ganz gesund bist, fahr ich dich hin, damit du's anschauen kannst. Am Wochenende bin ich oft dort, und auch Feri kommt manchmal aus Wien.«

Einstweilen mußte Massimo noch liegen. Wie angekündigt, traf am nächsten Tag seine Mutter ein. Erschöpft von der langen, infolge mehrfachen Umsteigens ziemlich strapaziösen Reise trat sie, als es draußen schon dunkel zu werden begann, an sein Bett und versuchte weinend und mit einer wortreichen Suada italienischer Kosewörter ihn zu umarmen, was ihr wegen der dafür etwas hinderlichen Bettdecke nur unvollkommen gelang. Am liebsten hätte sie ihn gleich mitgenommen und nach Venedig in ihren Palazzo geschleppt, doch daran war vorderhand überhaupt nicht zu denken, wie ihr die Theres, die wenig später dazukam, aufs bestimmteste mitteilte. »Ich hab Ihnen in der Nähe der Klinik ein Hotelzimmer reservieren lassen und bringe Sie nachher dorthin«, sagte sie noch. »Sie werden wohl eine Weile hierbleiben müssen, wenn Sie Massimo nicht aus den Augen lassen wollen.« Die Theres schien sichtlich amüsiert zu sein, nachdem sie eine Zeitlang zugeschaut hatte, wie Massis Mutter ihren Bedrängungslüsten freien Lauf ließ, ohne die schwachen Abwehrversuche des Kranken zu beachten.

Zwei Wochen später holte die Theres den noch immer blassen und abgemagerten, aber doch einigermaßen genesenen Massimo vom Krankenhaus ab und traf natürlich seine Mutter bereits bei ihm an, die ihn beim Verlassen des Zimmers zu stützen versuchte, was er offensichtlich kaum noch nötig hatte. Jedenfalls entzog er sich mit einer abrupten Wendung ihrem Griff, um die Theres zu begrüßen. »Meine Eltern laden euch beide für ein paar Tage in ihr Haus ein«, sagte sie. »Sie möchten dich endlich einmal kennenlernen, Massi, nachdem Feri immer wieder einmal von dir erzählt hat. Ich hoffe, daß es deine Mutter bei uns hinreichend bequem finden wird.«

Sie hatten etwas über eine Stunde mit Theresens Wagen zu fahren, bis sie oberhalb einer Ortschaft auf dem Sporn eines zu den Häusern hin steil abfallenden Höhenzugs das seltsame Gebäude erblickten, das die Theres Massimo schon beschrieben hatte. Das aus rötlich bis violett changierenden Grauwackeblöcken aufgeführte Gemäuer des alten Turms ragte noch um ein Stockwerk über den späteren Bau hinaus und war wohl schon zur Hälfte zusammengestürzt gewesen, als man den verbliebenen Stumpf befestigt und mit einem Zinnenkranz gekrönt hatte, hinter dem die Büsche eines Dachgartens durch die Scharten lugten. Das barocke Schlößchen war tatsächlich auf drei Seiten um den Turm herumgebaut, nur dessen Rückseite schien frei zu stehen, und von dort her wucherte Efeu hinauf, der seine Ausläufer wie die Finger einer umgreifenden Hand bis zur Vorderseite ausgestreckt hatte. Die sonnengelben Mauern des Wohnhauses waren hinter den hellen Wolken der eben aufblühenden Obstbäume eines Vorgartens zu erkennen, hie und da auch eines der mit barocken Voluten gezierten Fenster.

Die Theres lenkte ihren Wagen von der Straße ab auf einen schmaleren Weg, der ein Stück weit in ein Tal hineinführte, dabei allmählich die Höhe des Burgberges gewann, so daß sie schließlich von der Rückseite her auf den Turm zufuhren, der über eine die Ummauerung durchbrechende Toreinfahrt hinausragte. Durch diese gelangten sie auf einen gepflasterten Vorplatz, auf dem schon ein Kleinwagen abgestellt war, neben den die Theres ihren parkte. Während sie ausstiegen, wurde in der Mauer des alten Turms eine spitzbogig überwölbte Tür geöffnet, aus der Theresens Vater heraustrat, um die Besucher zu begrüßen und hereinzubitten.

Nachdem sie eine düstere, nur von ein paar schießschartenförmigen Mauerschlitzen erhellte Halle durchschritten hatten, an deren Wänden schwere dunkle Möbel kaum zu erkennen waren, führte der Graf sie durch einen hellen Korridor hinaus auf eine luftige Veranda, von der aus der Blick über die Dächer der Ortschaft hinweg weit hinaus bis zu den dunkelgrünen und dem Horizont zu blaßblau sich verfärbenden Wellen der Wälder reichte bis hinauf zur böhmischen Grenze.

»Sie sind also der Zauberer«, sagte der Hausherr, als sie sich an den zum Tee vorbereiteten Tisch gesetzt hatten. »Wenigstens hat Feri Sie so genannt.« Über sein breites Gesicht zuckte der Anflug eines Lächelns. Ein richtiger Quadratschädel, dachte Massimo, fast schon ein Stierkopf, könnte man sagen, wenn gedrehte Hörner unter dem knapp geschnittenen grauen Haar aus der vorgewulsteten Stirn wachsen würden.

»Da hat er ziemlich übertrieben«, sagte er. »Sie sehen ja noch, wie weit ich's dabei gebracht habe. Ohne die Theres wär's wohl vorbei gewesen mit all meiner Zauberei.«

Das erschien nun der Theres zu viel des Lobes. »Jetzt übertreibst du«, sagte sie. »Als ich dich erst einmal auf der Station hatte, war das alles nur noch Routine. Aber der Himmel mag wissen, was passiert wäre, wenn diese junge Frau mich nicht alarmiert hätte, diese Lena.«

Ein solcher Hinweis erhöhte nur noch das Vergnügen des Grafen. »An weiblichen Helfern kein Mangel!« sagte er. »Daran erkenne ich nun doch den Zauberer.« Es schien ihm überhaupt nichts auszumachen, den rekonvaleszenten Gast in Verlegenheit zu bringen. Die Hausfrau hatte währenddessen den Tee hereingebracht, setzte sich neben Massimo und sagte: »Nehmen Sie bitte sein Gerede nicht zu ernst. Das ist seine Art, anderen auf den Zahn zu fühlen. Jetzt greifen Sie erst einmal zu, Sie haben nach der Krankenhauskost sicher Appetit«, und bot ihm eine Platte mit duftendem, frisch aufgeschnittenen Mohnkuchen an.

Nachdem sie ihre erste Tasse Tee getrunken und den Kuchen

gekostet hatten, sagte der Graf: »Nun einmal Scherz beiseite: Welcher Teufel hat Sie eigentlich geritten, bei Donnerwetter, Hagel und Sturm in die Wälder zu laufen? Ich kenne genug Leute, die hier zu Hause sind und um keinen Preis der Welt eine Nacht unter den Bäumen verbringen würden, schon gar nicht dort oben bei Gernotzschlag, wo es hinüber ins Böhmische geht. Manche behaupten sogar, dort komme unversehens das Waldweibl aus dem Dickicht, die Trudl, und führe einen in die Irre.«

Massimo mochte nicht hören, daß dergleichen über die Trudl geredet wurde. »Auf das Waldweibl laß ich nichts kommen«, sagte er. »Die hat mir schon mal das Leben gerettet.«

»Was denn?« Das erstaunte nun doch den Gastgeber ganz beträchtlich. »Stellt euch das vor: Er pflegt Umgang mit den Waldgeistern! Jetzt glaub auch ich, daß er ein Zauberer ist. Da wird es Sie wohl auch nicht weiter stören, Signore Battisti, daß es bei Vollmond hier in dem alten Gemäuer gelegentlich etwas unruhig wird.«

»Ich bitt dich!« Die Gräfin war nun ehrlich empört. »Mußt du unseren Gästen denn unbedingt Angst einjagen?« Sie wendete sich zu Massimos Mutter und sagte: »Sie werden diesen Unsinn doch hoffentlich nicht glauben?«

Massis Mutter schüttelte lächelnd den Kopf. »Machen Sie sich meinetwegen keine Sorgen. Ich bewohne in Venedig einen alten Palazzo und bin es gewöhnt, daß die Holzdielen bei trockenem Wetter nachts ächzen, als liege das ganze Haus voll Sterbender. Manche Domestiken sind deswegen schon davongelaufen.«

Massimo mußte an dieses Gespräch denken, als er später in einer merkwürdig dimensionierten Kammer des Oberstocks seine noch immer vom Krankenhausaufenthalt ein wenig steifen Beine auf einem eher spartanisch-harten Bett streckte. Der Graf hatte ihn persönlich heraufbegleitet über eine gewundene hölzerne Treppe und durch einen schmalen Korridor, der unmittelbar am Gemäuer des alten Turms entlanglief, vorüber an einigen Türen, die nach rechts zu Zimmern des Neubaus führten, und schließlich auf eine Tür stieß, die der Hausherr öffnete und Massimo voran in einen auf sonderbare Weise unregelmäßig geformten

Raum trat. »Diese schiefe Trapezform hat sich durch den Anbau so ergeben«, erklärte er. Auch in diesem Zimmer bildete das Mauerwerk des Turms die linke Wand, während von der rechten Seite her durch zwei Fenster der Mond hereinschien und schräge, durchkreuzte Lichtparallelogramme auf den blanken Dielenboden warf.

»Sieh da!« sagte der Graf. »Wir haben ja tatsächlich Vollmond! Aber einen Zauberer wie Sie wird das wohl kaum nervös machen, denk ich.« Er lachte kurz auf, ob freundlich oder spöttisch, wußte Massimo nicht zu entscheiden, als er schon allein im Zimmer stand und sich zurechtzufinden versuchte. Jedenfalls knipste er zunächst einmal das Licht der Deckenlampe an. Eigentlich hätte das sein Gastgeber tun müssen, dachte er, aber der hatte ihm wohl den ungeschmälerten Eindruck der Vollmondnacht vorführen wollen.

Als er dann nach den gewohnten abendlichen Verrichtungen das Licht gelöscht hatte und unter das eher noch winterliche, hoch aufgeplusterte Plumeau gekrochen war, faszinierte ihn bald das rhombische Muster, das der Mond auf den Boden des Zimmers warf. Er beobachtete, wie diese hellen Flächen mit der Langsamkeit eines Uhrzeigers weiterwanderten und sich dabei immer stärker verzerrten, bis zum Schluß nur noch zwei helle Striche übrigblieben, die dicht an die Fensterwand herangerückt waren und so dünn wurden wie ein Haar, ehe sie im nächsten Augenblick verlöschten.

Inzwischen mußte es schon Mitternacht sein, doch Massimo verspürte keine Lust, Licht anzuzünden und auf seine Armbanduhr zu schauen. Er wußte ohnehin fast stets ziemlich genau, wie spät es war. Aber dann hörte er in der Ferne, wohl vom Kirchturm aus dem Ort unter der Burg herauf, eine Uhr schlagen, und er zählte mit bis zwölf.

Wie zur Bestätigung spürte er, daß sich etwas veränderte in dem Zimmer, und das schien nicht nur daran zu liegen, daß es unversehens wieder ein wenig heller wurde. Diese schwache Helligkeit kam nicht vom Mond, der inzwischen übers Haus hinweggewandert war, sondern von der alten, aus unregelmäßigen Blocksteinen gefügten Turmmauer, die der Fensterwand gegenüberlag. Während sie ihm bisher völlig ungegliedert und relativ ebenmäßig erschienen war, zeichnete sich jetzt mehr und mehr, etwa in der Mitte dieser Wand, ein helles Viereck ab, knapp zwei Meter hoch und etwas mehr als einen Meter breit, eine Tür, wie es schien, die offenstand und aus der diese seltsame substanzlose Helligkeit ins Zimmer sickerte wie eine unsichtbare Flüssigkeit.

Massimo fühlte, wie sich ihm im Nacken das Haar sträubte, und er sagte sich, daß es ihm nun gleich kalt über den Rücken laufen müsse vor Entsetzen, aber zugleich verspürte er eine solch unbändige Neugier auf das, was sich da anschickte, sich ihm zu zeigen, daß er darüber völlig vergaß, sich zu fürchten, sondern sich im Bett aufsetzte, um besser beobachten zu können, was oder gar wer da in sein Schlafzimmer einbrechen wollte.

Der Eindringling ließ nicht lange auf sich warten. Inzwischen hatte sich der Umriß der eigentlich nicht vorhandenen Tür dermaßen gefestigt, daß Massimo Zweifel kamen, ob er sich zuvor das Zimmer genau genug angeschaut hatte. Da war jetzt jedenfalls eine Tür, das stand völlig außer Frage, und dahinter war ein schwach erhellter Raum, in dem allerdings nichts weiter zu erkennen war, bis von der Seite her eine Person als Schattenbild vor dem Licht erschien und nach kurzem Zögern durch die Tür zu ihm ins Zimmer trat. Obwohl sonst kein Licht vorhanden war, konnte Massimo diesen Mann genau erkennen. Er war sehr viel älter als er selbst, hatte eine breite, hohe Stirn, über der graues Haar zu einer Frisur geschnitten war, wie Massimo sie von Büsten aus spätrömischer Zeit kannte, auch trug er einen kurzgehaltenen Bart, der einige Narben in seinem Gesicht nur unvollkommen verdeckte. Von seiner Kleidung war nichts weiter zu erkennen als ein grauer wollener Überwurf, dessen Halsschlitz sich offenbar nach hinten zu einer angeschnittenen Kapuze verlängerte, die im Ansatz über den Schultern zu erkennen war.

Die eindrucksvolle Erscheinung dieses Mannes trieb Massimo dazu, die Bettdecke abzustreifen und aufzustehen. Wenigstens fühlte er sich einigermaßen akzeptabel angezogen, da er wegen der noch recht kühlen Nächte eine Art Trainingsanzug, den ihm seine Mutter mitgebracht hatte, statt eines Pyjamas gewählt hatte. Der Mann ließ ihm Zeit, das alles in Ruhe zu tun, und als Massimo dann vor ihm stand und nicht recht wußte, was er nun anfangen solle, etwa den Mann mit ein paar passenden Worten begrüßen oder ihm die Hand zu reichen versuchen oder was auch immer, schien dieser seine Verlegenheit schon zu bemerken, lächelte ein wenig und sagte: »Du bist also der Zauberer, den man hier erwartet hat.«

Massimo schoß es durch den Kopf, daß er schon einmal in diesem Haus mit ungefähr den gleichen Worten begrüßt worden war. Offenbar schien jedermann ihn damit necken zu wollen, sogar dieses Gespenst oder was für eine Erscheinung das sein mochte. »Ich bin gar nicht so sicher, daß ich ein Zauberer bin«, sagte er.

Da lachte der Alte, als hätte er keine bessere Antwort geben können, und sagte: »Die sich dessen sicher zu sein meinen oder sich gar dessen rühmen, die sind bestimmt keine wahren Zauberer. Höchstens Jongleure oder sonstwie fingerfertige Burschen. Mit dir ist das etwas anderes. Daß du das Zeug dazu hast, erkenne ich schon daran, daß du nicht vor lauter Angst unter die Bettdecke gekrochen bist. Du willst lieber wissen, was wirklich geschieht, auch wenn sich dir die Haare im Nacken sträuben. Ist es nicht so?«

»Du kennst mich ziemlich genau«, sagte Massimo. »Willst du mir sagen, wer du bist?«

»Wozu?« sagte der Alte. »Du hast doch schon mehrmals von mir gehört und sogar einiges nacherlebt, was mir im Lauf meines Lebens passiert ist. Erinnerst du dich nicht mehr an den Jungen, der damals einen solchen falschen Zauberer entlarvte, als der Falke das Wiesel schlug? Damals ging es darum, daß eine solche Burg gebaut werden sollte, wie diese hier einmal gewesen ist und dabei schlug er mit der flachen Hand hörbar auf das Gemäuer hinter ihm. »Und auch ich habe erlebt, wie mir die drei liebsten Freunde erschlagen wurden, doch davon hat dir die Alte im Wald ja auch schon erzählt.«

Da wußte Massimo, wer diese Erscheinung zu sein behauptete, und er zögerte nicht es ihr zu glauben.

»Ich will eine Weile mit dir reden«, sagte dieser alte Zauberer.

»Können wir uns an den Tisch setzen, der dort hinten unter dem Fenster steht?«

»Natürlich«, sagte Massimo, der sich unversehens vorkam wie ein Gastgeber, der seine Pflichten vernachlässigt hat. Er ging dem seltsamen Gast voran, rückte ihm den Stuhl zurecht und wollte sich schon auf den anderen setzen, als er noch einmal aufgehalten wurde. »Dort drüben«, sagte der Alte, »in dem kleinen Wandschrank wirst du ein paar Gläser finden. Bring bitte zwei davon zu diesem Tisch.«

»Ja«, sagte Massimo und schickte sich schon an hinüberzugehen, zögerte dann aber und sagte: »Aber ich habe hier nichts zu trinken.«

Da lachte der Alte wiederum und sagte: »Dafür wird schon gesorgt werden.«

Als sie dann einander gegenüber an dem kleinen Tisch saßen, auf dem nun schon die Gläser bereitstanden, zog der Alte unter seinem weiten Umhang eine Art Schnerfsack hervor, aus dem er eine seltsam gestaucht geformte Flasche und zwei handtellergroße, aus grobem Teig gebackene Flachbrote zutage – oder besser: zur Nacht – förderte. Er schenkte die Gläser voll mit einem dunkelroten Wein, gab Massimo eines der Brote und sagte: »Nun iß und trink!«

Inzwischen fragte sich der, wer hier eigentlich der Gastgeber sei und wer der Gast. Er nahm einen Schluck von dem kräftigen, trockenen Wein, brach als Zubiß ein Stück von dem Brot ab, doch ehe er den Bissen in den Mund schob, sagte er: »Ich werde wohl nie ein richtiger Zauberer werden, weil mir soviel mißlingt.«

»Das ist kein Argument«, sagte sein Tischgenosse. »Auch mir ist in meinem Leben vieles mißlungen, obwohl die Leute soviel Rühmliches über mich erzählen. Und selbst manches, das ich für gelungen hielt, schlug zuletzt dann doch ins Gegenteil um, weil die Menschen, die es betraf, nicht damit umgehen konnten. Eine solche Sicherheit des Gelingens wird nie in der Macht eines Menschen stehen.«

Massimo spülte den ersten Bissen mit einem weiteren Schluck Wein hinunter und sagte dann: »Was für einen Zweck soll dann diese ganze Zauberei haben? Wie kommt es überhaupt dazu, daß die Leute bis zum heutigen Tag von dir reden?«

Der Alte zuckte mit den Achseln. »Der Himmel weiß, wieviel Unsinn sie über mich erzählen. Aber es mag schon sein, daß ich hie und da etwas bewegt habe. Darauf kommt es wohl vor allem an: etwas zu bewegen. Jemanden dazu zu bewegen, das für den Augenblick Richtige zu tun. Natürlich geschieht es immer wieder einmal, daß einer, von dem ich nichts wußte, daherkommt und alles wieder zerschlägt. Auch das mußt du akzeptieren.«

»Das kenne ich«, sagte Massimo, »und es macht mich ungeheuer zornig.«

»Ein Vorrecht der Jugend«, sagte der Alte, »aber es hilft dir nicht weiter. Ungeheuer zornig – das bedeutet eine ungeheure Verschwendung von Energie. Wenn du auf die Weise, wie ich es verstehe, zaubern lernen willst, dann mußt du lernen, diese Energie nicht sinnlos zu verpulvern, sondern bewußt und überlegt einzusetzen.«

»Das ist leicht gesagt …«, begann Massimo.

»… aber schwer getan«, fuhr der Alte fort. »Natürlich. Das weiß ich auch. Aber dein Zorn hat dich vor gar nicht langer Zeit fast das Leben gekostet, und auch das weißt du. Dabei warst du nur egoistisch und obendrein gierig nach dem Besitz dieses Mädchens, das Lena heißt. – Jetzt schau mich nicht so verstört an! Ich weiß das einfach. Du meinst zwar, diese Lena zu lieben, hast sie aber nur erschreckt. Hast du überhaupt eine Ahnung davon, wie oft sie nach dir gefragt und wie lange sie auf dich gewartet hat? Nun hat sie endlich einen anderen Mann gefunden, den sie mag, und du bist neidisch, weil sie mit ihm ins Bett geht und nicht mit dir. Dabei mag sie auch dich nach wie vor, du warst vor lauter Zorn allerdings zu blind, um das zu merken. Siehst du: Genau das meine ich. Ein wahrer Zauberer läßt sich nicht von seinen Trieben einfach übermannen – übrigens ein recht treffendes Wort in diesem Fall! –, sondern versucht, andere zu bewegen, statt sich selbst von den Umständen bewegen zu lassen. Er wird auch nicht eine vorhandene Harmonie stören, sondern versuchen, das scheinbar Unvereinbare in Einklang zu bringen. Das ist es, was die Leute in Wahrheit verblüfft, weil sie dergleichen nicht für möglich halten.«

»Ich weiß nicht, ob ich dazu fähig bin«, sagte Massimo.

Da lächelte der Alte wieder, nachdem er so ernsthaft geredet hatte. »Du weißt überhaupt nicht, was du alles kannst, und wirst es nur erfahren, wenn du es versuchst. Außerdem ist dir ohnehin schon bekannt, daß es mir früher einmal ähnlich ergangen ist wie dir. Aber das ist kein Grund, es nicht immer wieder zu versuchen.«

Der alte Zauberer lehnte sich zurück, aß ein Stück Brot und trank danach einen Schluck von dem Wein. »Iß und trink!« sagte er noch einmal. »Es ist eine gute Sache, das gemeinsam mit einem Freund zu tun.«

Massimo war erstaunt, daß der Alte ihn seinen Freund nannte, und fragte ihn, wie er das meine.

»Dazu gibt es verschiedene Gründe«, sagte der. »Zunächst einmal mag ich dich, weil du mich an meine Jugend erinnerst, in der ich das alles auch noch nicht begriffen hatte und dennoch wußte, was ich eigentlich wollte. Außerdem komme ich nicht zufällig in dieses Haus; denn der Hausherr, bei dem wir hier zu Gast sind, stammt von einem Mann ab, bei dem ich auf andere Weise zu Gast war oder doch auf ähnliche. Auch damals wurde Wein getrunken und Brot gegessen in einem unterirdischen Gewölbe. In meinen jungen Jahren bin ich weit herumgekommen, und davon ist heute nur noch wenig bekannt. Du aber kennst die Geschichte vom Stier, die der Sohn des Grafen dir zu Recht erzählt hat, und ich habe damals selbst all die Verwandlungen durchschritten, von denen sie berichtet. Auch ihr habt damals während dieser Erzählung Wein getrunken und Brot gegessen, und das war kein beiläufiger Zufall. Jedenfalls gehörst du wie der Graf und sein Sohn selber auch auf diese Weise zu meinen Freunden.«

Nach diesen Worten strich der Alte die letzten Krümel von seinem Brot zusammen und warf sie aus der hohlen Hand in den Mund, trank sein Glas leer und sagte: »Vielleicht sehen wir einander später einmal wieder. Einstweilen wünsche ich dir viel Glück.« Er stand auf, steckte die Flasche in seinen Schnerfsack, und als auch Massimo aufstand, trat der Zauberer einen Schritt auf ihn zu und umarmte ihn für einen Augenblick, dessen Dauer Massimo wie eine Zeit außerhalb seiner Zeit empfand, während der er die Berührung spürte wie das Vorüberstreifen eines Vogelflügels. Gleich danach war der Alte durch die imaginäre Tür verschwunden, und als Massimo diese Öffnung zum alten Turm näher beschauen wollte, traf er nur auf eine fest gefügte Mauer aus Bruchsteinen.

Damit hat diese Episode im Leben Massimos ein vorläufiges Ende gefunden. Was danach zunächst geschieht, mag sich jeder mehr oder minder deutlich ausmalen: Nach einer letzten Untersuchung wird er für gesund erklärt und entlassen, wenn auch mit der Mahnung des behandelnden Arztes, in den folgenden Wochen vorsichtig mit seinen Atemwerkzeugen umzugehen, was die Theres beim Abschied noch einmal bekräftigt.
Die Mutter gesteht ihm noch dort im Waldviertel, daß er ihr ohne seine Buchführung entstandenes finanzielles Chaos dringend in geregelte Bahnen lenken müsse, und schleppt dann ihren wiedererstandenen Sohn glücklich nach Venedig, wo er sich noch ein paar Tage lang, vorwiegend am Cembalo seines Großvaters, von den vorangegangenen Ereignissen erholt und dann in jener Universität zurückmeldet, an der er – wie ihm scheint vor unausdenklichen Zeiten – seine Antrittsvorlesung gehalten hat. Er wird, zumal man ihn auch dort für tot gehalten hat, mit Freuden begrüßt und kann im bevorstehenden Sommersemester gleich seine Vorlesungstätigkeit aufnehmen, deren Text schon fertig entworfen längst in seiner Schreibtischschublade gelegen hatte.
In wenigen Jahren wird er dort zu einem in seinen kunstwissenschaftlichen Thesen zwar heftig diskutierten, aber bei den Studenten allseits beliebten Dozenten und erlangt nach der üblichen Zeit, die hier, da sie auf eine eher langweilige Beschreibung des Universitätsalltags hinauslaufen würde, ohne Schaden übersprungen werden kann, eine ordentliche Professur. Eines sollte hier allerdings noch erwähnt werden: Seine Beliebtheit bei den Studenten mag durchaus auch darin begründet sein, daß es ihm nach und nach immer besser zu gelingen scheint, diese nicht nur

zu informieren und mit Wissensstoff vollzustopfen, sondern auch auf eine Weise zu bewegen, die ihnen ihre Beschäftigung mit der Kunst zu einer lebenserfüllenden Freude machen könnte.

Erst etwa zehn Jahre nach den in diesem Kapitel geschilderten Geschehnissen beginnt sich etwas anzuspinnen, das eine neuerliche Aufnahme des Erzählens lohnen sollte.

XI

Es begann mit einer zunächst eher fachspezifischen Begegnung. Massimo wurde gegen Ende des Sommersemesters nach seiner Mittwochsvorlesung draußen auf dem Flur von einer Dame angesprochen, die er nicht kannte und die auch nicht zu den Studentinnen zu rechnen war, von denen sie sich durch ihre trauermäßig dunkle, offensichtlich ziemlich teure Kleidung deutlich abhob. Massimo allerdings fand, daß dieses für sie sehr vorteilhaft geschnittene Kleid durchaus harmonisierte mit ihrem blassen Teint und dem dunklen Haar, das sie in einer ziemlich kurz geschnittenen modischen Frisur trug. Sie nannte sich Pozzo und fragte ihn, ob er ihr ein wenig seiner Zeit opfern könne (es stellte sich bald heraus, daß *wenig* eine außerordentlich kühne Untertreibung war). Er lud sie ein, ihn zu seinem Dienstzimmer zu begleiten, in dem er sonst Besprechungen mit Seminarteilnehmern oder Dissertanten abzuhalten pflegte, bot ihr dort den einfachen, mit Rohrgeflecht bezogenen Besucherstuhl vor seinem Schreibtisch an und fragte sie, ob er ihr einen Espresso anbieten dürfe.

Da sie gewährend nickte, holte er aus dem linken unteren Seitenfach seines Schreibtischs eine dieser sanduhrförmigen Espressokannen hervor, versah diese mit Wasser und Kaffeepulver und stellte sie dann, indem er aufstand und zu einem Beistelltischchen zwischen den überladenen Bücherregalen ging, auf eine dort an einen Stecker angeschlossene Kochplatte. Dann setzte er sich einstweilen wieder an den Schreibtisch und fragte, während die Kaffeekanne schon leise zu singen anfing, die Signora Pozzo nach dem Grund ihres Besuchs.

»Übernehmen Sie möglicherweise auch denkmalpflegerische Aufgaben?« fragte diese.

»Das kommt auf das jeweilige Objekt an«, sagte er. »Worum handelt es sich denn?«

»Um die Restaurierung meines Hauses«, sagte die Besucherin. »Es ist eigentlich ein nicht zu weitläufiger Palazzo, der aus dem Besitz meiner Familie stammt, eben der Familie Pozzo.«

Inzwischen war der Kaffee hochgekocht. Massimo stand auf und ging hinüber zu dem Tischchen, nahm aus einer Schublade ein zierliches Kaffeegeschirr, schenkte die Tassen ein und trug sie samt Löffeln und Zuckerdose zurück zum Schreibtisch. Währenddessen spann er seine Überlegungen weiter und sagte: »Sie sind also ledig und haben das alleinige Verfügungsrecht?«

Die Pozzo trank erst einmal einen Schluck und sagte dann: »Seit dem kürzlich erfolgten Tod meiner Mutter, mit der zusammen ich das Haus bewohnt habe, gehört es mir allein. Aber ledig oder besser verwitwet bin ich schon seit dem Tod meines Mannes, der vor ein paar Jahren bei einem Autounfall ums Leben gekommen ist.«

Massimo bemerkte, daß bei dieser letzten Mitteilung das Kinn der Signora ein wenig bebte und ihre Augen sich feuchteten. »War auch ihr verstorbener Mann ein Pozzo?« fragte er.

»Nein«, sagte sie, »er war ein Falconetto und sah auch so aus.« Sie legte eine Pause ein, während der Massimo sich vorzustellen versuchte, wie ein Falconetto auszusehen habe, wohl irgendwie scharfschnäbelig falkenhaft. Sie trank inzwischen einen weiteren Schluck von ihrem Espresso und fuhr dann fort: »Da das Erbrecht im Hinblick auf dieses Haus an die Bedingung geknüpft ist, daß, solange es überhaupt noch Pozzi gibt, immer ein Träger dieses Namens es besitzen soll, habe ich mir meinen Mädchennamen zurückgeben lassen, so schwer mir das auch gefallen ist.« Ihr über den schwarzen Stoff ihres Kleides herabschweifender Blick sagte ein übriges.

Um sie nicht noch tiefer in ihre Trauer versinken zu lassen, fragte Massimo: »Worum geht es nun im einzelnen bei dem denkmalpflegerischen Vorhaben, von dem Sie gesprochen haben?«

»Vor allem um die wahrscheinlich recht problematische Restaurierung von Fresken. Meine Mutter hatte sich in ihren letzten Lebensjahren allzu wenig um den Erhaltungszustand des Hauses gekümmert. Sie wolle ihre Ruhe haben, sagte sie, sobald ich die Sprache darauf brachte, und nun sind die Wandmalereien und nicht zuletzt auch das Deckenfresko im Festsaal in einem dermaßen desolaten Zustand, daß ich ernsthafte Zweifel hege, ob sie überhaupt noch zu retten sind. Sie müssen sich das erst einmal ansehen.«

»Gern«, sagte Massimo. »Wo steht ihr Haus?«

Als sie ihm die Adresse nannte und den Bau beschrieb – er stand im östlichen Teil der Altstadt an einem der Kanäle –, entsann er sich, daß ihm die Fassade schon aufgefallen war, ein interessantes Beispiel für frühe barocke Elemente in einer späten Renaissancearchitektur. Diese Erinnerung machte ihn noch neugieriger auf den Besuch. »Also Montag vormittag«, sagte er. »Ich freue mich schon auf Ihr Haus!«

Die Pozzo bedankte sich für seine Bereitschaft und machte schon Anstalten aufzustehen, worauf er sich beeilte, noch vor ihr auf die Beine zu kommen und ihr, sobald auch sie sich erhoben hatte, den Stuhl in dem etwas engen Zimmer aus dem Weg zu räumen. Als sie schon längst draußen über den Flur zum Treppenhaus ging – das Klacken ihrer Absätze war noch deutlich zu hören –, stand er noch eine Weile an derselben Stelle, atmete den schwer zu bestimmenden Duft ihres leichten Parfüms und fand, daß er diese noch immer jung wirkende Frau mochte. Sie sollte endlich ihre Trauerkleider ablegen, fand er.

Da er am Freitag keine Verpflichtungen an der Universität hatte, fuhr er mit seinem Topolino schon am Donnerstag gegen Abend zurück nach Venedig. Nachdem er seine Tasche und einen Packen Bücher aus der Seminarbibliothek auf sein Zimmer hinaufgebracht hatte, ging er hinunter zu den gemeinsamen Wohnräumen und klopfte bei seiner Mutter an. Sie saß, als er ins Zimmer trat, halb hingestreckt auf einem Diwan und hielt ihm ihre Wange zum Kuß hin, den er pflichtgemäß auf die zartrougierte, etwas schlaffe Haut drückte, bevor er sich auf einen Schemel zu ihren Füßen setzte, quasi nur mit einer Hinterbacke, also jederzeit bereit, rasch aufzustehen und anderwärts seinen Interessen nachzugehen.

»Jetzt bleib erst einmal eine Weile bei mir sitzen!« sagte sie. »Heute morgen kam übrigens ein Brief für dich« – sie kramte ihn nach einigem Suchen unter einem Stoß von Zeitschriften hervor – »ein Brief von deiner Cousine Catarina.« In ihrer Stimme schwang ein spürbar abfälliger Ton mit, und die Art, wie sie ihm diesen Brief mit spitzen Fingern über den niedrigen Tisch zuschob, wirkte so, als sei das Kuvert mit Gift behaftet. »Was die wohl von dir will?«

»Das weiß *ich* doch nicht«, sagte er und steckte ihn ein. »Wenn du erlaubst, geh ich jetzt auf mein Zimmer und versuche das herauszufinden.«

Unter den mißbilligenden Blicken seiner Mutter stand er auf, verließ das Zimmer und stieg wieder hinauf zu seiner Stube.

Ihm war merkwürdig zumute, als er zum Brieföffner griff und den Umschlag aufschlitzte. Er hatte nie mehr von ihr gehört, seit sie damals nach seiner doppelten Reifeprüfung so gänzlich aus seinem Umkreis verschwunden war, als habe er diese Episode nur geträumt. Er wisse ja wohl, schrieb sie, daß sie seit ihrer letzten Begegnung in der Schweiz gelebt habe (er wußte es nicht!), doch nun sei sie endlich nach mehr als fünfundzwanzig Jahren in ihr geliebtes Venedig zurückgekehrt und freue sich darauf, ihn zu sehen und zu hören, was aus ihm nach solch vielversprechenden Anfängen geworden sei.

War das eine ironische Anspielung? Und auf welche Art von vielversprechenden Anfängen sollte diese zielen, wenn dem so war? Er wußte nicht, was er davon halten sollte, doch war eine solche Einladung nicht auszuschlagen. Noch am selben Abend rief er sie an und versprach, am Nachmittag des nächsten Tages zum Kaffee zu kommen. Er schlief unruhig in dieser Nacht, bedrängt von Erinnerungsbildern, spürte längst vergessene und deshalb um so gieriger erwartete Küsse auf seinen Lippen, den lustvollen Schrecken, der ihn durchfahren hatte, als sie damals nach seinem Gürtel gegriffen hatte. Wie sie wohl aussah? Er konnte es sich kaum noch vorstellen.

Versehen mit einem Blumenstrauß – lachsfarbene Rosen, diese Farbe schien ihm unaufdringlich genug –, schellte er an der Tür ihres Elternhauses und konnte das Bild jenes Abends, an dem er ihr durch diese Tür gefolgt war, nicht aus seinem Gedächtnis vertreiben. Aber es war nicht sie, die öffnete, sondern ein Diener, der ihm die Hülle des Rosenstraußes abnahm und ihn hinaufführte in den ersten Stock und dort in ein Zimmer, das mit etwas karg wirkenden modernen Polstermöbeln eingerichtet war. Catarina erhob sich aus einem dieser kantigen Sessel, ging ihm einen Schritt entgegen und nahm dankend die Blumen in Empfang. Während sie an den Blüten roch, hatte er Gelegenheit, sie zu betrachten. Noch immer war an ihren Bewegungen diese kätzische Art zu bemerken, als sei sie ständig auf dem Sprung. Sie war schlank geblieben und wirkte gut trainiert, als würde sie noch immer Sport betreiben.

»Führst du noch immer das Florett?« fragte er.

»Ja«, sagte sie. »Ich hatte in der Schweiz einen guten Trainer. Hier in Venedig muß ich mir erst wieder einen Partner suchen.«

Das klang, wenn er sich an den damals zwischen ihnen eingespielten Wortgebrauch erinnerte, ziemlich zweideutig. Ehe er jedoch eine passende – oder besser: treffende – Replik anbringen konnte, trat hinter ihm durch die noch immer geöffnete Tür eine junge Frau. Als sie an ihm vorüberging und in sein Blickfeld geriet, weckte ihre Erscheinung sofort seine Aufmerksamkeit. Er kannte sie nicht, und doch kam sie ihm auf eine zunächst nicht begründbare Weise vertraut vor, besonders als sie neben Catarina stehenblieb und sich ihm zuwendete.

»Das ist Bianca«, sagte Catarina, als müsse er wissen, wer das sei, als er sie ratlos anblickte und offenbar eine Ergänzung dieses Namens erwartete, wiederholte sie, nun schon ungeduldig, den Namen: »Bianca! Meine oder besser unsere Tochter. Weißt du denn nicht ...?«

Nein, er hatte keine Ahnung von dieser ihnen gemeinsamen Tochter, und das brauchte er jetzt gar nicht mehr zu sagen.

»Hat die Familie also dichtgehalten!« sagte Catarina ärgerlich. »Ich hätte es mir denken können. Nicht einmal deine Mutter hat dir etwas angedeutet?«

»Wußte sie es denn?«

»Natürlich muß sie es von Anfang an gewußt haben«, sagte Catarina. »Sie war sich deiner wohl sicherer, wenn sie's für sich behielt. – Setzen wir uns erst einmal. Ich glaube, du mußt einen Schluck trinken auf diesen Schreck.« Sie ließ offen, ob sie das für einen freudigen Schreck hielt oder eher für das Gegenteil.

Auch Massimo hätte diese Entscheidung in diesem Augenblick noch nicht treffen können. Als sie gleich danach an dem niedrigen Tisch saßen, hatte er Gelegenheit, seine erwachsene Tochter, deren gesamte Kindheit und Jugend er versäumt hatte, in Ruhe anzuschauen. Er begriff rasch, warum sie ihm schon auf den ersten Blick vertraut erschienen war: Sie hatte Catarinas dunkelgrüne Augen, und ihre Mundpartie ähnelte jener in dem Gesicht, das er allmorgendlich im Rasierspiegel erblickte.

Auch Bianca musterte ihn genau, schon fast prüfend, so kam es ihm vor. »Meine Mutter hat mir viel von dir erzählt«, sagte sie. »Auch davon, was von unserer türkischen Ahnfrau in dir lebendig ist.«

So vorschnell wollte Massimo nicht auf diese feenhafte Erbschaft zu sprechen kommen, jedenfalls nicht, bevor er sie näher kennengelernt hatte. Um die Sprache auf ein weniger heikles Thema zu bringen, fragte er sie, womit sie sich beschäftige.

»Nach der Matura in meinem Schweizer Internat habe ich ein paar Semester Kunstgeschichte studiert und daneben eine Ausbildung als Restauratorin gemacht. Die habe ich vor unserer Abreise noch abschließen können.«

Massimo war sofort interessiert. »Woran hast du zuletzt gearbeitet?« fragte er.

»Mein Lehrherr hatte die Wiederherstellung von Fresken in einer Ostschweizer Klosterkirche übernommen«, sagte sie. »Ich durfte an dieser Arbeit teilnehmen.«

»Weißt du schon, was du hier in Venedig anfangen willst?« fragte er.

Sie schüttelte lächelnd den Kopf. »Wir sind ja erst vor ein paar

Tagen angekommen. Du bist doch vom Fach. Ich wollte dich ohnehin fragen, ob du mir etwas vermitteln kannst.«

Dieses Gespräch wurde Massimo nachgerade unheimlich. Da hatte er zwei Tage zuvor einen Auftrag übernommen, von dem er noch nicht einmal wußte, ob er sich würde realisieren lassen und ob er geeignete Mitarbeiter dafür finden würde, und nun wurde ihm eine leibliche Tochter vorgestellt, die dafür in Betracht kam. Das war wohl wieder einer dieser merkwürdigen Vorgänge, die sich *ohne sein Zutun*, wie die Theres damals gesagt hatte, ereigneten. Er wußte überhaupt nicht, ob Bianca hinreichend Erfahrung für sein riskantes Projekt mitbrachte, aber ihr Lächeln genügte ihm, diese Sache zu entscheiden und das Risiko einzugehen.

»Ich liebe riskante Projekte«, sagte sie völlig unvermittelt, als könne sie in seinen Gedanken lesen. Wahrscheinlich konnte sie das wirklich.

Er nickte wie zur Bestätigung und sagte dann: »Vorgestern hat man mir eine Restaurierung angetragen, von der ich noch nicht weiß, ob ich sie übernehmen soll. Mit dir zusammen, stelle ich mir jetzt vor, könnte sie gelingen. Jedenfalls werde ich mir am Montag das Haus und den Zustand der Fresken anschauen. Wenn du willst, kannst du gleich mitkommen.«

Sie näherten sich dem Haus der Pozzo über eine schmale Gasse von der Frontseite her, die deutlich jene baulichen Mängel zeigte, zu deren Behebung Massimos Rat auch erbeten worden war. Als er die altertümliche Schelle mit dem neben der Tür aus der Mauer ragenden bronzenen Hebel betätigte, hörte er nur schwach das blecherne Scheppern irgendwo weit entfernt im Gebäude. Es dauerte auch eine Weile, bis der Schlüssel im Schloß gedreht und die Tür von einer alten, wohl aus Solidarität tiefschwarz gekleideten Dienstmagd nach außen aufgedrückt wurde. Massimo nannte seinen Namen und wurde mit seiner Begleiterin sofort eingelassen. Die Magd schlurfte ihnen voraus durch einen nur schwach beleuchteten Korridor, klopfte an eine Tür, die sie, sobald von drinnen »Avanti!« zu hören war, so weit öffnete, daß Massimo und Bianca an ihr vorüber in das Zimmer eintreten konnten. »Messer Battisti«, sagte die Magd überflüssigerweise, denn Signora Pozzo war schon von dem dünnbeinigen Schreibtisch, an dem sie gesessen war, aufgestanden und hatte den Besucher mit Namen begrüßt. Auf ihren fragenden Blick hin stellte er ihr seine Tochter als Mitarbeiterin vor, die er gleich zur Besichtigung mitgenommen habe.

»Ich freue mich, daß Sie so bald kommen konnten«, sagte die Signora und schaute ihn und seine Begleiterin noch immer an, mit einer Spur von Neugier im Blick, wie ihm schien. »Wollen wir jetzt gleich einen Rundgang machen? Ja? Fangen wir am besten im Oberstock an!«

Sie vertrödelt keine Zeit, dachte er, als sie schon während dieser Worte sich zur Tür wendete. Beide folgten ihr über den Korridor zum Treppenhaus und stiegen neben ihr die breiten, etwas ausgetretenen Marmorstufen hinauf zu der oberen Etage. Dort war eine Reihe von Zimmern zu besichtigen, von denen einige leerstanden, andere als Aufbewahrungsort überflüssiger Möbel dienten. Vor der letzten Tür blieb die Signora stehen und sagte: »Hier wohnt Lucia, meine Dienstmagd. Ihr Zimmer schaut auch nicht viel besser aus als die anderen.«

Massimo hatte in jedem der bisher besichtigten Räume Wasserflecken an der Decke bemerkt, offenbar von eindringendem Regen. Stellenweise bröselte schon der barocke Stuck herab. »Zuerst muß wohl das Dach in Ordnung gebracht werden«, sagte er.

Signora Pozzo nickte und sagte: »Das hab ich schon veranlaßt. Wegen solcher Selbstverständlichkeiten habe ich Sie überdies nicht hergebeten. Ich wollte nur, daß Sie das ganze Haus kennenlernen, ehe wir in die wirklich problematische Region hinuntersteigen.«

Das taten sie sogleich, und die Signora führte sie *zur Vorbereitung,* wie sie sagte, durch die Wohnräume im Mezzanin, die teils noch mit barockem Mobiliar ausgestattet waren, teils auch mit später dazugestellten Stücken bis etwa zum Empire. Noch jüngere entdeckte Massimo nicht, aber sein Interesse galt vor allem den Wandmalereien, die größtenteils in beklagenswertem Zustand waren. »Hier gibt es eine Menge zu tun«, sagte er, als er sich in einem Raum umgeblickt hatte, auf dessen Wänden ein Zyklus zu der Geschichte von Amor und Psyche zu sehen war. Immerhin war alles noch erkennbar, Schloß und Park, in die Psyche von Amor geführt worden war, der Besuch beim Vater und den neidischen Schwestern, die Psyche den verhängnisvollen Rat geben, dem sie in der nächsten Szene folgt, als sie beim nächtlichen Beilager eine Kerze anzündet und den Liebesgott neben sich im Bett erblickt, dann noch dessen Flucht und die Bestrafung unter den Blicken der zürnenden Venus und schließlich die Apotheose.

»Da war eine talentierte Hand tätig«, sagte Massimo. »Aber die Malerei muß sorgfältig gesichert werden. Stellenweise hat sich der Malgrund gelockert. Sehen Sie hier: Da bröckeln schon Teile von Psyches Gewand auf den Teppich! Solche Bröckchen sollten sortiert aufgehoben werden.«

Während die Hausherrin zurückblieb, um sogleich seinem Rat zu folgen, sagte Bianca leise zu ihrem Vater: »Die Bröseln werden wir nicht brauchen, weil ich das Ganze sehen kann, so wie es einmal war.«

»Wie machst du das?« fragte Massimo. »Du bringst sogar mich dazu, mehr von den Malereien wahrzunehmen, als tatsächlich noch vorhanden ist.«

Sie zuckte mit den Schultern, als sei das nichts Besonderes. »Ich seh's halt«, sagte sie. »Das hab ich schon früher gemerkt, als ich in der Schweiz gearbeitet habe. Manchmal wollte ich meinem Meister zeigen, was er nicht sehen konnte, aber er wurde nur ärgerlich und sagte, ich solle beim Restaurieren meine Phantasie aus dem Spiel lassen. Aber das hat nichts mit Phantasie zu tun. Ich sehe es wirklich, wahrscheinlich noch deutlicher, als du es eben gesehen hast.«

»Das könnte schon sein«, sagte Massimo und nach einer Pause: »Du hast das Erbe ja von beiden Eltern mitbekommen.«

»Ich weiß«, sagte sie. »Meine Mutter hat mir davon erzählt.«

»Als Katze?« fragte er und grinste.

Da lachte sie und sagte: »Wenn Leute ins Haus kommen, die sie nicht leiden kann, empfängt sie diese als Katze und rollt ihnen Glaskugeln vor die Füße, daß sie ins Stolpern kommen. Solche

Leute bleiben nicht lange, weil sie ihren Schabernack mit ihnen treibt, während sie ständig fragen, wann meine Mutter endlich käme. Wir haben viel Spaß miteinander; denn ich mag sie genausogern als Katze. Und du kannst fliegen?«

»Manchmal«, sagte Massimo. »Hat dir deine Mutter das erzählt? Natürlich. Wer denn sonst. Hie und da bin ich als Vogel geflogen. Aber das habe ich nicht riskiert, wenn deine Mutter dabei war. Sie hätte Appetit auf mich bekommen können.« Er wunderte sich, daß er ohne Scheu über seine Zauberei sprechen konnte. »Wir werden ein fabelhaftes Team bilden«, sagte er.

Inzwischen war die Signora zurückgekommen und führte sie jetzt zum Treppenhaus, das sie durch eine Seitentür betraten, und dort dann zu einer reichintarsierten Doppeltür, die sich in der Mitte des Vestibüls ins Haus hinein öffnen ließ.

Schon nach dem ersten Schritt in diesen zwei Stockwerke hohen, die ganze Tiefe des eher bescheiden dimensionierten Palazzo umfassenden Raum, der sich vor ihm öffnete, blieb Massimo stehen, um die ausgewogenen Proportionen dieser Sala zu bewundern. Eine Art architektonischer Kammermusik, so kam es ihm vor, ein überschaubarer Raum, dessen dem Eingang gegenüberliegende Wand von einem großen rundbogigen, bis zum Boden reichenden Fenster durchbrochen war, durch das er hinaus in einen Garten blickte. Die Seitenwände waren durch marmorierte Risalite gegliedert, die säulengleich mit ihren Akanthuskapitellen das Gewölbe zu tragen schienen, das den gesamten Raum überspannte. Das alles umfaßte er mit einem Blick und war, noch ohne Einzelheiten beobachtet zu haben, beglückt von diesem Gesamteindruck. Hier müßte man Feste feiern, dachte er, sagte es aber einstweilen noch nicht angesichts der schwarzgekleideten Signora, die hier ihre Zeit bisher vertrauert hatte. Diese bemerkte immerhin, wie beeindruckt er war, und sagte: »Ja, er könnte schön sein, dieser Festsaal. Aber hier ist die Feuchtigkeit nicht nur durchs Dach, sondern auch vom Fundament her in die Mauern hinaufgedrungen und hat die Malereien nahezu zerstört.«

Auch das mußte Massimo erkennen, als er jetzt weiter in den Raum hineinging, um die Wände zu betrachten und den Zustand des Gewölbes. Zwischen den Risaliten waren jeweils mythologische Szenen dargestellt gewesen, deren Thematik man eben noch umrißhaft erraten konnte, hie und da einen bocksfüßigen Faun, dort eine Hand mit einer Panflöte, das weinlaubbekränzte Haupt eines Silen, der erahnbare Reigen tanzender Nymphen – das alles erriet er eher, als daß er es genau erkannt hätte. Ihm war, als geisterten die Schatten dieser mythischen Figuren über die Wände, doch wenn er sie genauer ins Auge fassen wollte, lösten sie sich auf zu verwischten Farbflächen, zwischen denen sich der Putz von der Mauer löste.

Am schlimmsten sah es oben im Gewölbe aus, das besonders unter dem eindringenden Regen gelitten hatte. Bildzusammenhänge waren überhaupt nicht mehr zu erkennen. Da und dort reckte sich ein nackter Arm ins Ungewisse; die Falten eines Gewandes flatterten, erregt von einer nicht mehr wahrnehmbaren Bewegung; aus einem Mauerfleck, von dem der Putz schon abgefallen war, wuchs der belaubte Zweig eines Granatapfelbaums, der eine vollständig erhaltene und eine nur noch zur Hälfte vorhandene Frucht trug – all das sah er, aber nichts schloß sich zusammen zu einem sinnvollen Ganzen. Dann traf ihn der Blick eines gemalten und doch fast lebendig erscheinenden Auges, das ihn anschaute, fordernd, wie ihm schien. Reste des zugehörigen Gesichts ließen auf eine Frau schließen. Du verlangst viel, dachte er, aber wenn du mich so anschaust, werde ich mich dieser verzweifelten Sache annehmen müssen.

»Ist das überhaupt noch zu retten?« fragte die Signora.

Massimo sah die Trauer in ihrem Blick und zugleich das Verlangen, die verlorene Schönheit des Deckenfreskos zurückzugewinnen. Ihr Blick gleicht jenem dieses Auges, das mich von oben her über alle Zerstörungen hinweg anschaut, erkannte er. »Wir werden es versuchen«, sagte er, obwohl er sich noch nicht vorstellen konnte, wie das hätte gemacht werden sollen. Er mußte es dieser trauernden Frau zuliebe versuchen und würde dieses Wort nicht mehr zurücknehmen können. Unter keinen Umständen.

»Meine Tochter und ich«, sagte er, »wir beide werden das schon schaffen.«

Die Pozzo schien überrascht von der Sicherheit, mit der er das äußerte, und freute sich offenkundig über die Hoffnung, die er ihr machte. Sie verabschiedete sich gleich darauf, weil sie, wie sie sagte, eine Verabredung mit den Dachdeckern habe.

Als Massimo sich wieder seiner Tochter zuwandte, bemerkte er, daß sie ihre Blicke von einer Stelle des Deckenfreskos zur anderen wandern ließ; sie schien sichtlich amüsiert irgendwelche Szenen oder Vorgänge zu beobachten, von denen er überhaupt nichts wahrnahm. Dann lachte sie laut heraus und rief: »Das ist der spaßigste Götterhimmel, den ich je gesehen habe.«

»Spaßig, weil er so leer ist?« fragte Massimo.

»Leer? Ein einziges turbulentes Gewimmel ist das!« sagte Bianca. »Aber wart nur! Du kriegst es schon noch zu sehen! Weiß man, wer die Fresken gemalt hat?«

»Signora Pozzo weiß es offenbar nicht«, sagte Massimo, »und auch ich habe bisher noch nichts von diesem Fresko gewußt. Kann sein, daß es in der älteren Literatur irgendwo erwähnt wurde, aber da müßte ich mich erst auf die Suche machen.«

»Vielleicht kannst du dir das sparen«, sagte Bianca und schaute ihn teils amüsiert an, teils auch wie ein Mädchen, das eben einen besonders raffinierten Streich aushecht. Sie gefiel ihm gut, wie sie dastand, die dunkelgrünen Augen auf ihn gerichtet mit einem geradezu zwingenden Blick, dem er nicht ausweichen konnte, immer noch lachend, aber zugleich immer rätselhafter, eine Nymphe, die sich eben anschickt, ihn hinüberzulocken in eine verzauberte Welt, selbst schon angetan mit einem chitonartigen Gewand, das Arme und Beine bis über das Knie hinauf freiließ, im Haar einen blühenden Weißdornzweig, so stand sie da und lockte ihn hinein in die

Geschichte vom Ball der Götter

»He, Apoll, kannst du überhaupt spielen auf deiner Harfe?«

Massimo fühlte sich angesprochen von einem als Pan verkleideten jungen Mann, der eine Syrinx in der Hand schwenkte. Und er selbst hielt tatsächlich eine kleine, aber offenbar durchaus spielbare Handharfe in Form einer antiken Kithara im Arm, auf der er eben noch geklimpert haben mußte; denn die Melodie schwirrte noch in seinem Ohr. »Willst du mit mir duettieren?« fragte er.

»Lieber als duellieren«, sagte der in ein Ziegenfell gekleidete Naturgott lachend. »Du sollst ja ein Meisterschütze sein mit deinem Bogen. Komm, lassen wir die Leute tanzen!«

Pan begann eine wilde Galliarde zu spielen, und Massimo wurde seiner Rolle als Apoll gerecht, indem er dem Tanz auf seinem Instrument springende Rhythmen unterlegte. Während er improvisierend spielte, hatte er Gelegenheit genug, die anderen Teilnehmer des Festes, das hier gefeiert wurde, zu beobachten.

Bianca oder wie immer sie jetzt als Nymphe in dieser traumartigen Szene heißen mochte, stand noch immer neben ihm und sagte: »Jetzt gib gut acht, wenn ich dir die Herrschaften vorstelle: Der grauhaarige, etwas füllige Tänzer, der sich in dieses absurde, von weißem Gefieder umwölkte Gewand gekleidet hat, ist Signore Pozzo, der Herr des Hauses, und er fühlt sich hier als Gebieter dieses antikischen Festes, ein Zeus als Schwan, der es auf die liebliche Leda abgesehen hat, mit der er eben wippenden Fußes die Galliarde hüpft. Hoffentlich übernimmt er sich nicht. Seine Gattin, die dort drüben im streng gefältelten Gewand als kuhäugige Hera zu sehen ist – sie leidet tatsächlich ein wenig an Quellaugen –, hat sich den etwas steifleinenen Kaufherrn Ottavio Celsi geangelt – er versucht mit geflügelter Thurn-und-Taxis-Mütze und Flatterschuhen den Götterboten Hermes zu mimen –, aber sie tut dies natürlich in ernsthafter Absicht; denn sie hat den reichen Pfeffersack ihrer Tochter Beatrice zugedacht und will ihn noch ein bißchen weichklopfen im Hinblick auf seine Ansprüche auf eine nicht unerhebliche Mitgift. Jetzt wirft die Herrin dieses olympischen Festes schon einen mißbilligenden Blick hinüber zu ihrem Gemahl, der die Galliarde zu einem wahren Balztanz nutzt. Schau, jetzt hat er ihren scheelen Blick bemerkt und zügelt ein wenig seine Avancen. Daß er sie völlig aufgeben wird, glaubt sie wohl selber nicht.«

»Und wo ist Pozzos Tochter?« fragte der apollinische Massimo, indes er immer wacker seine Harfe schlug.

»Welche?« fragte Bianca. »Er hat deren zwei. Die ältere ist

schon unter der Haube. Sie tanzt in dem etwas indezenten Gewand der Liebesgöttin dort bei dem zweiten Pilaster links mit dem feschen Offizier, der sich in all dem schimmernden Blech als Kriegsgott gibt.«

»Ihr Mann?« fragte Massimo.

»Wo denkst du hin! Wohl eher ihr Liebhaber. Was meinst du denn, wozu sie sich als Aphrodite kostümiert hat? Ihr Mann taugt nicht fürs Tanzen sondern nur für die täglichen Ausgaben. Messer Fiumicelli betreibt eine umfangreiche Manufaktur für Eisenwaren und hockt dort drüben bei den Tischen, wo es Wein gibt. Er hat ein lahmes Bein und wird diese Behinderung nicht zu jedermanns Ergötzen auch noch im Tanze vorführen.«

»Und die andere Tochter, die mit dem Kaufmann Celsi liiert ist ...«

Bianca lachte spöttisch. »Liiert ist Silvia keineswegs! Sie trauert noch immer um einen Bräutigam, der todkrank von einer Geschäftsreise nach Westafrika zurückkehrte und bald danach in ihren Armen verstarb. Vorderhand will sie von Heiraten nichts hören, wie du an ihrem eher an eine trauernde Niobe gemahnenden Kleid sehen kannst. Ein Wunder, daß sie überhaupt erschienen ist auf diesem Fest; ihr Vater wird sie mehr oder minder dazu gezwungen haben.«

Massimo hatte währenddessen suchend umhergeblickt und sah alsbald eine junge Frau, auf die Biancas Beschreibung passen könnte, halb abgewandt in der Nähe der Tür auf einem Schemel sitzen und hinaufschauen in das noch unbemalte Gewölbe des Festsaals. »Dort drüben!« sagte er zu Bianca und wies mit dem Kopf in die Richtung. »Das muß sie sein.«

»Wer sonst in dieser leichtfertigen Gesellschaft?« sagte Bianca. »Schau Sie dir nur genau an!«

Das tat Massimo, und als Silvia einmal für kurze Zeit herüberblickte, weil Pan mit einem besonders kunstvollen Triller den Tanz beendete, erkannte er sie: Sie glich aufs Haar jener Signora Pozzo, die ihn gebeten hatte, sich der Restaurierung der Fresken anzunehmen, die es offenbar zu dieser Zeit außerhalb der Zeit noch überhaupt nicht gab. Er betrachtete ihr Gesicht, das nun wieder im Halbprofil zu sehen war, die glatte Stirn unter dem dunklen, ein wenig ins rötliche spielenden Haar, die leicht gebogene Linie der Nase, den streng geschlossenen Mund, dessen betonte Unterlippe dennoch geradezu sinnlich wirkte, das schön gerundete Kinn – und er fand dieses Gesicht trotz oder vielleicht auch gerade wegen der Trauer, die aus den Mienen abzulesen war, hinreißend schön.

»Du solltest sie malen!« sagte Bianca.

»Wieso ich?« fragte er.

»Du bist doch hier der Maler«, sagte Bianca. »Weißt du das nicht? Nur der Maler selbst wird sein Fresko wiederherstellen können.«

Inzwischen hatten sich andere Musiker eingefunden mit Flöten und Gamben und eröffneten ihr Programm mit einem gemessenen Passamezzo.

»Nun mach schon!« sagte Bianca. »Hol dir deine Silvia! Schau sie doch an! Sie ist wie eine edle reife Frucht, die gepflückt werden will.«

»Ich geh ja schon, du leichtfertiges Biest«, sagte Massimo und war mit wenigen Schritten bei der jüngeren Tochter des Gastgebers. Als er sich vor ihr verbeugte, blickte sie erstaunt auf. »Was wünschen Sie, Messer Battisti?« fragte sie.

»Diesen Tanz mit Ihnen«, sagte er. »Erweisen Sie mir bitte diese Ehre.«

Sie blickte ihn fest an, und nach einer Weile sagte sie: »Nur unter einer Bedingung.«

»Unter welcher?« fragte er sofort, bereit auf alles einzugehen, was sie ihm vorschlug.

»Daß Sie mir diesen Saal mit einem Fresko ausmalen«, sagte sie. »Dafür wäre ich bereit, meine Trauerzeit abzubrechen, Ihrer Kunst zuliebe.«

»Nur meiner Kunst zuliebe?« fragte Massimo.

Sie streifte ihn mit einem Seitenblick, der durchaus nicht mehr mit ihrer bisherigen Trauermiene zu vereinbaren war, und sagte: »Weswegen denn sonst?«

Eine Antwort darauf wartete sie gar nicht mehr ab, sondern stand auf und folgte Massimo zur Saalmitte, wo schon einige Paare – darunter auch wieder der schwanengeflügelte Göttervater mit Leda – bereitstanden, um bei der Wiederholung der ersten Passage des Passamezzo mit dem Tanz zu beginnen.

Die Musiker verstanden es, die Grundmelodie immer aufs neue zu variieren, indem einmal die Flöten sie zu schnellen Läufen auflösten und dann wieder die Gamben das harmonische Fundament in weiten Sprüngen umspielten. Um so länger dauerte dieser Tanz und um so deutlicher spürte Massimo das zunehmende Einverständnis zwischen seiner Partnerin und ihm selbst. Mochte sie anfangs sich noch auf dieses harmlose, aber vielversprechende Abenteuer vor allem wegen der erwünschten Malerei eingelassen haben, so schien sie schließlich auch an den Bewegungen des Tanzes und nicht zuletzt auch an diesem Zusammenspiel mit ihrem Freskomaler Vergnügen zu empfinden, an diesem Aufeinander-Zugehen und sich scheinbar spröde wieder Wegdrehen, dem zeitweisen Ergreifen der Hand des Tänzers, der plötzlichen Nähe seine Körpers und auch an dem Duell der Augen, deren Blicke sich immer öfter trafen und immer länger ineinander hängenblieben, zwei blitzende Florette, von denen eines das andere in der Bindung festhält und nicht mehr loslassen will.

Dann wurden sie unversehens gestört durch den wütenden Aufschrei einer weiblichen Stimme. Die Musik brach ab, die Tänzer blieben in ihrer jeweiligen Pose stehen und sahen nun allesamt, wie die göttliche Hera, ihre wollumwehte Kunkel als Streitkolben erhoben, quer durch die eben noch Tanzenden eilte und dem Göttervater dieses Symbol friedlicher Hausfrauentugend quer über den Schädel zog, daß er mit schief verrutschtem Lorbeerkranz fast zu Boden ging. »Du geiler Bock!« schrie sie. »Fängst du schon wieder so ein Pantscherl an! Aber ich werd dir's zeigen, wo's langgeht!« und zu der verschreckten Leda, die ergeben den Blick senkte, sagte sie, schon etwas gefaßter: »Geh ihm aus dem Weg, du armer Wurm, eh er dich schwängert! Ich weiß schon, daß man dem Göttervater nicht widerstehen darf, also mach, daß du mit heiler Haut davonkommst, ehe er dich hier ins eigene Ehebett zerrt!«

Massimo stand noch immer neben Silvia. Unwillkürlich schaute er sie an, um ihre Reaktion auf dieses Debakel zu ergründen, und sah zu seiner Überraschung, daß es ihr nur mit Mühe gelang, ein aufsteigendes Lachen zurückzuhalten, das ihre zur Schau getragene Empörung, zu durchbrechen drohte.

An Tanzen war vorderhand nicht zu denken. Massimo verbeugte sich vor seiner Tänzerin und sagte: »Ich werde mich ehestens bei Ihnen melden, um das Programm für die Ausmalung des Saals zu besprechen.«

»Nur deshalb?« fragte sie mit theatralisch hochgezogenen Augenbrauen.

»Es wäre unfein, nur von Geschäften zu reden«, sagte Massimo lächelnd, verbeugte sich noch einmal und kehrte zurück zu seiner Tochter.

Die empfing ihn mit den Worten: »Na, was hab ich dir gesagt?« Dann blickte sie hinüber zu dem Herrn des Hauses, der wie ein begossener Pudel vor seinem drohenden Weib stand und sagte: »Bedaure ihn nicht zu sehr. Heute nacht wird ihn Leda schon trösten, und das weiß Hera genau.«

»Du bist ganz schön durchtrieben«, sagte Massimo.

»Ach was«, sagte Bianca. »Ich weiß nur ein bißchen mehr.«

Inzwischen nahmen die Musiker ihre Instrumente wieder auf und schickten sich an, den nächsten Tanz zu spielen. »Saltarello!« rief einer von ihnen.

Massimo machte sich sogleich wieder auf, um auch diesmal mit Silvia zu tanzen, doch kurz vor seinem Ziel fing ihn ihre noch immer ziemlich zornbereit wirkende Mutter ab, bremste seinen Lauf, indem sie ihn beim Ärmel faßte, und sagte: »Wissen Sie, daß Sie es darauf anlegen, mir in die Quere zu kommen?«

»Ihnen?« Massimo war überrascht. »Ich wüßte nicht ...«

»Aber ich weiß«, unterbrach sie ihn scharf. »Sie machen auf unerlaubte Weise meiner Tochter Silvia den Hof, als hätten Sie ernste Absichten.«

»Wer sagt Ihnen, daß ich solche nicht hätte?« antwortete Massimo und erschrak dabei über seine eigene Kühnheit. »Ich nutze gleich die Gelegenheit, Sie ergebenst um die entsprechende Erlaubnis zu bitten.« Er blickte ihr fast unverschämt ins Gesicht, als wäre er sich einer zusagenden Antwort völlig sicher.

Die Göttermutter blies vor Empörung die Backen auf und ließ

hörbar die aufgestaute Luft herauszischen. »Sie glauben wohl, Sie könnten sich alles erlauben, weil Sie ein bißchen malen können?« sagte sie. »Da habe ich andere Pläne.«

»Das kann ich mir schon denken«, sagte Massimo, der nun selber das Heil im Angriff suchte. »Sie soll wohl mit diesem flügellahmen Hermes verkuppelt werden, der hier mit dem Posthütchen auf den spärlichen Haaren so hilflos umherflattert, daß Sie ihn persönlich unter ihre Fittiche nehmen mußten. Wollen Sie Silvia das wirklich antun?«

»Gegen den sind Sie doch nur ein Habenichts!« sagte Signora Pozzo. »Was haben Sie überhaupt mit Silvia vor dem Tanz zu besprechen gehabt? Das sah mir ganz nach einer Abmachung aus.«

»Das war es auch«, sagte Massimo. »Sie wollte nur unter der Bedingung mit mir tanzen, daß ich diesen Saal hier ausmale.«

»Ach?« sagte Signora Pozzo überrascht. »Das ist immerhin ein Angebot. War auch schon von einem in Zahlen ausdrückbaren Honorar die Rede?«

»Bisher nicht«, sagte Massimo. »Aber da werden wir angesichts Ihrer finanziellen Verhältnisse wohl sicher einig werden.«

»Das könnte schon sein«, sagte die Signora, deren Laune sich sichtbar besserte, seit sie von dem Plan vernommen hatte. »Ich weiß, daß Sie ein talentierter Maler sind, der seine Preise hat. Und ich finde es nicht ungeschickt von meiner Tochter, Sie auf solche Weise in die Pflicht genommen zu haben, zumindest mit einer mündlichen Übereinkunft, die Sie als höflicher Mensch einer Dame gegenüber sicher einhalten werden.« Sie dachte eine Weile nach und fuhr dann fort: »Das Programm einer solchen Arbeit – haben Sie schon darüber nachgedacht?«

»Sicher«, sagte Massimo. »Eigentlich hat mich dieses Fest hier dazu inspiriert. Ich gedenke, in dem Gewölbe einen Götterhimmel zu malen.«

»Die klassische Lösung«, sagte Signora Pozzo, »aber wenig originell. Es darf keine Wiederholung der vielen Götterhimmel werden, die es im Veneto schon gibt. Etwas Besonderes wünsche ich mir.« Sie schien sich in Gedanken etwas auszumalen, Massimo merkte, wie sie in ihrer Vorstellung eine Szene entwarf, die sie offensichtlich amüsierte. Dann lachte sie laut heraus und sagte: »Natürlich! Ich hab's. Malen Sie dieses Fest mit allen Details, die Sie beobachten konnten. Eines vor allem: Es muß im Zentrum zu sehen sein, wie ich meinem göttlichen Gemahl den Spinnrocken über sein lorbeergekröntes Haupt haue!«

»Sie sind eine mutige Frau!« sagte Massimo. »Deshalb werde auch ich Mut aufbringen, den Herrn dieses Hauses auf solche Weise ins Bild zu setzen. Ob er es mir danken oder gar lohnen wird, wage ich allerdings zu bezweifeln.«

»Unterschätzen Sie meinen Einfluß nicht«, sagte die Hausherrin mit einem konspirativen Lächeln. »Ich gebe Ihnen mein Wort, daß er diesen Plan sogar begrüßen und sich darüber königlich amüsieren wird.«

In diesem Augenblick setzte die Musik mit ihrem Vorspiel ein. »Erlauben Sie mir jetzt, daß ich Silvia auch zu diesem Tanz führe?« fragte Massimo. »Ich fürchte, das rasante Tempo eines Saltarello würde unseren Götterboten überfordern.«

Sie lachte und sagte mit einer gewährenden Geste: »Ich bin schon froh, daß Sie meine Tochter überhaupt wieder zum Tanzen gebracht haben. Sie sieht jetzt viel fröhlicher aus.«

Das klang nun schon recht freundlich. Massimo beeilte sich, Silvia abzuholen, ehe es ihre Mutter sich anders überlegte, und gleich danach riß das Tempo des Saltarello beide in seine wilde, schöne Raserei, die den Tänzer und die Tänzerin alle Konventionen vergessen und im Wirbel dahintreiben läßt wie bunte Herbstblätter in einer plötzlich hereinfahrenden Sturmbö. Massimo nahm nur noch die blitzenden dunklen Augen seiner Tänzerin wahr, versuchte sie für Bruchteile von Sekunden mit seinem Blick festzuhalten, ehe sie wieder davonglitten, spürte in ihren Fingern die Kraft ihres Arms, mit dem sie ihn zu sich heranzog und wieder von sich stieß, und tauchte, wenn er ihr nahe kam, in die fliegende Hitze ihres Körpers ein. Als die Musiker den Tanz mit einem rasenden Ansturm ihrer Instrumente beendet hatten, hielten die beiden einander für einige Augenblicke lachend bei den Händen, lachend vor Freude über die so rasch gefundene Nähe, bis ein Wutschrei vom anderen Ende des Saals sie aufschreckte und auseinandertrieb.

Dieser Schrei war herübergeschallt von der Stelle, an der bislang der lahme Messer Fiumicelli beim Wein gesessen war. Jetzt stand er wutschnaubend am Rande der Tanzfläche und suchte unter den noch durcheinanderlaufenden Paaren nach seiner Frau, doch er konnte sie nicht entdecken und stellte zudem fest, daß auch ihr Tanzpartner, der in die funkelnde Rüstung des Ares gezwängte Capitano, sich entfernt hatte. Fiumicellis so laut geäußerte Erregung teilte sich alsbald allen anderen mit, jedoch nicht in der gleichen Empörung, sondern eher als Anstoß zu einem komödiantischen Spaß. Irgendeiner gab den Musikern ein Zeichen, sie sollten noch einmal den Saltarello intonieren, und dann begann unter Geschrei und hektischem Gelächter ein karnevalistischer Zug durch das Haus zu toben mit dem Ziel, die beiden Vermißten, in welcher Situation auch immer, zu ertappen.

Die ganze Gesellschaft rannte treppauf und treppab durch den eigentlich gar nicht so weitläufigen Palazzo, Poseidon stürmte, seinen Dreizack schwingend, allen voran, man riß Türen auf, schmetterte sie, wenn nichts Erheiterndes zu erblicken war, wieder krachend ins Schloß, überraschte ein Dienerpaar beim zärtlichen Tête-à-tête, umkreiste singend und lachend die beiden und überließ sie dann wieder ihrem begehrlichen Vorhaben, die Musiker blieben dieser profanen Springprozession ständig auf den Fersen und trieben sie voran, bis schließlich – man war inzwischen wieder in dem von der Herrschaft bewohnten Mezzanin angelangt – nach der Durchquerung einer Flucht von zunehmend intimer wirkenden seidentapezierten Räumlichkeiten die Tänzer der Spitzengruppe, bei der sich auch Massimo mit seiner Partnerin befand, den schweren samtenen Vorhang eines Alkovens zurückrissen und die beiden Gesuchten auf einem breiten Lotterbett in einer Situation antrafen, die an Eindeutigkeit kaum zu überbieten war.

Der biedere Eisenwarenfabrikant hatte sich in seiner Wut trotz seiner Behinderung bei den ersten halten können, die in diesen Raum eingebrochen waren, und stand nun unversehens verstummt vor dem Bett zwischen den wahllos hingestreuten Rüstungsteilen des Kriegsgottes, der ihm in Gestalt des Capitano von seinem Beilager her erschrocken ins Gesicht starrte und gleichfalls keines Wortes fähig war. Auch die anderen Teilnehmer dieser saturnalischen Polonaise ließen ihr Geschrei sein und die zuletzt anlangenden Musiker setzten ihre Instrumente ab, so daß die mitten in der Phrase abgebrochene Melodie als nicht mehr zu vollendender Rest im Raum hängenblieb. Alle blickten auf den eisenverarbeitenden Hephaistos, diesen in seinem Schmerz versteinerten, dicklichen Mann, und keiner wußte, was nun zu tun sei. Einer nach dem anderen verließ still und seltsam beschämt den Raum.

Zuletzt standen vor dieser wie gestellt wirkenden Szenerie nur noch Massimo und der Hausherr. Pozzo war der erste, der sich nicht zur Tür hinaus, sondern auf den so entsetzlich beleidigten Fiumicelli zu bewegte. Er legte ihm seinen Arm um die Schultern und sagte: »Verzeih meiner Tochter diesen Seitensprung. Ich nehm's auf mich, denn sie hat diese amouröse Art wohl von mir geerbt. Wenn du jemanden schlagen willst, dann schlag mich.«

Der Lahme wankte ein wenig unter der Umarmung des gewaltigen Hausherrn, schüttelte schweigend den Kopf, umarmte seinerseits den Freund und ließ sich von ihm aus dem Zimmer führen. Als schließlich auch Massimo hinausging, sah er, als er sich noch einmal umblickte, wie der Capitano im Hemd aus dem Bett stieg und sich zu bekleiden begann, ohne auf das Zetern seiner Bettgenossin zu achten.

Zwischen den Leuten, die langsam zum Saal zurückgingen, suchte er nach Silvia, konnte sie jedoch nicht entdecken, zumal dieser Anblick allmählich verschwamm, sich zittrig auflöste, als wache er auf aus einem Traum, aber nicht in seinem Bett; denn er befand sich in einem kleinen Raum, offensichtlich einem Arbeitszimmer, war eben erst eingetreten, geführt von einem Bediensteten, der ihm die Tür geöffnet und seinen Namen vernehmlich angekündigt hatte. Hinter dem Schreibtisch, der mitten im Zimmer stand, saß vor einem Wust von Papieren Signore Pozzo, und neben ihm stand Silvia und begrüßte ihn mit einem Lächeln, das schon ein beträchtliches Ausmaß an Vertrautheit verriet.

Pozzo stand auf, reichte ihm die Hand, wies ihm einen Sessel an, der etwas seitlich vom Schreibtisch stand, ließ ihm Zeit genug, sich in Ruhe zu setzen, während er selbst und auch Silvia Platz nahmen, und sagte dann: »Meine Tochter hier« – dabei deutete er mit einem seitlichen Heben des Kopfes auf Silvia – »wünscht sich, daß Sie unsere noch so kahle Sala mit Gemälden schmücken, Fresken, wenn ich recht verstehe.«

»Sie wünscht das nicht nur«, sagte Massimo, »sondern hat es mir in aller Entschiedenheit zur Bedingung gesetzt, ehe ich sie zum Tanz führen durfte.«

»Wie klug!« sagte Pozzo. »Hab ich nicht eine gescheite Tochter?« Er erwartete keine Antwort auf diese eher rhetorische Frage, lachte kurz auf und fuhr dann fort: »Sie weiß offenbar recht gut, wie man einen vielbeschäftigten Mann wie Sie verpflichtet. Bezahlen müssen werde wohl ich das Werk Ihrer ingeniösen Phantasie, und das werde ich auch. Immerhin bin ich der Meinung, daß sie eine gute Wahl getroffen hat.«

»Was den Maler betrifft?« fragte Massimo lächelnd.

»Natürlich!« sagte Pozzo. »Was denn sonst?« Auch darauf erwartete er offensichtlich keine Antwort, aber es war seiner amüsierten Miene anzumerken, daß ihm der Doppelsinn der Worte durchaus bewußt war.

Jetzt blieb noch der Wunsch von Pozzos Gemahlin zu klären, welche Einzelheiten auf dem Fresko zu sehen sein sollten. Massimo hatte nicht im Sinn, seinen Geldgeber vor vollendete Tatsachen zu stellen. Er faßte all seine Courage zusammen und sagte: »Es gibt da schon eine Vereinbarung, die ich mit Signora Pozzo – vielleicht sage ich besser: mit der Göttermutter Hera – getroffen habe im Hinblick auf einzelne Szenen, die ich darstellen soll. Sind Sie darüber informiert?«

»Und wie ich darüber informiert bin!« Pozzo lachte dröhnend und schlug vor Vergnügen mit der flachen Hand auf den Tisch, daß seine Papiere flatterten. »Sie hat's mir stückweise an den Kopf geworfen, wie sie mich auf diesem Deckenfresko stets vor Augen haben will.«

»Also haben Sie nichts dagegen einzuwenden?« fragte Massimo erleichtert und nicht wenig erstaunt.

»Warum sollte ich das?« sagte Pozzo vergnügt. »Sie müßten als Maler doch wissen, daß es mit gemalten Bildern eine eigene

Bewandtnis hat: Jeder Betrachter sieht in ihnen etwas anderes je nachdem, unter welchem Aspekt und mit welchen Assoziationen er es anschaut. Meine verehrte Gattin will sich als Siegerin in diesem ehelichen Zweikampf sehen, und das sei ihr gegönnt. Mich aber wird dieses Bild stets an die Nacht erinnern, die diesem Fest folgte. Und sie weiß, daß ich auswärts zu tun hatte, wie ich dergleichen zu bezeichnen pflege.« Er lachte noch einmal auf, kollernd wie ein erregter Truthahn. »Also nun zum Honorar.«

❊❊❊

Mit diesen Worten brach die Szene ab, als sei der Film gerissen. Massimo schaute Bianca an. »Was war das?« Er stammelte das eher, als daß er diese Worte klar artikuliert hätte. »Wo sind wir die ganze Zeit über gewesen?«

Bianca lachte. »Hier auf dieser Stelle, an der wir vor wenigen Augenblicken stehengeblieben sind.«

»Und die ganze Geschichte von dem Fest der olympischen Götter?« fragte er. »Hast du mich hypnotisiert?«

»Hab ich das nötig?« Sie wirkte ungeduldig, als sie das sagte, so als sei er schwer von Begriff. »Eine Zeit in der Zeit. Kennst du das nicht? Manche Leute träumen in wenigen Sekunden ganze Romane.«

»Das war kein Traum«, sagte er mit Bestimmtheit. »Und ich habe so etwas auch schon erlebt, ein ganzes Jahr in einem Augenblick.«

»Na siehst du!« sagte sie. »Jetzt weißt du, wie die Idee zur Ausmalung der Sala damals entstanden ist, und du bist jener gewesen, der die Fresken gemalt hat. Jetzt brauchst du dich nur noch zu erinnern.«

Er entsann sich jetzt tatsächlich der Bilder und hatte keine Mühe, die Reste auf den Wänden und im Gewölbe zu ergänzen; denn er sah die Bilder, als würden sie aus seinem Hirn auf die Wand projiziert. »Doch ich kann nicht malen«, sagte er. »Das hab ich nie gelernt.«

»Aber ich«, sagte Bianca. »Ich könnte das allein schaffen, weil ich die Bilder sehen kann wie jetzt auch du. Aber mir würde Signora Pozzo wahrscheinlich nicht glauben, daß es so ist. Du aber bist für die Restaurierung verantwortlich und kannst mit sehr viel mehr Autorität erklären, was alles aus den Resten sich noch zusammenreimen läßt. Du wirst die Signora – sie heißt übrigens, falls du das noch nicht weißt, auch Silvia – ohne weiteres davon überzeugen können, daß die wenigen Farbreste keine andere Interpretation zulassen. ›Schauen Sie doch genau hin!‹, mußt du zu ihr sagen und den Finger auf eine leere Wandstelle legen. ›Sehen Sie denn nicht, daß hier ein trunkener Silen seinen Becher schwenkt?‹ und sie wird ihn sehen, verlaß dich drauf. Sie wird dir ohnehin jedes Wort vom Mund pflücken wie eine Blume, die du ihr darbietest.«

Wie redest du eigentlich mit deinem Erzeuger? hätte Massimo beinahe gefragt, aber er war sich zugleich bewußt, wie komisch er sich dabei vorkommen würde. Deshalb leitete er das Gespräch lieber aufs Methodische über und sagte: »Wenn ich mein kunsthistorisches Gewissen mit dieser Art von Restaurierung nicht allzu schwer belasten will, müssen wir dabei folgendermaßen vorgehen: Ich skizziere jeweils, was ich während dieser *Zeit in der Zeit* gemalt zu haben glaube und noch jetzt an den Wänden zu erkennen meine, während du gleichzeitig – ohne einen Blick auf meine Skizze zu werfen – einen farbigen Entwurf der selben Figur oder Gruppe zu Papier bringst. Wenn beide in den wesentlichen Zügen übereinstimmen, gebe ich dir guten Gewissens freie Hand, diesen Teil auf die vorbereitete Wand zu malen. Allerdings können wir nicht al fresco arbeiten, weil wir dann eine frische Putzschicht aufbringen müßten, die auch noch die letzten Spuren der originalen Malerei zudecken würde. Ich will wenigstens sagen können, daß alles noch Erhaltene sichtbar bleibt, zumal es uns zur Kontrolle dienen kann, daß wir korrekt der ursprünglichen Malerei folgen.«

»Du lieber Himmel, hast du ein ängstliches Gemüt!« sagte Bianca. »Was bist du für ein Zauberer, daß du deiner eigenen Imagination nicht vertrauen willst? Aber von mir aus können wir's so machen, wenn's auf diese Weise für meinen Geschmack auch ziemlich kompliziert vonstatten gehen wird. Du bist halt ein richtiger Professor in all deiner Gewissenhaftigkeit.« Von da an nannte sie ihn mit Vorliebe *Professor*, insbesondere während sie an der Restaurierung der Malereien arbeiteten.

Massimo ging es noch lange nach, was sie zuletzt zu ihm gesagt hatte in all ihrer unbekümmerten Direktheit. Was bin ich in Wirklichkeit für ein Zauberer? fragte er sich, als er an diesem Tag längst nachts im Bett lag und über solchen Gedanken nicht einschlafen konnte. Was hatte er denn überhaupt je von sich aus in Gang gesetzt? Die zauberischen, aus der sogenannten Normalität des Lebens herausfallenden Vorgänge waren mehr oder minder ungerufen über ihn gekommen, und er hatte sich von ihnen bewegen lassen. Für Bianca jedoch bildete diese Art zu leben ihre eigentliche Existenz in dieser Welt. Er mochte sie gern, diese unversehens aufgetauchte Tochter, auch ihre Art, ohne zu zögern ihren zauberischen Fähigkeiten zu vertrauen, aber dieser Zuneigung war auch etwas beigemischt, das ihm unheimlich war. Wozu würde dieses Mädchen fähig sein, wenn sie sich mit ihren Kräften gegen alle Ordnungen der Gesellschaft stellte? Er verstand sie gut, weil er selbst einen Teil desselben Erbes in sich spürte, aber der Gedanke daran, was sich Bianca mit ihrer Bedenkenlosigkeit einhandeln könnte, machte ihm angst, und er dachte an den alten Mann, der wohl noch immer auf der Insel Ithaka die Möwen fütterte und damals ihn davor gewarnt hatte, mit seinem Zauberwerk Aufsehen zu erregen. Er solle sich einen stinknormalen Beruf aussuchen, hatte er geraten, zum Beispiel Lehrer, und als Professor war er ja so etwas Ähnliches geworden und hatte sich dabei der üblichen Norm schon so weit angepaßt, daß seine Tochter ihn fragen konnte, was für ein Zauberer er eigentlich sei. Der Gedanke an ihr gemeinsames Vorhaben beunruhigte ihn noch immer, auch wenn er sich andrerseits auf diese Zusammenarbeit freute. Außerdem mußte Silvia ihr Fresko bekommen, das hatte er ihr zugesagt.

Es stellte sich im Verlauf der nachfolgenden Wochen heraus, daß die Restaurierung der Fresken in der Sala trotz der von Bianca in Kauf genommenen Kompliziertheit gut voranschritt. Die Bedenken, die Massimo zu Anfang vorgebracht hatte, wurden rasch durch die Erfahrung zerstreut, daß seine jeweiligen Skizzen mit denen der Tochter bis ins Detail übereinstimmten. Er konnte sich von Tag zu Tag besser daran erinnern, daß er – in welcher Wirklichkeit auch immer – die Fresken ursprünglich selbst gemalt hatte, und fragte sich, ob wohl einer seiner Vorfahren jener Maler des 17. Jahrhunderts gewesen sei oder ob er gar selbst auf eine mit dem Verstand kaum faßbare Weise, erklärbar etwa durch Seelenwanderung oder dergleichen Hypothesen, mit ihm identisch sein mochte. Er verspürte jedoch wenig Lust, einem solchen Zusammenhang nachzuspüren, sondern begann sich einfach darauf zu verlassen, daß sie beide in gemeinsamer Arbeit die Wandgemälde und vor allem das Deckenfresko neu und doch identisch mit den ursprünglichen Bildern schaffen konnten.

Glücklicherweise fiel der Beginn der Restaurierung zusammen mit dem Ende des Sommersemesters, so daß Massimo Zeit genug hatte, sich täglich um die anstehenden Arbeiten zu kümmern. Inzwischen hatten Bauarbeiter ein Gerüst in die Sala eingebaut, in dem man über zwei Leitern auf eine mit Brettern ausgelegte Fläche hinaufsteigen konnte, die so dicht unter dem Gewölbe lag, daß Bianca im Stehen oder an den Seiten im Sitzen oder Knien an den Bildern arbeiten konnte. Sie wollte es den Arbeitern nicht überlassen, jene Stellen, an denen der Putz von der Wand abgefallen war, auszubessern, sondern übernahm auch diese Ergänzungen selbst. Morgens verglichen Massimo und seine Tochter ihre Skizzen, stiegen dann hinauf zur Malbühne, und dort zeigte sich, daß die erhaltenen Reste sich in ihre Entwürfe einfügen ließen, ohne daß irgendwelche Korrekturen vorgenommen werden mußten.

Besonders diese Erfahrung, aber auch die enge Kooperation mit Bianca ermutigten Massimo dazu, seiner eigenen Imagination täglich mehr zu vertrauen. Die Sicherheit, mit der sich seine Tochter auf ihre zauberischen Fähigkeiten verließ, brachte auch ihn nach und nach dazu, seinen eigenen Kräften mehr zu vertrauen und diese bewußt und zielgerichtet einzusetzen, was er bisher kaum oder doch nur in letzter Not getan hatte.

Von Zeit zu Zeit kam auch Signora Pozzo über die knarrenden Leitern heraufgestiegen und schaute ihnen eine Weile schweigend zu oder ließ sich erklären, was für eine Szene da gerade wiederhergestellt wurde. Es hatte sich mittlerweile schon gezeigt, daß es ziemlich lustig zuging in diesem Götterhimmel, und so fand die Pozzo bald immer etwas zu lachen, was ihr ausnehmend gut zu Gesicht stand, wie Massimo gelegentlich bemerkte und sie damit zum Erröten brachte.

Eines Tages arbeiteten sie eben an der Figur des Götterboten Hermes, der trotz seiner geflügelten Schuhe ziemlich ungelenk beiseite stand und mit betrübter Miene zu einer Stelle starrte, an der noch nicht viel zu sehen war. »Ach, der ist das!« sagte die Pozzo überrascht. »Ich habe irgendwann, als ich zu den farbigen Flecken ins Gewölbe hinaufschaute, diesen Hut entdeckt, auf dem ich deutlich das Zeichen der Thurn-und-Taxisschen Post zu entdecken meinte, konnte mir aber keinen Reim darauf machen, was das dort oben verloren haben könnte.« Sie lachte, als sie sah wie die linkische Gestalt mit den gleichfalls geflügelten Schuhen allmählich heraustrat, und sagte: »Besonders flink wirkt der nicht.«

»Vielleicht sollte er das gar nicht«, sagte Bianca und begann das Gesicht dieser Figur zu konturieren und dann das bleiche Inkarnat und grünliche Schatten herauszuarbeiten. Da ließ die Pozzo plötzlich das Lachen sein und sagte: »Ich glaube, den kenne ich. Das ist doch der Juniorchef der Agentur Zuccarelli, den Sie da porträtieren! Ein gräßlicher Kerl! Als ich achtzehn war, sollte ich ihn heiraten, wenn's nach unseren Eltern gegangen wäre, aber er ist ein solcher Traumichnicht, daß nichts draus geworden ist. Wie kommt der in dieses alte Fresko?«

»Er sicher nicht«, sagte Massimo, »aber vielleicht einer seiner Vorfahren. Es sieht so aus, als wäre eine solche vergebliche Brautwerbung schon einmal passiert, nämlich zu der Zeit, als dieses Fresko entstand. Wir vermuten, daß es in Wahrheit ein Maskenfest darstellen soll, das in diesem Saal gefeiert wurde. Der schlappe Götterbote sollte damals offenbar eine Tochter dieses

Hauses heiraten, die ihm aber ein anderer vor seiner traurigen langen Nase weggeschnappt hat. Später muß sich dieser Postillon doch noch anderweitig nach einer Frau umgesehen und sich Nachwuchs herangezogen haben, sonst würde ihm dieser Zuccarelli nicht so ähnlich sehen.«

Signora Pozzo schüttelte ihren hübschen Kopf ob solcher verblüffender Parallelitäten. »Halten Sie so etwas für möglich?« fragte sie.

»Warum nicht?« sagte Massimo. »In einer dermaßen verfilzten Gesellschaft wie hier in unserer Stadt mag es durchaus vorkommen, daß sich solche Eigenheiten über viele Generationen weitervererben.«

»Wohin mag dieser traurige Hermes so verbissen starren?« fragte sie.

»Das wird sich bald herausstellen«, sagte Bianca. »Zu diesem Teil des Frescos kommen wir in etwa vierzehn Tagen.«

Die Pozzo schien sich dieses Datum gemerkt zu haben; denn nach genau zwei Wochen kam sie wieder die beiden Leitern heraufgeklettert und fragte, ob man jetzt schon sehen könne, wer sich in der Blickrichtung des Götterboten befinde, dessen Ebenbild sie so glücklich entronnen sei.

»Das werden wir bald sehen«, sagte Bianca, die an einer Figurengruppe arbeitete, von der bislang nur die Umrisse der Körperformen zu erkennen waren und ein Teil der Stirn einer Frau und eines ihrer Augen.

»Anscheinend sind in diesem Bereich tanzende Paare abgebildet«, sagte Massimo, der neben Bianca stand und beobachtete, wie sie vorsichtig mit ihrem Pinsel den noch sichtbaren Spuren folgte.

»Deutlich sind hier schon die schwungvoll ausholenden Bewegungen eines Saltarello zu erahnen«, sagte sie. »Hermes hat, wie es scheint, jenes Paar ins Auge gefaßt, das ich eben zu neuem Leben zu erwecken versuche.«

Die tanzende Dame war mittlerweile schon gut wahrzunehmen. Ihr Rock bauschte sich und flog ihr flatternd um die Fesseln, die linke Hand, deren ursprüngliches Abbild noch gut erhalten war, hatte sie leicht erhoben, und die schmalen Finger öffneten sich zu einer sprechenden Geste. Auch Stirn und ein Auge waren noch im Original zu sehen über der Andeutung einer gerundeten Wange. Massimo erkannte es wieder, dieses Auge, diesen Blick, der ihn bei der ersten Besichtigung getroffen und zu der Zusage gezwungen hatte, die Fresken zu restaurieren. Bianca hatte eben die Konturen des gesamten Gesichts festgelegt, arbeitete nun mit zartem Inkarnat unterschiedlicher Rötung und setzte die Schatten mit leichten Umbratönungen.

Massimo war der erste, der erkannte, wessen Gesicht sich hier nach und nach herausbildete, hatte es ohnehin schon im voraus geahnt. Er blickte hin und her zwischen dem gemalten Gesicht und jenem der Signora, wollte etwas sagen, brach aber sofort wieder ab, wartete noch eine Weile, um zuzusehen, wie das aus dem Bilde herausblickende Gesicht der Dame weiter an Plastizität gewann, und sagte schließlich zu seiner Tochter: »Bist du sicher, daß du die vorhandenen Spuren richtig gedeutet hast?« denn er hatte bei seinen eigenen Versuchen einer Skizzierung dieses Paares, die Gesichtszüge der Tanzenden nicht deutlich genug erfassen können.

Ohne sich umzuwenden, immer die Augen auf ihre Malerei gerichtet und den Pinsel weiter führend sagte Bianca: »Völlig sicher. Hast du nicht schon früher bemerkt, daß die Tänzerin unserer Hausherrin gleicht wie eine Schwester?«

Als Massimo seinen Blick wieder der Signora zuwendete, sah er, daß auch sie die Ähnlichkeit eben wahrgenommen hatte. Sie schien fast ein wenig erschrocken zu sein über diese geheimnisvollen Bezüge, die hier allmählich zutage traten. »Jetzt bin ich um so neugieriger darauf, mit wem mein Ebenbild, diese Pozzo aus dem Ende des 16. Jahrhunderts, den Saltarello tanzt«, sagte sie.

Auch das stellte sich nach wenigen Tagen heraus. Die Signora hatte darum gebeten, verständigt zu werden, sobald die Gesichtszüge des Tänzers erkennbar sein würden; denn bisher war nur schemenhaft zu erahnen, daß er einen schmalen Kopf und schwarzes Haar hatte. Massimo hatte ihr durch die Dienstmagd Bescheid sagen lassen, und nun stand sie wieder bei ihnen oben auf der Malbühne, und ihre Miene verriet die Spannung, mit der sie darauf wartete, daß die Züge dieses Mannes sich zeigten.

Bianca warf ihrem Vater, während sie an diesem Gesicht arbeitete, das offenbar den Betrachter direkt anschaute, gelegentlich einen geradezu spitzbübischen Blick zu, als wisse sie schon genau Bescheid über das, was erst noch zutage treten sollte, und freue sich auf eine Überraschung ganz besonderer Art. Jetzt war auch schon mehr zu erkennen: Die Figur trug auf ihrem schwarzen, leicht gelockten Haar eine Art von Kappe, an der etwas steckte. Eine Feder vielleicht? Als ob sie diesen Gegenstand einstweilen noch im Dunkeln lassen wollte, weil er die Lösung des Rätsels allzusehr erleichtern würde, ließ Bianca dieses Detail vorderhand halbfertig stehen und wendete sich dem Gesicht zu. Bald wurde deutlich, daß es tatsächlich den Betrachter aus blaugrünen Augen anblickte, und auch diesmal war es Massimo, der als erster die Identität dieses Mannes erfaßte: Es war sein eigenes, wenn auch wesentlich jüngeres Gesicht, das sich allmählich aus dem Putz der Saaldecke heraushob und ihn anblickte.

»Jetzt weiß ich auch«, sagte er, »was dieser Tänzer sich an seine Kappe gesteckt hat. Es ist ein Pinsel zum Zeichen, daß der Maler des Freskos hier sein Selbstbildnis eingefügt hat.« Dieses Wissen war just in diesem Augenblick aus seiner noch immer verschatteten Erinnerung – wessen Erinnerung? – aufgetaucht, einer Erinnerung an die *Zeit in der Zeit*, zu der er dieses tanzende Paar mit seinem Selbstbildnis gemalt hatte.

»Und dieser Maler trägt Ihr Gesicht«, sagte die Pozzo dann auch sogleich, und dabei war ihr nun überdeutlich anzusehen, daß sie sich persönlich einbezogen fühlte in ein Geflecht von Beziehungen, die zwar weit über dreihundert Jahre zurückliegen mußten, aber unversehens hier und jetzt neue Geltung zu erlangen schienen. Als sie die Konsequenz dieses Vorgangs zu begreifen begann und am Lächeln Massimos erkannte, daß auch er diese Konsequenz bereits begriffen hatte, errötete sie und versuchte die Vorstellungen, die sich ihr anboten, noch einmal in den Bereich des Historischen zurückzuweisen. »Hatten Sie einen Vorfahren, der damals als Freskomaler gearbeitet hat?« fragte sie.

Massimo lachte. »Das weiß ich nicht«, sagte er. »In den fast durchweg geschäftsbezogenen Aufzeichnungen meiner Familie aus dieser Epoche habe ich darüber nichts gefunden, aber möglich wäre das schon. Doch kommt es darauf an? Wir leben in der Gegenwart, und ich kann es nicht für einen Zufall halten, daß unsere Ebenbilder in diesem Saal den Saltarello tanzen. Stört Sie dieser Anblick oder fühlen Sie sich gar kompromittiert?«

Die Röte auf ihren Wangen vertiefte sich noch, doch dann hob sie den Kopf, blickte Massimo auf eine Weise in die Augen, daß ihn unversehens ein spürbares Herzklopfen überkam, und sagte lächelnd: »Nein, das stört mich nicht.«

»Fein«, sagte Bianca, als sei eben etwas außerordentlich Zufriedenstellendes eingetroffen. »Dann kann ich ja weitermalen.«

Auf solche Weise erstanden allmählich die Szenen des Deckenfreskos zu neuer Schönheit und danach auch noch die anderen, weniger lädierten Wandgemälde. Es ließ sich nicht verhindern, daß Massimo während dieser Zeit seltener nach Venedig fuhr. Er hatte sich, da ein solcher Aufwand an Zeit zu erwarten gewesen war, schon beizeiten ein Zimmer in bequemer Nähe dieser unter mehrfachen Aspekten reizvollen Arbeitsstelle gemietet, wo er schlafen und sich am Morgen ein Frühstück zubereiten konnte; die dazu nötigen Geräte besaß er jetzt in doppelter Ausführung, da er sie im Arbeits- und Besprechungszimmer an der Universität auch nicht missen wollte.

Seine Mutter allerdings war mit solchen Neuerungen keineswegs einverstanden, und er kam durch einige ihrer eher versteckten Äußerungen bald dahinter, daß sie in seiner häufigen Aushäusigkeit ein neuerliches Techtelmechtel mit seiner Cousine Catarina vermutete. Als er dann wieder einmal tagelang nicht nach Hause gekommen war, weil die Wiederherstellung der besonders schlecht erhaltenen Szene von der Aufdeckung des Beilagers der Aphrodite mit dem Kriegsgott ihm und Bianca ziemlich viel Mühe machte, sagte die Mutter ihm, als er endlich wieder einmal bei ihr auftauchte, ihren Verdacht ins Gesicht.

»Du lieber Himmel!« sagte Massimo und schüttelte lachend den Kopf. »Ich spiele nicht mehr mit Katzen. Aber ich habe einen zeitraubenden Auftrag übernommen, bei dem mir allerdings eine reizende junge Dame zur Hand geht, deren Existenz du mir bisher vorenthalten hast.«

»Bianca!« rief die Mutter wütend. »Ich habe Catarina so sehr gebeten, dir nichts von ihr zu verraten!«

»Hat sie dir das versprochen?« fragte Massimo und wußte die Antwort schon im voraus.

»Natürlich nicht, dieses Biest!« sagte die Mutter. »Wenn sie dich schon nicht gekriegt hat, so schickt sie jetzt ihre Tochter vor, um dich zu bezirzen!«

»Diese Tochter, die du mir fünfundzwanzig Jahre lang verschwiegen hast!« sagte Massimo. »Und du wirst doch mir hoffentlich nicht zutrauen, daß ich meiner leiblichen Tochter nachsteige! Sie ist überdies eine vorzügliche Restauratorin, ohne die ich bei den anstehenden Arbeiten im Palazzo Pozzo überhaupt nicht zurechtkäme.«

»Palazzo Pozzo also«, sagte die Mutter, als habe er ihr versehentlich ein Geheimnis verraten. »Dort treibst du dich herum.«

»Ich treibe mich nicht herum!« entgegnete er. »Ich arbeite.«

Seine Mutter zuckte mit den Schultern. »Man wird sehen …«, sagte sie vage. »Diese Pozzo ist doch verwitwet und läuft ständig in Trauergewändern herum. Kürzlich ist auch ihre Mutter gestorben, nicht wahr? Wie schaut sie denn aus, diese Witwe?«

»Traurig«, sagte Massimo.

Dieses Gespräch ging Massimo auf andere Weise nach. War sie wirklich noch traurig, diese Witwe, oder wollte er sie seiner Mutter nur so darstellen, als sei sie für ihn selber auf keinerlei Weise als Person von Interesse? Während ihrer Besuche auf der Arbeitsbühne der Restauratoren hatte es ja Augenblicke gegeben – ja: Augenblicke im wahren Sinn dieses Wortes! –, in denen die Traurigkeit der Pozzo verflogen zu sein schien, auch wenn sie sich danach wieder schneckenhaft in ihre schwarzen Gewänder zurückgezogen hatte. Anfangs hatte sie ihm leid getan in ihrer Verhärmtheit, aber dieses Mitgefühl hatte sich allmählich zu Empfindungen gewandelt, die er noch nicht genauer zu benennen wagte. Er mochte diese Signora Pozzo, daran gab es keinen Zweifel. Noch einmal ließ er in seinem Gedächtnis jene Szene vorüberziehen, die sich während der überraschenden Aufdeckung des tanzenden Paares abgespielt hatte, vor allem jenen Augen-Blick, mit dem sie ihn angeschaut hatte nach seiner Frage, ob sie sich kompromittiert fühlen würde. *Nein* hatte sie gesagt, und zwar nach reiflicher Überprüfung ihrer Empfindungen. Es hatte sie nicht gestört, daß sie auf dem Deckenfresko ihrer Sala mit ihm Saltarello tanzte. Und Bianca hatte daraufhin mit offenkundiger Befriedigung *Fein!* gesagt.

Was war das nun wieder für eine Zauberei von seiner leiblichen Tochter? Sie hatte ja behauptet, das ursprüngliche Fresko in allen Einzelheiten sehen zu können, genauer als er selbst es inzwischen wahrnahm. Sie mußte also von vornherein um die Ähnlichkeit des tanzenden Paares mit der Auftraggeberin und ihrem Vater gewußt haben. Oder hatte sie sich einen Spaß daraus gemacht, die Gesichter der beiden Figuren den Porträts jener Menschen anzunähern, die sie zusammenbringen wollte? Das wäre ja …! War es ihr bei dieser Restaurierung womöglich gar nicht so sehr um die Wiederherstellung eines Kunstwerkes gegangen, sondern um eine freundlich-töchterliche Art von Kuppelei? Massimo traute ihr nachgerade alles mögliche oder gar unmögliche zu. Und möglich erschien ihm jetzt durchaus, was sich aus dieser Konstellation ergeben könnte. Er mochte die Pozzo, die er insgeheim schon bei ihrem Vornamen Silvia nannte, und sie schien offenbar auch ihn zu mögen. Dafür zeugten nicht nur jene an seinen Augen hängenbleibende Blicke, sondern auch dieses wohlüberlegte, entschiedene *Nein*.

Einmal auf diese Spur gesetzt, ertappte sich Massimo immer öfter darüber, daß er Silvia, wenn sie zur Arbeitsbühne heraufgestiegen kam, von der Seite betrachtete, während sie etwa den Wiedererstehungsprozeß der Malereien beobachtete oder sich in ein Gespräch mit Bianca verstrickte, bis diese ihm von Tag zu Tag vertrauter erscheinende Hausherrin sich ihm zuwendete und durch eine unvermutete Frage in stotternde Verlegenheit versetzte. Ich benehme mich wie ein zum ersten Mal verliebter Jüngling, sagte er sich später ärgerlich und beschloß, diesem verlockenden oder auch trügerischen Gewässer von Empfindungen ein für allemal auf den Grund zu gehen.

Dafür bot sich ein Vorhaben an, zu dem ihn ein Fund auf jenem Flohmarkt motiviert hatte, der in gewissen Abständen auf einem verwinkelten Platz im alten Zentrum der Universitätsstadt abgehalten wurde. Er war früher schon gelegentlich zwischen den Verkaufsständen und dem oft auch nur auf einer alten Decke aufgehäuften Trödelkram umhergeschlendert, hatte zuweilen ein altes Buch gekauft, dessen Titel eine interessante Lektüre versprach, und dabei auch manchen glücklichen Griff getan, der sein Bücherregal bereichert hatte. Diesmal war ihm eine echte Rarität in die Hände gefallen, die tatsächlich seinen Interessenbereich unmittelbar berührte: ein reich mit Stahlstichen illustrierter Band in Quartformat über eine ihm bislang unbekannte Villa des sechzehnten Jahrhunderts, die der Autor, schon im Untertitel ankündigend, dem Palladio zuschrieb, ohne dies allerdings durch Dokumente belegen zu können. Zudem stellte Massimo beim Durchblättern fest, daß auch noch ein zugehöriger Park mit zahlreichen grotesken Marmorfiguren beschrieben und auf Abbildungen gezeigt wurde.

Als er später in seinem Mietzimmer den Band aufmerksamer studierte und sich die Zeit nahm, die Stiche Blatt für Blatt zu betrachten, reifte in ihm spontan der Entschluß, diese Villa aufzusuchen und Silvia zu fragen, ob sie Lust habe, ihn auf dieser Fahrt zu begleiten.

Der Name des im Umkreis von Verona liegenden Dorfes, in dessen Nähe das Gebäude stehen sollte, war im Vorwort genannt, ihm aber nicht geläufig. Auch waren seit der Veröffentlichung dieser Monographie mehr als hundert Jahre verstrichen. Weiß der Himmel, ob es dieses Denkmal der Baukunst überhaupt noch gab, und der Park mochte längst eingeebnet und seiner Figuren beraubt sein. Wie auch immer – Massimo beschloß, sich auf dieses Abenteuer einzulassen.

Sobald Signora Pozzo wieder einmal über die Leitern zur Bühne heraufgestiegen kam – die Arbeiten am Deckenfresko waren mittlerweile fast abgeschlossen –, fragte er sie ohne lange Vorreden, ob sie ihn auf dieser Exkursion begleiten wolle. Wieder einmal ließ sie ihn eine Zeitlang auf Antwort warten und schaute ihm währenddessen in die Augen, nicht so ernsthaft allerdings wie damals vor jenem für den Fragenden so positiv klingenden *Nein*, sondern mit einem schwer deutbaren Lächeln auf den Lippen. Massimo fragte sich später noch immer, was dieses Lächeln ausgedrückt haben sollte und geriet dabei auf einen bunten Strauß von möglichen Antworten, die angefangen von Spott über vorgeschütztes wissenschaftliches Interesse oder seinen Versuch, vor ihr mit seinen Kenntnissen zu prunken oder auch seine kindliche Entdeckerfreude bis hin zu vergnügter Neugier reichten, Neugier darauf, wie er es wohl anfangen würde, sich ihr etwas handgreiflicher zu nähern als bisher. Jedenfalls sagte sie dann zu, und alles übrige würde sich schon finden.

Als Massimo zu Hause die Straßenkarte studierte, fand er zwar den Namen des Dorfes, aber es schien abseits der gängigen Verkehrswege zu liegen; jedenfalls verzeichnete die Karte nur eine dünn gestrichelte Linie, die zu diesem Ort führte. Doch er ließ sich von dieser Unwägbarkeit des Weges nicht einschüchtern, holte zur vereinbarten Zeit die Pozzo am frühen Morgen vor ihrem Haus ab, drückte ihr, sobald sie sicher neben ihm saß, sogleich das betreffende Kartenblatt in die Hand und zeigte ihr den Ort, zu dem sie aufbrechen wollten.

»Es sieht nicht so aus, als gäbe es dort eine befahrbare Straße«, sagte sie, nachdem sie sich die Karte angeschaut hatte.

Massimo zuckte mit den Schultern. »Was sagt eine solche Karte schon über die Wirklichkeit? Irgendwie werden wir schon hinfinden.«

Bis Verona kamen sie trotz des morgendlichen Stoßverkehrs auf der Autobahn einigermaßen rasch voran. Von dort aus wurde es dann schwierig. Massimo entschied sich für eine Landstraße in Richtung auf Mantua, die er allerdings, einer Weisung Silvias folgend, schon nach wenigen Kilometern bei Villafranca wieder verließ, und geriet alsbald in ein Netz von Nebenstraßen und Feldwegen, die auf der Karte nur ungenau oder gar nicht eingezeichnet waren. Zuweilen landeten sie auf schmalen Karrenwegen, die alsbald immer schmäler wurden, um schließlich als Trampelpfad zwischen Wiesen und Weingärten sich zu verlieren, so daß Massimo einmal eine längere Strecke rückwärts fahren mußte, ehe er den Wagen wenden konnte.

Eine Bäuerin, die mit einem Tragkorb voll Gemüse auf dem Rücken vom Acker kam, blieb neben dem Weg stehen und lachte über dieses mühselige Manöver. Massimo hielt an, wartete, bis sie ausgelacht hatte, und fragte sie dann nach einem befahrbaren Weg zu der fraglichen Villa, die er ihr zu beschreiben versuchte, so gut er konnte. Doch sie verstand offenbar nicht recht, was für ein Bauwerk er meinte. Schließlich wies sie vage auf einen zwischen den Fahrspuren mit Gras überwachsenen Schotterweg und sagte, in dieser Richtung käme man zur alten Trattoria, was auch immer sie mit dieser Bezeichnung meinen mochte.

Das schien zwar nicht eben das Ziel zu sein, zu dem sie unterwegs waren, da es aber schon auf Mittag zuging, besprach Massimo sich mit seiner Begleiterin, ob auch sie schon Hunger habe, und als sie nickte, dankte er der Bäuerin für die Auskunft und schlug den von ihr gewiesenen Weg ein. Sein kleiner Wagen rumpelte über Feldsteine, die in der Fahrspur lagen, Unkraut und kümmerliches Gesträuch bürstete hörbar den Unterboden des Wagens, während sie in einer weiten Rechtskurve den Hang eines sanft ansteigenden Hügels entlangfuhren. Dann trat hinter dem Hang allmählich ein parkartiges, wenn auch ziemlich wirr ins Kraut geschossenes Gelände hervor, hinter dem ein aus hellem, etwas gelblichen Stein errichtetes großes Gebäude zu stehen schien, noch halb verdeckt von den belaubten Kronen der alten Bäume des Gartens. Der Weg führte schließlich an einer stellenweise baufälligen Mauer entlang, die den Park umschloß, bog dann am Ende dieser Mauer scharf nach rechts und führte bis vor das Haus.

Massimo lenkte den Wagen auf eine Art Stellplatz, blieb aber, sobald er angehalten und den Motor abgestellt hatte, noch eine Weile sitzen und betrachtete das Bauwerk. »Das war einmal eine Villa«, sagte er dann, »und Palladio dürfte sogar seine Hand im Spiel gehabt haben bei ihrem Entwurf. Aber es muß schon lange her sein, seit die herrschaftlichen Besitzer gestorben oder ausgezogen sind.«

Erkennbar waren noch immer die edlen Proportionen des

Baus, dem ein säulengetragener Giebel als Eingangsbereich vorgesetzt war, an dem nun in grellen Farben ein offenbar selbstgefertigtes Schild prangte: *Trattoria Grottesca*.

»Wenn diese Villa inzwischen zu einer Trattoria geworden ist, dann will ich jetzt hier etwas essen«, sagte Silvia und stieg aus dem Wagen. Da zog Massimo endlich die Handbremse an und folgte ihr.

Neben dem Eingang beleidigten noch zwei an die sorgfältig behauenen Steinquader genagelte blecherne Reklameschilder für *San Pellegrino* und *Campari* Massimos kunstverständiges Auge. Kopfschüttelnd trat er durch die aus rohen Brettern zusammengeschlagene Tür, die den herrschaftlichen Portalflügel ersetzen mußte, und fand sich im ehemaligen Empfangsraum, von dem nach rechts und links geschwungene Steintreppen ins Obergeschoß führten. Hier hatte der Wirt sein Restaurant eingerichtet, als hätte er nicht gewagt, tiefer in das ehrwürdige Gebäude einzudringen. Auf dem teils zersprungenen und mit Beton geflickten Marmorboden standen ein paar runde mit Papierservietten gedeckte Blechtische zwischen billigen Kaffeehausstühlen. Massimo rückte einen davon für seine Begleiterin zurecht und setzte sich ihr gegenüber. Da kam aus dem Hintergrund auch schon eine ältere, bäuerlich gekleidete Frau und fragte nach ihren Wünschen. Auf die Gegenfrage, was sie an Speisen zu bieten habe, sagte sie: »Heute nur eine einfache Folge, weil in der Woche nur wenig Gäste zu erwarten sind. Sie können als Antipasto Oliven haben mit etwas Schinken, dann Fettucine mit Pilzen und als Hauptgericht ein Ragout von der Lammschulter.«

Massimo blickte Silvia fragend an, und die sagte: »Das nehme ich alles der Reihe nach.«

»Gut«, sagte Massimo. »Für mich das gleiche. Und eine Karaffe Rotwein aus der Gegend.«

Wenig später konnten sie feststellen, daß hier gar nicht so schlecht gekocht wurde. Als die Wirtin zum Nachtisch jedem eine Portion Panna cotta servierte, fragte Massimo sie nach dem Park hinter der Villa.

»Park?« sagte die Frau und lachte kurz auf. »Das ist ein völlig verwildertes Grundstück. Sie können sich's ja anschauen. Ich zeig Ihnen dann, wenn Sie fertig gegessen haben, wo's hinausgeht in die grüne Wildnis mit den grotesken Monstern, nach denen man das Lokal benannt hat. Es soll dort übrigens gute Verstecke für Liebespaare geben.« Ihr Lachen klang ziemlich anzüglich, als sie sich umwandte und wieder in ihre Küche zurückging.

Silvia war jäh errötet bei dieser letzten Mitteilung, wie Massimo mit einem Seitenblick bemerkte. Er fand, daß ihr diese leichte Erregung gut zu Gesicht stand, hatte aber einstweilen nicht vor, darauf in irgendeiner Weise zu reagieren. Als sie ihren Nachtisch genossen hatten – er war vorzüglich zubereitet –, zahlte Massimo nach kurzer Gegenwehr Silvias die gemeinsame Mahlzeit und wunderte sich über den geringen Betrag, den die Wirtin nannte. »Jetzt können Sie uns den Weg zum Park zeigen«, sagte er dann.

Sie standen beide auf und folgten ihr vorüber an einer offenstehenden Tür, durch die sie einen Blick in die Küche werfen konnten, wo ein magerer älterer Mann eben ein Bündel Holz für den Herd ablegte. Massimo zögerte einen Augenblick lang; denn irgend etwas an den Bewegungen dieses Mannes kam ihm bekannt vor, keine gute Erinnerung, wie ihm schien. Doch da spülte schon ein Schwall von basilikumduftender warmer Luft dieses vage Gefühl hinweg, und er folgte Silvia, die sich bereits nach ihm umblickte.

Gleich danach erreichten sie eine hohe Tür, durch die sie die ehemalige Sala betraten, einen Raum von doppelter Höhe, der offenbar seit Jahrzehnten nicht mehr gepflegt worden war. Während Massimo vorsichtig über zerbrochene Marmorplatten balancierte, betrachtete er die hohen, durch noch erkennbare Risaliten gegliederten Wände, von denen stellenweise in großen Placken der Verputz abgefallen und unten am Boden zu griesigem Schutt zerbröselt war. An der Decke konnte er noch Reste einer einstigen Bemalung erahnen, als er stehenblieb und hinaufblickte.

»Überkommt Sie nicht die Lust, hier demnächst weitere Fresken zu restaurieren?« fragte Silvia. Ihr Lächeln war schwer zu deuten, als denke sie bei diesen Worten an andere Lüste.

Massimo lachte etwas gezwungen. »Mir reicht es vorderhand, was alles wir noch in Ihrem Haus zu tun haben werden. Kommen Sie, wir wollen uns den Park anschauen!«

Ihre Führerin hatte inzwischen eine Tür am Ende des Saals geöffnet, genauer gesagt: eine kleinere Tür, die man in einen der beiden Flügel hineingeschnitten hatte, die das Gartenportal des Saals verschlossen. Sie gelangten zunächst hinaus auf eine weite Terrasse, die an beiden Seiten von einer steinernen Balustrade gesäumt war und in eine breite Treppe von etwa fünf oder sechs Stufen überging, soweit das noch erkennbar war; denn die untersten waren nahezu überwuchert von Gras, allerlei Kräutern und Brombeerranken.

»Hier können Sie sich umsehen, so lange Sie Lust dazu haben«, sagte die Frau. »Wenn Sie nicht mehr ins Haus zurückkommen wollen, können Sie diese Wildnis auch durch eine Tür verlassen, die links neben dem Haus durch die Mauer direkt zum Parkplatz führt. Viel Vergnügen wünsche ich Ihnen! Und erschrecken Sie nicht, wenn aus all dem Grünzeug plötzlich ein Monster auftaucht!« Damit verließ sie die beiden und ging zurück in ihre Küche.

»Wagen Sie sich in diesen Dschungel?« fragte Massimo seine Begleiterin.

»Warum nicht?« antwortete Silvia und schaute ihn wieder einmal mit diesem geradezu festnagelnden Blick an, dem er nicht ausweichen konnte, und dieser Blick weckte die Vorstellung, daß dieser Dschungel ihr nur als eine Metapher erscheinen mochte für ihre Annäherung an den Mann, der imstande zu sein schien, auf abbröselndem Mauerwerk Bilder zu entdecken, die andere nicht wahrnehmen konnten, und weiß der Himmel was alles noch fähig wäre, zu tun.

»Kommen Sie!« sagte sie. »Dort drüben scheint eine Art Trampelpfad in das Dickicht hineinzuführen.«

Diesmal ging sie ihm zunächst voraus, als könne sie es gar nicht erwarten, daß ihr das wüste Gewirr der Zweige und Schößlinge um die Ohren schlug, und er mußte sich beeilen, um ihr auf den Fersen zu bleiben. Sie achtete kaum auf die Blätter, die ihr übers Gesicht streiften, und hob dornige Ranken mit festem

Zugriff beiseite. Als eine davon sich dann an ihrem Kleid verhakte und ihre Beine bis über das Knie hinauf entblößte, ehe sie die Dornen vom Stoff lösen konnte, drängte er sich an ihr vorbei und sagte: »Lassen Sie mich vorangehen. Ich werde leichter fertig mit diesem Stachelzeug.«

»So?« sagte sie. »Werden Sie das?« und das klang schon wieder so, als meine sie etwas ganz anderes. Aber sie drückte sich dann doch so weit zur Seite, daß er sich dicht an ihrem Körper vorbeimanövrieren konnte.

Er spürte ihre Wärme, ihr Duft umwölkte ihn für diese zwei Schritte, dann ging er ihr voraus weiter auf diesem Pfad.

Unversehens hatten sie die Zone der Brombeerranken hinter sich gebracht. Der Pfad, auf dem sie sich durchgeschlagen hatten, erwies sich tatsächlich als die Spur eines hier früher entlanglaufenden, mit Kies bestreuten Weges, auf dessen Resten sie jetzt leichter vorankamen zwischen den auf ein Mehrfaches ihrer ursprünglichen Höhe aufgeschossenen Hecken, über deren dichter, früher beschnittenen Zone inzwischen eine Allee schlanker Baumstämme emporgewachsen war.

Dann tauchte zwischen verwachsenem Gebüsch ein in weitem Bogen erhobener Rüssel auf. »Das ist der große Elefant!« rief Massimo.

»Welcher Elefant?« fragte Silvia, die auf seinen Ruf hin stehengeblieben war und zu erkennen versuchte, worauf er zeigte. »Das soll ein Elefant sein?«

»Sein Rüssel«, sagte er. »Ich kenne diese Figur aus dem Bildband, von dem ich Ihnen erzählt habe. Kommen Sie, wir wollen ihn uns anschauen!«

Als sie das ungebändigt emporgewucherte Gesträuch umrundet hatten, stand die Figur vor ihnen, zwar von Geißblatt- und Waldrebenranken umschlungen, aber doch deutlich erkennbar: ein riesiger, aus hellem Marmor gemeißelter und sorgsam geglätteter Elefant mit erhobenem Kopf und erregt ausgebreiteten Ohren, dessen Rüssel sich in hohem Bogen zurückschwang und in einem gezähnten Schlangenrachen endete, der eine nackte Frau bedrohte, die auf dem Rücken des gewaltigen Tieres lag und den Biß oder vielleicht auch die Liebkosung dieser Schlange gierig herbeizuwünschen schien; denn sie streckte beide Arme dem Schlangenhaupt entgegen, als wolle sie es auf ihre Brüste herabziehen.

»Sollen wir die Ranken herunterreißen, damit wir uns die Gruppe in allen Details anschauen können?« fragte Massimo.

»Nein!« sagte Silvia sofort. »Mir genügt, was ich jetzt schon erkenne. Was waren das für perverse Leute, die hier gewohnt haben und sich solche Scheußlichkeiten in den Garten setzen ließen?«

Massimo schüttelte den Kopf. »So einfach läßt sich darüber nicht urteilen. Manche behaupten, daß solche Figuren in Auftrag gegeben wurden, um mit Hilfe eines derartigen Anblicks die Gier verabscheuen zu lernen, die Menschen zu solchen Exzessen treibt. Andere sollen jedoch ihr Vergnügen an solchen Vorstellungen gehabt haben und haben es wohl auch noch heute. Es ist schwer zu entscheiden, wie dergleichen zutreffend zu interpretieren wäre, zumal die Symbolik solcher Darstellungen uns heute kaum mehr geläufig ist. Jedenfalls ist diese Gruppe von einem Künstler mit großer Meisterschaft aus dem Marmor herausgearbeitet worden. Schauen Sie doch, mit welcher Eleganz sich der Rüssel auf sein Ziel hinunterkrümmt! Ich muß Ihnen das wirklich zeigen,« und dabei begann er, nun doch die zähen Ranken von den schimmernden Flanken des Elefanten herabzuzerren.

Doch Silvia wollte das Untier nicht sehen. Sie schrie nun fast: »Ich will diese Monstrosität nicht betrachten! Wenn Sie sich daran begeilen wollen, von mir aus. Aber ich will heraus aus diesem Geschlinge, das mit tausend Armen nach mir greift!« Da war sie schon ein Stück weit auf dem hier einigermaßen gangbaren Weg vorangekommen, während er noch darüber sinnierte, welche Umstände wohl dazu geführt haben mochten, daß sie dermaßen empfindlich auf die zugegebenermaßen frivole Thematik dieser Figurengruppe reagierte. »Warten Sie doch!« rief er ihr nach. »Ich komm ja schon!«

Er sah sie ein Stück weiter entfernt am Ende des halb überwachsenen Weges auf ein steinernes Podest klettern, von dem sie wohl einen Überblick über dieses grüne und marmorne Chaos zu finden hoffte. Doch da tauchte plötzlich neben ihr ein Mann auf, ein älterer, bis zur Dürre magerer Mann, in dem Massimo alsbald jenen holzbringenden Gehilfen zu erkennen meinte, den er im Vorübergehen in der Küche bemerkt hatte. Jetzt stand er dicht neben Silvia auf dem Podest, packte ihre Hände und wendete dabei ihm sein Gesicht zu. Und da fiel Massimo ein, wo er diesen Mann schon früher gesehen hatte, dieses zerfurchte Gesicht, in dem nun statt des linken Auges ein wüst zernarbtes Loch unter der niedrigen Stirn gähnte. Für einen Moment spürte er, wie er seine Kralle dort hineingeschlagen hatte aus Rache für den Tod seiner drei sizilianischen Vettern oder doch vor allem für den quälenden Tod des sanften Ciccù. Und da schrie dieser Mann schon zu ihm herüber: »Erkennst du mich wieder, du verfluchter Hexenmeister, der mir mein Auge ausgerissen hat? Jetzt werde ich mein Auge an dir rächen, in einer schönen, ganz langwierigen Rache. Deinem Mädchen hier werde ich jetzt allmählich die Gurgel abdrücken, und du wirst dafür ins Gefängnis geworfen werden, wo du mit deinen feinen Gelehrtenfingern grobe Arbeit tun mußt ein Leben lang!«

Als er diese Worte vernahm, war Massimo schon unterwegs zu diesem Podest, stürmte durch das verwachsene Rankenwerk ohne Rücksicht auf blutige Risse und würgende Schlingen, brach im Vorüberlaufen einen Aststumpf von einer knorrigen Steineiche, hatte gleich danach das Podest erreicht, auf dem der Einäugige mit Silvia rang, die sich kräftig wehrte, während ihr Gegner vergeblich ihren Hals zu packen versuchte, und schlug ihm, sobald er selbst unterhalb des Podests stand, den beinharten Ast mit aller Kraft in die Kniekehlen, daß der Einäugige sein Opfer freigeben mußte, sein Gleichgewicht verlor und rückwärts von der steinernen Plattform herunterstürzte. Als er sich wieder aufrappeln wollte, stand Massimo schon über ihm und haute ihm den Prügel quer übers Gesicht, fing Silvia, die zu ihm heruntersprang, in seinen Armen auf und rannte mit ihr zurück auf dem Weg bis zu der Terrasse und links am Haus vorbei zu jener Tür, auf welche die Wirtin sie hingewiesen hatte. Draußen schloß er seinen Wagen auf, beide sprangen hinein, und er startete so schnell, daß der Kies unter den Reifen davonspritzte.

Lange Zeit fuhren sie schweigend in den spätsommerlichen

Nachmittag hinein, zurück über die holprigen Karrenwege, auf denen hinter ihnen der rötliche Staub aufwölkte und sich auf die schon bläulich überreifen Trauben in den Gärten legte. Erst als sie die Hauptstraße erreicht hatten, gab Silvia sich einen spürbaren Ruck, schüttelte den Kopf, als könne sie das alles nicht begreifen, und fragte schließlich: »Was war das für ein Mann? Offenbar kennen Sie ihn von früher.«

»Ja«, sagte Massimo nach einiger Zeit des Nachdenkens. »Ich kenne ihn aus einer Zeit, an die ich mich ungern erinnern lasse. Er war damals einer von denen, die meine drei Vettern umgebracht haben.«

Sie blickte ihn verstört an. »War das ein Raubüberfall?«

Massimo schüttelte den Kopf. »So kann man das nicht bezeichnen. Es war eine blutige Mafia-Fehde, bei der eine ganze Familie ausgerottet werden sollte.«

Diese Auskunft schien die Signora noch mehr zu beunruhigen. »Was haben Sie mit der Mafia zu tun?« fragte sie alarmiert und schien dabei, soweit dies in dem Kleinwagen möglich war, ein Stück von ihm wegzurücken.

»Ziemlich viel, wenn auch ungewollt«, sagte er. »Es ging dabei um die Vernichtung der Familie meines Vaters.«

»Und wie sind Sie dabei davongekommen?« fragte sie und machte dabei den Eindruck, als wolle sie ihm das übelnehmen.

»Schwer zu erklären«, sagte er. »Sagen wir: durch Zauberei. Ich hab dem Kerl ein Auge ausgekratzt und bin einfach davongeflogen.«

Sie blickte ihn empört an. »Machen Sie doch keine Witze über solch schreckliche Sachen! Ich kann das gar nicht lustig finden.«

»Ich ebensowenig«, sagte er ganz ernsthaft. »Aber so war es tatsächlich. Ich weiß nicht einmal, wie dieser Einäugige heißt. Er war damals wohl nur sozusagen als Henker engagiert worden, als bezahlter Totmacher, und wurde weggejagt, weil ihm einer davongekommen war. Ich weiß nicht, ob es Zufall ist, daß er mich dort in dem Monsterpark wiedergefunden oder vielleicht sogar abgepaßt hat. Möglicherweise hat er mir schon länger nachspioniert.«

Diese Erwägung brachte sie für eine Weile zum Schweigen.

Später, als vor ihnen in der Abenddämmerung schon die Türme der Universitätsstadt aus dem Dunst stiegen, blickte sie noch einmal zu ihm herüber und sagte: »Sie sind mir jetzt richtig unheimlich!« Dann schwieg sie, bis er sie vor ihrem Haus absetzte. Sie reichte ihm, nachdem er selbst ausgestiegen war und ihr den Schlag aufgehalten hatte, nur flüchtig die Hand und hatte es eilig, in ihr Haus zu gelangen.

Von da an hielt sich Signora Pozzo, wenn sie irgendwo in den Räumen des Hauses zusammentrafen, was bei den Restaurierungsarbeiten nicht zu vermeiden war, stets auf eine gewisse Distanz, und es war für Massimo deutlich zu spüren, daß sie sich nicht mehr in die zauberische Atmosphäre einfangen lassen wollte, die sie bisher so häufig hinauf auf die Arbeitsbühne gelockt hatte. Aber auch Massimo vermied es, ihr allzu nahe zu treten, besonders wenn er ihr außer Haus begegnete, weil er nie sicher sein konnte, ob nicht jemand sie beobachtete und daraus mörderische Konsequenzen zog.

Die Arbeiten im Gewölbe der Sala waren ohnehin bald abgeschlossen, und die Restaurierungen an den Wänden und in den anderen Räumen stellten Bianca nicht vor solch schwierige Probleme, so daß es genügte, wenn beide die jeweiligen Tagesvorhaben am Morgen kurz besprachen. Mit Beginn des Herbst- und Wintersemesters hatte Massimo überdies nicht mehr so viel freie Zeit zur Verfügung, daß er die Arbeit ständig im Auge behalten konnte.

Bianca hatte noch den ganzen Winter über im Hause der Pozzo zu tun, im Frühsommer des folgenden Jahres gab dann die Signora zur Präsentation der fertiggestellten Malereien in ihrem Haus ein rauschendes Fest, zu dem nicht nur Bianca, sondern auch ihr Vater eingeladen wurden. Wenn Massimo sich eine Erwärmung ihrer Beziehung bei dieser Zusammenkunft erhofft haben sollte, so wurde er enttäuscht. Sie behandelte ihn wie einen Ehrengast, dem ungeheure Verdienste um die künstlerische Wiederherstellung des Festsaals zukamen, und stellte ihn, metaphorisch gesprochen, zusammen mit seiner tüchtigen Tochter auf ein hohes Podest, damit die Eingeladenen ihnen tüchtig Beifall klatschen konnten, doch dieses Podest war allzu hoch, als daß es die neuerliche Anbahnung einer persönlichen Liaison zugelassen hätte.

Bianca reiste bald danach ab, weil ihr auf ebendiesem Fest eine neue Aufgabe irgendwo unten in der Toscana angeboten worden war, und so beschränkten sich die Begegnungen zwischen Massimo und der Signora in den nachfolgenden Jahren in der Hauptsache auf ihre bald stadtbekannten Feste zu denen die mittlerweile recht lebenslustige und keineswegs mehr in Trauergewänder gehüllte Gastgeberin ihn regelmäßig einlud, um dann durchaus geistreiche, jedoch in kühler Distanz verharrende Gespräche mit ihm führen.

Als Massimo nach Fertigstellung der Fresken wieder öfter als bisher seine Zeit in Venedig verbrachte, traf er eines Abends auf der Treppe zu seinem Zimmer seine Mutter. Sie blieb eine Stufe höher als er stehen und fragte: »Wie geht's eigentlich Signora Pozzo?«

Er zuckte scheinbar gleichmütig mit den Schultern und sagte: »Ich habe sie schon seit Wochen nicht mehr gesehen.«

»Ach?« sagte sie und schwieg eine Weile. Massimo bemerkte das maliziöse Lächeln, das ihre Lippen kaum wahrnehmbar verzog. Sie stand erhöht durch die eine Stufe über ihm in einem ihrer schwarzen, fast fußlangen Kleider, die sie seit ihrer Verwitwung trug, und blickte auf ihn herab wie auf einen Gegenstand, so schien es ihm, der ihr gehörte und den sie unter keinen Umständen hergeben würde. Ihr Lächeln, das begriff er erst in diesem Augenblick, war ein Lächeln des Triumphes. »Hat sie das Interesse an dir verloren?« fragte sie und lachte schon fast bei diesen Worten, ein böses Lachen, so kam es ihm vor, hinter dem sie Gedanken oder gar gesponnene Ränke zu verbergen suchte, von denen er lieber nichts wissen wollte.

»Was soll dieses Getue?« sagte er ärgerlich. »Ich bin ja hier. Was willst du noch?«

Da nickte sie zufrieden und ging an ihm vorüber die Treppe hinab, während er hinaufstieg zu seinem Zimmer.

Was hatte sie eigentlich hier oben zu suchen gehabt? fragte er sich, als er den Flur entlangging. Er merkte schon beim Eintreten in den an allen Wänden mit übervollen Bücherregalen bestellten Raum, daß sie hiergewesen sein mußte. Nicht nur, daß er deutlich ihr Lavendelwasser roch. Die Papiere auf seinem Schreibtisch waren offenkundig durchgeblättert und rasch in anderer Reihenfolge wieder an etwas anderer Stelle hingelegt worden, auch war ein Schubfach nicht ganz hineingeschoben, in dem er Unterlagen für die Pozzosche Restaurierung aufbewahrte.

Als er zum Abendessen hinunter in die Stube kam, fragte er sie, wonach sie in seinem Zimmer gesucht habe.

»Gesucht?« sagte sie entrüstet. »Ich werde doch wenigstens etwas Ordnung in dein Durcheinander bringen dürfen!«

»Laß künftig bitte meine Sachen so liegen, wie ich sie hingelegt habe«, sagte er mürrisch. »Ich bin kein kleiner Junge mehr, dem man nachräumen muß.« Er erkannte an ihrer eigensinnig verzogenen Miene, daß er sie bei etwas ertappt hatte, das sie ihn nicht wissen lassen wollte, fragte aber nicht mehr weiter nach und ließ es auf sich beruhen.

Zu dieser Zeit spielte er wieder öfter auf der kleinen Orgel in San Evergisio, blieb zuweilen auch vor dem merkwürdigen Bild des heiligen Laurentius unten in der Kirche stehen und wurde durch eine solche Betrachtung angeregt, einen Katalog von mehr oder minder unbeachteten Gemälden in dieser manieristischen Stilrichtung anzulegen. Dieses Vorhaben führte ihn zunächst durch sämtliche Kirchen der Lagunenstadt, in den nachfolgenden Jahren auch weiter hinaus ins Umland, wo er in wenig bekannten Kirchen und alten Landvillen eine ganze Reihe von bemerkenswerten Darstellungen auftrieb, so daß diese zunächst eher als eine Art Hobby begonnene Beschäftigung nach einigen Jahren ihren Ertrag zeigte in einem reichillustrierten, mit kunsthistorischen Anmerkungen versehenen Katalog, der im Druck erschien und in Kreisen von Experten einiges Aufsehen erregte, nicht zuletzt deshalb, weil der Verfasser es gewagt hatte, die so neu entdeckten Bilder mit modernen Gemälden zu konfrontieren, die – das behauptete er im Text – als eine Wiederaufnahme manieristischer Prinzipien gedeutet werden könnten. Übrigens ließ er sich in diesen Jahren einen relativ kurz gehaltenen Bart wachsen, der ihm ziemlich grau meliert geriet, was ihn einigermaßen überraschte. Er wußte selbst nicht genau, warum er sich dazu entschlossen hatte, möglicherweise aus purer Bequemlichkeit, vielleicht auch, um sich vor neuerlichen Begegnungen mit seiner Vergangenheit zu tarnen oder auch nur, weil in seiner von Kindheit an gehegten Vorstellung Zauberer einen Bart trugen.

Die zuvor geschilderten, zum Teil recht dramatischen Geschehnisse münden also in eine Phase ruhiger, von beständiger Arbeit erfüllten Zeit, bis sich nach etwa einem Jahrzehnt wieder Vorgänge anbahnen, die des Erzählens wert sein könnten.

XII

Dieser Katalog, von dem zu Ende des vorigen Kapitels die Rede war, brachte einen Stein ins Rollen, der auf seinem Wege alles mögliche in Bewegung setzte, wovon jetzt erzählt werden soll. Es wurde ja schon gesagt, daß diese Veröffentlichung in einschlägigen Kreisen einige Aufmerksamkeit erregte, und dies führte unter anderem dazu, daß Massimo eines Tages die Einladung zu einer Gastprofessur in Deutschland an einer rheinischen Universität erhielt, wo er, beginnend mit dem nächsten Sommersemester, Vorlesungen und Seminare zu dem bislang dort wenig beachteten Komplex des Manierismus halten sollte.

Die Aussicht auf einen Wechsel seiner gewohnten Umgebung reizte Massimo durchaus, aber sobald er eine solche Möglichkeit gegenüber seiner Mutter auch nur andeutete, wußte sie sofort gravierende Einwände zu machen, und wenn er einen davon widerlegte, zog sie dafür gleich zwei weitere aus ihrem Köcher, wobei diese Metapher keineswegs weit hergeholt ist; denn es war in der Tat ein Krieg, den sie mit ihren Einwendungen entfachte, ein Krieg, in dem sie ihre Argumente abschoß wie vergiftete Pfeile.

Massimo war schließlich schon dermaßen abgekämpft, daß er ernstlich daran dachte, nachzugeben und eine Absage nach

Deutschland zu schicken. Doch eines Nachts, als er schlaflos im Bett lag, seine mißliche Lage bedachte und nach Auswegen suchte, entsann er sich seiner Zauberei, mit deren Hilfe es ihm vielleicht gelingen könne, etwas in dieser verfahrenen Situation zu bewegen. Er faßte den kühnen Entschluß, seine Cousine Catarina samt ihrer und seiner reizenden Tochter, von der er wußte, daß sie sich derzeit in Venedig aufhielt, nach Hause einzuladen und dabei seine Mutter mit ihrer Enkelin bekannt zu machen. Das hört sich zwar recht normal an und klingt kaum nach Magie, aber wenn man um die tiefverwurzelte Abneigung der Mutter gegen Catarina wußte, mußte man schon an Zauberei oder gar Wunder glauben, wenn man sich einen Erfolg von dieser Begegnung erhoffte.

Massimo verriet seiner Mutter nichts von diesem Plan, vereinbarte mit Catarina und Bianca einen Nachmittagstermin, von dem er sicher war, daß seine Mutter im Hause sein würde, und ließ es wie ein Alchimist darauf ankommen, daß diese Zusammenfügung statt des erhofften Goldes eine ungeheuere Explosion hervorbringen könnte.

Der Tag kam heran, Massimo hielt sich zur Teestunde bereit, öffnete, kaum daß es geläutet hatte, selbst die Tür und führte die beiden Gäste in den Vorraum. Sie hatten bei dem warmen Frühlingswetter nur wenig abzulegen, Catarina ein Hütchen und einen leichten Mantel, Bianca, die Massimo gebeten hatte, nicht wie gewohnt in Jeans zu kommen, sondern sich elegant herauszuputzen, trug ein in seiner strengen Linie schon fast altmodisch wirkendes elfenbeinfarbenes Kostüm aus einem bekannten Atelier (sie verdiente in ihrem Beruf mittlerweile so gut, daß sie sich solchen Luxus leisten konnte) und wollte Massimo eben ein riesiges, zum Dreieck gefaltetes türkisfarbenes Wolltuch zur Aufbewahrung geben, als die Herrin des Hauses aus ihrem Zimmer kam. »Hat es nicht geläutet?« fragte sie und sah erst dann, daß die Gäste schon ihre Garderobe ablegten. »Wer ist denn ...«, sagte sie noch, brach aber mitten im Satz ab, als sie Catarina erkannte, und identifizierte deren junge Begleiterin sofort als deren Tochter.

Massimo sah schon seine Felle davonschwimmen; denn die sofort eintretende Verdüsterung in der Miene seiner Mutter verhieß nichts Gutes. Hilfesuchend blickte er zu Bianca, die ihm noch immer das Umlegetuch hinhielt und im Augenblick begriff, was von ihr erwartet wurde. Und schon begann mit einemmal der große Zauber, den Massimo sich vorgestellt hatte. Bianca ließ das Tuch zu Boden gleiten, während sie schon mit wenigen Schritten die konsternierte Frau erreichte, fiel ihr spontan um den Hals und rief: »Großmutter! Endlich kann ich dich umarmen!« Sie küßte sie rechts und links auf die Wangen, drückte sie für kurze Zeit an sich und schob sie dann ein wenig zurück, ohne die Hände völlig von ihr zu lassen, und bestaunte sie wie eine durch ein Wunder unversehens aufgetauchte geliebte Person.

Ihre Großmutter wußte offensichtlich überhaupt nicht, wie ihr geschah. Sie betrachtete diese ungestüme junge Frau, und es war nicht zu übersehen, daß sie ihr gefiel. Nein, das ist noch zu wenig: Man konnte ihr ansehen, daß sie im vollen Sinn des Wortes bezaubert war von dieser Enkelin, die für sie bislang nichts weiter gewesen sein dürfte als ein leidiger Störfaktor in ihrer Beziehung zu ihrem Sohn. Sie umarmte Bianca nun ihrerseits und erblickte über deren Schulter hinweg jetzt wieder Catarina, die sich bisher im Hintergrund gehalten hatte, um abzuwarten, was dieser Überfall für Folgen zeitigen würde.

Nun machte sich Signora Battisti mit aller Vorsicht von Biancas Zugriff los und ging hinüber zu ihrer Nichte. »Da hast du etwas sehr Reizvolles zustande gebracht«, sagte sie, warf Massimo einen fast schon schelmischen Seitenblick zu und korrigierte diese Behauptung: »Oder soll ich besser sagen: Ihr habt dieses zauberhafte Wesen zustande gebracht?« wobei eine flüchtige Röte über ihre Wangen huschte.

Catarina versuchte die Form zu wahren und sagte: »Du mußt unser Eindringen entschuldigen, Tante. Massimo hat gemeint, wir sollen nicht erst viel herumreden, sondern einfach kommen.«

Für einen Augenblick machte Massimos Mutter den Eindruck, als müsse sie etwas Unangenehmes hinunterschlucken, holte dann tief Luft und sagte. »Da hat er wohl recht daran getan. Ich bin froh, euch endlich und dich endlich wieder einmal im Hause zu haben. Kommt nur weiter! Wie ich Massi kenne, hat er schon den Teetisch decken lassen.«

Natürlich war alles vom Hausmädchen und der Köchin vorbereitet worden, ohne daß die Hausherrin davon etwas erfahren hätte. Für solche Umstände, meinte Massimo, brauchte man keine Zauberei aufzuwenden, wenn sie nur mit der nötigen Präzision vorbereitet wurden. Salz in der Zuckerdose könnte unter Umständen die ganze Zauberei wie eine Fehlzündung verpuffen lassen. Jedenfalls war alles exakt hergerichtet, alle setzten sich vergnügt zu Tisch, und Massimo schrieb es nun wirklich den gemeinsamen Bemühungen von Bianca und ihm selbst zu, daß, kaum daß sie den ersten Schluck von dem duftenden Darjeeling gekostet hatten, Signora Battisti selbst zur Sprache brachte, was Massimo mit aller Vorsicht hatte einfädeln wollen.

»Stellt euch vor«, sagte sie zu den Besuchern, »Massimo plant tatsächlich, mich wieder einmal für längere Zeit zu verlassen«, und berichtete über seine Einladung an eine deutsche Universität. »Ich hab mich zunächst dagegen gesträubt«, gestand sie mit überraschender Ehrlichkeit, »aber eine solche Berufung ist natürlich für ihn eine große Ehre und wird seiner akademischen Laufbahn sehr förderlich sein. Doch was fange ich armes Weib hier so allein gelassen an?«

Das war die Frage, die Massimo von Anfang an Sorge bereitet hatte, doch Catarina sprang sofort in die Bresche und sagte: »Darüber mach dir keinen Kummer! Wir sind ja auch noch da.«

Signora Battisti setzte sorgfältig das Törtchen beiseite, in das sie eben hatte beißen wollen, und legte ihre Hand auf jene der Nichte. »Das weiß ich jetzt«, sagte sie, »und es ist mir ein großer Trost. Aber wer hält meine Finanzen in Ordnung? Ohne Massimo bin ich darin völlig hilflos.«

»Dafür wäre doch dein Cousin Vittore der geeignete Mann!« sagte Bianca zu ihrer Mutter. »Der ist ein ziemlich hohes Tier bei seiner Bank und macht das mit der linken Hand.«

»Vittore! Natürlich!« sagte Catarina. »Ich schicke ihn dir in den nächsten Tagen vorbei. Bei dem ist dein Geld in besten Händen.«

Massimo hörte sich sprachlos an, wie sich alles, was er mit Mühe hatte hinbiegen wollen, gleichsam wie von selbst regelte, und kam sich dabei vor wie der Zuschauer einer sorgfältig einstudierten Theaterszene. War dies nun wirklich eine Art von Zauberei, bei der seine Tochter die Regie führte? Er selbst hatte sich wohl gewünscht, daß sich alle seine Probleme irgendwie regeln ließen, mehr nicht. Genügte das schon für einen Zauber? Jedenfalls war alles bewegt worden, und zwar, soweit sich das beurteilen ließ, zum Guten, nicht nur für ihn selbst, sondern auch im Hinblick auf die Versöhnung zwischen Mutter und Catarina.

Während der folgenden Wochen spielten sich die neu geknüpften Beziehungen allmählich ein. Catarina kam regelmäßig zum Tee, blieb auch länger bei Massimos Mutter sitzen, und es kam ihm so vor, als schnurre die Cousine wie ein Kätzchen, wenn die Hausherrin sie mit der Hand berührte, als wolle sie sich ihrer Gegenwart versichern. Manchmal brachte sie auch Bianca mit, die ihre Großmutter stets aufs neue bezauberte und zwischendurch mit Massimo Pläne für weitere Restaurierungen diskutierte. Auch Vittore stellte sich bei Gelegenheit ein und ließ sich von Massimo die Usancen erklären, nach denen die Konten von dessen Mutter zu führen waren. »Ich könnte das alles ja von meinem Büro aus machen«, sagte er schließlich, nachdem er schon ein paarmal dagewesen war, »aber das tue ich meiner Tante nicht an. Ich sehe ja, wie sie sich über Gesellschaft freut. Also laß ich die Unterlagen alle hier und komm regelmäßig vorbei, wenn du in Deutschland bist, Massi.«

So war, als Massimo seine Reise nach Norden antrat, alles zu jedermanns Zufriedenheit geregelt. »Ruf mich an, sooft du kannst«, sagte die Mutter beim Abschied. »Ich zahl dir auch die Telefonrechnung.« Das sollte eher beiläufig klingen, aber Massimo konnte doch die zähe Beharrlichkeit heraushören, mit der seine Mutter ihn nicht loslassen wollte. Er bekam den Haken, an dem sie ihn – wenn jetzt auch an langer Schnur – noch immer drillte wie einen Fisch, deutlich zu spüren. Erst als dann sein Zug schon auf die noch ferne Kette der Alpen zurollte, überkam ihn allmählich ein Freiheitsgefühl, wie er es seit Jahren nicht mehr verspürt hatte.

Er war am frühen Nachmittag mit dem Schlafwagenzug abgefahren und schaute hinaus in die sonnendurchwärmte Landschaft, die allmählich überging in hügeliges Gelände, bis dann bei Trient die Berge schon nahe gerückt waren. Hier stieg ein Mann zu, der das untere Bett des Abteils gebucht hatte, ein schlanker, ziemlich hochgewachsener, aber schon etwas gebeugt gehender weißhaariger Priester, offensichtlich ein Prälat, nach den violetten Paspeln seines Habits zu schließen. Er grüßte den Mitschläfer freundlich, Massimo half ihm bei der Unterbringung seines Koffers, und dann setzte sich der Neuankömmling ihm gegenüber ans Fenster und kam bald mit ihm ins Gespräch.

Massimo schien am Gehabe dieses Geistlichen irgend etwas vertraut, die Art vielleicht, wie dieser beim Zuhören sich eifrig dem Partner zu beugen, um ihm die Worte gleichsam von den Lippen zu nehmen, oder auch die sprechende Gestik seiner Hände, die den geübten Kanzelredner verriet. Wie schon mehrfach bei Priestern stellte Massimo in seinem Gesicht eine gewisse, noch immer erkennbare Kindlichkeit fest, wie sie vielleicht dem zölibatär Lebenden eher erhalten bleibt, und dieser Zug erleichterte es ihm schließlich, den Gesprächspartner wiederzuerkennen; denn sein Gesicht war noch immer als das jenes jungen Mannes vorstellbar, dem Massimo begegnete, als er selbst noch ein Kind gewesen war.

»Haben Sie Ihre Kaplanszeit in Venedig an San Marco verbracht?« fragte er den Prälaten, unvermittelt das Gespräch unterbrechend.

»Ja«, sagte der Geistliche erstaunt. »Woher wissen Sie ...?«

»Dann heißen Sie Longhi, Hochwürden«, sagte Massimo. »Sie haben mich seinerzeit auf die erste Kommunion vorbereitet.«

Der Prälat blickte ihm eine Zeitlang forschend ins Gesicht und sagte dann, immer noch überlegend: »Warten Sie ... das war doch im Palazzo der Barozzi. Ihr Großvater hat zuerst mit mir gesprochen und Sie einen kleinen Heiden genannt ... dann sind Sie doch der Bub, der ein Zauberer werden wollte! Jetzt erinnere ich mich genau. Ihr Name ist Massimo!«

»Richtig«, sagte dieser. »Massimo Battisti.«

»Ach«, sagte der Prälat, »womöglich jener Kunsthistoriker, der sich für manieristische Malerei interessiert?«

»Auch das«, sagte Massimo. »Meine Recherchen in den Kirchen nach solchen Bildern haben sich offenbar schon bis zum Trienter Klerus herumgesprochen. Und nun hat mir diese Vorliebe auch noch eine Gastprofessur in Deutschland eingetragen. Grenzt das nicht schon wieder an Zauberei?«

Der Prälat lachte und sagte dann: »Sie haben sich offenbar überhaupt nicht geändert, zumindest was ihre Vorliebe für Zauberkünste betrifft. Immerhin haben Sie's damit auch ganz schön weit gebracht.«

»Mit Zauberei?« sagte Massimo nachdenklich und schaute unversehens recht ernst in das heiter-kindliche Gesicht des alten Priesters. »Ich weiß nicht recht. Zuweilen habe ich Erlebnisse gehabt, von denen ich Ihnen besser nicht erzähle, sonst kämen Sie am Ende noch zu der Meinung, ich sei mit dem Teufel im Bunde. Aber ob mich *das* tatsächlich weitergebracht hat? Letzten Endes hat es mein Leben eher kompliziert, scheint mir. Als ich noch ein Kind war, hat mir ein sehr alter Mann, der meine Vorliebe für Zauberei durchaus ernst nahm, den Rat gegeben, nicht so viel Wesens von meinen Fähigkeiten zu machen und vor den Leuten lieber die Rolle eines normalen Bürgers zu spielen. Ich hab das versucht, mir in fleißiger Arbeit ein paar wissenschaftliche Kenntnisse angeeignet und es bis zu einer ordentlichen Professur gebracht, aber von Zeit zu Zeit hat es mich, ohne daß ich es eigentlich wollte, völlig aus meiner Normalität herauskatapultiert, zuweilen bis an die Grenze des Todes, ohne daß ich einen Sinn darin erkennen konnte. Zuweilen komme ich mir vor wie ein Epileptiker, den seine gelegentlichen Anfälle immer wieder einmal aus der sogenannten Wirklichkeit herausreißen in einen Zustand, in dem er im wahren Sinn des Wortes *außer sich* ist. Verstehen Sie das?«

Der Prälat schwieg eine Zeitlang. Dann sagte er: »Es wird über den Apostel Paulus behauptet, er sei ein Epileptiker gewesen. Überdies galt das in früheren Zeiten als eine heilige Krankheit, dieses *Außer-sich-Sein*. Er selbst sah offenbar in dieser Schwäche seine Stärke. Nun ja – Sie sind ja kein Epileptiker, sondern nehmen diese Krankheit nur als Vergleich oder Metapher für Ihre Zauber-Anfälle. Wie kommen Sie eigentlich mit Ihren Studenten aus?«

Diese unvermittelte Wendung des Gesprächs verblüffte Massimo. Wollte der Geistliche auf ein anderes Thema ausweichen oder sah er einen Zusammenhang zwischen der Zauberei und dieser Frage? Massimo zuckte mit den Schultern und sagte: »Eigentlich problemlos. Damit will ich nicht behaupten, daß es keinen Meinungsstreit zwischen uns gäbe. Das durchaus. Aber sie sind fast alle auf ihre Art von ihrem Studienfach fasziniert. Kaum einer, der das wie einen beliebigen Stoff in sein Hirn hineinpaukt und das Ergebnis dann im Rigorosum staubtrocken herbetet. Nein, sie bieten eigentlich zumeist einen spannenden Dialog an.«

»So etwas hab ich mir gedacht«, sagte der Prälat lächelnd. »Sie sind eben doch ein Zauberer.«

»Wie meinen Sie das nun wieder?« fragte Massimo. »Wollen Sie damit andeuten, daß ich meinen Studenten meine persönlichen Vorlieben und Ansichten aufdränge, sie also auf eine gewisse Weise manipuliere, ohne daß ich mir dessen bewußt wäre?«

»Nicht in übler Hinsicht«, sagte der Prälat sofort und hob abwehrend seine schmale Hand. »Aber auf ihre Art tun Sie das wahrscheinlich schon. Ich kann mir vorstellen, daß ich, wenn ich mich mit Ihnen auf ein längeres Fachgespräch einließe, noch heute als begeisterter Anhänger manieristischer Malerei zu Bett gehen würde. Sie haben so etwas Bezwingendes in ihrer Redeweise und Gestik, dem man sich nur schwer entziehen kann.«

»Dann möchten Sie dieses Gespräch wohl lieber abbrechen?« sagte Massimo und wußte nicht recht, was er von dieser Behauptung seines Gesprächspartners halten sollte.

Da lachte dieser und sagte: »Aber nein! Was wäre das für ein Leben, wenn ich mich nicht von einem interessanten Gesprächsgegenstand oder einem solch anregenden Gesprächspartner oder gar von der Schönheit solcher Bilder selbst bezaubern ließe!«

Inzwischen war es draußen völlig dunkel geworden. Hie und da glitten die Lichter von Bahnstationen vorüber oder ein Berghang trat unversehens näher, so daß der Widerschein der beleuchteten Zugfenster über Felsgestein oder Fichtengehölz huschte. Massimo verfolgte eine Zeitlang dieses wechselhafte Spiel zwischen Licht und Finsternis. Das Reden und die trockene

Luft im Abteil hatten ihn durstig gemacht. So stand er schließlich auf und fragte den Prälaten, ob er ihm etwas zum Trinken mitbringen solle; er selbst würde jetzt zum Buffetwagen gehen, um sich etwas zu holen.

»Ein Mineralwasser, wenn Sie so freundlich sein wollen«, sagte der Geistliche.

Als Massimo zurückkam, hatte man die Betten schon heruntergeschlagen, und der Prälat hatte sich bereits hingelegt und wirkte, als nur noch sein Kopf über dem Bettzeug zu sehen war, noch um einiges kindlicher als zu vor. Massimo gab ihm die Flasche und den Pappbecher, woraufhin der Prälat sich aufsetzte und sich in einem ziemlich altertümlichen Pyjama zeigte. Er schenkte sich aus der geöffneten Flasche den Becher voll und trank ihn in langen Zügen zur Hälfte leer. Dann stellte er beides neben seinem Bett vorsichtig auf den Boden und sagte: »Hoffentlich habe ich Sie vorhin nicht beunruhigt mit meinen Anmerkungen zu der Wirkung, die Sie auf mich und möglicherweise auch auf andere ausüben. Solche Eindrücke oder gar Beeinflussungen werden häufig von dem Betroffenen reflektiert und wirken so auf jenen zurück, von dem sie ausgegangen sind, im Guten, wie im Bösen.«

»Ja«, sagte Massimo, »mit Sicherheit auch im Bösen.« Er dachte eine Weile darüber nach, ob er den Vorgang erwähnen sollte, der ihm im Zusammenhang mit solchen Erwägungen eingefallen war. Er hatte bisher – außer den erklärenden Andeutungen, die er damals Silvia gegenüber gemacht hatte – noch nie mit einem anderen Menschen darüber gesprochen, doch nun drängte es ihn plötzlich, die offenbar eher idyllischen Vorstellungen des Prälaten damit zu irritieren. »Es liegt schon eine ganze Reihe von Jahren zurück«, sagte er, »daß ich auf Sizilien erleben mußte, wie gedungene Mörder vor meinen Augen meine drei Vettern umgebracht haben. Jenem, der den jüngsten erledigte, den ich von den dreien am liebsten mochte, habe ich damals ein Auge ausgerissen. Das könnte man doch eine solche Reflektion zum Bösen nennen. Und Jahre später hat dieser seit damals Einäugige mir diese Tat vergelten wollen, indem er versuchte, mir einen Mord anzuhängen, den er sich eben anschickte, vor meinen Augen zu begehen.«

»Um Gottes willen!« rief der Prälat voller Entsetzen. »In was für schreckliche Vorgänge sind Sie da verstrickt gewesen! Und was ist draus geworden?«

»Eine weitere Reflektion zum Bösen«, sagte Massimo. »Ich habe ihn daran gehindert, jene junge Frau zu erwürgen, die ich überdies sehr gern hatte, und ihm einen knorrigen Eichenknüppel übers Gesicht gehauen, was ihn wohl noch mehr verunstaltet haben dürfte.«

Der Prälat schüttelte betroffen von soviel Unheil den Kopf. »Das Böse gebiert immer weiter Böses«, sagte er. »Nun werden Sie weiterhin vor diesem Mann auf der Hut sein müssen.«

»Hätte ich ihn seine Tat ausführen lassen sollen?« fragte Massimo.

»Nein!« sagte der Prälat. »Natürlich nicht. Aber hätte es nicht genügt, den Mord zu verhindern?«

»Ich habe ihn im Zorn geschlagen«, sagte Massimo, »wohl auch deshalb, weil ich wieder vor Augen hatte, wie er meinen Vetter Ciccù verhöhnte, während er ihn langsam umbrachte.«

»Dessen Tod konnten Sie nun nicht mehr verhindern«, sagte der Prälat, als erörtere er eine kirchenrechtliche Frage. Dann wurde ihm das wohl selbst bewußt und er setzte hinzu: »Ich rede wohl allzu leichtfertig über eine Situation, die weit jenseits meines Erfahrungshorizontes liegt.«

Er trank noch einen Schluck Wasser, legte sich dann wieder zurück auf sein Bett und deckte sich sorgfältig bis unter das Kinn zu. Massimo zog sich nun ebenfalls aus und stieg im Schlafanzug hinauf zum oberen Bett. Als er sich ausgestreckt hatte und eben »Gute Nacht« sagen wollte, räusperte sich der Prälat und fragte ihn, ob er schon schlafen wolle.

»Nein«, sagte Massimo. »So schnell kann ich das nicht, und im fahrenden Zug schon gar nicht.«

»Erlauben Sie mir«, sagte der Prälat, »daß ich Ihnen etwas erzähle, was ich erlebt habe, als ich noch ein junger Kaplan in Venedig war? Das ist eine eher sanfte Geschichte, die Ihnen vielleicht die Erinnerung an diese grausamen Erlebnisse ein wenig zurückdrängt, aber es ist doch, meine ich, eine merkwürdige, vielleicht sogar ein bißchen komische Episode. Ich nenne sie

Die Geschichte vom wundersamen Mißverständnis

Es muß um die Zeit gewesen sein, als ich in den Palazzo Ihres Großvaters geschickt wurde, um Sie im Glauben zu unterweisen. Ich kann mich noch gut daran erinnern, daß ich damals lange darüber nachgedacht habe, wie es sich mit Ihrer Zauberei verhalten mochte. Sie wirkten so sicher in Ihrer Behauptung, das Haus Ihres Vaters nur durch einen Zauberspruch in die Luft gejagt zu haben, daß ich mich allen Ernstes fragen mußte, ob dies nicht doch mehr zu bedeuten habe als eine kindliche Phantasterei. Wie dem auch immer sein mochte – ich war ein sehr unerfahrener Seelsorger, eben erst vom Priesterseminar nach der Weihe zum Dienst an San Marco bestellt, und ich freute mich darüber, daß man mir die Unterweisung eines Kindes übertragen hatte; denn der Umgang mit weltlich gesinnten Erwachsenen und nicht zuletzt die seelsorglichen Gespräche mit Frauen, die ich während meiner Ausbildung allenfalls von weitem wahrgenommen hatte, verwirrte mich nicht wenig. Deshalb genoß ich jede Stunde, die ich mit Ihnen in Ihrem Schulzimmer verbringen durfte.

Um so mehr erschreckte es mich, als mich eines Tages, während ich eben nach der Frühmesse aus der Sakristei kam und im Vorübergehen meine Kniebeuge vor dem Allerheiligsten machte, eine junge Frau, eigentlich fast noch ein Mädchen ansprach und mich fragte, ob ich Zeit hätte, sie zu den bedeutendsten Kunstwerken des Domes zu führen und ihr einiges über die Altäre und anderen Bildwerke zu sagen.

Ich muß dermaßen erschrocken dreingeschaut haben, daß sie hell auflachte, sich dann in gespielter Beschämung die Hand vor den Mund schlug und sagte: »Entschuldigen Sie, das darf man hier wohl nicht.« Sie wurde sofort wieder ernst und schaute mich fragend an, schaute mich an aus dunklen grünbraunen Augen, wie ich solche noch nie gesehen zu haben meinte in diesem Augenblick, und es verschlug mir erst einmal die Rede.

So schauten wir einander eine Weile stumm in die Augen, bis sie sagte: »Hätte ich Sie hier nicht ansprechen dürfen? Sehen Sie mir das bitte nach, falls es so sein sollte. Ich bin kein sehr frommer Mensch und weiß nicht viel darüber, wie man sich in der Kirche benehmen sollte. Ich interessiere mich eher für Kunst als für fromme Betrachtung.«

Da löste sich auf einmal meine Zunge, und ich sagte: »Vielleicht ist das überhaupt kein Widerspruch. Warum soll die Freude an der Kunst großer Maler dem Glauben nicht dienlich sein?« Denn ich hatte mich, soweit das neben meinen theologischen Studien möglich gewesen war, ziemlich eingehend mit der Geschichte der Malerei befaßt, deren Erzeugnisse in der großen Zeit altitalienischer Meister ohnehin vorwiegend von religiösen Themen bestimmt sind.

»Da habe ich ja doch den Richtigen angesprochen!« sagte sie, und ich konnte in ihren Augen erkennen, wie sie sich darüber freute.

An diesem Vormittag führte ich sie in San Marco von Altar zu Altar, blickte zusammen mit ihr hinauf zu dem goldschimmernden Himmel der Mosaiken und verlor dabei meine Scheu, da wir in der Liebe zur Malerei ein gemeinsames Interesse gefunden hatten, und genoß rückhaltlos den Blick ihrer schönen Augen, während ich vor ihr mein bescheidenes Wissen ausbreitete oder ihr – frei nach der legenda aurea – die Lebensgeschichten der Heiligen erzählte, die auf den Altarblättern abgebildet waren. Seit langer Zeit hatte ich nach dem eher asketisch ausgerichteten Dasein im Seminar keinen so genußreichen und erfreulichen Vormittag verbracht, und so sagte ich ohne langes Zögern zu, als sie mich fragte, ob es mein Dienst erlaube, daß ich ihr auch in anderen Kirchen der Stadt als Führer diene.

Bei alledem wäre mir nicht im Traume eingefallen, dieses Zusammentreffen als etwas Ungehöriges zu empfinden. Erst als ich dann abends im Bett lag und wie gewohnt mein Gewissen zu erforschen versuchte, zögerte ich, mich so ohne weiteres von Schuld zu absolvieren, und ich fragte mich, ob es für mich erlaubt oder auch nur tunlich sei, mich auf solche Weise auf ein Zusammentreffen mit einem doch recht weltlich gesinnten Mädchen einzulassen. Über irgendeinem Bußgebet schlief ich schließlich ein.

Am nächsten Morgen erschienen mir diese Selbstvorwürfe dann schon nicht mehr so gravierend. Es ist ja oft so, daß man sich des Nachts in beschwerliche Gedanken verrennt und dann am Morgen, wenn es hell geworden ist und die Sonne durchs Fenster scheint, nicht mehr begreifen kann, was einen in der Dunkelheit beschwert hat. Jedenfalls nahm ich die Anregung jenes Domherrn, dem ich zugeteilt war, gern auf, als er mir empfahl, die Kirchen Venedigs zu besuchen im Sinne eines Rundgangs durch die Heilsorte der Stadt, um mich in der geistlichen Geographie meiner Umgebung zu orientieren. Als ich dann am nächsten Morgen meine Bekannte schon wieder im Dom antraf, wo sie einzelne, am Vortag nur im Vorübergehen wahrgenommene Kunstwerke noch genauer studieren wollte, schlossen wir dann unsere erste Exkursion zu weiteren Kirchen an, und ich hatte wieder das Vergnügen, mich an dem Blick der grünbraunen Augen meiner Zuhörerin zu erfreuen.

So ging das eine Zeitlang, bis mir eines Nachts bewußt wurde, daß ich möglicherweise vor diesem Mädchen – ich hatte inzwischen erfahren, daß sie Laura hieß – nur deshalb mit meinen kunstgeschichtlichen Kenntnissen prunkte, um wieder in den Genuß des Blicks ihrer Augen zu gelangen. Da begriff ich mit einemmal, daß ich mich verliebt hatte, ein Umstand, vor dem ich im Rahmen meiner Ausbildung in den Fächern Moraltheologie und Aszetik nicht genug gewarnt worden war, insbesondere wenn dieses Gefühl sich auf einen Menschen weiblichen Geschlechts bezieht. War ich in eine Falle getappt, die der Teufel mir gestellt hatte? fragte ich mich. Aber ich konnte das nicht glauben. Es konnte doch nicht sein, daß der Teufel Interesse an Heiligenbildern hatte und mich aus Augen anblickte, die viel eher dem Himmel angehörten als den Dämonen der finsteren Tiefe.

Als ich – ein Termin war schon verabredet – das nächste Mal mit Laura zusammentraf, fühlte ich mich wie einer, der – wie im Koran der Weg des braven Muslims zum Paradies beschrieben wird – auf einer messerschneidenschmalen Brücke über den Abgrund der Hölle balanciert, verängstigt durch mein Gewissen, aber ermutigt vom Blick dieser Augen, der es mir wert war, jedes Wagnis einzugehen.

Von da an war ich mir dieser riskanten Situation in jedem

Augenblick bewußt, wenn ich mit Laura über uralte Marmorböden von Altar zu Altar schritt und wir uns gegenseitig auf besonders bemerkenswerte Motive oder stilistische Eigentümlichkeiten aufmerksam machten. Damals habe ich übrigens zum ersten Mal die kühne Stilistik der Manieristen bewußt wahrgenommen, auch wenn mir dieser Fachbegriff erst später geläufig wurde.

Über alledem wurde es Sommer, und da Laura sich nun leichter kleidete wurde ich mir in zunehmendem Maße ihrer Körperlichkeit bewußt. Sie war es überhaupt nicht gewöhnt, sich einem Geistlichen gegenüber besonders zurückhaltend zu benehmen, trug für die damalige Zeit relativ kurze Röcke und ärmellose Blusen, in denen sie sich ohne jede Scheu bewegte, und kam mir während der Betrachtung von Kunstwerken in ihrer Begeisterung oft so nahe, ergriff mich beim Arm, um mich in die beste Blickrichtung zu bringen, während mich ihr Duft dermaßen verwirrte, daß ich kaum imstande war, das Gezeigte zu erkennen, und nur noch mit Mühe meine Begierde niederkämpfte, sie zu umarmen. Ich hatte schlaflose Nächte zu dieser Zeit, in denen ich mich fragte, ob ich meinen geistlichen Stand trotz der Weihe verlassen solle, um Laura endlich zu meiner Geliebten zu machen.

Eines Tages standen wir dann vor einem Bild des heiligen Georg, der inzwischen als allzu sagenumwobene Figur aus dem offiziellen Heiligenkalender gestrichen worden ist. Es war ein sehr ungewöhnliches Bild, auf dem zu sehen war, wie der spätgotisch oder eigentlich schon frührenaissancehaft gerüstete Ritter bereits vom Pferd gestiegen ist, das hinter ihm unter einem fruchttragenden Granatapfelbaum nach dem siegreich beendeten Drachenkampf sich etwas Gras rupft. Auch das Untier ist zu sehen, tot und lang hingestreckt liegt es mit einer abgebrochenen Lanze im aufgeblähten Wanst im Hintergrund der Darstellung. Vorn aber ist der Ritter zu sehen, wie er eben die Hand der geretteten Königstochter ergreift, die als zweite Hauptperson ihm gegenübersteht, nur spärlich von schleierartigen Tüchern umweht, die ihren schönen Körper nur unvollkommen verhüllen. Heute denke ich mir, daß dies ein Bild war, dessen Maler wohl eher die Sage oder das Märchen vom Drachentöter im Sinn gehabt haben mochte, der sich anschickt, die Gerettete als Braut heimzuführen. Womöglich ist das Bild sogar irrtümlich zur Ehre der Altäre gelangt. Jedenfalls gab mir dieser tapfere Ritter den Mut ein, mich Laura zu erklären, und als ich eben ansetzte, ihr meine Liebe zu gestehen, legte sie mir rasch ihren Zeigefinger auf die Lippen – eine Berührung, bei der es mich süß durchrieselte – und sagte: »Still, mein Ritter! Du hast auf der ganzen Linie gesiegt. Ich habe nun seit Wochen deine Begeisterung erlebt, mit der du mir von all den Heiligen und ihren Taten erzählt hast, von den seligen Frauen und Männern, die hier über die Altäre wachen, habe gesehen, mit welcher Ehrfurcht du diese Kirchen betreten hast, deren Diener du sein willst, und habe, vor allem anderen, die Beglückung erkannt, die dein Glaube dir schenkt. Als ich dich zum ersten Mal getroffen habe, war ich eine Ungläubige, die nichts von alledem wußte. Nun aber will auch ich mein Leben diesem Dienst weihen.«

Ich war so sprachlos, daß ich kein Wort mehr über die Lippen brachte. Sie aber küßte mich auf beide Wangen, ging dann zu ihrem Quartier und stand am nächsten Morgen vor dem Kloster der Benediktinerinnen als Postulantin. War dies nicht ein wundersames Mißverständnis?

Heute ist Laura unter dem Namen Emerentia Äbtissin ihres Klosters. Neulich erst habe ich sie besucht; denn wir sind immer noch befreundet. Als wir eine Weile beieinandergesessen waren, schaute sie mich plötzlich an mit ihren noch immer schönen grünbraunen Augen und sagte: »Weißt du eigentlich, wie verliebt ich damals in dich gewesen bin? Aber du warst ja so gefesselt von all deiner Hagiographie, daß du das überhaupt nicht gemerkt hast.« Da habe ich sie endlich über meinen damaligen Zustand aufgeklärt, und wir haben beide sehr gelacht.

※※※

Massimo schwieg eine Weile und dachte über diese Geschichte nach, in der sich die Vorstellungen, die der eine oder die eine jeweils vom anderen hatten, so seltsam spiegelten. Schließlich sagte er: »Demnach kann man nie wissen, was man mit seinem Verhalten und Reden beim anderen auslöst.«

Auch sein Reisegefährte im Unterbett blieb noch eine Zeitlang still und sagte dann zögernd: »Vielleicht ist es nicht immer so, aber man erfährt ja auch nicht immer, wie die eigenen Worte bei einem Zuhörer nachwirken. Eines habe ich mir allerdings nach dieser Erfahrung angewöhnt und bisher nie bedauert: ohne irgend einen Rückhalt auf andere Menschen zuzugehen und mich auf sie einzulassen und dabei die Augen nicht niederzuschlagen, auch wenn es sich um Frauen handelt, bei denen unsereinem eine solche Verhaltensweise gelegentlich empfohlen wird. Einem Gesprächspartner, der mir nicht in die Augen schaut, sich also der elementarsten Kommunikation, die es zwischen Menschen gibt, schlichtweg verweigert, kann ich nicht über den Weg trauen, weil zu befürchten ist, daß er nichts mit mir zu tun haben will, und einem solchen Verdacht will ich mich selbst gar nicht erst aussetzen. Ich finde es immer sehr erfrischend, wenn mir jemand, der mir auf diese Weise begegnet, durch seinen Blick Herzklopfen verursacht; denn dann spüre ich, daß ich noch lebendig bin und etwas Neuem begegne, von dem ich noch nichts weiß.«

»Vielleicht etwas Gefährlichem?« sagte Massimo.

»Ach was«, sagte der Prälat. »Das Risiko gehe ich ein.«

Bald danach schliefen sie ein, und Massimo erwachte gegen Morgen davon, daß der Prälat leise aufstand und sich anzog. Erst als dieser seinen Koffer schloß, gab Massimo zu erkennen, daß er wach war. Da verabschiedete sich sein Reisegefährte von ihm und stieg wenig später in Mainz aus.

Als Massimo zum ersten Mal vor seinen deutschen Studenten stand, mußte er wieder an den Reisegefährten denken, der das Risiko nicht scheute, sich auf fremde Menschen einzulassen. Er hatte eine Vorlesung angekündigt über die manieristische Wende der italienischen Malerei in der zweiten Hälfte des sechzehnten Jahrhunderts und ein Seminar, in dem er manieristische Spuren in der Kunst bis zur Gegenwart verfolgen wollte. In dem relativ kleinen Hörsaal saßen etwa drei Dutzend Studentinnen und Studenten, diese eher in der Minderzahl, und blickten ihm erwartungsvoll entgegen. Massimo hatte zwar zeitweise ein deutschsprachiges (wenn auch in der waldviertlerisch eingefärbten Version) Gymnasium besucht und später ein paar Semester in Wien studiert, aber es war nun doch eine neue Situation, auf der anderen Seite zu stehen, vor einer Gruppe ihm völlig, auch nach ihrer Herkunft fremder junger Leute. Doch er dachte, wie schon gesagt, an die Risikofreudigkeit des alten Geistlichen und sprang mitten hinein in die Situation.

Nachdem er seine Hörer mit einem langsamen Rundblick überschaut und in die neugierig auf ihn gerichteten Augen geblickt hatte, verließ er seine etwas erhöhte Position vor den Bänken, begab sich mit wenigen Schritten in den Mittelgang und fragte einige der Teilnehmer, was sie bewogen habe, sich seine Gedanken anzuhören.

»Manierismus klang lange Zeit ziemlich abfällig in der Kunstgeschichte«, sagte eine recht streng frisierte Studentin. »Ich möchte erfahren, ob Sie diesbezüglich neue Bewertungen einführen wollen.«

Massimo blieb bei ihr stehen und schüttelte den Kopf. »Einführen will ich gar nichts«, sagte er. »Ich habe nur die Absicht, möglichst exakt zu beschreiben, was diese Maler tun und was sie damit bewirken. Bewertungen bleiben immer strittig und verändern sich im Laufe der Zeit, so wie sich Stile und Geschmäcker ändern. Zur Zeit des Barock galt die Gotik bei vielen als barbarisch, und es ist nicht lange her, daß manche die Erzeugnisse des Jugendstils für gefälligen Kitsch hielten. Wir wollen zu beschreiben versuchen, was wir sehen.«

Ein blitzblonder Student mit einem ziemlichen Wildwuchs von Kinnbart mischte sich ein: »Die Manier ist doch was Formales. Wird da nicht die Form auf unangemessene Weise über das eigentlich Dargestellte gehoben? Sozusagen nur herumgespielt mit Perspektiven, Verzerrungen, Spiegelungen und dergleichen Effekten?«

»Den Begriff des Spielens finde ich gar nicht so abwegig«, sagte Massimo, »insoweit Sie eine zutreffende Vorstellung von *Spiel* haben.«

Der Frager schüttelte verständnislos den Kopf. »Spielen ist

doch was für kleine Kinder, unverbindliches Tun-als-ob oder wie immer man das ausdrücken soll.«

»Finden Sie?« sagte Massimo. »Ist Ihnen nicht bewußt, daß Sie die wichtigsten Grundlagen zu Ihrer Auseinandersetzung mit dieser Welt zunächst als Kind im Spiel erworben haben? Das ist nichts Unverbindliches. Auch Spiel entwickelt und benötigt Regeln, kann ohne Regeln überhaupt nicht auskommen, selbst wenn die Regel lauten sollte, daß in diesem Spiel alle bisher aufgestellten Regeln außer Kraft gesetzt werden. Unter einer solchen Voraussetzung läßt sich der Spielbegriff durchaus auf den Manierismus anwenden: Er treibt zum Beispiel ein Spiel mit den Möglichkeiten der Perspektive, wie Sie ganz richtig erkannt haben, oder mit Proportionen oder benutzt den Anschein, als käme es in dem betreffenden Bild einzig auf das Raffinement des Faltenwurfs von Gewändern an, aber eben nicht lediglich aus blanker Willkür. Natürlich wird Formales thematisiert und fällt oft auch als erstes ins Auge, aber es dient dann zugleich dazu, das Auge auf das eigentlich Gemeinte hinzuführen, das vordergründig in diese Form gekleidet wurde.«

Massimo stockte, blickte sich um und merkte, daß er bereits ins Dozieren geraten war. Da begab er sich an jenen Ort, den man in diesem Raum dafür vorgesehen hatte, holte sein Manuskript aus der Tasche und setzte seinen Vortrag von dort aus fort.

Dabei will ich ihn jetzt verlassen, um nicht selber vom Erzählen ins Dozieren zu geraten. Jedenfalls gelang es ihm bald, seine Zuhörer wie bisher nicht nur zu fesseln, sondern insoweit zu bewegen, daß manche von ihnen den Ausbruch der Manieristen aus der klassischen Formsprache der Hochrenaissance empfanden wie eine Revolution, deren Nachwirkungen bis ins Gegenwärtige reichten und ihre persönliche Teilnahme forderten. Jedenfalls fand sich zu Ende des Semesters ein Großteil der Hörer bereit, an einem Seminar teilzunehmen, das Massimo für das Sommersemester ankündigte.

Zu diesem Zeitpunkt hatte er von den meisten seiner Studentinnen und Studenten sich ein fest umrissenes Bild gemacht. Es gab solche, die zwar Feuer und Flamme zu sein schienen für diese

Thematik, aber deren Fragen so an der Oberfläche blieben, daß dies wohl nur als ein Strohfeuer zu bezeichnen war. Die meisten jedoch hatten sich tatsächlich auf seine Betrachtungsweise eingelassen und blieben oft nach dem Ende der Veranstaltung zurück, um ihn draußen auf dem Gang zu einem kurzen oder auch längeren Steh-Kolloquium zu verlocken. Darunter fiel ihm bald eine Studentin auf, deren Fragen ihm auf eine besondere Weise interessant erschienen, auch wenn er sich zuweilen fragte, ob dieser Umstand nicht auch daraus zu er klären sei, daß sein Blick schon während der Vorlesung mit einer gewissen Vorliebe an ihr hängenblieb. Sie trug ihr dunkles Haar relativ kurz mit einem etwas aufsässig wirkenden Gewirbel über der Stirn, darunter Augen wie halbreife Oliven, die ihn wie die sprechende Gestik ihrer Hände schon beim ersten Blick an zu Hause erinnerten. Als er sie einmal nach ihrer Herkunft fragte, stellte sich allerdings heraus, daß ihre Familie im Rheinland zu Hause war mit Verbindungen nach Norddeutschland, woher wohl auch ihr Name – sie hieß Ruth Oesteroede – stammte. »Nun ja«, sagte er daraufhin, »schließlich gab es hier über vierhundert Jahre eine römische Besatzung. Jedenfalls kommt's mir vertraut vor, wie Sie mit den Händen zu reden verstehen.«

Er mochte die Gespräche mit ihr. Anfangs hatte er sie noch in Begleitung eines großen, etwas blasiert wirkenden Studenten gesehen, auch in seiner Veranstaltung, der sich an den Nachgesprächen nicht beteiligte, sondern mit einer eher ablehnenden Miene beiseite stand, als sei hier ohnehin nur von Kinderkram die Rede. Etwa zu Mitte des Semesters tauchte er nicht mehr auf.

Wenig später bat dann diese Studentin ihn um ein Gespräch. Er beschloß, sie nicht zwischen Tür und Angel abzufertigen, sondern vereinbarte mit ihr einen Termin am Nachmittag, zu dem er sich Zeit nehmen konnte. Irgendwie schien sie unter Druck zu stehen, das war ihr anzumerken, und so richtete er alles für die Zubereitung eines Espresso her, um eine entspannte Atmosphäre zu schaffen.

Sie klopfte pünktlich an die Tür seines Professorenzimmers und erschien ihm etwas abgehetzt, als sie auf sein »avanti!« hin eintrat. Er war aufgestanden, um sie zu begrüßen, wies ihr dann den Stuhl bei dem kleinen, wie aus einem Café entwendeten Tisch an, wo er seine privaten Gäste zu plazieren pflegte, und fragte sie, ob sie gegen einen Espresso etwas einzuwenden habe. Sie stimmte zu, und er nahm sich Zeit für die Bedienung der Gerätschaften, um die Besucherin zur Ruhe kommen zu lassen.

Als sie dann einander schräg gegenübersaßen und den ersten Schluck getrunken hatten, fragte er sie endlich, worin er ihr behilflich sein könne. Da sagte sie ohne lange Vorreden, daß sie im nächsten Semester an eine italienische Universität wechseln wolle. Dieser Wunsch brach geradezu aus ihr hervor, als ginge es um die Rettung aus höchster Not. »Ich muß hier raus!« sagte sie zum Schluß fast heftig und lehnte sich aufatmend zurück.

Es war leicht zu begreifen, daß es ihr nicht nur um eine neue, andersartige wissenschaftliche Erfahrung ging, das vielleicht sogar zu allerletzt, so schien es ihm, sondern in erster Linie um ein persönliches Problem, und er hatte wohl nicht unrecht, wenn er es in Zusammenhang brachte mit dem konstanten Fernbleiben jenes Begleiters, mit dem er sie anfangs gesehen hatte. Er ließ sie spüren, daß er Verständnis hatte für solche Beweggründe, ohne daß er näher nachgefragt hätte, was sie aus diesem Ort vertrieb. Sein Versuch, sie auf italienisch anzusprechen, mißglückte so gründlich, daß er ihr sogleich empfahl, einen kompakten Sprachkurs zu besuchen, ohne den ihr Vorhaben von vornherein zum Scheitern verurteilt sein würde. »Verfolgen Sie bei alledem auch ihr spezielles Interesse an der manieristischen Kunst?« fragte er.

Sie nickte eifrig und sagte, daß sie die Werke der manieristischen Maler endlich im Original zu sehen wünsche, und fragte nach einem geeigneten Studienplatz.

»An der Universität, deren Kollegium ich selbst angehöre, könnte ich Ihnen den Weg ebnen«, sagte er, »und dort wäre es ohne weiteres möglich, Ihre Kenntnisse in dieser Richtung weiter zu vertiefen.«

Er erläuterte ihr noch des näheren die Studienbedingungen und kam noch einmal auf die Notwendigkeit eines Sprachkurses zu sprechen. Als sie danach schon aufgestanden war, um sich zu verabschieden, fragte er noch einmal nach den Hintergründen für ihr Interesse an manieristischer Kunst. Da erwähnte sie ein Buch, das sie bei ihrem Großvater gesehen hatte, in dem Bilder von einem norditalienischen Monstergarten zu betrachten waren die sie schon als Kind beeindruckt hatten. »Er hat mir Geschichten dazu erzählt«, sagte sie, »die noch jetzt für mich bedeutsam sind.«

Nach einer hastig gestellten Frage nach Art und Alter dieses Buches traf es Massimo wie ein Schock, daß es sich um ein Exemplar ebenjenes Buches handeln mußte, durch das er auf die desolate Villa und den verwilderten Garten aufmerksam gemacht worden war, und zugleich sah er vor sich wieder das zerklüftete, von Haß entstellte Gesicht des Mörders, den er dort im Dickicht niedergeschlagen hatte. All das tauchte sekundenschnell aus seiner Erinnerung empor wie ein Warnzeichen. Er bewahrte nur mit Mühe seine Fassung und fragte, um dieses gräßliche Bild zu verscheuchen, nach ihrem Großvater, dem es offenbar gelungen war, ihr einen Schatz von hilfreichen Geschichten mitzugeben. Als er jedoch, eher metaphorisch, ihn einen Zauberer nannte, schien die Studentin zu erschrecken, als ob üble Erinnerungen mit dieser Bezeichnung verknüpft wären. »Ein Zauberer der guten Art«, sagte er rasch. »Es gibt nicht nur Schwarze Magie, vor der man sich fürchten müßte.«

Da lächelte sie und sagte: »So einer wie Sie, Herr Professor?« Sie wartete keine Antwort ab und ging rasch davon. Er hörte nur noch die Absätze ihrer Schuhe auf dem Fliesenboden des Korridors klacken.

Während der folgenden Zeit sprach er sie öfter nach seiner Vorlesung an, zumeist auf italienisch, um ihr Mut zu machen, in dieser Sprache zu antworten. Anfangs gelang ihr das nur stockend und untermischt mit deutschen Vokabeln, zu denen ihr keine Übersetzung einfiel, bald jedoch zeigten sich merkbare Fortschritte, die ein differenzierteres Gespräch über den eben behandelten Stoff erlaubten, hie und da auch über persönliche Umstände.

Während der zweiten Hälfte des Sommersemesters stieß Massimo bei seinen regelmäßigen Anrufen in Venedig zunehmend auf Schwierigkeiten. Seine Mutter beklagte sich darüber, daß Vittore sich nicht hinreichend um ihre Finanzen kümmere. »Einmal hat er in Rom zu tun, dann wieder in Florenz, oder er muß zu einer Konferenz nach Brüssel fahren. Auf die Dauer komme ich nicht ohne regelmäßige Hilfe aus!«

Das sollte natürlich im Klartext heißen: Mach, daß du nach Hause kommst! Massimo versuchte die Säumigkeit seines entfernten Vetters zu entschuldigen oder wenigstens zu erklären. Schließlich habe dieser einen aufreibenden Beruf, dem er nachgehen müsse. Banker wie er müßten ständig am Ball bleiben, und bei alledem dachte er, daß seine Mutter ihre Vorwürfe wohl übertrieben hätte, um ihn möglichst bald wieder zurück nach Venedig zu zwingen.

»Du hast gut reden«, sagte sie, »gibst dich dort im germanischen Norden deinen wissenschaftlichen Studien hin, zauberst deinen Studenten etwas vor, machst dich beliebt und verdrehst jungen blonden Mädchen den Kopf, während ich hier im Chaos versinke. Auch Catarina kommt nur selten vorbei, und dann hat sie's zumeist eilig und bleibt nur auf eine Tasse Tee.«

»Und Bianca?« fragte Massimo.

»Bianca?« Seine Mutter schien plötzlich vergnügt aufzuleben. »Bianca ist ein Schatz! Es vergeht kaum eine Woche, in der sie nicht hier aufkreuzt und den allerneuesten Klatsch mitbringt. Du glaubst gar nicht, wen alles sie inzwischen kennt hier im Veneto. Aber die belästige ich doch nicht mit meinen Rechnungen!«

Zu Semesterende hatte sie Massimo so weit getrieben, daß er seine gastierende Tätigkeit nicht verlängerte, obwohl man ihn seitens des kunstwissenschaftlichen Instituts darum gebeten hatte. Er war sich selbst nicht völlig im klaren darüber, ob die Absicht seiner Studentin (er nannte sie inzwischen in Gedanken Ruth), ihren Studienplatz an seine angestammte Universität in Italien zu verlegen, ihm diesen Entschluß erleichtert oder gar nahegelegt hatte. Jedenfalls informierte er sie nicht über sein Vorhaben. Sie war, wie sie ihm mitteilte, inzwischen fest entschlossen, diesen Schritt zu wagen, und hatte bei einem neuerlichen Gespräch in seinem Zimmer (bei einem Espresso, versteht sich) ihm mitgeteilt, daß sie die gesamten Sommerferien mit einem Intensivkurs Italienisch verbringen würde, statt irgendwo Urlaub zu machen.

»Überarbeiten Sie sich nicht!« sagte er. »Für die Aufnahme des Studiums reichen Ihre Kenntnisse inzwischen aus.«

»Nein!« sagte sie. »Ausreichend genügt mir nicht. Ich will mich nicht ständig mit Sprachproblemen herumschlagen müssen, statt mich mit dem Gegenstand meiner Studien zu befassen, und möchte mich überdies ungehindert und auch unauffällig in Ihrer Stadt bewegen können. Manchmal ertappe ich mich schon jetzt dabei, daß ich in italienischer Sprechweise denke. Sogar italienisch geträumt hab ich schon.«

»So?« sagte er. »Wovon denn?«

Sie überlegte einen Augenblick lang und erzählte dann: »Man hatte mir ein Zimmer empfohlen, und ich wußte zwar die Adresse, konnte aber lange Zeit die Straße nicht finden, fragte ein paar alte Frauen, die mich nur auslachten, bis mich dann ein kleines Mädchen zum richtigen Haus führte. Ich weiß sogar noch die Adresse: Via Merlini 27. Gibt's dort eine Straße, die so heißt?«

Massimo verschlug es erst einmal die Sprache, als er so unvorbereitet mit dem Namen des großen Magiers konfrontiert wurde. Was hatte diese Ruth Oesteroede mit Merlin im Sinn, der sich ihm immer wieder einmal in den Weg stellte? Er kam fast ins Stottern, als er den Namen wiederholte: »Via Merlini? Nein, eine Straße mit dem Namen des britischen Zauberers gibt es dort meines Wissens nicht.«

Als er zu Semesterschluß beim italienischen Konsulat seine Abreise regelte, versäumte er allerdings nicht, die für solche Angelegenheiten zuständige Dame auf Ruths Vorhaben hinzuweisen und sie zu bitten, ihr ein Quartier am künftigen Studienort zu vermitteln.

Danach reiste er selbst ab, diesmal mit einem Frühzug, der es ihm erlaubte, bei schönstem Sommerwetter mit Wattebauschwölkchen am tiefblauen Himmel die vorüberziehenden Landschaften zu betrachten, etwa die Höhenburgen und Schloßruinen über den Weinbergen zwischen Koblenz und Bingen, später einen raschen Blick auf die romanischen Dome von Mainz und Worms, bis dann zwischen Stuttgart und Augsburg allmählich der Barock überhandnahm mit den Turmzwiebeln der Dorfkirchen.

Als der Zug schließlich die Alpen überquert hatte und schon wieder bergab durchs Südtiroler Weinland brauste, tauchte die Sonne hinter den noch von Kuppen und Hügeln gewellten Horizont. Da lehnte sich Massimo, müde geworden von den ständig wechselnden Ausblicken, auf das vorüberziehende Gelände, in die Ecke und gab sich einem leichten Schlummer hin, der noch immer vom Klacken der stählernen Räder auf den Schienenspalten strukturiert wurde. Zeitweise geriet er in einen Traum, der ihn ins Innere einer ungeheuren Uhr versetzte, Zahnkränze ruckten in ebenmäßigem Rhythmus weiter, im Halbdunkel sah er stählerne Stäbe schimmern, die sich drehten, und irgendwo weit hinten im Düsteren schwang ein riesiges Pendel hin und her, eine bronzefarbene Sonnenscheibe, die, sobald sie in die Höhe schwang, metallisch aufblitzte, um gleich wieder ins Bodenlose zu tauchen und dann zur anderen Seite emporzusteigen, und mit jedem dieser Schwünge säbelte diese Scheibe ein weiteres Stück seiner Zeit ab und ließ es unwiederbringlich ins Nichts hinabgleiten, Tick und Tack und Tick und Tack.

Als er später allmählich wieder an den Rand des Bewußtseins hinaufgespült wurde, wußte er zunächst nicht, ob er dem Klacken der Räder auf den Schienen lauschte oder seinem eigenen Herzschlag, der auf ähnliche Weise das Hinwegbröseln der ihm zugemessenen Zeit anzeigte. Dann wurde er durch ein unvermitteltes Rucken wach gerüttelt und sah, daß draußen schon das Land zurückblieb und der Zug mit allmählich angezogenen Bremsen über den Bahndamm auf die Stadt in der Lagune zurollte.

Seine Ankunft zu Hause war kaum als liebevoller Empfang zu verstehen. Er hatte im Vorraum eben sein Gepäck abgesetzt, als seine Mutter wie gejagt aus ihrem Zimmer herausbrach und ihn mit einer Suada überfiel, die ihn überhaupt nicht zu Wort kommen ließ. Er nahm nur einzelne Phrasen aus dem wie ein Sturzbach über ihn prasselnden Wortschwall wahr – höchste Zeit, daß er endlich wieder zur Verfügung stehe – was ihm eigentlich eingefallen sei, so lange wegzubleiben – er müsse endlich wieder ein geregeltes Leben führen – ob er überhaupt nicht an sie und ihre Probleme gedacht habe und dergleichen mehr in gedrängter Fülle unbeantwortbarer Fragen.

Es war zum Erschrecken, wie seine Mutter sich verändert hatte. Sie war schon früher darauf bedacht gewesen, daß er sich um sie kümmerte und ihr für dies und jenes zur Verfügung stand; diese Position hatte sie schon immer zäh verteidigt. Aber jetzt hatte sich all das zu einer geradezu fiebrigen Hektik gesteigert, der er sich hilflos ausgeliefert fühlte; jeder beschwichtigende Einwurf hätte diese brodelnde Suppe nur noch zum Überkochen gebracht. Er setzte also sein Gepäck ab, blieb schweigend stehen und wartete darauf, daß diese Flut von Anwürfen irgendwann allein schon aus physischen Gründen versiegte. Massimos Bemühung um nüchterne Sachfragen brachte sie nach und nach zur Besinnung, sogar die Andeutung einer Entschuldigung für diesen seltsamen Empfang kam zögernd über ihre Lippen, und danach gelang es ihr dann, ihre Probleme in etwas sachlicherer Form darzulegen. Dabei stellte sich heraus, daß Vittore, der ihr in Geldangelegenheiten hatte helfen sollen, im Auftrag seiner Bank für Wochen nach New York hatte fliegen müssen, so daß sie mittlerweile wieder einmal den Überblick über ihre Finanzen völlig verloren zu haben schien. Catarina war immer seltener zu ihr gekommen, und das offenkundig schlechte Gewissen, mit dem die Mutter darauf zu sprechen kam, ließ Massimo ahnen, daß sie mehr oder minder selbst Schuld trug an diesem neuerlichen Zerwürfnis.

Während er sich das alles anhörte, wurde ihm immer deutlicher bewußt, wie stark seine Mutter während dieses Jahres gealtert war, weniger äußerlich als im Zustand ihrer von Emotionen hin und her gerissenen Sicht ihrer Umgebung. Allen außer sich selbst gab sie die Schuld an dieser Misere, darauf lief es hinaus, eine Haltung, auf die sie sich um so mehr versteifte, als Massimo ihr verständlich zu machen versuchte, daß ihre Anverwandten auch noch eigene Verpflichtungen und Sorgen hatten.

Um diese schwierige Situation etwas zu entschärfen, beugte Massimo sich während der Sommerferien soviel wie möglich den Wünschen und Vorstellungen seiner Mutter, regelte ihre finanziellen Angelegenheiten und leistete ihr Gesellschaft, soweit ihm dies neben seinen Vorbereitungen für das Wintersemester möglich war. Schließlich gelang es ihm wenigstens annähernd, eine

Art von Schwebezustand herbeizuführen, der zwar ständig aus dem Gleichgewicht trudeln konnte, sich aber mit einigem guten Willen erhalten ließ.

Mit Catarina hatte er inzwischen gesprochen – er hatte sie besucht, als er auf der Straße zufällig Bianca getroffen hatte, die ihn sogleich mit sich nach Hause schleppte –, und bei diesem Nachmittagstee hatte sich bestätigt, was er schon befürchtet hatte: Catarina hatte ihrer Tante nichts recht machen können und hatte sich den Vorwurf gefallen lassen müssen, sie habe »den damals noch kaum erwachsenen Jungen verführt« und dergleichen mehr. Es war kein Wunder, daß sie weggeblieben war.

Nachdem Massimo alle diese Zwistigkeiten und Mißverständnisse notdürftig bereinigt hatte, nahm er seine durch die Publikation noch keineswegs endgültig abgeschlossenen Erkundungen im weiteren Umfeld Venedigs wieder auf, um seine Kenntnisse manieristischer Kunst weiter zu komplettieren. Dabei geriet er an einem brütendheißen Sommertag zum ersten Mal seit langer Zeit wieder in das hüglige Weinlandgebiet, in dem das Haus seines Vaters gestanden war, das er seinerzeit durch ein Zauberwort meinte zerstört zu haben. Erst als er in das Dorf kam, auf dessen Hauptplatz er damals zusammen mit Sophie dem Puppentheater zugeschaut hatte, wurde ihm bewußt, daß er hier schon einmal gewesen war. Er hatte alles, was mit dem bunkerartigen Gebäude und seinem Vater überhaupt zusammenhing, dermaßen aus seinem Bewußtsein verdrängt, daß er – möglicherweise von unterbewußten Ängsten geleitet – sich nie wieder in die Nähe dieses Ortes begeben oder sich gar um die Ruine und das zugehörige Stück Land gekümmert hatte, das sich noch immer in seinem Besitz befand.

Als er die Dorfkirche inspiziert und darin nichts für seine Forschungen Nennenswertes entdeckt hatte, trat er aus dem kühlen, halbdunklen Raum wieder hinaus auf den staubigen, sonnendurchglühten Platz und blickte über die brüchigen Dächer der Häuser hinweg zu dem Hügel, auf dem einst das Haus seines Vaters gestanden war. Allerdings gab es nun nichts mehr davon zu entdecken außer dem noch immer die Hügelkuppe mit dunkelgrünem Laub überwölkenden Kastanienwäldchen und ein Stück tiefer, dort wo das Haus als harter, kantiger Würfel hingesetzt worden war, ein Dickicht von undurchdringlichem Gebüsch.

Ehe er sich noch überlegt hatte, was er eigentlich dort oben tun wollte, war er schon unterwegs, trottete, magisch angezogen von diesem Ort seiner Kindheit, zwischen den niedrigen Häusern die Dorfstraße entlang und weiter auf dem schmalen, offenbar kaum benutzten Feldweg, der bald hügelauf stieg, hier zu einem Trampelpfad verkümmerte und vor dem Tor in der baufälligen Mauer endete. Die ehemals fest verschlossenen Torflügel hingen schief in den teils ausgebrochenen verrosteten Angeln und gaben ohne weiteres den Zugang zu seinem verkommenen Besitz frei.

Massimo blieb verstört unter dem Torbogen stehen, als er von hier aus das völlig verwilderte Grundstück überblickte. Von der schnurgeraden Ordnung der Weinpergolen, zwischen denen er damals zum ersten und einzigen Mal eine Amsel geschossen hatte, war nichts mehr zu erkennen; weit hinausgreifende Brombeerranken hatten die Herrschaft angetreten und hatten ihre Arkaden über Mannshöhe emporgeschwungen, auch wenn hie und da noch der Wildwuchs einzelner Weinreben ans Licht drängte. Wo die Ruine des Hauses stehen mußte, gab es nur dicht verwachsenes Weißdorngestrüpp, entstanden wohl aus dem jährlichen Samenfall der seinerzeit sorgfältig beschnittenen Weißdornhecke, die hier den Weg um das Haus gesäumt hatte.

Daß er durch diesen verfilzten Dschungel keinen Schritt vorankommen würde, sah Massimo auf den ersten Blick, aber da er nun einmal hier heraufgestiegen war, wollte er unbedingt sehen, was vom Haus seines Vaters noch aufrecht stand. Als er sich nach irgendeinem Gegenstand umschaute, mit dem er sich einen Weg durch die Wildnis schlagen konnte, sah er an der Innenseite der Mauer neben dem Tor eine Art Haueisen lehnen, die lange, nach der Schneide zu am Ende etwas abgebogene Klinge zwar rostig, aber solide geschäftet und offensichtlich noch brauchbar. Wahrscheinlich diente das Werkzeug irgendwelchen Dorfbewohnern, die sich im Herbst die Brombeeren von den stachligen Ranken pflückten. Er nahm das Eisen auf, das mit dem von langem

Gebrauch geglätteten Holzgriff wie eine urtümliche Waffe in seiner Hand lag, und fing an, sich einen Pfad durch das Dickicht zu hauen.

Es war später Vormittag gewesen, als er mit dieser mühevollen Tätigkeit begonnen hatte, und er merkte bald, daß er sich auf ein nicht nur anstrengendes, sondern auch ziemlich schmerzhaftes Abenteuer eingelassen hatte; denn es ließ sich überhaupt nicht vermeiden, daß ihm die knochentrockenen abgestorbenen Altranken, die von den frischen Trieben am Boden zu einer spröden Schicht zusammengedrückt worden waren, mit ihren messerscharfen Stacheln die Knöchel unter den leichten Sommersocken blutig rissen, während er oben mit den elastisch zurückwippenden grünen Tentakeln zu kämpfen hatte, den tausend stachelbewehrten Fangarmen eines ungeheuren pflanzlichen Polypen. Bald war er schweißgebadet, zerstochen und voller angestauter Wut von diesem zähen Kampf, aber gerade dieser Zustand trieb ihn zugleich an, sein Ziel zu erreichen, das Weißdorngebüsch, in dessen Schatten sich das Haus verbarg oder wenigstens das, was davon übriggeblieben sein mochte.

Die Sonne hatte ihren höchsten Stand überschritten, als er endlich aus dem Brombeerdickicht heraustrat und eine Stelle suchte, an der das nicht minder dornige Gebüsch ihm einen Blick auf das Gemäuer erlaubte. Ein solcher Einblick öffnete sich dann auch. Das letzte Stück des Weges zum Eingang des Hauses war seinerzeit mit kleinwürfeligem Pflaster befestigt worden, und auf diesem dauerhaften Untergrund hatten sich nur wenig und obendrein recht dürftige und verkümmerte Schößlinge ansiedeln können. Er brauchte nur ein paar hinderliche Zweige abzuhauen, an denen sich schon in Büscheln die kleinen, ovalen Früchte gebildet hatten, und stand gleich danach vor der Haustür oder doch vor der dunkel gähnenden Öffnung, die einst von einer Tür verschlossen gewesen war und ihn jetzt ohne weiteres eintreten ließ.

Da fielen nun die Erinnerungen mit aller Macht über ihn her, auch wenn das Innere des Hauses alles andere als wohnlich erschien. Aber er erkannte doch am Boden die marmorierten Fliesen wieder, über die er als Kind gelaufen war, räumte Trümmer beiseite, kletterte über herabgestürzte Betonbrocken und gelangte schließlich auf der gegenüberliegenden Seite wieder hinaus ins Freie, diesmal in das Atrium, über dem damals die Schwalben pfeilschnell hinweggeschwirrt waren. Und hier war fast noch zu erkennen, wie dieser Innenhof einmal ausgesehen hatte. Natürlich war das Unkraut aufgeschossen, Disteln und Brennesseln, aber auch verwilderte Rosen hatten sich gehalten, deren Zweige sich schwer von rosa und dunkelroten Blüten herabbeugten. Sogar die Steinbank gab es noch, auf der seine Mutter am späten Nachmittag in einem ihrer Bücher gelesen hatte. Er setzte sich auf die noch immer glatte Marmorfläche, lehnte sich zurück und schaute hinauf in den dunkelblauen Sommerhimmel. Noch immer schwirrten die Schwalben darüberhin, als hätte sich überhaupt nichts geändert.

Hatte sich überhaupt etwas Wesentliches geändert an diesem Ort? fragte er sich. Es war angenehm, auf dieser durchwärmten Steinbank in der Sonne zu sitzen und zu den Schwalben aufzuschauen, für deren Leben es nicht darauf ankam, ob sie geordnete Weingärten und gepflegte Blumenbeete überflogen oder diese wuchernde Wildnis. Unter den Vorsprüngen der geborstenen Mauern konnten sie ebensogut ihre Nester bauen wie früher unter den Überhängen der Dächer, vielleicht sogar besser und ungestörter. Während all diese Gedanken aus seinem Wohlbehagen aufstiegen, überkam ihn die Vorstellung, diese Ruine in eine vor der Außenwelt verborgene Stätte der Zuflucht, der Stille zu verwandeln.

Er stand auf, um sogleich das zumindest in den Grundmauern des Gevierts erhaltene Gebäude genauer auf seinen Zustand zu untersuchen. Am stärksten war der Trakt zerstört, in dem der Eingangsbereich lag. Hier war offensichtlich die Bombe explodiert und hatte das Innere dieses Gebäudeteils dermaßen zerschmettert, daß nur noch die Außenmauern stehengeblieben waren und auch das nur bis zur Höhe der Räume im Parterre. Viel besser sah es in den drei anderen Flügeln aus. Hier war zwar die Holzkonstruktion der Flachdächer ausgebrannt, wodurch im Oberstock stellenweise auch die Außenmauern geborsten waren, aber das Parterre war fast überall intakt geblieben, auch wenn durch die zersprungenen Fenster allerlei Samen hereingeflogen waren, aus denen sich Wildkräuter und Gras auf den Böden angesiedelt hatten.

Während er durch die Räume wanderte, entstand in seiner Vorstellung schon ein neues, dreiflügliges Gebäude ohne ein oberes Stockwerk, dessen Innenhof auf der vierten Seite nur von einer Mauer gebildet wurde, um die Geschlossenheit des Atriums zu wahren. Das ließe sich ohne größere Baumaßnahmen bewerkstelligen und bewohnbar machen.

Es begann schon zu dämmern, als er das ruinöse Gebäude verließ, um über den einmal freigehauenen Weg nun sehr viel schneller das Tor in der Gartenmauer zu erreichen. Mit raschen Schritten ging er hügelab auf das Dorf zu, fast schon eilig, als müsse er sofort die notwendigen Bauarbeiten einleiten. Noch am selben Abend rief er von zu Hause aus Catarina an und fragte sie, ob Bianca in Venedig sei oder auswärts.

»Sie hatte heute in Bologna zu tun«, sagte diese, »will aber vielleicht noch heute abend, spätestens aber morgen vormittag zurückkommen. Hast du einen neuen Auftrag für eine Restaurierung an Land gezogen?«

Massimo zögerte, diese Frage einfach zu bejahen, sagte dann aber doch: »Nicht unbedingt, aber doch etwas Ähnliches. Ich brauche jemanden, der verrückt genug ist, einen Plan zu verwirklichen, den ich mir eingebildet habe.«

»Auf deine Kosten?« fragte Catarina.

»Auf wessen sonst?« sagte er und lachte. »Es geht um einen Baukomplex, der mir gehört.«

»Sobald sie zurückkommt, werde ich es ihr sagen«, antwortete Catarina. »Ich kann mir vorstellen, daß sie auf einen verrückten Plan mit besonderem Vergnügen eingeht.«

Am nächsten Morgen rief ihn Bianca schon vor dem Frühstück an. Er hatte eben erst seine Morgenwäsche erledigt und schnippelte noch ein bißchen an seinem sich immer grauer färbenden Bart herum. Als er den Hörer aufnahm und in die Sprechmuschel nur »Ja?« sagte, überfiel sie ihn sofort mit einem Schwall von Fragen: »Was hast du Verrücktes vor? Wie soll ich dir dabei helfen? Willst du im Dogenpalast irgendwelche infamen Fresken ›entdecken‹, auf denen groteske Karikaturen der Dogen zu sehen sind? Oder soll ich dir ein Museum für manieristische Kunst einrichten? Ich bin auf jeden Fall dabei, so verrückt die Sache auch sein mag. Nun sag doch endlich was!«

»Du läßt mich ja nicht zu Wort kommen«, sagte er. »Aber deine Bereitschaft tut mir wohl. So weit, wie du zu vermuten scheinst, will ich's auch gar nicht treiben. Ich möchte dich für die Leitung eines Umbaus engagieren. Traust du dir das zu?«

»Da kommt es auf das Objekt an«, sagte sie vorsichtig.

Massimo räusperte sich den Morgenbelag von der Kehle und erklärte: »Du kennst es nicht. Es ist der ehemalige Betonklotz meines Vaters, auf den die Amis eine Bombe geschmissen haben, übrigens völlig zu Recht, wie ich noch heute meine. Du wirst also nicht durch Probleme des Denkmalschutzes behindert werden.«

»Wann kann ich mir diese Kriegsruine anschauen?« fragte sie.

»Hast du heute Zeit?« fragte er. »Ja? Dann hol ich dich in etwa einer Stunde ab. Ich will nur noch rasch frühstücken.«

»Das will ich auch«, sagte sie. »Also bis gleich!«

»Zieh dir trotz des warmen Wetters feste Sachen an«, sagte er noch. »Das ganze Anwesen erstickt fast unter Brombeerranken und Weißdorngebüsch. Feste Schuhe vor allem!«

»Mach ich«, sagte sie. »Ich bin schon neugierig darauf, wo du als Kind gehaust hast. Das ist doch dieser Wohnbunker, von dem du behauptet hast, du hättest ihn in die Luft gesprengt?«

»Ganz richtig«, sagte Massimo, »und manchmal glaube ich das noch heute, trotz der Bombe. In einer Stunde also.« Dann legte er auf.

Eine Stunde später fuhr er also mit seiner Tochter wieder zu dem Dorf und noch auf dem Feldweg so weit, wie er seinem Kleinwagen zumuten konnte. Dann stapfte er Bianca voran hinauf über den schmalen Pfad bis zu dem zerbrochenen Tor, griff sich im Vorbeigehen für alle Fälle das Haueisen und führte sie den am Vortag freigeräumten Weg weiter bis zum Haus, wobei er noch einzelne Ranken abschlug, damit sie seiner Tochter nicht ins Gesicht federten. An Ort und Stelle zeigte er ihr dann, was er sich ausgedacht hatte. »Den Ostflügel, in dem der Eingang liegt, will ich niederreißen lassen bis auf die innere Mauer, die stehenbleiben soll, damit das Atrium seinen Abschluß behält. Zu retten ist dieser Trakt ohnehin kaum. Bei den drei anderen Flügeln sollen die Reste des Oberstocks abgetragen und die Räume im Parterre bewohnbar gemacht werden. Für diese Teile des Gebäudes sollst du eine Dachkonstruktion entwerfen, die dem Haus diesen starren, brutalen Charakter nimmt. Keine Flachdächer also, sondern Dachschrägen und alles aus Holz, das zu sehen sein muß. So wünsche ich es mir auf jeden Fall. Künftig gelangt man dann durch die Mauerpforte direkt ins Atrium und von dort aus zu den Wohnräumen.«

»Ich weiß schon, wen ich mir für den Bau des Dachs hole«, sagte Bianca. »Aber was in aller Welt ist an diesem Bauvorhaben verrückt?«

»Das wirst du gleich hören«, sagte Massimo. »Zwar soll im Atrium wieder eine schöne Bepflanzung mit Blumenbeeten und Gewürzkräuterrabatten angelegt werden, aber außerhalb des Hauses wird wenig, am besten gar nichts verändert, von einem Zugang vom unteren Tor bis zum Haus abgesehen, und der soll nicht so schnurgerade angelegt werden, wie ich ihn jetzt geschlagen habe, sondern in einer Serpentine, damit man vom Haus möglichst gar nichts sieht. Das Brombeergesträuch bleibt also im wesentlichen, wie es ist, und auch die Weißdornbüsche werden nicht gerodet. Nur einen weiteren, wenn auch möglichst unauffälligen Weg wünsche ich mir noch: vom Haus hinauf zu dem Kastanienwäldchen. Und jetzt frag ich dich noch einmal: Traust du dir zu, diese Arbeiten zu leiten und die neuen Teile zu entwerfen? An Handwerkern soll es nicht fehlen. Du brauchst mir nur zu sagen, was für Leute und wie viele du brauchst.«

»Warum holst du dir nicht einen Architekten?« fragte sie.

»Begreifst du das nicht?« sagte er ungeduldig. »Es wird sich keiner finden, der dieses Gelände unangetastet lassen will. Und wenn ich es ihm auch verbiete, wird er trotzdem das Umfeld seiner Arbeit *in Ordnung* bringen wollen, um seinen Ruf nicht mit dieser Wildnis zu belasten. Nein, ich will, daß du das machst, denn du wirst verstehen, wie ich es haben will.«

»Ja«, sagte Bianca, »das weiß ich. Und ich werde es machen.«

Das tat sie dann auch. Bald kam sie mit Entwürfen für die Dachkonstruktion, die sie zusammen mit einem Zimmermeister ausgearbeitet hatte, während andere Arbeiter schon die überflüssigen Bauteile abtrugen und den Schutt abtransportierten. Sie hatten dazu den Feldweg herauf bis zur Außenmauer befestigen müssen und innerhalb der Brombeerwildnis gleich den Serpentinenweg angelegt, der von kleinen Lastwagen benutzt werden konnte, die wegen ihrer geringen Tragfähigkeit zwar öfter fahren mußten, aber auf den behelfsmäßig aufgeschotterten Wegen zurechtkamen.

Als Massimo gelegentlich hinausfuhr, um zu sehen, wie die Arbeiten vorangetrieben wurden, beobachtete er mit Staunen, wie sich die Männer widerspruchslos den Anordnungen seiner eher zierlichen Tochter fügten. »Wie machst du das bloß?« fragte er sie, als sie eine sich anbahnende Auseinandersetzung zwischen dem Lastwagenfahrer und den Bauarbeitern mit wenigen eher leise und freundlich gesprochenen Worten verhinderte.

Da lachte sie und sagte: »Weißt du das nicht? Ein bißchen Zauberei, und sie fressen mir aus der Hand.«

»Das seh ich«, sagte er.

Bis gegen Ende der Sommerferien war die verbleibende Bausubstanz abgesichert und aller überflüssiger Schutt abgefahren. Als Massimo sich wieder einmal auf der Baustelle zeigte, waren die Zimmerleute schon damit beschäftigt, im Atrium die Balken für die Dächer herzurichten. Sie hatten die Konstruktion für den Nordflügel bereits im Innenhof zusammengesetzt um zu kontrollieren, ob alle Hölzer paßten.

Bianca zeigte ihrem Vater nicht ohne Stolz dieses eindrucksvolle Stück Handwerksarbeit und sagte: »Morgen fangen wir an, dieses Dach oben aufzurichten, und ein paar Leute nehmen sich gleich das zweite für den Westflügel vor. Auf diese Weise kommen wir rasch voran. Ich denke, zu Semesterbeginn können wir Richtfest feiern.«

Am Montag vor Semesterbeginn fuhr Massimo in aller Frühe mit dem Wagen in die Universitätsstadt, um im Institut nachzufragen, ob alles für seine Veranstaltungen vorbereitet sei, wollte dann auch noch zur Universitätsverwaltung gehen, ohne dabei eine besondere Absicht zu verfolgen, und als er auf das vertraute Renaissancegebäude zuging, kam ihm dort aus der Tür eine Studentin entgegen und lief geradewegs auf ihn zu. Sie war schon fast an ihm vorüber, als sie ihn erkannte. »Professor Battisti!« sagte sie. »Schön, daß ich Sie gleich am ersten Tag treffe! Ich habe gar nicht gewußt, daß Sie wieder hier lehren. Oder fahren Sie wieder zurück nach Deutschland?«

»Nein«, sagte er. »Ich habe meine Gastrolle aufgegeben und bin wieder hier zu hören.« Er freute sich über diese Begegnung dermaßen, daß er sie fast umarmt hätte, und konnte diese schon begonnene Geste eben noch mit einem emphatischen Schwung zu einem überschwenglichen Händedruck abwandeln. Die Anrede *Ruth* wäre ihm beinahe über die Lippen gekommen, aber er sagte dann doch: »Buon giorno, Signorina Oesteroede!« wobei er die beiden durch ein *e* gelängten *o* mit gerundetem Mund besonders sorgfältig, ja fast schon maniriert formte. »Sie sind also tatsächlich eingetroffen. Haben Sie schon alles erledigt an Formalitäten?«

»Ja«, sagte sie, »ohne jede Schwierigkeit. Aber Sie haben hier offenbar zu tun?«

»Eigentlich nicht«, sagte er und fragte sich, was ihn hierhergetrieben haben mochte, obwohl er die Verwaltungsbeamten eher scheute. »Eigentlich überhaupt nichts. Also auf in meine Stamm-Cafeteria!«

Er führte sie durch die vertrauten Gäßchen, zeigte ihr im Vorübergehen einige bemerkenswerte Fassaden, und dann saßen sie einander gegenüber an einem der kleinen runden Tische und probierten den heißen, süßen, etwas aufgeschäumten Espresso. »Hier ist er besser als damals in meinem Arbeitszimmer im Rheinland«, sagte er.

»Nicht nur der Kaffee, was wohl an unserem Wasser gelegen haben mag«, sagte sie. »Vor allem besser ist die Anschauung dessen, worüber dort nur diskutiert wurde, ohne daß wir die Beispiele unmittelbar vor Augen gehabt hätten. Darauf freue ich mich ganz besonders«, und sie fragte ihn, ob er es für sinnvoll halte, wenn sie gleich an seinem Hauptseminar über die Architektur der zweiten Hälfte des sechzehnten Jahrhunderts im Veneto und den zugehörigen Exkursionen in die nähere Umgebung teilnehme. »Aber ja!« sagte er. »Dazu sind Sie ja hergekommen. Ich muß Ihnen auch zeigen, was es hier in der Stadt alles zu sehen gibt.«

In ihrer Begeisterung ging sie auf dieses Angebot sofort ein und sagte: »Von mir aus gleich morgen.«

»Das geht leider nicht«, sagte er. »Morgen ist sozusagen mein Muttertag, wie jeden Dienstag. Da muß ich in Venedig bleiben.«

»Ach«, sagte sie überrascht, »Sie wohnen gar nicht hier in der Stadt?«

Massimo schüttelte sichtbar resigniert den Kopf. »Hier hab ich nur ein kleines Zimmer, falls es abends einmal zu spät wird. Aber ich wohne eigentlich in Venedig unter der sanften, aber zähen Tyrannei meiner Mutter, und sie legt großen Wert darauf, daß ich ihr am Dienstag zur Verfügung stehe.«

Er bemerkte das Befremden, mit dem sie diese Mitteilung aufnahm. Es war wohl tatsächlich etwas seltsam, wenn ein Mann seines Alters noch dermaßen am Rockzipfel seiner Mutter zu hängen schien. »Wissen Sie«, sagte er, »wir waren lange Zeit hindurch so aufeinander angewiesen, daß sich eine Art von gegenseitiger Abhängigkeit daraus entwickelt hat. Aber übermorgen hätte ich Zeit genug für einen Rundgang. Paßt ihnen das?«

»Natürlich!« sagte sie. »Ich freue mich.«

»Also abgemacht!« sagte er. »Übermorgen gegen zehn Uhr an der Stelle, an der wir uns heute getroffen haben. Übrigens muß ich ihnen noch ein Kompliment machen: Ihr Italienisch ist nahezu perfekt! Sie müssen fleißig gearbeitet haben.«

Der Dienstag ließ sich mühsam an. Massimo saß schon beim Frühstück, als seine Mutter ins Eßzimmer kam, verhangenen Blicks und mit wirrem, noch unfrisiertem Haar. Seinen Gutenmorgengruß beantwortete sie mit einem unartikulierten Knurren, und etwas später, nach den ersten Schlucken aus ihrer Kaffeetasse, sagte sie: »Gestern bist du schon wieder so spät von deiner Universität gekommen, daß ich schon geschlafen habe und auch weitergeschlafen hätte, wenn du mich nicht durch das Knarren deiner Schritte auf der Treppe geweckt hättest, als du hinaufgestiegen bist zu deinem Zimmer. Nichts hat man von dir außer Schlafstörung!«

»Aber ich bin doch da«, sagte er, »heute den ganzen Tag.«

»Ja, ja«, sagte sie, »und morgen verschwindest du schon wieder bei deinen Studenten – oder auch Studentinnen! Sind sie wenigstens hübsch? Kunststudentinnen sind ja meistens hübsch, das weiß doch jeder.«

»Meinst du?« sagte er und konnte es nicht vermeiden, an die deutsche Studentin namens Ruth zu denken, mit der er morgen durch die alten Gassen schlendern wollte, um ihr all das zu zeigen, was er seit je liebte. War Ruth hübsch? fragte er sich. Das schien ihm ein unpassendes Wort zu sein. Was heißt schon hübsch – ein glattes Lärvchen wie irgendein auswechselbares Starlet aus Hollywood. Nein, so sah sie nicht aus. Was ihm an ihr gefiel, drückte sich auch in ihrem Gesicht aus, aber das war keine Larve, keine übergezogene Maske, sondern der unverstellte Ausdruck dieses Menschen, dieser jungen Frau, die ihn offenbar mochte und in deren Gegenwart er sich auf eine merkwürdige Weise wohl fühlte, als tauche er ein in eine unsichtbare, aber spürbare Aura, die ihm wohltat.

»Du träumst schon wieder von weiß der Himmel was!« unterbrach seine Mutter diese Vorstellungen. »Nach dem Frühstück mach ich Toilette, und dann kommst du zu mir und liest mir vor, den Roman, den ich mir aus der Bibliothek habe bringen lassen. Der Druck ist so klein, daß die Buchstaben mir vor den Augen verschwimmen.«

Bis zum Mittag war sein Tag oder besser: ihr Tag mit ihm also schon verplant. Er hätte gern noch in die Unterlagen zu seinem Seminar geschaut, das am Donnerstag in der Frühe beginnen sollte, aber es war jetzt schon fraglich, ob ihm das gelingen würde.

Er kam dann doch dazu; denn seine Mutter machte sich nach Tisch tatsächlich zum Ausgehen bereit, und als er höflichkeitshalber ihr anbot, sie zu begleiten, sagte sie: »Laß nur! Ich gehe lieber allein. Will einen Bekannten treffen.« Sie hatte es merkwürdig eilig, davonzukommen, und er dachte, während er seine Seminarpapiere hervorsuchte, noch eine Weile darüber nach, was sie wohl im Sinn haben mochte und wen sie zu treffen beabsichtigte, versenkte sich dann aber bald in die Fragen nach der Bedeutung des Labyrinths bei den Manieristen und geriet dabei unweigerlich auf dermaßen verschlungene Pfade, daß er erst dann sehr plötzlich aus seinem persönlichen Irrgarten herausgerissen wurde, als seine Mutter unversehens bei ihm im Zimmer stand und ihn ziemlich barsch fragte, ob er sie den ganzen Abend allein lassen wolle.

Am Morgen des nächsten Tages traf er Ruth am vereinbarten Ort und spielte für sie den Fremdenführer; er trieb dieses Spiel so weit, daß er – wenn auch in einer gewissen ironischen Brechung – in die rezitierende Redeweise dieser berufsmäßigen Alleswisser verfiel und mit Vergnügen wahrnam, daß seine Zuhörerin durchaus diese Spielsituation begriff und sich diesen Spaß zu eigen machte, indem sie Fragen stellte, wie sie nur einem banausischen, mit der Materie völlig unvertrauten Menschen in den Sinn kommen konnten, woraufhin er nun seinerseits mit vorgeschützter Ernsthaftigkeit den solcherart eingeleiteten Irrweg bis zum Gipfel der Absurdität weitertrieb. Sie hatten viel zu lachen, auch wenn ihr Gespräch zuweilen angesichts einer besonders bemerkenswerten Fassade oder einer meisterhaften Altartafel unversehens in wissenschaftlichen Diskurs umschlug.

Er richtete es so ein, daß sie gegen Mittag sich der Gasse näherten, in der er sein kleines Auto abgestellt hatte, verscheuchte sie beinahe mit der Frage, ob sie noch keinen Hunger verspüre – sie hielt das wohl für eine etwas verhohlene Verabschiedung –, klärte rasch, während er schon den Wagenschlag öffnete, diesen Irrtum auf und entführte sie zu einer Trattoria, die, eine gute halbe Stunde Autofahrt entfernt, schon weit außerhalb der Stadt bei einem Bauerndorf auf sie wartete. Er stellte der Wagen dort auf dem zugehörigen Parkplatz ab und sagte: »Lassen Sie uns noch ein paar Schritte gehen. Ich möchte Ihnen vor dem Essen etwas zeigen.«

Hinter den letzten Häusern des Dorfes stießen sie auf einen Kanal, dessen dunkles Wasser träge dahintrieb, vorüber an den Gärten einer aus hellem gelblichen Sandstein errichteten Villa, die etwas höher über dem jenseitigen Ufer zwischen Bäumen und Buschwerk hervortrat, ein Gebäude von klassischem Ebenmaß mit einem vorgestellten Säulenportikus, wie er zur Zeit der Renaissance nach römischem Vorbild bevorzugt wurde. Sie standen eine Weile schweigend in die Betrachtung dieses Bauwerkes versunken. Dann sagte Ruth: »Palladio?« Das klang eher wie eine Feststellung als wie eine Frage.

»Wahrscheinlich«, sagte Massimo, »wenn auch nicht genau nachweisbar. Nach dem Essen fahren wir hinüber. Man muß einen Umweg machen, um zur nächsten Brücke zu kommen. Das Haus gehört einer entfernten Cousine von mir, die uns sicher erlaubt, Gebäude und Gärten anzuschauen.«

Nachdem sie ihre Mahlzeit mit einem Espresso beendet hatten, setzten sie sich also wieder ins Auto, überquerten ein Stück weiter westlich den Kanal und erreichten dann die Villa von der Rückseite her. Als Massimo die altertümliche Schelle gezogen hatte, öffnete nach kurzer Zeit ein Bediensteter das Tor in der Parkmauer, erkannte den Besucher sofort und ließ ihn hineinfahren zu einem Parkplatz. Beim hinteren Eingang trafen die dann auf die Hausherrin. Massimo machte Ruth mit Catarina bekannt und beobachtete mit unversehens aufsteigender Sorge, wie diese die Besucherin musterte, im Blick ein wenig Neugier, und dann den raschen, mit einer Spur von Spott gewürzten Seitenblick zu ihm selber, den Cicerone, der mit diesem Mädchen durch die Lande fuhr, all das aber überdeckt von höflicher Freundlichkeit. Sie sprach ein paar Worte mit der Studentin, fragte nach ihrem Quartier in der Universitätsstadt und blickte, als sie erfuhr, daß sie in einem von Nonnen geführten Haus wohne, noch einmal mit maliziösen Lächeln zu ihrem Cousin. Dann sagte sie, daß sie leider schon im Aufbruch begriffen sei, um in Venedig ein paar Besorgungen zu machen. »Tu, als ob du hier zu Hause wärst, Massi!« sagte sie, und in seinen Ohren klang das – wohl von ihr unbeabsichtigt – so, als hätte sie damit andeuten wollen, daß er unter Umständen hier hätte zu Hause sein können. Dann verabschiedete sie sich rasch und überließ die beiden ihrer Kunstbetrachtung oder dem, was immer sie hier sich vorgenommen hatten.

Massimo führte seine Begleiterin durch das Vestibül zum Festsaal der Villa, und beide blieben nach wenigen Schritten stehen in diesem durch weite Oberlichtfenster hell erleuchteten, von einer flachen, mit einem Fresko bemalten Kuppel gedeckten Raum. Sie schauten schweigend hinauf zu der figurenreichen Göttergesellschaft, die sich dort unter einem azurblauen, von teils rötlich überhauchtem, teils dunkel emporquellendem Gewölk belebtem Himmel tummelte.

Als Massimo zur Seite blickte, bemerkte er, daß Ruths Blick auf die Gestalt der Venus gerichtet war, die mit lässig entblößter Brust am Rand des Kuppelfreskos ihren Arm über die Grenze der Malerei hinaus in den Raum hängen ließ, in der Hand einen mutwillig abgerissenen beblätterten Zweig, an dem ein rotbäckiger Apfel hing. In diesem fast gleichgültigen Gestus schaute sie herab auf jene, die weit unter ihr stehen mochten, also im Augenblick auf ihn und seine Begleiterin. Es schien ihm, daß Ruth eine stumme Zwiesprache hielt mit der Göttin, und er konnte sich nicht zurückhalten zu fragen: »Nun, was sagt Ihnen diese Dame vom hohen Olymp?«

Die Angesprochene wendete ihren Blick von dem Deckengemälde ab, schaute ihn mit einer Art von ruhiger Verzweiflung an und sagte: »Offenbar ist es ihr ziemlich gleichgültig, was sie anrichtet mit unsereinem hier unten.«

»Kommen Sie!« sagte er. »Es hindert uns keine von diesen erhabenen Gestalten, hinaus in den Garten zu gehen, wo der Himmel frei ist von solchen Zuschauern.«

Eine Zeitlang gingen sie über die kiesbestreuten Wege zwischen den wohlberechnet verteilten Baumgruppen und Büschen dahin, blieben bei dieser oder jener unvermutet auftauchenden Marmorfigur stehen, um ihre Bedeutung zu bestimmen, und setzten sich schließlich auf eine von der Sonne durchwärmte Steinbank, von der sie hinausblickten auf den Kanal, dessen Wasser langsam aber stetig dahinströmte und welke Blätter davontrug, hie und da auch eine grellfarbige Plastikflasche. All das wurde von dem dunklen, undurchschaubaren Wasser davongetragen, floß dahin wie die Zeit, die auch diesen Augenblick schon wieder davontrug.

Massimo hatte den spöttischen Seitenblick seiner Cousine zuvor durchaus registriert und auch das kurze Ausfragespiel, das sie mit der Besucherin getrieben hatte. Nun fragte er sie, ob Catarinas Gehaben sie sehr irritiert habe.

»Vermutlich die übliche Neugier weiblicher Verwandtschaft«, sagte sie.

Massimo bedauerte inzwischen, daß er, verlockt von dem interessanten Bau der Villa, Ruth hierhergebracht hatte; denn es war abzusehen, daß Catarina seiner Mutter nächstens davon berichten könnte. Als er eine entsprechende Bemerkung machte, fragte sie: »Wäre das denn so schlimm?«

Das klang so besorgt, daß Massimo nun wieder besonders spürte, wie wohl ihm die Gesellschaft dieser jungen Frau tat, und er zögerte nicht, ihr Weiteres zu diesem Thema zu eröffnen. »Sie kennen meine Mutter nicht«, sagte er und merkte schon an der Art, wie sie ihn anblickte, daß sie sich mit dieser eher abwehrenden Antwort nicht zufriedengeben würde. Da fing er an, ehe ihm noch bewußt werden konnte, wie wenig er diese Begleiterin noch kannte, fing also an, ihr seine Geschichte zu erzählen, die Geschichte vom unaufhaltsamen, zähen Besitzergreifen der Mutter, die ihren Sohn nicht aus ihren Klauen lassen wollte. Und es tat ihm unsäglich wohl, dem jungen Menschen neben ihm diese Geschichte zu erzählen, bis alles gesagt war, was sich hatte sagen lassen. Dann schwieg er eine Weile und sagte schließlich: »Was sind Sie für ein Mensch, daß ich so zu Ihnen sprechen kann, als wären wir seit Jahren miteinander vertraut?«

Nach einer Weile des Schweigens standen sie auf und schlenderten weiter durch den Garten, bis sie an eine übermannshohe, dichtgewachsene und sorgfältig beschnittene Eibenhecke kamen, in die ein rundbogiges Tor eingeschnitten war, das von zwei liegenden, in Stein gemeißelten Tieren bewacht wurde.

»Zwei Löwinnen!« rief Ruth. »Hier müssen wir hineingehen!«

Massimo blickte erstaunt auf die schlanken, gespannt hingestreckten Tiere. Da im Umkreis von Venedig überall der Markuslöwe in allen Variationen zu finden war, hatte er noch nie bemerkt, daß hier dieses männliche Prinzip durchbrochen wurde. Inzwischen lief Ruth schon auf den Eingang zu und streifte im Vorübergehen mit beiden Händen wie streichelnd die Köpfe der Tiere, als wolle sie alte Bekannte begrüßen. Er beeilte sich, ihr zu folgen, und rief ihr nach: »Vorsicht! Das ist ein heimtückisches Labyrinth!«

Doch sie nahm diese Warnung nicht ernst. »Wollen Sie es mit mir erproben?« fragte sie. »Sie nach rechts und ich nach links! Wer zuerst die Mitte erreicht, soll den anderen herbeirufen.« Damit lief sie schon um die erste Biegung und kam ihm aus den Augen. Nur ihre Schritte auf dem hellen Kies waren noch zu hören.

So ging er allein weiter und bedauerte, daß sie ihn so rasch allein gelassen hatte. Aber es mußte wohl so sein, daß man im Labyrinth seinen Weg allein suchte. Dennoch stellte er sich vor, daß sie neben ihm zwischen den hohen Hecken ging, daß ihre Hände einander streiften, einmal, zweimal, und beim dritten Mal einander nicht mehr losließen. Er schritt voran, ohne auf Nebenwege und Kreuzungen zu achten, und gab sich dieser Vorstellung hin, die schon die Erlebnisdichte eines Traumes annahm, drängte sich mit der Geliebten durch schmale Schlupfwege, immer bemüht, an ein Ziel zu gelangen, das hier irgendwo in der Mitte liegen mußte, blieb stehen, um die imaginäre Begleiterin an seiner Seite zu umarmen, bis sie ihn lachend weiterzog, und dieser Traum beanspruchte solche Wirklichkeit, daß er ihre Schritte im Kies neben seinen zu hören meinte, die leichten Tritte einer Traumfigur, die an der Grenze der Wirklichkeit entlangtanzten und ihn auf Seitenwege führten, bis er in dieser Zweisamkeit auf ein rundes Rasenstück gelangte, einen grünen Platz, der von feinsträhnigem Waldgras überwachsen war, das dazu einlud, hier eine Rast einzulegen, ob dies nun die Mitte des Labyrinths war oder nicht. »Wo wir sind, ist immer die Mitte«, sagte er und nahm die Traumbegleiterin in die Arme, spürte ihren Körper auf seinem Körper, lag mit geschlossenen Augen bei ihr im grünen Bett, nahm sie für wirklich, so greifbar wirklich, daß er hörte, wie sie voller Lust »Massimo!« schrie.

Im selben Augenblick brach diese bukolische Stimmung zusammen, ein düsterer Schatten schob sich herauf über die Oberkante der Hecken oder doch schon über metallische Wände, und Massimo erschrak dermaßen, daß er das Klopfen seines Herzens zu hören meinte wie ein außer Kontrolle geratenes Uhrwerk oder das Herz eines geängstigten Vogels. Als er die Augen öffnete, hatte sich alles verwandelt, keine beschnittenen Hecken mehr, keine kiesbestreuten Wege, sondern ein ungeheurer, dämmriger Raum, in dessen Halbdunkel riesige gezähnte Räder sich ineinander drehten, eine metallisch pochende Unruh die Zeit in gleichförmige Portionen zerteilte. Vor ihm auf dem stählernen Boden schimmerte eine helle, ein wenig bräunliche Taubenfeder, und erst jetzt wurde ihm bewußt, daß er selbst als Taube in diesem weitläufigen, tickenden Käfig saß, auch einem Irrgarten, aber einem Labyrinth maschineller Art, in dem Räder sich drehten, schimmernde Stäbe sich bewegten und Mechanismen böse schnurrten.

Dann sah die Taube den Schatten, der sie aufgeschreckt hatte, den Schatten einer hochgereckten Figur, die langsam im Rhythmus der pochende Maschine voranschritt, drohend auf sie zu, der Schattenriß einer Hand zeichnete sich ab, gebrochen durch rotierende Räder auf die stählerne Wand geworfen, eine Hand, die sich heranschob und ausstreckte nach der Feder, die wohl der Taube aus dem Brustgefieder gefallen sein mußte, dort, wo ihr lebendiges Herz schlug, und sie wußte, es würde ihren Tod bedeuten, wenn die Schattenhand die flaumige Feder packen würde. Doch da sprang im letzten Augenblick aus der Düsternis der tickenden Räder eine Löwin hervor, ein kraftvolles, in seinen elastischen Bewegungen schönes Tier mit kurzhaarigem goldenen Fell, unter dem das Spiel der Muskeln sich abzeichnete, sprang heraus aus der Verschattung, legte seine Pranke vorsichtig auf die Feder und blickte die Taube aus dunkelgrünen Augen an.

Die düstere Figur fuhr kreischend zurück ins Dunkel, die Taube jedoch flog erschreckt auf, sah die Feder unter dem Windstoß ihres Flügelschlag in die Höhe wirbeln und suchte sich flatternd freie Bahn durch das arbeitende Gestänge, durch stampfende Pleuel und sirrende Räder. Platz war hier genug zwischen all diesen Geräten, die auf unüberschaubare Weise zusammenwirkten in diesem gigantischen Uhrwerk. Sie schwang sich höher hinauf und ließ sich auf einer schwingenden Scheibe nieder, die ständig in Bewegung gehalten wurde wie eine bizarre Schaukel. Doch alsbald tauchte schon wieder der schwarze Schatten aus der Tiefe empor, geworfen von einem fahlen, nicht auszumachenden Licht, das die Bewegungen einer Gestalt, die mit schabenden Schritten heraufstieg, ins Ungemessene vergrößerte, und jetzt erblickte die Taube zum ersten Mal die Verfolgerin selbst, eine hochragende, hagere, in ein schwarzes Gewand gehüllte Frau, die mit langen, spinnenhaften Spreizschritten über Stangen und langsam weiterruckende Räder heraufturnte und schon wieder nach der Feder grapschte, die langsam aus der Höhe herabschwebte. Und wieder war es die Löwin, die in letzter Sekunde dazwischenfuhr und mit ihren Pranken die gierig ausgestreckten Finger beiseite schlug, während der unaufhörliche Herzschlag der Maschinerie den hallenden Raum durchwummerte.

Die Taube floh weiter hinein in das drohende und doch schützende Räderwerk, doch nun begann der bisher fast ins Unmeßbare ausgedehnte Raum sich einzuengen, langsam zwar, aber mit unaufhaltsamer Stetigkeit. Sie landete auf einer stählernen, unter dem dröhnenden Taktschlag bebenden Plattform, auf der die Achsen von waagerecht rotierenden Zahnkränzen eingelagert waren, und schon wieder vernahm sie die stapfenden Schritte der Schwarzen, deren Kopf bereits über die Kante der Plattform, aus der Tiefe emportauchte, ein höhnisch grinsendes Greisinnengesicht, verzerrt von der Gier nach dieser unscheinbaren Feder, die doch über Leben und Tod entscheiden konnte. Eben wehte dieses flaumige Stück Gefieder wieder heran, gerade noch außerhalb der Reichweite der krallend emporgereckten Hand, doch da landete auch die Löwin federnd auf der Plattform und brüllte der Verfolgerin mit gebleckten Zähnen ins Gesicht, daß sie schreiend nach hinten wegkippte.

Da war aber die Taube schon wieder auf der Flucht und glitt

immer tiefer hinein in das Dickicht metallener Verstrebungen und beweglicher Glieder, geradewegs auf die wie mit Hammerschlägen auf einen Amboß pochende Unruh zu, die unter einem sich ruckweise bewegenden Zahnrad auf und ab zuckte. Eng wurde es hier, und die Taube konnte nicht mehr ihre Flügel ausbreiten, mußte zu Fuß weitertrippeln, durch enge Löcher schlüpfen, hinter denen sie sich nur noch kriechend weiterbewegen konnte zwischen zwei waagerecht in geringem Abstand übereinander gelagerten Blechen, auf die unablässig der Taktschlag der Maschine herabdonnerte. Voraus aber sah sie eine Öffnung, die ins Freie hinauszuführen schien, und dort schwebte eben die Feder nieder. Mühsam kroch die Taube heran, streckte ihren Kopf ins Freie, um die Feder mit dem Schnabel zu erreichen, und in diesem Augenblick hörte sie die Löwin grollen, denn draußen fiel schon wieder der Schatten über die in der Luft tanzende Feder, und schon zuckte die Kralle der Schwarzen heran. Da, in dieser Enge und Bedrohung, wollte die Taube aufgeben. Doch im gleichen Augenblick gellte plötzlich ein Schrei durch das stählerne Labyrinth, ein Name, der wie in höchster Not geschrieen wurde: »Massimo!« hallte es durch Gestänge und Räderwerk, und während der Ruf noch verklang, stand die Maschine still. Nur ein Ächzen war zu hören, als ob etwas zerbräche, noch einmal der geschrieene Name, so laut, daß die Taube den Kopf einzog, und dann ein dröhnender Schlag, unter dem alles, was fest war, erbebte und nachzitterte und der der Taube das Bewußtsein raubte.

Er wurde – wohl schon in der nächsten Sekunde – davon geweckt, daß ihn jemand beim Namen rief. »Professor Battisti!« rief eine in Erregung oder gar Angst überkippende Frauenstimme. Er selbst lag auf einer grasüberwachsenen Fläche, tastete seine Glieder ab und fand sich wieder nicht nur als ein Mensch, sondern heil und bei Kräften. Dicht neben sich erkannte er auch, was eben den Boden hatte erbeben lassen durch seinen Sturz: Da lag hingestreckt jene riesige steinerne Hexe, die von ihrem hohen Podest herab jeden, der nicht zur Mitte des Labyrinths gefunden hatte, mit höhnischem Grinsen begrüßte oder eigentlich verabschiedete, wenn er nach dem Ausgang suchte. Massimo kannte sie von früheren Versuchen schon zur Genüge, denn er war schon mehrmals unter diesem drohenden Steinkoloß gestanden. Nun war die Hexe herabgestürzt und hätte ihn, wenn dieser erste Ruf ihn nicht hätte zurückschrecken lassen, wohl erschlagen.

»Professor Battisti!« rief es noch einmal. »Sind Sie hier in der Nähe?«

Und nun erkannte er auch Ruths Stimme. »Weiß Gott, das bin ich und lebe sogar noch!« rief er zurück. Seine Begleiterin mußte unmittelbar hinter der hohen Hecke stehen, neben der er sich jetzt langsam aufrappelte. Er beschrieb Ruth, wie sie herüber zu ihm gelangen konnte, und gleich danach kam sie in Eile aus einem schmalen Seitenweg gelaufen und half ihm, da er noch immer benommen am Boden hockte, auf die Füße. Er erzählte ihr nichts von seiner alptraumhaften Flucht, sondern beschrieb ihr nur die makabre Funktion der düsteren Figur und erzählte, daß er um ein Haar erschlagen worden wäre, wenn nicht jemand nach ihm gerufen hätte. »Vermutlich waren das Sie«, sagte er, »und so haben Sie mir wohl das Leben gerettet.« Er blickte zu dem gestürzten Koloß. »Dicht genug war ich ja dran.«

»Ja«, sagte sie, »es war wohl dicht dran.«

Er sah, wie alle Farbe aus ihrem Gesicht gewichen war. »Jetzt fallen nicht auch sie noch um«, sagte er und griff nach ihrem Arm, weil er fürchtete, sie würde gleich zusammenbrechen. Da sah er die flaumige, hellbräunliche Feder in ihrer Hand. »Was haben Sie denn da Hübsches aufgelesen?« sagte er. »Eine Taubenfeder? Hell wie ein frischgelegtes Ei! Schenken Sie die mir?« Nun wußte er, daß sie bei ihm im stählern pochenden Labyrinth gewesen war. Sie legte ihm die Feder in die bereitgehaltene Hand, und er schaute eine Weile darauf nieder und konnte kaum glauben, daß von diesem flüchtigen, schon vom leisesten Wind bewegten und davongeblasenem Ding sein Leben abgehangen haben sollte.

Rasch fanden sie dann den Ausgang aus dem Labyrinth, versuchten über diesen Beinahe-Unfall ihre Scherze zu machen, aber Massimo spürte noch immer die dunkle Bedrohung, und auch Ruth schien sich nur mit Mühe diesem gewollt heiteren

Ausgang des Abenteuers zu fügen, so daß er sich fragte, ob auch sie auf ihrem Weg diese ständige Gefährdung gespürt haben könne. Er hinterließ für Catarina eine Nachricht über den gestürzten Koloß und brachte danach Ruth auf direktem Weg zu ihrem Wohnheim bei den Klosterfrauen. Als er sie vor dem Tor absetzte, hielt er beim Abschied ihre Hand länger als üblich fest und sagte: »Ein komischer Vorfall! Ich war froh, daß Sie plötzlich bei mir waren. Danke!« Dann erst ließ er ihre Hand los und fuhr rasch davon.

Zu Beginn der folgenden Woche wurde, wie Bianca vorausgesagt hatte, das Richtfest von Massimos sonderbarem Gehäuse gefeiert. Er hatte an diesem Vormittag an der Universität nichts zu tun und fuhr mit Bianca über schmale Landstraßen hinüber. Im Dorf wußte man kaum etwas von den Arbeiten bei dem verkommenen Besitz der Battisti. Man hatte wohl den Zuzug der Arbeiter beobachtet und den Abtransport des Bauschutts, aber der Beginn der Weinlese ließ den Bauern keine Zeit, sich um diese Vorgänge zu kümmern.

Oben beim Haus hatten sich alle beschäftigten Arbeiter versammelt. Der Ritus des Richtfestes lag in der Hand der Zimmerleute, deren Vorarbeiter seinen Spruch sagte und dann die aus rötlich fruchtenden Weißdornzweigen geflochtene Krone ins Gebälk hängte. Massimo hatte reichlich Wein, einen gewaltigen Festschinken und Brotwecken bereitstellen lassen, sagte als Bauherr einige Worte des Dankes und stieß dann, als getrunken wurde, mit den Leuten an. An den nachfolgenden Tagen wurden die Dächer gedeckt, und dann war der Bau fertig zum Bezug, aber Massimo fragte sich vorderhand selber, wer hier wohnen sollte.

Während der nächsten Wochen sah Massimo Ruth nur während der Lehrveranstaltungen in der Universität, sprach mit ihr danach, wenn es sich ergab, ein paar Worte, aber in der Hauptsache zum eben diskutierten Thema. Allenfalls fragte er, wie das Essen bei den Klosterfrauen sei, und da es in keiner Weise zu beanstanden war, ergab sich auch daraus kein längeres Gespräch.

Massimo war zumute, als seien sie einander durch das gemeinsame Erlebnis im Labyrinth so plötzlich und so unvermutet distanzlos nahe gewesen, daß sie nun erst einmal zurückschreckten, um sich Klarheit über dieses Erlebnis zu verschaffen. Wie dem auch immer sein mochte, bis zu den Weihnachtsferien gab es kein Zusammentreffen außerhalb des Institutes, und dann reiste Ruth über die Feiertage erst einmal zu ihren Eltern nach Deutschland.

Kurz nach Neujahr fuhr Massimo mit seinem Auto am Nachmittag über die Autobahn zur Universitätsstadt, einesteils weil er in der Bibliothek des Instituts ein paar Zitate für einen über Weihnachten fertiggestellten Zeitschriftenaufsatz nachschlagen wollte, andererseits auch auf der Flucht vor den Aggressionen seiner Mutter, die immer unleidlicher wurde. Offenbar hatte sie irgendwann während der Feiertage Catarina besucht und dort von einem Domestiken erfahren, daß Massimo im Spätherbst in der Villa am Brentakanal erschienen war und bei diesem Besuch im Gartenlabyrinth eine Steinfigur umgeworfen habe. *Umgeworfen*, hatte man ihr gesagt, und das obendrein zusammen mit einer jungen Signorina! Seine Mutter hatte sich diese Affäre gleich mit eifersüchtiger Bosheit ausgemalt und ließ – ohne diese Begleiterin auch nur im geringsten zu kennen – kein gutes Haar an *diesem sittenlosen Frauenzimmer, mit dem er durch die Lande zog* – so ihre Worte. Er hätte gar nicht erst versuchen sollen, der Mutter begreiflich zu machen, daß es sich um eine seiner Studentinnen handelte – Frauen sind nun einmal bei meinem Fachbereich in der Überzahl, sagte er –, einer Studentin also, zu deren Interessenbereich die Villa von Catarinas Familie eine vorzügliche Anschauung vermittelte. All das wurde von der Mutter mit einer heftigen Handbewegung als dumme Ausrede beiseite gefegt. Vielleicht waren Massimos Argumente in der Tat nicht überzeugend genug gewesen, solange er sich selbst über sein Verhältnis zu dieser Studentin nicht Klarheit zu verschaffen vermochte. Gerade seit dieser offensichtlich irrealen und doch so als Wirklichkeitserfahrung in seinem Bewußtsein festgesetzten Flucht durch das uhrwerkartige Labyrinth war ihm Ruth ohne

Zweifel um so näher gerückt, obwohl er nicht wußte, ob sie ähnliches oder ganz anderes dabei erfahren hatte. Immer wieder, wenn er darüber nachgrübelte, kam ihm die Löwin in den Sinn, die ihn mehrmals vor den Klauen seiner Verfolgerin bewahrt hatte. Hatte Ruth nicht angesichts der beiden Tierfiguren neben dem Eingang zum Labyrinth etwas über Löwinnen gesagt, worauf er damals nicht weiter geachtet hatte? Irgendeine Verbindung ließ sich da ziehen, aber er konnte sich nicht vorstellen, worauf sie beruhen mochte.

Solche Gedanken beschäftigten ihn auf dieser Fahrt. In der Nähe der Universität stellte er dann seinen Wagen ab, nahm seine Tasche mit dem Manuskript seines Aufsatzes an sich und machte sich auf zum kunsthistorischen Institut. Als er durch den Arbeitsraum ging, war dort ein einziger Tisch besetzt, und an dem saß Ruth, einen Stoß von Büchern neben sich, und machte sich Notizen in eine Kladde. Er blieb neben ihr stehen und sagte: »Schon wieder aus den Ferien zurück? Sie sollten Ihren Fleiß nicht übertreiben!«

Er bekam rasch heraus, daß sie schon seit dem Vormittag hier gearbeitet und das Mittagessen bei den Klosterfrauen überschlagen hatte, und fragte sie daraufhin, ob sie ihn wenigstens zum Abendessen begleiten wolle. Sie sagte ohne langes Zögern zu, arbeitete noch weiter, bis er seine Zitate nachgeschlagen hatte, packte dann ihre Sachen zusammen und folgte ihm zu seinem Wagen. »Wohin soll's gehen?« fragte sie.

Er dachte, während er schon den Motor startete, kurze Zeit nach und sagte dann: »Wie wär's mit der Trattoria, in der wir schon einmal gegessen haben? Sie wissen schon, bei der Villa mit dem Labyrinth. Meine Cousine wohnt den Winter über in Venedig, das Haus steht leer, also keine Gefahr, daß sie uns über den Weg läuft.«

Sie redeten sonst nicht viel während dieser Fahrt, und nach dem Abendessen fragte er sie, ob sie trotz des scharfen kalten Windes, der gegen Abend aufgekommen war, Lust auf einen Spaziergang habe. Natürlich führte er sie wieder zum Ufer des Kanals, wo drüben im kalten Licht des steigenden Vollmondes das helle Mauerwerk der Villa sich von den dunklen Bäumen und

Büschen abhob und weiter rechts die schwarzen Eibenwände des Labyrinths zu erahnen waren. Lange standen sie schweigend dort, die Hände auf die Mauer gestützt, die das Ufer absicherte. Ihre Hände waren einander sehr nahe, und nach einiger Zeit legte Massimo seine Rechte auf die seiner Begleiterin und fragte: »Was ist dort drüben geschehen?«

»Im Labyrinth?« fragte sie.

»Nein«, sagte er. »Schon vorher, als Sie in der Sala standen und hinaufschauten in den antiken Götterhimmel.« Er wandte sich ihr zu und fragte: »Was hat sie zu dir gesagt, die Göttin?«

Ruth blickte ihn mit ruhiger Bestimmtheit in die Augen und sagte: »›Es ist, was es ist.‹ Das hat sie gesagt.«

Da besiegelte Massimo das eben zum ersten Male unwillkürlich gebrauchte *Du*, indem er sie in die Arme nahm und sie küßte, nicht eben sonderlich geübt, wie ihm selbst vorkam, aber doch ohne Zögern. Dabei blieben sie eine Weile, bis er schließlich sagte: »Ich kenne das Gedicht, aus dem du eben zitiert und es der Göttin in den Mund gelegt hast.«

Seither gebrauchten sie, wenn niemand anderer es hören konnte, das vertraute Du.

Zu dieser Zeit fand Ruth eine Wohnung nur für sich allein in einem umgebauten alten Bürgerhaus, das der Signora Pozzo gehörte. Beide Häuser, der Palazzo, in dem Massimo mit seiner Tochter damals die lustig-frivolen Fresken restauriert hatte, und dieses in kleine Wohnungen unterteilte Appartementhaus lagen zwar in verschiedenen Gassen, waren aber miteinander verbunden und auch zugänglich durch einen dazwischenliegenden gepflegten Garten mit Obstbäumen und Ziersträuchern. In diesem Hinterhaus hatte Ruth eine Garçonière bezogen und genoß nun die Freiheit des Wohnens einschließlich der uneingeschränkten Benutzung des Gartens.

Es geschah nun öfter, daß Massimo nach einer seiner Lehrveranstaltungen mit Ruth hinausfuhr aufs Land, um sie mit weiteren Versionen der ländlichen Küche des Veneto bekannt zu machen und vor allem das vertraute Du zu gebrauchen, das beide sich versagten, solange sie einander im Rahmen des Instituts trafen. Eines Tages kamen sie wieder einmal auf die ruinöse Villa mit dem Monstergarten zu sprechen, die auch Ruth aus dem Buch ihres Großvaters kannte, aber noch nie an Ort und Stelle besichtigt hatte. Wie es sich bei einem solche Gespräch ergeben kann, bot Massimo ihr spontan an, sie an einem freien Tag hinzufahren, erschrak aber schon, während er das sagte, selbst über seine Vorschlag; denn da stieg schon wieder die Fratze des Totmachers aus seine Erinnerung auf und die Szene, als dieser vor Jahren die jetzige Hausherrin Ruths hatte erwürgen wollen.

Von alledem wußte Ruth natürlich nichts und nahm sofort begeistert diesen Vorschlag auf. Nach ein paar Tagen holte er sie bei ihrer neuen Wohnung ab und fuhr, um ihr unterwegs noch ein paar bemerkenswerte Bauten zu zeigen, nicht über die Autobahn, sondern auf Landstraßen bis Verona. Massimo hatte schon seit dem frühen Morgen ein ungutes Gefühl, ja es war eigentlich schon Angst, die ihn veranlaßte, unterwegs die Fahrt immer wieder zu unterbrechen und zu verzögern, indem er vorgab, daß sie noch dieses oder jenes Gebäude anschauen müßten, und ehe sie in Verona sich zum Mittagessen setzten, unternahm er mit ihr einen Rundgang durch die Stadt, um die römische Arena und die romanische Kirche St. Zeno zu besichtigen, so daß sie erst gegen zwei Uhr zu Tische kamen.

Merkwürdigerweise schien dieses Unbehagen sich auch auf Ruth zu übertragen, zumal er ihr unterwegs, während er schon mühsam über schmale Sträßchen und Fahrwege die richtige Route zur Villa suchte, ausführlich beschrieb, daß die monströsen Figuren in dem seines Wissens völlig verwilderten Park vermutlich von Unkraut und ungezügelt aufwucherndem Gebüsch völlig überwachsen sein würden, so daß sie sich der Mühe würden unterziehen müssen, sie erst einmal freizulegen. All das erschien Ruth dermaßen zu erschrecken, daß sie schließlich sagte: »Kehr um, Massimo! Bitte, kehr um! Fahr mich nach Hause! Ich will diese Monster nicht sehen!«

Massimo war nur zu gern bereit, dieser Bitte zu folgen, und wendete, sobald es der schmale Fahrweg erlaubte, seinen Wagen und sah nun, daß von der Seite her eine düstere Wolkenwand aufgestiegen war. Er versuchte das Tempo zu beschleunigen, soweit es die Schotterstraßen erlaubten, doch das Unwetter erreichte sie schon kurz vor Verona mit Blitz und Donner und niederrauschendem Platzregen, der den kleinen Wagen fast von der Straße zu schwemmen drohte und dem Fahrer in der aufsteigenden Dunkelheit des Abends zeitweise die Sicht nahm.

Als Massimo seine Beifahrerin vor ihrer Wohnung absetzte, um gleich weiterzufahren nach Venedig, war er so erledigt, daß er gern Ruths Einladung annahm, bei ihr erst einmal einen Kaffee zu trinken. Zum Glück fand er einen freien Parkplatz nahe bei ihrem Haus; beide rannten lachend durch den strömenden Regen, der auf sie niederplatschte, als Ruth ihren Hausschlüssel hervorkramte und aufschloß.

Sie waren beide tropfnaß, als sie in der kleinen Wohnung ankamen. Ruth nahm Massimo seine durchweichte Jacke ab, um sie zum Trocknen aufzuhängen und gab ihm einen Pullover, der ihr selbst schon immer etwas zu weit gewesen war. Dann ließ sie ihn neben dem eingeschalteten elektrischen Öfchen in der Küche sitzen, um sich selbst trockene Kleider anzuziehen. Als sie zurückkam, nahm sie eine Espressokanne aus dem Regal, das gleiche sanduhrförmige Gerät wie jenes, mit dem Massimo ihr schon früher Kaffee gebraut hatte, und machte sich auf dem kleinen Herd daran, nun auch einmal ihn mit dem heißen Getränk zu bedienen. Sie lachten beide über diesen Rollentausch, und Massimo fühlte sich in der kleinen, mit wenigen schönen Gegenständen wohnlich gemachten Küche und der Wärme des flauschigen Pullovers zum ersten Mal wohl an diesem Tag. Das sagte er ihr auch.

»Dann ruh dich aus und wärm dich auf!« sagte sie. »Ich glaube, das ist überhaupt das erste Mal, daß ich etwas für dich tun kann.«

»Keineswegs«, sagte er und dachte an all die Gespräche, die er mit ihr geführt hatte, auf dem Gang vor dem Hörsaal nach einer Vorlesung, beim Espresso in seinem Zimmer oder auf der Steinbank im Park bei der Villa seiner Cousine Catarina. »Du hast mir zugehört und dich auf meine Gedanken eingelassen wie sonst niemand zuvor«, sagte er, »und du warst bei mir, als im Labyrinth die Hexe mich beinahe erschlagen hätte. Hast du schon vergessen, daß ich dir mein Leben verdanke? Ich weiß zwar nicht, was du im Labyrinth erlebt hast, aber daß ich von einer Löwin beschützt wurde, die etwas mit dir zu tun haben muß, das weiß ich.«

Als der Espresso getrunken war, gingen sie hinüber in den Wohnraum, sie setzte sich neben ihn auf das kleine Sofa, ließ sich von ihm festhalten und erzählte ihm, wie es ihr im Labyrinth ergangen war; denn auch sie war von der Alten verfolgt worden auf der Spur einer Taube durch ein endloses Labyrinth von Hecken, Wasserläufen und Gebirgstälern. Er drückte sie an sich, wenn es für sie wieder einmal gefährlich geworden war, als könne er sie jetzt noch nachträglich vor der schwarzen Alten beschützen. »Siehst du«, sagte er, als sie am Ende erzählte, wie sie die Taube zurückgerufen hatte, als sie sich hatte aufgeben wollen, »dein Schrei hat mich gerettet. Es war deine Stimme, die meinen Namen gerufen hat.« Nach einer Weile fügte er hinzu, daß er sich nun endlich auf den Weg nach Venedig machen müsse, wobei er zum Fenster blickte, vor dem der Regen unvermindert niederrauschte.

Ruth schaute ihn an, wie er da saß, noch ziemlich mitgenommen von der Fahrt durch das Unwetter und mit feuchter Hose und sagte: »Das kommt überhaupt nicht in Betracht. Bei diesem Wetter laß ich dich nicht wieder auf die Straße. Du kannst ohne Weiteres hier bei mir übernachten.«

Als Massimo sich vorstellte, daß er nun wieder und obendrein in völliger Dunkelheit auf die nassen Straßen mußte, fiel es ihm leicht, diesen Vorschlag zu akzeptieren, genauer gesagt: Er freute sich über den Regen, der ihm diese Möglichkeit eröffnete. »Ich stell mir hier zwei Sessel zusammen«, sagte er. »Darauf kann ich ganz gut schlafen.«

»Meinst du das im Ernst?« sagte sie. »Meine Hauswirtin hat für solche Fälle vorgesorgt: Ich habe in meinem Schlafzimmer ein Bett stehen, das breit genug ist für zwei.«

Massimo gestand sich ein, daß er sich schon die ganze Zeit über dergleichen ausgemalt, wenn nicht gar ersehnt hatte, doch nun traf ihn trotzdem so etwas wie ein süßes Erschrecken. Er küßte sie, ehe sie aufstanden und hinübergingen in den kleinen Schlafraum, der zu drei Vierteln ausgefüllt war von diesem Bett. Er erlebte noch einmal, und diesmal in unmittelbarer körperlicher Berührung von Hand in Hand und Haut auf Haut seine Empfindungen und Vorstellungen bei seinem anfänglichen Gang in das Labyrinth bis zu dem orgastischen Höhepunkt, an dem Ruth seinen Namen rief, und er war diesmal ohne Angst vor dem schwarzen Schatten, dem das Eindringen in dieses Zimmer verwehrt blieb bis zum Morgen.

Massimos Mutter hatte natürlich registriert, daß er wieder einmal ohne Bescheid zu sagen über Nacht ausgeblieben war, und nutzte diese Gelegenheit für einen dramatischen Auftritt von solcher Heftigkeit, daß bei ihm angesichts der von ihr ausgestoßenen Drohungen – sie scheute sich nicht Wörter wie *erwürgen* und *totschlagen* zu gebrauchen – der Verdacht aufkam, ihr Verstand sei ernsthaft geschädigt. Nicht daß er gefürchtet hätte, die schon etwas gebrechliche Mutter könne Ruth etwas antun, aber dennoch begann ihn ihr Gehabe zu ängstigen.

Mit Ruth sprach er nicht über den Zustand seiner Mutter, auch dann nicht, als sich deren irres Verhalten steigerte, nachdem er noch mehrmals die Nacht bei Ruth zugebracht hatte. Einmal traf er, als er dort früh am Morgen die Treppe herunterkam, unten im Hausflur auf Signora Pozzo. Er versuchte rasch mit einem freundlichen Winken an ihr vorüberzugehen, doch sie blieb stehen, um ihn zu begrüßen, und so konnte er dieser Begegnung nicht ausweichen. Sie sprach ihn so wenig überrascht an, als sei es selbstverständlich, ihn in aller Frühe in ihrem Appartementhaus zu treffen, fragte ihn dies und jenes und schließlich auch nach dem Befinden seiner Mutter. Da konnte er nicht umhin, ihr zumindest anzudeuten, welche Sorgen er sich ihretwegen mache, und erwähnte dabei auch, allerdings eher ins Scherzhafte gewendet, die Drohungen, die er zu hören bekam.

»Geht Ihre Mutter noch öfter aus?« fragte sie.

»Gelegentlich tut sie das noch«, sagte Massimo. »Zu meiner Überraschung.«

»Wissen Sie, ob sie sich dabei mit jemandem trifft?«

Massimo stutzte. Er fand die Frage verwunderlich und sagte: »Sie hat einmal von einem Bekannten gesprochen, den sie treffen wollte.«

»Wissen Sie, wer das ist?« fragte sie weiter.

Allmählich kam ihm die Pozzo über Gebühr neugierig vor. »Nein«, sagte er. »Sie hatte es plötzlich so eilig, daß ich gar nicht dazukam, sie zu fragen.«

Die Pozzo hatte inzwischen Massimos Befremden bemerkt, schien nun ein wenig verlegen zu sein und sagte: »Ich hoffe, Sie halten mich nicht für eine Klatschbase, wenn ich solche Fragen stelle. Ich meine Ihre Mutter neulich, als ich in Venedig zu tun hatte, auf der Straße gesehen zu haben, und zwar in Gesellschaft eines alten Mannes, vor dem ich erschrocken bin, so sah der zum Fürchten aus.«

Massimo zuckte mit den Schultern und sagte: »Ich weiß nicht, wer das sein könnte. Vielleicht haben Sie meine Mutter auch mit jemand anderem verwechselt«, und doch stieg ihm eine Ahnung auf, die ihm Angst machte.

»Passen Sie ein bißchen auf sie auf«, sagte die Pozzo. »Ich empfehle Ihnen das auch im Hinblick auf Signorina Oesteroede, die ich sehr gern mag. Sie wohl auch, wie zu vermuten ist. Verstehen Sie mich bitte nicht falsch: Ich freue mich, daß Sie jemanden gefunden haben, der Ihnen nahesteht, aber achten Sie bitte darauf, daß ihr niemand weh tut.« Sie küßte ihn flüchtig auf die Wange und ging dann rasch davon.

Seither achtete Massimo darauf, was seine Mutter unternahm, wenn sie das Haus verließ. Ohnehin endete das Semester in dieser Woche, so daß ihm mehr freie Zeit blieb als bisher. Ein paar Tage nach dem Gespräch mit Signora Pozzo sah er, daß seine Mutter nach dem Mittagessen sich zum Ausgehen fertigmachte, und als er sie fragte, was sie vorhabe, gab sie eine ausweichende Antwort und murmelte etwas von Besorgungen und Leute treffen. Da wartete er, bis sie das Haus verlassen hatte, und ging ihr dann nach. Auf ihren ebenholzenen, mit einem Silbergriff ausgestatteten Altdamenstock gestützt sah er sie ein Stück voraus die schmale Gasse entlanggehen, dann in die Calle dei Miracoli einbiegen und in der Nähe des Palazzo Boldù in einer Cafeteria verschwinden. Vorsichtig und auch nicht ohne Skrupel, daß er seiner eigenen Mutter nachspionierte, näherte er sich, schaute durch das nicht besonders saubere und mit Reklameschildern beklebte Fenster und sah seine Mutter an einem der kleinen Tische sitzen und ihr gegenüber einen ziemlich alten, gespenstisch dürren und schlechtgekleideten Mann, der ihm halb den Rücken zugekehrt hatte. Die beiden sprachen lebhaft miteinander, sogar mit einer besonderen Heftigkeit, so daß Massimo ziemlich sicher sein konnte, nicht von ihnen entdeckt zu werden. Als der Mann im Gespräch plötzlich den Kopf zur Seite wendete, erkannte er ihn: Es war jener Totmacher mit dem zerhackten Gesicht, der ihn noch immer zu verfolgen schien und hier offenbar etwas Übles zusammen mit seiner Mutter ausheckte.

Massimo genügte, was er gesehen hatte; er machte sich ratlos und voll aufkeimender Ängste auf den Heimweg und konnte sich durchaus vorstellen, was die beiden zu besprechen hatten. Es kam ihm auch der Verdacht, daß seine Mutter schon damals, als er mit der Pozzo den Monstergarten besuchte, ihre Finger im Spiel gehabt haben könnte. Sie mußte wirklich wahnsinnig sein, sich mit einem solch üblen Subjekt einzulassen.

Als seine Mutter nach Hause kam, wartete er schon auf sie. Er ließ ihr Zeit, sich den Mantel auszuziehen und ihr kleines Wohnzimmer aufzusuchen, in dem sie gewöhnlich beide, wenn er zu Hause war, zusammen ihren Tee tranken, und ging dann zu ihr.

»Magst du einen Tee?« fragte sie, als er eintrat, und da er unwillkürlich nickte, bewegte sie die Schelle, die sie schon in der Hand gehabt hatte, und bat das Hausmädchen, das gleich darauf eintrat, für beide Tee zu bringen und ein paar Dolci dazu.

Solange das Mädchen nicht mit dem Tablett zurückkam, wollte Massimo nicht das Thema anschneiden, das ihn vor allem beschäftigte, sondern stellte ein paar belanglose Erwägungen über das für die Jahreszeit etwas zu kalte Wetter an. Erst als dann der Tee vor ihnen stand, die Tassen gefüllt waren und das Mädchen draußen vor der Tür, fragte er seine Mutter, mit wem sie sich in dieser Cafeteria getroffen habe. Er hätte sie zufällig durchs Fenster gesehen.

»Ach«, sagte sie völlig ungerührt, »das ist ein alter Bekannter, den ich seit Jahren immer wieder einmal treffe. Ich weiß, er sieht nicht besonders hübsch aus, ist aber für viele Dinge gut brauchbar.« Ihre Augen funkelten listig, als sie das sagte, und ließen darauf schließen, daß sich hinter dieser Formel so allerlei verberge, von dem er nichts zu wissen brauche.

Massimo wollte jedoch mit solch vagen Auskünften sich nicht zufriedengeben. »Worüber habt ihr denn vorhin so heftig diskutiert?« fragte er. »Das sah ja aus, als ginge es um Hals und Kragen!«

»So?« sagte seine Mutter. »Sah das so aus? Vielleicht ging es ja wirklich um einen Hals, der gestopft werden sollte?« Ihr Grinsen erschien ihm nun schon fast diabolisch.

»Du weißt also, daß dieser Kerl ein berufsmäßiger Killer ist?« schrie er. »Was willst du von ihm?«

»Ein Killer?« Sie lachte kichernd. »Ein Killer von Gänsen vielleicht. Er ist ein vorzüglicher Koch, wenn auch derzeit arbeitslos, dem ich ein Rezept für gefüllten Gänsehals abgeluchst habe, das er nicht herausrücken wollte.«

Massimo hielt das alles für heimtückische Spielgefechterei oder – der Mutter zuliebe – eher noch für die Ausgeburt eines zunehmend dem Irrsinn verfallenden Hirns. Er ließ das Thema fallen, trank seinen Tee aus und stieg hinauf zu seinem Arbeitszimmer. Dort saß er dann eine Zeitlang und versuchte seine wildwuchernden Gedanken zu klären. War das alles nur eine harmlose Angelegenheit, was sich zwischen dem gräßlichen Alten und seiner Mutter abspielte, ein Streit um Küchenrezepte, oder war es tatsächlich ein Mordkomplott, wie es bei dem vermeintlichen Koch in Wirklichkeit zu erwarten war? Schließlich entschied er sich, diese Angelegenheit mit seiner Tochter zu besprechen, wohl dem einzigen Menschen, mit dem solche Verrücktheiten zu diskutieren waren.

Noch am selben Abend rief er Catarina an und fragte sie, ob Bianca zu sprechen sei. Gleich danach hatte er sie am Apparat und schilderte ihr in Kürze, soweit dies in einer solch verworrenen Sache möglich war, was zwischen seiner Mutter und diesem offenbaren Unhold sich abzuspielen schien und vielleicht schon früher abgespielt haben könnte, und fragte sie, ob sie bereit sei, ihm bei der Klärung dieses ihm so unheimlichen Vorgangs zu helfen. Er kenne sich überhaupt nicht mehr aus angesichts der offenbaren Geistesverwirrung seiner Mutter. »Dich mag sie ja und wird mit dir vielleicht auch freier reden.«

»Natürlich helf ich dir«, sagte Bianca sofort. »Übrigens vermute ich, daß ich diesen Mann schon gesehen habe, den du mir beschrieben hast. Er fällt einem ja auch sofort auf mit seinem zernarbten Gesicht. Ich mache mich an ihn heran und veranstalte nötigenfalls einen kleinen Zauber, um ihn offen reden zu lassen. Wenn ich etwas erfahren habe, ruf ich dich gleich an.«

Drei Tage wartete Massimo in Unruhe und nachts von schlafraubenden Ängsten geplagt. Er wagte in dieser Zeit nicht, Verbindung mit Ruth aufzunehmen, um sie, falls seine Befürchtungen zutrafen, nicht in Gefahr zu bringen. Kaum traute er sich, vor die Tür zu gehen, um Biancas Anruf nicht zu versäumen. Endlich läutete das Telefon, und als er abhob, meldete sich Bianca. »Ich weiß jetzt ziemlich genau Bescheid«, sagte sie. »Am Telefon läßt sich das allerdings nicht so schnell besprechen. Wo und wann können wir uns treffen?«

»Von mir aus sofort«, sagte Massimo und nannte ihr eine Cafeteria in der Nähe des Campo di San Marina, die er bevorzugte.

»Ich bin schon unterwegs«, sagte sie und hängte ein.

Massimo hatte nicht weit zu gehen, wählte einen Tisch in der Nähe des Fensters, und nach wenigen Minuten sah er Bianca mit raschen Schritten über den Platz hereilen. Sie bestellte für sich einen Cappuccino, während der Kellner Massimos gewohnten Espresso schon ungefragt an den Tisch gebracht hatte. Als beide mit Getränken versorgt waren und den ersten Schluck genommen hatten, lehnte sich Massimo zurück und sagte: »Erzähl!«

»Du wirst dich wundern«, sagte Bianca. »Dieser überaus häßliche Mann, der übrigens Manuele heißt, ist wirklich ein Koch.« Und dann erzählte sie ihm

Die Geschichte vom Koch, der ein Mörder wurde

Manuele hat nach seiner Lehre den Beruf eines Kochs längere Zeit ausgeübt, anfangs in Neapel, später dann in Palermo und zuletzt in Catania. Dort hat dann eines Tages die Mafia das Lokal, in dem er arbeitete, übernommen, und ihn natürlich mit. Anfangs war das für ihn kein großes Problem. Er verdiente gut und kümmerte sich nicht weiter darum, was die Besitzer der Trattoria trieben.

Eines Tages kam dann einer der Bosse zu ihm und sagte: »Du arbeitest doch gern hier?« und als Manuele das bejahte, sagte er weiter: »Dann mußt du auch etwas für uns tun.«

»Ich tue, was ich kann«, sagte Manuele. »Ich koche.«

»Köche gibt es hierzulande viele«, sagte der Boß. »Ich habe für dich Wichtigeres zu tun. Uns ist ein Mann ausgefallen, den du einstweilen ersetzen mußt. Gleich übermorgen.«

»Was hatte der zu tun?« fragte Manuele, dem seine Stelle lieb war.

»Einen Transport zu bewachen«, sagte der Boß. »Du hast doch deinen Militärdienst abgeleistet?«

»Ja«, sagte Manuele. »Sogar eine Auszeichnung habe ich bekommen als bester Schütze der Kompanie.«

»Das ist ja fabelhaft!« Der Boß schien sich richtig zu freuen. »Dann bist du genau der richtige Mann. Morgen hole ich dich ab und erklär dir, was du zu tun hast.«

»Und wer kocht?« fragte Manuele.

»Dafür ist schon gesorgt«, sagte der Boß.

Am nächsten Tag wurde Manuele nach auswärts in ein Dorf gebracht, wo er zu einer kleinen Truppe stieß, die dort hauste wie in einem Militärlager. Man drückte ihm eine Maschinenpistole in die Hand und zeigte ihm, wie sie funktionierte; denn zu seiner Zeit beim Militär hatte es dieses Modell noch nicht gegeben. Er bekam schnell zusammengekochtes Essen, für das sich jeder anständige Koch hätte schämen müssen, aber er erinnerte sich an seine Dienstzeit, in der es auch nichts Besseres gegeben hatte. Geschlafen wurde auf Strohsäcken in einem verlassenen Bauernhof.

Nach unruhigem Schlaf wurde er geweckt und zusammen mit den anderen auf einem Lastwagen zu einem Treffpunkt gebracht, an dem ein zweiter Wagen auf sie wartete, der mit Kisten beladen war. Manuele kam die ganze Angelegenheit merkwürdig vor, doch er fügte sich den Anweisungen, die ihm gegeben wurden, weil er seine Stellung nicht verlieren wollte.

Dicht hintereinander fuhren die Wagen dann los, und auf jedem saßen außer dem Fahrer sechs Männer mit Maschinenpistolen, um die Kisten, die nun auf beide Wagen verteilt waren, zu bewachen. Manuele saß auf dem zweiten. »Was ist da eigentlich drin in den Kisten?« fragte er einen der Männer, doch der zuckte mit den Schultern und sagte: »So etwas solltest du besser nicht fragen.« Aber Manuele dachte sich seinen Teil; denn die Kisten, bei deren Umladen er mitgeholfen hatte, waren unglaublich schwer, und was darin verpackt war, klirrte wie Stahl auf Stahl.

Als sie etwa eine Stunde gefahren waren, durch gebirgiges Gelände mit felsigen Schluchten, und die Straße eben mit einer scharfen Kurve eine Felsnase umrundete, stand quer über die Fahrspur ein schwerer Militärwagen, und auf beiden Straßenseiten warteten Soldaten mit angelegten Gewehren. Die Männer im ersten Lastwagen eröffneten sofort das Feuer, und nun sprangen auch jene, bei denen Manuele war, vom Wagen, suchten Deckung im felsigen Gelände und erwiderten das Feuer. Manuele sah, wie drei oder vier von den Soldaten getroffen wurden, aber auch von denen, die mit ihm gefahren waren, lagen schon drei unbeweglich zwischen dem Gestein. Bei denen wollte Manuele nicht zu liegen kommen, so ist das nun einmal, wenn das Schießen begonnen hat. Da gibt es kaum noch Alternativen, vor allem für den, der am Leben bleiben will.

Als Manuele sah, daß noch mehr von den Transportbegleitern (oder wie immer man solche Leute nennen soll) getroffen oder überwältigt wurden, schaute er sich nach einem Fluchtweg um und bemerkte eine steil abwärts führende Rinne, die unterhalb der Straße zu dichtem Buschwerk führte. Er rollte sich von der Straßenkante, rauschte mit einer Schotterlawine hinab bis ins Gebüsch, wo ihm die Zweige um die Ohren schlugen. Zwar schossen die Soldaten ihm hinterher, aber er erhielt nur einen

Streifschuß an der linken Schulter und gelangte, indem er sich rasch tiefer hangelte weiter unten auf einen Saumpfad, auf dem er davonlief, so schnell ihn seine Füße trugen, bis er eine leere Schlafhütte fand, die sich wohl Schafhirten angelegt hatten. Jedenfalls roch es darin so. Hier verband er mit einem vom Hemd abgerissenen Streifen seine Wunde und verbrachte eine weitere unruhige Nacht, in der er immer wieder hochfuhr, wenn draußen etwas zu hören war.

Er brauchte ein paar Tage, bis er zurück nach Catania gelangte. Zum Glück war es dunkel, so daß er sich, abgerissen wie er war, zu seiner Wohnung wagen konnte. Hier konnte er sich endlich die verdreckten Kleider ausziehen, kroch ins Bett und verschlief einen ganzen Tag.

Am nächsten Morgen ging er wie gewohnt zu seiner Trattoria, um zu kochen, doch dort stand schon ein anderer am Herd und sagte: »Du sollst dich beim Boß melden. Er sitzt draußen im Lokal und wartet.«

Als Manuele an den Tisch trat, nickte der Boß und deutete wortlos auf den zweiten Stuhl. Eine Weile schwieg er noch. Dann blickte er auf und sagte: »Da bist du ja. Drei andere kamen schon vorgestern. Die anderen haben sie wohl geschnappt.«

»Oder sie sind tot«, sagte Manuele.

»Möglich«, sagte der Boß. »Erfolg war das keiner. Aber du hast, wie ich höre, getan, was du konntest. Drei von denen sollst du umgelegt haben, heißt es.«

Manuele erschrak. Jetzt wurde ihm erst voll bewußt, daß er unter Umständen Menschenleben auf dem Gewissen hatte. »Ich weiß das nicht genau«, sagte er. »Man schießt und schießt, wenn die Knallerei einmal losgegangen ist. Was blieb mir anderes übrig?«

»Du bist erwiesenermaßen ein guter Schütze«, sagte der Boß. »So ist das nun mal.«

»Wann soll ich wieder kochen?« fragte Manuele.

»Nicht so bald«, sagte der Boß. »Du bist jetzt mein Mann.«

Manuele dachte an die toten Soldaten und sagte: »Und wenn ich das nicht sein will?«

»Das würde ich dir nicht raten«, sagte der Boß gelassen. »Du hast drei Soldaten erschossen. Wenn sie dich erwischen, kommst du lebenslang hinter Gitter. Nur bei mir bist du in Sicherheit. Und ich hab genug zu tun für einen wie dich.«

Seither gehörte Manuele, ob ihm das nun paßte oder nicht, zur Privatarmee der Bosse und bekam seine Aufgaben zugewiesen: Überfälle, Fememorde und dergleichen mehr, und er tötete, um am Leben oder wenigstens in Freiheit zu bleiben, wenn man so etwas Freiheit nennen darf. Und in ihm wuchs die Wut auf sein Schicksal, die Wut auf sein Leben überhaupt, eine ungreifbare und alles umgreifende Wut, die seine Seele vergiftete und sein Herz verhärtete. So lebte er bis zu dem Tag, an dem er zusammen mit drei weiteren Totmachern die Männer der Battisti-Sippe ausrotten sollte. Als er einäugig von diesem Auftrag zurückkehrte und sich herausstellte, daß er einen hatte entkommen lassen – wer glaubt schon, daß dieser als Falke davongeflogen sein sollte? – da warf ihn sein Boß hinaus. »Richtig schießen kannst du als Einäugiger ohnehin nicht mehr«, sagte der, »und außerdem kann ich keinen Mann brauchen, dessen zerfetzte Visage jeder sich merken kann. Sei froh, daß ich dich am Leben lasse.«

Seither lebte Manuele vorwiegend als Bettler, wobei ihm seine Entstellung am ehesten zugute kam. Hie und da verdiente er sich ein paar Lire mit Holzhacken, Gartenarbeit oder auch weniger ehrenhaften Diensten. In die Küche ließ ihn keiner mehr. Wer wollte schon von solch einem verunstalteten Kerl gekocht bekommen. Er blieb nirgends lange und gelangte auf diese Weise eines Tages nach Venedig, weil er hoffte, bei den Touristen durch Betteln oder auch anderweitig etwas Geld in die Tasche zu bekommen. Dort hatte er Massimos Mutter kennengelernt, schon vor über zehn Jahren. Er war ihr zunächst als Bettler aufgefallen durch sein entstelltes, einäugiges Gesicht, sie hatte ihm, wenn sie ihn irgendwo sitzen sah, stets ein paar Lirescheine zugesteckt, ihn schließlich auch kleine Aufträge oder Botengänge erledigen lassen und ihn dann tatsächlich zu der verfallenden Villa in der Nähe von Verona geschickt, sogar ein Taxi hat sie ihm dafür spendiert, als sie – er wußte nicht wie – von Massimos

Absicht erfahren hatte, den Park zusammen mit Signora Pozzo zu besuchen.

Sein Auftrag hatte allerdings nur gelautet, der Signora einen solchen Schrecken einzujagen, daß sie von Massimo nichts mehr würde wissen wollen. Zu diesem Zeitpunkt hatte Manuele noch nicht gewußt, daß der Sohn seiner Auftraggeberin jener Massimo war, den er hatte erschießen sollen. Als er ihn dann von der Küche aus erkannte, überkam ihn ein derartiger Haß auf den Mann, dem er sein Bettlerdasein zuschrieb, daß er seinen Auftrag bei weitem überschritt.

Tatsächlich plante Massimos Mutter jetzt einen weiteren Überfall dieser Art und wartete nur noch auf eine günstige Gelegenheit. »Verrückt ist die Alte«, hatte Manuele seinen Bericht beschlossen, »völlig übergeschnappt, aber Moneten hat sie übergenug.«

❖❖❖

»Das ist die Lage«, sagte Bianca. »Eine alte Frau am Rande des Wahnsinns und ein körperlich und moralisch schwerbeschädigter Koch.«

»Wie hast du dem Einäugigen diese ganze Geschichte entlocken können?« fragte Massimo.

Bianca hob die Hand, als wolle sie die Leichtigkeit dieser Befragung andeuten. »Das war überhaupt nicht schwer. Du mußt nur die richtigen Fragen stellen, mit Freundlichkeit und Mitgefühl. Dann ist Manuele geradezu froh, daß er das alles einmal aussprechen kann.« Sie machte eine Pause und fügte wie nebenbei hinzu: »Ein bißchen Zauberei war natürlich auch dabei. Jetzt aber ist es an der Zeit, daß du endlich einmal selbst einen großen Zauber veranstaltest.«

»Wie denn?« fragte Massimo verzweifelt. »Soll ich die beiden miteinander verheiraten oder was sonst?«

Bianca wollte sich ausschütten vor Lachen. »Das wäre zu einfach«, sagte sie, »und überdies höchst unpassend. Warum hast du eigentlich das zerbombte Haus deines Vaters nach so langer Zeit plötzlich bewohnbar machen lassen und dabei das dichte Gestrüpp sorgsam erhalten, in dem es versteckt liegt?«

»Was hat das denn mit unserem Problem zu tun?« sagte Massimo.

»Hat es das nicht?« sagte Bianca. »Und außerdem ist es dein Problem. Sag doch mal: Wozu hast du das so rasch mit einigem Aufwand an Geld herrichten lassen? Das möchte ich jetzt einmal von dir hören, nachdem ich's für dich gemacht habe.«

Massimo dachte eine Zeitlang nach, schüttelte dann ratlos den Kopf und sagte: »Ich weiß es nicht. Ich wollte es partout gemacht wissen, als triebe mich irgend etwas oder irgend jemand dazu an. Aber ich weiß wirklich nicht wozu.«

Bianca schaute ihn lächelnd an, als sie das hörte. »Das ist wieder einmal typisch für dich. Du machst einen riesigen Wirbel, zu dem dich irgendwas treibt, das irgendwo oder irgendwie in dir stecken muß, aber du kannst es nicht einordnen und benennen. Nach allem, was ich von dir weiß, hast du das Zeug zu einem großen Magier, aber du wagst es kaum, selber einen Zauber in Gang zu setzen. Die Möwe Pfeil mußte kommen, um dich zu verwandeln und zu unserer Urahnin zu bringen, Träume sind über dich hergefallen und haben dich in Erfahrungen entführt, die wichtig waren für dich; irgendwie zufällig bist du in eine Mysterienhöhle des Mithras hineingestolpert und eines Nachts hat dich sogar der große britische Magier besucht, um mit dir Brot zu teilen und Wein zu trinken. Aber was hast du selber in die Wege geleitet?«

Massimo versuchte sich vor seiner Tochter zu rechtfertigen und sagte: »Meine Studenten habe ich in Bewegung gesetzt, damit sie in ihren Bemühungen mehr erkennen als nur ein Lehrfach. Ist das nichts?«

»Doch«, sagte Bianca, »das ist schon etwas. Aber jetzt gilt es, einen großen Zauber zu veranstalten, und den mußt du in die Wege leiten und auch weiter in deiner Hand behalten, damit er Bestand hat. Ich sag das nur, weil es dir offenbar nicht bewußt ist, wozu wir dieses Haus im Weißdorngebüsch hergerichtet haben, obwohl du das irgendwo in deinem Unterbewußtsein versteckt eigentlich schon selber weißt. Dort in dieser Wildnis, wo sie keinen Unfug mehr anrichten kann, soll deine Mutter wohnen; denn dazu hast du das Atrium so schön wieder herrichten lassen, in dem sie früher so gerne saß, um in einem ihrer Bücher zu lesen. Weißt du das nicht? Und Manuele wird ihr Koch und Diener sein. Vielleicht, wenn es dir geboten scheint, wirst auch du dort wohnen müssen. Aber du bist es diesmal, der alle seine Kräfte anstrengen muß, um deine Mutter so zu besänftigen, daß sie keine Komplotte mehr zu schmieden braucht und, was vielleicht nicht so schwierig sein wird, Manuele beizubringen, daß er endlich wieder kochen darf und darüber all seine angestaute Wut vergessen kann. Das ist jetzt deine Aufgabe, denn du hast ihn so hergerichtet, wie er jetzt aussieht.«

Massimo blickte verwundert auf seine Tochter, die ihm hier eine Aufgabe stellte, von der er wußte, daß er sie selbst hätte längst in Angriff nehmen sollen. »Du hast die Kraft unserer Feenahnin von beiden Seiten mitbekommen«, sagte er. »Das sehe ich jetzt wieder einmal. Und mir kommt es jetzt so vor, als hätte ich schon lange gewußt, was zu tun ist.«

Als erstes wollte er Manuele aufsuchen, und Bianca sagte ihm, wo er zu finden sein würde. »Geh zur Kirche San Salvatore – Dort sitzt er meist auf den Stufen und bettelt die Touristen an, allerdings nicht vor elf Uhr vormittags. Er schläft gern lange. Und spendier ihm in der Cafeteria dort am Platz einen Grappa oder auch zwei. Keine billige Marke, er versteht sich drauf.«

So begann Massimo den ersten großen Zauber seines Lebens. Er traf gegen Mittag auf den Stufen vor San Salvatore tatsächlich den Einäugigen an, ging ohne weiteres auf ihn zu und sagte: »Ich weiß sehr wohl, daß ich dich ziemlich übel zugerichtet habe. Aber ich muß mit dir reden.«

Er konnte beobachten, wie die Zornadern an den Schläfen Manueles anschwollen, als dieser ihn erkannte. »Hau ab, du Mistkerl!« schrie er. »Mein ganzes Leben hast du mir versaut!«

Massimo blieb vor ihm stehen, blickte in das eine verbliebene Auge des gräßlich vernarbten Gesichts und sagte: »Nein. Ich haue nicht ab. Ich bleibe hier stehen und bitte dich um Verzeihung für das, was ich dir angetan habe, Manuele.«

Der schüttelte den Kopf, als höre er nicht richtig. »Was soll das

Gelaber?« sagte er. »Hab ich was davon? Reden ist leicht, geben schwerer.«

»Da hast du recht«, sagte Massimo. »Ich mach dir einen Vorschlag. Was willst du lieber: eine Million Lire in bar auf die Hand oder wieder kochen dürfen, wozu du Lust hast. In einer gutausgerüsteten Küche, versteht sich, und die Freiheit, alles dazu selber einzukaufen, was du brauchst. Überleg das gut und sag mir dann, was dir lieber ist. Aber erst gehen wir zusammen hinüber in die Cafeteria. Ich brauch einen Espresso. Inzwischen kannst du überlegen.«

Sie gingen zusammen die wenigen Schritte, Manuele noch zögernd, doch Massimo ging so rasch voran, daß er ihn unwillkürlich mitzog. Das Lokal war fast leer. Massimo wählte einen Tisch, der weit genug von den wenigen Gästen entfernt war, daß man ungeniert reden konnte, bot Manuele einen Stuhl an und setzte sich selbst. »Einen Grappa?« fragte er. Als Manuele nickte, winkte er den Kellner herbei und bestellte beides, den Espresso und den Grappa. Als dieser die Getränke gebracht hatte, saßen sie zunächst schweigend einander gegenüber. Manuele kippte den Grappa, Massimo nippte an seinem Espresso und gab dem Kellner ein Zeichen, einen zweiten Grappa zu bringen. Dann saß er wieder da und wendete seinen Blick nicht ab vom Auge Manueles und dessen zerstörtem Gesicht, dem von ihm selbst zerstörten Gesicht, und nahm, wie Bianca ihm geraten hatte, alle Kraft zusammen, um diesen beschädigten Mann zu einem sinnvollen Leben zu bewegen, das ihm Freude machte. Er konnte es dem von Narben zerrissenen Gesicht trotz aller Entstellung ansehen, wie die Starrheit des Ausdrucks plötzlich aufbrach. »Kochen darf ich wieder?« stammelte Manuele. »Gut kochen in einer richtigen Küche?«

»Natürlich«, sagte Massimo. »Für dich, für meine Mutter, die du ja schon lange kennst, und wohl auch für mich.«

Das Lachen, das unversehens über das verzerrte Gesicht geisterte, hätte andere wohl eher erschreckt, aber Massimo erkannte es und sah die aufkeimende Freude in dem einen Auge Manueles. Da hielt er ihm die Hand hin, und Manuele schlug ein, um den Handel abzuschließen. »Komm jetzt mit mir«, sagte Massimo. »Du kannst einstweilen bei mir wohnen, bis alles so weit hergerichtet ist, daß wir umziehen können.«

Da griff Manuele nach dem schäbigen Sack, in dem er sein bißchen Eigentum mit sich herumschleppte, und folgte Massimo zu dem alten Palazzo zwischen der schmalen Gasse und dem Kanal. Als sie zusammen ins Haus gingen, kam Massimos Mutter, die sie kommen gehört hatte, aus ihrem Zimmer und blieb wie erstarrt stehen, als sie Manuele erkannte.

»Ihr kennt euch ja«, sagte Massimo zu ihr. »Manuele wird in den nächsten Tagen bei uns wohnen. Ich sag dem Mädchen Bescheid, daß sie später oben eine der unbewohnten Kammern herrichten soll.«

»Du kennst Manuele?« fragte die Mutter konsterniert.

»Das hast du tatsächlich nicht gewußt?« sagte Massimo. »Ich hatte es zu deinen Gunsten gehofft und freue mich jetzt, daß es wirklich so ist. Komm, wir gehen ins Wohnzimmer und reden ein bißchen.« Er sagte das eher beiläufig und wunderte sich, daß seine Mutter ihm ohne Widerrede folgte. Als sie dann saßen, klingelte Massimo nach dem Mädchen und trug ihr auf, eine Flasche Rotwein zu bringen und Gläser dazu. Danach könne sie oben im zweiten Stock eine Kammer für Manuele herrichten, das Bett beziehen und ein bißchen abstauben. Bis zum ersten Schluck von dem Wein sprach sonst keiner ein Wort. Auch danach saßen sie eine Weile schweigend und betrachteten einander, als sähen sie sich zum ersten Mal, neugierig und auch etwas verlegen. Nach einer Weile kam das Mädchen zurück und sagte, die Kammer sei jetzt bereit. Da trank Manuele seinen Wein aus und sagte, er sei müde und wolle sich hinlegen.

»Zeigen Sie ihm seine Kammer«, sagte Massimo zu dem Mädchen.

Diese ließ an der Tür Manuele den Vortritt, und dann war Massimo mit seiner Mutter allein.

Jetzt muß ich die zweite Hälfte meines großen Zaubers in Gang setzen, dachte Massimo. Er hatte schon die ganze Zeit über seine Mutter im Blick gehabt und sagte nun zu ihr: »Was hast du dir dabei gedacht, damals der Pozzo und nun fast schon wieder einer Studentin aus meinem Seminar, die ich zugegebenermaßen auf eine besondere Weise mag, diesen unglücklichen Mann auf den Hals zu scheuchen?«

Sie saß da wie ein ungezogenes Kind, das erwischt worden ist, halb trotzig, halb schlechten Gewissens, brabbelte irgend etwas Unverständliches vor sich hin, von dem nur die letzten Worte zu verstehen waren: »… wenn du immer weggehst …« Sie war wie ein Kind, das begriff er jetzt, wie ein Kind, das sich davor fürchtet, allein gelassen zu werden in diesem großen alten Haus mit den vielen leeren Zimmern, ein Kind, das dann vor lauter Angst anfängt, seiner Puppe den Hals umzudrehen oder Feuer an die Gardinen zu legen. Sie war wie ein Kind, und das machte die Sache so schwierig, viel schwieriger, als Manuele in eine Küche zu locken.

»Weißt du noch«, sagte Massimo und versuchte all seine Geisteskräfte für diesen schwierigen Zauber zu aktivieren, »weißt du noch, wie schön es war, auf der Steinbank im Atrium von Vaters Haus in der Sonne zu sitzen, wenn der Springbrunnen zwischen den Blumen- und Kräuterbeeten plätscherte, in einem Buch zu lesen oder zuzuschauen, wie die Schwalben über den Himmel hin- und herschwirren?«

»Du wolltest immer mit den Schwalben fliegen«, sagte sie mit der unsicheren Stimme eines Kindes. »Hast dir sogar ein Nest gebaut, oben beim Kastanienwäldchen.«

»Magst du wieder dort sein?« fragte er.

»Ja«, sagte sie, »dort möchte ich wieder sitzen. Fahren wir bald hin? Aber meinen schwarzen Flügel will ich auch wieder haben, um ein bißchen darauf zu spielen. Dann sitzt du bei mir und hörst mir zu, ja?«

Sie war wieder ein Kind, das sich an die Zeit erinnert, als es eine junge Frau war. »Dort bin ich nicht mehr böse«, sagte sie nach einer Weile.

So war das bald beschlossene Sache. An diesem Tag holte Massimo die kleine bräunliche Feder aus dem Brustgefieder der Taube hervor, steckte sie in ein Briefkuvert, adressierte es an Ruth und brachte den Brief zur Post. Er wollte, daß sie die Feder bei sich behielt und sie bewahrte vor allem Unheil wie damals im Labyrinth, als dies sein einziger Schutz gewesen war.

Die Wohn- und Schlafräume im wiedererstandenen Atriumhaus wurden hergerichtet, zum Teil mit den alten, lange nicht mehr verwendeten Möbeln aus dem Zimmer im zweiten Stock ausgestattet, auch dem Sekretär der Sultanin, den Massimo für sich in das Haus in den Weinbergen bringen ließ; denn er hatte begriffen, daß er seine Mutter und auch Manuele nicht mehr allein lassen konnte, wenn sein großer Zauber wirksam bleiben sollte.

Manuele bekam freie Hand, die Küche nach seinen Wünschen einzurichten, und für sich selbst ließ Massimo das Cembalo seines Großvaters in das neue alte Haus transportieren samt sämtlichen Noten, die er immer wieder zu spielen gedachte; denn eine gute Musik eröffnet dem Spieler wie dem Zuhörer bei jedem neuen Interpretationsversuch neue Eindrücke und Entdeckungen. Aus der Bibliothek des Großvaters, die er selbst inzwischen beträchtlich bereichert hatte, wählte er aus, was er oben im Haus bei sich haben wollte, nicht nur jene Bände, aus denen Iso Camartin seine Bibliothek von Pila zusammengestellt hat, um seine Tage in dem Engadiner Bergdorf fruchtbar zu machen, sondern sehr viel mehr, weil er länger zu bleiben gedachte. Auch die Bücher, in denen seine Mutter so gern las, wurden nicht vergessen, und ein neuer schwarzer Flügel für sie wurde auch hinaustransportiert.

Als alles bereit war im Atriumhaus, schenkte Massimo seiner Tochter Bianca den alten Palazzo (in der stillen Hoffnung, sie würde ihn irgendwann angemessen restaurieren) unter der Bedingung, daß sie die Dienstmagd und die alte Köchin übernahm, was sie gern zusagte. Dann fuhr Bianca eines Nachts die zwei so unterschiedlichen Männer und die alte Frau hinüber ins venetische Weinland, durch das Dorf und über den schmalen Fahrweg hinauf zur Außenmauer, deren Tor offengeblieben war, um den Dorfbewohnern im Herbst das Brombeerklauben nicht zu verwehren (Massimo würde sich später selbst daran beteiligen, um davon ein bißchen Marmelade zu kochen), und hinauf über den Serpentinenweg zum Haus, in dem sie künftig leben würden. Die nötigen Einkäufe würde Manuele im Dorf tätigen, weil er am besten wissen würde, was er zum Kochen brauchte.

Später sagten die Leute im Dorf, daß sie anfangs vor seinem Anblick erschrocken seien, aber seine liebenswürdige Freundlichkeit hätte sie bald vergessen lassen, wie er aussah.

Massimo wird wohl hier auf Dauer bleiben, Cembalo spielen, lesen, schreiben, vielleicht ein Buch über Labyrinthe, unter Umständen auch ein bißchen malen, was er schon immer hat versuchen wollen. Möglicherweise kommt sogar einmal eine Rotschnabelmöwe vorbei, um ihn für ein paar Tage oder auch ein Jahr mitzunehmen auf einen Flug nach Süden, zum Beispiel zu dem Alten auf der Insel Ithaka, mit dem zusammen er die Meeresvögel füttern und vor allem reden wird, lakonisch kurze Sätze, die nicht ohne Ironie hin und her geworfen werden und die eigene Wichtigkeit in Frage stellen. Vielleicht fliegen beide Möwen sogar bis hinunter nach Smyrna in eine andere Zeit zur Sultanin, aber das ist wohl schon zu viel verlangt.

Massimo wird ja trotzdem für die Mutter immer anwesend bleiben; es hat sich ja herausgestellt, daß solche Ausflüge nach einer anderen Zeit bemessen werden und in dem Bereich, der hier allgemein als Wirklichkeit bezeichnet wird, nicht länger dauern, als wenn einer beim Lesen eine Seite umwendet.

Als einziger Besuch kommt hie und da Bianca ins Haus, meist um sich mit Massimo wegen irgendeiner kunsthistorischen Frage zu besprechen, kommt also zu ihm in die das Haus bedeckende Weißdornhecke, hinter der er haust wie im hohen Alter der Magier Merlin, und sie erzählt ihm, was draußen in der Welt vor sich geht, soweit es für ihn von Belang ist. Und wenn sie ihn wieder verlassen hat und er spürt, daß am Abend aus all dem Gesträuch die Ängste hervorkriechen, um ihn zu überwältigen, dann denkt er an die Taubenfeder, die er Ruth zurückgegeben hat. Sie wird die Feder sicher aufbewahren, das weiß er, und das hält ihn am Leben.

Übrigens: Manuele kocht ganz vorzüglich!

Frau Professor Dr. Annemarie Schimmel danke ich für die Erlaubnis, drei Sätze des Sufi-Mystikers Husain ibn Mansur al-Halladsch aus ihrer in dem Band »Gärten der Erkenntnis« abgedruckten Übersetzung zu zitieren.

Die Deutsche Bibliothek – CIP-Einheitsaufnahme

Bemmann, Hans:
Massimo Battisti: von einem, der das Zaubern lernen wollte
Hans Bemmann – Stuttgart; Wien; Bern; Weitbrecht, 1998
ISBN 3 522 71925 5

Umschlaggestaltung unter Verwendung eines
Gemäldes von Canaletto, akg, Berlin
Umschlagtypografie: Michael Kimmerle in Stuttgart
Schrift: Garamond
Satz: KCS GmbH in Buchholz/Hamburg
Reproduktion: Die Repro in Tamm
Druck und Bindung: Friedrich Pustet in Regensburg
© 1998 by Weitbrecht Verlag in K. Thienemanns Verlag,
Stuttgart – Wien – Bern.
Printed in Germany. Alle Rechte vorbehalten.
5 4 3 2 1   98 99 00 01

*Suche den Schimmer,
suche den Glanz ...*

Hans Bemmann
Stein und Flöte
Ein Märchenroman, 824 Seiten, ISBN 3 522 70050 3

Hans Bemmann ist dank seines überwältigenden Phantasiereichtums und einer durch seine Menschlichkeit überzeugenden Erzählweise ein packender und symbolreicher Roman gelungen, der an die große klassische Fabulierkunst anknüpft und ein neues Stück phantastischer Literatur bildet. Ein Roman, der von unserer Wirklichkeit handelt – in der Tradition romantischer Märchenromane.

Die farbenprächtige Welt der Wunder, Rätsel und Geheimnisse

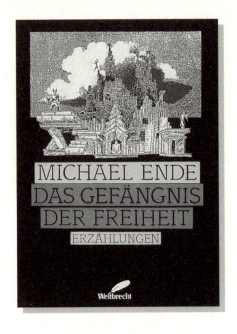

Michael Ende
Das Gefängnis der Freiheit
Erzählungen, 304 Seiten, ISBN 3 522 70850 4

Michael Ende erzählt acht staunenswerte Geschichten voller Abenteuer und Phantasie, die von der Innenwelt der Menschen handeln – großartige, liebevolle, traurige und grausame Geschichten. Und jede Geschichte hat ihre eigene Perspektive, ihre spezielle Erzählstruktur, ihre besondere stilistische Lösung.